Niania
w
Londynie

Seria π

W sprzedaży m. in.

MARTHE BLAU
W jego dłoniach

JUNG CHANG
Dzikie łabędzie: Trzy córy Chin

JOSEPH HELLER
Paragraf 22
Ostatni rozdział, czyli paragraf 22 bis
Paragraf 23

WENDY HOLDEN
Fatalna sława

MINEKO IWASAKI
Gejsza z Gion

KEN KESEY
Lot nad kukułczym gniazdem

SUE MONK KIDD
Sekretne życie pszczół

STEPHEN KING
Dolores Claiborne
Gra Geralda
Desperacja

JERZY KOSIŃSKI
Pasja
Wystarczy być

RICHARD MASON
Wiatr nie potrafi czytać

IAN McEWAN
Pokuta

ANCHEE MIN
Cesarzowa Orchidea

KIEN NGUYEN
Gobelin

TONY PARSONS
Mężczyzna i żona

ALLISON PEARSON
Nie wiem, jak ona to robi

MARIO PUZO
Mroczna arena

HERMAN RAUCHER
Prawie jak w bajce

ALICE SEBOLD
Nostalgia anioła
Szczęściara

ERICH SEGAL
Opowieść miłosna
Opowieść Olivera
Mężczyzna, kobieta i dziecko

D. L. SMITH
Cuda w Santo Fico

NICHOLAS SPARKS
Anioł stróż
Ślub

ALAN TITCHMARSH
Kocham tatę

LAUREN WEISBERGER
Diabeł ubiera się u Prady

W przygotowaniu

NADEEM ASLAM
Mapy dla zagubionych kochanków

LUTHER BLISSETT
Q. Taniec śmierci

ERIC GARCIA
Naciągacze

WINSTON GROOM
Taka śliczna dziewczyna

JOSEPH HELLER
Bóg wie

KAZUO ISHIGURO
Nie pozwól mi odejść

LAURENT JOFFRIN
Zapomniana księżniczka

STEPHEN KING
Rose Madder
Regulatorzy

NICOLA KRAUS, EMMA McLAUGHLIN
Pracująca dziewczyna

JOHN LANCHESTER
Hongkong

ANDRÉ LE GAL
Sajgon

MARC LEVY
W innym życiu

STEVE MARTIN
Cała przyjemność po waszej stronie

IAN McEWAN
Sobota
Dziecko w czasie

CARSON McCULLERS
Serce to samotny myśliwy

TOMASZ MIRKOWICZ
Lekcja geografii

GUILLAUME MUSSO
Potem...

MELISSA NATHAN
Kelnerka

IRÈNE NÉMIROVSKY
Francuska suita

TONY PARSONS
Kroniki rodzinne

MARIO PUZO
Dziesiąta Aleja
Ojciec Chrzestny
Sycylijczyk

INDRA SINHA
Śmierć w Bombaju

NICHOLAS SPARKS
Trzy tygodnie z moim bratem

PLUM SYKES
Blondynki z Bergdorf

MARK WINEGARDNER
Powrót Ojca Chrzestnego

TOM WOLFE
Nazywam się Charlotte Simmons

MELISSA NATHAN

Niania w Londynie

Z angielskiego przełożyła
HANNA SZAJOWSKA

WARSZAWA 2004

Tytuł oryginału:
THE NANNY

Redakcja: Halina Pękosławska
Ilustracja na okładce: Jacek Kopalski
Projekt graficzny okładki i serii: Andrzej Kuryłowicz

ISBN 83-7359-114-1

Dystrybucja

Firma Księgarska Jacek Olesiejuk
Kolejowa 15/17, 01-217 Warszawa
tel./fax (22)-631-4832, (22)-632-9155, (22)-535-0557
www.olesiejuk.pl/www.oramus.pl

Wydawnictwo L & L/Dział Handlowy
Kościuszki 38/3, 80-445 Gdańsk
tel. (58)-520-3557, fax (58)-344-1338

Sprzedaż wysyłkowa
Internetowe księgarnie wysyłkowe:
www.merlin.pl
www.ksiazki.wp.pl
www.vivid.pl

WYDAWNICTWO ALBATROS
ANDRZEJ KURYŁOWICZ
adres dla korespondencji:
skr. poczt. 55, 02-792 Warszawa 78

Warszawa 2004. Wydanie I
Skład: Laguna
Druk: Łódzkie Zakłady Graficzne, Łódź

Dla Joshui, Eliany i oczywiście Avital,
mojej Tallulah

Pamięci Allana Saffrona

Podziękowania

Chcę podziękować wielu osobom, które pomogły mi odkryć świat niań i dzieci.

Przede wszystkim dzieciom, które pozwoliły mi zajrzeć do swojego świata: Maksowi i Olivii Turnerom; Nicholasowi, Imogen, Edwardowi i Joannie Rance'om; Nicholasowi, Edwardowi i Louisie Terrym, Jo oraz Roshi Cowanom. I oczywiście ich mamom, Joannie Terry, Patsy Bailey i Alison Turner, które zaprosiły mnie do swoich domów. Nie zapominajmy też o nianiach, szczególnie o Jean McGrath, Sally Stewart i *au pair* Viktorii Nagy. Oczywiście żadnej z tych wspaniałych osób nie poznałabym bez pomocy Debbie Brazil oraz Vivienne Kaye z agencji pośrednictwa.

Wielkie podziękowania dla wspaniałych sióstr Grant, dla Antonii za umożliwienie wglądu w świat reklamy, a dla Lindsay za ujawnienie techniki przeprowadzania wywiadów z nianiami; dla Neila Williamsona, eksperta od bomb z Brixton i króla anegdot, oraz Anouschki Meredith za zajęcie pierwszego miejsca w mającym kluczowe znaczenie konkursie na imiona dla kotów.

Oczywiście jak zawsze pragnę gorąco podziękować mojej agentce, cudownej Maggie Philips z Ed Victor, mojej Dobrej Wróżce. Dziękuję, Maggie, z tobą to była zabawa. Także wszystkim w Ed Victor — szczególnie Grainne i Sophie — za to, że czuję się częścią zespołu. A także mojej redaktorce, Kate Elton z Random House, za jej wytrwałość, poświęcenie, sokoli wzrok, delikatność, poczucie humoru oraz, co najważniejsze, w porę podawane croissanty.

9

Podziękowania z całego serca nie są w stanie zrównoważyć pomocy, jaką otrzymałam w ciągu roku od Alana Wilsona, Alison Jones, Katherine Pigott oraz Rosy Daniels, bez której, spokojnie mogę to przyznać, nie byłoby książki.

Uderzając w ton bardziej osobisty, wielkie dzięki dla Jem, Carol, moich rodziców oraz Andrew, który jak zawsze był moją opoką. Dziękuję wam wszystkim.

Prolog

W Highgate, w północnym Londynie, Vanessa Fitzgerald, szefowa działu kontaktów z klientami w agencji reklamowej Gibson Bead, matka trójki dzieci, z niedowierzaniem wpatrywała się w swoją nową nianię szeroko otwartymi oczyma.

— Odejść? — powtórzyła. — Chyba chcesz powiedzieć... wyjść?

— Nie — oznajmiła Francesca powoli i stanowczo. — Chce odejć.

— Sądzę, że ona „chce odejć", moja droga — stwierdził mąż Vanessy, Dick.

— Ja chce... eem, jak mófić? Podróżobać — wyjaśniła Francesca. Nastąpiła długa pauza. — Na całego świecie — doprecyzowała.

Vanessa zmarszczyła brwi, usiłując się skoncentrować.

— Chcesz... — Zawiesiła głos.

— „Podróżobać na całego świecie" — powtórzył Dick, dopijając whisky. — To bardzo proste, kochanie.

— Dick, nie utrudniaj — poleciła Vanessa. — To nie jest zabawne.

— Brzmi zabawnie.

— Ale takie nie jest.

— Rozkaz.

Vanessa ponownie skupiła uwagę na Francesce.

— Chcesz podróżować na świecie? Po świecie? — powiedziała na próbę.

— Tak! — wykrzyknęła Francesca z podnieceniem. Nastąpiła pauza.

— I nie możesz zabrać ze sobą dzieci? — zapytała Vanessa.

Francesca ze zmarszczonymi brwiami spojrzała na pracodawczynię.

— A teraz kto się sili na dowcip? — zapytał Dick, wstawiając szklankę do zlewu.

— KTO, W TAKIM RAZIE, BĘDZIE SIĘ NIMI OPIEKOWAŁ?! — wrzasnęła Vanessa. — I NIE ZOSTAWIAJ TEGO W ZLEWIE. WSTAW SZKLANKĘ DO PIEPRZONEJ ZMYWARKI!

Dick powoli odwrócił się w stronę żony.

— Nie potrafię zrozumieć, czemu odchodzą wszystkie nasze nianie — rzekł spokojnie, z przesadną uwagą ustawiając szklankę po whisky w zmywarce. — Może, w przeciwieństwie do mnie, nie lubią, kiedy się im wymyśla i na nie krzyczy.

Vanessa rzuciła Dickowi spojrzenie, które jak cios trafiło w czułe miejsce — prosto między oczy. Dick może i miał mały móżdżek, ale to nie przeszkadzało jej wycelować w sam środek tarczy.

— Albo może — stwierdziła — mają dość wstawiania za ciebie szklanek do zmywarki.

Francesca dyskretnie odkaszlnęła. Dick i Vanessa ją zignorowali. Właśnie złożyła wymówienie, nie musieli już być dla niej mili.

— To ja będę musiała znaleźć tymczasową nianię — powiedziała Vanessa do męża — jednocześnie odbywając rozmowy kwalifikacyjne z nianiami na stałe i zajmując się własną pracą — przepraszam, karierą — ponieważ ty jesteś za bardzo zajęty opieprzaniem się w tej cholernej namiastce sklepu...

— Tak się składa, że pracuję w tym sklepie przez sześć dni w tygodniu...

— Przez sześć dni w tygodniu pijesz latte i drapiesz się po jajach, i świetnie o tym wiesz.

Dick uśmiechnął się do żony i zmienił temat. Vanessa odwróciła się i skoncentrowała na tym, co w danej chwili było najważniejsze. Kontroli oddechu.

Boże, a myślała, że cały dzień był już wystarczająco nieudany. Najpierw strajk metra, potem ten gnojek, nowy klient, odrzucający ich najnowszą propozycję, ponieważ „po prostu mu to nie pasuje", a wreszcie osobista asystentka oznajmiająca, że zwarta wypukłość brzucha, którą do tej pory przedstawiała jako paskudny przypadek nietolerancji laktozy, to w rzeczywistości dziecko, które urodzi się za cztery miesiące.

Jedyne, co podtrzymywało Vanessę na duchu przez cały dzień, to myśl o powrocie do domu, do odrobiny ciszy i spokoju, dzieci porządnie opatulonych w łóżkach, czegoś do jedzenia na wynos — chyba że przypadkiem niania zostawiła coś z lunchu — odrobiny wina i kasety wideo z odcinkiem „EastEnders" z poprzedniego wieczoru. Zamiast tego natknęła się w domu na nianię, która chciała „podbróżobać na całego pieprzonego świecie".

Pociągnęła łyk pinot grigio, żeby wspomóc oddychanie.

— Okej, Francesco, dzięki, że nas zawiadomiłaś — usłyszała odpowiedź Dicka, zupełnie jakby Francesca właśnie nadmieniła, że jedno z dzieci zgubiło skarpetkę.

Niania wyszła z kuchni.

Dick odezwał się cichutko, obejmując żonę.

— Daj spokój — powiedział. — Nawet jej nie lubiłaś.

Vanessa jęknęła, a Dick przytulił ją mocniej.

— Wiesz, że to prawda — wyszeptał, całując żonę w czubek głowy. — Ostatnio zgubiła Tallulah.

Vanessa oparła głowę na ramieniu męża.

— Ale potem ją znalazła — wymamrotała mu w sweter.

Dick prychnął i otoczył Vanessę ramionami, delikatnie opierając dłonie na krzywiźnie jej pleców.

— Nawet nie umie poprawnie mówić.

— Dzieci też nie — wytknęła mu żona — a nie chcę, żeby odeszły. Jeszcze długo, długo nie.

— Świetnie — stwierdził Dick. — Ja też nie chcę. Zafundujmy sobie seks.

— Mam lepszy pomysł. Znajdźmy nową nianię i potem zafundujmy sobie seks.

Dick westchnął. Lepiej niż ktokolwiek inny wiedział, że gdy chodzi o zasadę, Vanessa z pewnością potrafi dotrzymać słowa.

— Ile to potrwa? — zapytał.

Vanessa wzruszyła ramionami.

— Zależy, ile chcemy zapłacić.

— W takim razie sprawa jest prosta — stwierdził Dick. — Zapłaćmy kupę forsy.

Uśmiechnęli się do siebie. Umowa została zawarta. Po wszystkich wspólnych latach Dick Fitzgerald dokładnie wiedział, jak uwieść swoją drugą żonę.

1

Oczy Jo Green zaszkliły się, gdy wpatrywała się w na wpół zjedzony tort z dwudziestoma trzema świeczkami niedbale rozłożonymi dookoła. Pomyślała, że to takie symboliczne. W jednej chwili rozjaśniona światłem, pogodna celebracja podróży przez życie, w następnej rozkruszony dowód rozczarowania i winy, niezmiennie powiązanych ze skromnymi przyjemnościami. Zdecydowała, że naprawdę musi przestać słuchać Travisa.

Ziewnęła. Przy zgaszonych kuchennych światłach senny nastrój ogarnął ich wszystkich jak niespodziewana mgła.

Ojciec, z rozpiętym górnym guzikiem spodni, masował sobie brzuch ciągłym, rytmicznym kolistym ruchem, dyrygując następującą z przerwami cichą, powietrzną sonatą pochwalną swojego ciała.

Jo i matka wymieniły spojrzenia.

— W niektórych krajach to wielki komplement — stwierdziła Jo.

Hilda prychnęła.

— O tak, twój ojciec to prawdziwy poliglota.

Bill znów lekko beknął i kontynuował masaż brzucha w przeciwną stronę.

— Nie chcę mu przerywać — odezwała się Hilda. — Ma tak niewiele zainteresowań. — Podniosła się od stołu. — Kto chce jeszcze herbaty?

— Ja, jeśli to nie kłopot — odparł Bill.

— Zaraz zrobię — powiedziała Jo.

— We własne urodziny? — Hilda zmrużyła oczy w uśmiechu, który porysował jej twarz licznymi zmarszczkami. — Nie mów głupstw.

Bill powoli i ostrożnie wygładził dłonią brzeg obrusa, po męsku ignorując rozgrywającą się obok damską potyczkę.

— Nikt nie robi takiego tortu kawowego jak twoja matka — oznajmił, celując w Jo palcem.

— Nie możesz zjeść następnego kawałka. — Hilda włączyła górne światło.

— Och, daj spokój. — Mrugnął. — Dziewczyna ma urodziny.

Hilda oparła się o kredens i otuliła szarym swetrem, czekając, aż woda się zagotuje.

— No, dobrze — westchnęła.

Bill puścił oko do Jo.

— Jeszcze kawałek dla solenizantki? — zapytał, do czysta wycierając nóż o brzeg patery.

— Cieniutki — stwierdziła Jo. — Dzięki.

— A dla kucharki?

Hilda gorącą wodą przelała dzbanek do herbaty na specjalne okazje.

— W sumie równie dobrze możemy go wykończyć.

Jo obserwowała rodziców i kiedy przypomniała sobie, że mogą na nią spojrzeć, uśmiechnęła się, a potem w jej myślach dokonał się gwałtowny zwrot. Zaczęła od radosnego „Ależ ze mnie szczęściara", żeby bez ostrzeżenia spaść głową w dół prosto w „I to tyle?". Wreszcie, w ostatnich sekundach przed wybuchem ognistej kuli użalania się nad sobą, wykonała gwałtowną woltę, odzyskując kontakt ze światem za pomocą „Ooch. Muszę oddać kasetę".

Jo przeżywała huśtawkę emocjonalną przez cały dzień. Tuż po obudzeniu się w dniu dwudziestych trzecich urodzin pomyślała, że dołączyła do stale powiększającej się grupy ludzi, którzy nienawidzą urodzin. Do poprzedniego wieczoru uważała się za jedną z tych szczęściar uwielbiających urodziny. Teraz zdała sobie sprawę dlaczego — aż do tej pory była młoda. Z jakiegoś powodu dwadzieścia trzy lata stały się dla niej wyznacznikiem końca pewnej epoki bardziej dobitnym niż filmowe fanfary.

Podczas gdy emocje Jo to wznosiły się, to opadały, przy czym częściej znajdowały się poniżej kreski, rodzina Greenów w miłej, choć nieco uroczystej ciszy rozpoczęła drugą turę herbaciano-tortową.

Aż nazbyt szybko wszystko potoczyło się według utartego schematu.

— Spotykasz się dzisiaj z Shaunem i resztą? — zaczęła matka.

— Uhm.

— Miły chłopak, ten Shaun.

— Uhm.

Uwagę Hildy tymczasowo zajął nierówny kawałek tortu kawowego, ale niedługo wróciła do tematu.

— Sheila to też dobra dziewczyna.

— Uhm.

— Powinna tylko zrzucić parę kilo — jak na umówiony sygnał dodał ojciec.

Więcej tortu, więcej herbaty.

— Ciekawe, kiedy James zachowa się jak dżentelmen i sprowadzi ją na uczciwą drogę — zadumała się Hilda.

— Nie zdziwiłbym się, gdyby czekał, aż trochę straci na wadze — podsumował Bill.

Rodzice wysuszyli resztkę herbaty, przewidywalność przebiegu tej rozmowy dawała im pewność, że ziemia nadal kręci się wokół własnej osi, podczas gdy Jo miała przelotną, niepokojącą wizję urodzinowego tortu ciśniętego na kwiecistą tapetę ścienną.

— Dzięki za tort, mamo — powiedziała pospiesznie i wstała. — Będę lecieć. Do zobaczenia później.

— Pa, kochanie — chórem odparli rodzice, matka ciężko unosząc się, żeby posprzątać urodzinowy bałagan.

Gdy tylko Jo zatrzasnęła za sobą frontowe drzwi, zrobiła głęboki wdech i ruszyła do pubu. Starała się nie myśleć o rozmowie, którą, jak wiedziała, rodzice będą teraz prowadzić na temat zamiarów Shauna co do ich córki. Starała się skupić na spacerze.

17

Jo uwielbiała chodzić. Przypominało jej to, że ma łączność z ziemią; żyjącym, oddychającym dziełem funkcjonalnej perfekcji, boskim tworem, stanowiącym dowód na to, że cuda naprawdę się zdarzają, pomnikiem...

— Kto ci zamienił dupę z gębą? — rozległ się niespodziewany głos.

Jo odwróciła się, żeby spojrzeć na Johna Saundersa, który kręcił się na rogu opustoszałej High Street. Stwierdzenie, że ma się twarz przypominającą dupę, zawsze było obelgą, ale takie słowa ze strony Johna Saundersa, którego twarz wyglądała, jakby wywrócono ją spodem na wierzch, sprawiły, że Jo poczuła się tak, jakby wylano na nią kubeł zimnej wody.

Posłała uśmiech dawnemu koledze z klasy.

— Dzięki temu lepiej do siebie pasujemy — odparła. — Ooch, te ciuchy od Milletsa naprawdę dodają ci szyku.

Brwi Johna podskoczyły, usta drgnęły i ogólne wrażenie zmieszania otoczyło go niemal wyczuwalną aurą. Jo wiedziała, że oznaczało to u niego próbę przejścia mózgu z luzu na bieg. Postanowiła odejść, zanim para zacznie mu uciekać uszami.

Gdy Jo oddalała się High Street w stronę mostu, emocjonalna huśtawka zgrabnie śmignęła w górę. Most zawsze przypominał jej o pierwszym pocałunku z Shaunem. Zdała sobie sprawę, że od tamtej chwili minęło sześć lat — tylko rok do tradycyjnych siedmiu lat — i niemal zdołała usłyszeć wibrujący dźwięk wahnięcia w dół.

Przy końcu mostu, nie oglądając się, gwałtownie skręciła w prawo i żwirową ścieżką z chrzęstem przeszła przez kościelny cmentarz, rozkoszując się dźwiękiem dochodzącym spod nóg.

Zatrzymała się i spojrzała na cmentarz. Przeniosła się myślą do swojego pierwszego papierosa (z Sheilą, w piętnaste urodziny za „Rachel Butcherson 1820—1835"). Poczuła przelotnie zapamiętane wtedy ożywienie (wahnięcie w górę), zanim zdała sobie sprawę, że coś tak prozaicznego jak papierosy już nigdy nie będzie równie podniecające. Wahnięcie w dół. W życiu istniały pewne sprawy — zajęcia, przyjaciele, kochankowie — z których w naturalny sposób się wyrasta. Zaczynają się jako podniecające wyzwanie, potem, zanim się człowiek zorientuje, niepostrzeżenie przeobrażają się w coś wygodnie dopasowanego, by wreszcie w jakiś niewyczuwalny sposób się skurczyć. A ekscytacja życiem? Czy możliwe, że z tego też się wyrasta? Świetna robota, pogratulowała sobie w duchu, próbując podnieść swój nastrój. Własnym gadaniem wpędziłaś się w depresję. Musisz być z siebie dumna.

Poczuła się lepiej i wbrew wszystkiemu zatrzymała się, żeby podziwiać widok. O każdej porze roku, codziennie, w każdej godzinie inna perspektywa piękna.

Na horyzoncie drzewa wyciągały kościste gałęzie w górę i na boki ku głębokim różowościom i błękitom nieba, jakby starając się pochwycić chmury podobne do lekko ubitych białek. Puste pola otwierały się ku niej, odsłaniając idylliczną wizję wiejskiego pubu, wygodnie usadowionego między dwoma wzgórzami jak zadowolony kot. O tak, pomyślała. W sumie życie jest dobre. Jednak wiejskie życie ma coś w sobie, uznała, zbliżając się do pubu.

— Ej! — wrzasnął John zza jej pleców. — Gęba jak dupa!

Zamarła. Tak, zdecydowanie wiejskie życie miało coś w sobie. Niemożność ucieczki przed wioskowymi głupkami.

Tego wieczoru Jo była w pubie pierwsza z całej bandy. Usiadła w ich kącie, wyglądając przez okno. Z tej strony knajpki nie mogła zobaczyć pożegnalnego rumieńca na niebie; miała przed sobą ciężkie, popielatoszare sklepienie. Można by pomyśleć, że przez cały dzień nie było ani śladu słońca. Leniwie rozważała zmianę miejsca, stuprocentowo świadoma, że narzekania i drwiny całej bandy kompletnie odebrałyby sens temu wysiłkowi.

Może właśnie to nie grało w jej życiu, pomyślała nagle. Że całe światło zostało zasłonięte przez innych? Że po prostu mieszkała w niewłaściwym miejscu pozbawionym światła? Powstrzymała się, gdy myśli podsunęły jej obraz matki, imponującego i niepokojącego fenomenu. Cudowna kobieta, jej matka, ale jednak człowiek wolałby nie utknąć z nią w windzie.

Musiała skupić się na czymś innym. Zaczęła intensywnie rozważać temat bardziej melancholijny. Nie musiała nawet patrzeć na odbicie w szybie, żeby wiedzieć, co się za nią dzieje. Stary Budsie będzie siedział przy barze, uśmiechając się do wszystkich, powoli przepijając życie. Ostatni tego wieczoru rzut facetów będzie śmiał się głośno z własnych dowcipów, jednocześnie rozglądając się po pubie w poszukiwaniu kogokolwiek ze stosowną dawką estrogenu i wody utlenionej. Jo znała tych facetów, co do jednego. Od czasu gdy wszyscy byli w szkole, pięć lat niżej niż ona. Wiedziała, że Tom Bath, z ogoloną głową i kolczykiem w brwi, w tysiąc dziewięćset dziewięćdziesiątym grał Józefa w jasełkach i zmoczył się na scenie. Twierdził, że to osioł, ale wszyscy i tak wiedzieli. Chris Saunders, w skórzanej kurtce i z żelowanymi włosami, zwymiotował na drabinkach, kiedy Annabel Harris próbowała go pocałować w czwartej klasie. No i Matt Harvey, którego tata był policjantem. Matt od trzynastego roku życia palił w szkole trawkę w desperackiej próbie odrobienia szkód, jakie zawód taty poczynił w jego korytarzowej reputacji. Niestety, żadna ilość trawki nie mogła zmienić faktu, że miał uszy jak królik.

Drzwi się otworzyły i Jo odwróciła się w ich stronę. Przyglądała się wchodzącemu Shaunowi, z tymi kośćmi policzkowymi na pierwszym planie. Trzeba to uszanować u mężczyzny, pomyślała. Cokolwiek może się stać z resztą (lekki nadmiar w pasie, ślad ubytku na linii włosów i coraz więcej i więcej zmarszczek w kącikach błękitnych oczu), kości policzkowe się nie zmienią.

— No, mała — przywitał Jo miękko — wszystkiego najlepszego. — Pocałował ją w usta, gładząc po ramieniu. — Ja stawiam — dodał i odszedł kupić drinki.

Jo obserwowała, jak wolnym krokiem zmierzał do baru, jak z tylnej kieszeni dżinsów wyjął zwitek dziesiątek i familiarnym kiwnięciem pozdrowił barmana. Zaczęła się zastanawiać, co by się stało, gdyby nagle zmieniła odwieczne przyzwyczajenie. Gdyby teraz wstała i zawołała: „Nie! Nie chcę Southern Comfortu i oranżady! Chcę... Krwawą Mary!".

Mogła sobie wyobrazić tę pełną osłupienia ciszę. Zmieszanie w oczach Shauna. I efekt domina — inni czuliby się zmuszeni zrewidować własne zamówienia. Nie sposób było sobie tego wyobrazić. Już widziała artykuł w „Niblet Herald": „Miejscowa dziewczyna zmienia porządek zamówień. Jej wstrząśnięci rodzice nie znajdują słów. Niblet-upon-Avon nie należy do miejsc, gdzie takie rzeczy się zdarzają, stwierdził wczoraj właściciel lokalu...".

Pomyślała, że Shaun mógłby w ramach niespodzianki postawić jej szampana. Gdy odwrócił się i podszedł, obdarzyła go szerokim uśmiechem. Zamaszystym gestem ustawił na stole porcję Southern Comfortu i oranżadę oraz kufel Guinnessa. Ten zamaszysty gest, zdała sobie sprawę (wahnięcie w dół), to był urodzinowy prezent. Gdy cofnął się do baru po odbiór piwa dla Jamesa i Sheili, Jo przelotnie rozważyła wylanie mu tego wszystkiego na głowę.

Zanim Jo i Shaun przełknęli po pierwszym łyku, przy stole pojawili się James i Sheila, druga połowa bandy. Zdjęli płaszcze i rozsiedli się.

Przez niemal dziesięć lat Sheila była przyjaciółką i doradczynią Jo w kwestii życiowych kłopotów, a James, jej długoletni chłopak, szczęśliwym zbiegiem okoliczności kumplował się w szkole z Shaunem. W tak małej wiosce szczęśliwy zbieg okoliczności nie był aż taki cudowny. Cała czwórka stała się instytucją, jeszcze zanim zinstytucjonalizowały się oba ich związki.

— W życiu nie zgadniecie — wydyszała Sheila z płonącymi policzkami i lśniącymi oczyma.

— Czego? — zapytał Shaun, nie odwracając się, ze wzrokiem niezmiennie utkwionym w kuflu.

Sheila przesunęła się na swoje miejsce obok Jo, szczerząc zęby do wszystkich po kolei, robiąc dramatyczną pauzę przed udzieleniem odpowiedzi. W tym czasie James podciągnął spodnie i usiadł obok Shauna, naprzeciw Sheili.

— A, wszędobylski pan Casey — przywitał Shauna, zupełnie jakby Sheila niczego nie powiedziała.

— A, wszędobylskie słowo „wszędobylski" — odparł Shaun, popychając kufel w stronę przyjaciela.

— A, wszędobylskie słowo „słowo" — zrewanżował się James, chwytając za piwo.

Jo przyglądała się, jak unoszą kufle, wysuwając łokcie dla zaznaczenia odpowiedniej męskiej przestrzeni. Właściwie chyba nigdy nie słyszała, żeby Shaun i James naprawdę rozmawiali.

Oni tylko rozgrywali niekończące się gemy, sety i mecze przy pomocy języka i mózgu zamiast rakiety i piłki. Zastanowiła się, co by się stało, gdyby kiedykolwiek faktycznie musieli się porozumieć. Pewnie nastąpiłby podwójny samozapłon.

Panowie odstawili w końcu kufle i otarli usta.

— A — ponownie zaczął James — wszędobylski kufel...

— Zamknij się, James — ucięła Sheila — albo cię zadźgam.

— Hej, Sheila — odezwał się Shaun — po prostu powiedz, co ci leży na sercu.

— Ha! — wykrzyknęła na to. — W życiu się po tym nie pozbierasz, stary.

James wymamrotał coś nieskładnie w swój kufel, a Jo zdawało się, że wychwyciła słowo „harpia", chociaż nie miała pewności.

Sheila odwróciła się do Jo i dała jej prezent.

— Zwykłe gówno i pewnie już jedną masz.

— Super! Nie musiałaś! Mam otworzyć teraz czy...?

— No, więc! — wykrzyknęła Sheila. — Przysięgam! W życiu nie zgadniecie!

Jo położyła prezent na podłodze obok torby.

— Czego? — zapytała.

— Maxine Black i... — dramatyczna pauza... — pan Weatherspoon.

Sheila uzyskała pożądany efekt nawet ze strony Shauna. Faceci siedzący w kącie wstrzymali dech. Budsie na chwilę przestał pić. Znali pana Weatherspoona. Wszyscy w wiosce znali pana Weatherspoona, nauczyciela religii, który miał wyraźną słabość do włochatych szkockich swetrów i najbardziej włochate przedramiona w tej części środkowej Anglii. Jo była przerażona.

— Dopiero co się dowiedziałam — pospieszyła z wyjaśnieniem Sheila. — Maxine właśnie mówiła Sandrze Jones w sklepie, przy pieczonej fasoli, i udało mi się podsłuchać.

Jo poczuła jeszcze większe przerażenie.

— Dobra robota, Sheila! — pogratulował Shaun.

— Ale pan Weatherspoon ma trzysta lat! — zawołała Jo.

— Mówimy o szybkim macanku czy regularnym pukaniu? — zapytał Shaun.

— Pukaniu? — powtórzyła Sheila. — Czy tak wy, budowlańcy, nazywacie teraz zbliżenie seksualne?

Shaun wziął głęboki wdech.

— Nie jestem budowlańcem, jestem właścicielem firmy budow...

— Nie powinniśmy zawiadomić policji czy coś? — wtrąciła Jo. — To na pewno nielegalne.

— Powinno być, cholera — twierdził James. — Maxine Black to tłusta krowa.

Shaun roześmiał się i nad kuflem kiwnął przyjacielowi głową, przyznając mu punkt w deblu przeciw paniom.

— Jest taki stary — upierała się Jo. — Czy to go nie zabije?

— Policzyłam — stwierdziła Sheila. — Weatherspoon nie jest aż taki stary. Kiedy zaczynaliśmy gimnazjum, miał ledwie dwadzieścia jeden lat.

Wszyscy znieruchomieli, przyswajając informację.

— O mój Boże — wyszeptała w końcu Jo. — Był młodszy niż my teraz.

— Zgadza się — przyznała Sheila. — Świeżo po uzyskaniu pełnoletności.

— A teraz — ciągnęła Jo, katapultując się za pomocą swojej emocjonalnej trampoliny i lądując płasko na tyłku — tak się zestarzał, że potrzebuje seksu z dziećmi, by przypomnieć sobie, że w ogóle żyje.

— Ona ma siedemnaście lat — upomniała przyjaciółkę Sheila. — I uprawia seks — albo pukanie, jak to się mówi w elitarnym świecie budownictwa — od dwunastego roku życia.

— Chyba zwymiotuję — oznajmiła Jo.

— Ja też — wymamrotał James. — Nie dość, że tłusta krowa, to jeszcze cielę.

— Czemu chcesz wymiotować? — zapytał Shaun.

— Bo jesteśmy starsi niż pan Weatherspoon, kiedy nas uczył! — wrzasnęła Jo. — A uważaliśmy wtedy, że stoi nad grobem. Co oznacza, że oficjalnie jesteśmy starzy.

— Święta racja, kotku. — Shaun mrugnął. — Niedługo będziesz miała własnych malców.

Sheila dramatycznie sapnęła.

— Och, Jo! — zawołała. — Zdaje się, że Shaun właśnie się oświadczył. Jakie to słodkie!

— Komu następną kolejkę? — zapytał James.

— Na miłość boską! — krzyknęła Jo. — Przeżywam załamanie nerwowe. Mam dwadzieścia trzy lata! Dotarłam do szczytu! Jedyne, co mnie jeszcze czeka, to hemoroidy i wygodne buty.

Nastąpiła chwila ciszy.

— Nie martw się, stara — stwierdził James. — Wciąż masz nogi jak młoda klaczka.

— No, tak — powiedziała Jo. — Idę do domu.

Dwadzieścia minut później Shaun, Sheila i James z zadowoleniem uznali, że przekonali Jo, by została, za pomocą precyzyjnych, trafnych argumentów. Nawet nie przyszło im do głowy, że jedyną alternatywą dla Jo był długi wieczór z rodzicami.

Dochodziła jedenasta, gdy wreszcie się od nich uwolniła, dając słowo, że naprawdę chce być sama. Zostawiła Sheilę flirtującą z facetami w kącie oraz Shauna dającego Jamesowi łupnia przy bilardzie i powoli powlokła się do domu rodziców. Spróbowała delektować się ciszą, nocnym niebem i rześkim zapachem nadziei, który zwykle uwielbiała w wiosenne wieczory.

Jo nigdy nie nocowała u Shauna w tygodniu, nawet przy tak wyjątkowych okazjach jak urodziny. Etyka pracy rodziców okazała się silniejsza niż ich seksualny kodeks moralny, co w efekcie oznaczało, że wyłącznie w dni wolne od pracy potrafili sobie poradzić z przypuszczeniem, że uprawia przedmałżeński seks.

Zazdrościła im. Przynajmniej w coś wierzyli. Ona nie wierzyła już nawet w pracę. Była kolejną z życiowych nadziei, a okazała się wielkim, tłustym zerem. Obserwowała, jak jej oddech tworzy obłoczek pary w czystym nocnym powietrzu — dowód, nawet jeśli efemeryczny, że jej emocje były prawdziwe.

Jako dziecko Jo należała do najlepszych uczniów w klasie. Zachęcana przez entuzjastycznych nauczycieli marzyła, że pewnego dnia będzie studiować wśród strzelistych iglic i śladów historii, w towarzystwie podobnych entuzjastów i inspirujących geniuszy. Nie miała pojęcia, jaki przedmiot chce studiować, ale wiedziała, że jakiś chce.

Potem, w wieku trzynastu lat, oglądając pewnego wieczoru w tygodniu program popularnonaukowy, odkryła, że istnieje przedmiot o nazwie antropologia. Cały przedmiot dla poznawania ludzi i tego, jak funkcjonowali w obrębie społeczeństwa! Z miejsca oznajmiła, że to właśnie będzie studiować, kiedy dorośnie. Matka podniosła wzrok znad szycia, a ojciec skinął głową, zanim przełączył się na Wogana.

Jo nie przeszkadzała obojętność rodziców wobec jej ambicji. Jak każdy nastolatek szczerze wierzyła, że opinia rodziców w niewielkim stopniu wpływa na jej wielkie plany. Ale później, stopniowo — tak nieznacznie, że nawet nie poczuła, kiedy wkradło się to w jej myśli — zaczęła dostrzegać, że było to absurdalne marzenie. Zarówno w kręgu przyjaciół, jak i wśród dalszych znajomych, miała wyłącznie ludzi, którzy studiowali praktyczne kierunki. Nawet Billy Smith, straszy o dwa lata, prawdziwy geniusz, który pojechał do Oksfordu, wybrał medycynę. Zresztą wszyscy wiedzieli, że nie miał przyjaciół, a jego rodzice byli świadkami Jehowy. Siedmioletnie studia! Siedem lat pobierania pensji — trzysta sześćdziesiąt cztery czeki z wypłatą — zmarnowane! W dodatku za ten przywilej trzeba było płacić. Bezsensowne zajęcie. Zresztą zawsze mieli się za lepszych od innych, ci Smithowie.

I tak Jo przywykła do myśli, że poświęcenie całych trzech lat na studiowanie dla samego studiowania jest pobłażaniem sobie i stratą cennego czasu. Zgodziła się z ojcem, że to najważniejszy okres w jej życiu, kiedy trzeba podjąć decyzje, które wpłyną na wszystko, co nastąpi po nich. Jako osoba praktyczna była z tego dumna.

Pragmatyzm sprawił, że postanowiła wyszkolić się na niańkę. Kochała dzieci, te zdawały się ją lubić, czemu nie wykorzystać tego do zarabiania niezłych pieniędzy? I tak Jo rozczarowała nauczycieli, zadowoliła rodziców i odłożyła swoje marzenie na półkę, zapisując się do miejscowego college'u. Tam uzyskała tytuł, którego nie dało się może zapisać przed nazwiskiem, ale nieźle wyglądał w CV i w parę tygodni zapewnił jej solidną pensję. Po zapłaceniu rodzicom przyzwoitej kwoty za mieszkanie i dołożenie się do cotygodniowego budżetu, resztę miała dla siebie. Przez pierwsze cztery lata po skończeniu college'u szczerze ją to cieszyło.

Dopiero ostatnio Jo zaczęły dręczyć fundamentalne pytania, dotyczące pracy niańki. Takie, na przykład, jak to, co się stało, że nie ma już perspektyw na większe pieniądze? I jak to możliwe, że pracowała długie godziny bez widoków na awans i utknęła, waląc głową w niski pułap wynagrodzeń, tak niski, że musiała się pod nim przeczołgać?

Jak to możliwe, że jej pracodawcy — mający mniej zdrowego rozsądku i poziom inteligencji emocjonalnej niewart wspomnienia — pracowali krócej, a jednak byli w stanie płacić jej ułamek własnych pensji?

Każdego ranka stawała na przystanku autobusowym w przenikliwym zimnie, po ciemku, potem wpychała się do sapiącego autobusu do miasta. Szła do domu szefowej, gdzie zjawiała się podczas trwającego w najlepsze śniadania. Podczas gdy Jo zaczynała sprzątać brudne naczynia i przejmować opiekę nad dziećmi, matka, o której mowa, niezmiennie wsiadała do vana i odjeżdżała do jasno oświetlonego, wysprzątanego i uporządkowanego biura, zostawiając Jo w miejscu pracy przypominającym strefę działań wojennych. Następnie, w porze między szóstą a ósmą wieczorem, dana matka wracała do domu, opowiadała Jo, jak wyczerpujący miała dzień, a potem przyjmowała od niej sprawozdanie na temat wszystkiego, co mały Joey czy Jack powiedział, zrobił albo wysrał. Dopiero wówczas Jo mogła wyjść i pieszo dotrzeć na przystanek autobusowy, zaczekać w przenikliwym zimnie, po ciemku, na autobus i spacerem przejść z powrotem do domu.

I to miało być w porządku? Jak to możliwe, żeby pokorny realizm, zaakceptowany w trudnym wieku lat szesnastu, doczekał się tak skromnej nagrody? Czuła się, jakby skręciła w złą stronę i skończyła w ślepym zaułku, zanim jeszcze przystąpiła do egzaminu na prawo jazdy. Co gorsza, propozycje pracy składały coraz młodsze i młodsze matki i myśl o tym, że te psie pieniądze płacą jej kobiety zaledwie o kilka lat starsze od niej, sprawiała, iż czuła się zraniona. Na domiar wszystkiego coraz bardziej się obawiała, że jeśli niedługo nie ogłoszą z Shaunem zaręczyn, jej rodzice sami mu się oświadczą. Nigdy im nie powiedziała, że przestał ją prosić o rękę dwa lata wcześniej, gdy odmówiła mu po raz trzeci, nie podając żadnego innego powodu poza tym, że to w jej odczuciu niewłaściwy moment. Jo zdumiewało to, że jeśli para była razem przez pewien czas i nie ogłaszała zaręczyn, ludzie zakładali, że to dziewczyna bez końca czeka na propozycję ze strony chłopaka. Nawet w dwudziestym pierwszym wieku, gdy powinni już być mądrzejsi, a dziewczyna była ich własną córką — istniało to paskudne, obraźliwe, staroświeckie założenie, które jak kwas przeżerało reputację, atrakcyjność i inteligencję dziewczyny.

Prawda była taka, że za każdym razem, gdy Shaun siadał naprzeciw niej w zatłoczonej restauracji, bladł i prosił ją o rękę, musiała ukrywać rozczarowanie. Jak mógł być z nią przez tak długi czas i nie zdawać sobie sprawy, że przy życiowej decyzji tej wagi nad jakieś staroświeckie, ograniczające wyobrażenie „romansu" przedkłada racjonalne myślenie? Czy naprawdę uważał, że wolałaby, aby taką decyzję podjął w tajemnicy przed nią? Naprawdę sądził, że chciałaby zaczynać małżeńskie życie, mając wrażenie, że jego rolą jest podejmowanie decyzji, a jej wyrażenie lub niewyrażenie zgody? Lub, co ważniejsze, że byłaby w stanie podjąć decyzję w zatłoczonej restauracji, gdzie nie potrafiła nawet wybrać przystawki? Poza tym pojawiało się w jej głowie paskudne skojarzenie z wręczaniem komuś wymówienia w miejscu publicznym, żeby uniknąć ambarasu. Czasami zastanawiała się, czy nie byliby małżeństwem od lat, gdyby Shaun faktycznie ośmielił się przedyskutować z nią ten temat, zamiast stawiać ją w obliczu czegoś w rodzaju testu wyboru.

Dotarła do najwyżej położonego punktu drogi, zatrzymując się, żeby rzucić okiem na aksamitnie czarne cienie wzgórz w oddali. Ten widok zwykle przynosił jej pociechę. Poczuła przygniatający z wolna ciężar, pierwszy raz w życiu zdała sobie sprawę, że być może te wzgórza nie są widokiem, ale go blokują.

— Dobrze. — Vanessa obdarzyła ładne młode dziewczę w kuchni olśniewającym uśmiechem, podczas gdy Dick przeglądał jej CV. — Mamy tylko kilka pytań.

— Proszę strzelać — uśmiechnęła się dziewczyna.

Vanessa wyjęła Dickowi CV z ręki.

— Jak rozpoznałabyś zapalenie opon mózgowych?

Dziewczyna poruszyła się nerwowo na krześle.

— Szukałabym wysypki.

Vanessa i Dick skinęli głowami, wpatrując się w dziewczynę.

— Zapytałabym dziecko, jak się czuje... — ciągnęła — i jeżeli czułoby się kiepsko, zadzwoniłabym po lekarza. Albo — szeroki uśmiech — zadzwoniłabym do mojego chłopaka. Jest lekarzem w King's. Poszukalibyśmy mieszkania razem, ale póki co musi mieszkać na miejscu.

Vanessa odłożyła CV i Dick szybko przejął inicjatywę.

— Palisz? — zapytał.

— Tylko na dworze — odpowiedziała dziewczyna, nie spuszczając z niego spojrzenia wielkich zielonych oczu.

— Tylko na dworze? Co takiego? To znaczy, że...

— No, sprawdzam, czy dzieciak jest zajęty, ogląda telewizję czy coś, i wyskakuję na dwór. Uważam, że nie powinny mnie widzieć z papierosem.

— Dziękuję... — zaczęła Vanessa.

— A co chciałabyś gotować dla dziecka? — zapytał Dick pospiesznie.

— Właściwie to, co sama lubię. Uważam, że dzieci jak najszybciej powinny zacząć jeść to, co dorośli. Wcale nie zawsze to jedzenie dla dzieci jest takie zdrowe. Dzieciaki są od tego rozpuszczone.

Aha. Oboje pochylili się w jej stronę.

— A co sama lubisz jeść? — zapytała Vanessa.

— Paluszki rybne. Hamburgery. Uwielbiam frytki. I oczywiście ketchup.

— Bardzo dziękujemy, że przyszłaś — powiedziała Vanessa. — Chyba nie mamy dalszych...

— A ty masz jakieś pytania? — zwrócił się Dick do dziewczyny.

— Ooch, właściwie tak — odparła. — Jakiej marki komórkę bym dostała?

Dziesięć minut później siedzieli w oczekiwaniu na pojawienie się następnej niani.

— Minęły całe dwa tygodnie i przepytaliśmy dziesięć dziewczyn — zauważył Dick. — To śmieszne.

— Minęły całe dwa tygodnie i ja przepytałam dziesięć dziewczyn — poprawiła Vanessa. — Ty rozmawiałeś z trzema. I od razu ci mówię, że nie załatwiam sama kolejnej soboty.

— Dobra, ale nie posuwamy się do przodu.

— Co proponujesz? — zapytała Vanessa.

— Uważam, że może jesteśmy troszkę za ostrzy.

— Za ostrzy? Chodzi o osobę, która będzie wychowywać nasze dzieci! Oczywiście, że jesteśmy ostrzy!

— Cóż, tak tylko sądzę, że może nie myślisz... nie myślimy realistycznie.

— Oczywiście, że nie myślę realistycznie! — krzyknęła Vanessa. — Podchodzę do tego emocjonalnie, subiektywnie, mam wymagania i jestem pełna nadziei. — Oklapła. — Jak sądzisz, czemu to takie depresyjne?

— Może sama śmietanka jest poza naszym zasięgiem finansowym.

— Niee. Niemożliwe. Tak ciężko pracujemy. Zasługujemy na to, co najlepsze.

— Ale jesteśmy tylko ludźmi, Ness.

— Wiem — westchnęła. — Człowiek, który opatentuje roboniańkę, umrze bogaty.

— Czy tego szukamy? — zapytał Dick. — Robota?

— Nie. Powiem ci, czego szukamy. — Vanessa wyprostowała się na krześle. — Szukamy sympatycznej młodej dziewczyny z miłej, spokojnej rodziny, dziewczyny, która nie prowadzi absolutnie żadnego życia towarzyskiego, ma mieszkającego daleko chłopaka, nie ma żadnych zainteresowań i zdecydowanie żadnych fobii. Nie może palić, nie może oglądać telewizji w czasie dnia. Musi umieć prowadzić i mieć obsesję na punkcie naszych dzieci do tego stopnia, by stały się jej życiem do chwili, gdy wrócimy do domu, bo wtedy musi wracać do swojego pokoju i siedzieć tam cały wieczór, gapiąc się w ścianę. Musi umieć zadbać o zdrowie dzieci, mówić łagodnie, lecz stanowczo, mieć zaliczone szkolenie firmowane przez Krajową Pielęgniarską Komisję Egzaminacyjną, być pogodna i mieć masę zdrowego rozsądku; musi być bezinteresowna, porządna, ciepła, uzdolniona plastycznie, mieć żywą wyobraźnię, być czysta i odporna na nudę. I musi gorzej niż ja wyglądać w bikini.

Nastąpiła chwila ciszy.

Dick zaryzykował ostrożnie:

— Cóż. Myślę, że może jesteś nieco nierozsądna.

— Oczywiście, że jestem nierozsądna! — krzyknęła Vanessa. — Jestem matką! Szczerze mówiąc, Dick, czasami się zastanawiam, czy mnie słuchasz.

— O rany. — Dick westchnął. — Nic dziwnego, że ten proces zajmuje tyle czasu. Jeszcze jakieś wymagania, które powinienem znać? Istnieje idealny rozmiar buta?

— I muszę ją polubić — przypomniała sobie Vanessa. — Nie jako przyjaciółkę, nie chcę przyjaciółki, chcę pracownika. Ale będzie mieszkać w moim domu...

— Naszym domu...

— I stanie się kimś, z kim będę musiała rozmawiać co wieczór, kiedy ty oglądasz telewizję.

Teraz nastała długa chwila ciszy, podczas której Dick nalał im po mocnym drinku.

— Czemu wszystkie są takie młode? — zaczął się zastanawiać na głos. — W dawnych czasach to były hoże damy w krochmalonych fartuchach, z surową miną, które dzierżyły ster w ręku, podczas gdy rodzice mieli jakieś życie.

— Tak, mój drogi, i potajemnie kochały się w lokaju.

Rozległ się dzwonek.

— Ja otworzę, kochanie — stwierdził Dick — żeby sprawdzić, czy czeka tam na nas jakiś cud.

Otworzył drzwi wejściowe. Stała przed nim kobieta po pięćdziesiątce, ubrana w niemodny kraciasty kostium. Miała gors jak zapora i twarz jak żaba. Naprawdę się przestraszył.

— Proszę wejść — powiedział ostrożnie. Poszła za nim korytarzem i kiedy docierali do kuchni, już niemal biegł. Dokonano wzajemnych prezentacji i rozmowa wstępna się rozpoczęła.

— Co chciałaby pani gotować dla dziecka? — zapytała Vanessa.

— Dwa razy dziennie dzieci muszą jeść świeże owoce i warzywa — stanowczo oznajmiła kobieta. — Uzgodniłabym z panią cotygodniowy jadłospis, a potem przyzwyczaiła dzieci do pewnej rutyny. To daje im poczucie stabilności i uczy, że to nie one kontrolują sytuację, ale pani poprzez moją osobę.

— Dziękuję — powiedział Dick, zaczynając się podnosić. — Nie sądzę, żebyśmy mieli...

— Czy ma pani rodzinę? — odezwała się Vanessa. Dick usiadł.

— Obie moje córki mieszkają za granicą — wyjaśniła kobieta. — Owdowiałam w roku siedemdziesiątym dziewiątym. Z prawdziwą przyjemnością zajmę się dziećmi co wieczór. Oraz w weekendy.

— Myślę, że to wszystko, prawda, kochanie? — Dick zwrócił się do Vanessy, która go zignorowała.

— Jakie ma pani hobby?

— Robótki na drutach i gotowanie.

— Pali pani?

— Nie. Odrażający nałóg.

— Czy chciałaby pani zobaczyć nasze dzieci? — zapytała Vanessa, nie zwracając uwagi na nieznaczny ruch w przód wykonany przez Dicka.

— Nie — odparła dama. — Lubię dzieci bez względu na to, jakie są.

Vanessa nie udzieliła odpowiedzi od razu.

— Och — stwierdziła — rozumiem.

— Świetnie! — Dick niemal podskoczył. — Bardzo dziękujemy, że się pani fatygowała, to szalenie miło z pani strony, cudowny kostium...

Odprowadził do drzwi ostatnią w tym tygodniu kandydatkę, podczas gdy Vanessa żałośnie wpatrywała się w przestrzeń.

Poniedziałek w Niblet-upon-Avon okazał się świeży i jasny, więc park był dosyć pełny — na tyle że Jo i zaprzyjaźniona niania Edwina musiały dzielić ławkę ze starszą damą, która nosiła płaszcz stosowny dla staruszka i wąs młodego mężczyzny.

Siedziały, nie spuszczając z oka podopiecznych, którzy, co oczywiste, ganiali w pobliżu. Trzyletni Davey był ostatnim maluchem Jo. Jego siostra poszła już do szkoły, a on niedługo miał zacząć uczęszczać codziennie rano na trzy godziny do przedszkola. Nie mógł się doczekać, a Jo i matka Daveya usiłowały nie podchodzić do tego osobiście. Jo była jego nianią, odkąd skończył sześć miesięcy, i uwielbiała go. Moment, w którym rozpocznie przedszkole, miał znacząco zmniejszyć satysfakcję, jaką czerpała z pracy.

Odwróciła się i przyjrzała Edwinie, która uważnie przeglądała „The Lady" w poszukiwaniu nowej posady. Podopieczna Edwiny, Nancy, była biednym słodkim maleństwem, natomiast jej rodzice wręcz przeciwnie. Edwina doszła w końcu do kresu wytrzymałości i jak cały szereg niań Nancy przed nią, większą część dnia spędzanego z dziewczynką poświęcała na rozpaczliwe poszukiwanie innego zajęcia.

Jo odwróciła się, żeby zlokalizować dzieci. Po chwili zobaczyła je siedzące razem przy drzewie w odległym narożniku.

— Hm — powiedziała do Edwiny — czy Nancy powinna to robić?

— Pewnie nie — mruknęła przyjaciółka, nie podnosząc wzroku.

W końcu jednak zerknęła na podopieczną. Nancy zdejmowała majteczki i pokazywała Daveyowi, w którym miejscu Barbie osobiście złożyła na nich autograf w kolorze różowym.

— O nie, tylko nie to — westchnęła Edwina i odłożyła magazyn. Wstała z ławki i niechętnie podążyła w stronę małej.

Jo przyglądała się, jak dwójka maluchów unosi majteczki firmowane przez Barbie nad głowy, radośnie nieświadoma, że to badanie jakości zostanie niedługo poważnie skrócone. Wtem padł na nich cień i czworo niewinnych oczu spojrzało na Edwinę przez obrzeżone koronką wycięcia na nogi.

Jo zerknęła na zegarek. Kolejne pół godziny zabawy przed końcem szkoły. Przyjemny ciepły powiew poruszył nagle powietrzem. Zamknęła oczy i oparła się o ławkę. Odgłosy dziecięcych chichotów i psie szczekanie działały uspokajająco. Pożyj przez chwilę, powiedziała sobie, po prostu przez chwilę pożyj.

Musiała zasnąć, ponieważ delikatne falowanie lśniących stron odwracanych przez wietrzyk wkradło się w jej świadomość, przerywając sen o Hugh Jackmanie ubranym w fartuch i uśmiechającym się znad kuchennego zlewu jej matki. Otworzyła oczy i spojrzała w dół, na czasopismo, które Edwina zostawiła obok na ławce. Nigdy wcześniej nie interesowało ją „The Lady" — wszystkie posady jakoś same jej się trafiały — ale coś skłoniło ją, żeby podnieść magazyn. Pomyślała o Alicji w Krainie Czarów, biorącej do ręki butelkę oznaczoną „Wypij mnie".

Pobieżnie przejrzała strony ogłoszeń „poszukuję niani" i zdała sobie sprawę, że jest artykułem pierwszej potrzeby. Zaczęła przewracać kartki, czując się, jakby odkryła nową warstwę czekoladek w pudełku, w którym, jak sądziła, zostały już tylko pomarańczowe marcepanki. W końcu zatrzymała wzrok na pewnym konkretnym ogłoszeniu. Miało bardzo ładną czarną ramkę.

Poszukiwana miła i kochająca niania dla zapracowanej rodziny w Highgate Village, w Londynie. Wymagane prawo jazdy bez obciążeń, palenie wykluczone. Wyłączność w opiece nad dziećmi w wieku osiem, sześć i cztery. Renault Clio, apartament z telewizorem i DVD do wyłącznego użytku.

Z początku pomyślała, że tygodniowe wynagrodzenie to numer kodu pocztowego. Przeczytała ponownie, tym razem wolniej. A potem przeczytała jeszcze raz.

Highgate Village. Ładna, staroświecko brzmiąca nazwa, ale w Londynie. Ostatnio była w Londynie jako nastolatka wraz z tłumem przyjaciół, którzy chcieli powłóczyć się po klubach. Pamiętała radosne wrażenie, że to miejsce kipi możliwościami, nawet w środku nocy. Wróciła do ogłoszenia.

Trójka dzieci — nigdy wcześniej nie opiekowała się trójką, ale wiedziała, że rozpaczliwie potrzebuje wyzwania. I ten samochód... I apartament.

Po kilkakrotnym przeczytaniu tekstu poczuła, jak mocno bije jej serce. Nowe olśniewające myśli eksplodowały jej w głowie. Przy takiej pensji mogłaby coś odłożyć — może nawet pierwszy raz w życiu zaoszczędzić. Wrócić do domu i wpłacić zadatek na małe mieszkanie. Albo wykorzystać pieniądze na opłacenie kursu w college'u... Wciąż jeszcze była młoda, mogła zacząć od nowa, rodzice by zrozumieli...

Nagle ściągnęła cugle — nie mogłaby opuścić mamy i taty. To nie byłoby w porządku — teraz potrzebowali jej bardziej niż kiedykolwiek.

— Weź to sobie — rozległ się głos Edwiny. — Dla mnie za cholerę nic tam nie ma.

Jo podniosła wzrok.

— O nie...

— Masz — powiedział Edwina. — Bierz. — Wyjęła pismo z rąk koleżanki, zwinęła je niedbale i wcisnęła do torby Jo między ukochanych kumpli Daveya z Thunderbirds, Scota i Virgilla.

Tego wieczoru Hilda i Bill nie rozmawiali. Bill zjadł kolację w pubie — stek i frytki — zamiast wrócić do domu na warzywa na parze i dorsza. Oboje byli wściekli i telewizor stał się pretekstem do kłótni.

— Chyba nie oglądasz tego gówna, co? — pytała Hilda za każdym razem, kiedy Bill przeskakiwał na kanał z programem, który chciał zobaczyć.

Jo miała niewielką ochotę patrzeć w ekran, ale nie chciała też natrafić na wzrok matki. Z braku lepszego wyboru spojrzała na drzwi korytarza.

— Co się dzieje? — zapytała matka.

Jo usłyszała własny głos:

— Chcę zadzwonić.

— Oczywiście, kochanie. Nie musisz prosić o pozwolenie.

Na te słowa Jo przeszła do korytarza i zadzwoniła do Fitzgeraldów w Highgate, w Londynie.

2

Tyle było do oglądania, że Jo nie wiedziała, na co patrzeć najpierw. Dom w Highgate wydawał się z zewnątrz mały, mniejszy nawet niż dom jej rodziców. Niewyróżniający się wiktoriański budynek, ostatni w szeregu, bez ogrodu od frontu. Miał tylko jedno okno wychodzące na brzydką ulicę północnego Londynu, która w niczym nie przypominała wiejskiej i była do tego stopnia zapchana ogromnymi samochodami z napędem na cztery koła, że Jo zaczęła się zastanawiać, czy używa się ich niekiedy jako pokoi gościnnych.

Nacisnęła dzwonek i zaczekała. Zaaferowana Francesca, już niedługo eksniania, otworzyła i Jo miała wrażenie, że znalazła się w powiększającej się samoczynnie przestrzeni.

Już hol praktycznie był pokojem z jasnymi wiktoriańskimi kaflami na podłodze i gzymsami pod sufitem, otaczającymi delikatnie zdobioną pokrywę wlotu powietrza. Pod przeciwległą ścianą stał szezlong, a obok, na maleńkim stoliczku, telefon stylizowany na wiktoriański. Ściany pomalowano przepyszną czerwienią. Francesca ruchem ręki nakazała Jo zaczekać w salonie i zamknęła za sobą drzwi. Jo w zwolnionym tempie wykonała obrót o trzysta sześćdziesiąt stopni, starając się wchłonąć jak najwięcej w możliwie najkrótszym czasie. Wyburzono ściany między salonem a jadalnią, więc to, co z zewnątrz wyglądało na niewielki pokoik od frontu, było w rzeczywistości bardzo wygodnym pokojem wypoczynkowym połączonym z jadalnym, oba z niesamowicie wysokimi sufitami.

Salon umeblowano głębokimi białymi sofami, ustawionymi na lakierowanej dębowej podłodze. Ściany miały inny odcień głębokiej czerwieni, na której tle pysznił się oszałamiający wiktoriański kominek, obrzeżony lśniącymi wiktoriańskimi kafelkami z drobnym wzorem. Nad nim wisiał obraz w żywych kolorach podstawowych, który, jak uznała Jo, musiał zostać namalowany przez jedno z dzieci.

W jadalni stał wspaniały ogromny drewniany stół z odpowiednimi wysokimi drewnianymi krzesłami. Na ścianach w misternie kutych kandelabrach osadzono grube, powykrzywiane świece, podobnie jak w pasującym do nich centralnie zawieszonym żyrandolu. Jedyne oświetlenie elektryczne znajdowało się w odległym kącie, nad wypolerowanym pianinem, na którym leżały dwa flety proste. Obok nich kremowy kot z melancholijną miną wpatrywał się w Jo, mrużąc oczy. Przestraszyło ją pierwsze mrugnięcie, poczuła się, jakby szpiegowała i została przyłapana na gorącym uczynku. Uśmiechnęła się do kota zawstydzona, a potem cmoknęła do samej siebie z dezaprobatą i odwróciła wzrok.

Okna ze szprosami były starannie odnowione, z kosztownymi zasłonami w kolorze jeszcze ciemniejszej, mocniejszej czerwieni niż ściany, podtrzymanymi przez fantazyjne, kute zaczepy.

Jo dobiegły głosy mężczyzny i młodej kobiety, żegnających się w holu, kobieta bardzo przymilnie, mężczyzna zdawkowo. Potem drzwi wejściowe się zamknęły i po chwili ciszy usłyszała wypowiedziane głośno: „Słodki Jezu!". Jo szybko usiadła, gdy drzwi salonu zaczęły się otwierać i stanął w nich mężczyzna. Wstała.

— Jo Green?

— Tak. — Podeszła do niego. Skinął przelotnie głową, po czym powiedział:

— Proszę za mną.

Jo wyciągnęła już rękę do uścisku, ale mężczyzna wydał się tym nieco zaskoczony.

— Och — potrząsnął jej dłonią — Dick Fitzgerald.

— Miło mi pana poznać, panie Fitzgerald.

— Proszę mi mówić Dick. Mnie także. Hm, proszę za mną. Dick poprowadził Jo wąskim korytarzem na tył domu, gdzie przytrzymał dla niej drzwi do kuchni, po czym także wszedł.

— Żona będzie za minutę — oznajmił.

Jo ledwie go słyszała. Stała w największej, najjaśniejszej kuchni, jaką kiedykolwiek widziała — wielkości całego parteru w domu rodziców. Umieszczone na suficie reflektorki z wysoka oświetlały szklany stół w oddzielnym kąciku jadalnym, z którego piękne, ogromne przeszklone drzwi prowadziły do urządzonego w idealnych proporcjach, wypielęgnowanego wąskiego ogrodu. Wokół szklanego stołu ustawiono sześć żelaznych krzeseł z wysokimi oparciami i siedzeniami z gniecionego aksamitu, przypominających trony. Siedzący na stole kolejny kremowy kot z melancholijną miną wpatrywał się w nią jak sfinks i Jo zaczęła się z niepokojem zastanawiać, czy to bliźniak kota z pianina, czy też koncepcja żartu według kota z pianina. Zdenerwowana, z wahaniem weszła w głąb pomieszczenia. Kuchnia została pomalowana na kolor, którego nawet nie potrafiła nazwać. Fioletowy? Lawendowy? Niebieski? Liliowy?

Szła dalej, za rogiem, w części kuchni, która rozszerzała się, tworząc oranżerię, stała dobrana kolorem (fioletowa? lawendowa? niebieska? liliowa?) dwuosobowa sofa. Naprzeciwko znajdował się największy telewizor, jaki Jo w życiu widziała. Usilnie starała się nie jęknąć. Tata poczułby się w tej kuchni jak w raju. Potrzebowałby jeszcze tylko wstawienia toalety i nigdy więcej niczego by nie zapragnął. Do cholery, właściwie wystarczyłby mu nocnik. Zauważyła, że sofa naprzeciw telewizora ma na podłokietniku zwiniętą narzutę — jedyne w pomieszczeniu ustępstwo na rzecz życia z dziećmi. To musi być środowisko naturalne niani. Złapała się na uśmiechu. Mogłaby tu być bardzo szczęśliwa.

Dick zaproponował jej krzesło i usiadła przy szklanym stole w części jadalnej. Starała się nie patrzeć przez szkło na swoje nogi i stopy, ale było to przedziwne uczucie. Przeniosła spojrzenie na Dicka, który wstawiał kubki do zmywarki. Drzwiczki w kuchni miały fantazyjną linię, podobnie klamki. Znajdowały się tu wszelkie możliwe nowoczesne udogodnienia, w tym maszyny do robienia kawy, makaronu i chleba. Zupełnie jakby się znalazła w będącej szczytem techniki jaskini czarownicy. Każde urządzenie, w tym również kosmiczne w kształcie czajnik i toster, wykonano z lśniącego chromu. Żadnego kwiatka w zasięgu wzroku. Jej matka cierpiałaby tu z powodu objawów odrzucenia. Patrząc na wszystkie przedmioty ustawione w okiennej wnęce wyłożonej glazurowanym kaflami w stylu śródziemnomorskim, Jo poczuła pokusę, żeby przyznać matce rację. Czuła się jak na chromowanym polu bitwy.

Sprzęty gospodarcze w rodzaju lodówki były ukryte za dopasowanymi kolorystycznie (fioletowymi? lawendowymi? niebieskimi? liliowymi?) drzwiami. Rozpoznać dało się właśnie tylko lodówkę po urządzeniu do produkcji lodu. Obszerny zlew o nerkowatym kształcie był całkiem pusty i czysty, a to dzięki zręcznie zamaskowanej zmywarce. Jo próbowała sobie przypomnieć, czy kiedykolwiek widziała w domu pusty zlew. Zamiast dwóch kranów miał jeden, mosiężny, wypolerowany do połysku, o wyglądzie staroświeckiej pompy. Wokół zlewu i na wszystkich szafkach kosztownie połyskiwał granitowy blat o zaokrąglonych brzegach.

Jo wchłonęła to wszystko, a potem ponownie zerknęła na Dicka, uprzejmie kiwając głową. Być może już nigdy nie zobaczy tego miejsca — musiała zapamiętać najwięcej, jak się da. Dick przesunął się do kolejnych drzwi, za sobą, i to, co Jo uznała za szafkę, okazało się solidnej wielkości pomieszczeniem gospodarczym z kolejnym dużym, choć już nie tak pięknym, zlewem. Trzymano tam suszarkę, pralkę, deskę do prasowania i żelazko. Pomieszczenie miało rozmiary kuchni jej matki. Jo zaczęła żałować, że nie zabrała ze sobą aparatu.

Dick pozwolił jej się gapić. Po prostu to uwielbiał. Warto było wziąć wolną sobotę w pracy, żeby cieszyć się całą tą młodzieńczą, prowincjonalną adoracją. Uwielbiał, kiedy próbowały udawać, że nie są powalone, jakby nie mógł tego wyczytać z ich rozdziawionych ust. Zwykle w tym momencie nabierały szacunku i brakło im słów.

— Państwa dom jest absolutnie cudowny — ciepło odezwała się Jo. — Czuję się, jakbym znalazła się na stronie jednego z tych eleganckich czasopism.

Dick roześmiał się, trochę zaskoczony.

— Och! Cóż! Dziękuję — odrzekł. — Jesteś bardzo uprzejma. Właściwie wszystkie komplementy należą się mojej żonie... W drzwiach kuchennych pojawiła się kobieta.

— Czy znów mówisz o swojej umiejętności doboru stroju, kochanie? — przerwała Dickowi, podchodząc do Jo. — Vanessa Fitzgerald.

— Jo Green.

— Bardzo dziękuję, że się fatygowałaś.

— Nie ma za co. Kiedy się już wsiądzie do pociągu, to...

— Skąd pochodzisz? — Vanessa ruszyła w stronę kuchennego stołu i tronów.

— Niblet-upon-Avon, maleńkiej wioski tuż obok Stratfordu.

Wymieniły mocny uścisk dłoni.

— Urocze — stwierdziła Vanessa.

— Och, była pani w Warwickshire?

— Nie, ale słyszałam, że miejscami dorównuje Toskanii.

— Hm. Cóż, jest tam bardzo pięknie.

— No, dobrze — powiedziała Vanessa, przepłaszając kota. — Zacznijmy.

Kot ponownie usadowił się w dalszej części stołu, gotów na przedstawienie.

Obie kobiety usiadły. Vanessa obdarzyła Jo wymuszonym uśmiechem.

— Tylko uporządkuję wcześniejsze zgłoszenia. — Zmięła pięć CV i wrzuciła do kosza. — Zatrudniamy nianię — uśmiechnęła się — nie świadczymy pomocy psychiatrycznej.

— Mój Boże, kochanie — odezwał się Dick z części kuchennej — uwielbiam, kiedy jesteś nieludzka.

Jo nie mogła znieść widoku Vanessy czytającej jej własne CV, skupiła się więc na obserwacji Dicka, który zajął się czymś w kuchni. Mogłaby go opisać jako przystojnego starszego faceta. Gdyby był dwadzieścia lat młodszy, do tej pory miałaby już solidne wypieki, ale wiek zdecydowanie stłumił jego czar. Prawdopodobnie przed pięćdziesiątką, może nawet po, do dżinsów w najmodniejszym fasonie nosił granatowy sweter pod szyję i jakimś cudem nie wyglądał na ubranego zbyt młodzieżowo. Zerknęła na Vanessę, która mimo zmęczenia była wręcz piękna. Łagodne brązowe oczy, waniliowa skóra i gęste ciemne włosy, które przywiodły Jo na myśl lody Magnum. Prawdopodobnie przed czterdziestką. Miała na sobie modną, falującą na wysokości kolan spódnicę i krótki dopasowany top; strój odsłaniał opływowe kształty, które kojarzyły się z płynnością linii w kuchni.

Jo poczuła przypływ nadziei, którą pielęgnowała w sobie od dawna. Oto dwoje atrakcyjnych ludzi, którzy przed stworzeniem rodziny zaczekali na znalezienie właściwego partnera, zamiast robić to, bo wszyscy inni dookoła już się do tego zabrali. Razem mieli wszystko — prezencję, pieniądze, dużą rodzinę i telewizor wielkości małego ekranu kinowego. Patrz i ucz się, pomyślała, patrz i ucz się.

— Herbaty? Kawy? — zapytał Dick.

— Herbaty, z przyjemnością — uśmiechnęła się Jo.

— Earl Grey, English Breakfast, ziołowa czy lapsang souchong?

Jo zagapiła się na niego. Czy rozmowa wstępna już się zaczęła?

— Przestań się popisywać, kochanie — westchnęła Vanessa. — Zrób nam dzbanek herbaty i zamknij się.

Jo znów wpatrzyła się w Vanessę. Nigdy w życiu nie słyszała, żeby kobieta kazała mężczyźnie zrobić herbatę i się zamknąć.

Kiedy Dick przygotowywał herbatę, nucąc przy tym, Vanessa przyłapała Jo na zerkaniu w stronę olbrzymiego telewizora.

— Może i jest duży — stwierdziła sucho — ale wciąż pokazuje to samo gówno, co inne telewizory.

— Dźwięk surroo-und — zaśpiewał Dick, pracowicie ustawiając na tacy filiżanki i dzbanek.

— W dupie mam dźwięk surround — zanuciła Vanessa, nadal uśmiechając się do Jo. Pochyliła się w jej stronę i oznajmiła konspiracyjnie: — Mężczyźni uważają, że im coś jest większe i szybsze, tym lepsze. Oczywiście z wyjątkiem kobiet, te powinny być małe i powolne. Urocze, prawda?

Jo wbiła w nią wzrok. Czy rozmowa wstępna już się zaczęła?

Dick przyniósł tacę, ostrożnie przechodząc nad kotem numer jeden, który nadszedł z salonu i w pozycji sfinksa usadowił się na środku podłogi. Dick umieścił tacę na stole i usiadł obok

Vanessy, twarzą do Jo. Nigdy nie widziała takiej masy różnokolorowych, jaskrawych kubków i spodków. Dick starannie je poustawiał, żeby żaden kubek nie pasował do podstawki; turkusowy stał na różowym spodku, szmaragdowy na akwamarynowym, a akwamarynowy na turkusowym. Matka dostałaby nerwowej wysypki.

Vanessa i Dick uśmiechnęli się do Jo uprzejmie, sygnalizując, że rozmowa wstępna zaraz się zacznie. Czując się coraz mniej pewnie, zdołała odwzajemnić uśmiech.

— Byłem już wcześniej żonaty — zaczął Dick przy nalewaniu mleka (z liliowego dzbanuszka) — więc nie chodzi tylko o trójkę, która mieszka tu w tej chwili. Jest też Toby, trzynastolatek, jakiego moja była żona, Jane...

— Którego — poprawiła Vanessa.

Dick zrobił pauzę, zanim podjął wypowiedź, jakby nic się nie stało.

— ...będzie tu przyprowadzać w każdy piątkowy wieczór dokładnie o szóstej. Toby zostaje do niedzielnego popołudnia. — Zrobił krótką pauzę, po czym stwierdził: — Wydaje mi się, że jednak „jakiego", kochanie.

Vanessa słodko uśmiechnęła się do Jo znad kubka (turkusowego), jakby Dick się nie odzywał.

— Czy kiedykolwiek opiekowałaś się takim dużym dzieckiem?

— Prawie — oznajmiła Jo z naciskiem, starając się nie ujawniać zaskoczenia na widok pary wytykającej sobie błędy gramatyczne. — Jedna z moich poprzednich rodzin miała dzieci w wieku od pięciu do jedenastu lat. Właściwie brakowało mi rozmowy ze starszymi dziećmi. Był to jeden z powodów, dla których odpowiedziałam na państwa ogłoszenie.

Vanessa wlepiła w nią badawcze spojrzenie.

— I, co może ważniejsze — zakończyła — czy opiekowałaś się kiedyś potomkiem szatana?

— Kochanie — upomniał ją Dick.

— Cóż, sam to stwierdziłeś — przypomniała mężowi Vanessa. — Sucha Jane to diablica.

Jo weszła im w słowo, zanim kłótnia rozpętała się na dobre.

— Zawsze uważałam, że dzieci, jak wszyscy dorośli, mają

potencjalną możliwość bycia kimś miłym albo paskudnym — powiedziała. — Jeżeli człowiek radzi sobie z ludźmi, poradzi sobie z dziećmi.

Dick zaczął się w nią wpatrywać, podobnie jak jego żona.

— No i jest jeszcze jeden syn Dicka — podjęła Vanessa po przerwie — który ma dwadzieścia pięć lat.

Jo uniosła brwi, zaskoczona. Postąpiła słusznie.

— Wiem — wykrzywił się Dick, usiłując przybrać przepraszającą minę, ale nie był do tego zdolny. — Żeniąc się, byłem dzieckiem. Niestety, narzeczona także. Nie mieliśmy żadnych szans.

Vanessa dodała:

— A teraz jesteś dziecinnym ojcem piątki, a ona zgorzkniałą suką z piekła rodem.

— Dziękuję, kochanie, to było bardzo pomocne. — Dick ponownie zwrócił się do Jo, w najmniejszym stopniu niezrażony wystąpieniem żony. — Josh to skóra zdarta z ojca. Przystojny, lubi kobiety, zawsze ma kilka pod ręką, jeśli rozumiesz, co chcę przez to powiedzieć, od paru lat mieszka z kumplami w Crouch End, bardzo modnej dzielnicy tu w pobliżu, wiedzie mu się w księgowości i szykuje się, żeby zostać wspólnikiem w dużej firmie w City.

W tym miejscu zrobił dramatyczną pauzę, pozwalając, żeby wszystko do niej dotarło. Jo skinęła głową, by wyrazić wielki szacunek dla uzyskanych informacji.

Vanessa odwróciła się do męża i uśmiechnęła do niego z przymusem.

— A kim w takim razie jest ten ojciec?

W ciszy, która zapadła, kot na stole nagle ziewnął, z błogim zadowoleniem prezentując wszystkim siekacze.

Dick spojrzał na żonę. Zmierzyli się wzrokiem. Siedzieli tuż obok siebie. Opuścił spojrzenie na jej usta. Jo nie potrafiła zdecydować, czy zapomnieli, że tam była, czy urządzali przedstawienie dla niej.

— Och, daj spokój, kochanie. Przecież pamiętasz. Z pewnością nie było to aż tak dawno.

Wydawało się, że Vanessa rozważa tę kwestię, zanim obdarzyła go pojednawczym uśmiechem i wróciła do CV Jo.

— Cóż, w każdym razie — powiedział Dick, nagle zwracając się do Jo — Josh wpada tu od czasu do czasu...

— Kiedy przybywa do nas z wizytą — przerwała mu Vanessa — z Planety Josh.

Jo kompletnie nie miała pojęcia, jak zareagować, więc zrobiła pierwsze, co przyszło jej na myśl.

— Ooch, to cudownie! — wybuchnęła entuzjazmem. — Zapowiada się... idealnie. To znaczy, nie mogę się doczekać. To znaczy... — Głos jej zamarł.

Oboje podejrzliwie mierzyli Jo wzrokiem.

— Chcę powiedzieć — odezwała się znacznie spokojniej — że to wspaniale.

Ich źrenice się zwęziły, jakby ogniskowali spojrzenia poza twarzą Jo, w jej umyśle.

— Dla was — dodała szybko. — I oczywiście dla dzieci.

— Nie do końca — stwierdziła Vanessa. — Wprawia je w takie podniecenie, że wymiotują.

Jo poważnie skinęła głową. Czuła, że rozmowa wymyka się spod kontroli. Coś trzeba było z tym zrobić.

— Mam chłopaka — oznajmiła. — Jesteśmy ze sobą od sześciu lat.

Oczy Vanessy i Dicka znów się rozszerzyły.

— Rozumiem, że to coś poważnego? — zapytała Vanessa.

Jo przemyślała odpowiedź.

— Tak — odparła w końcu — ale kiedyś było zabawnie.

Dick śmiał się z tego głośno i długo, dopóki Vanessa nie powiedziała oschle: „Znam to uczucie"; wtedy przestał.

— Podoba mi się państwa złota rybka — stwierdziła Jo zdesperowana, ruchem głowy wskazując obszerne prostokątne akwarium, umieszczone na szerokiej półce ponad kuchennym blatem. — Ależ duża! — Półka musiała zostać zbudowana specjalnie, ponieważ kształtem idealnie dopasowano ją do akwarium, tak że koty nie miały gdzie wskoczyć ani się wspiąć. Wewnątrz śmigała spora, samotna złota rybka, zerkając na koty.

— Dziękuję — powiedziała Vanessa. — Należy do dzieci. Ma na imię Homer.

— Och, uwielbiam Simpsonów! — gorliwie przytaknęła Jo.

— Napisał „Odyseję" — wyjaśniła Vanessa.

— Czy byłaś karana? — zapytał Dick grobowym głosem. Vanessa objęła głowę rękoma.

— Nie — odpowiedziała Jo z uprzejmym uśmiechem. Zdobyła się na żart. — Chociaż gdybym była, raczej bym tego państwu nie powiedziała. Szczególnie podczas prawdziwej rozmowy wstępnej.

Vanessa odwróciła się do Dicka.

— Widzisz? Mówiłam ci, że to głupie pytanie. Zapytaj kryminalistę, czy ma...

— Nie jestem kryminalistką...

— Oczywiście, że nie — stwierdziła Vanessa — ale rzecz w tym...

— Rzecz w tym, że nie jest kryminalistką — oznajmił Dick.

— Rzecz w tym, że jesteś idiotą — odparła jego żona.

— Nie wszczynaj kłótni na oczach personelu, moja droga — odparł z wymuszonym uśmiechem. — Możesz się wydać nerwowa. Nie chcemy, żeby wszyscy odchodzili tak szybko jak Francesca, nieprawdaż?

Vanessa zesztywniała.

— Ja przynajmniej mam personel — wymamrotała.

Jo gapiła się na nich oboje. Nigdy wcześniej nie słyszała kłótni przeprowadzonej z uśmiechem, czułymi słówkami, bez krzyków i wśród dziwnych aluzji do życia seksualnego. Miała wrażenie, że znalazła się w świecie równoległym. Kiedy jej rodzice się kłócili, człowiek wiedział, w czym rzecz. Podobnie większość sąsiadów. Paskudne, gwałtowne kłótnie rodziców zwykle wywoływał fakt, że zwyczajnie nie potrafili jedno drugiego zrozumieć. Aż do tej chwili Jo uważała, że to był fundamentalny problem. A jednak tu miała do czynienia z małżeństwem, w którym dogłębne zrozumienie potencjalnego wroga służyło polepszeniu celności śmiertelnych, przyciąganych ciepłem ludzkiego ciała słownych pocisków.

Vanessa wpatrywała się w nią z natężeniem. Jo przebiegła spojrzeniem kuchnię, uprzejmie pozwalając Vanessie na obserwację i rozważając, co też, u licha, mogła sobie myśleć. W rzeczywistości Vanessa zaczynała budować relację z Jo. I jak w przypadku tylu innych relacji, wszystko zaczęło się w głowie. Hm, myślała Vanessa, ładna, ale w sympatyczny, dziewczęcy sposób, który spodoba się dzieciom, a nie Dickowi. Pogodna, lecz otwarta i szczera. I w przeciwieństwie do innych, miała dobre oceny, więc umie nie tylko mówić po angielsku, ale też pisać. Nie klnie jak szewc, nie pachnie jak córka rybaka i nie wygląda jak potwór. Prawo jazdy bez obciążeń. I, co może najważniejsze, jest prawie zupełnie normalna. Czy to zbyt piękne, żeby było prawdziwe?

Jo siedziała, przyglądając się Vanessie i Dickowi w pełnym napięcia milczeniu. Vanessa i Dick przypatrywali się jej w pełnym napięcia milczeniu. Potem Vanessa odwróciła się do Dicka. Dick w milczeniu odwrócił się do żony. Przez dobrą minutę nikt nie oddychał. Gdyby w kuchni znajdowały się rośliny, zwiędłyby z braku dwutlenku węgla.

W końcu Vanessa przemówiła do Dicka:

— I cóż, kochanie?

Dick się uśmiechnął.

— Ty tu rządzisz — odparł — kochanie.

Jo nigdy wcześniej nie słyszała, żeby ktoś użył słowa „kochanie" w charakterze obelgi. Musiała się sporo nauczyć.

W końcu Vanessa zwróciła się do Jo.

— Czy masz jakieś pytania?

Jo przemyślała sprawę. Tak, z pewnością w jej umyśle pojawiły się kluczowe pytania. Czy rozważaliście terapię małżeńską? Czy kiedykolwiek używaliście maszyny do pieczenia chleba? Czy będę mogła oglądać tu telewizję? Czy mogę przyprowadzić tatę, żeby pooglądał telewizję? Czy mogę przyprowadzić całą wieś, żeby pooglądali telewizję?

— Jak pani widzi kwestię dyscypliny? — zapytała ostrożnie.

Vanessa słodko się uśmiechnęła.

— Jeżeli będzie miał romans, obetnę mu fiuta. — Zachichotała z własnego żartu.

— Mam wrażenie, że chodziło o dzieci, moja droga — stwierdził Dick, krzyżując nogi.

Vanessa wzięła głęboki wdech.

— Nie lubię kłamstw — zaczęła — więcej niż dwóch godzin telewizji dziennie, braku tolerancji dla innych i nie znoszę lenistwa. Czekolada tylko raz w tygodniu — żeby zapobiec cukrzycy wieku dojrzałego — a prace domowe mają być

45

odrabiane natychmiast po szkole, żeby zapobiec napadom złości w niedzielne wieczory.

Dick usiłował się uśmiechnąć.

— Po prostu chcemy, żeby były szczęśliwe.

Vanessa zwróciła się do niego.

— Czy krytykujesz moje kompetencje rodzicielskie?

— Boże, nie — odparł. — Wyłącznie kwestie estetyczne powstrzymują cię przed noszeniem spodni, kochanie.

Oczy Vanessy zwęziły się.

— Nie waż się sprowadzać tego do kwestii konfliktu płci, Dick — powiedziała. — Hierarchia w naszej rodzinie opiera się wyłącznie na wysiłkach i ich efektach. To ja jestem zapleczem energetycznym, ponieważ to ja zainwestowałam całe godziny, to ja przyjmuję ostatecznie odpowiedzialność — emocjonalną i finansową — i w przeciwieństwie do pewnej osoby w tym pomieszczeniu, to ja nie pojechałam do Klosters podczas ciąży.

Jo skurczyła się na krześle. Miała całkowitą pewność, że nigdy nie była w Klosters, ale potrzeba złożenia przeprosin okazała się niemal przemożna.

— Dzieci są jak życie — powiedziała Vanessa pod nosem. — Dostajesz tyle, ile wkładasz.

— Może mogłabym zobaczyć dzieci? — zapytała Jo cienkim głosikiem.

Vanessa i Dick spojrzeli na nią zaskoczeni.

— Są na górze, na poddaszu, bawią się — wyjaśniła Vanessa, podczas gdy Dick wyszedł do holu i tak głośno wykrzyczał ich imiona, że po powrocie miał twarz tego samego koloru, co ściany. Za parę chwil Jo doznała wrażenia, że stado bizonów tratuje jej mózg.

— Ha! Czyżbym słyszała dźwięki anielskich chórów? — odezwała się Vanessa, gdy czwórka dzieci galopem wpadła do kuchni. Wydawało się, że pomieszczenie się skurczyło.

— To jest Cassandra albo Cassie — przedstawiła Vanessa, gdy wysoka, chuda ośmiolatka z burzą rudych włosów obrzuciła Jo płonącym spojrzeniem. Miała na sobie bojówki, obcisły T-shirt, który oznajmiał „Walnięta suka" i błyszczące ozdoby we włosach. Wyglądała jak wojowniczy chochlik. — Tylko przyjaciele mówią do mnie Cassie — oznajmiła.

Stojąca nieco za nią, dosłownie w jej cieniu, czteroletnia dziewczynka z natężeniem wpatrywała się w Jo. Po ich prawej ociągali się chłopcy. Toby, lat trzynaście, najwyraźniej był bogiem, Zak, lat sześć, jego szczęśliwym wyznawcą.

— Taa — szyderczo odezwał się Toby. — To dlatego nikt tak do ciebie nie mówi.

Zak zachichotał zza Toby'ego, a Cassandra, ruchem, który angażował całe jej ciało, wywaliła do obu język.

— O, świetna argumentacja, kochanie — pogratulowała Vanessa córce. Zwróciła się do Jo: — Jak widzisz, Cassie ma zamiar zostać politykiem, gdy dorośnie. A Toby świnią.

— Widziałaś „Hannibala"? — zapytał Toby. Zak wyszczerzył zęby w uśmiechu.

— Nie widziałam — odparła Jo.

— Zjada ludzkie mózgi — stwierdził Toby. — Mój przyjaciel ma to na DVD i on wycina facetowi mózg, i gotuje, kiedy on jeszcze żyje.

— Ooch! — powiedziała Jo. A potem, po pauzie, powtórzyła: — Ooch!

— Krew mu ścieka po twarzy — dodała usłużnie Cassandra.

— I zaczyna gadać jak niemowlak — dodał Zak.

— Genialne — podsumował Toby. — Widziałem to dwa razy.

Jo zwróciła się do czterolatki.

— A ty musisz być...?

— To jest Tallulah — powiedział Dick miękko, jakby prezentował cenny skarb.

Dziewczynka lekko cofnęła się w stronę drzwi, za Cassandrę.

— Wszystko okej — powiedziała do Jo niezwykle cicho i powoli. — U mnie w porządku. Dziękuję.

— Czy chciałabyś zobaczyć Wędrującego Willy'ego? — zapytał Zak, wychodząc krok przed Toby'ego. — To robot.

Zanim Jo zdążyła odpowiedzieć, wtrąciła się Vanessa.

— Jo z pewnością marzy o tym, żeby ktoś ją oprowadził, kochanie. Ale nie teraz.

— Na górę — odezwał się ojciec dzieciaków.

Ku zdumieniu Jo bizony zniknęły. W ciszy i spokoju ponownie odwróciła się do Vanessy i Dicka. Uśmiechnęli się do niej z dumą i czekali na komentarz.

— Są... są kochani — orzekła, z przyjemnością obracając to słowo w ustach.

— Rozpuszczone bachory — powiedział Dick z fałszywą skromnością.

— I stąd wiadomo, że wszystkie są twoje — dorzuciła Vanessa.

— O, świetna argumentacja, kochanie — odezwał się Dick do żony, a potem oznajmił Jo: — Moja żona zamierza zostać politykiem, gdy dorośnie.

— A Dick świnią.

Jo roześmiała się nerwowo.

— Czy masz jeszcze jakieś pytania? — zagadnęła Vanessa.

Tak, pomyślała Jo. Jaka jest najkrótsza droga do wyjścia?

— Wspominaliście państwo o korzystaniu z clio? — powiedziała.

— Tak — żywo potwierdziła Vanessa. — Jest twoje, do wyłącznego użytku, z klimatyzacją, centralnym zamkiem i szyberdachem. Chcesz tę pracę?

Jo w ułamku sekundy mrugnęła i poczuła, że jej głowa wykonała kiwnięcie.

— Możesz zacząć w przyszłym miesiącu? — zapytała Vanessa.

Kolejne kiwniecie.

Dick i Vanessa uśmiechnęli się do nowej niani. Usta Jo odwzajemniły uśmiech. Oni uśmiechnęli się szerzej. Zrobiła to samo. Czy teraz był właściwy moment, żeby się wycofać?

— Pewnie ucieszy cię wiadomość, że w twoim apartamencie jest telewizor taki jak ten — powiedział Dick. — Chodź rzucić okiem.

— Naprawdę? — rozpromieniła się Jo, wygrywając konkurs uśmiechów. — Wspaniale!

Piętrowe łóżko w dawnym wspólnym pokoju Tallulah i Zaka idealnie nadawało się na tajne spotkania, mimo że Zak już tam nie sypiał.

Poniedziałkowa szkoła wisiała im nad głowami jak trzy ciemne chmury. Jakimś sposobem wiedzieli, że podzielenie się tym uczuciem tylko pogorszy sprawę; poniedziałkowy szkolny ranek należał do rzeczy nieuniknionych jak nowe nianie.

— Uważam, że wyglądała w porządku — powiedziała Cassandra.

— Francesca też — stwierdził Zak. Nastąpiła pełna namysłu pauza. — Nie widziała „Hannibala".

— I co? — zapytała Cassandra.

Zak gorączkowo usiłował znaleźć odpowiedź. Chciałby, żeby Toby nie musiał wracać w niedziele. Toby wiedziałby, co na to powiedzieć. Toby wiedział wszystko. Chociaż nie tak dużo jak Josh. Josh był nawet lepszy od Toby'ego. Josh wyglądał jak dorosły, ale zachowywał się jak chłopiec. Był zabawny.

— Podobały mi się jej włosy — wyszeptała Tallulah; miała w buzi kciuk, który po długim, pracowitym dniu wrócił do domu. — Kiedy dorosnę, będę miała czarne włosy. — Przykryta kołdrą już prawie spała z jasnoblond włosami rozrzuconymi na poduszce z postaciami z „Tweenies".

— Ciekawe, jak wygląda jej mózg? — wyszczerzył się Zak.

— Moglibyśmy wyjąć twój i jakoś się domyślić — stwierdziła Cassandra.

— Ha, ha. Jestem chłopcem, więc mój mózg jest inny.

Toby by się z tego uśmiał. Josh by powiedział: „*Touché*, stary", a potem puścił oko.

— Taa. Jest mniejszy — powiedziała Cassandra. — I ma siusiaka.

Tallulah roześmiała się rozkosznym, sennym dziecięcym śmiechem.

— Ha, ha — powtórzył Zak ze świadomością, że powtórzenie uczyniło tę błyskotliwą replikę praktycznie bezużyteczną.

Cassandra nienawidziła Zaka w niedzielne wieczory. Do poniedziałku rano odnajdywał znów swoje stare „ja", ale co niedzielę wieczorem, po dwudziestu czterech godzinach spędzonych z Tobym, był przepełniony nietypową, wesołkowatą pewnością siebie. Niestety, pomyślała, Zak nie miał inteligencji Toby'ego, a to dlatego, że jego mózg wciąż jeszcze rósł, podczas gdy mózg Toby'ego przestał lata temu.

Zak mocno zmarszczył brwi. Siostry są do dupy. Czemu musi mieć dwie, kiedy niektórzy ludzie mają starszych braci przez cały tydzień? Jutro zapyta mamę, czy mógłby mieć braciszka.

Wstał z łóżka Tallulah i poprawił nogawki piżamy w barwach Arsenalu.

— Idę do łóżka — oznajmił i wyszedł. — Dobranoc, Lula.

Wchodząc na górę do swojego pokoju, przeskakiwał po dwa stopnie naraz. Toby byłby pod wrażeniem, chociaż nigdy by się do tego nie przyznał. Josh wzniósłby pochwalny okrzyk i wirował z nim po pokoju, aż Zakowi zakręciłoby się w głowie. Fizyczny wysiłek związany z tak heroiczną wspinaczką po schodach objawił się w postaci dwóch odgłosików przypominających dźwięk trąbki, które rozbrzmiały echem z dolnych regionów, i Zak zmuszony był przyznać sam przed sobą, że popsuły wrażenie wywołane sprawnością stóp. Może jednak lepiej, że Toby'ego i Josha tu nie było, pomyślał, gdy otworzył drzwi do sypialni. Czasami miło być samemu.

Wspinanie się do nowej sypialni na poddaszu wciąż jeszcze wzbudzało emocje. Sypialnia Toby'ego była tuż obok, pełniła też funkcję pokoju zabaw, bo chociaż Toby był starszy, spędzał w niej tylko dwie noce w tygodniu. Zak czuł się trochę mniejszy, kiedy Toby'ego nie było w sąsiednim pokoju.

Uważnie przywiązał kawałek sznurka do klamki i do swojego świetlnego miecza nad drzwiami, szykując pułapkę na włamywaczy, wślizgnął się pod kołdrę i czekał, żeby mama przyszła powiedzieć mu dobranoc. Tu było o wiele lepiej niż na górnym łóżku, w jednym pokoju z dziewczynką. Okno w jego nowej sypialni znajdowało się na suficie zamiast na ścianie. Żaden inny pokój w całym domu nie miał takiego okna. Najlepiej być chłopcem.

Niżej, w sypialni Tallulah, Cassandra patrzyła z góry na siostrę, która pogrążała się teraz w głębokim śnie. Westchnęła. Czasem chciała mieć znowu cztery lata, bo wtedy wszystko było możliwe i człowiek wierzył, że jeżeli zechce mieć czarne włosy, kiedy będzie starszy, to je dostanie.

Nie chciała iść jutro do szkoły. Nienawidziła Arabelli Jackson i wiedziała, że jeśli pani Holloway na odpowiednio długi czas

50

odwróci się do klasy plecami, to pewnie uszczypnie Arabellę. W piątek, po meczach, w szatni, Arabella, zasłaniając usta ręką, szeptała coś do Maisy Mason i patrzyła prosto na Cassandrę, a potem Maisy chichotała i też na nią patrzyła. Na wspomnienie śmiechu Maisy Cassandra czuła ból brzucha. Wytarła łzę, którą wycisnęła z niej złość, głośno pociągnęła nosem i postanowiła, że jeśli pani Holloway odwróci się na dość długo, to jeszcze Arabellę ugryzie.

Ciężkim krokiem ruszyła do swojej sypialni, ucałowała plakat reklamujący chłopięcy zespół, poprosiła Boga, żeby uczynił ją sławną, i położyła się do łóżka.

Nieświadoma, że siostra i brat wyszli z jej sypialni, Tallulah oddychała miękko i równo. Była już Księżniczką Jo z długimi gładkimi czarnymi włosami, pięknymi niebieskimi oczami o skośnym kształcie, z nieskończenie długimi szczupłymi nogami.

Na górze, ponad całym domem, Zak leżał w łóżku i gapił się w gwiazdy. Gwiazdy patrzyły na niego. Chciał, żeby mama się pospieszyła. Nienawidził Cassandry.

Zamknął oczy, a potem szybko je otworzył.

Czy jego mózg naprawdę ma siusiaka?

Później tej samej nocy do łóżka trafili Vanessa i Dick.

— Co to było tym razem? — zapytał Dick.

— Miecz świetlny. Mały gnojek.

Dick zaśmiał się cicho.

— To powstrzyma włamywaczy.

— Raczej mamę przed przychodzeniem co wieczór, żeby otulić go kołdrą.

Vanessa leżała na plecach, ułożyła ramiona wzdłuż ciała, zamknęła oczy i zaczęła głęboko oddychać przeponą. Dzięki trzem latom hipnoterapii potrafiła usunąć z myśli wszystkie stresujące sprawy i skupić się na rzeczach przyjemnych. Jej hipnoterapeuta wykorzystywał do tego piękny ogród latem albo spokojną piaszczystą plażę. Vanessa wolała Harrisona Forda w szortach. W jej przypadku się sprawdzał. Usilnie skupiła się na silnych długich opalonych udach.

— A więc — mruknął jej do ucha Harrison — mamy nową nianię.

Jak uczennica, która tworzy fantastyczną scenę za pomocą naklejek, Vanessa dokonała wizualizacji Harrisona, który trzymał ją w objęciach, kiedy już została uratowana przed wężami i nazistami.

— Czy to nie stanowiło ostatniego elementu umowy? — wyszeptał Harrison. Jego blizna połyskiwała w ciemności.

Leżąc całkowicie nieruchomo, Vanessa sięgnęła umysłem w stronę Dicka. Przynajmniej wziął dzień wolny i pomógł jej przy części rozmów. Przynajmniej przygotował herbatę.

Skinęła głową, gdy Harrison zaczął gładzić jej brzuch.

3

— Wyjeżdżasz?! — powtórzyła Hilda. — Co chcesz przez to powiedzieć?

— No — zaczęła Jo — j-j-ja pomyślałam, że...

— Mam zamiar uciąć sobie pogawędkę z tym chłopakiem.

— Tato!

— Ten facet zmarnował ci najlepsze lata.

— Dziękuję.

— Cóż, nie jesteś już młódką...

— To nie ma nic wspólnego z Shaunem.

— Bzdury.

— Bill! — krzyknęła Hilda.

— Mówię serio!

Wszyscy wściekali się w milczeniu.

— Czy jesteś nieszczęśliwa, mieszkając z nami, skarbie? — zapytała Hilda.

— Nie! Oczywiście, że nie.

— Więc dlaczego?

Jo spojrzała na swoje ręce.

— Mamo.

Hilda skinęła głową.

— Mam dwadzieścia trzy lata...

— Wiem, skarbie, byłam przy tym.

— ...i nigdy nie mieszkałam z dala od domu.

— MIESZKAŁABYŚ, GDYBY TEN DRAŃ SIĘ OŚWIAD-
CZYŁ!

— BILL! Pozwól dziewczynie mówić.

Bill zaczął chodzić tam i z powrotem po maleńkim frontowym pokoju z taką zawziętością, że wyglądał jak tancerz na
linie, którego zamknięto w klatce.

— Usiądź — rozkazała Hilda. — Szkodzi ci, kiedy się za
bardzo ekscytujesz...

— Powiem ci, co mi szkodzi...

— PRZESTAŃ KRZYCZEĆ!

— JA NIE KRZYCZĘ!

— KRZYCZYSZ! NIC DZIWNEGO, ŻE ONA CHCE
ODEJŚĆ Z DOMU.

Bill ciężko usiadł w fotelu.

— To całe twoje narzekanie i upominanie — oznajmił
Hildzie. — Każdy miałby ochotę czmychnąć. Gdyby dano mi
wybór, sam byłbym w drodze do cholernego Highbridge, Gates-
bury czy jak tam się...

— Wolna droga — stwierdziła Hilda.

— Potrzebują tam budowlańca, Jo?

— Ha! — wypaliła Hilda. — Nie stać by ich było, żeby cię
żywić...

— DAJ JUŻ, DO CHOLERY, SPOKÓJ, KOBIETO!

— ZNOWU KRZYCZYSZ!

— OCZYWIŚCIE, ŻE KRZYCZĘ, DO DIABŁA! — Twarz
Billa zaczęła nabierać czerwonego koloru. — DOPROWA-
DZASZ MNIE DO SZAŁU!

— USPOKÓJ SIĘ! — Hilda była bliska płaczu. — TO CI
SZKODZI!

— PRZESTAŃ MI MÓWIĆ, CO MAM ROBIĆ, ALBO,
JAK MI BÓG MIŁY...!

— No, tak — powiedziała Hilda, podnosząc się gwałtownie. — Wstawię wodę.

Jo i jej ojciec siedzieli w salonie, słuchając odgłosów z kuchni, gdzie Hilda z wściekłością wyjmowała kubki, dzbanuszek
do mleka i dzbanek do herbaty.

W końcu Jo natknęła się na spojrzenie ojca.

— Chyba poszło nieźle, nie uważasz? — zapytał.

Oboje parsknęli, po czym Bill stwierdził:

— Gdyby cholerny Adolf Hitler zaczął inwazję, też wstawiłaby tę cholerną wodę.

— A ty byś wrzeszczał, aż byłbyś czerwony na twarzy.

Bill poprawił się w fotelu.

Hilda wniosła tacę, a oni patrzyli, jak w milczeniu nalewa mleko i herbatę. Pokornie wzięli w dłonie kubki. Po paru łykach Bill pochylił się i zatarł ręce.

— No, więc — powiedział — Londyn, co? Światła wielkiego miasta.

— Zgadza się — odparła Jo. — Po prostu zobaczę, jak pójdzie. Pewnie co weekend będę przyjeżdżać do domu.

Gdy Hilda sączyła herbatę, jej usta tworzyły wąską linię, a Jo i Bill usiłowali nie zauważać, jak mocno trzęsą się jej ręce.

Bill mrugnął do córki.

— Nie ma jak herbatka twojej matki.

Jo uśmiechnęła się. Wypili herbatę w ciszy.

Tego wieczoru Jo i Shauna rozdzielał różowy obrus, dobrana kolorem świeca, dobrany kolorem świecznik i dobrana kolorem samotna róża. Popili wina, wsunęli do ust po porcji ciężkiego francuskiego jedzenia, po czym pociągnęli po kolejnym łyku.

Shaun sprawiał wrażenie człowieka w szoku. Inaczej nie dało się tego określić. Kiedy Jo mu powiedziała, że zaproponowano jej pracę w Londynie i że ją przyjęła, jego ciałem wstrząsnął dreszcz jak u marionetki, gdy lalkarz czknie.

— Nie zrywam z tobą — paplała. — Dalej chcę z tobą chodzić, jeżeli ty też chcesz.

— Co, do cholery, robisz? — zapytał, najwyraźniej pełen sceptycyzmu. — Myślisz, że duża odległość coś poprawi?

— Po prostu muszę się stąd wyrwać, przemyśleć różne sprawy.

Shaun mówił przyciszonym głosem.

— Jeżeli przeprowadzasz się do Londynu, bo nie masz jaj, żeby ze mną skończyć — oznajmił — ja...

— Nie zrywam z tobą — odrzekła Jo stanowczo. — Shaun, posłuchaj mnie. Nie umiem sobie wyobrazić, żebym kiedykolwiek chciała być z kimś innym. Tak samo jak ty nie mam pojęcia dlaczego... — Usilnie starała się znaleźć właściwe słowa. — Nie potrafię powiedzieć „tak".

Shaun wziął głęboki wdech i wyjrzał przez okno. Jo mówiła dalej:

— Myślę, że tak ogólnie nie jestem szczęśliwa. Zadowolona ze swojego życia, z rodziców, pracy, nawet Sheili — wszyscy doprowadzają mnie do szału i sprawiają, że czuję się... depresyjnie, że czuję się nieszczęśliwa... Jestem zdołowana, Shaun. Bardzo. Już od jakiegoś czasu. Musiałam się tylko do tego sama przed sobą przyznać. Chyba urodziny po raz pierwszy zmusiły mnie do konfrontacji z tą myślą.

Oparła się o krzesło, mając wrażenie, jakby pierwszy raz w życiu, do tego fatalnie, zrobiła striptiz. Co Shaun teraz o niej pomyśli? Czy uzna, że jest niezrównoważona psychicznie? Zechce wyjść?

— A co ze mną? — zapytał, wciąż wpatrując się w okno.

Wyciągnęła do niego ręce, ale nie mogła dosięgnąć, więc oparła dłonie o stół.

— Shaun, tylko ty trzymasz mnie przy zdrowych zmysłach. Wierz mi. Muszę się wyrwać, żeby dojść do tego, czemu mam takie zamieszanie w głowie.

— Zamieszanie w głowie. — Zmarszczył brwi. — Chyba powiedziałaś, że masz depresję?

Jo ze wszystkich sił starała się wyrazić jasno.

— Czuję się zagubiona, bo nie wiem, dlaczego wpadam w depresję. Chodzi mi o to, że mam wszystko, czego dziewczyna może chcieć, prawda?

— Tak?

— Wiesz, że tak — odparła Jo, starając się, żeby jej głos brzmiał przekonująco. — Wszystko gra. I właśnie dlatego nie rozumiem, jak to się stało, że nie czuję się... szczęściarą.

— Może po prostu za wiele oczekujesz od życia.

— Nie mów tak.

— To prawda — powiedział Shaun. — Za dużo myślisz, na tym polega twój problem.

— Nic na to nie poradzę.

— Oczywiście, że poradzisz.

56

Jo westchnęła.

— A co, jeżeli stwierdzisz, że to jest szczęście? — zapytał.

Nastąpiła chwila milczenia.

— Jeżeli to ma być szczęście, Shaun, to się zabiję.

Te słowa wypowiedziane na głos przestraszyły Jo.

— Zdrówko. — Shaun westchnął, pociągając łyk wina.

— Wiem, że to banał, ale naprawdę nie chodzi o ciebie. Chodzi o mnie. Martwię się...

— Och, daruj sobie! — Shaun roześmiał się głucho. — Zaraz mi powiesz, że zawsze będziesz mnie kochać jako przyjaciela, zgadza się?

— Po prostu...

— Co?

— Daj mi trochę czasu, Shaun. Proszę...

Nagle pochylił się do niej ponad stolikiem.

— Dałem ci sześć pieprzonych lat — syknął, o mało nie gasząc świecy. — Co chcesz, żebym zrobił, Jo? Walczył o ciebie? O to chodzi? Czy to jakaś próba? Sprawdzisz, czy kocham cię na tyle, żeby odwiedzić cię w Londynie?

— Nie...

— Więc co? Bo nic z tego, kurwa, nie rozumiem.

Gdyby miała dość energii, na pewno by się rozpłakała.

— Po prostu bądź przy mnie, Shaun.

— Jak w małżeństwie?

— Nie, nie...

— Nie panikuj — powiedział szybko, podnosząc ręce, jakby się poddawał. — Nie oświadczam ci się. Zostało mi jeszcze trochę dumy, jakbyś nie wiedziała.

Siedzieli w milczeniu.

— Spotykaj się ze mną w weekendy — poprosiła w końcu Jo. — Proszę, Shaun. Potrzebuję cię.

Podeszła kelnerka i zapytała, czy chcą przejrzeć kartę deserów.

Shaun wykonał ruch głową w jej stronę, ale wzrok miał na wysokości spódnicy kelnerki.

— Nie. Możemy prosić o rachunek? — Gdy kelnerka odeszła, zwrócił się do Jo. — Są kobiety, które na mnie czekają — wyszeptał.

Skinęła głową.

— Stoją w kolejce. W zasięgu ręki. Miałem propozycje... — Ugryzł się w język.

Ponownie skinęła głową. Nie chciała słyszeć niczego więcej.

Gdy kelnerka wróciła i położyła rachunek, Jo spojrzała w okno.

Następnego dnia powiedziała Sheili. Przyjaciółka siedziała w milczeniu, więc nie trwało to długo. Jo zastanawiała się gorączkowo, co jeszcze mogłaby powiedzieć.

— No, tak — odezwała się wreszcie Sheila. — Jak to przyjął Siłacz Shaun?

— A jak myślisz? — zapytała Jo.

— Jak mężczyzna — powiedziała Sheila. — Źle.

Jo kiwnęła głowa i pociągnęła łyk kawy.

— Może popełniam błąd.

— Jeżeli mnie pytasz — stwierdziła Sheila — uważam, że to wspaniały pomysł.

— Naprawdę?

— Tak.

— Dlaczego?

Sheila potrząsnęła głową.

— O nie. Nie zaczynaj ze mną całego tego gównianego analizowania. Po prostu tak uważam.

— Ale dlaczego?

Sheila przyglądała się jej uważnie.

— Za dużo myślisz.

— To samo powiedział Shaun.

— Tak? Cofam tę wypowiedź.

— Ale co o tym sądzisz? — zapytała Jo.

Raz kozie śmierć. Sheila zdusiła papierosa w popielniczce, a potem wbiła w przyjaciółkę spojrzenie.

— Naprawdę chcesz wiedzieć?

Jo się wykrzywiła.

— Może nie.

— Uważam, że ty i Shaun utknęliście w miejscu, bo żadne z was nie ma odwagi tego zakończyć.

Jo zgięła się wpół.

— Więc czemu ciągle się oświadcza? — zapytała.

Sheila wzruszyła ramionami.

— Bo chce ciebie popchnąć do zakończenia tego związku. Wiesz, jacy są faceci: nie rób niczego, jeżeli możesz ją zmusić, by zrobiła to za ciebie.

— Nie jestem pewna...

— Oboje tkwicie w emocjonalnym czyśćcu i musicie się wydostać, żeby wasze życie ruszyło z miejsca. Co wyjaśnia, czemu ostatnio czujesz się taka zdołowana i dlaczego on jest jeszcze nudniejszym dupkiem niż wtedy, zanim cię poznał. Ty to wiesz i ja to wiem — stwierdziła Sheila, kończąc drinka. — Zasługujesz na coś lepszego.

W tym momencie Jo tego nie rozważała, ale ta myśl nie opuszczała jej przez cały tydzień.

Nie wiedziała, czego się po kim spodziewać, ale najbardziej zaskoczyła ją reakcja pracodawczyni.

— Cóż — powiedziała cicho mama Daveya. — Chyba wiedziałam, że prędzej czy później do tego dojdzie. Nie zdawałam sobie tylko sprawy, że tak szybko.

— Przepraszam.

— Nie przepraszaj. Wiedziałam, że jesteś za dobra, żeby to trwało.

— Dziękuję.

— Powinnam była więcej ci płacić.

— Nie.

— Powinnam była lepiej cię traktować.

— Nie...

I wtedy, ku zdumieniu Jo, mama Daveya zaczęła płakać. Jo objęła ją ramieniem.

— Jestem okropną matką. — Pociągnęła nosem. — Jestem okropną żoną i okropną matką.

Jo próbowała wszystkiego, chcąc ją przekonać, że to nieprawda, ale okazała się niepocieszona. Dopiero kiedy Davey wszedł z prośbą o trochę czekolady, zdołała przestać płakać i ze stoickim spokojem odwróciła się do niego plecami. Jo przyniosła mu czekoladę i niepomny na nic poza cennym ładunkiem w gorącej łapce, radośnie potruchtał z powrotem do indiańskiego fortu, w szybkim tempie pokrywając się brązową warstwą.

Pół godziny później, zanim mąż szefowej wrócił do domu z biura, Jo odkryła, że matka Daveya nienawidziła swojej pracy i cierpiała męki, opuszczając co rano dzieci, ale przerażała ją myśl o porzuceniu posady, bo tyle przyjaciółek zrobiło coś takiego tylko po to, żeby po trzech latach znaleźć się w kropce z długimi, pustymi dniami i nieaktualnym CV.

— Byłam taka zazdrosna, kiedy dzieci pytały o ciebie zamiast o mnie — szlochała. — Czasami cię nienawidziłam, po prostu nienawidziłam.

O rany.

— A teraz — wydusiła między żałosnymi łkaniami — nienawidzę cię, bo mnie zostawiasz.

Jo podała jej kolejną chusteczkę. Kiedy mąż zszedł z góry w powyciąganych spodniach i swetrze, rzucił okiem na żonę, zamruczał: „Nie, tylko nie znowu" i zostawił je same.

Mama Daveya głośno wydmuchała nos i poprzez rozmazany na policzkach eyeliner słabiutko uśmiechnęła się do Jo.

— Założę się, że twoja nowa rodzina nie jest taka dysfunkcyjna jak nasza — powiedziała i żałośnie pociągnęła nosem.

Jo uśmiechnęła się.

— Założę się, że jest — odparła.

Jednak dopiero kiedy Jo musiała przedstawić sprawę trzyletniemu Daveyovi, zdała sobie sprawę, że pozostałe wyjaśnienia to była łatwizna.

Mała twarzyczka zmarszczyła się w zakłopotaniu.

— Dlaczego? — zapytał.

— Bo mam nową pracę.

— U nowego małego chłopca?

— Nie. U dużego chłopca i dwóch dziewczynek.

Davey zastanawiał się nad tym przez chwilę.

— A będziesz mogła odbierać mnie z przedszkola, kiedy pójdę do przedszkola?

— Nie, kochanie.

— A będziesz mogła mnie kąpać?

— Nie kochanie, nie będę.

— A będziesz mogła wycierać mi nos i mówić, że mam dmuchnąć jak słoń?

Jo podniosła go i posadziła sobie na kolanach, żeby nie widział jej twarzy.

— Będę przyjeżdżać i ciągle cię odwiedzać — wyszeptała mu we włosy. — I przyślę ci śmieszne kartki. Zabawnie będzie, prawda?

— A przyjedziesz i zobaczysz się ze mną przed pójściem do łóżka? — zapytał Davey.

— A ty będziesz miał nową miłą nianię, która pokocha cię tak samo jak ja.

— A ja też ją polubię?

— O tak! — Jo starała się o tym nie myśleć. — Na pewno!

— Będziesz za mną tęsknić?

— Oczywiście, że będę za tobą tęsknić.

— To czemu mnie zostawiasz?

Jo gorąco uściskała Daveya.

— Czasami musimy opuścić ludzi, których kochamy — odparła i pociągnęła nosem.

— Dlaczego?

Jo westchnęła w jego włosy.

— Ach — wyszeptała. — Na to jedno pytanie nie umiem odpowiedzieć.

Jo zaplanowała, że złapie poranny pociąg w niedzielę, w związku z czym tylko rodzice mogli ją odprowadzić. Sheila miała niedzielną zmianę w pracy. Shaun powiedział, że chętnie by przyszedł, ale musi być na budowie, bo następnego dnia rano jego firma zaczyna pracę przy największym do tej pory kontrakcie i trzeba dopiąć ostatnie szczegóły. Jo postanowiła to zaakceptować. W końcu nie mogła oczekiwać z jego strony aprobaty dla swojej kariery zawodowej i nie wspierać go w tym samym. Uparła się, że ostatnią noc w Niblet musi przespać we własnym łóżku, w domu z rodzicami, i oboje wiedzieli, że to sposób na ukaranie go za to, że nie wykroi ze swojego niedzielnego poranka pół godziny na odprowadzenie jej. Pożegnali się chłodno późnym wieczorem w sobotę, po spędzonym razem trudnym, irytującym dniu.

— Zadzwonię, jak tylko dojadę — obiecała.

— Fajnie — powiedział. — Trzymaj się, mała.

Przelotnie pocałował ją w usta i odeszła, całą drogę do domu pociągając nosem. Kiedy wróciła, rodzice zostawili ją samą, przekonani, że płacze, bo nie chwycił przynęty i jednak się nie oświadczył. Bill miał chętkę dać Shaunowi nauczkę i zrobiłby to, gdyby nie świadomość, że Jo nigdy by mu nie wybaczyła, i gdyby Hilda w szlafroku i lokówkach z wściekłością nie zablokowała drzwi, co sprawiło, że poczuł się nieco absurdalnie.

Tak więc wczesnym pogodnym niedzielnym rankiem cała trójka ruszyła na stację w Stratford-upon-Avon. Jo nie udało się wymyślić grzecznego sposobu wyjaśnienia im, że naprawdę nie ma potrzeby, by oboje machali jej na pożegnanie. Dopiero w czasie jazdy zdała sobie sprawę, że być może ostatni raz czują się jej potrzebni, i dlatego pozwoliła im myśleć, że oddają jej przysługę. Chyba po raz pierwszy poczuła się jak odpowiedzialna dorosła osoba. Typowe, uznała. Dokładnie wtedy, gdy wyjeżdża.

Pociąg przyjechał dwadzieścia minut przed czasem. Bill wniósł walizkę Jo do wagonu, a potem, przed powrotem na peron, odwrócił się do córki. Cicho i szybko powiedział:

— Nie zapomnij dzwonić do matki. Będzie za tobą tęsknić. — Na peronie szybko uścisnął Jo, odkaszlnął, a potem zrobił zwrot i zaczął wolnym krokiem oddalać się w kierunku głównej hali, gwiżdżąc i pobrzękując drobnymi w kieszeniach szarych spodni.

Hilda i Jo odprowadziły go wzrokiem.

— Pierce Brosnan dręczony smutkiem — powiedziała Hilda. Jo się roześmiała.

— Kocha cię, wiesz — oznajmiła Hilda córce.

— Wiem.

— Wpadnij czasem. Inaczej pękłoby mu serce.

Uściskały się, a potem Jo odwróciła się i wsiadła do pociągu. Zajęła się wyjmowaniem książki i szukaniem miejsca. Kiedy usiadła, wyjrzała i wciąż jeszcze widziała matkę, która powoli szła za ojcem wzdłuż peronu.

4

Gdy pociąg wyruszał ze stacji w Stratford-upon-Avon, Jo była odważnym, silnym poszukiwaczem przygód z nadzieją w sercu i pieśnią na ustach. Gdy dotarła do Fitzgeraldów, stała się bełkocącym wrakiem.

Londyńskie metro zmieniło się od czasu jej wizyty miesiąc wcześniej. Kiedy korzystała z niego przy okazji rozmowy wstępnej, była turystką. Widoki, dźwięki, tempo, zapachy, dziwactwa, opóźnienia, anonimowość — wszystko wydawało się ekscentryczne, podniecające i nierealne

Tym razem wszystko działo się naprawdę. Ludzie poruszali się w rytmie, do którego nie potrafiła się dopasować. Czuła się jak nowa uczennica na lekcji baletu w klasie wyłożonej lustrami. Gdy ruchome schody unosiły ją głębiej i głębiej, coraz większy ciężar uciskał jej klatkę piersiową, jakby tonęła. Kiedy reklamy na ścianach zaczęły mówić o walce z samotnością, musiała się odwrócić.

Starała się zignorować te uczucia i przyjąć postawę wytrawnego podróżnika; w końcu już raz odbyła podróż do Highgate, dokładnie wiedziała, dokąd zmierza. Co za problem, myślała. Dobitną odpowiedź uzyskała, kiedy dotarła do High Barnet.

Pół godziny później znalazła się w Highgate, zestresowane zero po traumatycznych przejściach, świadoma całkowitego bezsensu istnienia, z wyrazem twarzy „podejdź bliżej, a skoczę". Docierając do naziemnej części Highgate, czekała, żeby poczuć znajomy zapach, smak i konsystencję świeżego powietrza. Gdy tak się nie stało, o mało się nie rozpłakała. W Londynie było inne powietrze! Oczywiście. Prawie czuła, jak zanieczyszczenia blokują jej pory.

Gdy szła pod górę w stronę osiedla z obijającym się plecakiem, z dudniącą głową i stopami, które najwyraźniej zostały kompletnie źle zaprojektowane, zastanawiała się, czy Vanessa Fitzgerald miałaby coś przeciwko, gdyby powitała ją słowami: „Gorąca kąpiel, ty suko, albo zobaczysz troje martwych dzieci". Po chwili zdała sobie sprawę, że nie byłaby w stanie sformułować tak skomplikowanego zdania.

Niepotrzebnie się martwiła. Vanessy nie było w domu. W pierwszą niedzielę miesiąca dziećmi zajmował się wyłącznie Dick. Jedno pokolenie wstecz oznaczałoby to dyscyplinę. Teraz oznaczało oglądanie gównianej telewizji i jedzenie śmieciowego żarcia.

— Dobrą miałaś podróż? — zapytał Dick, biorąc z rąk Jo walizkę i ustawiając ją dwie stopy dalej, w holu. Zignorował wielobarwny plecak wystający jej nad głowę.

— Och, wie pan — odparła, zmuszając się do uśmiechu. — Nie.

— To dobrze — powiedział. — Dzieci są na górze...

— TA-TO! — wrzasnęło któreś z nich.

Dick obdarzył Jo bezradnym uśmiechem, cmoknął radośnie i zostawił ją samą, przeskakując po dwa stopnie naraz.

Czując się jak nieproszony gość na przyjęciu z piekła rodem, Jo przez chwilę usiłowała się rozeznać w swoim położeniu. Po wstępnej analizie doszła do wniosku, że bardzo chciałaby je zmienić. Potem, przy wtórze przybliżających się skoków Dicka, bezmyślnie chwyciła walizkę i ociężale powlokła się na tył domu, przez kuchnię, do swoich pokojów.

Tam upuściła walizkę i powoli opadła na plecy, lądując na plecaku. Wyślizgnęła się z pasków, ale jej ciało zamiast rozprostować się jak sprężyna, jak to sobie wyobrażała, odmówiło wykonania jakiegokolwiek ruchu. Przez dłuższy czas została w pozie żuka umierającego na grzbiecie.

Gdy poczuła, że oczy ma pełne łez, dźwignęła ciało do pozycji, którą z grubsza dałoby się określić mianem siedzącej.

Skoro już się uniosła, zmusiła się do przyjęcia postawy mniej więcej stojącej. Gdy wstała, pokonała wewnętrzny lęk, przywołała ducha walki i postawiła jedną stopę przed drugą. Potknęła się o własną walizkę, zaklęła i z impetem wkroczyła do swojego drugiego pokoju.

Stanęła w drzwiach i chłonęła widok. Odległy koniec pokoju zdominowała ogromna szafa, na środku przycupnął wielki telewizor, natomiast narożnik zajęła toaletka. Naprzeciw stała wymyślna sofa, która po rozłożeniu zmieniała się w dwuosobowy futon.

Gdybym miała siłę, pomyślała, przyniosłabym tu wszystkie swoje rzeczy i rozpakowała je w przyszłym miesiącu.

Zamiast się tym zająć, weszła i otworzyła przepastną szafę, na wpół spodziewając się znaleźć w Narni. Ze smutkiem wlepiła wzrok w jednolity tył pustego mebla. Absolutnie gigantyczna szafa. Zmarszczyła brwi i pogapiła się jeszcze przez chwilę.

— Hm — uznała po namyśle — będę potrzebowała więcej ciuchów.

Wróciła do sypialni, przelotnie potykając się o swój bagaż, i weszła do przyległej łazienki. Ta też była ogromna. Niestety, bez wanny (rodzice Jo nigdy nie zainstalowali prysznica), ale kabina zajmowała prawie tyle miejsca, ile wanna. Poza tym w pomieszczeniu znajdowała się toaleta, umywalka i podłoga, która mogłaby pełnić rolę niedużego parkietu do tańca.

Gdybym miała siłę, pomyślała, wniosłabym tu swoje rzeczy i zostawiła na środku podłogi na miesiąc.

Zamiast tego umyła twarz i spojrzała na siebie w lustrze.

„Tak musiała się czuć lady Di, kiedy przybyła do pałacu" — zdawało się mówić jej odbicie. Nagle z tyłu odezwał się cienki głosik.

— Kolacja.

Jo obróciła się na pięcie i spojrzała w dół, żeby znaleźć się twarzą w twarz z Tallulah.

— Cześć! — Jo uklękła i uśmiechnęła się do niej jak do dawno utraconego przyjaciela.

Tallulah przyjrzała się jej ze śmiertelną powagą.

— Cześć — odpowiedziała grzecznie.

— Jak się masz? — zapytała Jo.

— Dobrze, dziękuję — odparła Tallulah. — A ty?

— Ja też, dziękuję.

Nastąpiła przerwa w rozmowie.

— Czas na kolację — ponownie oznajmiła Tallulah.

— Ooch, cudownie — odparła Jo. — Dziękuję.

— Tata pyta, czy będziesz chciała brioszkę czy focaccię?

Jo zastanowiła się nad tym przez chwilę, starając się wywnioskować, czy mała nie użyła właśnie jakichś brzydkich słów. Kilka razy powtórzyła w duchu usłyszane zdanie.

— Może przyjdę i się przekonam? — odezwała się w końcu.

Tallulah zmarszczyła brwi.

— Jeżeli nie wiesz teraz, wtedy też nie będziesz wiedziała.

— Och! — powiedziała. — Tak uważasz?

— Tak.

— W takim razie — Jo delikatnie ujęła w dłonie rękę Tallulah — po prostu będziesz musiała zdecydować za mnie.

— Nie mogę — powiedziała dziewczynka, prowadząc Jo z powrotem do sypialni.

— Czemu nie?

— Bo nie mogę.

— Oczywiście, że możesz. Mam do ciebie pełne zaufanie.

W kuchni Tallulah z namysłem zerknęła na Jo. Zanim na froncie pojawiły się pozostałe dzieci, Jo uznała, że wychwyciła na twarzy dziewczynki przelotny uśmiech.

— Ja jem czekoladowe smarowidło — oznajmił Toby, rzucając się na jeden z wyścielanych aksamitnymi poduszkami żelaznych tronów i niemal miażdżąc oba kremowe koty. Uskoczyły na bok i obrzuciły go spojrzeniami, od których ktoś mniej pewny siebie by się skurczył.

— To jest Nutella — poprawiła Cassandra, która klapnęła na krzesło naprzeciw niego.

— Ja też jem czekoladowe smarowidło — oznajmił Zak.

— To jest Nutella! — powtórzyła Cassandra.

— Ja wybieram kolację dla Jo — poinformowała wszystkich Tallulah.

— To jest czekoladowe smarowidło, cwaniaro — powiedział Zak do Cassandry.

— To jest Nutella, zasrańcu — odpowiedziała Cassandra.

— No, no — odezwał się Dick.

— I nie jem czekoladowego smarowidła z chlebem — stwierdził Zak — tylko z czekoladowymi herbatnikami.

— Ktoś chce hummus? — zapytał Dick.

— Błeee! — Toby wywalił język.

— Tak, proszę! — odezwała się Tallulah.

— Hummus smakuje jak rzygi — wyjaśnił Toby.

— Uwielbiam hummus — Tallulah cicho poinformowała Jo.

— Jest zrobiony z ciecierzycy — wtrąciła Cassandra.

— Oooo-oo-ooch — szydził Toby. — Jest zrobiony z ciecierzycy!

Zak dostał ataku histerycznego śmiechu.

— Jest zrobiony z ciecierzycy! — powtórzył.

— Bo jest! — stwierdziła Cassandra, sfrustrowana.

— Bo jest! — powtórzył Toby.

— No, no — wtrącił Dick. Odwrócił się do Jo. — Jest mieszana sałata z octem balsamico i podsuszanymi pomidorami — dzieci uważają, że suszone są trochę zbyt słone — i focaccia z hummusem, tzatziki albo guacamole. A jeżeli masz ochotę na słodycze, są brioszki, masło i czekoladowe smarowidło albo czysty miód — prawie wszystko ekologiczne. Kiedy uporam się z dziećmi, zmielę kawę. Zmniejszona zawartość kofeiny, ekologiczna, brazylijska, mam nadzieję, że to w porządku.

Kiedy Jo doszła do wniosku, że Dick mówi poważnie, spojrzała w dół na Tallulah.

— Tallulah wybiera za mnie — powiedziała. — Zjem to co ona.

Bez dalszej zwłoki Tallulah uroczo wysunęła różowy języczek z kącika ust i zaczęła przygotowywać kolację dla Jo.

— CZEKOLADOWE SMAROWIDŁO! CZEKOLADOWE SMAROWIDŁO! — wrzeszczał Zak z miną zwycięzcy.

— To jest Nutella! — krzyknęła Cassandra. — Spójrz na etykietę!

— TATA POWIEDZIAŁ: CZEKOLADOWE SMAROWIDŁO! — zawołał Zak.

— TA-TO! — zawyła Cassandra.

— No, no — łagodził Dick.

Tallulah wybrała przypiekaną brioszkę z masłem i masą czekoladowego smarowidła oraz hummusu. Na szczęście tęsknota za domem najwyraźniej osłabiła tymczasowo kubki smakowe Jo.

— Podobają mi się koty — odezwała się z nadzieją, że rozmowa odwróci uwagę jej ciała od faktu, że przeżywa minizałamanie.

Dick się uśmiechnął.

— To Molly i Bolly — wyjaśniła Tallulah, zwracając się wyłącznie do Jo. — Molly to chłopiec, ten większy, a Bolly to dziewczynka.

— Molly to dziwne imię dla chłopca — stwierdziła Jo.

— To skrót od Moliera — odparła Tallulah. — Ulubionego dramatopisarza mamusi. To Francuz.

— Wiem — uśmiechnęła się Jo. — Uczyłam się go na francuskim, żeby dostać A.

Przy stole zrobiło się cicho.

— Bolly to skrót od Bollinger — ciągnęła Tallulah. — To mamusi ulubiony szampan. Bolly jest bardziej ciekawska niż Molly, ale nie je tyle co on. To są koty birmańskie, lecz nie mają zabawnego akcentu.

Konwersacja została na tym zakończona, ponieważ przy stole zaczęła się kłótnia, z jakim akcentem mówiłyby koty, gdyby umiały mówić. Dick wziął w sprzeczce równie aktywny i namiętny udział, jak dzieci.

Podczas jedzenia Jo na wpół świadomie zdała sobie sprawę, że w kakofonię włączył się dźwięk telefonu. Czekała, żeby ktoś odebrał, a kiedy nikt się nie ruszył, przelotnie zastanowiła się, czy to dzwoni jej w uszach. Ale nie, Dick też musiał usłyszeć. Marszczył brwi i cmokał. Czy to był sprawdzian? Żeby zobaczyć, czy jest w stanie przejąć odpowiedzialność? Czy dzwoniła Vanessa? A może rodzice sprawdzali, czy bezpiecznie dotarła do Londynu? Nie miała kiedy do nich zadzwonić. Im dłużej ignorowano telefon, tym bardziej Jo stawała się niespokojna. W końcu nie mogła wytrzymać ani chwili dłużej i zwróciła się do Dicka:

— Czy mam odebrać?

— O tak, proszę — zgodził się skwapliwie.

Gdy dotarła do dzwoniącego aparatu, rodzina jak jeden mąż umilkła. Jo uświadomiła sobie, że nie zna na pamięć numeru, a uznała, że nie powinna odzywać się nieformalnie, jakby była panią domu, szczególnie jeżeli po drugiej stronie znajdowała się Vanessa. Zdała też sobie sprawę, że nie ma pojęcia, jak obsłużyć chromowane urządzonko. Nagle stała się bardzo świadoma swego ciała. Podniosła słuchawkę i usłyszała własny nienaturalny głos.

— Rezydencja Fitzgeraldów. Czym mogę służyć?

— NACIŚNIJ ZIELONY GUZIK! — wrzasnęli Fitzgeral-dowie, nagle na skraju histerii.

Jo zdołała nie wypuścić telefonu i nacisnęła zielony guzik.

— MÓW!

Jo odwróciła się do nich plecami.

— Rezydencja Fitzgeraldów — powiedziała niezwykle wy-raźnie. — Czym mogę służyć?

Nastąpiła długa pauza. Czuła, że cała rodzina wpatruje się w jej plecy. Pauza trwała. Słyszała, że na drugim końcu linii ktoś oddycha.

— Rezydencja Fitzgeraldów, mogę czymś służyć? — po-wtórzyła.

Kolejna przerwa. Trochę bardziej odwróciła się od rodziny.

— A może nie? — wyszeptała zgryźliwie.

— Halo — rozległ się ciepły męski głos.

— Mogę w czymś pomóc? — powtórzyła.

— Komu pomóc? Sama masz głos człowieka, któremu ktoś wetknął w tyłek pogrzebacz.

Jo zrobiło się gorąco.

— Dziękuję — odparła. — Z kim chciałby pan mówić?

— Z Dickiem. To on jest osobą, z którą chciałbym mówić.

Jo próbowała wręczyć telefon Dickowi, jakby to była dymią-ca bomba, ale nawet nie chciał o tym słyszeć. Zawołał w stronę mikrofonu:

— Kto, do cholery, przerywa mi niedzielną kolację?

Jo wzięła głęboki wdech, zacisnęła zęby i ponownie zrobiła w tył zwrot.

— Kogo mam zapowiedzieć?

Nastąpiła pauza.

— Masz zapowiedzieć Josha.

— I o co chodzi?! — wrzasnął Dick na całą kuchnię.

To musi być sprawdzian, stwierdziła. Nic dziwnego, że nianie niedługo tu wytrzymywały.

— Czy będzie wiedział w jakiej sprawie? — powiedziała do telefonu.

— Nie — rozpromienił się głos. — Nawet ja jeszcze tego nie wiem. Podejmijmy życiowe ryzyko i zobaczmy, co się wydarzy, dobrze?

Jo zaczęła się zastanawiać, jakim cudem stała się obiektem kpin człowieka, który nawet jej nie znał. Poczuła przypływ tęsknoty za domem i gorąco zapragnęła odwrócenia sytuacji, sama by chętnie bezlitośnie kogoś ośmieszyła. Czy w oczach Fitzgeraldów była żałosna? Czy wszyscy się z niej śmiali? Odwróciła się do nich twarzą. Szczerzyli zęby, a Dick napychał sobie usta sałatą. Doświadczyła nagłej potrzeby znalezienia się z powrotem w znajomym pubie, z Shaunem przynoszącym jej bez pytania to co zwykle. Wręczyła telefon Dickowi i wyobrażając sobie, że Shaun, Sheila i James słuchają, odnalazła cień swojego dawnego ja i powiedziała:

— To Josh. Nie opracował strategii rozmowy, ale chce zaryzykować, jeżeli pan także.

Fitzgeraldowie wybuchnęli zachwyconym śmiechem i wszyscy usiłowali chwycić słuchawkę.

— Pierworodny! — zawołał Dick do telefonu. Odwrócił mikrofon w stronę dzieci, które wykrzykiwały swoje powitania.

Jo udawała, że nie słyszy, jak Dick powtarza: „Serio? Serio?", akcentując wypowiedź szczerym śmiechem.

Poprzestała na świadomości, że cokolwiek mówi o niej Josh, to kompletna dziecinada, a poza tym ona sądzi to samo o nim, na wieki wieków, przyklepane.

Josh, via telefon, zrobił rundkę wokół stołu i musiała wysłuchać każdego wybuchu śmiechu z czegoś, co mówił, a potem stwierdzenia: „Nie, jest naprawdę miła", aż w końcu chciało się jej krzyczeć.

— Nazwał cię Mary Poppins — wyjaśniła wreszcie Tallulah. — Imitował twój głos przez telefon.

Jo była pod takim wrażeniem, że czterolatka wiedziała, co znaczy słowo „imitować", że zabrakło jej czasu na śmiertelną obrazę.

Zak i Toby się roześmiali.

— Nie martw się — wyszeptała Cassandra. — Uwielbiam Mary Poppins.

Jo obdarzyła ją uśmiechem.

— Dziękuję.

— Nie ma za co. — Cassandra wzruszyła ramionami. — Josh jest po prostu... — zerknęła na brata i Toby'ego — chłopcem.

Gdy chłopcy wznieśli radosne okrzyki, Jo, Cassandrę i Tallulah połączyła chwila wzajemnego zrozumienia.

Zanim skończyli kolację, w domu zjawiła się Vanessa. Od niechcenia weszła do kuchni, położyła różne torby z zakupami na podłodze i wśród wykrzykiwanych pytań: „Przyniosłaś mi coś?", „Co jest w niebieskiej torbie?", „Czemu masz włosy w innym kolorze?" — dokonała rzeczowej oceny sytuacji.

Z rękoma na biodrach wpatrywała się w rodzinę, dopóki się nie uciszyli i wtedy odezwała się cicho:

— Tak mi się zdawało, że kiedy byłam w Hampstead, słyszałam wybuch bomby, ale nie miałam pojęcia, że trafiła w moją kuchnię.

Dzieci, wliczając Dicka, roześmiały się na to, więc tylko jedna Jo spojrzała na rozgrywającą się scenę oczyma Vanessy. Kuchnia rzeczywiście wyglądała jak pobojowisko. Poczuła, że żałuje Vanessy z całego serca, dopóki ta nie powiedziała:

— Dick na pewno ci tu pomoże.

Wtedy jeszcze bardziej pożałowała samej siebie.

— Potem, kiedy skończysz, możemy przejrzeć plan tygodnia. No, dobra! — zwróciła się do rodziny. — Idę wziąć gorącą kąpiel. Kontakt ze mną bierzecie na własne ryzyko. — I zanim Jo miała szansę zawołać: „Zaczekaj na mnie!", już jej nie było.

Do czasu gdy Jo posprzątała bałagan w kuchni, dowiedziała się od Dicka, gdzie co leży, i zdołała otworzyć walizkę, żeby przez chwilę na nią popatrzeć, Vanessa zdążyła się poczuć jak nowo narodzona. Spotkały się przy kuchennym stole na pierwszej niedzielnej odprawie. Vanessa była w lekkim szlafroku, z włosami w ręczniku i bez makijażu, natomiast Jo w fatalnym nastroju, z włosami w nieładzie i z zaciśniętymi zębami.

— No, dobrze — zaczęła Vanessa, biorąc głęboki wdech — Zak chodzi do Świętego Alberta w Hampstead; zalecam wyruszenie przed godziną szczytu albo cały ranek spędzisz w korku. Cassie chodzi do Świętej Hildy po drodze w Highgate i jeżeli jest duży ruch, nie ma nic przeciw temu, żeby wysadzać ją w połowie drogi, na wzgórzu. Tallulah chodzi do lokalnego przedszkola Montessori, ale lubimy, żeby się przeszła, więc wolelibyśmy, żebyś po dostarczeniu pozostałej dwójki odwoziła ją z powrotem do domu i potem odprowadzała. Wspaniała gimnastyka, cały czas pod górę! Lulę odbiera się w południe. Raz w tygodniu ma zajęcia Tumble Tots i raz w tygodniu balet, sukienka wisi na drzwiach jej sypialni, proszę, nie zapomnij jej zabrać, bo jest znana z tego, że w takich razach płacze, aż robi się sina. Pozostała dwójka kończy dwadzieścia po trzeciej, najpierw Zak, ponieważ Cassie jest dość duża, żeby zacząć wracać do domu z przyjaciółką, nie przeszkadza jej też, kiedy musi zaczekać — zawsze sprawdź rano, co wybiera, często zapomina powiedzieć. Po szkole Zak ma spotkania Bobrów, karate i korepetycje z matematyki oraz angielskiego w domu, w jadalni. Cassie ma w szkole zajęcia teatralne i z muzyki, a Brownies *, balet, stepowanie i jazz poza szkołą, w Muswell Hill, może się tam przebrać, adres na lodówce, plan miasta z książkami kucharskimi przy kuchennych drzwiach. Starsza dwójka ćwiczy na pianinie i flecie, każde przynajmniej raz w tygodniu, w jadalni. (Lokalny aptekarz robi bardzo dobre zatyczki do uszu). Zak musi mieć flet w szkole w poniedziałki, Cassie — sopranowy i dyszkantowy — w piątki. Ich tygodniowe plany są w kalendarzu na lodówce — nie umiem z pamięci przywołać, co jest którego dnia. Wiem tylko, że mieliśmy kiedyś nianię, która zabrała Cassie na karate, Tallulah do Bobrów, Zaka na balet i tego samego wieczoru wróciła na łono swojej rodziny w Norfolk. No i oczywiście moja matka, Diana, kiedy tylko ma wolną chwilę, wpada zobaczyć dzieciaki — uwielbiają ją. Jedyne, o czym naprawdę musisz pamiętać, to że wtorek jest

* Tumble Tots — program gimnastyczny dla małych dzieci; Bobry — najmłodsza grupa skautów; Brownies — klub dla dziewczynek wzorowany na skautingu.

koszmarnym dniem, kiedy wszystko tak się głupio składa, że musisz dla całej trójki przygotować kanapki nie tylko na lunch, ale i podwieczorek — co mi przypomina, że do lunchu Zaka zawsze musisz dawać paluszki serowe, bo inaczej naprawdę niczego nie zje. Przez cały dzień. Trzeba mu też prasować każdą parę majtek, bo inaczej ich nie włoży. Pudełko na lunch Tallulah jest z Tweeniesami, Zaka z Supermanem, Cassie z Buffy. Nie pomieszaj ich, proszę, bo będą się wściekać. — Vanessa nagle zmarszczyła brwi. — Jakieś pytania?

Mózg Jo zaczął się zwijać na brzegach.

— Ooch — przypomniała sobie Vanessa, zapuszczając dłoń w czeluście torby. — Tu jest twoja nowa komórka. — Wręczyła Jo maleńki srebrny telefon. — Trzeba go podładowywać przynajmniej co drugi dzień — jak nas wszystkich, prawda? — numer jest tutaj, na tej kartce. Miej ją cały czas włączoną i jeżeli chcesz, podaj numer przyjaciołom i rodzinie. Od teraz jest twoja. Możesz się spodziewać telefonów do Franceski, ale to nie potrwa długo i z miejsca się zorientujesz, bo nie znają angielskiego i po niej też się tego nie spodziewają. Mój numer do pracy jest tutaj — wręczyła Jo wizytówkę. — Wewnętrzny cztery cztery trzy pięć, jeżeli dziewczyna w recepcji natychmiast cię nie przełączy albo odłoży słuchawkę. Numer Dicka do pracy jest tutaj — podała wizytówkę męża. — Nie ma wewnętrznego, ale czasami nie odbiera, bo w sklepie jest klient i wtedy wychodzi to uczcić. Tu masz komplet kluczy, kod domowego alarmu to cztery pięć siedem siedem krzyżyk albo kluczyk, pod schodami, zapisz go, jeżeli musisz, ale nigdy nie trzymaj w jednej torbie z kluczami, bo jeżeli ją zgubisz i ktoś się do nas włamie, ubezpieczenie niczego nam nie zwróci i Dick wynajmie kogoś, żeby cię zabił. Uruchamiaj alarm za każdym razem, kiedy wychodzisz. Nie włączamy go na noc, bo któreś z dzieci mogłoby zawędrować na dół i go uaktywnić. Tu są kluczyki do samochodu, masz OC i członkostwo w Związku Motorowym. Na każdej ulicy, która nie ma leżących policjantów, jest radar z kamerą. Dzieci zaczynają cierpieć na chorobę lokomocyjną przy sześćdziesięciu milach na godzinę. W schowku na rękawiczki zawsze miej zapasowe papierowe torby. — Ponownie zmarszczyła brwi. — Zalecam czyszczenie kociej kuwety przynajmniej co drugi dzień, bo potem nie da się wytrzymać. Karm je tylko przy lunchu, kocie jedzenie jest w pomieszczeniu gospodarczym, ja załatwiam śniadanie, Dick kolację. Tą jedną pracą zdołaliśmy się podzielić. Pokarm dla rybek w pomieszczeniu gospodarczym, dzieci karmią Homera raz w tygodniu, zwykle w piątki, ale potrzebna im pomoc przy zdejmowaniu akwarium. Nie chcę, żeby wspinały się na blat. I nie chcę kociego jedzenia w akwarium, o czym przekonała się przedostatnia niania, kiedy straciła pracę i zabiła rybkę. — Vanessa nachyliła się i wyszeptała: — Właściwie to jest Homer Drugi. — Popukała się w nos. — *Entre nous.*

Mrugnęły do siebie, Jo czując, jak krew odpływa jej z członków.

Vanessa usiadła prosto.

— Pewnie chcesz się teraz rozpakować — zauważyła inteligentnie.

— Właściwie nie — odparła Jo.

— W takim razie może jutro — powiedziała współczująco Vanessa.

Jo potwierdziła, nie ruszając głową.

Vanessa wstała i podeszła do lodówki, wyjęła butelkę wina i zerkając przez ramię na Jo, wskazała na nią, pytająco unosząc idealne brwi.

Jo potrząsnęła głową.

— Jeśli można, to właściwie poszłabym do łóżka.

Vanessa szeroko otworzyła oczy.

— Oczywiście! — wykrzyknęła. — Musisz być wyczerpana. Powiedz tylko dobranoc dzieciom i jesteś wolna.

Najwyraźniej miało to zapewnić spokojną noc raczej Vanessie niż Jo i dzieciom. Zgodnie z jej zaleceniami Jo zza progu wsadziła głowę do pokoju Talluah. Dziewczynka leżała już w łóżku; kciuk w buzi, opadające powieki, tata opowiadał jej bajkę. Jo szeptem powiedziała dobranoc i doczekała się w zamian nieuważnego uśmiechu. Zapukała do drzwi Cassandry i znalazła ją siedzącą na łóżku, z wściekłością piszącą coś w futrzastym różowym pamiętniku. Jo powiedziała dobranoc i Cassandra na moment podniosła wzrok, grzecznie odpowiedziała, po czym wróciła do pisania. Potem Jo weszła na górę powiedzieć dobranoc Zakowi.

Nawet nie zauważyła spadającego świetlnego miecza, nie miała zresztą najmniejszej szansy. Na dźwięk uderzenia w jej czaszkę Zak wyskoczył z łóżka, piszcząc z zachwytu. Jego plan działał! Żaden włamywacz by go nie zobaczył! Był bohaterem akcji! W podnieceniu ścisnął w dłoni siusiaka.

Vanessa była pełna współczucia.

— Mały gówniarz — pocieszała Jo, wcierając jej arnikę w czoło. — Pewnego dnia wetknę mu ten świetlny miecz dokładnie tam, gdzie instrukcja wyraźnie zabrania go wtykać.

W ramach przeprosin za zachowanie syna Vanessa uparła się, żeby Jo wychyliła z nią i Dickiem powitalny toast, co miało ten przyjemny skutek uboczny, że dodatkowo oddaliło nadejście poniedziałkowego poranka.

— Niedzielne wieczory są najgorsze, prawda? — spytała Vanessa, gdy szczodrze napełniła jej kieliszek winem.

— Uhm — zgodziła się Jo. — Możliwe.

— Nie dla wszystkich, kochanie — powiedział Dick. — Może w przeciwieństwie do nas Jo lubi swoją pracę.

— Nie bądź śmieszny — zaoponowała Vanessa. — Nikt nie lubi swojej pracy.

— Ja lubię — oznajmił Dick.

— Bo to żadna praca — odparowała jego żona. — To hobby.

— Hobby, które pokrywa koszty edukacji dzieci, wszystkie nasze wakacje, połowę rachunków i luksusy w rodzaju niańki na pełen etat — pospiesznie zaznaczył Dick.

Vanessa zwróciła się do Jo.

— Tata Dicka zostawił mu w testamencie fundusz trustowy — powiedziała — więc kupił sklep z płytami, żeby mieć się czym zabawiać. Dla tych trzech osób w kraju, które nie przeszły na nowomodne, budzące krótkotrwały zachwyt kompakty.

— No, no. — Dick zwrócił się do Jo. — Kompakty to stan przejściowy. Płyty są przesycone wspomnieniami.

— I dlatego przede wszystkim ludzie się ich nie pozbywają i nie mają potrzeby kupować nowych, kochanie.

— Nad sklepem jest mieszkanie — Dick ciągnął swoje zwierzenia — które wielkim nakładem sił osobiście urządziłem i które odnajmuję za efektowną sumkę. — Westchnął. — Niełatwo jest być właścicielem. Duża odpowiedzialność. I dlatego nie musimy martwić się rachunkami, a moja żona może cieszyć się najnowszą modą i twardym reżimem kosmetycznym.

— Dzięki tym resztkom, które pozostaną po spłacie kredytu hipotecznego i ubrań dla dzieci oraz oczywiście szkolnego wyposażenia i zabawek — dokończyła Vanessa. — Naturalnie zdarzyło się to, zanim mnie poznał — ciągnęła, jakby Dick się nie odezwał. — W przeciwnym razie miałby porządną pracę i zainwestował w coś, z czego rodzina czerpałaby korzyść, na przykład udziały albo willę w Nicei, albo jacht. Ale chłopcy muszą mieć swoje zabawki.

— Nie wszystkie, kochanie.

Vanessa odpowiedziała na to pod pretekstem zapewnienia Jo dostępu do istotnych informacji zakulisowych.

— Nalegałam na stół jadalny zamiast zestawu pociągów — wyjaśniła. — Biedny Dick. Po tym rozczarowaniu nigdy nie doszedł do siebie.

— Ale tak jest w porządku — dodał Dick, zwracając się do Jo, ich nowego terapeuty — ponieważ mamy teraz najbrzydszy stół jadalny na świecie.

— Pasuje do twojej pierwszej żony — wymamrotała ta druga w swoje pinot grigio.

— Jeszcze wina? — zapytał Dick Jo.

— Poproszę — odpowiedziała.

Jo znalazła się w swoim nowym kompleksie sypialnym całkiem sama dokładnie o północy. Przelotnie potknęła się o otwartą walizkę i rzucony byle gdzie plecak, po czym położyła się na łóżku zbyt wyczerpana, żeby płakać. Po paru chwilach ściągnęła ubranie i weszła wprost pod kołdrę, gdzie nagle poczuła się całkiem rozbudzona. Leżała tak, mrugając w ciemnościach, przez cztery godziny. Do czwartej rano znienawidziła Londyn, Fitzgeraldów, dzieci i własne życie. O czwartej jeden zapadła w ciężki sen. I zalewie dwie i pół godziny później została bardzo brutalnie obudzona.

5

Jo potrafiłaby prawdopodobnie poradzić sobie z rozbudzającym wezwaniem młota pneumatycznego, które grzmotem brzmiało jej w czaszce, gdyby nie śniła właśnie o przypadkowym spotkaniu z oniemiałym, wstrząśniętym, dziewiczym Benem Affleckiem, pływającym nago w jej prywatnej lagunie. Nie ma dobrego momentu na przebudzenie do wtóru pneumatycznego młota grzmiącego pod czaszką, ale ten naprawdę wyglądał na najgorszy z możliwych.

Otworzyła oczy i czekała na wyłonienie się z panującego w głowie hałasu znanych odgłosów niezbyt odległej rzeki Avon. Wreszcie wystawiła głowę spod kołdry. Całkowicie zdezorientowana odkryła, że nie znajduje się we własnej sypialni, ale w jakimś koszmarze rodem z IKEA. A potem nagle wszystko do niej dotarło. Była w piekle, w północnym Londynie.

Leżała w łóżku, patrząc w przestrzeń i mając nadzieję na szybki, bezbolesny koniec, kiedy równie nagle, jak się odezwał, pneumatyczny młot stanął. Ekstaza. Kompletna cisza. Właśnie fundowała sobie wspomnienie oniemiałego, wstrząśniętego, dziewiczego Bena Afflecka, odkrywającego ukryty w jej prywatnej lagunie wodospad, gdy przeszkodził jej odgłos lawiny za oknem. Wyskoczyła z łóżka.

Nerwowo odgarnęła zasłonę i znalazła się twarzą w twarz z trzema potężnymi budowlańcami, jedną taczką i rurą spustową przy sąsiednim domu. Wszyscy jak jeden mąż ją zauważyli i wyszczerzyli się w męskim uśmiechu, wysoko wydajnym skrócie komunikacyjnym, charakterystycznym dla ich płci, który czyni męskie umysły przejrzystymi. Opuściła zasłonę i oparła się o ścianę.

Po wzmacniającym prysznicu Jo wybrała z walizki pierwszy strój, który nie wyglądał jak psu z gardła, szybko się ubrała i zjawiła w kuchni. Była pusta. Włączyła czajnik i nadstawiając ucha na odgłosy z góry, próbowała sobie przypomnieć, gdzie jest herbata w torebkach. Kiedy ponownie ruszył młot pneumatyczny, postanowiła zaryzykować wejście do dzieci. Może mogłaby poprosić, żeby ją ukryły.

Nikt jeszcze nie wstał. Spojrzała na zegarek. Późno. Dzieci niedługo musiały być w szkole. Delikatnie zapukała do drzwi sypialni Vanessy i Dicka, a potem do Tallulah i Cassandry.

W parę sekund w rodzinie Fitzgeraldów zapanowała panika na wielką skalę.

— ZASPALIŚMY! — pełnym głosem obwieściła światu Vanessa, z imponującym skutkiem stając w zawody z młotem. — WSTAWAĆ, JUŻ! JO ZABIERZE WAS DO SZKOŁY RÓWNO ZA DZIESIĘĆ MINUT.

Jo uznała, że teraz jest odpowiedni moment, by sprawdzić, gdzie są szkoły, więc zbiegła po schodach, żeby wziąć plan miasta.

— DOKĄD IDZIESZ? — krzyknęła Vanessa.

— Na dół....

— DICK POTRZEBUJE POMOCY PRZY BUDZENIU DZIECI, KIEDY BĘDĘ POD PRYSZNICEM!

Dick rzeczywiście potrzebował pomocy. Łaskotanie na wpół śpiących dzieci, aż niechcący walną łaskoczącego w twarz, nigdy nie sprawdziło się jako najszybszy sposób budzenia.

Czując przypływ paniki, Jo poodsłaniała im okna i powiedziała, że jeżeli będą na dole za dziesięć minut, przygotuje na kolację niespodziankę. A ten, kto zejdzie pierwszy, będzie mógł dostać największą dokładkę. Obietnica zdziałała cuda, bo nie mieli jeszcze okazji skosztować jej kuchni.

Jo ledwie spostrzegła, że kiedy wychodziła z dziećmi do szkoły, ani Dick, ani Vanessa nie opuścili jeszcze domu, a Dick nie był nawet ubrany. Jedyne, co zauważyła, to że prawie natychmiast trafiła na korek, a samochód wymagał mocniejszego wciskania sprzęgła, niż potrafiła sobie wyobrazić. Większą część pierwszego rozwożenia do szkoły spędziła na przesuwaniu siedzenia w tył i w przód, udawaniu, że wie, co wieczorem ugotuje, i skręcaniu w niewłaściwą stronę. Dzieci były zachwycone, ale w drodze powrotnej Tallulah zrobiła się płaczliwa. Jazda wydawała się dłuższa niż cała reszta jej życia i Jo zaczęła odczuwać pierwsze ukłucia egzystencjalnego niepokoju. Nic miłego. Po prostu nie starczyło czasu, żeby pojechać do domu, a potem zaprowadzić Tallulah do przedszkola, więc Jo samodzielnie podjęła decyzję. Jeżeli mama i tato nie potrafią obudzić małej na czas, nie mogę odprowadzić jej do szkoły, usprawiedliwiła samą siebie. Może to im da nauczkę, żeby więcej tego nie robili.

Gdy razem z Tallulah jechały przez Highgate Hill, Jo z drżeniem zauważyła, jak tam stromo. Oczyma wyobraźni ujrzała siebie wczołgującą się na górę. Powiedziała sobie, że za parę tygodni będzie miała zgrabne oraz szczupłe nogi, a serce w szczytowej kondycji. Albo to, albo padnie trupem z wyczerpania.

Gdy po podwiezieniu Tallulah dotarła do domu, musiała sprzątnąć kuchnię i dokończyć prasowanie, a chciała też zadzwonić do Shauna. Założyła, że z kuchnią pójdzie łatwo, ale odkryła, że nie była porządnie sprzątana od czasów niani przed Francescą. Po wszystkim poczuła się wyczerpana i zrobiła sobie szybką herbatę, rozprostowując plecy, gdy gotowała się woda. Z kubkiem herbaty pod ręką, dla wzmocnienia, zaczęła prasowanie. Tu miało miejsce kolejne ciekawe odkrycie. W stosie rzeczy do prasowania znajdowało się wszystko, w tym także skarpetki, poszewki na poduszki, prześcieradła i majtki Zaka. Chciała właśnie pociągnąć pierwszy łyk herbaty i zadzwonić do Shauna, kiedy zdała sobie sprawę, że jeśli ma wejść pod górę do przedszkola Tallulah i się nie spóźnić, powinna była wyjść pięć minut temu. Chwyciła klucze, rozważyła wpisanie tlenu na listę zakupów i opuściła dom, pamiętając o uruchomieniu alarmu.

Gdy skręciła w boczną uliczkę, gdzie mieściło się przedszkole Montessori, drżały jej mięśnie łydek, a plecy pokrywał pot.

Zobaczyła rodziców — kilka kobiet oraz samotnego mężczyznę — czekających w kolejce przed georgiańskim domem i poczuła się, jakby trafiła do reklamy Gapa. Stanęła z tyłu, rozważając, czy Tallulah zgodziłaby się zanieść ją do domu. Vanessa wspomniała przelotnie, że z powodów bezpieczeństwa nauczycielka indywidualnie przekazywała każde dziecko wybranemu przez nie opiekunowi, zamiast pozwolić człowiekowi z ulicy wejść i zabrać ze sobą dowolne dziecko. Dopóki Jo nie postała trochę w kolejce, nie rozumiała, czemu opiekunka nie polega po prostu na swojej znajomości ludzi odbierających dzieci. Wyglądało na to, że niewiele osób tutaj się zna i z pewnością nikt nie interesuje się Jo. Spodziewała się konieczności wyjaśniania, kim jest, i przedstawiania wszystkim skróconej wersji CV, bo to musiałaby zrobić każda nowa niania w Niblet. Ale nie tutaj.

Po paru minutach nadeszła jakaś kobieta i Jo pomyślała, że wreszcie trafił się ktoś przyjazny, żeby ją uratować.

— Cześć — rozległ się głos z tyłu.

Obróciła się na pięcie i już miała odpowiedzieć, gdy usłyszała, że kobieta stojąca przed nią zaczęła rozmowę z jej niedoszłą towarzyszką. A potem z niedowierzaniem patrzyła, jak obie kobiety kontynuowały serdeczną rozmowę poprzez nią, jakby była niewidzialna. Gdy mówiły o zaletach hatha-jogi w porównaniu z iyengar, Jo usilnie starała się nie myśleć o swoich rodzicach. Wyjęła komórkę, żeby odbyć szybką rozmowę z Shaunem, ale zabrakło jej pewności siebie. Musiała do tego być sama.

Gdy Tallulah podskoczyła do Jo, po dziecięcemu od razu się uśmiechając, miała ochotę tulić ją do utraty tchu. Na szczęście Tallulah za bardzo ciekawiło, co ma być na kolację, żeby zauważyć cokolwiek poza tym. Zeszły razem ze wzgórza, rozmawiając o wieczornej kolacyjnej niespodziance.

— Czy to kurczak? — zapytała Tallulah.

— Nie.

— Frytki?

— Nie.

Tallulah straciła dech.

— Serowe fondue! — zawołała.

Chcę do domu, pomyślała Jo, ale zapytała tylko:

— A co najbardziej lubisz jeść? — Sukces miała w kieszeni. Ulubiony smakołyk każdego czterolatka idealnie mieścił się w jej łatwym przepisie na czekoladowe chrupki ryżowe.

Tallulah przez chwilę milczała. Potem szeroko otworzyła oczy i pełnym nabożnego podziwu głosem powiedziała:

— Domowy hummus na domowych brioszkach z oliwkami nadziewanymi czosnkiem.

Jo uklękła przy niej.

— Cóż, kochanie — zaczęła — to nie to.

Planowała zadzwonić do Shauna podczas lekcji baletu, ale popełniła fatalny błąd, decydując się na szybki rzut okna na Tallulah w pełnej baletowej chwale, zanim wyskoczy porozmawiać. Kiedy po półgodzinie jak zahipnotyzowana nadal wpatrywała się w jedenaście wróżek we wróżkowym lesie, zdała sobie sprawę, że przegapiła okazję. Dołączyła więc do pozostałych rodziców na krzesełkach na końcu sali.

Tallulah była drzewem. Wyciągała się w górę, w górę, w górę do nieba w połyskliwie różowym wytworze kobiecej fantazji, zwieńczonej różową kwiecistą przepaską. Obok Tallulah stała drewniana, krępa czterolatka w ciepłej kamizelce pod sukienką, baletkach, do których dorośnie za jakieś dziesięć lat, i z twarzą słoniątka. Jej matka siedziała obok Jo z miłością w oczach.

— Tak jest, Xanthe! — nuciła nauczycielka — przyłącz się.

Xanthe daleko bardziej interesowało melancholijne dłubanie w nosie. Podczas lekcji w różnych odstępach czasu kolejne wróżki dochodziły do wniosku, że to najlepszy moment, by pokręcić się koło mamy, zdjąć przepaskę i się na nią pogapić, ściągnąć sobie majtki albo ukryć głowę w dłoniach i zapłakać. Ale nie Tallulah. Tallulah była drzewem.

— Ooch, Tallulah — zaćwierkała nauczycielka — jesteś cudownym drzewem. Prawda, że to cudowne drzewo, dziewczynki?

Dziesięć czterolatek w miniaturowych baletowych spódniczkach popatrzyło na Tallulah, która wystawiła twarz do słońca i miała drzewne myśli.

— Co za śliczne drzewo — gruchała nauczycielka. — Jesteś dębem czy kasztanem?

— Bananowcem.

— Ooch — powiedziała nauczycielka — jak uroczo.

Jo musiała się powstrzymać przed klepnięciem siedzącej obok kobiety i wyznaniem, że jest nianią Tallulah. Zanim się zorientowała, lekcja się skończyła, i zdała sobie sprawę, że telefon do Shauna musi poczekać, aż wrócą do domu.

Gdy wreszcie to nastąpiło, Jo miała napięty plan. Należało zmienić Tallulah z wróżki w czterolatkę i ściągnąć z zawrotnych wysokości drzewnego gwiazdorstwa, przemyśleć i przygotować podwieczorek, a wszystko w nieprzekraczalnym terminie przed odbiorem starszej dwójki.

Podczas upływającego popołudnia potrzeba, żeby porozmawiać z Shaunem, stała się niewygodnie pieca jak zlekceważony bąbel. Zazwyczaj do tej pory byli już po krótkiej rozmowie porannej, uaktualnieniu danych w porze lunchu, a potem znajdowali jeszcze czas, żeby zamienić parę słów po południu i ustalić plany na wieczór. Znała jego dzień w skali makro i mikro, od korka w drodze do pracy po obłożenie kanapek, a jeżeli wystarczało czasu, udawało się im nawet odbyć sprzeczkę. Po tylu latach spędzonych razem potrafili w sekundę przejść od swobodnej pogawędki do żarliwej kłótni. Brak rozmowy z Shaunem sprawiał, że Jo miała przedziwne wrażenie, jakby za daleko wypłynęła w morze i straciła z oczu brzeg. Za każdym razem, gdy chwytała za telefon, Tallulah z energią i uporem rozszalałego szczeniaka wyskakiwała z coraz to nowym pytaniem lub żądaniem.

Ku własnemu zdziwieniu Jo przygotowała podwieczorek, Tallulah i siebie w takim stopniu, w jakim to było konieczne, żeby o czasie odebrać pozostałą dwójkę. Zadzwoni do Shauna wieczorem, powiedziała sobie stanowczo, a do tej pory musi po prostu radzić sobie z uczuciem zagubienia. Kiedy już miała wyjść z domu, zadzwonił telefon i odezwała się Diana, matka Vanessy. Tak się szczęśliwie złożyło, wyjaśniła Jo, że przed brydżem mogła złożyć małą wizytę, o ile dzieci będą w domu na czas. Miała pojawić się o czwartej punkt, więc Jo oznajmiła, że to świetnie, a teraz się spieszy. Tallulah była zachwycona, że może pędzić u boku Jo, ponieważ była najlepszym drzewem i jej małe ciałko ledwo mogło pomieścić całe to szczęście.

Faktycznie, drobiny tego szczęścia wylewały się z niej w postaci niewyjaśnionych chichotów, podskoków, a nawet pojedynczego bączka.

Dotarły do szkoły Zaka w dobrym czasie. Zauważył je z placu zabaw i przelotnie skinął im głową z pogodnym uśmiechem. Potem poszedł wymienić uścisk dłoni z nauczycielem, na pożegnanie dotknął daszka czapki i posłusznie podreptał do Jo, wręczył jej swoją piłkę do gry w nogę, jakby tylko na to czekała, zapytał, co u niej, a wreszcie opowiedział jej o swoim dniu, nie pomijając intymnych szczegółów.

Zak i Tallulah spędzili dziesięć przyjemnych minut w samochodzie, gdy Jo ruszyła po Cassandrę. Znaleźli ją siedzącą samotnie na niskim murku, z miną wyrażającą ponure znużenie światem. W jej oczach ledwie zatlił się błysk rozpoznania, bez słowa zajęła tylne siedzenie. Cała trójka znajdowała się w swoich małych światkach, a Jo im na to pozwoliła, koncentrując się na powrocie do domu bez objazdu przez Manchester.

— Byłam drzewem — oznajmiła Tallulah.

Gdy Jo dowiozła wszystkich do domu za minutę czwarta, odkryła, że zapomniała kodu do alarmu. Zak go pamiętał, ale pod drodze do szafki pod schodami przewrócił się i wył tak głośno, że prawie, choć nie całkiem, zagłuszył piszczący alarm. Tallulah zajęła się oglądaniem jego kolana, podczas gdy Cassandra spokojnie wstukała czterocyfrowy kod i kazała Zakowi przestać ryczeć jak dziecko. Jo zaczęła się zastanawiać, czy byłby to odpowiedni moment, żeby uciec. Spojrzała na zegarek. Trzydzieści sekund do przybycia Diany. Była ciekawa, czy będzie w czymkolwiek przypominać córkę.

W tym czasie córka Diany cieszyła się swoim dniem. Większa jego część była całkiem przeciętna. Tego ranka energicznie przeszła obok recepcji w agencji reklamowej Gibson Bead w Soho, w jednej ręce trzymając parującą czarną kawę, w drugiej wypchaną teczkę.

Skierowała się do windy, jej buty z pasków stukały o marmurową podłogę. Wcisnęła guzik i sprawdziła makijaż w połyskliwym odbiciu w drzwiach windy. Zerknęła za siebie.

Zobaczyła wchodzącego do budynku Anthony'ego Harrisona z działu kreatywnego, pogwizdującego, w miarę jak się zbliżał. Odwróciła głowę w inną stronę i udała, że patrzy na coś na odległej ścianie; gest, który jej podświadomość oceniła jako potencjalnie bardziej przyciągający uwagę niż rozpoczęcie rozmowy.

Anthony Harrison był jednym z niewielu copywriterów z zespołu kreatywnego, z którym Vanessa rzeczywiście popracowałaby z przyjemnością. Kreatywni notorycznie okazywali się rozpieszczeni, zepsuci i niemożliwi, ale Anthony zdołał zmienić te cechy w urocze dowody geniuszu. To on zabłysnął cieszącą się ogromnym powodzeniem kampanią tamponów „Krew mnie zaleje — to znów ten czas miesiąca" oraz cudownie ironiczną kopią hasła L'Oreala „Równość — ponieważ jestem tego warta". Wydawało się, że bez wysiłku potrafi wkraść się w kobiece myśli. Prawdopodobnie także w majtki. Vanessa szczyciła się, że jest jedyną w całym biurze kobietą odporną na uroki Anthony'ego Harrisona. Tak, był przystojny, twórczy, inteligentny i czarujący, dostrzegała to wszystko. Ale począwszy od chwili, gdy skończyła trzy lata, gdy po raz pierwszy pokochała bezgranicznie płeć męską, pociągali ją tylko ciemni mężczyźni. Zawsze żywiła przekonanie, że blondyni są równie seksowni jak Barbie. Na nią po prostu nie działali. Wszyscy narzeczeni Vanessy byli ciemnowłosi, mąż był ciemnowłosy, o oliwkowej skórze i wyrazistych brązowych oczach. Anthony Harrison miał gęste włosy opadające na czoło w sposób, który chwytał za serce, ale włosy popielate. Skórę gładką jak jedwab, ale jasną; oczy głębokie i przenikliwe, ale niebieskie. Vanessa była bezpieczna.

Anthony stał obok, a ona niewzruszenie wpatrywała się w ścianę, świadoma, że starał się dokładnie ją obejrzeć bez poruszania głową. Uśmiechnęła się lekko. Mężczyźni byli tacy przewidywalni. I z tej, między innymi, przyczyny ich uwielbiała.

Winda zabrzęczała i drzwi cicho się rozsunęły. W tym momencie po raz pierwszy przyjęła do wiadomości obecność Anthony'ego, gdy ruchem ręki wskazał, by wsiadła pierwsza. Uśmiechnęła się delikatnie, akurat, by zaakcentować zarys kości

policzkowych, i pozostała enigmatyczna. Gdy winda wznosi-
ła się, stali obok siebie w milczeniu. Vanessa wysiadła pierwsza. Dział kreatywny mieścił się na najwyższym piętrze lub
jak mówiono „w penthousie", z lepszymi widokami i grub-
szymi dywanami niż w reszcie budynku. Gdy się oddalała,
czuła wzrok Anthony'ego ponownie skanujący jej figurę.
W lustrze recepcji zauważyła, że Harrison ignoruje spojrzenia kobiet siedzących już przy biurkach, nie spuszczając oczu
z jej oddalającej się sylwetki, najdłużej jak się dało, co
oznaczało przekrzywianie głowy w bok z powodu zamykają-
cych się drzwi windy. Z mściwą satysfakcją odnotowała
przypływ endorfin na myśl, że mężczyźni wciąż uznają ją za
seksowną.

Pospiesznie przeszła przez biuro, kawę trzymała wysoko,
głowę jeszcze wyżej, a samooceną sięgała chmur. To była
najlepsza część dnia. Niestety, już prawie dobiegła końca.
Pewnie i z gracją weszła do gabinetu, zamknęła drzwi i podeszła
do biurka. Postawiła kawę obok aktualnych zdjęć dzieci, odłożyła teczkę na blat i usiadła, energicznym ruchem chcąc
przeszkodzić odczuwanemu już spadkowi kondycji.

Rozległo się pukanie do drzwi.

— Wejść! — poleciła Vanessa.

Drzwi dramatycznie odskoczyły i w progu, w teatralnej pozie
stanął Max Gibson, założyciel agencji i dawny guru branży
reklamowej, z uśmiechem szerszym niż noszona poniżej muszka. Dni błyskotliwych pomysłów Maksa dawno minęły, ale
jego wyczuwające rytm narodowego serca slogany były teraz
tak anachroniczne, że aż postmodernistyczne — w stylu w najwyższym stopniu aktualnym. Cieszył się tą fazą retrospektywną
znacznie bardziej niż początkowym sukcesem, kiedy był zbyt
ambitny, żeby cieszyć się czymkolwiek.

— Vanesso, moja słodka! — ryknął poprzez cygaro. — VC
chce się przyjrzeć agencji! Mamy złożyć ofertę!

Vanessa zamrugała oczami, zaskoczona. Ich arcyrywal,
McFarleys, trzymał w garści obsługę jakże pożądanej Vital
Communications od niemal pięciu lat. Ostatnia kampania —
bardzo modny misiek z własnym telefonem komórkowym
i stroną www — trochę się już opatrzyła, ale ponieważ wskaź-

niki sprzedaży wciąż stały wysoko, wszyscy w branży zakładali, że McFarleys może czuć się bezpiecznie jeszcze przez lata.

— Żartujesz! — wykrzyknęła.

Max ryknął śmiechem.

— Czy żartowałbym z czegoś na taką skalę? — Rozpromienił się. Gdyby jego muszka mogła wirować, toby wirowała. — Te sukinsyny muszą teraz robić w gacie. — Roześmiał się, a potem nagle śmiertelnie spoważniał. — Chcę najlepszy zespół kreatywny, jaki mamy. Nic mnie nie obchodzi, jak bardzo są przemądrzali, właściwie im bardziej, tym lepiej. Chcę mieć zespół kreatywny, który przyprawi cię o ból głowy, chcę mieć zespół tak cholernie dobry, że zmieni twoje życie w koszmar. Chcę, żebyś się przy tym zarżnęła, kochana.

— Chcesz, żeby tym kierowała? — Vanessę zatkało.

— Kierowała?! Kierowała?! — wykrzyknął Max. — Masz tym kierować genialnie! Jak pieprzony Mussolini! I spodziewam się, że wybierzesz najlepszych. Samą pieprzoną śmietankę.

— Tak jest. — Vanessa chwyciła pióro.

— Ktoś ci przychodzi do głowy?

— Wiesz — powiedziała — nigdy jeszcze nie pracowałam z Anthonym Harrisonem i Tomem Blattem.

— Żartujesz, cholera! — wybuchnął Max. — To zbrodnia. Jak długo tu pracujesz? Co? Osiem lat? Natychmiast zwołaj spotkanie na lunchu w Groucho.

— Okej — Vanessa uśmiechnęła się. — Ty tu rządzisz.

Podniosła kawę, a Max mrugnął do niej przez dym z cygara.

Ponad szeregiem stojących na parapecie własnych nagród Anthony Harrison spojrzał w stronę Soho, które zaczynało wibrować w oczekiwaniu nadchodzącego lata. Plotki o ofercie dla VC już się rozeszły.

Tom Blatt był „wspólnikiem zbrodni" Anthony'ego; grafikiem, który wedle własnej skromnej opinii potrafił tworzyć obrazy pozwalające „nakłonić starsze panie do zakupu szczyn w butelce". Tom nie był mistrzem słowa. Siedział w biurze, które dzielił z Anthonym, tak intensywnie marszcząc brwi, że wyglądał jak jedna z własnych karykatur.

— Jeżeli dostaną to Goofy i Grumpy, odchodzę — oznajmił. — Odchodzę. Dość tego. Przeprowadzam się na barkę, żeby malować kwiaty na pieprzonych czarnych konewkach.

— Na litość boską — odezwał się Anthony — czemu z miejsca zakładasz najgorsze?

Tom wzruszył ramionami.

— To mi pomaga znieść napięcie — wymamrotał.

— Jakie? Nic się jeszcze nie stało.

— Kiedy się stanie, będę gotowy. Zdrowy pesymizm. Van Goghowi pomagał.

— Jak? Uciął sobie ucho, a potem się zabił.

— Ale jaki jest teraz sławny...

— Tom, pracujesz w reklamie. Nie odetniesz sobie ucha i nigdy nie będziesz sławny.

Tom osunął się na skórzane obrotowe krzesło naprzeciw biurka Anthony'ego.

— Założę się, że ta suka da to Goofy'emu i Grumpy'emu. Nie poznałaby się na talencie, gdyby nawet nasrał jej w twarz.

— Jaka suka? Kto to prowadzi?

— Vanessa Fitzgerald.

— Cholera! Dzisiaj rano jechałem z nią windą. Powinienem był uruchomić trochę uroku osobistego.

Tom głęboko westchnął i zaczął się bawić magnesem z biurka Anthony'ego.

— Jak to się dzieje, że krawaciarze trzymają w garści całą władzę, kiedy to my mamy talent?

— Nie wiem, Tom.

Zadzwonił telefon Anthony'ego. Spojrzeli na siebie i po trzech sygnałach Anthony odebrał.

— Anthony Harrison.

— Anthony? — Głos był kobiecy, stanowczy, ale przyjazny.

— Ta.

— Vanessa.

— Cześć, Vanesso!

Tom wyprostował się na krześle.

— Nie będę owijać w bawełnę — powiedziała Vanessa. — Wiesz, że startujemy do VC?

— Słyszałem plotki.

— Jesteście z Tomem zainteresowani?

Anthony wyszczerzył zęby do Toma.

— Jasne, czemu nie? Na pewno nam się uda gdzieś to wcisnąć...

Tom zamknął oczy w ekstazie, klapnął na podłogę i zaczął wygłaszać mowę dziękczynną.

— Chciałbym podziękować wszystkim skromnym ludziom, dzięki którym czuję się tak wielki...

Anthony machnął mu ręką, żeby się zamknął.

— Spotkajmy się — ciągnęła Vanessa. — Najwcześniej dam radę w poniedziałek. W Groucho o pierwszej. Ty, ja, Tom i Max.

— Świetnie. Zawiadomię Toma.

Odłożył słuchawkę i wzniósł zaciśniętą pięść.

Na dole Vanessa powoli odłożyła telefon, uśmiechnęła się i zamknęła oczy. Odtworzyła w pamięci odpowiedzi Anthony'ego, czerpiąc wielką przyjemność z kontrolowanego podniecenia, które usłyszała w jego głosie. W mężczyźnie udającym, że nie czuje nad sobą kobiecej władzy, było coś wręcz rozkosznego.

O czwartej Vanessa znalazła moment, żeby zadzwonić do Jo, do domu.

— Cześć! Jak ci idzie?

Jo przytrzymała słuchawkę ramieniem. Jednym uchem nasłuchiwała Diane, która miała przybyć lada chwila, w drugim zaś wciąż jeszcze wibrował jej dźwięk domowego alarmu. Wiedziała, że jeśli chrupki ryżowe mają być gotowe na podwieczorek, powinna już zacząć je robić.

— Jak poszło w szkole? — zapytała Vanessa, kończąc raport na temat postępów przy reklamie płatków.

Jo spróbowała się zastanowić.

— W porządku. Zak miał dyktando. Napisał ponieważ przez „ż". Nauczycielka była bardzo zadowolona. Potrzebny mu nowy flet, bo starsi chłopcy użyli go do zrobienia bramki i się połamał. Cassandra miała lekcję matematyki, a Tallulah siedziała z Ellą na rysunkach.

Zgromadziła na blacie wszystkie składniki i uśmiechnęła się

do siebie. Znała Dziecięce Przykazanie: „Pamiętaj, abyś zawsze miał w domu składniki do przygotowania czekoladowych chrupek ryżowych".

— Uhm — powiedziała Vanessa, podpisując się pod swoimi notatkami. — Zapisz to w kalendarzu, proszę, kupię mu flet w czasie weekendu.

Do kuchni wpadł Spiderman, nieświadomy, że workowate, opadające majtki w znacznym stopniu zepsuły efektowne wejście.

— Ruszałaś mojego cyberpsa? — zapytał głosem, który wchodził w niebezpiecznie wysokie rejestry.

— Myślałam, że szykujesz się na przyjście babci — odezwała się Jo, spoglądając na niego. — Nie zechce oglądać cię w takim stroju, prawda?

Max wsunął głowę do biura Vanessy.

— Rozmawiałaś z Anthonym?! — ryknął, nie zwracając uwagi na to, że trzyma w dłoni słuchawkę.

Vanessa uśmiechnęła się szeroko i skinęła głową, pytając jednocześnie:

— Co ma na sobie?

— Skąd mam, kurwa, wiedzieć, co ma na sobie? — zapytał Max.

— Strój Spidermana — odpowiedziała Jo przez telefon.

— O rany.

— Ruszałaś mojego cyberpsa? — powtórzył Spiderman, łzawo i bezskutecznie zdwajając wysiłki, żeby zostać usłyszanym.

— Rozmawiałam z nimi wcześniej, rano — powiedziała Vanessa do Maksa, unosząc w górę kciuk.

— Tak? — zdziwiła się Jo. — Nic mi nie mówiły.

— Nie, z działem kreatywnym, nie z dziećmi.

— Z czym?

— NIE MOGĘ ZNALEŹĆ MOJEGO CYBERPSA!

— Jeżeli uda ci się włożyć eleganckie spodnie i koszulę, przyjdę i pomogę ci go szukać — obiecała Jo.

— Czy trzymał się dzisiaj za siusiaka? — zapytała Vanessa.

— Na Boga, mam nadzieję, że nie rozmawiasz z klientem — ostro rzucił Max.

— Muszę uciekać — oznajmiła Vanessa. — Jestem zakręcona. Pa.

Jo wyłączyła telefon, zleciła Spidermanowi tajną misję przebrania się w eleganckie rzeczy, które spodobają się babci (żeby zmylić wrogów), włożyła telefon do lodówki, wyjęła telefon z lodówki i wróciła do przygotowywania czekoladowych chrupek. Dwadzieścia minut później troje dzieci w eleganckich ubrankach w milczeniu zaglądało do miski.

— Czy mamusia wie, że to zrobiłaś? — zapytała Cassandra.

— Nie — odparła Jo. — A chciałaby trochę?

— Nie pozwala nam jeść za dużo czekolady — odezwał się Zak. — To szkodliwe dla naszych zębów i na dłuższą metę dla całego organizmu.

Jo rozmyślała, czy zapytać o zdanie mamusi w tej kwestii, kiedy zadzwonił telefon.

Nie spuszczając oka z dzieci, poszła odebrać.

— Halo — rzuciła do słuchawki. — NIE JEDZCIE JESZCZE! — wrzasnęła na całą trójkę, która zaryzykowała zbliżenie się do miski.

Dzieci patrzyły na nią, a ona na dzieci, trzymając drewnianą łyżkę najgroźniejszym gestem, na jaki potrafiła się zdobyć. Kiedy w jej uchu zabrzmiał jakiś głos, doznała małego wstrząsu.

— Halo, czy mogę prosić Jo?

— SHAUN! — Jo o mało nie rozpłakała się z ulgi.

— Cholera, to ty? Nie poznałem cię.

— Tęsknię za tobą! NIE JEDZCIE TEGO TERAZ!

Jednym skokiem pokonała przestrzeń i uratowała miskę.

— To jest deser na czas po odrobieniu lekcji — oznajmiła. — Albo wsadzę komuś tę łyżkę w pupę.

— Komu? — zapytała Cassandra.

— Powiedziałaś, że to nagroda za wstawanie — wytknął Zak. — Nie za odrabianie lekcji.

— Czy to może być pupa Zaka? — dopytywała się Cassandra.

— Nie — odparła Jo.

— Dlaczego?

— Chociaż oczywiście uwielbiam przysłuchiwać się nienormalnym dzieciom — rozległ się w uchu Jo głos Shauna — jestem teraz trochę zajęty. Możemy pomówić później?

— Tak — powiedziała Jo do drewnianej łyżki.

Cassandra wyjęła jej słuchawkę z ręki.

— Czy Jo może oddzwonić później? — zwróciła się do Shauna. — Jest w tej chwili nieco zajęta. Czy zna pana numer? — Kiedy Jo wycierała sobie czekoladę z ucha, usłyszała, że mała mówi: — Jeżeli nie dzisiaj wieczorem, to na pewno kiedy tylko będzie mogła. Dziękuję za telefon. Na razie. — Cassandra się rozłączyła. — Powiedział, że w porządku — przekazała, wręczając jej słuchawkę. — Wiesz, gdzie są foremki do ciastek?

W milczeniu kiwając głową, Jo usłyszała w oddali dźwięk dzwonka do drzwi.

— No, dobrze! Czas na pracę domową — oznajmiła, pospiesznie idąc do drzwi i ćwicząc stosowny uśmiech. Kiedy otworzyła, nikogo nie było, ale we frontowym ogrodzie nieskazitelnie odziana kobieta obrywała uschły pączek róży. Jo przez chwilę przyglądała się jej krytycznie, aż wreszcie kobieta odwróciła się gwałtownie, żeby na nią spojrzeć, a potem zaczęła się zbliżać. Niewątpliwie była to matka Vanessy.

Gdy spotkały się w drzwiach, Jo zaprezentowała uśmiech, a kobieta wręczyła jej kilka różanych pędów i weszła do środka. Skórę miała napiętą i gładką, makijaż nieskazitelny i kosztowne ciuchy. Była niesamowicie dobrze zakonserwowana i wyglądała na niezdolną do normalnego uśmiechu, trochę jak Mona Liza, pomyślała Jo. Uwagę przykuwały przede wszystkim jej włosy. Wyglądały jak nowa korona spleciona ze złota i miedzi. Każdy ruch kobiety wyglądał, jakby wciąż jeszcze ćwiczyła poruszanie się z tym czymś na głowie.

— Przyszłam prosto od fryzjera — oznajmiła, zdejmując płaszcz i wręczając go Jo — więc nie mogę długo zostać.

— Oczywiście — odparła Jo.

— Cześć, kochani! — zawołała kobieta w głąb domu. — Byłam u fryzjerki, więc nie mam za dużo czasu! — Odwróciła się do Jo i powiedziała: — Proszę tylko herbatę, gram dziś w brydża. — Ruszyła prosto do kuchni.

Tam zastała dzieci na różnych etapach wyjadania surowych chrupek czekoladowych drewnianą łyżką.

— Lula! — wykrzyknęła Diane przerażona widokiem lepkich, brązowych ust Tallulah. — Wyglądasz jak klaun!

— Ty też! — zawołała Tallulah pod wielkim wrażeniem. — Chcę szminkę!

Diane zwróciła się do Jo.

— Czy to czekolada? — zapytała.

— Tak. — Jo westchnęła, wrzucając uschnięte pączki do kuchennego śmietnika. — To długa historia.

— Doskonale znam historię czekolady — szorstko oznajmiła Diane. — Powstaje z ziaren kakao i została sprowadzona do Europy przez Hiszpanów, kiedy podbili Meksyk. Nie o to mi chodziło.

Jo zamrugała.

— Nie chodziło mi o tę historię — wyszeptała.

— Jo obiecała nam nagrodę, jeżeli wstaniemy rano — wyjaśniła Cassie.

— Mój ty Boże, co będzie dalej? — rzuciła Diane w przestrzeń. — Prezenty za sen?

— Zaspali, więc... — zaczęła Jo.

— Nie mogę długo zostać — powtórzyła Diane. — Kto chce popatrzeć, jak babcia maluje paznokcie?

Dziewczynki wydały okrzyki radości, a Zak wyraziście prychnął.

— Zachariah! — zawołała jego babcia. — Nawet nie wiem, jak to nazwać!

Jo z całego serca popierała Zaka, więc cicho zajęła się przygotowaniem herbaty.

— Przepraszam — powiedział Zak, a potem wymamrotał: — Mam na imię Zacharie.

— No, ja myślę.

— Mieli właśnie odrabiać lekcje — odezwała się Jo.

— Tak. Mam masę zadane — oświadczył Zak i zniknął.

— Dziewczynki — oznajmiła Jo — kiedy skończycie pomagać babuni...

— Babci — poprawiła Diane tonem, jakiego nie powstydziłaby się lady Bracknell.

— ...możecie odrobić lekcje — dokończyła Jo słabym głosem. Potem znalazła papierowe foremki do pieczenia i zaczęła zapełniać je przygotowaną mieszanką, podczas gdy dziewczynki tłoczyły się przy Diane malującej paznokcie.

Im szybciej to zrobię, myślała Jo, tym więcej czasu będę miała, żeby zadzwonić do Shauna przed podwieczorkiem dzieci. Gdy tylko chrupki znalazły się w lodówce, zadzwonił telefon. Jo zerknęła na Diane, która pomachała w jej stronę mokrymi paznokciami. Gdy ruszyła, żeby odebrać, usłyszała Diane mówiącą do dziewczynek:

— Zobaczymy, jak nowa niania rozmawia przez telefon, dobrze, dziewczynki? To idealny test dla damy. — Podniecone Cassandra i Tallulah przyglądały się jej uważnie.

Dobra, pomyślała Jo. Sama tego chciałaś.

— Dzień dobry — powiedziała do słuchawki, naśladując Elizę Doolittle w czasach po „w Hiszpanii mży, gdy dżdżyste przyjdą dni". — Rezydencja państwa Fitzgeraldów. Czym mogę służyć?

Podczas pauzy, która nastąpiła, Jo zauważyła, że wyskubane brwi Diane unoszą się w kierunku złotej korony.

— Cholera — rozległ się ciepły męski głos, który z miejsca rozpoznała. — Masz też na sobie fartuszek i czepek?

Jo bez wyrazu patrzyła na Diane, która przeszywała ją badawczym spojrzeniem.

— Z kim chciałby pan mówić? — Jo działała teraz automatycznie, sparaliżowana od grzywki w dół.

— Z tobą — roześmiał się Josh — jesteś nieoceniona.

Diane zaczęła uprzejmie uśmiechać się do Jo, która poczuła przypływ odwagi wystarczający, żeby kontynuować.

— Czy chciałby pan rozmawiać z kimś z rodziny Fitzgeraldów?

— Boże, nie, oni wszyscy są szaleni.

— Babcia dzieci, Diane, jest tu i zajmuje się dziewczynkami.

— Dlaczego? Co przeskrobały?

Jo opanowała uśmiech. Udało się jej lekko odwrócić od Diane, co zakrawało na brawurowy bunt.

— Prawie zjadły czekoladę — oznajmiła afektowanym głosem.

— O niech mnie! — Josh przystosował się do konwencji. — Ja wezwę policję, a ty każ im zwymiotować.

— Są w tej chwili ze swoją babcią — odparła Jo — i, jak sądzę, nie będzie to konieczne.

Okrzyk Josha „kurwa, ty naprawdę istniejesz?" zniszczył pierwsze ciepłe uczucie, jakiego doznała. Kiedy ktoś się z człowieka nabija, to jedna sprawa, ale całkiem inna, gdy ten ktoś jest durniem, który nie zna się na żartach. Rozczarowanie podsyciło jej gniew.

— Mogę przełączyć cię na głośnik? — mówił teraz — bo faceci w biurze mi nie wierzą. Rupert chce się z tobą umówić, jeżeli pozwolisz mu używać smoczka.

Jo zacisnęła zęby.

— Przekażę państwu Fitzgeraldom, że pan dzwonił — powiedziała i odłożyła słuchawkę.

Powoli odwróciła się do Diane, która siedziała sztywno wyprostowana, z lekko przekrzywioną głową i pytającym wzrokiem. Dziewczynek już dawno nie było, uznały rozmowę Jo za niemal równie nudną, jak przyglądanie się schnącemu na paznokciach lakierowi. Diane miała teraz po bokach Molly'ego i Bolly, nieruchomych jak posążki, którzy jak ona mierzyli Jo pełnym wyższości spojrzeniem bez jednego mrugnięcia.

— Dzwonił Josh — oznajmiła im Jo.

Wyglądali na jednakowo niewzruszonych.

— Tak? — zamruczała Diane, chociaż mógł to też być Molly; Jo wolałaby się nie zakładać.

— Tak między nami — podjęła próbę Jo — nie sądzę, żeby miał dobry wpływ na dzieci.

— Oczywiście, że nie. — Diane wstała. — Jest synem pierwszej żony Dicka, Jane, która, jak niedługo się przekonasz, jest zwykłą krową. W niezbyt udanym przebraniu. Bez wątpienia spotkasz ją, kiedy będzie podrzucać tego Toby'ego, jeżeli nie popędzi gdzieś dalej. Toby to diabeł.

— Oczywiście — powiedziała Jo, gdy Diane przemknęła obok niej do holu. — Nie mogę się doczekać.

— Do widzenia, kochani! — zawołała Diane. — Babcia wychodzi!

— Chłopaki! — krzyknęła Jo. — Pożegnajcie się z babcią, bo idzie na bingo!

— Brydża! — z przerażeniem wykrzyknęła Diane.

— Och, przepraszam. Zawsze mi się mylą.

Diane znów krzyknęła:

— Nie musicie schodzić, lecę!

— PA! — wrzasnęła trójka dzieci z różnych pokoi na górze.

Jo podała Diane płaszcz, ta po raz ostatni zmierzyła ją przeciągłym spojrzeniem, jakby właśnie podano jej bukiet kwiatów w podziękowaniu za otwarcie przyjęcia. Potem, gdy Jo otworzyła dla niej drzwi, Diane poinstruowała, żeby poinstruowała Vanessę, żeby poinstruowała ogrodnika, żeby usuwał zwiędłe pączki z róż i, odprowadzona przez milczące koty aż do bramy, odpłynęła.

— Uhm, brokuły — nieszczerze stwierdziła Jo, odgryzając kęs.

— Nienawidzę brokułów — powiedziała Tallulah, podczas gdy pozostała dwójka przyglądała się Jo, równie nieprzekonana.

— Wyobraź sobie, że są pokryte czekoladą — zaproponowała Jo. — Ja tak zawsze robię.

— A czemu po prostu ich nie zostawisz? — zapytał Zak.

— Albo nie oblejesz czekoladą? — zapytała Cassandra.

— Po prostu lubię jeść rzeczy, od których się rośnie — ponownie skłamała Jo.

— Dlaczego? — chciała wiedzieć Cassandra. — Już jesteś wysoka.

— Ja będę wysoka, kiedy urosnę — oznajmiła Tallulah, zjadając kawałek brokuła.

— A ja będę po prostu nosić wysokie obcasy — oznajmiła Cassandra.

— A ja byłam drzewem — powiedziała Tallulah.

Jo właśnie załadowała zmywarkę i miała kąpać Tallulah, kiedy do domu wrócił Dick. Omal nie padła na kolana z wdzięczności, gdy trójka dzieci rzuciła się na ojca. Patrząc, jak kulają się po podłodze, zastanawiała się, jak to możliwe, że ów „miś" to ten sam człowiek, z którym odbyła rozmowę wstępną. Kiedy dzieci zaczęły używać Dicka jako trampoliny, a on w głupim uśmiechu wyszczerzył do niej zęby, doszła do wniosku, że pierwsze wrażenie może być bardzo mylące.

Zerknęła na zegarek. Siódma. Przepracowała dwanaście godzin bez przerwy i wciąż jeszcze nie skończyła prasowania. Czy wszyscy londyńczycy pracowali w tak absurdalnym wymiarze godzin, czy tylko Fitzgeraldowie? Dick zauważył jej spojrzenie na zegarek.

— Wiem — odezwał się spod przygniatającego go dziecka — dziwna pora na powrót do domu.

— Ach — z ulgą westchnęła Jo — też tak pomyślałam.

— Otóż to! To twój pierwszy dzień, więc po prostu zamknąłem sklep i wróciłem do domu wcześniej.

6

Dwa tygodnie później w Niblet Shaun dotarł do lokalnego pubu przed zmierzchem. Zobaczył Sheilę, zanim ona go zauważyła, schował się za filarem i zamówił sobie szybki kufelek.

— Jakieś wieści od Jo? — powitał go właściciel.

— Taa — odparł Shaun. — Pada z nóg.

— Aj, biedaczka. To co zwykle? Cześć, Sheila, co dla ciebie?

Shaun odwrócił się do Sheili stojącej tuż za nim.

— Cześć! — powiedział. — Nie widziałem cię.

— Wymyśl coś lepszego — odcięła się. — Stać cię na to.

Zostali przy barze.

— Rozmawiałem dzisiaj z Jo — oznajmił w końcu.

Sheila się uśmiechnęła.

— Jak długo wytrzymałeś?

— Skąd wiesz, że to nie ona do mnie dzwoniła?

— Bo przez dwa tygodnie telefonowała do mnie tylko dwa razy. A czego by nie mówić o prawdziwej miłości, nie ma mowy, żeby dzwoniła do ciebie częściej niż do mnie.

Shaun pociągnął łyk.

— Mam rację, prawda? — zapytała.

Shaun wziął kufel i odszedł, żeby usiąść samotnie. Sheila zamówiła drinka i poszła za nim.

— Nie bierz tego do siebie, Shaunie — powiedziała, przysiadając się do niego przy kominku. — Teraz, kiedy mieszka w Londynie, na pewno dzwoni do ludzi znacznie ważniejszych niż my dwoje.

Shaun wychylił połowę kufla, wziął głęboki wdech, a potem dopił resztę.

— Założę się, że jesteś naprawdę wkurzona — oznajmił — bo radzi sobie bez ciebie.

Sheila wzruszyła ramionami.

— Nic mi nie jest. Dla niej to dobrze, że się wyrwała. Rozwija się.

Shaun się roześmiał. Otarł usta.

— No, więc — zagadnęła Sheila — czym zapełniasz sobie sobotnie wieczory?

— Mną się nie zasłaniaj. Czym ty zapełniasz sobie sobotnie dni? Bez całodniowych wypraw na zakupy, żeby odciągnąć ją ode mnie.

— Jakoś nigdy nie musiałam jej ciągnąć.

Shaun nagle zawołał Jamesa, który właśnie zjawił się w drzwiach pubu. Ten kiwnął głową i wszedł.

— To co zwykle? — mruknął Shaun do Sheili.

Potwierdziła. Shaun przyłączył się do Jamesa przy barze.

W tym samym czasie setki mil dalej, w hałaśliwym barze w City, rozmowy telefoniczne z Jo były tematem innej, bardziej ożywionej konwersacji.

Josh właśnie skończył przedstawienie „Niania przez telefon" dla swoich kumpli. Tego wieczoru przyłączyła się do nich Sally z księgowości i dobrze wiedział, czemu przyszła. Im głośniej banda śmiała się z jego opowieści, tym bliżej przysuwała się Sally, aż w końcu jej udo praktycznie leżało na jego nodze. Wieczór zapowiadał się coraz lepiej. Najpierw telefon od taty na męską pogawędkę, a teraz Sally z księgowości właściwie siedziała mu na kolanach.

— Skąd wytrzasnęli tę niańkę? — zagadnął Jasper.

— Cholera wie — odparł Joshua, coraz bardziej roztargniony. — Pewnie z Akademii dla Piczek-Zasadniczek.

— Muszę pogadać z tą kobietą — stwierdził Rupert. — Staje mi, kiedy tylko o niej pomyślę.

— Ile za to dajesz? — zapytał Josh.

— Dychę.

— Ha!

— Dwadzieścia!

Josh ponownie się zaśmiał.

— Pięćdziesiąt! Jeżeli nie sprosta moim marzeniom, to ty mi wisisz.

— Umowa stoi! — wrzasnął Josh, a reszta przyjęła to z aplauzem. — Następnym razem przełączę ją na głośnik i kiedy dam ci znak, możesz zamienić słówko.

Sally wślizgnęła się mu na kolana, spódnica na chwilę podjechała jej dość wysoko, żeby Josh mógł przelotnie zerknąć na piegowate opalone udo. Na resztę wieczoru świątobliwa niania poszła w zapomnienie.

Przez kilka następnych tygodni życie świątobliwej niani przybrało nowy i raczej niepożądany obrót. Pod koniec trzeciego tygodnia u Fitzgeraldów leżała na łóżku, gapiąc się na własną otwartą walizkę, porzucony plecak i nierozpakowane pudło, zbyt wyczerpana, żeby się ruszyć, i starała się nie rozpłakać.

Teoretycznie rzecz biorąc, Jo miała wolne weekendy, o ile wcześniej nie została zamówiona jako dodatkowo płatna opiekunka. Jednak pierwszy weekend spędziła, nadrabiając zaległości w spaniu, drugi delikatnie naciskana przez Vanessę, żeby tylko podać jej to, tylko wstawić do zmywarki tamto, tylko skoczyć na górę i przynieść owo. Podczas trzeciego posunęła się do tego, żeby samotnie pójść do kina, chcąc zaznaczyć, że nie zamierza pracować. Siedziała tam otoczona tłumem hałaśliwych nastolatków, którzy się na nią gapili, i parami, które się nie gapiły, po czym spokojnie zasnęła przy przesłodzonym finale, obudziła się przestraszona i zapytała głośno: „Czy ktoś wpuścił koty?", a były to najmniej upokarzające dwie minuty z całego wieczoru.

Z rozkoszą jeździłaby na weekendy do domu, ale wiedziała, że gdyby pojechała, nigdy by nie wróciła, co oznaczałoby koniec marzeń i początek życia z refrenem „A nie mówiłem" z ust wszystkich, których kochała. Co do przyjazdu Shauna, to wciąż trwał kluczowy pierwszy miesiąc największego kontraktu jego firmy, więc wiedziała, że praktycznie mieszkał na placu budowy, także w weekendy. Skoro nie był w stanie znaleźć czasu, żeby wyskoczyć na stację i ją odprowadzić, niemal na pewno nie mógłby przyjechać i zostać. Okazjonalnie, bardzo okazjonalnie — i zwykle w nocy — łapała się na myśli, czy pokolenie jej rodziców nie miało racji, upierając się, że drogą kobiety jest pójście w ślad za mężczyzną, który kobietę wybrał. W porządku, w pewnych okolicznościach mogło to nie być zbyt przyjemne, ale z pewnością mniej skomplikowane.

Kontaktowała się z rodzicami prawie codziennie i jeżeli w tym czasie w samochodzie było przynajmniej jedno dziecko, nie czuła pokusy, żeby się rozpłakać. Oprócz wyczerpania i wczesnego chodzenia spać, co zostawiało jej bardzo niewiele czasu na długie osobiste rozmowy telefoniczne, po prostu brakowało jej energii, żeby dzwonić do Shauna, i rzadko miała odpowiedni nastrój na rozmowę z Sheilą. W nielicznych chwilach spokoju tęskniła za rodzicami; we wszystkich pozostałych za przyjazną atmosferą Niblet.

W piątkowy poranek czwartego tygodnia u Fitzgeraldów Jo czekała na końcu przypominającej reklamę Gapu kolejki do przedszkola, dokonując podsumowania doświadczeń zebranych od czasu opuszczenia rodzinnego domu. Wiedziała, że rodzina Fitzgeraldów będzie odmienna od jej własnej, ale myślała, że różnice ograniczą się do szczegółów. Teraz zdała sobie sprawę, że to szczegóły czynią dom domem. A dom Fitzgeraldów nie był domem, był miejscem do przechowywania pilotów. Pilotów było tyle, że potrzebowali też pilota do ich znajdowania. Po jednym do każdego zestawu stereo w każdym pokoju, do przyciemniania świateł w każdym pokoju, do kominka, a nawet pilot do zegara w salonie — irytującego gadżetu z efektami świetlnymi, na który trzeba było, oczywiście, skierować pilota, żeby zadziałał. Ze stolika do kawy wyrastało wtedy jak feniks z popiołów nieduże wzniesienie i świeciło na pustą ścianę z przodu. I patrzcie! Powoli, na podobieństwo kota z Cheshire, pojawiał się tam ścienny zegar. Na ogół, gdy wreszcie się pojawił, żeby pokazać godzinę, człowiek był już spóźniony. I oczywiście były też piloty do wszystkich telewizorów w domu. Gdyby miała miejsce kradzież pilotów, dom przestałby funkcjonować. Stałby się wyłącznie skorupą.

Co do pokoi Jo, telewizora i ogromnej szafy, stanowiły dowód, jakby go kiedykolwiek potrzebowała, że pieniądze szczęścia nie dają. Całym ciałem tęskniła do spokojnej wygody swojego pokoiku, inspirującego widoku rzeki i kojącego dźwięku stłumionych pokrzykiwań rodziców z dołu.

Gdy przyglądała się kolejce przed przedszkolem, przyszło jej na myśl, że może nie jest na to dość silna. Może po zaledwie jednym miesiącu będzie musiała wrócić do domu, pokonana.

— Uszy do góry — rozległ się głos za nią. — Wyglądasz, jakbyś zgubiła dziecko i znalazła troje.

Jo założyła, że głos nie był skierowany do niej, ale jednak nieśmiało zerknęła do tyłu. Stała tam kosztownie ubrana wysoka, opalona blondynka mniej więcej w jej wieku, trzymająca samochodowy fotelik, w którym drzemało niemowlę wielkości lalki.

— Jesteś nową nianią, prawda? — zapytała dziewczyna, uśmiechając się.

Jo skinęła głową.

— Tak myślałam. Gdybyś była mamą, wyglądałabyś tylko na znudzoną, a nie odmóżdżoną. Jestem Pippa, a to — wysunęła do przodu fotelik — jest Sebastian James.

Jo spojrzała na Sebastiana Jamesa. Mógł mieć najwyżej parę tygodni.

— Przywitaj się z tą miłą panią, Sebastianie — poleciła Pippa.

Lewa brew Sebastiana Jamesa lekko zadrgała. Niewiele, pomyślała Jo, ale więcej niż to, do czego przywykła.

— Miło cię poznać, Sebastianie — powiedziała i wyciągnęła rękę.

Z pupy Sebastiana Jamesa wydobył się modulowany dźwięk.

— Ta dzisiejsza młodzież — syknęła Pippa, przerzucając fotelik na biodro. — Żadnego szacunku.

— Cóż — uśmiechnęła się Jo — nie przeżyli wojny.

— Jego matka ma usuwane hemoroidy. — Pippa wyszczerzyła zęby.

— Ooch, jak uroczo.

— Cóż, owszem, dla specjalisty z Harley Street. Dwanaście setek za czterdzieści minut.

Jo cicho i przeciągle gwizdnęła.

— Wspomnę nawiasem — w zaufaniu wyznała Pippa — że musi je najpierw zlokalizować. Pewnie przydałoby mu się znaleźne.

Jo odkryła, że siostra Sebastiana Jamesa, Georgiana Anne, była w grupie Tallulah.

— Ich rodzice to prawiczki w kwestii nianiek — wyjaśniła Pippa. — Jestem ich pierwszą, dzięki Bogu. Od trzech lat, więc praktycznie rzecz biorąc, ja tam rządzę. Mam trzy razy w tygodniu aerobik i zabiegi na twarz na ich koszt, tak są przerażeni, żeby mnie nie stracić. A to poczucie winy! Niesamowite. Są na świecie ludzie, którzy mordują dzieci, a jedyne, co robi ta dwójka, to każdą bożą godzinę przeznacza na pracę, żeby zarobić dość pieniędzy na utrzymanie niedużej rodziny i prywatne leczenie, a można by pomyśleć, że dopuścili się ludobójstwa. Biedne typki. Wspomnę nawiasem, że bardzo użyteczne. Mam własne mieszkanie na poddaszu w Highgate, z oddzielnym wejściem i tarasem od południowej strony. I właśnie wróciłam ze „służbowych" wakacji przed urodzeniem dziecka, na Bahamach. Chcieli pojechać do Antibes, ale uparłam się, że to muszą być Karaiby. Czy twoi pracują?

— Tak.

— Znakomicie.

Sebastian James beknął. Pippa i Jo spojrzały na niego.

— Mężczyźni — syknęła Pippa. — Masz czas na kawę?

Oczy Jo zrobiły się okrągłe.

— Prawdę mówiąc — odparła — nie miałam czasu, żeby się porządnie wysrać.

— O rany, niedobrze.

— Owszem — zgodziła się Jo — nie jest dobrze.

— Zastanawiałam się, czemu tak stoisz.

Jo ogarnął gwałtowny głośny śmiech, zupełnie zapomniała, jak to się robi.

— A, po prostu tak właśnie wyglądam po wejściu pod górę Highgate Hill.

— Co robiłaś w czasie weekendów?

— Och, no wiesz, dziwaczne rzeczy dla mojej szefowej, łkanie w pokoju, spanie w kinach, takie tam.

— A co robisz w tę niedzielę?

— Składam wymówienie i wracam do domu, żeby wyjść za swojego chłopaka.

Pippa uścisnęła ramię Jo.

— Lepiej spotkaj się ze mną na kawie — stwierdziła stanowczo. — Costa Coffee, Highgate, High Street, jedenasta rano. Lekcja numer jeden: jeżeli nie ustalisz planów na weekend, będą cię traktować, jakbyś była w pracy. Nigdy nie zaczynaj zbyt wcześnie rano, bo będą się zachowywać, jakby to był codzienny dzień.

— Och. — Jo szeroko otworzyła oczy.

Pippa spojrzała na nią rozpromieniona.

— Musisz się wiele nauczyć, Pasikoniku.

— Dziękuję — powiedziała Jo.

Drzwi przedszkola się otworzyły i jeden za drugim, mrużąc oczy w słońcu, wyszło dziesięć pełnych energii króliczków, których małe światki kręciły się wyłącznie wokół króliczkowych spraw. Za nimi pojawiła się Tallulah.

Georgiana Anne podeszła do Pippy, ucałowała braciszka w czoło, zostawiając ślady zębów na jego papierowej skórze, wręczyła Pippie dzieło sztuki z masy papierowej, które wyglądało jak penis w peruce, podciągnęła sobie rajstopy i oznajmiła:

— To dla mamusi.

— Rany! — wykrzyknęła Pippa. — Mama to ma szczęście!

— Chcę na lunch kawałki kurczaka.

Jo przyklękła, żeby znaleźć się na poziomie Tallulah i lepiej ją słyszeć. Mała spojrzała jej prosto w oczy.

— Cześć — powiedziała.

— Cześć. — Jo uśmiechnęła się szeroko. — Miałaś dobry dzień?

— Tak, dziękuję. Georgiana jest moją przyjaciółką.

— To miło.

Tallulah zerknęła na Georgianę.

— Czasami — zgodziła się.

W połowie drogi do domu Tallulah popatrzyła na Jo.

— Mogę poskakać? — zapytała.

— Oczywiście, że możesz, koteczku. Tylko poczekaj na mnie przy krawężniku.

— Lubię twoje włosy — powiedziała Tallulah, zanim zajęła się ważniejszymi sprawami. Skakaniem.

Była pora lunchu i Cassandra stała na placu zabaw, głowę trzymała wysoko, rozpaczliwie starając się omijać wzrokiem Maisy Mason i Arabellę Jackson, urządzające przedstawienie, na które składały się wspólne szepty i chichoty.

Gdy zaczęły się zbliżać, czuła, jak robi się jej coraz cieplej i cieplej, była pewna, że twarz zdradza, do jakiego stopnia jest świadoma ich obecności. Uniosła głowę jeszcze wyżej. Gdy ją minęły, usłyszała swoje imię wypowiedziane głośnym szeptem, a potem to przyprawiające o ból żołądka chichotanie. Zaczęła wesoło nucić i odeszła w kierunku drabinek, których kontury rozmazywały się tym bardziej, im bliżej podchodziła.

Arabella Jackson miała długie blond loczki i pyzate różowe policzki. Opanowała sztukę udawania za pomocą lekkiego drgnienia delikatnych brwi i śladu rozpaczy w fiołkowych oczach, że nie jest zdolna mierzyć się z życiem, i z rozkoszą zgodziłaby się, by jakiś duży, wysoki, silny wybawca pomógł jej przetrwać. Była do tego stworzona. Niektóre kobiety tego nie potrafią, ale wybranki losu przyswajają sobie tę umiejętność w wieku lat ośmiu. Chłopcy ją uwielbiali. Nawet duzi chłopcy. Chłopcy, którzy taplali się w błocie i ryczeli w parku, udając karabiny maszynowe, stawali jak sparaliżowani widokiem rumieńca na policzkach Arabelli Jackson i śladem wilgoci w jej okolonych aksamitnymi rzęsami oczach. Dziewczynki też uwielbiały Arabellę. Właściwie kochały ją nawet bardziej niż chłopcy. Marzyły, żeby się do niej upodobnić, ale drugim co do ważności marzeniem było przebywanie w jej pobliżu w nadziei, że spłynie na nie odrobina tej bajkowej aury, która ją otaczała. Organizowano skomplikowane losowania, żeby usiąść obok Arabelli podczas popołudniowych lekcji malowania w piątki, małe rączki wyciągały się w powietrze najwyżej, jak mogły, żeby potrzymać jej ulubioną maskotkę, gdy miała indywidualne (i drogie) lekcje wymowy i sztuki dramatycznej. Wszyscy kochali Arabellę.

Wszyscy z wyjątkiem Cassandry. Do czasu ukończenia siedmiu lat Cassandra była jedną z tych naiwnych, pełnych uwielbienia fanek. Ale teraz, mądrzejsza o cały rok, Cassandra nienawidziła Arabelli. Właściwie to chciała ją zabić albo przynajmniej bardzo mocno ugryźć. Jej uczucie względem Arabelli było czyste i potężne. Gdyby nienawiść Cassandry stała się tematem biblijnej opowieści, zostałaby przedstawiona jako gwałtowny, przerażająco nieodwracalny fakt, którego nawet Bóg nie potrafił kontrolować. Najgorsze, że Cassandra nie wiedziała, co ma z tą nienawiścią zrobić. Czuła się zawstydzona, bo nienawiść nie przystoi małej dziewczynce. Sprawiała, że Cassie wydawała się zawzięta, podła i zazdrosna. A ona taka nie była. Była po prostu pełna nienawiści.

Z początku miała nadzieję, że zrozumieją ją nauczyciele i rodzice. Że ich przenikliwe jak laser, wszystkowidzące dorosłe oczy zdołają odkryć to, czego nie potrafiły dostrzec dzieci, i przejrzą pozorną urodę Arabelli Jackson, dotrą do ciemnego podziemia jej umysłu i duszy. Ich mądre, wyczulone na oszustwo umysły przebiją się przez plątaninę kłamstw, które opowiadała, by odkryć ukryte jądro jej brzydoty.

Jednak nadzieje Cassandry pozostały niespełnione. Dorośli też uwielbiali Arabellę, czasami nawet bardziej niż małe dziewczynki, nie mogli się powstrzymać, żeby jej nie dotykać, przytulać, całować. Stopniowo Cassandra zdała sobie sprawę, że chociaż więksi niż dzieci, dorośli niekoniecznie są bardziej bystrzy.

Frustrująca świadomość, że ma rację, a wszyscy inni się mylą, codziennie niemal doprowadzała Cassandrę do szaleństwa. Czemu nikt jej nie wierzy?

Gdyby była dorosła i rzecz toczyła się w biurze, wymyśliłaby może jakiś podstęp, żeby przyłapać Arabellę, albo miałaby partnera, przed którym wieczorami w domu mogłaby zrzucić ciężar z serca, mogłaby też zmienić pracę, żeby się uwolnić. Ale miała osiem lat, więc mogła tylko popaść w obsesję, aż w końcu nienawiść o mało jej nie zjadła. Arabella w tym czasie zrobiła wszystko co w jej mocy, a było tego całkiem sporo, żeby usunąć niedowiarka ze swego otoczenia.

Wszystko zaczęło się rok wcześniej, dość przeciętny przypadek z zakresu szkolnej polityki. W klasie pojawiła się nowa dziewczynka. Asha Murray stała żałośnie obok nauczycielki, niepewna, zawstydzona i pełna lęku przed światem. Była szczerbata, blada i zwyczajna. Klasa patrzyła na nią niewzruszona, a ona, także niewzruszona, patrzyła na własne spore, płaskie stopy.

— Kto chciałby się zaopiekować Ashą? — zapytała nauczycielka z pewną dozą nadziei w głosie.

Osiemnaścioro dzieci zerkało po sobie powątpiewająco. Zapadła długa cisza. A potem w górę podniosła się ręka Arabelli, która pochyliła nieco głowę i powiedziała:

— Proszę pani, jeżeli Asha chce być moją przyjaciółką, to bardzo chętnie się nią zaopiekuję.

Asha Murray z miejsca przestała być najżałośniejszą dziewczynką w klasie, a stała się budzącą największą zawiść; siedemnaście koleżanek żałowało, że nie zrobiło tego samego. Przecież Arabella mogłaby je teraz kochać.

W parę minut Asha i Arabella stały się bliźniaczymi siostrami, jakich nigdy nie miały, a klasa patrzyła, jak Arabella wręcza Ashy naklejkę, w prezencie. Co takiego zrobiła Asha Murray, żeby zasłużyć na to wyróżnienie?

Nikt się nigdy nie dowiedział, a rok Cassandry upłynął ze zwykłym nadmiarem szczęścia. Zjadła za dużo słodyczy, dostała za dużo zabawek, obejrzała za dużo filmów Disneya i otrzymała (jeśli w dzisiejszych czasach stwierdzenie takie nie jest zbrodnią) być może aż za dużo bezwarunkowego uwielbienia. Była wystarczająco szczęśliwa, żeby nie zdawać sobie z tego sprawy. I wystarczająco szczęśliwa, by nie myśleć, jakie to dziwne, że niepewna, zawstydzona i pełna lęku Asha Murray wcale nie rozkwitła w blasku przyjaźni, a raczej stała się bardziej niepewna, wstydliwa i pełna lęku.

Potem, pod koniec roku, Cassandra po raz pierwszy zajrzała do świata dorosłych.

Trwał semestr letni. Wszystkie dziewczynki były ubrane w proste koszulki od letnich mundurków i urządzano niezliczone spacery, podczas których ciepłe słońce składało pocałunki na młodej skórze. Wszystko wydawało się wyjątkowe i w szkole było świetnie.

W dodatku, ku wielkiemu podnieceniu dziewczynek, cała tylna ściana klasy stopniowo zmieniała się w kolaż przedstawiający farmę na dzień otwarty, sobotę, kiedy to rodzice przyjdą ocenić wkład swoich dzieci. Każda uczennica zrobiła owieczkę z wełny i przymocowała ją na ścianie. Na owieczkach wypisano nazwiska, żeby każdy rodzic mógł cmokać nad dziełem rąk odpowiedniego dziecka. W czasie przerwy na dzień przed dniem otwartym tak się złożyło, że Cassandra znalazła się w klasie z Arabellą i Ashą, podczas gdy nauczycielka sprawdzała ćwiczenia. Cassandra podsłuchała, że Arabella wyszeptała coś do Ashy.

— Nie chcę — usłyszała mamrotanie Ashy.

Arabella powtórzyła głosem wystarczająco donośnym, żeby usłyszała Cassandra, ale nie nauczycielka.

— Jak nie, to nie będę twoją przyjaciółką.

Asha pokręciła głową.

— I kiedy z tobą zerwę, wszyscy będą cię nienawidzić. I powiem im o tym, jak zmoczyłaś łóżko...

— PROSZĘ PANI! — zawołała nagle Asha.

Nauczycielka o mało nie wyskoczyła ze skóry.

— O co chodzi, Asha?

— Ja... ja uważam, że owieczka Arabelli nie jest wystarczająco dobra, żeby być na ścianie. Jest najgorsza ze wszystkich.

Zapadła cisza. Arabella wpatrywała się w Ashę z wyrazem twarzy, który Cassandra mogła odebrać jako zrozpaczoną minę zdradzonej przyjaciółki, ale dla Ashy stanowił ostrzeżenie.

Asha ciągnęła:

— Proszę ją zdjąć, psuje całą farmę.

Zszokowana Cassandra obserwowała Arabellę, obraz upokorzenia i bólu, pochylającą głowę. Chciała krzyknąć, że to Arabella namówiła Ashę, żeby to zrobiła, ale słowa utknęły jej w gardle.

Wstrząśnięta nauczycielka zmarszczyła brwi.

— Asha, nie mówimy takich rzeczy o naszych przyjaciołach, prawda?

— Nic nie szkodzi — odezwała się Arabella cichym głosikiem. — Pewnie to racja. — Zaczęła pociągać nosem.

Nauczycielka podeszła i objęła ją ramieniem, a Arabella pozwoliła się tulić.

— Natychmiast przeproś Arabellę — rozkazała nauczycielka rozzłoszczonym głosem. — Nigdy więcej nie chcę słyszeć takich paskudnych rzeczy. Wstyd mi za ciebie, Asho Murray.

Dokładnie wtedy Arabella popatrzyła poprzez firankę loków i z twarzą ukrytą przed wzrokiem nauczycielki złapała spojrzenie Cassandry. Jej mina była jednoznaczna. Wszystko widziała, oczy jak spodki i cała buzia zdradzały niedowierzanie i przerażenie. Zmierzyły się z Arabellą wzrokiem. Arabella drgnęła, ale szybko odzyskała spokój. W pełni świadoma, że nauczycielka nie może przez loki widzieć jej twarzy, na chwilę przestała płakać i rzuciła Cassandrze spojrzenie niewątpliwie ostrzegawcze, a kiedy ta przestraszona odwróciła wzrok, schowała buzię na ramieniu pani.

Cassandra żałowała, że w ogóle widziała ten incydent, ale nie potrafiła wymazać go z pamięci. W swoim krótkim życiu miała tak niewiele do zapamiętania, że tkwiło to w niej uparcie jak przyklejone. Żałowała, że nie może przesunąć zegara i odbierać Arabelli tak jak dawniej, cieszyć się jej obecnością, uwielbiać ją, głupio mylić się w jej ocenie i cieszyć się życiem.

Nie była w stanie. Co gorsza, wiedziała, że Arabella widziała ten moment epifanii, i nie miała pojęcia, czego się po niej spodziewać. Podczas dni i tygodni, które nadeszły, Cassandra starała się z całej siły, ale nie potrafiła zdecydować, jak postępować z Arabellą. Próbowała zostawić ją w spokoju, ale teraz Arabella często jej szukała, czasami, by otwarcie szydzić, innym razem, by ukradkiem ostrzegać czy po prostu obserwować. Im bardziej Cassandra jej unikała, tym bardziej Arabella zabiegała o jej względy. Zaprosiła Cassandrę, żeby przyłączyła się do wspólnych zabaw z Ashą, i kiedy ta wreszcie wprost odmówiła, Arabella porzuciła wszelkie pozory przyjaźni.

— Nigdy więcej cię nie poproszę — oznajmiła i potrząsając blond lokami, odeszła.

Po tym wydarzeniu zmieniła taktykę. Tegoroczną nową była Maisy Mason, ładna, z długimi brązowymi włosami, dużymi brązowymi oczami, piegowata, z zuchwałym uśmiechem. Cassandra z miejsca zapałała do niej sympatią. Kiedy nauczycielka, panna Davies, zapytała, kto chciałby się zaopiekować nową dziewczynką, Cassandra nie była w stanie powstrzymać własnej ręki, która poszybowała w górę jak rakieta. Wyprzedziła wszystkich, więc Maisy zajęła miejsce w jej ławce.

Do przerwy Maisy i Cassandra zostały najlepszymi przyjaciółkami. Były nimi przez cały semestr. Dzieliły się sekretami i miały tajemny język znaków, spędzały razem każdą chwilę, a także sypiały w swoich domach. Cassandra czuła się cudownie szczęśliwa i nie umiała przewidzieć, że jej żarliwa miłość do Maisy stanie się przyczyną klęski.

Pewnego dnia Cassandra opowiadała Maisy szczegółowo, dlaczego Arabella nie jest taka miła, jak się wydaje, i Maisy cała zmieniła się w słuch. Podczas opowieści dziewczynki zerkały od czasu do czasu na Arabellę i przyglądały się jej, zafascynowane. I wtem, tak nagle, że obie aż sapnęły, Arabella spojrzała wprost na Cassandrę. Po długiej chwili odwróciła się do Maisy i posłała jej nieodparcie ciepły uśmiech. Później odwróciła wzrok i powiedziała coś, po czym wszyscy przy jej stole się roześmiali. Cassandra próbowała nie tracić ducha, ale jakimś sposobem wiedziała, że Arabella tak tego nie zostawi.

Z początku to były drobiazgi. Arabella pozwalała Maisy trzymać swoją maskotkę podczas każdej lekcji wymowy i sztuki dramatycznej, wybierała ją jako partnerkę do malowania, przez całą klasę posyłała ukradkowe, wyjątkowe uśmiechy, które resztę pogrążały w mroku. Delikatnie i fachowo zabiegała, żeby Maisy oddaliła się od Cassandry. A Cassandra, niezdolna kontrolować emocji, które były niekiedy dość potężne, by wstrząsać jej drobną osobą, padła ofiarą przemożnej zazdrości i złego humoru. Stała się wobec Maisy zaborcza i obsesyjna, a tym samym wykonała większość roboty. Parę tygodni i jedyne, co mogła zrobić, to przyglądać się, jak Maisy powoli się od niej oddala.

Cały semestr trwało, zanim uczucia Maisy zostały całkowicie wykorzenione i przeniesione. Dla Cassandry była to męka. Jednak nic nie mogło przygotować jej na widok Maisy podchodzącej z determinacją do panny Davies i proszącej, by mogła zamienić się miejscami z Ashą.

— Dlaczego, Maisy? — zapytała panna Davies zaskoczona.

— Bo Arabella jest moją najlepszą przyjaciółką — z dumą odparła Maisy.

Panna Davies spojrzała na Arabellę, która dała zwalające z nóg przedstawienie pod tytułem „Mała dziewczynka w rozpaczy".

— Właściwie czemu nie — stwierdziła wrażliwa panna Davies. — Możesz się przesiąść po przerwie na lunch. Asha się z tobą zamieni.

Maisy i Arabella uśmiechnęły się do siebie szeroko przez całą klasę. Ten widok, chociaż bolesny, Cassandra pewnie by zniosła. Ale potem Maisy z ponurą miną odwróciła się w jej stronę i poszła na „stare" miejsce, jakby szła na własną egzekucję. Cassandra, bezsilna, patrzyła, jak miejsce obok niej zostaje dotknięte chorobą niepopularności. Gdy Maisy do niego dotarła, odwróciła się do Cassandry plecami, odsunęła od niej najdalej, jak się dało, i położyła głowę na blacie. Wszyscy umilkli, z pełnym fascynacji przerażeniem przyglądając się ruinie popularności, jak ludzie gapią się na wypadek samochodowy. Cassandra zaś, zupełnie jak ofiara wypadku, była tak zszokowana i oniemiała widokiem dokonującej się na jej oczach, a jednak nieuniknionej destrukcji, że ledwo zauważyła te spojrzenia. Przez cały poranek Maisy nie odezwała się słowem do eksprzyjaciółki. Cassandra z wściekłością podliczała słupki i za każdym razem, kiedy oczy zaczynały ją piec, brała się do kolejnego.

Nie było to zerwanie kochanków, więc nie zebrały się najlepsze przyjaciółki z czekoladkami i chusteczkami do nosa, które mogłyby powiedzieć Cassandrze, że i tak na nią nie zasługiwał; żadni potencjalni kochankowie nie obiecywali jej lepszego, olśniewającego, nowego związku i żaden terapeuta nie zapewnił, że czas goi rany i że to wcale nie znaczy, iż nie można jej kochać. Ponieważ serce Cassandry zostało złamane po raz pierwszy, nie miała pojęcia, że jej uczucia są całkiem normalne i powoli zbledną. Myślała, że jej świat zawalił się nieodwracalnie i została całkiem sama.

W porze lunchu, przy zduszonych chichotach — każdy pozostawił w sercu Cassandry szramę — Maisy zabrała książki, nakładkę na oparcie krzesła z literą M oraz różową temperówkę, którą przyjaciółka dała jej w innym świecie, i zamiast niej pojawiła się blada, nieszczęśliwa Asha. Ledwie mogły na siebie patrzeć ze strachu, że dostrzegą wzajemne podobieństwo. Trudno jest być przegranym, ale jeszcze trudniej spróbować takiego polubić.

Cassandra natychmiast spadła w klasowym rankingu. Stała się kimś w rodzaju byłej żony, tą, z którą Maisy niefortunnie związała się dawniej, zanim dopracowała się własnego nazwiska, nim poznała swoją prawdziwą wartość.

Cassandra uważała, że gorzej już być nie może, dopóki nie zobaczyła Maisy pokazującej Arabelli tajny kod, który razem stworzyły. A potem zdała sobie sprawę, że Maisy ją zdradzi i Arabella pozna wszystkie potworności, jakie Cassandra o niej powiedziała. Jej serce obok rozpaczy obciążył strach.

Tego wieczoru w domu Cassandra nie odezwała się ani słowem. Nie mogła zjeść kolacji i nie chciała, żeby mamusia poczytała jej przed snem. Działo się to przed erą niani Jo, a nawet przed krótkim okresem niani Franceski. Także niania Jennifer niczego nie wskórała. Dick był sfrustrowany i zbity z tropu, Vanessa zmieszana i zaniepokojona. Po jakimś czasie Cassandra zaczęła mieć bóle brzucha w niedzielne wieczory i pewnego razu, po powtarzających się łzach przed pójściem do łóżka, wreszcie otworzyła serce przed matką.

— Kochanie — powiedziała Vanessa — przez całe życie będziesz spotykać takie Arabelle. — Nie było to szczególnie pomocne. Uściski Dicka tymczasowo ukoiły ból i powoli Cassandra odkrywała, że uściski coraz bardziej pomagają i jest coraz mniej bólu do ukojenia. Przywykła do stresu, jaki wiązał się z koniecznością traktowania każdego dnia jak bitwy. Nauczyła się żyć ze strachem, krwawiącym sercem i zdradą. I, co najważniejsze, zrozumiała, że życie toczy się dalej.

Jedna myśl powstrzymywała ją od rzucenia się na Arabellę z zaostrzonym toporem. Pewnego dnia dokona zemsty. Nie wiedziała jak, ale pewnego dnia tego dokona. Zapisywała każdy szczegół dotyczący Arabelli w swoim dzienniku, zdeterminowana niczego nie przeoczyć. Pomagało jej to na co dzień radzić sobie z gniewem i nienawiścią, poza tym, kto mógł wiedzieć, jak użyteczne okaże się to w przyszłości?

— Czy lepiej się czujesz w związku z Arabellą, Cassie? — zapytała Vanessa parę tygodni później.

Cassandra zdobyła się na nieznaczny uśmiech i stanowczo skinęła głową, myśląc o pamiętniku. O tak, pomyślała. Z dnia na dzień lepiej.

Zanim Jo ją odebrała, Cassandra przetrwała kolejne długie popołudnie. W domu po szkole, podczas gdy ona i Zak odrabiali lekcje, Tallulah potrzebowała jakiegoś zajęcia po sesji dziecięcej gimnastyki.

— Co chciałabyś robić? — zapytała Jo z nadzieją, że mała oznajmi: „Znaleźć ci nową pracę, podczas gdy zadzwonisz do swojego chłopaka i uczynisz go najszczęśliwszym człowiekiem na ziemi".

— Chciałabym malować — oświadczyła Tallulah.

— Świetnie. Co chciałabyś namalować?

— Kandinsky'ego.

Jo się uśmiechnęła. Znowu jakieś dziecięce żarciki.

— Kan-*co*-skiego?

Tallulah zachichotała.

— Kandinsky'ego, głuptasie. — Z tymi słowami wzięła Jo za rękę i zaprowadziła do salonu, po czym wskazała na barwny obraz wiszący nad kominkiem, który najwyraźniej został namalowany przez czterolatka. — To jest Kandinsky. Oczywiście nie prawdziwy, kopia — wyjaśniła Tallulah.

Jo uklękła.

— Czy wiesz — powiedziała z podziwem — że zrozumiałam tylko co trzecie słowo z tego, co mówisz?

Tallulah skinęła głową i westchnęła.

— Znam to uczucie — odrzekła cicho.

Pół godziny później, w barwach z palety Kandinsky'ego, które delikatnie pokrywały ją całą, Jo w odpowiedzi na uporczywy dzwonek poszła otworzyć. Usłyszała stado bizonów gnające w dół po schodach i nastawiła się na to jedno doświadczenie, którym nie miała jeszcze okazji rozkoszować się w nowej rodzinie. Prawie na to czekała. Jak na razie nie udało się jej poznać matki Toby'ego, niesławnej pani Fitzgerald Pierwszej. Dwa piątki wstecz Jane Fitzgerald tak się spieszyła, by skorzystać z weekendu w kurorcie, że jedyne, co Jo zobaczyła, to tył jej peugeota, natomiast w poprzedni piątek w chwili przybycia Jane była zajęta z Tallulah w toalecie, więc Toby'ego wpuścił Zak.

Otworzyła drzwi. Stał tam skrzywiony Toby i wychudzona kobieta w okularach przeciwsłonecznych, które musiały ważyć więcej niż całe jej ciało. Toby przemknął obok Jo bez słowa i został hałaśliwie powitany w holu przez Zaka.

— Pa, pa kochanie — odezwała się Jane zza pleców Jo. — Też będę za tobą tęsknić.

Jo odwróciła się i już miała powiedzieć „cześć", kiedy Jane zdjęła okulary, odsłaniając przenikliwe niebieskie oczy i odezwała się:

— Jest ta dziwka?

Jo zatkało.

— Ty jesteś najnowszą nianią?

Jo potwierdziła, gdy Jane mierzyła ją wzrokiem z góry na dół. Potrząsnęła głową i cmoknęła.

— Daję ci tydzień — stwierdziła, uśmiechając się jak rekin. — A na razie jak się bawisz?

Jo wzruszyła ramionami.

— Tydzień — powtórzyła kobieta. — Jedyny powód, dla którego nadal są małżeństwem, jest taki, że ona nie zrobi niczego, co ja musiałam zrobić. Chodzę na terapię, wiesz? Jedenaście lat po rozwodzie.

Jane założyła ręce na kościstej piersi.

— Jak ci się podoba mój eks z fiutem zamiast mózgu? — zapytała.

— Uhm...

— A Pamela Ewing*?

— Uhm...

— Widzę, że wybrali cię z powodu błyskotliwości — powiedziała i ruszyła do wyjścia. Już w ogrodzie odwróciła się i dodała: — Powodzenia z Tobym. Jest do dupy. Jak jego ojciec.

I z tymi słowami poszła sobie.

Jo odprowadziła ją wzrokiem i powoli zamknęła drzwi. Przez chwilę stała w holu.

Zanim dotarła za Zakiem i Tobym do oranżerii, Zak musiał stawić czoło bolesnej życiowej prawdzie, że fortuna w nieuniknion y sposób kołem się toczy. Tupał nogą, powtarzając „to nie

* Pamela Ewing, bohaterka serialu *Dallas*.

w porządku", podczas gdy Toby, towarzysz zabaw, za którym tęsknił od niedzieli wieczorem, pragnąc mieć go wyłącznie dla siebie, żeby w ten sposób odbić sobie wszystkie niesprawiedliwości świata, kompletnie nie zwracał na niego uwagi i krążył teraz wokół Tallulah.

— Jaki jest twój ulubiony Teletubiś, Lulu? — zapytał.

Tallulah westchnęła i nie podnosząc wzroku znad rysunku, odpowiedziała:

— Mam na imię Tallulah, nie Lulu.

— No więc, Tallulah, bardziej lubisz Poo-poo czy La-de-la?

— Nie jestem dzidziusiem — odparła Tallulah niemal niesłyszalnie.

— O, rozumiem. Co oglądasz teraz, kiedy jesteś taką dużą dziewczynką?

— „Tweenies".

Toby prychnął i wymamrotał: „Nędza". Potem zwrócił się do Cassandry, która marszczyła brwi nad pracą domową z matematyki.

— Jesteś w złym humorze. To dlatego, że masz miesiączkę, Katastrofo?

— Twój tata zostawił twoją mamę dla dziewczyny o połowę od niego młodszej, a potem zakochał się w naszej mamie — spokojnie odezwała się Cassandra.

Toby wzruszył ramionami.

— Wasza mama jest samolubną dziwką.

Nagle wszystkie dzieci poderwał przeszywający krzyk. Zagapiły się na Jo. Przestała wrzeszczeć i też się w nie wpatrywała z takim niesmakiem na twarzy, że wszyscy poczuli się trochę zawstydzeni.

— Dobra — wyszeptała — jeszcze jakieś komentarze w tym stylu i zastrzelę całą waszą bandę.

— Nie możesz — cmoknął Toby.

— Oprócz Tallulah — dodała Jo na widok trzęsącej się małej bródki — która miała pełne prawo do takiego zachowania.

— Poszłabyś do więzienia — ciągnął Toby — a tam pewnie by cię zbili na kwaśne jabłko.

— Nic mnie to nie obchodzi — odparła Jo. — Dobrze by było się od was uwolnić.

Dzieci wbiły wzrok w podłogę.

— Toby, Zak, na górę — zarządziła. — I nie chcę słyszeć ani mru-mru, dopóki sama nie powiem „mru".

Toby i Zak poszli na górę, Toby nonszalanckim krokiem, który mówił światu, że i tak zamierzał wyjść. Cassandra i Tallulah wpatrywały się w Jo, która ponownie zajęła się przygotowaniami do kolacji.

Po jakimś czasie odezwała się Cassandra:

— Naprawdę byś nas wszystkich zastrzeliła?

— Nie.

— Tak myślałam — wymamrotała i wróciła do lekcji.

Jo bardzo powoli policzyła do dziesięciu.

— Dobra — powiedziała — teraz zadzwonię. Cassandra, przypilnuj, żeby twoja siostra cała się nie wymalowała. Zaraz wracam.

Wychodząc z kuchni i z trzaskiem zamykając za sobą drzwi sypialni, Jo słyszała mruczenie Cassandry. Właśnie miała wyjąć z torby komórkę i zadzwonić do Shauna — nie, Sheili — nie, do mamy, kiedy zabrzęczał telefon stacjonarny. Ciężko usiadła na łóżku, soczyście zaklęła i podniosła słuchawkę aparatu ze stolika przy łóżku. Po raz pierwszy odbierała telefon w tym domu szaleńców, nie będąc pod ścisłą obserwacją. Czuła buzujące emocje.

— Halo?

Rozległo się kliknięcie i pogłos. Przez chwilę Jo myślała, że to na pewno Sheila, która dzwoni z pracy i przełączyła ją na głośnik jak wtedy, gdy koledzy z biura chcieli przyłączyć się do ploteczek. Poczuła chwilowe onieśmielenie perspektywą odgrywania przedstawienia dla bandy Sheili. Nie była w nastroju. A potem dotarł do niej głos Josha.

— Dobry wieczór — odezwał się głośno. — Czy mógłbym mówić z Mary Poppins?

Jo poczuła, jak zaciskają się jej szczęki.

— Nie. Nie możesz.

— O — powiedział Josh i zamilkł. — A czemu?

— Bo rozłożyła się na łopatki. Dosłownie. Z Dickiem Van Dykiem.

Nastąpiła pauza. Jo usłyszała głosy w tle.

— Kto mówi? — zapytał Josh.

— Jo Green. Już wkrótce była niania. Nie jestem Mary Poppins, nie noszę fartucha ani czepka i nie jestem tu dla twojej rozrywki. Z rozkoszą bym pogawędziła, ale w przeciwieństwie do ciebie nie mam czasu na szczeniackie telefony na koszt pracodawcy. Ani, tym bardziej, na tłoczenie się przy cudzym aparacie i przysłuchiwanie się czyimś szczeniackim telefonom, jak to robi reszta twojego biura.

Rzuciła słuchawkę i padła jak długa na łóżko.

Josh zagapił się na telefon. Grupa wokół niego rzedła, niektórzy wypatrywali kamer ukrytych w pomieszczeniu, inni pospiesznie wracali do biurek.

— Zdaje się, że wisisz mi pięćdziesiąt funciaków, stary — powiedział Rupert. Sally zniknęła.

Josh mrugnął kilka razy, patrząc na telefon, a potem zaklął z przekonaniem i bez fantazji.

7

W niedzielę rano Jo odkryła, że wszystkie rady nowej przyjaciółki, Pippy, okazały się bezcenne. Obudziła się, zanim rozdzwonił się budzik, ale zmusiła się, żeby w ciszy zostać w łóżku. Słyszała dzieci w kuchni, wsypujące płatki śniadaniowe gdzieś obok miseczek, psujące toster, uciszające się nawzajem i sprzeczające, kto ma pilota, podczas gdy niedzielny poranny program ryczał bez umiaru. Jakimś cudem musiała się zdrzemnąć, bo następne co usłyszała, to Dicka, jak usiłuje konkurować z telewizorem o uwagę dzieci, ponosi sromotną klęskę, szykuje sobie kawę i przez telefon organizuje spotkanie z Joshem na lunch. Kiedy obudziła się kolejny raz, to Vanessa uciszała dzieci zaskakującymi słowami „jak obudzicie Jo, to odejdzie i będę musiała was oddać do domu dziecka".

Poczuła się mile połechtana, kiedy to poskutkowało. O dziewiątej zwlokła się z łóżka pod prysznic. Została tam dłużej niż trzeba, dla zasady, a kiedy wyszła, zastosowała wysoce efektywną metodę suszenia: leżenie na kołdrze i czekanie. Gdy tak leżała, zerknęła na wciąż na wpół pełną walizkę i nierozpakowany plecak oraz pudło. Przywykła do życia z ich widokiem, wiedziała, że jeszcze nie jest gotowa do poustawiania zdjęć bliskich, a świadomość, że pakowanie zajęłoby mniej czasu niż rozpakowanie, stanowiła pewną pociechę. A jednak, jeżeli niedługo czegoś z tym nie zrobi, rzeczy będą nie do noszenia. Ponuro odwróciła się do nich plecami i leżała zwinięta na łóżku, schnąc.

Gdy zyskała pewność, że jest tak sucha, jak to tylko możliwe, podjęła decyzję co do stroju, wieszając jednocześnie kilka ulubionych ciuchów i rzeczy potrzebnych na co dzień, uważając, żeby nie użyć słowa „rozpakowywanie" i starając się podczas tej czynności patrzeć w inną stronę. Kiedy skończyła, plecak i pudło stały obłożone większością swojej zawartości, walizka leżała otwarta na oścież, a całą podłogę pokrywały ubrania. Dzięki temu zyskała wrażenie, że pokój naprawdę zaczyna do niej należeć.

W końcu poszła do kuchni.

— Cześć! — zawołała Vanessa.

Jo obdarzyła szefową niepewnym uśmiechem.

— Masz ochotę na kawę? — zanuciła Vanessa. — Właśnie mielę!

— Nie, dzięki — powiedziała Jo. — Innym razem.

— Oglądaliśmy „Bewitched" — Vanessa zajęła się ciemnymi, aromatycznymi weekendowymi ziarnami kostarykańskiej kawy. — Chcesz się przyłączyć?

— Właściwie — odparła Jo bardziej nerwowo, niżby chciała — to o jedenastej spotykam się z przyjaciółką. Nie będzie mnie cały dzień. Muszę niedługo ruszyć, bo się spóźnię.

Vanessa przerwała to, co robiła.

— O — powiedziała.

— Za dzisiaj nie mam płacone, prawda? — zapytała Jo, nagle przestraszona.

— Och, nie — pospiesznie odparła Vanessa. — Ależ nie. Tylko myślałam... oczywiście...

— Boże drogi, tak mi przykro. — Jo była poruszona rozczarowaniem Vanessy bardziej, niż się spodziewała. — Byłam pewna, że mam dzień dla siebie. Poznałam tę dziewczynę w przedszkolu Tallulah. Jest nianią. Właściwie zrobiłyśmy plany, ale jeżeli mnie potrzebujesz...

— Nie, oczywiście, że masz ten dzień dla siebie, i cieszę się, że kogoś poznałaś. Bardzo dobrze. Mam nadzieję, że miło spędzisz czas.

Zapadła chwilowa cisza. Vanessa usiadła na sofie z dzieciakami.

— A, przy okazji — odezwała się nagle, odwracając do

Jo. — Dick i ja planujemy wyjście w czwartek wieczorem. Mogłabyś zostać z dziećmi? Dałabyś radę? Jeżeli nie, to znajdę opiekunkę albo zobaczę, czy moja mama ma czas.

Jo powoli skinęła głową, jakby się zastanawiała.

— Czwartek powinien być w porządku — odrzekła. — Zapiszę to sobie.

Wróciła do sypialni i usiadła na łóżku, a na jej twarzy powoli zaczął pojawiać się szeroki uśmiech.

Jo dotarła do kawiarni przy Highgate High Street w dobrym nastroju. Sama myśl o tym, że ma się z kim spotkać, podziałała kojąco i dzięki temu mogła spenetrować okolicę. Zeszła z głównej ulicy i powoli przeszła przez Waterlow Park, gdzie z zachwytem zapatrzyła się na widok na centralny Londyn. Potem wstąpiła do sklepów, które zwróciły jej uwagę — w jednym spędziła pół godziny, zanim zdała sobie sprawę, że to lumpeks — i leniwie pokręciła się wśród malowniczej zieleni. Z jednej strony wszystko to przypominało dom, ale z drugiej było kompletnie odmienne: w jej wsi nie było sklepu pełnego czekolady o różnych smakach, spożywczego z autentycznymi włoskimi specjałami, kosmetyczki, chińskiego zielarza i wszelkiego rodzaju zagranicznych restauracji oraz kafejek. A wszystko to na jednej przedziwnej uliczce.

Skoczyła jeszcze do parku, żeby zadzwonić do Shauna. Był w pracy.

— To ja! — powitała go.

— Niech mnie cholera! Dali ci pięć minut przerwy, co?

Roześmiała się.

— Jestem w jednym z najpiękniejszych parków, jakie w życiu widziałam, i za dziesięć minut spotykam się z nową przyjaciółką.

Nastąpiła trwająca ułamek sekundy pauza.

— Dobra. Nie będę cię zatrzymywał.

— Ja tylko...

— Jak się masz?

— Świetnie!

— Wciąż cię to bawi?

— Dzieci są cudowne. Naprawdę cudowne.

— To dobrze.

— A jak tam sprawy w Niblet?

— Szaleństwo. Jestem teraz na budowie.

— Tak myślałam.

— Ale nie jest tak źle.

— Dasz radę się wyrwać i ze mną zobaczyć?

— No, wiesz, jak to mówią, jeżeli Mahomet nie przyjdzie do góry... — Wiedziała, że się uśmiecha.

— Przepraszam, kiedy dociągnę do weekendu, jestem po prostu wykończona.

— Wszystko w porządku. Kiedy tylko uporządkuję parę spraw, mogę spędzić tę jedną noc poza domem.

— Świetnie!

— Jeden z moich dostawców nieźle sobie pogrywa, a powiedzieli, że będą tu o jedenastej. Niedługo będę musiał do nich zadzwonić. Właściwie lepiej, żebym już dzwonił.

— Okej.

— Miłego dnia. Postaram się tam dotrzeć w następny weekend, chyba że w jeszcze następny.

— Fantastycznie! Powodzenia z tymi dostawcami.

— Dzięki, mała.

Nastąpiła pauza.

— Niedługo pogadamy.

— Dzięki za przyjazd.

— Jeszcze nie przyjechałem.

— Wiesz, o co mi chodzi.

— Taa.

Kolejna pauza.

— Taa. No to na razie.

Pauza.

— No, tak — powiedział.

— Tak.

Pauza.

— No, to pa, mała.

— Pa — powiedziała i wyłączyła telefon.

Z powrotem weszła na wzgórze, nie oblewając się przy tym potem. W drzwiach kawiarni uważnie obejrzała pomieszczenie i zobaczyła Pippę w kącie z tyłu, wyciągniętą na sofie, z zamkniętymi oczami i dwoma parującymi kubkami kawy na stoliczku przed nią. Jo wyminęła fotele i kanapy, zaciekawiona widokiem pojedynczych osób zamiast grupek, leniwie czytających niedzielne gazety przy kawie i croissantach, jakby byli we własnych domach. Zaczęła się przyzwyczajać, że nikt nie zerkał w jej stronę, kiedy przechodziła, chociaż w duchu wciąż się spodziewała zobaczyć twarz, którą przypomni sobie z przedszkola.

Radośnie uśmiechnęła się do Pippy.

— Obudziłam cię?

Pippa otworzyła jedno oko i powoli rozciągnęła usta w uśmiechu.

— Właściwie nie. — Ziewnęła i zrobiła Jo miejsce na sofie. — Mam dla ciebie amerykana.

— Dzięki — powiedziała Jo — ale już mam chłopaka.

— To kawa.

— Och. Dobra.

Pippa spojrzała jej prosto w oczy.

— Jak leci?

— Miałaś absolutną rację co do poranka — odparła Jo.

— Oczywiście — stwierdziła Pippa. — Jestem zawodowcem.

Jo pochyliła głowę.

— Muszę się jeszcze wiele nauczyć, Najmądrzejsza.

Pippa oddała ukłon.

Godzinę później mózg Jo wibrował. Kupiła śniadanie i kolejne kawy dla siebie i Pippy, a potem została przetestowana z tego, czego nauczyła się od rana.

— Kto wychował każdego monarchę, jakiego kiedykolwiek miał ten kraj? — zapytała Pippa.

— Niania.

— Zgadza się. Kto wygrał dla nas drugą wojnę światową?

— Niania Churchilla.

— Zgadza się. Kto ocalił rodzinę von Trappów przed zagładą i zapoczątkował tradycję ogólnokrajowego wzruszenia podczas pierwszego dnia świąt w godzinach obiadowych?

— Niania.

— Zgadza się. Jakie imię nadano rodzinnej suce w „Piotrusiu Panie", chcąc pokazać, jak bardzo była przez wszystkich kochana i szanowana?

— Nana.

— Zgadza się. Jakim mianem określa się państwo, które jest postrzegane jako wszystkowiedzące i mające pełną kontrolę?

— Państwa opiekuńczego.

— Zgadza się. Kto przysłużył się sprawie równości kobiet w miejscu pracy bardziej niż każdy polityk?

— Niania.

— Zgadza się. Jesteś w partii. Zjawia się nadęty bufon. Pyta, co robisz. Co odpowiadasz?

Jo dumnie wysunęła podbródek.

— Jestem osią współczesnej rodziny. Umożliwiam dzisiejszej kobiecie samorealizację w dowolnej dziedzinie, pozwalając jej jednocześnie korzystać z bonusu w postaci życia rodzinnego, którym jej partner cieszy się bez poczucia winy. Daję współczesnym dzieciom wiarę w siebie, uczę je dyscypliny w warunkach wesołego, ciepłego, kochającego ogniska domowego i zapewniam im zbilansowaną dietę. Jestem dyplomatką, słuchaczką, stwarzam okazję, jestem organizatorką i kuglarką. Co dzień występuję ze świeżymi, nowymi pomysłami, aby uszczęśliwić najbardziej wymagającą publiczność świata. Zadowalam zestresowaną matkę, obsługuję zmęczonego ojca, kocham każde dziecko. Gotuję, sprzątam, prasuję, piorę, porządkuję, ale nie jestem niczyją niewolnicą, ponieważ robię to za wynagrodzeniem.

— Kim jesteś?

— Jestem NIANIĄ!

Pippa się uśmiechnęła.

— Boże, jestem świetna.

— Niech mnie — stwierdziła Jo. — Nie zdawałam sobie sprawy, jaka jestem błyskotliwa.

— Nie zapomnij o tym teraz, kiedy już wiesz.

— Okej.

Pippa spojrzała na zegarek.

— Obiecałam, że spotkamy się z dziewczynami we Flask o pierwszej.

122

— Dobra.

— Zwykle jemy lunch, a potem około czwartej idziemy do pubu, gdzie upijamy się do ogłupienia. To napięty plan, ale dajemy radę.

— Kim są dziewczyny?

— Rachel i Gabriella. Są cudowne. Założę się, że tęsknisz za przyjaciółmi z domu.

Jo się uśmiechnęła, podwijając pod siebie nogi na sofie.

— Jasne, za moją najlepszą przyjaciółką Sheilą i moim chłopakiem, Shaunem. Nie miałam za wielu okazji, żeby do nich zadzwonić.

Pippa skinęła głową.

— Pamiętam, że kiedy się tu przeprowadziłam, nie byłam w stanie zadzwonić do mojego chłopaka przez sześć tygodni nawet wtedy, gdy miałam czas.

— Właściwie to trochę tak wygląda — przyznała Jo. — Muszę się ostro trzymać, żeby dzwonić, sama nie wiem dlaczego.

Pippa wzruszyła ramionami.

— Tęsknota za domem. Nie potrafisz poradzić sobie z tym, że bardzo za nimi tęsknisz, i nie chcesz przyznać, że nie bardzo ci ich brakuje.

Jo puściła oko do Pippy.

— Niech mnie — powiedziała. — Dokładnie tak.

Pippa uśmiechnęła się uprzejmie.

— Wszystkie przechodzimy przez tę fazę. Gdyby ciebie to ominęło, toby znaczyło, że coś jest z tobą nie tak. To piekło, ale minie.

Jo westchnęła głęboko i oparła się o sofę.

— Boże, o tyle mi lepiej.

Pippa posłała jej uśmiech.

— Świetnie.

— Dzięki.

— Cała przyjemność po mojej stronie. W zamian chcę pokręcić się z tobą, żeby faceci się za nami oglądali. Nie wierzę w altruizm. Jestem w końcu tylko kiepsko opłacaną nianią.

— A co się stało z chłopakiem, do którego nie dzwoniłaś przez sześć tygodni?

— Zostawił mnie po trzech. Nawet nie zadał sobie trudu, żeby mnie zawiadomić.

— O nie!

— Nie szkodzi. Kiedy wreszcie byłam gotowa zadzwonić, byłam też gotowa na zerwanie.

— O — powiedziała Jo cicho.

W milczeniu dokończyły kawę.

— Dlaczego zostałaś nianią? — zapytała Jo.

Pippa ponownie wzruszyła ramionami.

— Nie miałam na bilet do Hollywood. Dzięki pracy niańki do dwa tysiące dwudziestego powinnam już mieć forsę, bez obaw. — Wstała. — No, dobra. Przyniosę ostatnie kawy, a ty przygotuj się do historii Shauna i Jo.

Jo obserwowała Pippę stojącą w kolejce do lady, zastanawiając się, od czego, do licha, zacząć, całkiem nieświadoma, że niepotrzebnie się martwi.

— Gdzie go poznałaś? — zapytała Pippa, gdy tylko usiadła.

— W przedszkolu.

— Żartujesz?

— Nie — odparła Jo. — Byłam jego pierwszą miłością.

— Co? I jesteś z nim od tamtej pory? Czy to zdrowo?

— Jakieś siedem lat temu kupił firmę, w której pracował mój tata. — Jo się roześmiała.

— Rany! — Pippa przestała dmuchać w kawę.

— To tylko tak brzmi. Mała firma, długie godziny pracy, masa zmartwień.

— Jak właściwie się zeszliście? Przyjechałaś po tatę rowerem i był tam w swoim modnym sportowym wozie, zauważył cię i pomyślał: Muszę mieć tę dziewczynę?

— Mój tata nas umówił.

Pippa ryknęła śmiechem.

— Dobra robota, tato!

— Prawdę mówiąc, to było bardzo w jego stylu. Ma odchył na punkcie kontroli. Jestem jedynaczką, więc moi rodzice są... — zamyśliła się na chwilę — przywiązani.

Pippa parsknęła kawą przez nos.

— Znakomite określenie. I pochwalają chłopaka-szefa?

— Uwielbiają go. Czasami myślę... — Zamilkła. — Chcą,

żebyśmy się pobrali. Uważają, że przyjechałam tu, by go zmusić do oświadczyn.

Brwi Pippy podjechały niemal do linii włosów.

Jo potrząsnęła głową.

— Prawdę mówiąc, to mu odmówiłam — wyszeptała.

Pippa sapnęła.

— Trzy razy. — Dla podkreślenia podniosła trzy palce.

Ależ dobrze było się z tego pośmiać. Serdecznie pośmiać, żeby ludzie się gapili. Prychać kawą przez nos i tak dalej. I cudownie było nie czuć się z tego powodu emocjonalnym karłem.

— Mam wrażenie — powiedziała, kiedy się uspokoiła — że brakuje mi jakiegoś kobiecego genu, skoro nie chcę skorzystać z romantycznej propozycji i złapać takiej okazji.

Pippa się roześmiała.

— Chodzi o to — ciągnęła Jo, myśląc na głos — że pod względem społecznym muszę być genetycznym dziwadłem, skoro nie jestem w stanie przeżyć z nim duchowego orgazmu.

Zachichotały.

— A co sądzą twoi przyjaciele? — zapytała Pippa.

— Hm — zaczęła Jo — moja najlepsza przyjaciółka Sheila... — Przez chwilę Jo bawiła się kubkiem. — Nigdy za bardzo nie lubiła Shauna. Uważa, że to raczej w złym guście, żeby chodzić z szefem ojca.

— Pachnie komplikacjami.

Jo wzruszyła ramionami.

— Po prostu do tego przywykłam. Tak naprawdę nie bardzo się tym przejmuję. Chłopak Sheili, James, znał Shauna ze szkoły, więc w pewnym sensie tworzymy czwórkę.

— Jasne.

— Właściwie Sheila spotkała się z Shaunem parę razy, zanim zaczęliśmy się umawiać, co oznacza, że... no...

Pippa kiwnęła głową ponaglająco.

— ...czasami mam wrażenie, jakby znała go lepiej ode mnie. Nie robi tego celowo. Jakby rozumiała go lepiej ode mnie, bo znała go, kiedy był sam. Właściwie to może być trochę wkurzające.

Pippa ponownie skinęła głowa.

— Czasami. Właściwie o tym nie rozmawiamy — zakończyła Jo. — Tego jednego tematu unikamy. Ze wszystkim innym jest świetnie. Jesteśmy najlepszymi przyjaciółkami od piętnastego roku życia.

— Nic dziwnego, że za nią tęsknisz — stwierdziła Pippa. Jo potaknęła.

— Ja... kocham Shauna — oznajmiła w końcu.

— Oczywiście, że go kochasz — powiedziała Pippa. — Po prostu nie na tyle, żeby przez resztę życia prać mu gatki. Dla mnie to ma głęboki sens.

Jo obdarzyła Pippę szerokim uśmiechem.

— Chyba lepiej ruszajmy na lunch — odezwała się Pippa. — Zajmą nam wszystkie dobre miejsca i skończymy w gównianej loży.

Wysączyły resztki kawy i wyszły.

— A co z tobą? — zapytała Jo, gdy czekały na skrzyżowaniu. — Jest ktoś w twoim życiu?

— Nie — odparła Pippa. — Jeżeli na kogoś trafisz, pstryknij go w moją stronę.

— Okej. — Jo uśmiechnęła się, czyniąc świadomy wysiłek, żeby pamiętać o tej prośbie.

Wejście do pubu było wejściem w świat Dicka Turpina. Belki z ciemnego drewna i nierówne podłogi przeniosły Jo w inne czasy i zaczęła się zastanawiać, czemu sądziła, że Londyn będzie bezduszny. Pippa wydała z siebie okrzyk i pomachała do dwóch dziewczyn siedzących w kącie najdalszej sali. Rachel była grubokoścista i niska, ale w pewnym sensie niemal ładna, Gabriella okazała się pięknością o oliwkowej skórze. Rachel niańczyła Bena, Toma i Sama: „Chyba chcieli mieć labradory". Gabriella była nianią Heddy i Titanii: „To cięższe niż mój doktorat, ale dobrze jes być w Anglii".

Jo przysłuchiwała się, jak prowadzą intensywną sesję terapeutyczną na temat minionego tygodnia, i uznała za niezwykłe to, że tyle czasu i energii poświęcają problemom koleżanek. Kiedy przyszła jej kolej, zaskoczyła samą siebie, mówiąc o telefonach Josha więcej niż o innych aspektach życia z Fitzgeraldami. Po szczegółowym przesłuchaniu, drobiazgowej sekcji i analizach, dziewczyny określiły go jako rozpuszczonego bogatego chłoptasia, zwizualizowały jako mającego tłuste uda i podwójny podbródek oraz przechrzciły na Forsiatego Elegancika. Jo uznała, że będzie potrzebować tych sesji co tydzień. O czwartej była szczęśliwsza niż kiedykolwiek wcześniej w Londynie. Właściwie najszczęśliwsza od bardzo, bardzo długiego czasu.

— Prawdę mówiąc, poważnie się zastanawiałam, czy nie zrezygnować i nie wrócić do domu — wyznała nad drugą butelką poobiedniego wina.

Zapadła cisza.

— Wiesz dlaczego, prawda? — zapytała Pippa.

— Dlaczego?

— Bo jeszcze nas nie znałaś.

Wyglądało na to, że Pippa ma rację.

Gdy Jo dotarła tego wieczoru do domu, czuła, że może zdobywać góry. Pomijając moment, kiedy przewróciła się o własną walizkę, wylądowała na plecaku i uznała, że sięgnęła dna. Wpełzła do łóżka i obiecała sobie, że jutro zdecydowanie się rozpakuje.

8

Kiedy Jo dotknęła głową poduszki, zasnęła jak kamień. To na pewno wyczerpanie, pomyślała, a potem czknęła tak gwałtownie, że o mało nie uniosła się w powietrze. Zapadła w niebyt. A jednak łoskot obudził ją od razu. Rozbudzone ciało gorączkowo przystąpiło do działania, pompując krew z kończyn do serca. Ciało zorientowało się, że jest przerażone, zanim zrobił to mózg, ale i do niego dość szybko dotarła potrzebna informacja.

Ktoś próbował dostać się do domu przez kuchenne okno.

Podczas gdy jej serce bezużytecznie tłukło się o żebra, uszy jakby się powiększyły, a hałasy z kuchni wzmogły do tego stopnia, że zaczęły sprawiać ból i tak już pulsującej głowie. Metaliczny smak strachu niemal przyprawił ją o torsje. Zrozumiała, o co chodziło w powiedzeniu, że człowiekowi staje przed oczami całe życie. Nie była to lista wydarzeń, raczej nowa perspektywa; definitywny kontekst. Więc to było jej życie. Wpatrywała się w ciemność dookoła, przed sobą nie widząc niczego, za sobą wszystko.

Jo instynktownie wiedziała, że jeśli intruz tu wejdzie, od razu wyczuje, że jest kompletnie rozbudzona, ponieważ jej mózg był tak ożywiony, iż niemal warczał. Właściwie może i naprawdę warczał — była zaskoczona, że tamten nie zdołał tego wyczuć z miejsca, w którym był. A może zdołał?

Wstrzymała oddech i w ciemności zamknęła oczy. Kiedy zaczęło się jej kręcić w głowie, uniosła powieki. Teraz, bez żadnych wątpliwości, słyszała przyprawiający o skurcz serca odgłos wysuwania z ram okiennic znad kuchennego zlewu i porządnego opierania ich o ścianę od strony ogrodu. Potem zapadła cisza. Pozwoliła sobie na kilka głębokich oddechów. Czy przestał próbować? Dostał to, czego chciał, i odszedł?

I nagle głośny trzask, kiedy ktoś kopnął w szybę i kawałki szkła roztrzaskały się o ścianę. Potem prawdziwe przerażenie, gdy usłyszała syczące przekleństwa intruza. Zatrzęsła się.

Olśniło ją, że nikt na górze nie ma szans usłyszeć nieproszonego gościa. Ona jedna mogła powstrzymać go przed zrobieniem tego, co zamierzał. A jej zadaniem — jej dobrze płatną pracą, która łączyła się z korzystaniem z clio — było chronić dzieci.

Podczas gdy większość mocy przerobowych mózgu Jo zajęta była interpretacją tego, co słyszała, część zagłębiła się w żałosnych rozmyślaniach. Nic dziwnego, że dali jej apartament na dole. Teraz to nabierało sensu. Może coś takiego zdarzyło się już wcześniej. Może dlatego odchodziły inne nianie.

Przygryzła wargę i z całej siły zacisnęła powieki. Zabolało. Rozdrażniony potwór morski wybrał właśnie ten moment, żeby przebudzić się w jej żołądku. Zdała sobie sprawę, że poprzedniego wieczoru za dużo wypiła. Połowa mózgu szczerze tego żałowała, druga była zadowolona, więc pierwsza połowa dokonała racjonalizacji, że to raczej bez znaczenia, skoro i tak zaraz miała zostać zamordowana. Reszta mózgu przyznała, że się pogubiła.

Ale o czym ona myślała? Nie było czasu na rozmyślania o rozmyślaniach! Życie Fitzgeraldów znalazło się w niebezpieczeństwie. Musiała być silna. Musiała przejąć kontrolę. Potrzebowała odwagi. Ale przede wszystkim aspiryny.

Powolutku przesunęła głowę na bok poduszki, po raz pierwszy zauważając, ile to czyni hałasu. Widziała teraz telefon na stoliku przy łóżku. Kiedy się w niego wpatrywała, marząc, żeby do niej przyfrunął, usłyszała stłumiony dźwięk, jakby napastnik przeciskał się przez okno. Potem głośny trzask i stłumiony okrzyk, kiedy wpadł na maszynę do pieczenia chleba.

Jo chwyciła telefon, po czym zanurkowała pod kołdrę, ponieważ, jak ogólnie wiadomo, ciepła kołdra nie mięknie w obliczu szaleńca z nożem w garści. W tym ukryciu zwalczyła pokusę, żeby zadzwonić do swojej mamy, i zamiast tego spróbowała wybrać 999. Pechowo się złożyło, ale ręce tak się jej trzęsły, że nawet całkowite ciemności nie mogły bardziej utrudnić tego zdania.

Powoli, cichutko, odsunęła górną część kołdry, tak by ręce i telefon znalazły się na wierzchu. Całą siłę woli skupiła na dłoniach, usiłując powstrzymać ich drżenie na dość długo, żeby zadzwonić, gdy tymczasem z powodu odgłosów wydawanych przez mężczyznę ostrożnie krążącego po kuchni tuż obok sypialni serce podeszło jej do gardła.

— Centrum interwencyjne, z jaką służbą mam połączyć?
— Z policją.

Kliknięcie, pauza.

— Przełączono panią na policję. W czym możemy pomóc?

Jo słyszała teraz wyraźnie olbrzymiego mężczyznę chodzącego po oranżerii, w pobliżu telewizora. Uderzył się o coś i znowu zaklął. Usiłowała się odezwać, ale nie wydobyła z siebie żadnego dźwięku.

— W czym możemy pomóc?
— Jestem w sypialni. — Zaczęła płakać.
— Proszę zachować spokój i podać mi swój adres.

Jo wyjąkała adres Fitzgeraldów.

— Dobra robota. A teraz proszę powiedzieć mi, kim pani jest.
— Jestem Jo.
— Co się dzieje, Jo?
— On się włamał... przez kuchenne okno.
— Widziałaś go?
— Na dole. To znaczy obok kuchni.
— Czy go widziałaś? Wiesz, jak wygląda?

Jo przecząco pokręciła głową do telefonu.

— Czy masz powody przypuszczać, że chodzi o napaść na tle seksualnym?

Jo nie była w stanie odpowiedzieć, ponieważ nagle zajął ją fakt, że jej kończyny sprawiają wrażenie sparaliżowanych.

— Halo? Jo? Co się teraz dzieje?
— Znowu odszedł. Nie, nie widziałam go. Może jest ich dwóch.

— Nie rozłączaj się. Ktoś przyjedzie najszybciej, jak to możliwe.

Jo zagrzebała się pod kołdrą, czując się pewniej od samego trzymania w ręku telefonu, który łączył ją z policją. Ogólnie wiadomo, że nic tak nie przeraża gigantycznego, wściekłego szaleńca z toporem jak telefon. Szczególnie gdy trzymająca go osoba doświadcza tego rzadkiego, przelotnego stanu pomiędzy upiciem a kacem.

Milę dalej Nick i Gerry, dwaj krańcowo znudzeni funkcjonariusze wydziału dochodzeniowego z sąsiedniego dystryktu, patrolowali teren w ramach programu walki z falą włamań. Nick opierał się o Gerry'ego, wycierając psie gówno ze swoich sportowych butów.

— Jezu — mówił — to nie jest psie gówno, tylko ludzkie.

— Zamknij się i wytrzyj to, zanim rzygnę.

Przerwał im komunikat radiowy.

— EK Dwa, Ascot Drive, Highgate, podejrzany na miejscu, informatorem jest zamieszkująca osoba płci żeńskiej. Kod I jak Indie.

— To tu blisko — powiedział Nick.

— Nie mylisz się, przyjacielu — rzekł Gerry.

— Uważasz, że powinniśmy pomóc naszym umundurowanym przyjaciołom, Gerrardzie?

— Nie mógłbym spać w nocy, gdybyśmy tego nie zrobili, Nicholasie.

— Dobry z ciebie człowiek.

— I uwolniłoby mnie to od twojego buta.

Wsiedli do samochodu i — z szeroko otwartymi oknami — pognali do wskazanego domu.

— Chłopaki znowu w akcji — stwierdził Gerry.

— Ena, ena, ena — dodał Nick.

W tym samym czasie radiowóz stał przy krawężniku. W jego wnętrzu dwóch konstabli czekało, żeby najdłuższa zmiana na świecie doczołgała się wreszcie do końca.

— Jeżeli o mnie chodzi — powtórzył kierowa — nie chciałbym chodzić na służbie w cywilnych ciuchach, nawet gdyby mi za to zapłacili.

— Nikt ci za to nie zapłaci. — Jego partner ziewnął. — To tyle, jeżeli o mnie chodzi.

Radio ożyło z gdakaniem i kierowca włączył się do akcji.

— Taa, EK Dwa, odebrałem — warknął, włączył niebieskie migające światło, uruchomił syrenę, z impetem ruszył w ślepą uliczkę, zaklął, gwałtownie stanął, z wizgiem zakręcił, i ponownie ruszył z impetem.

W pobliżu dwaj funkcjonariusze z lotnej brygady wpatrywali się w sklep Oxfam pod mieszkaniem, które właśnie mieli odwiedzić. Było to dziesiąte z kolei mieszkanie, do którego zostali tej nocy wysłani na podstawie poufnej informacji po Urban Bombera. Dziewiąte, do którego ich posłano, należało do pewnej staruszki, która otworzyła im drzwi, przyjrzała się znoszonym dżinsom i skórzanym kurtkom, po czym szybciutko dostała ataku serca. Musieli wezwać do niej karetkę.

Kontemplowali wystawę w milczeniu.

— To ładne wdzianko — stwierdził w końcu jeden z nich. — Dobrze byś w tym wyglądał.

— Odpieprz się.

Z trzaskiem ożyły ich radia. Wysłuchali wiadomości i spojrzeli na siebie.

— Możemy spróbować tutaj i pewnie znowu zabić czyjąś babcię albo pojechać po intruza, którego mamy dwie minuty stąd i uratować zamieszkującą osobę płci żeńskiej.

Wsiedli do samochodu i pospiesznie ruszyli.

— Słyszę syreny — wyszeptała Jo do telefonu, czując się spokojniej. I wtedy zobaczyła, że gałka w drzwiach się obraca. O mało się nie posikała.

— Jest przy moich drzwiach — syknęła spod kołdry.

— Wszystko w porządku. Już jadą.

Przed Ascot Drive 45 z piskiem opon zahamował samochód

i Nick z Gerrym pognali do frontowych drzwi. Dwie minuty później zjawili się konstable.

— Powiedziała, że może być ich dwóch — wyszeptał mundurowy.

— Czemu szepczesz? — zapytał Gerry. — Ogłuchłeś od tych syren?

— Co to za zapach? — zapytał konstabl.

— Gówno — mruknął Nick, patrząc na swój but. — To ja. Przepraszam.

W tym czasie funkcjonariusze lotnej brygady przemknęli do ogrodu na tyłach i dotarli do drzwi kuchennych. Jeden znalazł stłuczone okna oparte o ścianę, zobaczył w oknie otwór zdolny pomieścić mężczyznę i przyjrzał się uważnie okolicy kuchennych drzwi, żeby zobaczyć wysoką, ciemną sylwetkę, skuloną przy znajdującym się przy końcu kuchni wejściu, nasłuchującą z natężeniem, z dłonią na klamce.

Wyszeptał do radia:

— Intruz zaraz wejdzie do pokoju informatorki.

Kiedy mówił, frontowe drzwi zostały wyważone od zewnątrz. Wskoczył przez okno, za nim jego partner. Kiedy dotarli do ciemnej sypialni Jo, z trudem zdołali dostrzec dziewczynę stojącą przy łóżku w bardzo przyjemnej dla oka koszulce i majteczkach, zamachującą się encyklopedią na wysokiego, młodego intruza.

Nagle pojawili się Nick i Gerry, a zaraz za nimi dwaj konstable. Intruz podniósł ręce, a Jo krzyknęła, upuszczając encyklopedię na własną głowę. Następnie intruz rzucił się na Nicka, Gerry skoczył na intruza, a mundurowi zaatakowali lotną brygadę. Jo w tym czasie kucnęła na podłodze, szukając pomocy boskiej.

Intruz wyrwał się Nickowi i Gerry'emu, pognał do drzwi saloniku Jo, wpadł prosto na jej pudło oznaczone „Ostrożnie!", nadział się kolanem na wystający z niego ostry brzeg, zanurkował w bok, trafiając w metalową ramę plecaka, jak z katapulty wystrzelił głową naprzód w ramę drzwi, gdzie oszołomiony wykonał potrójną pętlę w tył, na palcach, nabijając się na inny, większy i ostrzejszy kant wystający z pudła oznaczonego „Ostrożnie!", cały czas wydając z siebie coś w rodzaju bojowego wycia. Wreszcie padł twarzą w dół na otwartą walizkę, zrezygnowany i pozbawiony zapału.

Wszyscy usłyszeli trąbkę, zanim jeszcze ją zobaczyli, i kiedy w sypialni zostało zapalone światło, zamarli jak dzieci przyłapane z ustami pełnymi okruchów. Kolejno, jeden po drugim, zauważyli Vanessę i Dicka, którzy stali przed drzwiami w rozdzielonej na ich dwójkę jednej piżamie, każde z syczącym kotem u stóp. W ciszy, która nastała, wszyscy przyglądali się masakrze, usiłując zrozumieć, o co chodzi.

Po chwili funkcjonariusze z lotnej brygady spojrzeli na konstabli, których dusili, puścili ich, po czym z zaskoczenia zostali wzięci w nelsona przez Nicka i Gerry'ego.

Vanessa ponownie zadęła w dziecięcą trąbkę.

— Tak jest! — krzyknęła. — Nie boję się tego użyć!

Dick machnął telefonem komórkowym.

— Wezwałem policję.

— My jesteśmy z policji — powiedział Gerry.

— My też! — odezwał się ktoś z nelsona. — Lotna brygada.

Chwilę trwało, zanim informacja dotarła.

— My też — oznajmił jeden z mundurowych. Nie cierpiał, kiedy go pomijano.

— Bez kitu, Sherlocku — powiedział Gerry. — A myśleliśmy, że robicie striptiz w klubie.

— Dawaj jakiś dowód, że jesteś z lotnej — rozkazał Nick leżącemu pod nim facetowi.

— PUSZCZAJ ALBO CI, KURWA, PRZYPIERDOLĘ.

Nick puścił. Znał ton lotnej brygady. Gerry został przekonany do zrobienia tego samego przez mężczyznę leżącego pod nim i niedoszli Bodie i Doyle z wściekłymi minami przeturlali się po podłodze i wstali, wygładzając skórzane kurtki i dżinsy.

Vanessa i Dick usiłowali najszybciej jak to możliwe zorientować się w sytuacji.

— Co robicie w moim domu? — zapytał w końcu Dick.

— W naszym domu, kochanie.

W kuchni pojawiło się troje dzieci.

— WRACAĆ DO ŁÓŻEK! — wrzasnęła Vanessa. Wszyscy podskoczyli.

— Co to za okropny zapach? — zapytała.

— Cholera, gówno — powiedział Nick. — To ja. To znaczy nie ja...

— Tu jest włamywacz — wyszlochała Jo.

— Sześciu włamywaczy — poprawiła Vanessa. — Z których jeden najwyraźniej popuścił w spodnie.

— To psie gówno, ja nie...

— To jest włamywacz! — zawołała Jo, wskazując na włamywacza, który leżał z nosem w walizce w jej ulubionych koronkowych majtkach.

— Nie jestem włamywaczem — wyszeptał.

— Mnie tam wyglądasz na włamywacza, koleżko — powiedział Gerry, korzystając ze sposobności, żeby założyć mu nelsona.

— Ale nim nie jestem!

Gerry mocniej wykręcił mu ramię do tyłu.

— AU! — zaskowyczał włamywacz.

— A kim jesteś, koleżko?

Zapadło długie milczenie, gdy intruz ze złością ocierał łzy bielizną Jo.

— Księgowym — syknął.

— No, dobra — powiedział Nick do Gerry'ego. — Skuj tego komedianta.

Wtedy, ku zaskoczeniu wszystkich, Dick rzucił się do pokoju i padł na podłogę obok włamywacza, obejmując go ramieniem.

— O mój Boże! — zawołał. — To Josh.

— Gdzie? — zapytał Gerry. — Jaki Josh?

— Mój syn! — krzyknął Dick. — Puść go!

— Czy jest pan pewien, że...

— Puszczaj mojego syna!

Gerry powoli uwolnił ramię włamywacza i pozwolił mu bezwładnie opaść między bieliznę Jo. Zapadło bardzo długie milczenie. W końcu włamywacz z trudem się przekręcił, przybierając pozycję płodową twarzą do Dicka.

— Cześć, tato — powiedział słabo. — Fajny ten nowy telewizor.

Jo przetarła oczy, kiedy Gerry odsunął się od najstarszego syna Dicka. Z wyraźnym bólem Josh wyciągnął się na całą długość i leżał na plecach w jej otwartej walizce, płytko oddychając. Jo spojrzała w dół, marszcząc brwi, i stopniowo skupiła wzrok na Joshu Fitzgeraldzie.

Miał po ojcu wysoką chłopięcą sylwetkę i gęste, faliste ciemne włosy. Między zamglonymi czekoladowymi oczami, których powieki były ciężkie od gęstych mokrych rzęs, zaczynał się właśnie pojawiać siniak, świeże rozcięcie podkreślało wystające kości policzkowe, strużka krwi ciekła w stronę pełnych warg i stanowczo zarysowanej szczęki, a podbródek z idealnym dołkiem usilnie starał się nie drżeć.

Wpatrywała się w niego osłupiała. Czy naprawdę miał jej majtki owinięte wokół lewego ucha, czy nadal była pijana?

Wszyscy w pokoju powoli odwrócili się w jej stronę, więc przyjaźnie obdarzyła ich zapłakanym uśmiechem i zaczęła się zastanawiać, czy jest dobry moment, żeby poprosić o aspirynę.

— To Josh! — wrzasnął nagle Zak i z rozjaśnionym wzrokiem wpadł do pokoju. — Na buzi ma pełno krwi! I masa policjantów! — Skakał jak piłka, trzymając się za siusiaka. — Mamusiu — powiedział błagalnie — czy Toby może przyjść się z nami pobawić?

Cassandra i Tallulah zostały za plecami rodziców.

— Czemu oni skrzywdzili Josha? — zapytała Tallulah. — Czy wziął ciastko bez pytania?

Wszyscy ponownie zwrócili się w stronę Jo.

— On-on-ja-ja... On. On-on-ja... — wyjaśniła, przelotnie zdając sobie sprawę, że w sądzie z tym argumentem nie miałaby szans. Wstała i udało jej się nie stracić równowagi. — Myślałam — powiedziała bardzo powoli i niemal wyraźnie — że to wielki morderca z siekierą.

Odwrócili się do Josha, który teraz drżał.

— Tak — odezwała się Vanessa. — Nietrudno się pomylić. — Uklękła przy Joshu. — Lekarz przyjedzie najszybciej, jak się da.

— Cześć, Vanesso — wydyszał z trudem Josh. — W porządku?

— Czemu nie zadzwoniłeś do drzwi? — zapytała.

— Zgubiłem klucz. Nie chciałem was budzić.

Vanessa się uśmiechnęła.

— Oj, brakowało nam ciebie, Josh. Wprowadzasz ożywczy powiew.

136

Odwróciła się do Jo, która trzymała się teraz za głowę.

— Jo — powiedziała — wyglądasz, jakby coś cię bolało.

Jo kiwnęła głową i zaraz przestała się ruszać.

— Czy ktoś uderzył cię w głowę? — Vanessa podeszła bliżej.

— Tak — potwierdziła Jo, wskazując na leżącą na podłodze encyklopedię — ja sama. — Była zaskoczona, jak niewielkiego doczekała się współczucia. — Myślałam, że to włamywacz — powiedziała z drżeniem w głosie.

Vanessa już miała odpowiedzieć, gdy nagle jej zmysły doświadczyły nadmiaru wrażeń. Zamarła, oczy jej zaszły łzami, gardło się ścisnęło. Nie była sama. Wszyscy zaczęli się od siebie odsuwać, zakłopotani.

Vanessa otworzyła usta, ze zgrozą wskazując na łóżko Jo.

— Czy ktoś nasrał na kołdrę? — zapytała, trzymając się za nos.

— Gówno, to ja! — ryknął Nick. — To znaczy oczywiście nie ja, to psie gówno.

— Pozwólcie, że podsumuję. — Vanessa uśmiechnęła się prowokacyjnie do funkcjonariusza z lotnej brygady. — Jest pan policjantem, ale w cywilnym ubraniu.

— Zgadza się. — Uśmiechnął się.

— Bardzo cywilnym ubraniu.

Skinął głową.

— I znów się zgadza.

Konstabl przeszedł niezgrabnie za plecy Vanessy i jej rozmówcy, przerywając ich rozmowę okazjonalnie rzucanymi *sotto voce* głupimi uwagami. Teraz sobie przypomniał, dlaczego cywilne ciuchy uważano za lepsze niż mundur. Bo tak uważały kobiety.

W tym czasie Nick i Gerry spisali zeznanie Jo i usiłowali ją uspokoić. Nie powiodło się im, szczególnie gdy zasugerowali, żeby uznała całe doświadczenie za suchą zaprawę.

Później, gdy Vanessa odprowadziła sześciu policjantów do drzwi, odpowiedziawszy na ich pytania i podawszy szczegóły, wszystko bez spodni od piżamy, Dick w kuchni nalał Jo trochę brandy, a doktor w jej apartamencie zajął się Joshem. Nie było żadnych obrażeń wewnętrznych i żadnych złamanych kości, jedynie nadszarpnięta duma, paskudnie skręcona kostka i kilka wyjątkowo bolesnych siniaków.

Josh przyczłapał w końcu do kuchni i powoli zajął miejsce naprzeciwko Jo. Siedzieli w milczeniu, podczas gdy Dick szeptem naradzał się z doktorem przy drzwiach. Jo była świadoma widoku swoich gołych nóg pod szklanym blatem stołu w takim samym stopniu, w jakim czuła się paskudnie z powodu tego, co zrobiła.

— No, no — odezwał się Dick skądś z kuchni — pewnego dnia będziecie się z tego śmiać.

— Definitywnie — sapnął Josh — jeżeli dożyję. — Zerknął na Jo przez gęste rzęsy ze śladem uśmiechu na ustach. Marzyła, żeby zapaść się pod ziemię. Oraz żeby Josh zapadł się pod ziemię i wylądował prosto na niej.

— Myślałam, że bronię rodziny — wymamrotała półgłosem.

— Tato — powiedział Josh, nie spuszczając spojrzenia z Jo — powiedz, proszę, temu tu inspektorowi Clouseau, że ja też należę do rodziny.

Jo poczuła się dotknięta.

— Dick — odezwała się bardzo uprzejmie — powiedz, proszę, temu tu czarującemu dżentelmenowi, że włażenie do kogoś przez okno w nocy i skradanie się po domu jest dziecinne, niemądre i... dziecinne.

Przez chwilę wpatrywali się w siebie.

— No, no, no — uspokoił ich Dick, wręczając po kubku słodkiej herbaty. — To był zwykły przypadek pomyłki personalnej. Oboje się nastraszyliście i obojgu wam jest przykro.

Jo i Josh mierzyli się wzrokiem znad kubków.

— Zgoda? — zapytał Dick.

— Myślałam, że zamierzał mnie zaatakować — wymamrotała Jo.

Josh nadal wpatrywał się w nią znad kubka i nie zdołała ocenić, czy ukrył za nim uśmiech.

— Noc jest jeszcze młoda — powiedział cicho.

9

Następnego ranka Jo tak bardzo bolała głowa, że zaczęła się zastanawiać, czy ma mózg większy od czaszki. Potem przypomniała sobie, co zrobiła w środku nocy, i doszła do wniosku, że nadmiernych rozmiarów mózg zdecydowanie nie należy do jej problemów. Głowa musiała się jej skurczyć.

Kiedy uniosła powieki, potwierdził to przeszywający ból. Zamknęła oczy i zaczekała, żeby pulsowanie zelżało. Z rezygnacją poddała się losowi. Nie istniała żadna możliwość, żeby jej ciało kiedykolwiek jeszcze zdołało opuścić łóżko. Czuła się dziwnie spokojna, gdy tak czekała na tunel i jasne światło. Wtedy wściekle zadzwonił budzik z Myszką Miki i zerwała się na równe nogi.

Gdy weszła do kuchni, zastała tam rodzinę podczas chaotycznego śniadania. Dick jęczał, jaki to jest zmęczony, Vanessa mówiła: „Teraz wiesz, jak to jest", a dzieci się sprzeczały. Wyglądało na to, że oprócz Josha nikt za wiele nie je. Powoli odwrócił się, żeby powitać Jo, krzywiąc się przy tym z bólu.

— A! — powiedział, kiedy skończył się krzywić. — Gołonogi inspektor!

Wszyscy radośnie pozdrowili Jo, która z zaskoczeniem odkryła, że Dick i Vanessa zamiast z miejsca ją zwolnić, wydają się szczerze zatroskani jej samopoczuciem. Dick przygotował dla niej kawę i grzankę, co było miłym posunięciem, nawet jeśli Jo nie miała czasu jeść. Pociągnęła łyk kawy, podczas gdy Vanessa pakowała dzieci w płaszcze.

— Nie zawracaj sobie dzisiaj głowy odprowadzaniem Tallulah do przedszkola. Nie będzie czasu — z przelotnym, ale ciepłym uśmiechem oznajmiła Vanessa, po czym wyszła do biura.

Podczas drogi powrotnej ze szkoły zadzwoniła komórka Jo. W normalnym stanie umysłu jako osoba rozsądna zjechałaby, żeby odebrać albo zignorowała telefon. Dzisiaj odebrała i zwiększyła prędkość. Dzwonił Shaun.

— Cześć, kotku.

Jo wzięła głęboki wdech.

— Przeze mnie zaatakowali ich syna w środku nocy! — wyrzuciła z siebie. — Myślałam, że to włamywacz! Przyjechało sześciu policjantów! Bałam się, że chce mnie zaatakować... Zaczekaj, muszę skręcić w prawo... — Odłożyła komórkę, skręciła w prawo i ponownie podniosła telefon. — Nigdy w życiu nie byłam taka przerażona! Sześciu policjantów! Byliśmy na nogach do trzeciej!

Jeszcze raz skręciła w prawo.

— Shaun? — odezwała się.

— Tak.

— Słyszałeś, co powiedziałam? Przeze mnie zaatakowali ich syna.

— Jesteś pijana?

— Uhm. — Jo się zamyśliła. — Nie przypuszczam, ale wczoraj w nocy byłam. Wychodziłam z Pippą i dziewczynami. Och, Shaun, to było okropne.

— Niech to cholera, Jo. Coś ty sobie, do cholery, myślała?

Jo zwalczyła nagłą chęć, żeby się rozpłakać. Nie mogła się odezwać.

— Gdyby któryś z moich ludzi był pijany w pracy — ciągnął Shaun — z miejsca bym go wylał.

— Nie piłam w pracy, była niedziela — stwierdziła, podskakując z przerażenia, kiedy uderzyła bocznym lusterkiem o zaparkowany samochód. — Przecież wiesz, że mam wolny wieczór.

— Cóż, najwyraźniej przeciągnęło się to poza twój wolny wieczór, prawda?

Jo zatrzymała samochód przed domem Fitzgeraldów.

— Wiesz, odrobina współczucia by nie zaszkodziła — zaryzykowała.

— Słusznie — powiedział Shaun. — Jak najszczerzej współczuję tej rodzinie.

Jo siedziała w samochodzie bez ruchu.

— Muszę lecieć — odezwała się w końcu.

— Okej. O, zanim zapomnę, mogę przyjechać na następny weekend po tym, który będzie.

— Świetnie — odparła Jo. — Pa. — Wyłączyła telefon.

W tym czasie w domu Dick i Josh rozmawiali przy kuchennym stole.

— Przysiągłbym, że słyszałem jej samochód — powtórzył Dick. — No, cóż, na pewno będzie w porządku, ale na wszelki wypadek zapytamy.

— Myślisz, że należy do tych, co to mają coś przeciw wspólnej łazience z takim ogierem jak ja? — zapytał Josh.

— Zabawna sprawa, że nie zapytaliśmy jej o to w czasie rozmowy wstępnej.

Josh ziewnął.

— Na pewno będzie w porządku — powiedział. — Jest inna niż... kompletnie nie tego się spodziewałem.

— Owszem, ale jest bardzo zasadnicza.

— Nie w kwestii rozpakowywania — powiedział Josh. — O mało nie rozwaliłem sobie śledziony na jej plecaku.

Usłyszeli otwieranie wejściowych drzwi i zniżyli głosy.

— To dobry znak — zauważył Dick — bo nawet nie wprowadziła się do pokoju, w którym będziesz mieszkał.

— Ale będę musiał przechodzić przez jej pokój, żeby się wysikać i oczywiście odwiedzić resztę domu.

— No, jestem pewien, że jeżeli zawsze będziesz pukał...

— Oczywiście.

— Dzwoniłeś do biura?

— Zadzwonię do nich, kiedy porozmawiasz z Jo.

Nasłuchiwali, czy Jo nie wchodzi. Czego nie wiedzieli, to że poszła do dolnej łazienki umyć twarz, a potem postała trochę w holu, usilnie zbierając myśli. Właściwie nie potrafiła sobie przypomnieć żadnych szczegółów jazdy z powrotem do domu. Niezbyt dobrze, kiedy się prowadzi samochód chlebodawcy.

— Jo! — zawołał Dick z kuchni.

— Tak!

— Tu jesteśmy.

— Okej! — Gwałtownie potrząsnęła głową, jakby chcąc się pozbyć zalegającego mózg tumanu, i weszła do kuchni. Otwierając drzwi, zobaczyła, że Josh przez drzwi wymyka się do ogrodu. Była wdzięczna, że ma trochę więcej czasu na odzyskanie normalnego wyrazu twarzy. Gdy poszła wyjąć deskę do prasowania, miała pełną świadomość, że Josh stoi na patiu plecami do niej i rozmawia przez telefon.

— Hm, Jo — zagadnął Dick — masz minutkę?

Właściwie to nie, pomyślała. Muszę wyprasować wszystkie majtki twojego syna.

— Oczywiście — odparła.

Dick zastukał w stół przed sobą.

— Chodź, przysiądź się.

Jo usiadła z uśmiechem. Dick zrewanżował się uśmiechem.

— Więc już poznałaś Josha — zagaił.

— Tak.

— Oczywiście — zaczął — trudno wyrobić sobie opinię na podstawie wczorajszej nocy i na tym etapie ciężko będzie stwierdzić, co o tym sądzisz, ale chciałem tylko wiedzieć, i oczywiście bądź ze mną szczera, ale zastanawialiśmy się, cóż, Josh się zastanawiał, nie, obaj się zastanawialiśmy...

Jo zmieniła się w słuch.

— Vanessa, oczywiście, jeszcze nic nie wie...

Jo pochyliła się w przód.

— Tak?

— No, więc. — Dick westchnął. — Chodzi o to. Co byś powiedziała, gdyby Josh się wprowadził?

— Och. — Zatkało ją.

— Tutaj. Do nas.

— Och.

— Ma mały kłopot z chłopakami, z którymi wynajmuje mieszkanie. Właściwie to się wynieśli bez uprzedzenia, żeby pojeździć po świecie, i nie udało mu się znaleźć nikogo na zastępstwo w tak krótkim czasie, więc wypowiedzieli mu umowę.

— Och.

— Tak. Szkoda.

— A gdzie by mieszkał?

— W twoim pokoju.

— W moim pokoju?

— Tak.

— Och. — Gwałtownie wstała. — Gorąco tutaj, prawda?

— Oczywiście nie w twojej sypialni — poprawił się Dick. — W salonie. Widzieliśmy, że właściwie jeszcze nie do końca się tam wprowadziłaś, więc pomyśleliśmy, że może nie będziesz miała tak bardzo przeciw...

— Nie mam zupełnie nic przeciw — powiedziała Jo, stając pod zasłoniętym dyktą oknem nad kuchennym zlewem.

— To znaczy — ciągnął Dick — musielibyście oczywiście mieć wspólną łazienkę...

— Nic nie szkodzi — odparła słabo, odwracając się plecami do patia.

— On jest bardzo dobrze wychowany — zapewnił Dick. — Ledwo byś wiedziała, że tu mieszka.

Ponownie zerknęła na patio.

— Uhm.

— I cały czas siedzi w pracy. Oczywiście kiedy nie imprezuje. Nie to co my, starzy małżonkowie.

— Och.

— Chcielibyśmy, to znaczy ja i Josh — Vanessa oczywiście jeszcze nic nie wie — chcielibyśmy wiedzieć, czy masz coś przeciw temu, żeby Josh wprowadził się do pokoju obok twojego?

Jo odwróciła się do Dicka.

— Nie — powiedziała.

— Czy... Czy to by było w porządku?

Jo zmarszczyła brwi. Już myślała, że Dick zapyta kolejny raz, gdy drzwi balkonowe się otworzyły i wszedł Josh. Nie przywitał się z nią. Przyglądała się jego powolnej i bolesnej wędrówce z narastającym poczuciem winy.

— Mój szef mówi, że przez następny tydzień mogę pracować w domu — powiedział do Dicka. — Na szczęście wczoraj przyniosłem ze sobą laptopa.

— Na pewno nie mają nic przeciw temu? — zapytał Dick.

Josh pokręcił głową.

— Z tego, co napisał doktor, wynika, że w ogóle nie powinienem pracować, więc wiedzą, że dostają więcej, niż się im należy.

Josh oparł się o zaokrąglony blat naprzeciw Jo i skrzyżował ramiona.

— Wszystkie dzieci posłane do szkoły? — zagadnął.

Skinęła głową.

— Jo nie ma nic przeciwko temu, żebyś się wprowadził do pokoju obok niej — oznajmił Dick. — Prawda, Jo?

Josh przyjrzał się jej poważnie.

— Oczywiście, że nie — odparła.

— Nie sypiasz nago czy coś w tym rodzaju, o czym powinienem wiedzieć? — zapytał.

— Nie. — Wyszła do pomieszczenia gospodarczego po deskę do prasowania.

— Okej. W takim razie tylko ja śpię goły.

Jo się roześmiała.

— I obiecuję pukać — dodał.

— Świetnie.

— O ile, oczywiście, nie zapomnę.

— Jasne.

Josh zwrócił się do Dicka.

— Wygląda, że wszystko załatwione.

— Teraz musimy jeszcze tylko powiedzieć wieczorem Vanessie — przypomniał Dick.

W pokoju jakby powiało chłodem.

— Lepiej nie będę cię wstrzymywał z tym prasowaniem — odezwał się cicho Dick. Gdy mijał Jo, nachylił się do niej, mrugnął i szepnął: — Nie pozwól, żeby ci zawracał głowę.

— O, wczoraj w nocy zawrócił zupełnie wystarczająco. — Jo usiłowała się roześmiać.

— A zdawało mi się, że miałaś zawroty i bez zawracania — odezwał się Josh niezwykle uprzejmie.

W porze lunchu Dick poszedł do pracy, Josh zadzwonił do biura, a Jo, mając za sobą połowę prasowania, odebrała Tallulah.

144

W tym samym czasie Vanessa znajdowała się w środku Soho, w klubie Groucho.

Członkowie klubu siedzieli w barze w zadufanych w sobie grupkach, omawiając zadufane koncepcyjki, podczas gdy Max zaprowadził Vanessę, Anthony'ego i Toma do restauracji na tyłach. Niestety, w tej chwili nie było tam nikogo sławnego, więc wszyscy poczuli się mniej ważni, niżby chcieli.

Ta konkretna zadufana w sobie grupka usiadła w rogu, Vanessa na wprost Anthony'ego, Max naprzeciw Toma.

Vanessa czuła się nieco oszołomiona z powodu kombinacji niewyspania z przerażeniem, że Jo może odejść. Gdyby po powrocie do domu wieczorem odkryła kosmitów przeprowadzających eksperymenty na jej rodzinie, z pewnością najpierw pomyślałaby: nie zabierajcie niani. I był to jeden z tych fatalnych dni, kiedy doświadczała niekontrolowanej wrogości wobec męża, która manifestowała się w nagłych przypływach złości za każdym razem, jak tylko o nim pomyślała. Nie chodziło o nic konkretnego, co zrobił, ale o wszystko: widok Dicka spokojnie nalewającego brandy dla Jo, kiedy ona odprowadzała policjantów, widok Dicka nalewającego następnie brandy dla Josha, gdy ona kładła dzieci z powrotem do łóżek, myśl o Dicku jęczącym, jaki to jest niewyspany, a potem robiącym sobie wolne przedpołudnie. Wszystko i nic.

Anthony i Max byli w świetnych nastrojach, pełni optymizmu i aroganckiej pewności siebie; Max, ponieważ w pełni rozkoszował się przekazywaniem absolutnie wszystkich obowiązków innym, natomiast Anthony, bo rozpaczliwie usiłował zatuszować wrodzony pesymizm Toma. Uśmiechał się tak szeroko, że zaczynał się bać ataku szczękościsku.

— Przygwoździmy McFarleys tak mocno — wykrzyknął Max znad kawy — że gonady wystrzelą im z ust!

— Co za piękna scena — powiedział Tom. — Zobaczę, co dam radę z tym zrobić.

Max się roześmiał, a Anthony zadziwił wszystkich, uśmiechając się jeszcze szerzej.

— No, chłopaki! — odezwał się Max tonem, którego z drżeniem oczekiwali przez cały posiłek. Jego elastyczne brwi podjechały wysoko na wciąż powiększającym się czole. —

Jakieś pomysły? — Najlepszy zespół kreatywny w agencji zyskał kilka cennych sekund, spoglądając na siebie nawzajem, a potem znów na Maksa.

— Cóż — stwierdził wreszcie Anthony — zrobiliśmy przed lunchem szybką burzę mózgów. Mamy kilka pomysłów.

Max wyszczerzył zęby do Vanessy.

— A nie mówiłem? Ci faceci to geniusze. Geniusze.

Anthony nie czuł potrzeby, by wyjaśnić, że najlepszy pomysł, na jaki wpadli, obejmował karła przebranego za telefon, a jedyny slogan, jaki wymyślili, brzmiał: „Konkurencja skarlała przy VC".

— W środę bierzemy się do tego z działem planowania — oznajmiła Vanessa — żeby opracować strategię, a potem w piątek rano spotykam się z VC. Przekażę wam relację najszybciej, jak się da.

— Kiedy podejmą decyzję? — zapytał Anthony.

— Za dwa tygodnie od dziś.

— O cholera! — krzyknął Tom. — Mamy tylko dwa tygodnie?

— Tak jest — potwierdził Max, zapalając zgasłe cygaro. — Dlatego wzięliśmy najlepszych.

Tom i Anthony jednocześnie dopili wino.

Po lunchu wszyscy wracali do biura, Anthony w naturalny sposób dostosował swój krok do Vanessy.

— Tom jest trochę spięty, prawda? — zagadnęła go po chwili.

— To tylko wzmaga kreatywność — odparł.

— Jesteś pewien, że da radę?

Anthony odwrócił się do niej i musiała cofnąć się nieco, żeby się z nim nie zderzyć. Był tak niski, że mogła mu spojrzeć w oczy, nawet nie odchylając głowy.

— Vanesso.

— Hm?

— To jest człowiek, który stworzył Pawiana Bobby'ego.

Zmierzyli się wzrokiem.

— Masz rację — powiedziała. — Przepraszam.

— Hej, rozumiem cię. — Anthony się uśmiechnął. — Takie jest zadanie krawaciarzy — martwić się. Ależ masz pracę. Szczerze mówiąc, nie wiem, jak dajesz radę. Dobrze, że to nie na mnie trafiło.

146

Ponownie ruszyli i idąc przy jego boku, Vanessa wyobraziła sobie Dicka mówiącego to samo na temat jej wkładu w dom. Niemal z miejsca poczuła, że krew się jej burzy.

— Nasze zadanie to twórczość — ciągnął Anthony — więc po prostu zostaw je nam.

Uśmiechnęła się szeroko i z ulgą, po czym pożałowała, że nie może mieć takiego zaufania do kompetencji własnego męża.

Z powrotem w biurze, stojąc przed Anthonym w windzie, Vanessa w wypolerowanych jak lustro drzwiach widziała, że zbiera wizualne dane na temat jej ciała do późniejszego przetworzenia. W końcu ich spojrzenia spotkały się w lustrze, a wtedy przybrał uśmieszek zawstydzonego chłopczyka. Chyba myśli, że urodziła się wczoraj. Wyobraziła sobie Dicka spostrzegającego, jak ktoś taksuje ją wzrokiem, i uśmiechnęła się do siebie.

Drzwi powoli zamknęły się za nią i Maksem. Chłopcy wreszcie byli sami. Pozwolili sobie na długie westchnienia pełne ulgi.

— Cholerni krawaciarze — jęknął Tom.

— Uhm.

— Cholerni, cholerni krawaciarze.

— Uhm.

— Myślą, że wszystko wiedzą.

— Uhm.

— A to my musimy stworzyć dzieło sztuki w dwa cholerne tygodnie.

— Uhm.

Drzwi windy otworzyły się na najwyższym piętrze i po pluszowym dywanie przeszli do swojego „biura z widokiem".

— Nie jestem pewien, czy ona jest taka zła — oznajmił Anthony.

— Gówno tam. Jedna z najgorszych.

Anthony wzruszył ramionami.

— Po prostu trzeba wiedzieć, jak to z nią rozegrać — powiedział, zatrzaskując za sobą drzwi.

Kiedy tego wieczoru Vanessa wróciła do domu, w kuchni aż wrzało. Jo sprzątała, gawędząc z Tallulah, Dick pomagał Zakowi w lekcjach, Cassandrę było słychać, jak w salonie ćwiczy na flecie, a Josh siedział przy stole, pukając w laptop i od czasu do czasu wyganiając koty, które uznały, że klawiatura będzie terenem ich zabawy. Vanessa doświadczyła nieczęstej chwili zadowolenia.

— Cześć, kochanie! — powitał ją Dick. — Josh się wprowadza.

O! Chwila minęła.

Kiedy dzieci znalazły się w łóżkach, Dick i Josh skomponowali posiłek z sałaty, sera i chleba, a Vanessa otworzyła pierwszą butelkę wina. Nalegała, żeby Jo się do nich przyłączyła.

— Po prostu byłoby miło być uprzedzonym — powiedziała Vanessa do Josha.

— Cały czas myślałem, że znajdę kogoś na ich miejsce. — Josh wzruszył ramionami. — Nie miałem szczęścia.

— Nawet w Crouch End? — zapytała sceptycznie.

— Owszem. Nawet w Crèche End*. Za dużo cholernych niemowlaków. Nie można sobie strzelić kufelka, żeby nie wszedł facet z niemowlakiem w nosidełku na brzuchu i nie zaczął narzekać, jak to się nie wysypia, jakby chciał za to dostać medal.

— Mój ty Boże — odezwała się Vanessa. — Może dzieci powinny po prostu zostać w domu ze wszystkimi kobietami.

— Mówię tylko — Josh westchnął, ignorując ostrzegawcze spojrzenie Dicka — że faceci w moim wieku woleliby mieszkać gdzie indziej.

— I pewnie idealną współlokatorką byłaby Claudia Schiffer — zauważyła Vanessa.

— Nie jestem aż taki płytki — odrzekł Josh, przelotnie rzucając okiem na Jo. — Zadowoliłbym się Yasmin le Bon.

— Cóż — skonkludowała Vanessa — jeżeli Dick uważa, że to w porządku, ja chyba też. O ile Jo nie przeszkadza, że będzie dzielić z tobą swój apartament.

Josh odwrócił się do Jo, która złapała się na tym, że wpatruje się w dwa rozbawione jeziora ciemnego brązu.

— Jo — powiedział — jak się człowiek czuje, kiedy Vanessę obchodzi, co myśli? Nie miałem okazji sprawdzić.

* Gra słów — crèche (ang.) — żłobek.

— Gdybyś od czasu do czasu pomagał przy dzieciach — zripostowała Vanessa — z tobą też bym się liczyła.

— Nie wiedziałem, że taka mi przypadnie życiowa rola — spokojnie odparł Josh, smarując masłem kromkę. — Opiekować się drugą rodziną mojego ojca po tym, jak porzucił moją.

Zapadła paskudna cisza.

— Dajcie spokój — wyszeptał w końcu Dick. — Dajcie spokój.

Jo zauważyła, że Josh nie zjadł posmarowanego chleba.

Nad świeżo zmieloną wieczorną kawą i chińską zieloną herbatą ze świeżą miętą z ekologicznego warzywniaka Josh wyjaśnił Vanessie, dlaczego przez pierwszy tydzień, mniej więcej, będzie spędzał całe dnie w domu, dopóki nie poczuje się dość dobrze, żeby pojechać metrem.

— Godziny szczytu są w najlepszym razie koszmarne — oznajmił. — A w ten sposób załatwię coroczny okres pracy domowej i nie narażę zgruchotanych kości na dalszy szwank w metrze. Doktor powiedział, że powinienem się wstrzymać ze dwa tygodnie. Nie mogę sobie pozwolić na dwa tygodnie zwolnienia. Tak czy owak zabawnie będzie popracować w domu. — Badawczo przyjrzał się Jo. — Dzielić biuro z waszą niezwykle skuteczną nianią.

Dick i Vanessa rzucili mu po ostrym spojrzeniu.

— Hej! Nie patrzcie tak na mnie. To nie moja wina, że ciało mam czarnoniebieskie. — Wzniósł toast w stronę Jo ze złośliwym błyskiem w oku. — Za to możecie podziękować Szalonej Niani.

Vanessa głęboko westchnęła i odstawiła kieliszek z winem. Jo niemal poczuła, że Dick zwiera pośladki.

— Joshua — zaczęła Vanessa — myślę, że musimy porozmawiać. — Mówiła do Josha, jakby właśnie narobił jej do buta. — Dick i ja szczerze żałujemy, że zostałeś poturbowany w naszym domu. Sądzę, że spokojnie mogę powiedzieć, że Jo czuje to samo.

Dick i Jo energicznie pokiwali głowami i zdobyli się na nieśmiałe potwierdzające pochrząkiwania.

— Jednak — ciągnęła Vanessa — jeżeli naprawdę uważasz, że wolelibyśmy mieć nianię, która przespałaby włamanie do naszego domu, zamiast niani, która zwalczyła przerażenie i wezwała policję, jesteś głupszy, niż wyglądasz.

Zesztywniałe ciało Josha spięło się jeszcze bardziej.

— No, no... — zaczął Dick.

— Richardzie! — wypaliła Vanessa, jakby jej mąż podniósł ten zabrudzony but i zaczął wyjadać z niego kupę. — Ja się tym zajmuję, serdeczne dzięki.

Gdyby wcześniej były co do tego jakiekolwiek wątpliwości, teraz zniknęłyby jak sen złoty.

— Nasze zdanie jest takie — Vanessa ponownie przeniosła uwagę na Josha — że dałeś obecnej tu Jo wyjątkową szansę udowodnienia, jak cennym nabytkiem jest dla naszej rodziny i — zrobiła pauzę tak dramatyczną, że nawet złota rybka zamarła — jaka jest twoja pozycja. — Jo się skurczyła. — Jakiekolwiek dalsze sarkastyczne uwagi pod adresem naszej niani, która po bohaterskich wyczynach ostatniej nocy dowiodła, że jest zdecydowanie zbyt nisko opłacana, po prostu nie będą pod tym dachem tolerowane.

Milczenie, które nastąpiło po tej krótkiej przemowie, zostało przerwane jedynie przez Molly'ego i Bolly, którzy wybrali ten właśnie moment, by unieść prawe tylne łapy z powolną, baletową synchronizacją i przeprowadzić dokładne badanie swoich tyłeczków.

— Czy wyrażam się jasno, Joshua? — zapytała Vanessa.

Nastąpiła pauza.

— Jak słońce — odparł cicho Josh.

Vanessa odwróciła się do Jo i przemówiła tonem Kopciuszka zwracającego się do ulubionego puszystego kociątka.

— Prawdę mówiąc, Jo, nie przedyskutowaliśmy tego jeszcze, ale wiem, że Dick by się ze mną zgodził. Bardzo byśmy chcieli zaproponować ci podwyżkę.

Jo była tak zszokowana, że nawet nie zauważyła reakcji Dicka i Josha.

Po kolacji Jo musiała wynieść z garderoby tych kilka rzeczy, które do niej wstawiła, podczas gdy Josh wnosił swoje bagaże. Tego dnia Dick pojechał do IKEA i kupił Jo szafę z tkaniny oraz stoliczek, który miał pełnić funkcję toaletki. Nie miała nic przeciw temu.

Lustrując swoje rzeczy z ponurym wyrazem twarzy, szybko zaplotła włosy, żeby nie wchodziły do oczu, a potem się przestraszyła, bo zdała sobie sprawę, że Josh stoi w drzwiach i lustruje ją z miną dość podobną do jej własnej.

Nagle wyciągnął w jej stronę butelkę wina i dwa kieliszki, po czym zdobył się na uśmiech, który, jak sobie wyobraziła Jo, musiał go sporo kosztować.

— Lubisz małych impertynenckich Włochów?

— Och — powiedziała.

— Dla odprężenia po naszych przygodach. — Skinęła głową bardzo powoli i z namysłem, jakby usiłowała zrobić ślad w melasie, a Josh trochę niepewnie zaczął nalewać. — I żeby pomóc mi zapomnieć, że żona mojego ojca mnie nienawidzi. — Wyciągnął w jej stronę kieliszek pełen wina, a ona uniosła rękę, żeby go wziąć. Gdy zacisnęła dłoń na kieliszku, ich spojrzenia się spotkały.

— Dzięki.

— I oczywiście — uśmiechnął się, zanim puścił kieliszek — żeby stłumić twoją wrażliwość. Nie chcemy, żebyś dzwoniła po policję, kiedy wykonam jakieś gwałtowniejsze ruchy.

Jo usłyszała własny niespodziewany śmiech.

— To nie w porządku — powiedziała cicho, nie mając odwagi pociągnąć do siebie kieliszka. — Naprawdę mnie nastraszyłeś.

— Tak? No, to przepraszam — odrzekł i pozwolił jej wziąć wino.

Przełknęła solidny łyk.

— Wybaczone — oznajmiła beztrosko, odwracając się.

Rozpakowywali się w milczeniu, nie licząc cichego nucenia Jo. Kiedy zadzwoniła jej komórka, wzięła ją do ręki, zobaczyła, że to Shaun, i ze złością przerwała połączenie. Nie miała ochoty na wysłuchiwanie kolejnej reprymendy, szczególnie w obecności Josha.

Rozpakowywanie żadnemu z nich nie zajęło dużo czasu. Po wszystkim Josh pokuśtykał do pokoju Jo i powoli usiadł na jej łóżku, stawiając butelkę z winem na podłodze między nimi. Uśmiechnął się mile. Zmęczona Jo usiadła przy ścianie, kosmyki włosów z warkocza opadały jej na twarz.

— No, więc — zaczął — jak ci się podoba praca dla Potwornej Rodzinki?

— W porządku — odparła ostrożnie.

— Oj, daj spokój. Są kompletnie szaleni, cała banda.

Jo zmusiła się do czegoś, co, miała nadzieję, było niewymuszonym uśmiechem.

— To ciężka praca — wyznała — ale dzieci są cudowne.

— Taa — zgodził się Josh, kąciki jego ust minimalnie uniosły się w górę, jakby chciał dotrzymać tajemnicy. — Są. Pokiwali głowami i przez chwilę się uśmiechali.

— Tak jest — dodał, pociągając więcej wina. — Jeżeli twój tata zamierza odejść i zacząć od nowa, to najmilsze rodzeństwo, jakie można trafić.

Umysł Jo dokonał przeglądu wszystkich możliwych odpowiedzi, a potem się zatrzymał. Postanowiła zmienić kurs.

— Czy twoja mama wyszła jeszcze raz za mąż?

Gdy Josh pokręcił głową, Jo usiłowała odnaleźć w jego twarzy jakiś ślad kobiety o twardym spojrzeniu suchym głosie, która podrzuciła Toby'ego.

— Po raz pierwszy wyjechałaś z domu? — zapytał Josh.

Jo wepchnęła za uszy luźne kosmyki.

— Aż tak to widać?

Josh wzruszył ramionami i Jo poczuła się zmuszona zagłuszyć ciszę.

— To jest trochę przerażające — wyznała. — Wszystko jest takie inne. — Josh nie odpowiedział. — Może dlatego przesadnie zareagowałam wczoraj w nocy. — Pociągnęła wina. Kiedy spojrzała na Josha, wpatrywał się w nią z takim natężeniem, że wyraźnie czuła każdy włosek na skórze. Zerknęła na rysunek słojów drewna na podłodze.

— Uważam, że byłaś bardzo odważna — powiedział.

— Zadzwoniłam na policję spod kołdry. — Wykrzywiła się. — Ledwie mogłam wybrać numer, tak się trzęsłam.

Kolejna pauza. Tym razem Jo wytrzymała.

— Dokładnie. Byłaś przerażona, a jednak to zrobiłaś.

Jo znów popiła wina i poczuła, jak jego ciepło powoli ogarnia całe ciało.

— Ludzie nie lubią, kiedy ktoś jest odważny, prawda? —

zapytała nagle. — Jakby chcieli, żeby człowiek był przestraszony, bo dzięki temu sami też nie muszą nic ryzykować.

Josh nachylił się w jej stronę ze zmarszczonym czołem.

— Moja decyzja o wyjeździe nie doczekała się aprobaty — wyjaśniła, pociągając kolejny łyk i zastanawiając się, czy wystarczy wina.

— Czyjejś konkretnie?

Jo ponownie usłyszała besztającego ją Shauna i wzruszeniem ramion oddaliła od siebie nagłe uczucie gniewu.

— Niczyjej — stwierdziła zrzędliwie.

— Naprawdę? No, no.

Jo przyjrzała mu się podejrzliwie, przekonana, że z niej szydzi. Jednak jego twarz nie zdradzała szyderstwa.

— Musisz być bardzo silna, skoro mimo to nie zrezygnowałaś — dodał.

Usiłowała coś powiedzieć, nie udało się jej, więc wzruszyła ramionami i zamiast tego upiła więcej wina.

— Tak między nami — ciągnął — sam chciałbym być taki odważny.

— Żeby się wyprowadzić? — zapytała Jo.

Pokręcił głową.

— Chciałbym zmienić zawód, ale nie wiem, co innego mogę robić, i rodzice by mnie zabili.

— Nie musisz mi mówić. Zgadnij, czyj to był pomysł, żebym została nianią?

— Twoich rodziców?

— Trafiony zatopiony.

— A ty kim chciałaś być?

— O nie... to głupie...

— Powiedz.

— Pewnie mieli rację.

— Powiedz mi.

Jo wzięła głęboki wdech.

— Chciałam być... nie śmiej się...

— Nie będę.

— Chciałam być antropologiem.

Gwałtownie przełknęła wino.

— No, no — powiedział Josh — genialne.

Jo wzruszyła ramionami.

— Kiedy człowiek jest młody, ma masę głupich pomysłów.

— A co w tym głupiego?

— W każdym razie jestem nianią. Wystarczająco ciężko jest być nianią, która wyjechała z domu.

Josh nachylił się i wlał do kieliszka Jo więcej wina.

— Nie, dziękuję — powiedziała, kiedy skończył.

— Więc jak to się stało, że jednak wyjechałaś? — zapytał.

Każde słowo poprzedziła pełną namysłu pauzą.

— Z potrzeby przekonania się, że wszystkie moje dotychczasowe życiowe wybory nie były tylko tymi najłatwiejszymi.

Spojrzeli sobie w oczy, Josh z zastanowieniem kiwał głową.

— Tak — wyszeptał. — Wiem, co masz na myśli.

Większość włosów wyślizgnęła się z warkocza i Jo odstawiła kieliszek, ruchem głowy uwolniła resztę, po czym związała je w luźny koński ogon. Kiedy skończyła, rozejrzała się po pokoju i wreszcie spojrzała też na Josha, który znów mierzył ją wzrokiem. Już miała oznajmić, że naprawdę musi się trochę przespać, kiedy obdarzył ją szerokim, ciepłym uśmiechem i uniósł kieliszek w toaście.

— W takim razie — rzekł — za właściwe wybory.

Przelotnie zdała sobie sprawę, że właśnie była świadkiem podejmowania decyzji. Uniosła kieliszek, zrewanżowała się uśmiechem i stuknęli się kieliszkami.

— Za właściwe wybory — zgodziła się i wypiła do dna.

Tej nocy zasnęła przy odgłosie powolnych kroków Josha po pokoju i spała aż do rana, pierwszy raz od przyjazdu.

10

Podczas kolejnego tygodnia Jo odkryła, że przeciętny księgowy pracuje o połowę mniej niż przeciętna niania. Josh wstawał wcześnie i siedział przed laptopem przez dwie godziny, zanim Jo kończyła rozwożenie dzieci do szkół. Był wówczas gotowy na dwugodzinną przerwę na herbatę. Szybko wypracowali pewien schemat; on szykował dla obojga po filiżance herbaty i leniwie stukał w klawiaturę laptopa, a ona prasowała. Gawędzili. Z początku jego obecność działała na nią onieśmielająco, ale stopniowo przerwy w rozmowie stawały się coraz krótsze, a napięcie się zmniejszało, aż w końcu czuła się zupełnie swobodnie. Właściwie była zdumiona, jaka to różnica mieć z kim porozmawiać w ciągu dnia.

Po pewnym czasie przestał, po każdym szybszym ruchu, pytać, czy zamierza dzwonić na policję albo czy zaraz zacznie się masaż kolanami. Kuśtykał też za nią, gdy porządkowała pokoje dzieci — „dobre ćwiczenie dla mojej nogi", mawiał. Jej nie przeszkadzało, że ze względu na niego musi poruszać się wolniej, szczególnie że w duchu wciąż czuła się winna: była przyczyną jego wyraźnie widocznego bólu. No i niełatwo byłoby to uznać za utrudnienie, skoro dzięki temu przez większość czasu się śmiała. Któregoś ranka, nawet nie wiedziała, jak do tego doszło, zaczęli rozmawiać o rozstaniu rodziców Josha. Okazało się, że Dick miał romans ze swoją sekretarką i matka Josha nie była w stanie mu wybaczyć.

— Co za strata — powiedział ze smutkiem. — Rodzina zniszczona na zawsze — pstryknął palcami — ot tak.

— Okropne — zgodziła się Jo.

— To był gówniany okres — przyznał, kiwając głową. — Czternaście lat to niezbyt dobry wiek, żeby stracić tatę.

— Ale teraz jesteście przyjaciółmi, prawda?

Josh wyglądał, jakby się zastanawiał.

— Taa, teraz jest w porządku. Takie rzeczy się zdarzają.

Jo skinęła głową.

— Trzeba żyć dalej — ciągnął. — To mi uświadomiło, jak niszcząca jest niewierność. Zaufanie to podstawa — dodał szybko, zanim zmienił temat.

Im więcej Jo rozmawiała z Joshem, tym bardziej była świadoma, że nie wspomniała o Shaunie. Przez te dni zdołali porozmawiać niemal o wszystkim, ale jakimś sposobem nie o swoim życiu uczuciowym. Jakby obowiązywał niepisany kodeks. Im więcej gawędzili i im bliższy wydawał się jej Josh — a wydawał się coraz bliższy — tym wyraźniej czuła, że przedstawia mu się w fałszywym świetle. A jednak nie potrafiła znaleźć właściwego momentu, by powiedzieć o Shaunie i nie czuć, że może to zabrzmieć niezręcznie i obcesowo.

Poruszyła tę kwestię podczas weekendowej sesji terapeutycznej z dziewczynami.

— Zaraz, żebym dobrze zrozumiała. — Pippa postawiła sprawę jasno. — Nawet nie napomknęłaś, choćby przelotnie, że przez ostatnie sześć lat miałaś tego samego chłopaka? I nadal go masz?

Jo pokiwała głową.

— Wciąż czekam na właściwy moment — upierała się — ale trudno powiedzieć: „Podaj mi tę ścierkę, mam chłopaka".

— Skoro jesteście tylko przyjaciółmi — zauważyła Rachel — to na pewno wypłynie ta sprawa w rozmowie.

— Wiem — zgodziła się Jo — można by tak pomyśleć, ale jakimś sposobem, ile razy chcę mu powiedzieć, odnoszę wrażenie, że wyjdzie to tak, jakbym chciała go zniechęcić czy coś w tym rodzaju, a wtedy okazałabym się arogantką.

— Jesteście tylko przyjaciółmi? — zapytała Rachel.

— Oczywiście — z uporem odparła Jo.

156

— Hm — włączyła się Pippa — a jak to się stało, że najwyraźniej nie miałaś żadnego problemu, by mnie to powiedzieć?

— Zapytałaś — przypomniała Jo.

— To prawda.

— No i mi się nie podobasz.

— AHA! — wykrzyknęły dziewczyny.

Jo uśmiechnęła się.

— Nawet nie zapytał, czy mam chłopaka — oznajmiła — więc w oczywisty sposób nie jest zainteresowany.

— A zrobiłoby różnicę, gdyby zapytał? — dociekała Pippa.

Jo się zastanowiła. Potem pomyślała o Shaunie. Bezradnie wzruszyła ramionami.

Po pauzie Gabriella spytała:

— A jak wygląda ten cały Josh?

Jo zamknęła oczy.

— Ioan Gruffudd.

Dziewczyny potrzebowały chwili, żeby wyrazić swoją aprobatę.

— O mój Boże! — zawołała Pippa. — Mieszkasz z Hornblowerem *?

— Tak — wyznała Jo. — Bez bryczesów. I trochę bardziej zmysłowym.

Zapadła długa cisza.

— Cóż — odezwała się Pippa — uważam, że to bardzo proste. Już nie ma bryczesów, więc zacznij ujeżdżać jego konia i wtedy rzucisz Shauna.

— O Boże! — Jo przebiła się przez śmiech. — Mam chłopaka! Chłopaka, który przyjeżdża na wizytę z noclegiem.

— Wygląda na to, że wtedy Josh się o nim dowie. — Rachel pokazała zęby w szerokim uśmiechu.

Jo ze zmartwioną miną patrzyła w swoje wino.

— Nie martw się — powiedziała Pippa. — Masz masę czasu, zanim Shaun przyjedzie. Musisz znaleźć odpowiedni moment.

---

* *Hornblower*, brytyjski kostiumowy serial przygodowy, rolę tytułową zagrał w nim Ioan Gruffudd.

Po raz pierwszy podczas ich krótkiej znajomości Pippa nie miała racji. W trakcie kilku następnych dni Jo wiele razy miała ten temat na końcu języka, ale zawsze, ilekroć rozmowa zaczynała zmierzać w tę stronę, jakimś sposobem kończyła się gdzie indziej. Była przekonana, że zabrzmiałoby to arogancko, żałośnie albo jakby czuła się winna, skoro tak długo o niczym nie wspominała; czy Josh mógłby zinterpretować takie niezwiązane z tematem wtrącenie inaczej niż jako niedelikatny sposób wskazania mu, żeby się wycofał? Zresztą nie podrywał jej ani nic w tym rodzaju. Pewnie miał w pracy dziewczyn na kopy, co by wyjaśniało, że przy niej był taki rozluźniony. Co powiedział o nim Dick? Zdaje się, że cała kolejka dziewczyn czeka, by z nim chodzić. Prawda była taka, że nawet w przybliżeniu nie był nią zainteresowany, co oczywiście szczęśliwie się złożyło, bo miała Shauna. Ostatnie, czego chciała, to obrazić Josha. Przedostatnie, czego chciała, to go zniechęcić, w razie gdyby był zainteresowany.

Im dłużej to odkładała, tym było trudniej. Za każdym razem, gdy myślała o przekonaniu Josha, że zaufanie to podstawa, miała coraz mniejszą ochotę mu powiedzieć, bo przecież mógłby pomyśleć, że jest skandaliczną flirciarą. Znalazła się w patowej sytuacji i nie wiedziała, jak z niej wyjść.

Zaczęła dzwonić do Shauna tylko z samochodu, uznając, że to jedyne miejsce, gdzie ma nieco prywatności. W pewnym sensie była to prawda. Josh cały czas wchodził i wychodził z jej pokoju, w sumie oboje zostawiali drzwi między pokojami otwarte aż do pory kładzenia się spać.

Tak naprawdę nie wybaczyła Shaunowi, że ją pouczał, zamiast zachować się jak na chłopaka przystało, kiedy opowiedziała mu, co się stało tej nocy, gdy zjawił się Josh, ale milcząco wypracowali rozejm. On mówił, że za nią tęskni, ona, że czeka na jego wizytę. Była pewna, że między nimi się poprawi, kiedy go zobaczy. Zaczęła liczyć dni w nerwowym oczekiwaniu.

Pewnego wieczoru, podczas którego Vanessa pracowała poza domem do późna, a Dick spał w salonie, Jo oglądała telewizję, zastanawiając się, jak długo Josh będzie zajmował łazienkę. Kiedy rozległ się dzwonek, usłyszała, że Dick poszedł otworzyć.

Była bardzo zaskoczona, gdy potem wszedł i przedstawił jej jednego z policjantów z tamtej nocy.

— Zobacz, kogo znalazłem przed drzwiami! — odezwał się Dick. — Jednego z tych miłych panów, którzy zaatakowali mojego syna.

— A, tak — powiedział Gerry. — Przepraszam za tamto.

— Bez obaw — odparł Dick. — Wyjdzie z tego za jakieś... ooch... parę miesięcy. Proszę mi powiedzieć, pan był tym, który śmierdział psią kupą, czy tym drugim?

— Tym drugim. Zdecydowanie tym drugim.

— Znakomicie. Znakomicie.

Dick spojrzał na Jo i powiedział:

— Cóż, zostawię was.

— Cześć — odezwała się Jo zmieszana.

— Cześć — powiedział Gerry, robiąc kilka kroków w jej stronę. — Chciałem tylko sprawdzić, jak się czujesz. Tamtej nocy wyglądało, że niezbyt dobrze.

— O Boże, wiem. — Jo podeszła, spotykając go pośrodku kuchni. — Tak mi przykro. Teraz wszystko w porządku. Bardzo dziękuję. — Bezwiednie bawiła się włosami.

— Przyniosłem to dla ciebie. — Wyjął wizytówkę. — „Wsparcie dla Ofiar Przemocy". Ludzie mają czasami opóźnioną reakcję na szok.

— Och — powiedziała Jo. — Dziękuję.

Wzięła wizytówkę, oparła się o najdalszy kuchenny blat i uśmiechnęła do Gerry'ego. Odpowiedział uśmiechem i zrobił krok w przód, żeby oprzeć się o sąsiedni blat. Przeczytała wizytówkę i kilka razy kiwnęła głową. Kiedy skończyła czytać, zaczęła czytanie od nowa. Pauzę, która po tym nastąpiła, wypełniła kolejnymi kiwnięciami głową.

— I jak, żadnych więcej nocnych hałasów? — zapytał Gerry.

— Nie. Dzięki.

— To dobrze, to dobrze. Czujesz się swobodnie w łóżku?

— Tak...

— W nocy?

— Tak. Dzięki.

— W każdym razie, tak się zastanawiałem...

Otworzyły się drzwi od sypialni Jo i wszedł Josh. Na widok

Gerry'ego zamarł. Gerry też najwyraźniej zamarł. Obaj zamarli. Jo zamarła chwilę wcześniej.

— Spójrz tylko! — odezwała się do Josha. — To jest... z tamtej nocy...

— Ach, tak! — wykrzyknął Josh. — Ten miły pan, który mnie pobił.

— Gerry — powiedział policjant, wyciągając rękę. — Mów mi Gerry.

— Jak „Tom i Jerry"? — zapytał Josh, ściskając mu dłoń.

— Nie — odparł Gerry. — Przez „G".

Panowie skinęli głowami i kontynuowali potrząsanie dłońmi, bardzo stanowczo i z wielką determinacją. Kiedy przestali, Gerry oddalił się o krok od Jo.

— Pytałem właśnie Jo, czy wszystko u niej w porządku — powiedział nonszalancko.

Josh przechylił głowę.

— I czy czuje się bezpiecznie — ciągnął Gerry. — No, wiesz, w nocy.

— Och, rozumiem! — zawołał nagle Josh. — Coś jak kontakt z klientem! Cholera! Nie wiedziałem, że się tym, chłopaki, zajmujecie.

— Cóż, w zasadzie nie...

— A — Josh powoli pokiwał głową — w zasadzie nie. Ale ty jesteś niezależny, prawda? Trochę buntownik, co? Mniejsza z tym, komu przyłożysz, lecisz z tym gównem pod tytułem „relacja z klientem".

Jo zdusiła śmiech. Patrzyła, jak dwaj mężczyźni mierzą się wzrokiem. Nigdy nie widziała męskiej konfrontacji po bójce. Niemal słyszała w tle komentarz Davida Attenborough.

— Dałem tylko Jo wizytówkę „Wsparcia dla Ofiar Przemocy" — spokojnie wyjaśnił Gerry. — Ludzie mają czasami opóźnioną reakcję na szok.

— Naprawdę? Nie ja — wyjawił Josh. — Moja reakcja nastąpiła dokładnie wtedy, gdy zostałem zaatakowany.

— A tak, przepraszam. Autentyczna pomyłka.

— Dziękuję. To pomoże ukoić mój autentyczny ból.

Gerry zwrócił się do Jo, stając niemal plecami do Josha.

— Jest tam też mój telefon — oznajmił. — Gdybyś chciała

kiedyś pogadać, po prostu zadzwoń. Możesz mi wierzyć, wiem, jakie życie bywa stresujące.

— Taa, ja też — rzucił Josh z tyłu.

— Bardzo dziękuję — szybko włączyła się Jo. — To naprawdę miło.

— Nie ma za co. A gdybyś miała ochotę gdzieś wyskoczyć... — Gerry zakaszlał, zagłuszając prychnięcie Josha. — Chyba że... — Gerry nagle odwrócił się twarzą do Josha i wskazał — wy dwoje...

— Boże, nie! — odpowiedzieli jednocześnie. Jo zauważyła, że Josh znacznie głośniej niż ona.

Gerry uśmiechnął się do Jo. Wykrzywiła się. Teraz był moment, żeby powiedzieć mu o chłopaku, z którym była od sześciu lat. Który przyjeżdżał i miał nocować. Była nawet na to odpowiednia pauza.

I wciąż była na to odpowiednia pauza.

Ale jak to by wyglądało w oczach Josha, gdyby teraz powiedziała o Shaunie — kiedy spędziła z nim tyle czasu i nigdy o tym nie wspomniała? Co za okropny sposób na powiadomienie go o tym. I czy nie wyszłaby na osobę gruboskórną, gdyby tak ostro potraktowała Gerry'ego, który prawdopodobnie po prostu zachowywał się po przyjacielsku? A gdyby Josh pomyślał, że okłamuje Gerry'ego, nie ma żadnego chłopaka, a ona jest obrzydliwą, niegodną zaufania kobietą? Tak czy owak, musiała czymś wypełnić tę pauzę.

— Mam przyjaciółki — usłyszała własny głos — które byłyby zachwycone, gdyby poznały... miłych facetów...

Zobaczyła, że Gerry wyraźnie oklapł.

— Jeżeli masz jakichś przyjaciół — powiedziała, bo ścisnęło się jej serce.

— Och, świetnie! — ucieszył się. — Im więcej, tym weselej! Mam twój numer od tamtej nocy.

Jo skinęła głową, patrząc w podłogę, i odgarnęła włosy z twarzy.

— Trafię do wyjścia — orzekł Gerry, zbierając się.

— Trafiłeś też do wejścia — wymamrotał Josh, gdy Gerry go mijał.

— O ile sobie przypominam — powiedział Gerry — ty też.

161

Odwrócił się do Jo i obdarzył ją szerokim uśmiechem, z którym wyglądał prawie przystojnie.

— To na razie. Niedługo pogadamy.

Jo i Josh przysłuchiwali się krokom Gerry'ego w korytarzu i odgłosowi zamykanych drzwi. Jo uznała, że teraz jest idealny moment, żeby wspomnieć o Shaunie. To była chwila, na którą czekała! Mogła powiedzieć, jaka to niezręczna sytuacja z powodu jej chłopaka, z którym jest od sześciu lat, który przyjedzie zostać na noc i ma na imię Shaun. Naprawdę nigdy o nim nie wspomniała? Rany. Zabawne. Dałaby słowo, że...

— No, no — odezwał się Josh. — Co za kultura.

Zanim miała szansę odpowiedzieć, zniknął w swoim pokoju.

11

Vanessa siedziała na poniedziałkowym zebraniu informacyjnym skulona nad kawą, zastanawiając się, czemu nie sprzedawali jej na litry. Tallulah obudziła ją tej nocy dwukrotnie, o czwartej i o szóstej, i za każdym razem ponowne zaśnięcie zajęło jej godzinę. W przeciwieństwie do wszystkich pozostałych pasażerów w porannym pociągu była zachwycona, kiedy stanął na dziesięć minut między stacjami, bo dzięki temu miała szansę zrobić makijaż, złapać oddech i przypomnieć sobie, jak się nazywa.

Siedziała naprzeciw nastolatki, która najwyraźniej wybierała się do miasta po zakupy. Nie mogła oderwać oczu od młodej dziewczyny, usiłując sobie przypomnieć siebie jako nastolatkę. Wtedy mogła robić różne rzeczy wyłącznie dla własnej przyjemności, w błogosławionej nieświadomości, jakie pewnego dnia wyda się to samolubne. Zupełnie jakby w chwili, gdy została matką, definicja słowa „samolubny" została ściśle powiązana z płcią. Mężczyzna mógł przez cały weekend grać w golfa i wciąż być uważany za rodzinnego faceta. Kobieta mogła cały tydzień zarabiać, każdą wolną chwilę spędzać z dziećmi i być samolubna, bo chciała i tego, i tego. Pewnego dnia napisze na ten temat obszerne dzieło. Kiedy będzie miała czas.

— I to by było na tyle — zakończyła Tricia, podwładna Vanessy. Vanessa spojrzała na nią i poczuła się tylko nieco zaskoczona, widząc, że Tricia spogląda na nią wyczekująco.

Dziewczyna musiała skończyć udzielanie wszystkim informacji o programie na bieżący tydzień.

— Dziękuję, Tricio — powiedziała Vanessa i przedstawiła informacje na temat przebiegu dotychczasowych prac nad projektem dla VC. Była tak zmęczona, że przeoczyła wzmagającą się intensywność spojrzenia Anthony'ego Harrisona. A zupełnie nie była w stanie odgadnąć, że dopasowywał pewne kluczowe informacje na jej temat do pewnych kluczowych faktów z własnego porannego snu.

— Zatem — podsumowała — zobaczę się z Mirandą Simmonds, dyrektorem do spraw marketingu z VC, jutro i po tym spotkaniu będę mogła podzielić się swoją wiedzą z zespołem kreatywnym. Dziewiąta rano, środa, powiedzmy?

— Obawiam się, że na dziewiątą nie damy rady — powiedział Tom. — Mamy spotkanie z Happy Kids.

— Po południu?

— Plastry ze słoniem.

Vanessa westchnęła. Niedługo trzeba będzie im przykręcić śrubę.

— A co powiesz na piątą trzydzieści? — zapytał Tom. — W ten sposób nie stracimy kolejnego dnia, a mnie ominie kąpiel bliźniaków, więc wszyscy będą zachwyceni.

Vanessa zmusiła się do uśmiechu.

— A potem możemy skoczyć na szybkiego drinka, żeby to uczcić — dodał Anthony.

Vanessa nie miała siły, żeby się sprzeczać. Zrobiła notatkę, by powiedzieć Jo o konieczności odebrania Cassie ze środowej próby chóru.

Po spotkaniu Anthony złapał ją w korytarzu.

— Nie mogę się doczekać, aż podzielisz się ze mną wiedzą. — Przepchnął się obok, tak że niemal otarli się biodrami.

— Och. Nie mogę się doczekać, żeby się nią z tobą dzielić. To znaczy...

— Wspaniale.

Jo energicznie prasowała, nucąc pod nosem, podczas gdy Josh czytał notatki. Nogę oparł na kuchennym stole, kot ocierał

164

mu się o stopę. Kiedy zadzwoniła jej komórka, Jo poszła do sypialni, żeby odebrać.

— Tu cię mam! — zawołała Sheila. — Myślałam, że cię zjedli!

— Sheila! — wrzasnęła Jo, wracając do kuchni. — O mój Boże, jak się masz?

— Jak człowiek zapomniany, ty stara małpo.

— Boże, przepraszam. Po prostu byłam bardzo zajęta.

— Najwyraźniej. Za bardzo zajęta, żeby do mnie zadzwonić. — Pod beztroskim tonem Jo wyczuła stalową szpilę.

— Przepraszam, Shee.

— No, więc! — Sheila wciąż epatowała pogodą. — Słyszę, że masz teraz nową przyjaciółkę.

— Co? — Jo przytrzymała telefon ramieniem, żeby wrócić do prasowania.

— Shaun mi powiedział. Jakąś laseczkę imieniem Pippa. Czy to znaczy, że będziesz dzwonić jeszcze rzadziej?

Jo przestała prasować.

— Shee, proszę cię. Nie utrudniaj wszystkiego. Nie było mi łatwo. Ja...

Przerwał jej dzwonek do drzwi. Zerknęła na Josha. Podniósł wzrok i zaczął zdejmować nogę z kuchennego stołu. Kiedy usiłował ukryć grymas bólu, Jo pokazała, żeby przestał się męczyć.

— Shee — powiedziała — muszę lecieć. Ktoś przyszedł.

— Jasne — stwierdziła Sheila. — Pa.

I już jej nie było.

— Przepraszam — odezwał się Josh. — Ta cholerna noga.

Dzwonek rozległ się ponownie i Jo pognała do drzwi. Otworzyła Agnicie, uśmiechniętej polskiej *au pair*, która pracowała w pobliżu i przychodziła do Fitzgeraldów dwa razy w tygodniu poprasować to, co nie należało do dzieci. Jo była przekonana, że Agnita nie nosi majtek, i dziś, kiedy szła za nią korytarzem, stało się to oczywiste, bo ubrała się w dopasowane białe legginsy. Jo zorientowała się, że nie może oderwać oczu od zdumiewająco kształtnej, okrągłej pupy, i zbeształa się w duchu za to, że cieszy ją fakt, iż Agnita ma twarz o układzie kostnym przywodzącym na myśl odkrywkę archeologiczną.

Rzuciła okiem na zegar i zorientowała się, że zostało jej dziesięć minut wolnego do odebrania Tallulah. Wyobraziła sobie, co w takiej sytuacji zrobiłaby Pippa. Poszła do siebie i wybrała numer Sheili. Cholera. Zajęty. Zostawiła wiadomość z wyjaśnieniem, że ogromnie jej przykro, ale nie mogła rozmawiać i ma jej masę do opowiedzenia. Potem spróbowała złapać Shauna. Cholera. Też zajęte. Zostawiła wiadomość, że nie może się doczekać jego wizyty. Potem przeszła się po pokoju i wróciła do kuchni. Nie była zaskoczona, widząc palce Josha zawieszone nad klawiaturą, a oczy wpatrzone w pupę Agnity.

— Zajęty? — zapytała złośliwie, pilnując, żeby zobaczył jej uśmiech.

Wyszczerzył zęby.

— O tak.

Nieświadoma niczego Agnita uśmiechnęła się mile do Jo, która odpowiedziała jej niezwykle szerokim uśmiechem.

— No, dobra — oznajmiła obojgu. — Wychodzę odebrać Tallulah. — Odwróciła się do Josha. — Nie rób niczego, czego ja bym nie zrobiła.

Agnita ponownie się uśmiechnęła, a Josh za jej plecami zrobił ostentacyjnie zniechęconą minę. Jo zatrzasnęła frontowe drzwi, zastanawiając się, jak brzmi definicja flirtu.

Na odgłos trzaśnięcia Josh ciężko westchnął. Z pewnym wysiłkiem zdjął nogę z kuchennego stołu i pokuśtykał do ogrodu na tyłach domu, gdzie usadowił się na ławce. Po chwili wyjął komórkę i wybrał numer do sklepu ojca.

— Halo?

— To ja, tato.

— Jak się czujesz?

Josh zastanowił się przez chwilę.

— Jak impotent. A ty?

— Zrezygnowany.

— Nie mów tak. Zaryzykowałeś i się nie udało. I tak spróbuję ci pomóc.

— Jak?

— Zostaw to mnie.

Dick westchnął.

— Nie mogę uwierzyć, że się w coś takiego wpakowałem.

— Tato, przestań się zadręczać.

Nastąpiła pauza.

— Wszystko byłoby w porządku — powiedział Josh — gdyby nie ten pierdolnik tamtej nocy.

— Dlaczego nie mogłeś po prostu użyć klucza? — zapytał Dick.

— Zapomniałem. A ktoś zapomniał mnie uprzedzić, że niania mieszka za kuchnią, prawda? Myślałem, że mnie zatłuką na śmierć.

— A gdzie twoim zdaniem mieszkają nianie?

— Nie wiem! Pod schodami? Nie miewamy niań w kawalerskich mieszkankach. Zresztą szkoda.

Dick znowu westchnął.

— A potem — ciągnął Josh — przychodzi Vanessa i daje jej podwyżkę! Nie zrozum mnie źle, nie chcę, żeby dziewczyna głodowała, ale...

— Wiem. Sytuacja nie jest idealna, Josh, i bardzo mi przykro. Po wszystkim, co...

— Boże, tato, nie, przepraszam. Ja tylko... chciałem pomóc. Znowu narozrabiałem.

— Josh, pomagasz samą swoją obecnością.

Josh milczał.

— Synu, nie jesteś odpowiedzialny za moje... za to.

Dalsze milczenie.

— Lepiej będę kończył — stwierdził Dick. — Na razie, synu.

W sklepie z płytami Dick odłożył słuchawkę, chwycił kurtkę i trzeci raz tego ranka zamknął za sobą drzwi. Josh ze złością wytarł oczy rękawem, pokuśtykał do kuchni i wrócił do pracy.

12

Była środa, pora podwieczorku, i Jo zaprosiła Pippę z Georgianą, żeby przyszły się pobawić. Dołączył do nich Sebastian James, ponieważ jego mama pojechała na ćwiczenia Pilatesa o kluczowym znaczeniu. Zak z pełnym poświęceniem rysował portret Jo, która, aby sprawić mu przyjemność, włożyła kostium kota składający się z biało-czarnego futrzanego kociego kapelusza z kocimi uszami, kocich mitenek i dumnego biało-czarnego ogona. Przy herbacie i czekoladowych ciastkach od M&S Zak uzupełniał rysunek Jo jako kobiety-kota, Jo wiedzę Pippy na temat wizyty Shauna, a Sebastian James zawartość swojej pieluszki.

— Dokąd mam zabrać Shauna? — chciała wiedzieć Jo. — Zapytałabym Gerry'ego, ale chyba nie wypada.

— Ooch. Jednak lubisz Gerry'ego?

— Nie. — Jo zmarszczyła brwi. — Nie w ten sposób.

— Dlaczego podtrzymujesz jego zainteresowanie?

— Dla ciebie! Może ma jakiegoś przyjaciela.

— Uhm.

— Och, Boże. Pogubiłam się.

— Dlaczego?

Jo spojrzała na Zaka.

— No wiesz... — Zak nawet nie podniósł wzroku. Kolorował koci ogon Jo.

Pippa bezgłośnie poruszyła ustami, mówiąc „Josh" i Jo skinęła głową.

— Już mu powiedziałaś?

Jo zaprzeczyła, a Pippa zacmokała, po czym zanurzyła swoje ciastko w herbacie i zjadła je ze smakiem.

— Jak tam idzie rysowanie kobiety-kota? — zapytała Jo Zaka.

Chłopiec nie spuszczał wzroku ze swojego rysunku.

— Dobrze.

— Pippa — zwróciła się do przyjaciółki Jo — albo Sebastiana Jamesa trzeba przewinąć, albo ty masz poważny problem.

— Wiem — westchnęła Pippa. — Sprawdzałam, jak długo da się wytrzymać.

— No, cóż, zaczekaj jeszcze dziesięć minut i zwymiotuję.

Pippa zerknęła na zegarek.

— Okej.

Pięć minut później rysunek był skończony i podczas gdy Pippa zmieniała pieluszkę Sebastianowi Jamesowi, Zak urządził dla Jo ceremonię prezentacji dzieła. Uszy miała dość spore, jedną rękę dłuższą od drugiej i tylko jedną nogę, ale poza tym dało się zauważyć niekłamane podobieństwo, szczególnie jeśli chodzi o pełen animuszu ogon, który wydawał się opierać prawom grawitacji.

— Fantastyczne, Zak! — wykrzyknęła. — Coś takiego! Mam ogon!

— Oczywiście, że masz ogon — powiedział Zak. — Jesteś kobietą-kotem. Mogę teraz dostać dropsy?

— Nie przed kolacją.

Zadzwoniła matka Sama, jednego z najlepszych przyjaciół Zaka.

— O nic go nie oskarżam — powiedziała znużonym głosem. — Chodzi tylko oto, że Sam nie może nigdzie znaleźć swojego żółwia i szaleje.

— Oczywiście zapytam — stwierdziła Jo. — Zaraz potem zatelefonuję i panią zawiadomię.

Rozłączyła się i usiadła obok Zaka, zgrabnie zamiatając ogonem.

— Zak — powiedziała.

— Uhm.

— To była mamusia Sama.

Zak ucichł.

— Sam jest bardzo zdenerwowany.

— Uhm?

— Bo myśli, że zgubił swojego zabawkowego żółwia.

Zak wzruszył ramionami.

— Chcesz pójść na górę i dobrze się rozejrzeć, żeby sprawdzić, czy przez przypadek nie przyniosłeś go do domu?

Obserwowała reakcję Zaka.

Przez kilka sekund jego ciało zdawało się toczyć wewnętrzną walkę, ale w końcu część, która wiedziała, że nie ma sensu się kłócić, ciężkim krokiem weszła na schody, wściekła, że ta druga część nie okazała się silniejsza.

— NIE MOGĘ GO ZNALEŹĆ! — zawołał, zanim jeszcze dotarł do swojego pokoju.

Jo skorzystała z dobrodziejstwa braku niepodważalnych dowodów.

— CHCESZ, ŻEBYM PRZYSZŁA NA GÓRĘ I POMOGŁA CI SZUKAĆ?

— ZNALAZŁEM! — krzyknął.

Jo skrzyżowała ramiona.

Zak zszedł na dół i zaprezentował jej maleńkiego plastikowego żółwika. Głęboki rumieniec zalał mu policzki i nie mógł spojrzeć Jo w oczy.

— Nie jestem zadowolona — stwierdziła niewzruszona kobieta-kot.

— Po prostu go znalazłem.

— Nie kłam — powiedziała Jo stanowczo. — Jeżeli czegoś nie mogę znieść, to kłamstwa.

Zak poczuł się zaskakująco paskudnie.

— Mam zamiar zadzwonić do mamusi Sama — oznajmiła.

— To był wypadek!

Kiedy telefon został wykonany, weszła na górę i znalazła Zaka siedzącego na łóżku.

— To był wypadek! — powtórzył, chociaż z mniejszym przekonaniem.

Jo usiadła obok, zamiatając dziarsko ogonem.

— Jak byś się czuł, gdyby Sam tu przyszedł i zabrał do domu twojego cyberpsa?

Zak zaczął postukiwać stopą i wciągnął powietrze jak ryba wyrzucona na brzeg, bezużyteczne działania zastępcze, mające powstrzymać napływające łzy.

— To był wypadek — wyszeptał, ale łzy go zdradziły.

— Ukradłeś coś, a potem skłamałeś — powiedziała ze smutkiem Jo.

Gdy wyszła z pokoju, Zak rzucił się twarzą w poduszkę.

Po zmianie pieluszki Sebastiana Jamesa Pippa pomogła Jo ustalić listę najlepszych londyńskich klubów, winiarni i restauracji, do których mogłaby zaprosić Shauna, żeby w weekend było odpowiednio odlotowo.

— Bo coś mi nie wygląda, żeby istniały szanse na loty innego rodzaju — powiedziała do Jo.

Weszła Tallulah.

— Muszę zrobić kupkę — oznajmiła z głębokim przekonaniem.

Kiedy odezwał się dzwonek, Jo wykrzywiła się do Pippy.

— To pewnie Josh wrócił z spaceru i znowu zapomniał klucza. Nie masz nic przeciw temu, żeby otworzyć, prawda? Tallulah i ja mamy wcześniejsze zobowiązania.

— Oczywiście, że nie — odparła Pippa. — Nie mogę się doczekać, kiedy zobaczę sławnego Joshuę Fitzgeralda.

Pippa poszła otworzyć drzwi, trzymając Sebastiana Jamesa w jego samochodowym foteliku opartym o biodro. Słońce oświetliło jej blond włosy, ujawniając orzechowe ciapki w oczach, gdy szeroko uśmiechnęła się do dwóch wysokich mężczyzn w garniturach, którzy stali w drzwiach.

Nick i Gerry przyjrzeli się jej z wielkim zadowoleniem i dzięki wieloletniemu doświadczeniu w pracy śledczej, pamiętali, żeby się nie ślinić.

— Cześć! — powiedziała Pippa do Nicka.

— Cześć! — odpowiedzieli Nick i Gerry.

Wszyscy radośnie szczerzyli do siebie zęby. Sprawy toczyły się gładko.

— W czym mogę pomóc? — zapytała Pippa.

— Wpadliśmy zobaczyć się z Jo — stwierdził Gerry.

— On wpadł — wyjaśnił Nick. — Ja tylko chciałem się przejechać.

Pippa i Nick wymienili uśmiechy.

— Cóż — odezwała się Pippa najbardziej kusząco, jak potrafiła — Jo właśnie wyciera pupę Tallulah, może chcielibyście wejść?

— Jak moglibyśmy odmówić? — odparł Nick i mężczyźni weszli do domu.

Kiedy Jo i Tallulah jakiś czas później weszły do kuchni, zobaczyły intrygującą scenę. Jeden funkcjonariusz wydziału dochodzeniowego przy kuchennym stole czytał „Jak bardzo cię kocham?" Sebastianowi Jamesowi, podczas gdy drugi, siedząc w fotelu w oranżerii z Georgianą na kolanach, czytał „Co będzie dalej?".

Nick i Gerry także stali się świadkami intrygującej sceny. Długonoga Jo stała przed nimi w futrzanym kocim kapeluszu ze szpiczastymi uszami, mitenkach i z falującym ogonem. Słońce, które tak przysłużyło się włosom Pippy, sprawiało, że ciemnoniebieskie oczy Jo wyglądały szczególnie kocio.

— Halo, halo — przywitał się Nick. — Wygląda na to, że znaleźliśmy naszego zręcznego jak kot włamywacza.

— Myślisz, że powinniśmy zabrać ją na przesłuchanie? — zasugerował Gerry.

— Przyprowadziłeś swojego przyjaciela od psiej kupy. — Jo się roześmiała.

— No, cóż, właściwie... — zaczął Nick, zerkając na Pippę, która uśmiechnęła się do niego szeroko.

— Czytali dzieciom — powiedziała. — Wygląda na to, że robotę mamy z głowy!

Tallulah, która musiała się jeszcze wiele nauczyć na temat złożonych metod stosowanych w kobiecych strategiach podboju, pobiegła do najbliższego mężczyzny w pomieszczeniu.

— Zrobiłam kupkę! — zawołała.

— Naprawdę? — zapytał Gerry. — Wujek Nicolas to lubi.

Tallulah posłusznie zwróciła się do Nicka.

— Zrobiłam kupkę! — oznajmiła.

— Dobra robota! — stwierdził szczerze. Prawda była taka, że nieodmiennie robiło to na nim wrażenie. Chłopcy na posterunku by zrozumieli. („Właśnie postawiłem siedmiofuntowego klocka...". „To nic, stary, w zeszły wtorek musieli mi założyć szwy...". „A gówno tam. Dopóki któremuś z was nie poleci krew z nosa, i tak ja jestem królem gówna" itd.).

— Nie była taka miękka jak wczoraj — ciągnęła Tallulah.

— Naprawdę? — zapytał Nick. — Znakomicie.

Potem przepraszająco spojrzał na Jo.

— Zeszła z kołdry?

Tallulah wybuchnęła śmiechem.

— Nie zrobiłam kupki na kołdrę, głuptasie! — zachichotała. — On się wygłupia! — poinformowała Jo.

— Tak, dzięki. — Jo uśmiechnęła się do Nicka. — Po pierwszym praniu.

— Niech no tylko dorwę tego psa w ciemnej ulicy — oznajmił Nick. — Będzie srał bokiem przez miesiąc.

— Ooch — zatrzepotała rzęsami Pippa — seksowne.

Tallulah tak chichotała, że o mało się nie przewróciła. Śmiech chwycił ją znienacka i wymknął się jej wyraźny odgłosik.

— Puściłam BĄKA! — wykrzyknęła radośnie.

— Dobra robota! — pogratulowali jej Nick i Gerry, naprawdę pod wrażeniem. Wreszcie kobieta, z którą mogli pogadać.

— Powiem ci, co możesz zrobić, żeby się zrehabilitować — droczyła się Jo.

— Kolację dla dwojga? — zapytał Gerry.

— Nie. Możesz pokazać grzecznemu sześcioletniemu chłopcu swoją odznakę.

— Nie zrobiłam kupki na kołdrę, głuptasie! — powtórzyła Tallulah, wspinając się na kolana najbliżej siedzącego mężczyzny. Ale on wyglądał na znacznie bardziej zainteresowanego widokiem Jo oddalającej się w rytm podskoków kociego ogona przy pupie jak u J-Lo.

Podczas gdy Jo szła na górę, żeby przekazać Zakowi ekscytujące wieści, Pippa, Tallulah i Georgiana przygotowały panom po filiżance herbaty. Pozostawieni sami w pokoju dwaj policjanci wymienili znaczące spojrzenia.

— Wolałbym pokazać jej raczej coś innego niż moją odznakę, Nicholasie, jeżeli rozumiesz, co mam na myśli — wyszeptał Gerry.

— Ćśś — powiedział Nick, zakrywając uszy Sebastianowi Jamesowi. — Nie przy dzieciach, Gerrardzie.

— Wybacz Nicholasie. Nie pomyślałem.

Jo zajrzała do pokoju Zaka.

— Zak — wyszeptała.

Chłopiec siedział na brzegu łóżka z lekko pochyloną głową, skrzyżowanymi stopami i szeroko otwartymi oczyma przyglądał się Buffy, która właśnie miała solidnie dołożyć jakiemuś wampirowi. Wcisnął przycisk pauzy i wskazał na ekran.

— Zobacz! — powiedział. — Zaraz go walnie!

— Ooo! Cudownie! Mam dla ciebie niespodziankę.

Oczy Zaka zrobiły się dwa razy większe.

— Jaką?

— Zgadnij, kto jest na dole!

— Kto?

— Spodoba ci się — powiedziała.

— Batman?

— Nie.

— Spiderman?

— Nie.

— Yoda!

— To może trochę potrwać.

— Tatuś?

Jo uznała, że lepiej mu powie, zanim dojdzie do zbyt gorzkiego rozczarowania.

— Dwóch prawdziwych, żywych policjantów.

Zak łapczywie chwycił powietrze, przerażony, buzia zrobiła mu się fioletowa.

— To był wypadek! — wrzasnął, cofając się pod ścianę. — NIE PÓJDĘ DO WIĘZIENIA!

Jo zdała sobie sprawę z własnego błędu, ale najpierw Zak przekroczył barierę przerażenia i musiał wrócić do równowagi. Tego popołudnia dostał dropsy wyjątkowo wcześnie.

Podczas popołudnia z Nickiem i Gerrym Jo, wspomagana przez Pippę, kilka razy wspomniała o Shaunie i miała pewność, że Gerry bez zakłóceń odebrał i zrozumiał wiadomość. Wyglądało na to, że zniósł to bardzo dobrze, gdy więc panowie zaprosili ją i Pippę na podwójną randkę do kina w następną sobotę, w weekend po wizycie Shauna, nabrała pewności, że to propozycja bez podtekstu.

Niestety, Josh wrócił do domu z powolnej przechadzki po parku Waterlow, służącej wzmacnianiu kostki, zanim panowie wyszli. Pippy już nie było, a Jo nie zdążyła zdjąć przebrania.

Gdy wszedł do kuchni, wyciągała się w górę, przy użyciu taśmy mocując przedstawiający ją rysunek Zaka na górnej części drzwi lodówki. Wyczuła zmianę atmosfery i obróciła się na pięcie, a ogon podskoczył za nią. Josh stał w drzwiach, patrząc na Nicka i Gerry'ego. Potem odwrócił się do niej, zamarł, jakby wyrwany z zamyślenia, i zamrugał oczami. Stała wyciągnięta, a on powoli chłonął widok. Jej ręka wystrzeliła w stronę wygiętego ogona i spoczęła na nim obronnym gestem, podczas gdy oczy Josha przesuwały się po czarno-białym futrzanym kapeluszu i frywolnych uszach, a potem ześlizgnęły się w dół. Usiłowała się uśmiechnąć, a zaraz potem próbowała ukryć uśmiech. W końcu ponownie spojrzał jej w oczy.

Panowała cisza.

Josh uniósł brwi.

— Gliny dały ci ogon? — cicho wyraził zdziwienie.

Gerry roześmiał się i atmosfera w kuchni jakby zelżała.

— Święta racja, stary.

— Cześć — powiedział Josh z udawaną wesołością. — Panowie Niezależny i Psie Gówno. Znowu?

— Na to wygląda — odparł Gerry równie pogodnie.

Josh zerknął na Jo, a potem zwrócił się do Gerry'ego.

— Bawcie się dobrze.

Z tymi słowami wyszedł do salonu.

Jo wzniosła oczy do nieba i przy okazji wpadł jej w oko zegar. Z przestrachem zdała sobie sprawę, że spóźniła się z odebraniem Cassandry z próby chóru. W pięć minut policjanci, Tallulah i Zak znaleźli się na dworze. Jechała jak wariatka, żeby zastać małą dziewczynkę siedzącą żałośnie na szkolnym murku. Nawet widok Jo z kocimi uszami nie poprawił jej humoru.

Cassandra była zadowolona, że Jo się spóźnia. Trzęsła się ze zdenerwowania. Nie mogła uwierzyć w to, co ją spotkało, i byłaby skłonna pójść na każdy układ z Bogiem, żeby tylko cofnąć czas. Asha Murray była w jeszcze gorszym stanie.

— Wyrzucą nas. — Drżała na chwilę przed tym, zanim przyjechała po nią mama.

— Wcale nie — zaprzeczyła Cassandra. — Chyba nikomu nie powie. Powiedziała, że to musi być sekret.

— To znaczy kłamstwo — orzekła Asha i zaczęła płakać.

Kiedy Cassandra została sama, siedziała w milczeniu ze zmarszczonymi brwiami. Wciąż wracała w myślach do tego, co się stało, jakby chciała odkryć moment, w którym ich życie zmieniło się na zawsze.

Dotarły z Ashą na próbę chóru późno i z zaskoczeniem znalazły dwa puste krzesła w pierwszorzędnym miejscu z przodu. Wszyscy w klasie sprawiali wrażenie, jakby nie widzieli tych wolnych krzeseł, radośnie zajmując miejsca dookoła. Asha nie chciała przechodzić przed całą klasą, ale Cassandra nalegała i trzymając ją za rękę, poprowadziła do centralnie ustawionych miejsc. Gdy usiadły, zdały sobie sprawę, że za nimi nadeszły Arabella i Maisy i teraz stały obok. W klasie zapadła cisza.

— Ale to są nasze krzesła! — zawołała Maisy, jedno wielkie niewinne zdziwienie. — Ukradły nasze krzesła, chociaż zostawiłyśmy przy nich rzeczy.

Twarz Arabelli przybrała męczeński wyraz, gdy powiedziała:

— Nieważne, pójdziemy usiąść do tyłu.

Cassandra otworzyła usta, żeby zaprotestować, ale Arabella i Maisy już się odwróciły i odeszły, żeby wcisnąć się w ławkę z tyłu. To była pułapka — Cassandra zrozumiała teraz, że wszystkie koleżanki siedzące dookoła tych miejsc wiedziały o tym — a ona i Asha wpadły w sam jej środek.

Ani Cassandra, ani Asha nie były w stanie porządnie śpiewać, myśląc o tym, co dzieje się z tyłu, gdzie zasłaniając usta rękoma, ze wzrokiem utkwionym w ich plecach, Arabella i Maisy szeptały do koleżanek siedzących po bokach. Potem te koleżanki szeptały do koleżanek siedzących po bokach, aż szeptanie objęło całą klasę. Cassandra i Asha patrzyły, jak kłamstwo głuchego telefonu zmienia się w prawdę.

Cassandra myślała, że nie da rady wysiedzieć spokojnie przez całe czterdzieści minut. Obok słyszała cichutkie pojękiwania Ashy, przez co czuła się jeszcze gorzej.

Po próbie przepchnęła się obok nich cała klasa, bo wszystkie dziewczynki wyprzedziły je w drodze do drzwi, by w ten sposób ukarać za popełniony występek. Zostały w sali same, Asha płakała. Cassandra posadziła ją i usiłowała uspokoić. Potem coś usłyszała i się odwróciła.

Arabella i Maisy wróciły. Stały przy pianinie, zbierając swoje pozostawione tam rzeczy.

— Chodź — powiedziała Arabella do Maisy — idziemy.

— O nie, nie idziecie. — Cassandra zerwała się na równe nogi.

— A czemu? Co chcesz zrobić? — zapytała Arabella. — Wypłakać się mamusi?

— Nie — odparła Cassandra, chociaż taka myśl przyszła jej do głowy.

— Chodź — odezwała się Maisy — idziemy.

Cassandra i Arabella stały twarzą w twarz, głowa przy głowie, ramiona spięte, palce zwinięte, a słońce rzucało popołudniowe cienie na pusty teren zabaw.

— Nie! — rzuciła Arabella półgłosem, hardo wpatrując się w Cassandrę. — Myśli, że jest taka sprytna, panna Cassandra Fitzgerald, ale ja wiem, jaka jest naprawdę. Moja mama jest w radzie rodziców i Cassandra Fitzgerald jest na liście trudnych dzieci.

Cassandra oniemiała. Krew zastygła jej w żyłach.

— Naprawdę? — Maisy gwałtownie wciągnęła powietrze.

— To o-okropne powiedzieć o kimś coś takiego! — krzyknęła Asha, dysząc tak gwałtownie, że zaczynały jej parować okulary.

Nastała długa cisza. A potem Cassandra ją przerwała.

Z wojowniczym okrzykiem zaatakowała Arabellę, uderzając ją pięścią w twarz.

Oszołomiona Arabella upadła na plecy na podłogę i zanim Cassandra zorientowała się, co robi, już była na niej, ciągnąc za włosy, kopiąc, drapiąc i gryząc, gdzie się dało. Ku ogólnemu zdziwieniu Asha całym swoim wątłym ciałkiem rzuciła się na Maisy i ta dwójka także znalazła się na podłodze.

Cassandra nie wiedziała, jak się to skończyło. Wiedziała tylko, że po jakimś czasie wszystkie siedziały na podłodze, szlochając.

— Poskarżę na ciebie mojej mamie — płaczliwie oznajmiła Arabella. — Wyrzucą cię!

Gniew dodał Cassandrze sił.

— Mam dwóch świadków, którzy słyszeli, co powiedziałaś, żeby mnie do tego doprowadzić.

Maisy zwiesiła głowę. Arabella zwróciła się do Ashy.

— Ash? Pamiętasz, kiedy byłyśmy przyjaciółkami? Gdybyśmy znów były przyjaciółkami, byłabyś naprawdę popularna.

Asha zwiesiła głowę.

— Jeżeli powiesz swojej mamie — zagroziła Arabelli Cassandra — to ja powiem pani, co powiedziałaś.

— A jak ty powiesz swojej mamie — wydyszała Arabella — to ja im powiem, że mnie zaatakowałaś jak... jak wilk!

— Jak wilk? — Cassandra roześmiała się i przez jedną surrealistyczną chwilę wszystkie razem chichotały, coś w rodzaju zawieszenia broni z okazji Gwiazdki. Potem chichoty umilkły.

W tej przerwie Cassandra zastanowiła się nad tym, co powiedziała Arabella. Nigdy wcześniej nie miała przed mamą tajemnic. Ale nie było wyboru. Zwróciła się do pozostałych. Miały do stracenia mniej niż ona i Arabella, więc stanowiły większe zagrożenie.

— Wy dwie też — stwierdziła stanowczo. — To musi być nasz sekret.

Uroczyście pokiwały głowami, wycierając nosy w szkolne fartuszki.

— To musi być nasz wspólny sekret — oznajmiła Cassandra. — Nikt nie może wiedzieć, co tu się stało. Bo inaczej — odwróciła się do Arabelli — wszyscy w końcu dowiedzą się prawdy o tobie.

Arabella spojrzała wyniośle, zebrała swoje rzeczy i wstała.

— A co do ciebie — oświadczyła — to nie koniec. Cassandro. Wzięła za rękę Maisy i z wysoko podniesioną głową wyprowadziła ją na zewnątrz, zostawiając Ashę i Cassandrę same w ciemnej sali.

Podczas gdy życie Cassandry zmieniło się raz na zawsze, w życiu jej mamy szykowała się analogiczna zmiana.

— No, dobrze, zaczynajmy — oznajmiła Vanessa Anthony'emu i Tomowi, zakładając jedną nogę na drugą.

Anthony cicho odkaszlnął, zasłaniając twarz dłonią.

— Spędziłam fascynujący poranek z VC i oto, czego chcą — zaczęła. — Chcą, żeby to było szybkie, chcą, żeby to było zabawne, chcą, żeby było przyjazne.

— Dobra — stwierdził Tom, wstając. — Bierzemy się do tego.

— Nie skończyłam.

— Ciekawe, skąd wiedziałem? — Ponownie usiadł.

— Chcą radosnego, porządnie ostrzyżonego, gładko ogolonego, prowadzącego porządne życie, białego, heteroseksualnego, szczęśliwego, kochającego rodzinę, głosującego na nową Partię Pracy, ale nieco cynicznego, najlepiej z niebieskimi oczyma.

— Tak jest.

— Kluczowa myśl to: „Przenosi cię w inny świat".

Tom i Anthony zapisali wszystkie te informacje.

— Jaki kolor bielizny by im odpowiadał? — zapytał Tom. Vanessa westchnęła.

— VC to faszyści. Ja nie przepraszam, tylko po prostu wam to mówię.

— Mieliśmy nadzieję wykorzystać w reklamie karła — odezwał się Tom, żeby coś powiedzieć.

Vanessa się uśmiechnęła.

— Ja miałam nadzieję na urlop przed latem — odparła. — Życie nie pieści.

Anthony się roześmiał.

— Wygląda na to, że ich dyrektorka do spraw marketingu to największa krowa na świecie — ciągnęła. — Przysięgam, ci ludzie mają co tydzień szkolenia „Jak być bydlakiem". Po prostu nie ma sensu z tym walczyć.

Anthony skinął głową. Rzeczywiście nie było sensu. Nie spuszczał wzroku z Vanessy.

— Czy próbowałaś kiedykolwiek coś stworzyć, Vanesso? — zapytał cicho Tom.

— Troje dzieci, szczęśliwe życie rodzinne i karierę zawodową — odparła Vanessa. — Poza tym niewiele.

— Tak naprawdę coś stworzyć — powtórzył Tom. — Coś na podstawie wytycznej, wysnuć magię z listy wymagań? Coś wyjątkowego, zapadającego w pamięć, inteligentnego, oryginalnego, z niczego oprócz własnych pomysłów... własnej wyobraźni... własnych, no, bebechów.

Vanessa zmierzyła go wzrokiem.

— Oo! Słyszycie! — zawołała nagle. Tom i Anthony nadstawili ucha. Panowała cisza.

— Co? — wyszeptał Anthony.

— Dzwonek ostrzegawczy — odparła Vanessa z krzywym uśmiechem. — Cholernie donośny.

Tom głośno westchnął.

— Nie, Tom — powiedziała. — Tego rodzaju kreatywność to twoja praca. Moja polega na tym, żeby wcisnąć twój gigantyczny talent w ograniczony umysł dyrektora do spraw marketingu.

Tom poszerzył własne horyzonty.

— Ciężka robota — wyszczerzył zęby w uśmiechu — ale ktoś to musi robić.

Wszyscy wymienili uśmiechy. Rany, pomyślał Anthony. Trójka dzieci i wciąż ma takie ciało.

Po spotkaniu ociągał się, grzebiąc w papierach, gdy Vanessa pakowała swoje notatki. Gdy wyszła, przyłączył się do niej.

— Idziesz na szybkiego drinka? — zapytał. — Tylko na dół.

— Powinnam wracać do domu. Mam męża, na którego muszę nawarczeć.

— Daj spokój. — Uśmiechnął się. — Wypracowanie dobrej relacji między nami ma kluczowe znaczenie. Wiem, że Tom umiałby to docenić.

Vanessa się zatrzymała.

— Uważasz, że byłam dla niego trochę za ostra?

Anthony się uśmiechnął i Vanessa przyznała, że jeśli się lubi blondynów, był naprawdę powalający.

— Uważam, że byłoby nie od rzeczy okazać trochę dobrej woli i postawić mu jednego — zdradził Anthony.

Vanessa spojrzała na zegarek. Cassie już była odebrana. A jej karierze nie zaszkodziłoby stworzenie relacji z tymi chłopakami. Gdyby naprawdę ją polubili, rosły szanse, że dobrze by dla niej pracowali, co oznaczało większe prawdopodobieństwo solidnej gwiazdkowej premii dla nich wszystkich. Zrobiłaby to dla swojej rodziny.

— Dobrze. — Uśmiechnęła się. — Tylko na jednego.

Cztery godziny później Tom zebrał się do domu jako pierwszy.

— No, dobra — wybełkotał. — Spadam. Branoc.

Vanessa uśmiechnęła się do niego z rozmarzeniem i pokiwała na do widzenia.

— Jednego na drogę? — zapytał ją Anthony.

— A czemu? Czy droga wymaga, żebym była półprzytomna?

— Ty mi powiedz — odparł cicho.

Vanessa zachichotała i żartobliwie trąciła go w ramię. Wzięła torebkę.

— Naprawdę muszę iść — zdołała powiedzieć. — Mam całą rodzinę do nękania.

— Brzmi cudownie.

Robiąc sporo zamieszania, zebrali swoje rzeczy i przepchnęli się przez zatłoczony bar. Na dworze świeże powietrze otrzeźwiło ich na tyle, żeby nieco oprzytomnieli.

— Jedziesz taksówką? — zapytała Vanessa.

— Nie. A ty dokąd?

— Na północ. Do Highgate. A ty?

— Do Notting Hill. Wsiądę w metro.

Pojawiła się taksówka i Anthony z zadowoleniem zaczekał przy drzwiach, obserwując Vanessę nachylającą się do okna i podającą kierowcy adres. Zanim otworzyła drzwi, zrobił krok w jej stronę. Stali twarzą w twarz. Czuła zmieszany aromat papierosowego dymu i wody po goleniu.

— No, to dobranoc — uśmiechnął się.

— Dobranoc.

Ponownie wymienili uśmiechy.

Zaczęło się to jako zupełnie przyjacielski buziak na dobranoc, może niezupełnie konieczny na służbowym spotkaniu, ale i tak przyjemny. Skończyło się jednak jako coś zupełnie innego. Zanim taksometr wystukał piątkę, Anthony zdążył szczegółowo zapoznać się z większością krągłości Vanessy, które zajmowały jego myśli do późnych godzin nocnych, a Vanessa zmieniła się w kobietę, którą kiedyś była. Było to odkrycie zaskakujące zarówno dla niej, jak i dla niego.

W końcu odsunęli się od siebie, żeby nabrać powietrza. Vanessa oparła się o drzwi taksówki, chwytając oddech. Drżały jej nogi.

— No, to dobranoc — wymamrotała, odwracając się i już nie oglądając.

— Dobranoc — wyszeptał Anthony, cofając się w chłód nocy.

Vanessa, potykając się, ciężko usiadła w taksówce. Usta miała gorące i piekące, w żołądku czysty kwas. Gdy taksówkarz odłożył kanapkę i ruszył, rzuciło ją na oparcie i zaczęła odczuwać solidne mdłości.

Kiedy Vanessa zapaliła światło w kuchni, zastała Jo siedzącą przy stole.

— Och! — Podskoczyła. — Co robisz? Szpiegujesz w ciemnościach?

Jo lekko się uśmiechnęła.

— Josh bierze prysznic. Pomyślałam, że zapewnię mu nieco prywatności.

— Och, Boże — jęknęła Vanessa, robiąc sobie drinka na dobranoc. — Tak mi przykro, że musisz go znosić. To śmieszne, wiem. Bezdomny w Highgate, lat dwadzieścia pięć, mieszka za darmo w domu tatusia. Dick kompletnie nie ma podejścia.

Jo zatkało.

— Nie płaci czynszu?

— Ano tak. Biedny bogaty chłopczyk.

— Nie miałam pojęcia. Nie płaci... zupełnie nic?

— Zupełnie nic.

Jo zabrakło słów. Uświadomiła sobie, jaka była młoda, kiedy zaczęła płacić czynsz rodzicom. Pomyślała, jak ciężko pracował Shaun. A także o wakacjach, których nie miała Sheila, bo za mało pracowała w weekendy. Jakby ktoś przekłuł kolorowy balon z napisem „Josh".

Vanessa podeszła do barku i zmierzyła Jo przeciągłym spojrzeniem.

— Tylko się nie nabierz na sławny urok Josha Fitzgeralda — powiedziała życzliwie. — Dwadzieścia pięć lat, skończone. Oczywiście — dodała, stukając się palcem w nos i rozlewając whisky na podłogę — to wszystko tylko między nami.

— Oczywiście — wyszeptała Jo.

Po łyku whisky Vanessa na nowo się rozzłościła.

— Dick pewnie znowu cały wieczór oglądał telewizję?

Jo usiłowała sobie przypomnieć, co robił Dick.

— Oczywiście, że tak! — Vanessa sama odpowiedziała na własne pytanie. — Ja jedna tu pracuję. Mój mąż troszczy się tylko o własną dobrą zabawę. Ja o to, żeby mu ją umożliwić. A wiesz, co jest najśmieszniejsze?

Jo pokręciła głową, przygotowując się na coś bardzo mało śmiesznego.

— Mój mąż uważa, że ciężko pracuje! — Vanessa podeszła i usiadła przy stole. Pochyliła się. — Mam tak dosyć swojej pracy, że chce mi się rzygać. Nienawidzę tego. W pracy jest dokładnie tak samo jak w domu. W mojej pracy... mojej pracy... ze stanowiskiem i pensją... chodzi o to, żeby wszyscy inni dobrze się bawili i zebrali oklaski.

— O rany.

— I... nie mam ze strony męża żadnego wsparcia. O nie! Ma

mi za złe. Ma mi za złe, że urabiam sobie ręce po łokcie, chcąc utrzymać rodzinę, Trudno uwierzyć, prawda?

Jo skinęła głową.

— Każdą minutę codziennie poświęcam na pracę, utrzymując rodzinę, podczas kiedy Dick robi Bóg jeden wie co. Z tego, co wiem, to pewnie flirtuje z jakąś kobietą, bo pewne jak cholera, że nie sprzedaje żadnych pieprzonych płyt i — stopniowo podnosiła głos — on ma mi to za złe!

— O rany.

— Wiesz, jak powinno się nazywać moje stanowisko?

Jo pokręciła głową.

— Menedżer od gównianej roboty. Bo to robię. Zarządzam całą gównianą robotą. W domu i w pracy. Całą niewidoczną, brudną, niewdzięczną, gównianą robotą. Jestem wieczną sprzątaczką. Każdą minutę dnia spędzam na masowaniu ego rozlicznych geniuszy, pilnując jednocześnie, czy trzymają się terminu, ustaleń i budżetu, uważając, żeby klient się nie zorientował, jak bardzo wszyscy go nienawidzą, i doprowadzając do tego, żeby w efekcie tego wszystkiego powstała trzydziestosekundowa reklama. A potem wracam do domu i robię dokładnie to samo. Tylko bez reklamy na końcu. Moja praca jest z natury niewidzialna. Dostrzega się ją tylko wtedy, kiedy coś pójdzie nie tak. W gruncie rzeczy — podniosła głos — im lepiej wykonuję swoją pracę, tym bardziej staje się niewidoczna. Chodzi o to, że kiedy tryby są dobrze naoliwione, wszyscy zakładają, że oliwienie cholernych trybów musi być łatwe. Prawda? — Teraz krzyczała. — Ale nie jest! Naoliwienie trylernych chobów jest niemożliwe. — Zamilkła, po czym powoli i ostrożnie powiedziała: — Cholernych trybów. — Nastąpiła pauza. — Ja po prostu cholernie dobrze to robię.

W czasie pauzy, która teraz nastąpiła, Vanessa wysączyła drinka i niepewnym krokiem podeszła do zlewu.

— Cholernie dobrze — powtórzyła — za zbyt małe pieniądze i bez śladu oklasków.

Dostawiła swoją szklankę do innych w zlewie.

— O! — zauważyła uprzejmie, wpatrując się w jego wnętrze. — Chyba nie nadążamy z planem zapełniania zmywarki.

— Właśnie miałam ją zapełnić i włączyć, kiedy tylko skończę drinka — powiedziała Jo.

— To dobrze — stwierdziła Vanessa, opierając się o zlew i patrząc na podłogę. — I chyba mogłam też rozlać trochę drinka. — Podniosła wzrok z powrotem na Jo. — Co byśmy zrobiły bez zmywarek, hę? — Puściła oko, kobieta do kobiety, a potem obrzuciła kuchnię spojrzeniem. — Może mogłabyś trochę tu uporządkować, skoro już przy tym jesteśmy. No, dobrze. Lepiej pójdę do łóżka. Jestem zdechła. Niegodziwi nie zaznają spokoju, co?

Jo się uśmiechnęła.

— Mam znowu zgasić światło? — zapytała Vanessa. — Czy będzie ci potrzebne, żeby skończyć?

— Zostaw włączone.

— W porządku. Śpij dobrze.

Jo ziewnęła, przyglądając się swojej szefowej, która szła korytarzem, a potem skręciła, żeby wejść na schody.

Kiedy Jo usłyszała Josha wychodzącego z łazienki, idącego cichutko przez jej sypialnię do siebie i zatrzaskującego za sobą drzwi, wstała i włożyła brudne naczynia Vanessy i Dicka do zmywarki. Vanessa w tym czasie weszła na palcach do pokoju Zaka, uderzając czołem w gigantycznego plastikowego dinozaura wiszącego nad drzwiami, żeby odstraszyć włamywaczy, i ucałowała delikatnie jego buzię. Usiadła na łóżku i przez chwilę popatrzyła, jak śpi. Weszła do pokoju Cassandry i znalazła ją rozpaloną do czerwoności, leżącą na łóżku z głową w nogach. Odsunęła przepocone włosy z twarzy córki i ucałowała ją w niezwykle zarumieniony policzek. Potem usiadła na łóżku i popatrzyła, jak śpi. Wreszcie weszła do pokoju Tallulah, gdzie mała leżała, oddychając głęboko, z drgającymi powiekami. Przyjrzała się, jak śpi. W końcu przekradła się do własnej sypialni. Dick leżał głęboko uśpiony, martwy dla świata.

Spojrzała na niego, po czym odwróciła wzrok. Weszła do łóżka i leżała tam z ciałem wciąż drżącym po nieoczekiwanym pocałunku Anthony'ego. Za każdym razem, kiedy zamykała oczy, chcąc pozwolić, by dobrze znany, wierny Harrison Ford ukoił jej gniew i pomógł zasnąć, zamiast niego pojawiał się Anthony. Odniosła wrażenie, że ma jego obraz wydrukowany na powiekach.

Otworzyła oczy i wpatrzyła się w ciemność. Czemu jej życie nie było proste jak życie reszty rodziny? Leżała rozbudzona przez, jak się wydawało, całe godziny, do świtu przeżywając swój sekret niczym niegrzeczna uczennica.

13

W ten weekend przyjeżdżał Shaun, więc Jo nie mogła spędzić niedzieli z Pippą i dziewczynami. Mieli zaplanowane spotkanie na sobotni wieczór, ale piątkową noc, a także sobotnią i niedzielną, zarezerwowała dla niego i tylko dla niego. Co oznaczało, że musiała to nadrobić w czwartkowy wieczór.

— Cudownie — stwierdziła Rachel. — W czwartki panie wchodzą do klubu za darmo.

— Fantastycznie — powiedziała Pippa. — Teraz musimy jeszcze tylko znaleźć jakieś panie.

Wszystkie parsknęły śmiechem.

Kiedy dotarły do klubu, Pippa dała Jo lekkiego kuksańca.

— I co, Shaun przyjeżdża jutro, hę?

— Tak.

— A Josh już wie o jego istnieniu?

— Nie.

— Mniejsza z tym — oznajmiła Pippa. — Na pewno nawet nie zauważy.

— Uhm. Dzięki.

To był fantastyczny wieczór. Rachel i Gabriella stwierdziły, że ponieważ wejście miały za darmo, muszą wyrównać różnicę za pomocą tequili. Gabriella wyznała, że ma słabość do męża swojej szefowej, uważa, że on do niej też, i nie przestawała podawać im wszystkich paskudnych szczególików, a Pippa opowiedziała szokującą historię o przyjaciółce przyjaciółki, która została przyłapana na noszeniu ciuchów swojej szefowej. Jo ze swej strony dokonywała niemałego wysiłku, usiłując zapomnieć o Shaunie, Joshu i Gerrym, a kiedy jej się nie udało, po prostu się upiła.

Wieczór coraz bardziej się rozkręcał. Właściwie, kiedy Jo znalazła się w domu i w czarnym jak smoła holu przewróciła się o należący do Tallulah trójkołowy, sygnowany przez Barbie rowerek, była to niewątpliwie jedna z najzabawniejszych rzeczy, jakie ją w życiu spotkały. A potem, kiedy usiłowała wstać, ale znów upadła, lądując na kolanie, bo obcas utknął w kółku, pomyślała, że udusi się ze śmiechu.

Dziesięć minut później, wyczerpana, doczołgała się do kuchni. Musiała umyć kolano. Łatwizna. Wspięła się na kuchenny blat, odkręciła kran, oblewając się przy tym, a potem włożyła kolano pod wodę, klęcząc nad zlewem. Czknęła, kiedy długie włosy spadły jej na twarz.

— Cholera — powiedziała. — Nie mogę, cholera, sięgnąć. Nie mogę.

Naprawdę nie mogła sobie zawracać głowy schodzeniem z blatu, więc jedną nogę oparła o zlew, a drugą próbowała do niego włożyć. Dobrze, że miała takie długie nogi i włożyła taką krótką spódnicę. Kiedy kolano zostało już należycie zamoczone, spróbowała wyjąć nogę ze zlewu. Powoli, ale pewnie opuściła nogę, która nie znajdowała się w zlewie, aż stopą dotknęła podłogi. Druga noga leżała teraz pod niewygodnym kątem na blacie.

— O rany, rany. — Westchnęła. — Ktoś się tu wpak... — Czknięcie. — Przepraszam. Ktoś się tu wpak... — Czknięcie. — Przepraszam. Ktoś się tu wpak... — Czknięcie. A potem roześmiała się tak serdecznie, że omal nie spadła.

— Potrzebujesz pomocy? — odezwał się ktoś w ciemnościach.

Wstrząs spowodowany dźwiękiem głosu Josha od strony kuchennego stołu sprawił, że podskoczyła.

— Nie, dzięki — odparła cicho, potem przekręciła nogę i upadła prosto na twarz.

Nastąpiła pauza, podczas której fala upokorzenia zmyła poprzednią histeryczną wesołość. Kiedy pauza się przedłużała, pewne części ciała zaczęły boleć. Miała nadzieję, że wyobraziła sobie głos Josha, i przedłużająca się cisza ją w tym utwierdziła. Dotarł do niej tylko żałosny płacz pijanej kobiety.

— Nic ci nie jest? — zapytał Josh z uśmiechem w głosie, który Jo zdołała wykryć nawet przez mgłę spowijającą jej mózg. — Nie panikuj — powiedział. — Idę. — Usłyszała, jak opuszcza nogę z kuchennego stołu. — Będę przy tobie najdalej za godzinę.

— Au, au, au, au, au, au — wyjaśniła, szlochając teraz w niekontrolowany sposób.

Nie rozumiała, skąd się biorą te łzy, wiedziała tylko, że nie potrafi ich powstrzymać. Nie wiedziała, jak długo tak leżała, zanim Josh ukucnął obok.

— Podniósłbym cię — wyszeptał — ale w tej chwili nie dam rady podnieść nawet łyżeczki.

Jo leżała twarzą do podłogi.

— Przeze mnie jesteś ranny. — Załkała.

— Proszę, nie płacz — błagał Josh. — Jestem facetem. Nie umiem sobie z tym poradzić.

Jo wymamrotała coś niespójnie i najwyraźniej jeszcze bardziej ją to zdenerwowało.

Josh nachylił się niżej, a jej oddech o mało nie zwalił go z nóg.

— Co takiego?

Znów to wymamrotała.

Nachylił się jeszcze bardziej.

— Nie od końca...

— TĘSKNIĘ ZA MAMĄ I TATĄ! — wrzasnęła mu do ucha. Zaczęła szlochać.

— No, chodź — wyszeptał Josh. — Wstajemy, dasz radę. Oprzyj się o mnie.

Przy dużym wysiłku ze strony obojga Jo wstała i oparła się o Josha.

Wzdrygnął się.

— NIE TAK MOCNO.

Jo odskoczyła i już miała stracić równowagę, kiedy Josh chwycił ją w talii. Oboje upadli na blat, ich twarze dzieliło kilka cali, biodra się stykały. Jo czuła na ustach oddech Josha. Zamknęła oczy. Pomieszczenie zawirowało. Uniosła powieki.

— W porządku? — wyszeptał.

— Uhm — mruknęła, rozluźniając się. Pozwoliła, żeby jej ciało opadło w jego stronę i oparła mu głowę na piersi. Teraz wszystko wyglądało lepiej. Nie śmiała się poruszyć. Może mogłaby tak zostać na zawsze. Nie, to było niemożliwe, jutro czekało ją mnóstwo zajęć, a poza tym Shaun przyjeżdżał z wizytą...

Gwałtownie otworzyła oczy. Shaun. Jej chłopak, o którym wciąż jeszcze musiała powiedzieć Joshowi. Sparaliżowało ją. Była niegodziwą, złą osobą i to ją sparaliżowało.

— Jo? — Chrapliwy szept w jej włosy. Ten głos wydawał się płynąć w jej żyłach i zebrała całą siłę woli, żeby się od niego oddalić. Zaschło jej w gardle.

Z rozkosznym przerażeniem poczuła, że ciało Josha poszło za ruchem jej ciała, jego twarz zbliżała się do jej twarzy.

Gwałtownie zaczerpnęła powietrza.

On też gwałtownie zaczerpnął powietrza.

Wpatrywała się w niego w ciemności.

I on się w nią wpatrywał.

Próbowała się odezwać.

Przysunął się.

Wyrwała się gwałtownie, czując podmuch zimnego powietrza.

— Josh? — wyszeptała.

— Tak? — odszepnął.

Poczuła łzy.

— Ja...

— Tak.

— Mam chłopaka.

Josh znieruchomiał.

— Co?

— Shauna. Jutro przyjeżdża, zostaje na noc, jesteśmy razem od sześciu lat, oświadczał się trzy razy, pracuje w przemyśle budowlanym.

Josh się odsunął i omal nie upadła.

— Dobra — powiedział, całe ciepło zniknęło z jego głosu. — Połóżmy cię do łóżka.

Wyprowadził ją z kuchni, ledwie muskając dłońmi.

— Tak mi przykro, powinnam była ci powiedzieć... — Znowu popłynęły jej łzy.

— Nie gadaj głupstw...

— Po prostu nie mogłam znaleźć właściwego momentu...

— Ten był idealny...

— Nienawidzisz mnie. — Próbowała się do niego odwrócić.

— Nie nienawidzę. — Delikatnie, lecz stanowczo odwrócił ją z powrotem.

— Tak, nienawidzisz mnie.

— Wcale nie.

— Wcale tak.

— Zamknij się, Jo.

Piątkowy poranek wstał pogodny i jasny, bez czego Jo znakomicie mogłaby się obejść. Leżała w łóżku, dręcząc się poczuciem winy. Jak mogła tak się upić? Jak mogła być skacowana tego ranka, kiedy ma odebrać Shauna? Jakim cudem ubrała się w nocną koszulę? Nagle sobie przypomniała, co się wydarzyło poprzedniej nocy. Skurczyła się na samo wspomnienie. Zmiana w zachowaniu Josha kompletnie wyprowadziła ją z równowagi. Zastanawiała się, czy dziś będzie normalnie ją traktował. Zaburczało jej w brzuchu. O Boże. Nie była w stanie spojrzeć Joshowi w twarz. I Shaunowi też nie. Chciała umrzeć.

A skoro już o tym mowa, ciało podzielało jej punkt widzenia. Tej nocy w ustach Jo zagnieździło się jakieś zwierzę hodowlane, a sądząc z wrażeń i odgłosów mózg wyciekał jej uszami. Dobre kilka minut trwało, zanim zdała sobie sprawę, że ten dźwięk to w rzeczywistości odgłos prysznica.

Podniosła się z trudem, usiała na brzegu łóżka i spojrzała na budzik. Długa ręka Myszki Miki wskazywała dwunastkę i być może dlatego właśnie tego ranka uznała uśmiech Myszki za szczególnie irytujący. Siedziała tak przez kolejne pięć minut, do chwili, gdy uznała, że będzie zmuszona zapukać do drzwi łazienki.

Zastukała delikatnie. Nic. Spróbowała ponownie. Nic. Kiedy właśnie miała zabębnić, drzwi się otworzyły i stanął w nich Josh z ręcznikiem wokół bioder. Woda ściekała mu z torsu.

Zaskoczona Jo gwałtownie szarpnęła głową do tyłu i z miejsca poczuła jej pulsowanie.

— Tak? — zapytał sztywno, a potem jego spojrzenie powędrowało w stronę jej biustu. — Ładny T-shirt — rzekł sucho. — Kojot był też moim ulubieńcem.

Powoli zerknęła na swoją koszulkę i zmarszczyła brwi. Jej głowa nie powitała z zadowoleniem żadnego z tych działań i powiadomiła ją o tym z całą mocą.

— Muszę wejść pod prysznic — wychrypiała, ostrożnie i z uczuciem unosząc głowę — albo dzieci spóźnią się do szkoły.

Josh szeroko otworzył drzwi, pozwalając, by uderzyły o ścianę.

— Nie będę cię zatrzymywał — powiedział głośno i wyminął ją. Był teraz innym człowiekiem. Po trzaśnięciu drzwi Jo ostrożnie weszła do łazienki. Odkręciła prysznic i zagapiła się w lejącą się wodę, rozmyślając, co takiego mogła pić zeszłego wieczoru, że czuła się do tego stopnia zdruzgotana.

Josh stał w swoim pokoju cały spięty, nasłuchując odgłosów z łazienki. Usiadł na futonie. Potem, bardzo powoli, cal po calu przesunął się, tak że w końcu leżał. Był kompletnie zdechły. Przez całą noc prawie nie zmrużył oka. Nie tyle z powodu fizycznego bólu, który już wystarczająco utrudniał sen, ale dlatego, że wróciły stare niepokoje sprzed okresu dojrzewania. Myślał, że jest silniejszy. Kiedy się miało dystans, wszystko było łatwiejsze. Dotknął czoła ręką, a potem szybko ją zabrał, kiedy tylko dotarła do siniaka między oczami. Przesunął się, zajmując wygodniejszą pozycję.

Jednak na te głębokie, znajome niepokoje nałożył się świeży zestaw nowych obaw. Ilekroć pomyślał o ostatniej nocy, czuł dziwny, mdlący smak zmieszania. Jo okazała się kimś zupełnie odmiennym, niż ośmielił się mieć nadzieję. A potem, kiedy nienawistne myśli rozgościły się w jego głowie, musiał ją pocieszać, bo otworzyła przed nim serce; była przerażona, że jej tata umrze na atak serca, a mama z samotności. A tak, a przy okazji zapomniała nadmienić, że ma chłopaka. Czy mogliby udawać, że całe to flirtowanie i kuszenie, przeciągłe spojrzenia plus namiętny uścisk oraz spojrzenie „chodź do łóżka" nie miały miejsca, ponieważ, tak nawiasem mówiąc, ten chłopak, o którym właśnie wspomniała, przyjeżdża i będzie nocował.

A potem poleciła mu odwrócić się i zaczekać, aż się przebierze, co zajęło kolejne pół godziny, ponieważ z jakiegoś nieznanego powodu kompletnie się zaplątała w koszulkę.

Zanim trafił do łóżka, była trzecia. Gdy już leżał w ciemnościach, sam, bez Jo, wszystko stało się jaśniejsze. Łatwiej było dostrzec brutalną prawdę, kiedy nie upiększały jej te długie, miodowej barwy nogi i morskie oczy.

Po niezbyt dobrze przespanej nocy z przestrachem obudził się o szóstej rano i z miejsca poczuł pieczenie w żołądku. To przejdzie, powiedział sobie. To nieodłączny etap i minie. Za bardzo rozdrażniony, żeby spać, nie miał wyboru, jak tylko przejść przez pokój Jo do łazienki. Ze skrzypnięciem otworzył drzwi między pokojami i wślizgnął się boczkiem. Cisza. Przeszedł na palcach, nie spuszczając z oka śpiącej w łóżku postaci, by mieć pewność, że się nie obudzi i nie zrobi niczego niespodziewanego w rodzaju wezwania sześciu policjantów, którzy by go stłukli na kwaśne jabłko.

Gdy doszedł do łóżka Jo, jego oczy przywykły już do ciemności i kiedy na nią zerknął, stanął w pół kroku.

Długie ciemne włosy miała rozrzucone na poduszce, skórę zarumienioną od snu, usta rozchylone w półuśmiechu, a chociaż wielkie oczy w kształcie migdałów były zamknięte, gęste czarne rzęsy delikatnie trzepotały. Z ust Jo dochodziło lekkie senne posapywanie i zanim się zorientował, już myśl mu umknęła i zaczął się zastanawiać, o czym śni.

Powoli przesunął spojrzenie niżej. Kołdra zawinęła się wokół tych nieskończenie długich nóg i spomiędzy delikatnie unoszących się i opadających piersi mrugnęła do niego, jak to facet do faceta, złośliwa paszcza Wile'a E. Coyote'a.

Ostatni raz spojrzał na tę niewinną twarz i poszedł do łazienki, gdzie wziął prysznic zdecydowanie chłodniejszy niż zwykle.

Zanim Jo wyszła spod prysznica, wysechł, ubrał się i dotarł do kuchni. Były tam wszystkie dzieci oraz ich rodzice. Dick przypochlebiał się Zakowi, żeby ten jadł płatki, Cassie zamiast jeść śniadanie, wiązała sznurowadła Tallulah, podczas gdy Tallulah wywijała nad tym wszystkim swoją różową lśniącą różdżką, a Vanessa bazgrała notatki dla Jo, wydając wszystkim rozkazy. Josh z trudem wpasował się w rolę.

— Dzień dobry wszystkim! — powitał ich. — Kto chce kawy?

— Josh! — ucieszył się Zak. — Pobawisz się ze mną po szkole w Batmana? Możesz być Jokerem.

— ZAK! — wrzasnął Dick. — Siadaj i jedz płatki. Nie zamierzam tego więcej powtarzać.

— Dobra — powiedział Zak. Rodzice bywali czasem tacy głupi.

Josh zaczął szykować kawę, prawie już nie kulał, ale wciąż ruszał się powoli. Gdy wreszcie zjawiła się Jo, zignorował fakt, że była bledsza niż zwykle. Trzymając się za głowę, powoli weszła do kuchni i wylewnie przeprosiła, że tak późno się obudziła. Nikt jej nie odpowiedział, a Vanessa, nie podnosząc głowy, wręczyła jej notatki na dany dzień. Jo z oczyma wbitymi w podłogę na wszystko kiwała głową.

— Och, i mam dziś po południu kolejne zebranie — ciągnęła Vanessa — i nie wiem, kiedy się skończy, więc czy możesz odebrać Cassie z tych dodatkowych zajęć teatralnych? Nie masz żadnych planów, prawda?

Jo zrzedła mina.

— O Boże — powiedziała. — Tak mi przykro, ale nie mogę. Dzisiaj przyjeżdża Shaun, nie pamiętasz? Mówiłam ci w zeszłym tygodniu.

Josh nachylił się nad blatem i zaczął jeść płatki.

— Cholera — mruknęła Vanessa.

— Cholera — powiedziała Tallulah, machając swoją różową lśniącą różdżką nad głową Zaka.

— Naprawdę mi przykro — stwierdziła Jo.

Josh syknął.

— A czemu, kurwa, tak ci przykro? — wymamrotał z ustami pełnymi płatków. — Wolno ci mieć chłopaka.

— Kurwa! — krzyknął Zak, kiedy Tallulah dźgnęła go w oko swoją różową lśniącą różdżką.

— JOSH! — wrzaśli Dick i Vanessa.

— Oj. Przepraszam, chłopaki.

— Jeżeli nie potrafisz używać przy dzieciach cywilizowanego słownictwa, może mógłbyś w ogóle się nie odzywać — pouczyła Vanessa.

— Powiedziałem przepraszam!

— Jestem pewien, że to był wypadek, kochanie — odezwał się Dick. — Mniej więcej jak twoje elokwentne „cholera".

— Cholera!— powtórzyła Tallulah, gdy Zak rzucił jej w twarz płatki.

Josh odwrócił się do Jo.

— Musisz przestać przepraszać za swoje życie osobiste — oznajmił. — Przykro mi, że właśnie ja ci to mówię, ale wszystkich tu gówno to obchodzi.

Wokół Jo trwały poranne hałasy, ale ona przez chwilę niczego nie słyszała.

— Dziękuję, Josh — ostro ucięła Vanessa — ale nie sądzę, żebyśmy potrzebowali twojej pomocy.

— Cóż, czyjejś z pewnością — odciął się Josh. — Albo będziecie mieli dziecko, które czuje się opuszczone, co na dłuższą metę może przynieść paskudne skutki.

— Ja to załatwię — szybko powiedział Dick. — Wrócę do domu wcześnie. Nie ma sprawy. Miło będzie spędzić też trochę czasu z Joshem.

Josh się uśmiechnął.

— No, proszę, wszystko ustalone. Cassie nie będzie się czuła opuszczona, tata i ja spędzimy razem czas, a Jo może robić, co chce, ze swoim cholernym życiem osobistym. Wszyscy zadowoleni.

Jo gwałtownie zamrugała.

— Josh — odezwała się Vanessa. — Spróbuj, proszę, nie używać słowa na „k" przy dzieciach.

— Dlaczego? — zapytała Cassandra. — Nie jest takie niegrzeczne jak słowo na „p". Mimo że tamto odnosi się do naturalnej i pięknej części kobiecego ciała.

Nastąpiła chwila ciszy.

— ZAK! — piskliwie krzyknął Dick. Zak o mało nie spadł z krzesła. — JEDZ PŁATKI! ALBO TATUŚ SIĘ ZEZŁOŚCI!

Kiedy Jo wsiadła do clio, żeby pojechać po Shauna na stację w Highgate, zawahała się i dokonała przeglądu sytuacji. To była jej prywatna przestrzeń w większym stopniu niż pokój, który traktowała niemal jak wspólny z Joshem. Umieściła tu kolekcję swoich przytulanek, żeby przynosiły jej szczęście, i teraz wpatrywała się w nie, próbując uporządkować myśli.

Pierwszy raz od tygodni była sama i za jakieś pięć minut zobaczy Shauna, którego nie widziała od miesiąca. A głowę miała kompletnie zapchaną Joshem. Nawet nie odpowiedział jej, kiedy zawołała: „Do widzenia". Chciała go przeprosić, ale nie była pewna, za który element swojego zachowania powinna przepraszać. A poza tym poprzedniej nocy to najwyraźniej nie zadziałało. Wszystko stało się takie frustrujące — nie tylko jego przemiana z Jekylla w Hyde'a, ale i to, że tak bardzo się tym zdenerwowała.

Spojrzała na samochodowy zegar. Zaraz spóźni się po Shauna. Zaczęła wpatrywać się w przytulanki, które gapiły się na nią. Nie była ani trochę mądrzejsza, ale włączyła silnik. Gdy zjeżdżała ze stromej pochyłości, kierując się do wejścia na stację Highgate, nie była zaskoczona wrażeniem, że pod wpływem napięcia jej żołądek zwinął się w supeł. A potem zobaczyła Shauna, siedzącego na murku, czytającego jakieś czasopismo.

Te kości policzkowe i oczy, które tak grały z dżinsową kurtką i spodniami. Umył też włosy. Mój ty Boże, pomyślała, ambasadorze, pan nas rozpieszcza. W pierwszej chwili jej nie zauważył, więc zaparkowała w pobliżu i przyglądała mu się. Po jakimś czasie podniósł głowę. Patrzyli na siebie przez sekundę, a wreszcie oboje uśmiechnęli się szeroko, gdy uczucie zażyłości powoli wsączało się w ich życie.

Gdy Shaun wstał i ruszył w stronę samochodu, oddech Jo się uspokoił. Wszystko będzie dobrze, znów była bezpieczna. Otworzył drzwiczki i się nachylił, oczy lśniły mu w słońcu.

— Zastanawiałem się, co to za fantastyczna dziewczyna w tym eleganckim wozie. — Uśmiechnął się. — A potem zdałem sobie sprawę, że to moja fantastyczna dziewczyna.

Jo z zaskoczeniem poczuła, że zalewa ją fala emocji, i zaczęła płakać.

Shaun szybko postawił torbę na tylnym siedzeniu i wsiadł.

— Co się stało? — zapytał, patrząc prosto przed siebie.

Jo zarzuciła mu ramiona na szyję.

— Dobrze cię widzieć — powiedziała, przytulając go z całej siły.

Shaun zamknął oczy, a potem tulił ją mocno do chwili, gdy ktoś zaczął pohukiwać.

Jo naprawdę nie chciała zabierać Shauna prosto do Fitzgeraldów, ale czekało na nią prasowanie i porządki, a on stwierdził, że nie ma nic przeciw temu. Dzięki Bogu, Josh wyszedł.

Jak się okazało, Shaunowi chodziło o to, że nie ma nic przeciw uwodzeniu Jo, kiedy ona próbowała prasować. W końcu się poddała i urządzili u niej w sypialni krótką sesję dla uporządkowania spraw. Było miło, ale wolałaby nie nasłuchiwać jednym uchem odgłosu otwieranych drzwi, nie martwić się połową umysłu o prasowanie i nie myśleć o Joshu resztą ciała. Cieszył ją element nowości związany z tym, że kochała się z Shaunem po tak długim czasie. Mimo że wykorzystali starą wypraktykowaną technikę, nie wydawała się przewidywalna, raczej bezpieczna i kojąca jak powrót do domu. Lub raczej jak dojście w domu.

Kiedy było po wszystkim, Jo wyskoczyła z łóżka, ubrała się i ponownie zaczęła prasowanie. Po dziesięciu minutach Shaun dołączył do niej w kuchni, wciągając przez głowę koszulę.

Pół godziny później obserwował, jak z imponującą prędkością prasowała czwartą koszulkę sygnowaną przez Barbie. Od czasu do czasu zerkał na kuchenny zegar, sącząc herbatę.

— Z tą herbatą jest coś nie tak — stwierdził.

— To listki. Normalne listki.

— Smakuje jak gówno.

— Przyzwyczaisz się. Kupię herbatę w torebkach.

— Dzięki, kotku.

Wpatrywał się w maleńkie części garderoby, które Jo wciąż jeszcze miała do wyprasowania. W końcu wstał i umył kubek w zlewie. Widywał takie kurki w niektórych nowych domach, które budowały jego ekipy. Rozpracował sposób jego działania w zaledwie kilka minut. Po wszystkim najspokojniej jak umiał, urwał trochę papierowego ręcznika wiszącego na chromowanym uchwycie na ścianie i wytarł krocze.

Odwrócił się i popatrzył na Jo.

— Czemu prasujesz majtki tego chłopca? — zapytał.

Jo podniosła głowę.

— Możesz zdjąć kleeneksa z krocza, kiedy ze mną rozmawiasz?

Uśmiechnął się szeroko.

— Chodź tu i to powtórz.

— Prasuję je, bo inaczej ich nie włoży — odpowiedziała. — Wystarczająco trudno jest go zmusić, żeby je nosił, kiedy są wyprasowane. Kompletnie niemożliwe, jeżeli nie są.

Shaun z niechęcią pokręcił głową.

— Co się dzieje z dzisiejszymi dziećmi? Powinien dostać w ucho. Wtedy by je nosił.

— Uhm — potwierdziła Jo — a miejsce kobiety jest w domu.

— Mogłabyś to robić, gdyby był twoim własnym dzieckiem. Żadne z moich dzieci nie oczekiwałoby, żeby niania prasowała mu majtki.

Jo położyła majteczki Zaka na stole i chwyciła poszewkę na poduszkę z Tweenies.

— W takim razie żadne z twoich dzieci nie miałoby niani, prawda? — zapytała. Przerabiali to wiele razy, ale dziś oboje wygłaszali swoje kwestie z półuśmiechem. Miła była świadomość, że pewne rzeczy się nie zmieniają.

— Nie — stwierdził, przybierając ton teksaskiego kowboja. — Znajde se prawdziwą kobite, co to będzie prawdziwą matką.

Jo na ułamek sekundy przerwała prasowanie i popatrzyła na Shauna.

— To znaczy, że spodziewasz się, iż robiłaby to wszystko za darmo? — Uśmiechnęła się. — Powiedz mi, Shaun...

— O rany...

— Czy uważasz, że ojciec nie jest prawdziwym ojcem, ponieważ nie prasuje majtek swojego syna? Czy tylko matka walczy ze swoim genetycznie zaprogramowanym zachowaniem, kiedy nie prasuje?

— Nie zaczynaj. Wiesz, co mam na myśli.

— O tak — stwierdziła Jo. — Dokładnie wiem, co masz na myśli.

— Miłą, szczęśliwą rodzinę.

198

— Gdzie życie kobiety kurczy się, żeby pasować do rozmiaru domu, a mężczyzny powiększa...

— Gdzie mężczyzna zarabia pieniądze, które zapewniają im dach nad głową, to właśnie mam na myśli.

— Oooch. Brzmi cudownie. Jak w serialu.

— Zgadza się.

— To anachroniczny, fikcyjny eskapizm. Dla dzieci.

— Wiesz, nie potrzebujesz tych eleganckich słów, żeby zrobić na mnie wrażenie. Wystarcza sam twój tyłek.

Jo się uśmiechnęła.

— Och, ty pochlebco.

Shaun podszedł, stanął za nią i delikatnie pocałował w szyję. Potem jeszcze raz, jeszcze czulej, jeszcze niżej. Potem przekręcił ją, tak żeby stała twarzą do niego, i lekko przesunął ustami po jej ciele. Potem popchnął ją na deskę i zaczął gnieść to, co wyprasowane. A potem do domu wrócił Josh.

— Mną się nie przejmujcie! — zawołał i oboje podskoczyli. Od tej chwili bardzo się nim przejmowali. Jo z płonącą twarzą wróciła do prasowania. Ledwie mogła znieść nowy chłód w oczach Josha. Czuła się jak kobieta naznaczona szkarłatną literą w jakimś kiepskim filmie. Shaun odczekał, zanim zrobił krok w stronę Josha.

— Shaun Casey — powiedział, wyciągając rękę. — Lepsza połowa Jo.

— Josh Fitzgerald — odparł Josh, mocno ściskając podaną dłoń. — Pół brat, pół człowiek.

— A, świetnie — uśmiechnął się Shaun. — Nie jeden z jej podopiecznych? Nie kładzie cię do łóżka? — zaśmiał się.

Josh parsknął śmiechem.

— Nie. Jeśli już, to raczej odwrotnie.

Śmiech się urwał. Shaun obejrzał się na Jo.

— Trochę... trochę się wczoraj upiłam — wyjaśniła.

— Jasne — rzucił przez zęby Shaun.

— A potem zatęskniła nieco za domem — wyjaśnił Josh. — Wiesz, jak to jest, tęsknota za mamą, tęsknota za tatą, tęsknota za... — lekko wzruszył ramionami — mamą i tatą.

Shaun, zdenerwowany, powtórzył „jasne" przez zaciśnięte zęby.

— No, cóż — powiedział Josh sztywno. — Nie będę wam przeszkadzał, bo widzę, że byliście w trakcie zajęć. Wiem, że Jo zawsze stawia potrzeby innych przed własnymi. Miło było cię poznać, Saul.

— Shaun.

— Shaun — powtórzył Josh, po czym ich opuścił.

Jo wyprasowała trzy pary majtek Zaka, zanim Shaun się odezwał.

— O co tu, do cholery, chodziło?

— Z czym? — zapytała niewinnie Jo.

— Nie pogrywaj sobie.

Jo westchnęła. Powiedziała bardzo cicho:

— Nie wiem, o czym on mówi. Wczoraj w nocy się upiłam i opowiedziałam mu o tobie. To wszystko. To pewnie zranione ego. Oczekiwał, że mi się spodoba, rozumiesz, biednej, małej, stęsknionej za domem niani.

Zastanawiała się, co takiego wygaduje. Shaun ponownie się rozsiadł, żeby obserwować, jak kończy prasowanie. Po pięciu minutach usłyszeli trzask zamykanych frontowych drzwi. Josh wyszedł na poranny spacer.

— A czemu siedzi w domu? — zapytał Shaun.

— Przeze mnie został pobity, bo myślałam, że zamierza mnie zabić siekierą, więc pracuje w domu, żeby uniknąć złamania tej skręconej nogi w godzinach szczytu. Niedługo wraca do pracy, dzięki Bogu.

— Nie o to mi chodzi. Ciekaw jestem, czemu w ogóle tu mieszka?

— Bóg jeden wie.

— A co robi?

— Jest księgowym.

Shaun wciągnął wielki haust powietrza przez zęby, sztuczka, której nauczyły go lata w budowlanym fachu.

— Jest nadziany, zgadza się?

Jo wzruszyła ramionami.

— Pojęcia nie mam. — Skończyła i odstawiła deskę do prasowania oraz żelazko do pomieszczenia gospodarczego. — Ludzie, z którymi wynajmował mieszkanie, chcieli podróżować! — zawołała. — No i został bezdomny.

— To wszyscy muszą być dziani! — odkrzyknął Shaun. — Gdybym ja miał takie pieniądze, odkładałbym na przyszłość. Wpłacił na dom. Zainwestował.

Jo załadowała pralkę.

— Może są w stanie robić jedno i drugie — powiedziała spokojnie.

— Założę się, że to nie jest prawdziwy powód, dla którego tu jest — orzekł głośno Shaun.

Jo wróciła do kuchni, postawiła pusty kosz po praniu i zaczęła go zapełniać stosami schludnie złożonych, wyprasowanych rzeczy.

— To znaczy?

— Nie ufam mu.

— Mówiłam ci, nie ma powodu do obaw. Po prostu się upiłam...

— Nie w tej kwestii — przerwał jej Shaun. — Tak generalnie. Ma za blisko osadzone oczy.

— Moim zdaniem normalne — szybko odparła Jo. — Idę na górę, chodź ze mną.

Shaun wszedł za nią po schodach do sypialni Tallulah i oparł się o framugę drzwi, gdy Jo porządkowała zabawki. Jo podniosła tłum gołych Barbie i Kenów i wszystkie ubrała. Potem umieściła należące do Tallulah Barbie lekarza, Barbie urzędniczkę, Barbie pracownicę społeczną i Kena architekta w odpowiednim miejscu pod półkami z przyborami do pisania, upewniając się, że liliowy pisak o grubości sześciu dziesiątych milimetra leży obok fioletowego pisaka o grubości sześciu dziesiątych milimetra, a nie niebieskiego o grubości ośmiu dziesiątych milimeta.

— Dlaczego dorosły mężczyzna — ciągnął Shaun — z pieniędzmi na rozkurz, miałby wracać do domu i mieszkać z tatusiem i nową żoną tatusia oraz przemądrzałymi dzieciakami, skoro stać go, żeby tego nie robić?

— Nie są przemądrzałe — odrzekła Jo, odstawiając laleczki z domu dla lalek z powrotem na miejsce, do ich biblioteki, przy klasykach Dickensa.

— Tak myślę — powoli powiedział Shaun — że nasz Josh to trochę pasożyt. Przypuszczam, że nie płaci czynszu?

— Nie. Vanessa mówiła, że mieszka za darmo. Skąd wiedziałeś?

Shaun się roześmiał.

— Stawiałem domy dla takich facetów jak on. Zepsuci do tego stopnia, że nie zdają sobie sprawy, że są dorośli.

Jo spojrzała na niego. Miał teraz za plecami drzwi do pokoju Tallulah, na których na haczyku luźno wisiała sukienka baletowa. Różowy połyskujący tiul tworzył obramowanie dla twarzy Shauna. Jo ze zmieszaniem stwierdziła, że mu w tym ładnie.

— Chodź ze mną — powiedziała i weszła piętro wyżej.

— Cholera — odezwał się Shaun. — Ile ten dom ma pięter?

— Na tym koniec.

Shaun podążył za Jo do pokoju Zaka i zatrzymał się w drzwiach. Na widok zabawek gwizdnął powoli, z aprobatą.

— A niech mnie — powiedział — mógłbym tu być bardzo szczęśliwy.

Świetnej klasy hulajnoga sąsiadowała z dziesiątkami robotów, podpisanymi przez drużynę Arsenalu pamiątkami piłkarskimi, kolekcją dinozaurów i torem wyścigowym. Gameboye waláły się po całym pokoju. Nad łóżkiem wisiał hamak pełen zabawek. W rogu stał nieduży telewizorek i kolejne gameboye. Shaun oderwał od tego wzrok i wrócił do tematu.

— Złapałem! — wykrzyknął.

— To się do mnie nie zbliżaj — mruknęła Jo spod łóżka Zaka. — Nie chcę się zarazić. Nie mam czasu na zwolnienie.

— Josh wie o tatusiu coś, o czym tatuś nie chce informować nowej żonki. I w zamian za dotrzymanie tajemnicy załatwił sobie u tatusia darmowe mieszkanie i żarcie.

Jo przestała składać spodnie od dresowej piżamy Zaka.

— Myślisz, że Dick ma romans?

Shaun wzruszył ramionami.

— Albo miał dawniej. Romansował, kiedy był żonaty z mamą Josha, prawda?

— Co za potworna myśl — wymamrotała Jo. Gwałtownie wciągnęła powietrze. — Wiesz, coś mi się przypomniało. Vanessa wspomniała, że jej zdaniem coś się dzieje. Że nie wierzy, by mógł spędzać tyle czasu w sklepie. I faktycznie wraca do domu bardzo późno. Jasna cholera.

— Nie wie — orzekł Shaun. — Tak tylko myślę, że nasz Joshua coś ukrywa. Ile miał lat, kiedy tatuś odszedł?

— Czternaście. Vanessa mi powiedziała, że to było okropne małżeństwo. Cały czas się kłócili.

Shaun pokręcił głową i znów ze świstem wciągnął powietrze.

— Kiepski wiek. Kiepski wiek, żeby zostać porzuconym przez tatę.

Jo postanowiła nie wspominać Shaunowi, że dokładnie to samo wyznał jej Josh. Zaczynała wątpić w to, że zrobił na niej wrażenie. Po tym, jak się zmienił po ostatniej nocy, zaczynała się też obawiać, że Vanessa miała co do niego rację. Wyglądało na to, że potrafił włączać i wyłączać urok osobisty jak światło.

— Założę się, że nigdy się z tego nie wygrzebał. — Shaun wciąż jeszcze mówił. — A wtedy to nie było takie częste, prawda? Założę się, że mu dokuczali w szkole. Biedny drań. Musi być solidnie popieprzony. Cały czas oglądać tatusia z nowymi dzieciakami! To chore.

Jo usiadła na łóżku Zaka.

— Pewnie tak.

— No, więc — ciągnął Shaun — nie może tak do końca polubić macochy, prawda? Czy przyrodniego rodzeństwa?

— Powiedział... wspomniał przelotnie, że ich lubi.

— Oczywiście, że musiał coś takiego powiedzieć, nie sądzisz?

— Tak. Pewnie tak.

— A jednak wybrał życie z nimi, zamiast znaleźć sobie mieszkanie.

Spojrzeli na siebie.

— Może... — zawahał się Shaun — szpieguje dla swojej mamy?

Jo się wzdrygnęła.

— To suka. Na dużą skalę.

— A! Ale założę się, że Josh ją kocha.

— Oczywiście, że kocha.

— No, to masz! Nakręciła Josha, żeby wyciągnął co nieco od tatusia, który go zostawił, i jednocześnie dla niej szpiegował.

Jo siedziała na łóżku bez ruchu. Może, ale tylko może, wyjaśniałoby to, dlaczego Josh w takim tempie stał się przyjacielski. Gdy się nad tym zastanowić, to przyszedł do niej się napić, a potem zaczął się zwierzać pierwszego wieczoru, kiedy się poznali — i to po tym, jak przez nią został pobity i popadł w konflikt z Vanessą. I tak się przypochlebiał. Może próbował wkraść się w jej łaski, żeby pomogła mu szpiegować Vanessę? Wróciła myślą do pierwszej rozmowy. Jak mu zależało, żeby się dowiedzieć, co o wszystkich myśli. I tyle o sobie opowiedział. A potem podlizywał się, mówiąc, jaka to jest dzielna i silna. I nawet wzniósł toast za dokonywanie właściwych wyborów. Wróciła myślą do Dicka opowiadającego, jaki z Josha kobieciarz, i ostrzeżeń Vanessy, żeby nie nabrała się na słynny wdzięk Josha Fitzgeralda. Zwiesiła głowę.

Po chwili ze zmarszczonymi brwiami zamyśliła się nad sugestią Shauna, kompletnie zagubiona, z narastającym uczuciem przygnębienia.

— Nie sądzę, żeby...

Shaun wzruszył ramionami.

— Nie wiem. Niewykluczone, że wyobraźnia mnie ponosi. To pewnie kompletnie nieszkodliwy facet z sercem na dłoni, który lubi się włamywać do domów po nocy.

— Nie powinniśmy tak mówić — zreflektowała się nagle Jo. — Pewnie mają kamerę w nosie cyberpsa.

Shaun się roześmiał.

— To jak węszy?

— Nie węszy — odparła Jo, obrzucając spojrzeniem uporządkowany pokój. — Nie jest prawdziwy. Chodź ze mną.

— Jeszcze nie skończyłaś?

— Nie. Im szybciej to zrobię, tym prędzej będziemy mogli wyjść. — Zeszła na dół i zaczęła porządkować kuchnię.

— Ale musisz przyznać, że chłopak dobrze się prezentuje — oznajmił Shaun.

— Kto?

— Josh.

— Znowu o nim?

— Wcale nie, mówię tylko, że musisz przyznać, że jest przystojny.

Jo zdobyła się na ironiczny śmiech.

— Niczego nie muszę przyznawać — zauważyła, zapełniając zmywarkę. — Chcę adwokata.

— Daj spokój — powiedział Shaun. — Musiałaś zauważyć. O ile lubi się taki zniewieściały typ z prywatnej szkoły.

— Jakoś mi to nie przyszło do głowy.

— Daj spokój.

— No dobrze. — Oparła ręce na biodrach. — Jest przystojny. Shaun nie odpowiedział.

— Może mógłbyś pomóc, zamiast mi zawracać głowę.

— Dobra. — Shaun włączył się w zapełnianie zmywarki i zapisał w pamięci, żeby następnym razem wycofać się, kiedy tylko zyska przewagę.

Jo dokładnie wiedziała, dokąd zabrać Shauna w piątkowy wieczór. W sobotę dziewczyny zapraszały ich oboje do świetnego nocnego klubu w mieście, więc tym razem chciała czegoś kameralnego. Wypatrzyła na Highgate High Street maleńką francuską restaurację, która sprawiała wrażenie rozkosznie uroczej. Shaun uwielbiał francuską kuchnię i zamówiła miejsca z wyprzedzeniem.

— Mamy tyko dwie godziny — powiedziała mu, kiedy wchodzili na wzgórze.

— Co to znaczy? — zapytał. — Że nas wyrzucą?

— Nie dosłownie, ale podczas wieczoru używają stolika dwukrotnie. Nie można zrobić rezerwacji na cały wieczór.

— Jasna cholera.

— To maleńka restauracja.

— I to nasz problem?

— Nie, po prostu... Słuchaj, to coś specjalnego.

— Jak dzieci specjalnej troski?

Jo wzięła go za rękę.

— Proszę — przymiliła się. — Nie psuj tego, mamy dla siebie tylko jeden wieczór.

Shaun wyswobodził rękę i objął Jo ramieniem, tuląc ją mocno, kiedy zaczęli wspinać się na wzgórze. Zatrzymywał się przy każdej agencji nieruchomości, jaką mijali, co zajęło sporo czasu, ponieważ na Highgate Hill było ich całe mnóstwo.

— Jezu Chryste! — zawołał. — Spójrz na te ceny! — Zaczął się śmiać. — I londyńczycy mają się za lepszych od nas!

— Wcale nie.

— Spójrz na to! W dodatku to mieszkanie ma tylko dwie sypialnie. U nas moglibyśmy mieć za to cały dwór.

— Ale nie bylibyśmy w Londynie.

— Wiem! — zawołał. — Fenomenalne!

Kiedy wreszcie dotarli do restauracji, Jo podprowadziła Shauna do okienka i zmusiła, żeby zajrzał.

Uśmiechnął się, patrząc na nią z góry, i poczuła, że kamień spada jej z serca.

— Bardzo ładnie — orzekł.

Króciutkim zadaszonym przejściem doszli do bocznego wejścia i zostali zaprowadzeni do jedynego stolika przy oknie. Kelnerka wręczyła im menu.

— Jezu Chryste! — wyszeptał Shaun. — Spójrz na te ceny!

— Shaun! — syknęła Jo, oblewając się rumieńcem.

— Nic dziwnego, że Fitzgeraldowie tyle ci płacą.

— Nie jadam w mieście.

— Zaczekaj, aż powiem reszcie. Sheila się posika.

— Shaun — odezwała się Jo — czemu to psujesz?

Shaun podniósł na nią wzrok. Sięgnął przez stół i ujął ją za rękę.

— Naprawdę? Nie zdawałem sobie sprawy — powiedział. — Przepraszam. Po prostu wszystko to mnie trochę zaskakuje, i tyle.

— A ja pewnie zdążyłam się do niektórych rzeczy przyzwyczaić.

Shaun ściągnął brwi, a Jo udała, że tego nie widzi.

Kiedy podeszła kelnerka, Jo już miała zamówić, gdy, ku jej zdumieniu, Shaun złożył zamówienie na dwie osoby.

— Co ty wyprawiasz? — przerwała mu.

— Zamawiam. A jak myślisz?

— A skąd wiesz, na co mam ochotę?

Shaun zmarszczył brwi.

— Lubisz, kiedy dla ciebie zamawiam.

— Nie lubię.

— Lubisz, zawsze mówisz, że nie możesz się zdecydować.

206

— No, cóż — stwierdziła Jo zmieszana. — Teraz mogę.

Kelnerka przerwała zapisywanie.

— Czy mam wrócić później? — zapytała.

— Tak — odparł Shaun.

— Nie, dziękuję — powiedziała Jo. — Oboje wiemy, na co mamy ochotę.

Kiedy Jo składała zamówienie, patrzyła kelnerce prosto w oczy. Shaun zamówił to, co zwykle, francuską zupę cebulową i jagnięce żeberka. Gdy kelnerka ponownie zostawiła ich samych, zmierzyli się wzrokiem.

— Odkąd to lubisz *gravadlax*? — zapytał Shaun.

— Odkąd spróbowałam.

— A po ludzku jak to się nazywa?

— Łosoś wędzony na zimno, marynowany w ziołach.

Shaun syknął i pokręcił głową.

Gdy jedzenie zostało podane, podejrzliwie przyjrzał się porcji Jo.

— Wygląda jak skóra.

Jo zmiażdżyła go spojrzeniem, więc się zamknął. Zjedli posiłek w milczeniu od czasu do czasu przerywanym uwagami Shauna, jakie to wszystko smaczne.

Gdy szli z powrotem, Jo zaczęła opowiadać o nowo poznanych przyjaciółkach i zignorowała brak entuzjazmu z jego strony. Uznała, że to trochę niedelikatne, opowiadać, jaka była szczęśliwa, więc przestała. Zamiast tego zajęła się opisywaniem dzieci. Wzdychał przy opowieściach, ile ma do wykonania zadań, i namawiał, żeby rozmówiła się z szefową, więc dała spokój. Gdy dotarli do domu, poczuła ulgę.

Dick i Vanessa siedzieli w salonie za zamkniętymi drzwiami. Udało się im na palcach niepostrzeżenie przekraść do pokoju Jo.

Pół godziny później Shaun zsunął się z niej i zasnął. Leżała w łóżku, rozmyślając, czy Josh coś słyszał.

14

W sobotę rano Jo obudziła się wcześnie. Z natężeniem nasłuchiwała odgłosów dochodzących z sypialni Josha. Jeżeli leżał w łóżku, będą musieli być cicho. Jeśli nie, oznaczało to, że w drodze przez jej pokój widział ich razem w łóżku. Zaczynało się to robić nieznośne. Potem usłyszała bardzo głośne ziewnięcie i już wiedziała, że Josh nadal jest w łóżku. Gorzej, dawał im znak, że wciąż leży w łóżku. Jeszcze gorzej, bo jeśli była w stanie usłyszeć jego ziewanie, on słyszał hałasy wczorajszego wieczoru.

Wstała i poszła do łazienki pod prysznic, zabierając ze sobą rzeczy na dzień. Miała nadzieję, że Shaun obudzi się, kiedy ona wróci, ale spał jak kamień. Wiedziała, że Josh chciałby się ubrać, ale był uwięziony, dopóki nie zyska pewności, że oboje skorzystali z łazienki. Shaun mruknął coś. Potrząsnęła nim ponownie. Znowu zamruczał. Wyszeptała mu do ucha jego imię. Uśmiechnął się. Wyszeptała ponownie. Chwycił ją w pasie i pociągnął na kołdrę. Kiedy się zorientował, że to nie żarty i Jo nie wraca do łóżka, otworzył oczy.

— Do licha, jesteś ubrana — powiedział. — Która godzina?

Jo spojrzała na Myszkę Miki z jej irytująco wyrozumiałym uśmiechem.

— Ósma.

Shaun jęknął.

— Chcesz powiedzieć, że nie poleniuchujemy?

— Nie możemy.

— Dlaczego?

— Bo on wszystko słyszy.

— Kto?

Jo wskazała głową na drzwi.

— Josh.

— Tam jest jego pokój?

Potwierdziła.

— Jasna cholera.

— Wszystko usłyszy.

— Dobrze. — Shaun znowu próbował ją chwycić.

— Nie!

Zaczął ją łaskotać i rozchichotała się wbrew własnej woli. Shaun zawsze wiedział, jak ją dopaść.

— Przestań! — zawołała w końcu. — Zostaw mnie!

Shaun dał spokój.

— Pójdę nastawić kawę — wyszeptała. — Natychmiast idź pod prysznic albo wyjdę bez ciebie.

Shaun obdarzył ją szerokim uśmiechem.

— Wszystko, co każesz, moja seksowna — oznajmił pełnym głosem.

— Ćśśśś.

Gdy tylko Jo zamknęła za sobą drzwi, Shaun bardzo głośno ziewnął i zaczął gwizdać tytułową melodię z „Włoskiej roboty".

Jo otworzyła drzwi i ponownie go uciszyła, jeszcze raz wskazując głową na pokój Josha. Shaun zamilkł.

— A, TAK! — syknął, dość głośno, żeby usłyszano go w Niblet. — PRZEPRASZAM.

Spędzili popołudnie, włócząc się w okolicach Covent Garden, przyglądając się ulicznym artystom i jedząc lody. Pogoda była idylliczna — wiosna zaczęła się robić piękna — i przypomniało to Jo pierwsze miesiące z początku ich znajomości. Jednak nie mogła pozbyć się paskudnego poczucia winy. Gdy obserwowała żonglera, a Shaun dzwonił w sprawach służbowych z komórki, prześledziła w myślach swoje postępowanie, rozważając, co takiego mogła zrobić, czekając, aż poczucie winy znów się pojawi. Zlokalizowała to uczucie, gdy cofnęła się do sypialni, ale Shaun był jedyną osobą tam obecną i raczej nie powiedziała niczego, co mogłoby go zranić. A może? Może sprawiała wrażenie zajętej czym innym, kiedy nie powinna była? Zerknęła na niego. Nie wyglądał na skrzywdzonego, ukryty za okularami przeciwsłonecznymi sprawiał wrażenie bardzo zajętego, kiedy tak jadł lody i gadał przez telefon. I dobrze.

Później tego wieczoru zajrzeli do klubu, gdzie mieli spotkać się z Pippą, Gabriellą i Rachel. Jo spostrzegła dziewczyny w kolejce przed wejściem.

— Cześć wam! — zawołała. — To jest Shaun.

Popchnęła go naprzód na długość ramienia i napawała się ich pełnymi aprobaty spojrzeniami.

— Tyle o tobie słyszałyśmy! — powitała go Rachel.

— Bardzo miło cię poznać — dodała Gabriella, ujmując jego rękę w dłonie.

Jo poczuła dla przyjaciółek niesamowitą wdzięczność.

Pippa wyciągnęła rękę.

— Cześć. — Szeroki uśmiech. — Jestem Pippa. Naprawdę się cieszę, że mogę cię poznać. Jo cały czas o tobie opowiada.

Kiedy znaleźli się w środku, Pippa podeszła do niej.

— Fuksiara z ciebie, co? — Uśmiechnęła się.

— Tak?

— Tak, jest boski!

Jo się uśmiechnęła.

— Uhm.

— Jak leci?

Jo kilkakrotnie powoli skinęła głową, zanim odpowiedziała.

— W porządku, dzięki — powiedziała. — Tak. W porządku.

Potem zauważyła Shauna plotkującego z Gabriellą i przestała kiwać głową.

— Chodź — odezwała się Pippa. — Wygląda na to, że ktoś tu potrzebuje akcji ratunkowej.

— Tak — przyznała Jo. — Ale kto?

Kiedy do nich podeszły, Shaun obdarzył je obie szerokim uśmiechem.

— Cześć! Gabriella właśnie opowiadała mi o życiu niani.

Gabriella zdobyła się na uśmieszek.

— Mówiłam mu wszystkiego o Joshua — oznajmiła — i jak bardzo wszystkie o nim uwielbiamy.

Pippa obdarzyła Jo współczującym spojrzeniem.

— Taak, ten temat mógł wypłynąć — przyznał Shaun z oczyma utkwionymi w parkiecie. — Chcesz zatańczyć?

Kiedy dotarli do domu, padł na łóżko.

— Boże, jestem zrąbany — oznajmił głośno w poduszkę.

Jo usiadła na łóżku i spojrzała na Shauna. Czy była okropną kobietą? Chciała coś powiedzieć, ale nie umiała niczego wymyślić, więc zamiast tego poszła spać.

Niedziela przeszła leniwie. Jo i Shauna obudził zapach parzącej się kawy i ciepłej brioszki.

— Do licha — wymamrotał Shaun, pocierając kłującą brodą o szyję Jo. — Ludziom to się powodzi, co?

I tym razem Josh nie wstał, więc Jo spędziła kolejny poranek, uciszając Shauna, który sprawiał wrażenie niezdolnego przyciszyć głosu. Jak było do przewidzenia, Josh pojawił się w kuchni pół godziny po nich. Jo nie potrafiła spojrzeć mu w oczy.

Postanowiła, że Shaun musi poznać wszystkich Fitzgeraldów, bo czuła, że tak należy postąpić. Jak zwykle podczas weekendu obecny był też Toby, więc kiedy Shaun skończył wydzwaniać, został poczęstowany rodzinnym niedzielnym lunchem.

— Co jest nie tak ze zwykłymi pomidorami? — Shaun uśmiechnął się do Vanessy, kiedy znalazł w sałacie pomidory podsuszane na słońcu.

— Ależ nic — odparła Vanessa pogodnie. — Po prostu jesteśmy nieco uzależnieni od tych suszonych.

— Uzależnieni? Rany, to brzmi poważnie.

— Co masz na myśli? — zapytała Tallulah, mierząc go uważnym spojrzeniem przez stół.

— Tak sobie tylko żartuję z twoją mamą. — Shaun mrugnął.

— Dlaczego? — zapytała.

— Ponieważ — stwierdził Josh — próbuje być jednocześnie zabawny i wyniosły.

— No, no — odezwał się Dick. — Shaun jest gościem.

— Nie jest naszym gościem — wtrącił Toby. — Jest gościem Jo. Uprawia z nią seks. Josh słyszał ich wczoraj w nocy.

— Oj, stary — pospiesznie włączył się Josh. — To była tajemnica.

— Powiedziałeś, że Shaun brzmiał jak samochód, któremu siada akumulator. — Toby prychnął.

Jo przerwała jedzenie.

— Podoba mi się wasza złota rybka — powiedział Shaun.

— Co to znaczy, że siada akumulator? — zapytała Tallulah.

— Ma na imię Homer — wyjaśniła Shaunowi Cassandra.

— Czy akumulator powinien stać? — zapytała Tallulah.

— Tak jak autor „Odysei" — pospiesznie dodała Jo.

Shaun na nią spojrzał.

— Dzięki.

— No i co — odezwał się Dick. — Jutro z powrotem do pracy, co Josh?

— Uhm. Nie mogę się doczekać.

— Gotów zmierzyć się z metrem?

— Uhm. No, cóż, będę musiał sprawdzić. Przejdę się do przystanku autobusowego i jeżeli będzie za bardzo bolało, pojadę autobusem, zamiast pakować się do metra. Potrwa dłużej, ale nie będzie takie wykańczające.

— Nie bądź śmieszny — stwierdziła Vanessa. — Jo podwiezie cię do stacji i odbierze, kiedy będziesz wracał do domu. Cały dzień tamtędy jeździ, z dzieciakami na pokładzie.

— Nie ma potrzeby — oznajmił Josh. — Jest w porządku.

— Jo — powiedziała Vanessa — tak będzie okej, prawda?

Jo zerknęła na Shauna, który przyglądając się jej, napchał sobie do ust sałaty.

— Oczywiście — odparła przygnębiona.

— Nie ma potrzeby — powtórzył Josh.

— Nie bądź męczennikiem, Josh — powiedziała Vanessa. — To do ciebie nie pasuje.

Nastąpiła pauza.

— Okej. — Josh westchnął. — Poddaję się.

— Jo, czy dasz radę go podrzucać, dopóki ta kostka całkiem się nie wygoi? — zapytał Dick.

— Uhm — mruknęła Jo.

— To już nie potrwa długo — wymamrotał Josh w talerz.

— Nie ma sprawy — wyszeptała Jo, koncentrując się na lunchu.

A potem dzieci zaczęły się ekscytować myślą o tym, że Josh przyłączy się do nich w drodze do szkoły, i wszelkie etykietalne wątpliwości, jakie mogli do tej pory mieć, zostały porzucone.

Shaun i Jo nie zostali sam na sam do chwili, gdy wieczorem odwoziła go z powrotem na stację Highgate.

— No, tak — powiedział.

— Tak.

— Nasz sknerka doczekał się, że niania odwiezie go do szkoły jak młodszych braci i siostry.

— Brzmi trochę śmiesznie, prawda? — powiedziała niechętnie Jo.

— Czemu, do diabła, nie może pojechać autobusem? Można by pomyśleć, że biega jeszcze w krótkich spodenkach.

— Przynajmniej Vanessa tak to zorganizowała, że nie muszę nadrabiać drogi ani wcześniej wychodzić. No i to wszystko była moja wina.

— A niby dlaczego?

— Bo z mojego powodu dorobił się tych wszystkich sińców.

— A ty z jego powodu śmiertelnie się wystraszyłaś! — wykrzyknął Shaun. — Co on sobie wyobrażał, do diabła, kiedy się włamywał? Zachował się kompletnie po kretyńsku.

Nastąpiła chwila ciszy.

— Kiedy pierwszym razem ci o tym opowiedziałam, mówiłeś co innego. Nagadałeś mi.

— No, tak, ale zdążyłem to przemyśleć. I go poznałem.

— Nigdy nawet mi do głowy nie przyszło, by się na niego złościć za to, że mnie tak przestraszył.

— A powinno. Dick i Vanessa pokazali, że ich zdaniem ty miałaś rację, a on nie. Idiota z niego, że tak oziębłe cię traktuje, bo zraniłaś mu ego.

Spojrzała w dół na swoje ręce.

— Może masz rację.

— Wiesz, że mam.

— Dzięki. — Uśmiechnęła się. — Ochraniasz mnie.

— Oczywiście, że tak — stwierdził Shaun. — Jestem twoim facetem.

Jo zaparkowała przy stacji. Shaun odwrócił się w jej stronę.

— No, tak.

— No, tak.

— To był boski weekend, boska.

— Prawda?

Ucałował ją, a ona go uściskała.

— Spróbuję przyjechać do domu na weekend po tym najbliższym — powiedziała.

— Spróbujesz?

— W weekend jestem już taka zmęczona, że nie mam energii na podróżowanie.

— W porządku.

Gdy go uściskała, wyszeptał jej do ucha: „Nie pozwól, żeby cię te gnojki zadeptały" i uścisnęli się trochę mocniej.

Potem Jo patrzyła, jak Shaun wysiada z samochodu i idzie w stronę stacji. Kiedy dotarł do szczytu schodów, odwrócił się i do niej pomachał. Odpowiedziała mu, nagle czując równie wielkie przygnębienie, jak w chwili przyjazdu do Londynu.

15

W poniedziałek rano Jo obudziła się wcześnie, ze świadomością, że niedługo Josh będzie musiał skorzystać z prysznica, by przygotować się do wyjścia do pracy. Długie ramię Mikiego nie sięgało nawet szóstki, a co dopiero dwunastki, i snuła niejasne myśli o Mikim i Joshu, aż trzeba było wstawać. Próbowała udawać, że Shaun wciąż z nią jest, żeby poczuć się lepiej, ale to nie zadziałało.

Wyszykowała się w czasie o połowę krótszym niż zwykle i przygotowywała Tallulah na spotkanie z wiosennym deszczem, kiedy Josh pojawił się w kuchni.

— Dobry. — Ziewnął.

— Popatrz! — poleciła mu Tallulah. — Włożyłam kalosze. Mają na wierzchu różowe kwiatki. Zobacz.

— Dobra robota — odparł Josh, idąc do lodówki.

— Zaczekaj! — krzyknęła Tallulah. — Nie widziałeś tych z tyłu.

— O rany, przepraszam. Jej. Jej. Jejejej. Co za niesamowite kwiaty.

Tallulah się uśmiechnęła.

— Mówiłam ci — powiedziała cicho.

Josh otworzył drzwi lodówki.

— Do licha — mruknął. — Trzy litry mleka. Czy pomyśleli kiedyś, żeby zainwestować w krowę?

Odwrócił się i zobaczył Jo patrzącą na kalosze Tallulah.

— Słodyczku — powiedziała miękko — założyłaś je na złe nogi.

Tallulah wpatrzyła się w swoje stopy, a potem zmarszczyła brwi.

— Ale nie mam innych nóg — odparła zmartwiona.

Jo się roześmiała i ujęła buzię Tallulah w dłonie.

— Uwielbiam cię, prosiaczku. — Ucałowała małą w policzek. — Musisz je szybko zamienić jak duża dziewczynka albo wszyscy się spóźnimy.

Josh przyglądał się, jak Jo zabrała dla Tallulah zapakowane drugie śniadanie, które wcześniej przygotowała, i włożyła do szkolnej torby Zaka piłkę do nogi oraz flet. Jo popatrzyła na niego.

— Gotowy? — zapytała.

— Ta jest.

Ponownie zerknęła na stopy Tallulah.

— Maluszku — westchnęła lekko — znów to zrobiłaś.

Tallulah uważnie przyjrzała się własnym stopom. Potem podniosła wzrok na Jo i na jej buzi odmalowała się lekka panika. Jo była teraz zajęta szukaniem kluczyków do samochodu.

— Ja to zrobię — powiedział Josh i powoli przykucnął, żeby pomóc Tallulah z kaloszami. Kiedy skończył, spojrzał w górę i zobaczył, że mała intensywnie się w niego wpatruje. Spojrzenie miało siłę rentgena.

— No dobra, wychodzimy — zawołała Jo. — Jesteś gotowy, Josh?

— Od godziny, panienko — odparł sucho. Spojrzał znów na Tallulah. — Groźna jest, co? — wyszeptał.

— Nie kiedy się ją pozna — odparła dziewczynka, wkładając mu rączkę w dłoń i prowadząc do drzwi wyjściowych.

— No, dobra! — wrzasnęła Jo na resztę. — Chodźcie!

Gdy Zak i Cassandra zostali dowiezieni do szkół, Tallulah zasnęła i rozkosznie chrapała. Sama z Joshem, nie licząc Chrapiącej Królewny z tyłu, Jo czuła dezaprobatę Shauna tak wyraźnie, jakby siedział obok. Po chwili uznała, że atmosfera wymaga oczyszczenia, i zmusiła się, żeby coś powiedzieć.

— Słuchaj — zaczęła — przepraszam.

— Za co?

— Za tamtą noc. Kiedy się upiłam.

— Przepraszasz, że się upiłaś?

— Nie. — Westchnęła. Zamierzał to utrudniać. — Przepraszam za sposób, w jaki powiedziałam ci o Shaunie.

Josh prychnął.

— Jezu, już o tym zapomniałem.

— Cóż, ja nie. I przepraszam.

— Myślisz, że złamałaś moje biedne serduszko czy coś w tym rodzaju?

— Nie, ja tylko...

— Co tylko? Myślałaś, że o coś mi chodzi?

Jo wpatrywała się w jadące samochody.

— No, cóż, rzeczywiście miałam... — powiedziała w końcu.

— Daj spokój! — roześmiał się Josh. — Myślisz, że startowałbym do niani mojego ojca?

— No, cóż, rzeczywiście miałam...

— Co? Kiedy rzuciłaś się na mnie całym ciałem?

— Nie...

— Słuchaj, jak coś się trafia, to oczywiście, że z tego korzystam. Który facet by się oparł? A tamtej nocy zdecydowanie się trafiałaś...

Jo zaszokowana wstrzymała oddech.

— Ale jeżeli widzisz w tym coś więcej, to żyjesz w świecie dziewczęcych fantazji. Naoglądałaś się za dużo hollywoodzkich filmów. Przykro mi, że cię rozczarowuję.

Jo przygryzła usta i gwałtownie zamrugała oczami. Nie ufała sobie na tyle, żeby znów się odezwać. Do stacji Highgate dotarli w milczeniu. Josh otworzył drzwi i z bolesną powolnością wysunął się z samochodu.

Stanął przy drzwiach.

— No, więc — usłyszała, jak mówi tym samym wkurzająco zadowolonym tonem — zobaczymy się tu, jak było ustalone.

— W porządku — odparła Jo, patrząc przed siebie.

— Nawiasem mówiąc — dodał — ty absolutnie nie brzmiałaś jak samochód, któremu siada akumulator. — Zatrzasnął drzwi.

Jo chwilę posiedziała, patrząc, jak oddala się, kuśtykając. Poczuła palące łzy pod powiekami.

Przynajmniej wiedziała, na czym stoi. Puściła wodze fantazji jak dziecko, którym zresztą była, i teraz zrobiła z siebie absolutną idiotkę. Miałaby ochotę wymierzyć sobie solidnego kopa; to było najstarsze możliwe zagranie, a ona się na to złapała. Kiedy odkrył, że nie zaciągnie jej do łóżka, przestał silić się na urok i stał się prawdziwym Joshem — niegrzecznym, aroganckim gnojkiem. Facetem tego typu, co to zadzwoni do nowej niani i wrzuci ją na głośnik, żeby się z niej pośmiać z kolegami z biura. Dzięki Bogu, że się o tym przekonała, zanim zdążyła popełnić wielki błąd.

Josh czuł się w metrze zagrożony. Ludzie siedzieli tak blisko siebie, że ramieniem dotykał ramienia mężczyzny obok. Zapomniał, jakie to naruszenie prywatności. Z Highgate podróż była prostsza niż z Crouch End, ale znacznie bardziej paskudna. Przywykł do autobusów i pociągów podmiejskich. W metrze nawet poza godzinami szczytu widziało się ludzi innego rodzaju, jakby wszystkie ślady człowieczeństwa zostały wessane przez ciemność.

Myśl o przesiadce w Tottenham Court Road z linii Północnej na Centralną, wysiadaniu dwa przystanki później i odległości od biura wciąż większej niż ta, do której przywykł, zmęczyła go zarówno fizycznie, jak i psychicznie. Gdy ludzie mijali go w pośpiechu, czuł potrzebę wystawiania łokci na zewnątrz, żeby na niego nie wpadali. Gdyby mógł, założyłby znak „Nauka jazdy".

Kiedy przesuwał się, powoli wznosząc się w górę, w kierunku biurowca, poczuł, że zaczyna go ogarniać znajoma depresja. Zdał sobie sprawę, że nie czuł się tak źle przez cały tydzień, podczas którego nie był w biurze. Potem doznał olśnienia, że zanim spędził tydzień poza pracą, czuł się tak źle dokładnie co rano. Po prostu do tego przywykł.

Gdy skręcił w ulicę, przy której znajdował się budynek firmy, obiecał sobie uroczyście, że nie dopuści do tego, by znów przywyknąć do takiego paskudnego samopoczucia; spożytkuje odczucia z ostatniego tygodnia, wykorzysta wspomnienie o nich jako inspirację do zmiany życia.

Dotarł do biura i przez chwilę rozkoszował się kilkoma ostatnimi minutami wolności i słońca. Kolejne osiem godzin nie należało do niego. Sprzedał je drogo. Z ciężkim sercem wspiął się na szare kamienne stopnie.

Do czasu przerwy na lunch Josh wciągnął się w rytm pracy. Stary frazes mówił prawdę, to było jak jazda na rowerze. Owszem, wciąż czuł się zmęczony i nieco na marginesie biurowych rozgrywek, które zwykle stanowiły jego jedyną rozrywkę, ale wiedział, że to tylko kwestia czasu.

Gdy przy jego biurku pojawiła się Sally, lekko wyginająca plecy w łuk i udająca skromnisię, spojrzał na nią jak na istotę z innej planety.

— Witamy z powrotem — zagruchała.

Uśmiechnął się do niej zza biurka. Był to bardzo wyrazisty uśmiech, jakim wielu uśmiechało się przed nim i wielu miało się jeszcze uśmiechać. Głośno i wyraźnie mówił: „Jestem tchórzem. Nie chcę ci otwarcie mówić, że TO KONIEC, bo to by oznaczało a) przeprowadzenie rozmowy i b) przejęcie inicjatywy. Ale i tak odbierzesz wiadomość i podejmiesz decyzję za mnie. Dziękuję ci".

— Tęskniłam za tobą — powiedziała Sally, zachowując pozę skromnisi i jednocześnie trochę bardziej prężąc plecy.

Josh zaznaczył sobie w pamięci, żeby popracować nad uśmiechem, zastanawiając się, jak, u licha, mógł się posunąć do tego, żeby posunąć tę kobietę. Miał wrażenie, jakby przełącznik w jego ciele ustawiony kiedyś w pozycji „włączone" — pstryczek, który łączył każde włókno nerwowe z mózgiem, przesyłając wiadomość „Sally to niezła laska: podjąć działanie" — został przestawiony na „wyłączone". Nie mógł nic na to poradzić. Kwestia instynktu.

— Chcesz mi pokazać siniaki? — szeptała teraz.

Z niejakim przerażeniem Josh uświadomił sobie, że pokazywanie siniaków komukolwiek, a tej kobiecie szczególnie, było ostatnią rzeczą, na jaką miałby ochotę. Jedyne, czego na pewno nie mógłby powiedzieć, to żeby te siniaki były seksowne. Właściwie czuł, jak większość organów wewnętrznych kurczy mu się na samo wspomnienie sposobu, w jaki się ich nabawił. Zadzwonił telefon, sprawiając, że podskoczył, i z przepraszającym zerknięciem na Sally odebrał go po pierwszym dzwonku.

— Josh? Tu Toby.

Josh włożył całą energię w to, by mówić głosem wyluzowanym i pogodnym, podczas gdy Sally powoli — i, jeśli się nie mylił, starając się wyjść na skromnisię, a jednocześnie prężąc plecy — odeszła.

— Cześć, jak leci? — rzucił do słuchawki.

Nastąpiła długa pauza.

— W porządku — skrzeknął Toby.

Dzięki braku obecności Sally Josh mógł skupić się na rozmowie. Zdał sobie sprawę, że młodszy braciszek usiłuje się nie rozpłakać, co podwyższało mu głos o jakieś dwie oktawy.

— Co jest, stary? — zapytał miękko.

Kolejna pauza.

— Jestem trochę... podłamany — pisnął Toby.

— Jasne, że tak, stary. Masz trzynaście lat i jesteś w szkole. Życie to gówno.

Toby prychnął.

— Przypomnę ci tylko — ciągnął Josh — że życie wygląda niewiele lepiej, kiedy masz lat dwadzieścia pięć i pracujesz, ale przynajmniej ci płacą i spróbowałeś seksu.

Toby wydał z siebie dziwny gardłowy dźwięk, który niemal przypominał parsknięcie śmiechem.

Kiedy tak stał przy automacie, obok przebiegła grupa kolegów, więc odwrócił się, żeby stać twarzą do ściany. Minęli go. Oparł łokieć o aparat i schował głowę za osłoną ramienia, kryjąc twarz od strony schodów prowadzących do szkolnych laboratoriów.

— Będziesz u taty w ten weekend? — pociągnął nosem, przełykając gile.

— Jasne, teraz tam mieszkam w pełnym wymiarze — odparł Josh. — Mówiłem ci o tym w zeszły weekend, ale o ile sobie przypominam, bardziej cię zajmowało ciągnięcie za włosy Tallulah.

— A co robisz w sobotę?

Josh zrobił pauzę, zanim się odezwał.

— Spędzam dzień z moim ulubionym młodszym bratem, ot co.

Kolejna długa przerwa.

— Dzięki — skrzeknął Toby.

— A teraz idź, umyj twarz, przejdź się szybkim krokiem, a potem w nagrodę dołóż komuś mniejszemu od siebie.

Toby gwałtownie otarł oczy ręką.

— Do zobaczenia w piątek wieczorem — stwierdził Josh. — Namyśl się, co chciałbyś robić w sobotę.

Kiedy usłyszał brzęk odkładanej przez Toby'ego słuchawki, przez jakiś czas zastanawiał się jeszcze nad dobrze znaną kwestią. Nienawidził szkoły Toby'ego z całej siły. Gdyby miał pieniądze, chętnie zapłaciłby za przeniesienie braciszka do lepszej placówki.

Wziął do ręki ołówek i zaczął obgryzać końcówkę. Zniknięcie Dicka mogło być emocjonalnie bardziej obciążające dla niego, czternastoletniego, ale dla Toby'ego, wówczas dwulatka, miało znacznie poważniejsze konsekwencje. Josh zaczął już kurs przygotowawczy do egzaminów „O" w swojej prywatnej szkole, więc alimenty od Dicka pokryły opłaty. Gdy Toby podrósł na tyle, żeby zacząć gimnazjum, Dicka nie było od dawna i jego kiedyś pokaźne wpłaty nie były już takie pokaźne, czesne w prywatnych szkołach poszło w górę, a mama wciąż nie miała na widoku żadnego nowego mężczyzny, który wsparłby ją finansowo. Zapytała Toby'ego, czy chce chodzić do prywatnej szkoły, czy mieć coroczne wakacje za granicą. Nikt oprócz niej nie był zdziwiony, gdy wybrał to drugie. I teraz chodził do szkoły, „w której nauczyciele bali się dzieci, a dzieci bały się siebie nawzajem". Josh pamiętał, że sam bał się w szkole tylko egzaminów.

Gdy zjawił się ktoś z pytaniem dotyczącym pracy, Josh wyjął ołówek z ust, skoncentrował się usilnie i wrócił myślą do teraźniejszości. Zresztą i tak prawie zżuł koniec ołówka.

Podczas gdy Josh po raz setny rozważał szczegółowo niepokojące fakty ze szkolnego życia brata, Toby odłożył słuchawkę i ze spuszczoną głową szedł w kierunku toalet. Umył twarz bardzo zimną wodą, stanął przy oknie i odczekał, aż przestanie wyglądać, jakby jakiś szóstoklasista podbił mu oczy. Wszedł jakiś pierwszak i przyjrzał mu się z zaskoczeniem.

— CZEGO? — warknął Toby. — Podbić ci oko?

Pierwszak gwałtownie potrząsnął głową i pospiesznie zmienił kierunek, zamiast do pisuarów, idąc do kabiny.

Toby'emu znów zwilgotniały oczy i kiedy ponownie wystawił twarz na działanie zimnej wody, pierwszak stał przerażony w kabinie, nie będąc w stanie się ruszyć i kompletnie niezdolny z niej skorzystać.

Toby nie był jedynym dzieckiem Fitzgeraldów, które dało się ponieść emocjom w szkole. Oddalona o dwadzieścia minut i milion mil Cassandra stała na macie gimnastycznej, a podniecenie bąblowało jej w brzuchu. Nigdy wcześniej nie zaszła tak daleko w zabawie w rozbitków. Zostały tylko ona, Flora Mackintosh, Kate Brown i Arabella. Wszystkie pozostałe dzieci wypadły — „utonęły w morzu", spadając na podłogę zamiast stanąć na sprzęcie porozrzucanym po całej sali.

Cassandra widziała, że Maisy ją obserwuje, i czuła się odważna, sprawna i silna. Słyszała w duchu słowa Jo: „Założę się, że Maisy żałuje, że cię straciła, ja bym żałowała".

Szeroko uśmiechnęła się do siebie. Jo powiedziała, że po szkole może pobawić się jej włosami.

Nauczycielka ponownie dmuchnęła w gwizdek i ona, Flora, Kate oraz Arabella wystartowały. Cassie skoczyła z maty na drabinkę, wymanewrowała ciałem tak, żeby przecisnąć się przez niewielką szczelinę i lekko zeskoczyła na koniec ławki. Nie słyszała pomruku tłumu. Potem coś kazało jej podnieść wzrok i zobaczyła Arabellę idącą w jej stronę po ławce. W pierwszym odruchu chciała się cofnąć, ale pomyślała o tym, co zrobiłaby mamusia. „Nie bój się dziwek. Pewnego dnia Arabella Jackson będzie bogatą klientką twojej firmy. Po prostu naucz się, jak dostać od niej to, czego chcesz".

Cassandra skupiła się na tym, żeby dostać od Arabelli to, czego chciała, ale wysiłek był za wielki i wciąż traciła równowagę. Wbiła wzrok we własne stopy i stanęła pewnie. Patrzenie w dół pomogło jej w planowaniu i dotarło do niej, że jeśli pokona Arabellę, znienawidzi ją cała klasa. Jeszcze bardziej niż teraz. Stojąc tak przed klasą na środku ławki, ubrana w mały T-shirt i wielkie szorty Cassandra miała nagle wizję siebie samej takiej, jaką widzieli ją inni — doświadczenie, które każdemu odebrałoby odwagę, a co dopiero ośmiolatce. Skurczyła się wewnętrznie.

Koleżanki z klasy zaczęły wołać: „Naprzód Arabella!", a wkrótce zrobiło się z tego głośne skandowanie: „Bel-la! Bel-la! Bel-la!".

Co nieuniknione, skandowanie zaczęło przygasać — jak dla Cassie rozpaczliwie powoli — i wreszcie ucichło, a wtedy, z pozostałej po nim ciszy, wydobył się niespodziewany dźwięk, zdumiewający, tym bardziej że tak osobliwy. Asha zawsze miała cichy głos, ale jego tembr był czysty.

— Naprzód, Cassie, naprzód! — krzyknęła z całej siły. Była to jedyna rzecz, jaką Asha kiedykolwiek zrobiła, wkładając w nią tyle energii, że zaskoczenie na jej twarzy ucieszyło resztę klasy. Nagle zaniosła się nieposkromionym chichotem i klasa — na jedną chwilę — ją pokochała. Kilka dziewczynek przyłączyło się do jej niewprawnego skandowania i Cassandra uśmiechnęła się do przyjaciółki, którą zesłał jej los. Kiedy Asha zaczęła się śmiać, klasa też się roześmiała.

Nie zauważyła zbliżającej się po ławce Arabelli do chwili, gdy ta znalazła się zupełnie blisko. Cassie przez sekundę bała się, że Arabella zamierza ją uderzyć. Potem usłyszała łobuzerski szept: „Chcesz mnie znowu zaatakować?", zanim Arabella nagle nie straciła równowagi i nie spadła z ławki. Cassandra instynktownie zeskoczyła, żeby jej pomóc.

Skandowanie i śmiech umilkły, gdy Arabella wydobyła z siebie mrożący krew w żyłach krzyk i zaczęła płakać. Wszyscy pognali w jej stronę.

— Popchnęła mnie! — szlochała Arabella, wskazując na Cassandrę. — Stopą, żeby nikt nie mógł zobaczyć, jak to robi.

Cassandra odskoczyła w tył wstrząśnięta.

— Widziałam — oznajmiła Maisy nauczycielce gimnastyki. — Zrobiła to, kiedy wszystkie skandowałyśmy. Stopą.

— Nie zrobiłam — wykrztusiła Cassandra, blednąc.

— Nie obchodzi mnie, kto to zrobił — stwierdziła nauczycielka, próbując podnieść Arabellę, której kostka już puchła.

— Ale ja nie... — wtrąciła się Cassandra.

— Powiedziałam, że nie obchodzi mnie, kto to zrobił — powtórzyła nauczycielka. Cassandra poczuła, że rozpada się na kawałki.

— Ale ja tego nie zrobiłam! — zawyła, zła niemal w tym samym stopniu, co przestraszona.

— CASSANDRO! — krzyknęła nauczycielka.

Cassandra podskoczyła.

— Nie chcę więcej o tym słyszeć — powiedziała nauczycielka stanowczo. — Powinnaś się bardziej przejmować kostką Arabelli. Zanim wrócę, chcę, żebyście wszystkie przebrały się w mundurki. Kate i Flora są równoprawnymi zwyciężczyniami.

Nauczycielka gimnastyki wyniosła Arabellę do pielęgniarki, trzymając ją jak dziecko w ramionach. Arabella smutno zamrugała fiołkowymi oczami do koleżanek, zanim zamknęła powieki w autentycznym bólu. Cassandra poczuła, jak jej chwilowa popularność ginie wraz ze zniknięciem Arabelli. Koleżanki, sekundę wcześniej wesoło skandujące jej imię, powoli odchodziły, zostawiając ją z Ashą. Dwie dziewczynki stały w ogromnej, rozbrzmiewającej echem sali.

— Wiesz, co myślę? — wyszeptała Asha.

Cassandra bezsilnie potrząsnęła głową.

— Że Maisy robi się równie zła, jak Arabella.

Cassandra niemal niezauważalnie skinęła głową, stary ból związany ze źle ulokowanym uczuciem dołączył się do obecnego cierpienia.

— Nie martw się — powiedziała Asha. — Nie ukarzą cię za popchnięcie Arabelli.

— Ale ja nie...

— Wiem. Tylko ci mówię. Chodźmy się lepiej przebrać — dodała i pobiegła do szatni.

Stojąc samotnie w sali gimnastycznej, Cassandra zdała sobie sprawę, że gdyby Arabella teraz wróciła i przysięgła na własne życie, że skłamała, i tak część koleżanek nigdy by jej nie uwierzyła. W tym momencie zrozumiała prawidłowość, którą poznało przed nią wielu polityków: wystarczy wypowiedzieć kłamstwo na głos, by większość ludzi uznała je za szczerą prawdę. Ponieważ większość ludzi, nawet gdyby sami kłamali setki razy dziennie, nie spodziewa się, że inni też to robią.

Łzy zaczęły jej płynąć po twarzy i szloch wstrząsnął całym ciałem. Chciała do mamy.

Mama jednak miała własne poważne problemy. Dział kreatywny wciąż jeszcze nie zadzwonił i Max zaczynał się irytować. Nawet nie chciała myśleć, co jej się zaczynało robić.

Gdy telefon wreszcie zadzwonił, nie była zachwycona.

— Czy jesteś gotowa na spotkanie ze mną? — łobuzerskim tonem zapytał Anthony.

— A masz jakieś skrypty? — przerwała.

Rozmawiała z nim po raz pierwszy od tamtego wieczoru. Była na niego bardzo zła. Następnego dnia przyszła do pracy niepewna, czy on zadzwoni, czy pojawi się w jej gabinecie. W obu przypadkach miała zamiar zwyczajnie mu wyjaśnić, stanowczo i bez śladu wahania, że to, co między nimi zaszło, było pijackim błędem i nigdy więcej się nie powtórzy.

Kiedy nie zjawił się do trzeciej, musiała zacząć rozważać niemal nieprawdopodobną możliwość, że w ogóle nie zamierzał przyjść. Podczas kluczowych dziesięciu minut między czwartą pięćdziesiąt a piątą jej zmieszanie, szok i upokorzenie połączyły się w jedno — w gniew. Do piątej trzydzieści była wściekła.

Gdy nie skontaktował się z nią także następnego dnia, zdrowy gniew zmienił się w niezdrowe podniecenie, implikacje którego zaczynały ją przerażać. Wiedziała, że będzie musiała do niego zadzwonić najpóźniej tego popołudnia. Niestety, do tej pory była w stosunku do niego nastawiona tak wrogo i defensywnie, że miała świadomość, iż ich relacja zmienia się w coś bardziej męczącego i naznaczonego polityką niż relacja zawodowa. Manipulował jej emocjami jak emocjami tylu innych przed nią.

Nagle uderzyła dłonią w biurko. O czym, do diabła, myślała? Była szczęśliwie zamężną kobietą. A przynajmniej zamężną kobietą, co sprowadzało się do tego samego. Kochała Dicka. Co oznaczało, że nie nienawidziła go przez dłuższy czas, ale tak to bywa w małżeństwie, prawda? Małżeństwo oznaczało dzieci, które się uwielbia, i dobieranie w pary skarpetek męża w zamian za wspomnienie słodkich bzdur, które kiedyś wygadywał i które, tak się udaje, usłyszysz jeszcze pewnego dnia przed śmiercią. I nie chciała, żeby jakiś biurowy Romeo zjawiał się i wszystko to niszczył, bardzo dziękuję. W słuchawce panowała cisza. Miał ten skrypt czy nie?

— A może to rozmowa towarzyska? — zapytała, jej sarkazm był tak żrący, że mógłby przepalić telefoniczne kable.

— Uhm, tak — odparł Anthony, z którego głosu zniknął cały łobuzerski urok. — Jesteśmy gotowi.

Ustalili spotkanie w najbliższym odpowiadającym wszystkim terminie i rozłączyli się.

Po telefonie Anthony wpatrywał się w przestrzeń, przygryzając dolną wargę przez pełne pięć minut.

Dokładnie tego się obawiał. Ostry ton Vanessy powiedział mu, że nie była zadowolona. Tylko czy dlatego, że ją pocałował, spóźnił się ze skryptem, czy też dlatego, że nie zadzwonił po tym, jak ją pocałował?

Dzień po tym, gdy połączył go z Vanessą Fitzgerald pocałunek, który wskoczył na pozycję numer jeden jego „Listy pocałunków wszech czasów wprawiających ziemię w drgania" (ex aequo z tym z Lucy Spires z pierwszego roku przy stojakach na rowery, kiedy myślał, że jego ciało eksploduje), czuł się wspaniale. Pomysły pojawiały się szybko i bez trudu, on i Tom pracowali nad kampanią jak szaleni.

Był tak podniecony, że ostatnie, co mógł zrobić, to zadzwonić do Vanessy. Za duże ryzyko. (Lucy Spires — okrutna, nieustraszona Lucy Spires — poszła do szkoły następnego dnia po tym wspaniałym doświadczeniu przy stojakach na rowery i magicznie przechrzciła go na Anthony'ego-gawędziarza. Skąd, do diabła, miał wiedzieć, że może wziąć do siebie to, że nie pozwolił swemu ciału na eksplozję? Czemu ktoś po prostu nie przedstawi człowiekowi zasad?). Nie był w stanie ponownie znieść takiego przeżycia.

Im dłużej nie ruszał tej sprawy, tym bardziej pocałunek z Vanessą stawał się czystym faktem, nieskomplikowanym późniejszymi rozważaniami, żalami czy przeprosinami. Nie chciał tego zniszczyć. A teraz to się stanie. Będzie musiał ponownie zobaczyć Vanessę, usłyszeć jej lodowaty ton, odczuć jej obojętność. Przynajmniej jedno mu sprzyjało, pomyślał z ulgą. Dzięki Bogu będzie w stroju wysokiego na dwa metry króliczka.

Vanessa wezwała Tricię, która musiała się poniżyć, odwołując ważne spotkanie z innym dużym klientem. Obie kobiety stały razem w windzie. Vanessa uśmiechnęła się do swojej podwładnej. Wiedziała, że to nie w porządku, że Tricia musiała robić z siebie kretynkę przed zajmującymi niesławne pierwsze miejsce w rankingu najtrudniejszych klientów, bo kreatywni wybrali właśnie ten moment na spotkanie.

— Byli okropni? — zapytała Vanessa.

— Nazwali mnie kłamliwą kurwą.

Vanessę zatkało.

— Żartujesz.

Tricia pokręciła głową.

— Nie martw się, zamienię słówko z Maksem — powiedziała Vanessa. Kiedy Tricii zaczął drżeć podbródek, dodała: — No, głowa do góry. Pomyśl o premiach. Zobaczę, co mogę dla ciebie zrobić.

Tricia zdobyła się na uśmiech.

— Ale oczywiście będę musiała zadać ci pewne pytanie, wyłącznie dla porządku — ciągnęła Vanessa zasadniczym tonem. — Czy jesteś kłamliwą kurwą?

Zanim drzwi windy się otworzyły, uśmiech czuł się na twarzy Tricii jak w domu.

Vanessa musiała już odbyć uspokajające rozmówki z Maksem, który odczuwał nerwowe swędzenie i wpadał teraz do jej biura średnio cztery razy dziennie. Oczywiście nigdy w życiu nie niepokoiłby kreatywnych — byli o wiele zbyt cenni, żeby im zawracać głowę — więc w zamian krzyczał na nią. Był w drodze na spotkanie — został wywołany ze służbowego lunchu.

O rany, pomyślała, lepiej, żeby ta prezentacja była dobra. Czuła lekkie mdłości. Oby z powodu prezentacji.

Weszły z Tricią do biura i zastały tam wysokiego na dwa metry białego królika, który pił herbatę z filiżanki. Wstał na ich widok i wykonał głęboki majestatyczny ukłon.

— Witajcie... w Krainie Czarów — z wnętrza króliczego kostiumu popłynął ciepły, seksowny głos Anthony'ego.

Vanessie zmiękły kolana.

— Fantastyczne! — ryknął Max. — Fantastyczne!

Anthony z wnętrza swojego kostiumu obserwował Vanessę i Tricię, które uśmiechały się do Maksa.

— Królik przy telefonie! Królik! Kraina Czarów Komunikacji! Fantastyczne! — powtórzył Max. — Pieprzony geniusz!

Anthony pocił się w króliczym kostiumie jak prosię, ale było warto. Nie było przyjęte, żeby kreatywni przebierali się za cokolwiek przed faktycznym konkursem, ale byli z Tomem tak zdenerwowani, że jednak postanowili to zrobić. I zadziałało. I nie tylko to, kostium królika sprawiał, że poczuł się odważny.

Po spotkaniu przekręcił głowę ukrytą w kostiumie i obserwował Vanessę, powoli i starannie porządkującą pióra i notatki, podczas gdy pozostali wyszli z sali. Nagle nachylił się przez stół i oparł swoją wielką białą łapę na jej dłoni. Lekko podskoczyła. On też. Przyglądał się, jak podnosi wzrok, żeby popatrzeć mu w oczy.

— Anthony, zdejmij, proszę, ten strój — powiedziała.

— Jak się masz? — zapytał, słysząc echo własnego stłumionego głosu.

— Świetnie! — wykrzyknęła. — A czemu miałoby być inaczej? Jestem w Krainie Czarów.

Wyszedł za nią z biura. Max, Tricia i Tom już zniknęli. Gdy dotarli do drzwi jednego z pomieszczeń biurowych używanych jako przechowalnie, Anthony zauważył, że głowa Vanessy wykonała minimalny ruch w tę stronę. Nie zastanawiając się, chwycił ją w pasie, pchnięciem otworzył drzwi i wepchnął ją do środka, jednym ruchem zatrzaskując za sobą drzwi.

Gdy tak stali, dysząc ciężko, w czarnej jak smoła ciszy, otoczeni czterema tysiącami czekoladowych herbatników Silly

Nibble, długie miękkie uszy Anthony'ego nabrały nagle złowieszczego wyglądu.

— Co ja tu, do cholery, robię? — wyszeptała Vanessa drżącym głosem.

Odwróciła się i przekonała, że Anthony zdjął króliczą głowę. Miał od tego nastroszone na bokach włosy, co nadało mu wygląd małego chłopca, podczas gdy blond loki wystające z kołnierzyka koszuli przydawały mu męskości.

— Cóż, króliki są znane z tego, że przodują w pewnej konkretnej dziedzinie — powiedział, odciągając ją od drzwi.

— Wypuść mnie — szepnęła, cofając się.

— Dobra — odparł, całując ją.

Pięć minut później Vanessa przepchnęła się przez drzwi magazynku z Silly Nibble, poprawiła włosy, zapięła górny guzik bluzki i pospiesznie ruszyła dogonić pozostałych.

16

Gdy Jo robiła czwartą tego dnia rundę z dziećmi, żeby odebrać Cassandrę ze szkoły, a Josha z pracy, była wyczerpana.

Tallulah zasnęła w momencie, gdy Jo zapięła ją w samochodowym foteliku, i chrapała tak głośno, że ani Jo, ani Zak nie słyszeli ulubionej kasety Zaka. Zanim Jo znalazła w końcu miejsce do zaparkowania w ciasnym Hampstead, przykleiła na oknie nalepkę i wyciągnęła Tallulah z fotelika, mała zasnęła głęboko i z pełnym zadowoleniem. Oczywiście jak każdy po wyrwaniu z przyjemnej drzemki Tallulah była teraz poirytowana. Do tego stopnia, że gdyby nie miała czterech lat, Jo obstawiałaby zespół napięcia przedmiesiączkowego.

— Nie śpiewaj tej piosenki, Zak — jęczała Tallulah, gdy Zak zanucił melodię z taśmy, której usiłował posłuchać w drodze na miejsce.

— Przestań nas wyprzedzać, Zak — jęczała. Zak i Jo pospiesznie wymienili znaczące spojrzenia i starali się zachowywać jak najciszej.

Kiedy Tallulah zapadła w nerwowy sen w ramionach Jo, ta szybko puściła do Zaka oko i wyszeptała:

— Dobry trening. — Nie wiedział, co miała na myśli, ale i tak szeroko się uśmiechnął.

Tallulah stwierdziła, że nie będzie chodzić, więc Jo musiała ją nieść całą drogę do szkolnej bramy. Nieruchoma jak kamień czterolatka zawsze jest ciężka; nieruchoma jak kamień cztero-latka z ZNP jest z jakiegoś powodu znacznie cięższa.

Jo weszła po stopniach na teren placu zabaw, gdzie dzieci roiły się w oczekiwaniu na zabranie do domu. Cassandra jak zwykle stała z boku ze swoją małą przyjaciółką Ashą, na której widok Jo miała ochotę powiedzieć bardzo uprzejmie: „Nie mam zamiaru cię porwać". W przeciwieństwie do wszystkich pozostałych dzieci Cassandra czekała na zabranie do domu, zamiast wymieniać się sekretami, żartować i opowiadać histo-ryjki i w chwili, gdy zobaczyła Jo, jakby trochę wyprostowała plecy. Jo prawie doczekała się uśmiechu, a potem Cassandra poszła w jej stronę ze spuszczoną głową. Wydawała się bardzo malutka.

— Chcesz usiąść z przodu, dopóki nie odbierzemy Josha? — zapytała Jo już w samochodzie.

— Dobrze — odparła Cassandra.

Po drodze do auta żadne z dzieci nic nie mówiło i Jo tak to zostawiła. Wiedziała, że czasami człowiek chce być sam ze swoimi myślami, szczególnie po ciężkim dniu.

Zanim przed-przedmiesiączkowy były brzdąc został bez-piecznie zapięty w foteliku, Zak i Cassandra już się kłócili. Kłótnie między nimi wybuchały szybciej niż race przyczepione do kociego ogona. W jednej sekundzie mogli razem chichotać, w następnej próbowali się pozabijać, po czym wracali do chichotów. Jo była stanowcza, ale sprawiedliwa. Teraz kolej Cassandry na słuchanie wybranej muzyki, Zak słuchał swojej w drodze tutaj. Zak miotał się w napadzie szału, ponieważ nie był w stanie niczego usłyszeć z powodu chrapania Tallulah — dopóki Tallulah nie załatwiła sprawy chrapaniem tak głośnym, że nikt nie mógł słuchać także muzyki Cassandry.

Zanim dotarli do stacji Highgate, zrobiło się miło. Josh czekał na nich w słońcu. Krawat miał rozluźniony i z granatowej koszuli wyglądał obojczyk obciągnięty gładką oliwkową skórą. Jo wzięła głęboki wdech, nacisnęła klakson i odwróciła się, kiedy podniósł wzrok. Uśmiechnął się szeroko do swojej rodzi-ny i zmierzwił Cassandrze włosy, kiedy zrobiła mu miejsce z przodu i przeniosła się do tyłu. Cassandra uśmiechnęła się ponuro, ale mroczne piekło szkoły zaczęło już cofać się na zaplecze prawdziwego życia, w którym była Najstarszym Dzieckiem ze śliczną nianią, zabawnym bratem przyrodnim oraz mamą i tatą, którzy niedługo wrócą do domu.

Josh zajął przednie siedzenie.

— Jak tam rodzina? — zapytał wyjątkowo przyjaznym tonem. Jo poczuła, że rośnie jej serce.

— W porządku! — zawołali wszyscy.

— Miałem na myśli tych tam — powiedział tym samym tonem, który Jo rozpoznała teraz jako kpiący, wskazując na przytulanki Jo nad tablicą rozdzielczą. — Daffy'ego, Duffy'ego, Dozy'ego i Duda.

Jo cmoknęła.

— Ha. Nie pozwolę ci wybierać imion dla dzieci.

Cholera. Kiedy to wypowiedziała, zabrzmiało dwuznacznie. Chciała zatuszować niezręczność celną, złośliwą uwagą, ale była zbyt zajęta gwałtowną reakcją swojego ciała na bliskość Josha. Zresztą i tak albo nie słyszał, albo to zignorował i już odwracał się do tyłu, drocząc się z dziećmi.

— JOSH! — ryknął Zak, jakby ten wciąż znajdował się w swoim biurze i był głuchy. — Zagrasz ze mną w krykieta, kiedy dojedziemy?

— Jo! Jak odrobię lekcje, mogę cię uczesać? — zapytała Cassandra.

Tallulah chrapnęła z tyłu jak nosorożec i wszyscy się roześmiali.

Jo skupiła się na prowadzeniu, nie chcąc piłować samochodu z taką siłą, z jaką gryzła się w język. Nie mogła się zdecydować, czego chciała bardziej: raz jeszcze przeprosić Josha czy bardzo mocno dołożyć mu w siniaki.

Josh rozsiadł się wygodnie.

— Kolejny dzień, kolejny dolar.

— Dla niektórych — stwierdziła Jo uprzejmie. — Mój dzień dobiegł dopiero do połowy.

— W takim razie dobrze się składa, że to lekka praca.

Jo o mało nie zgasł silnik.

Później, kiedy dzieci pogalopowały przodem do domu, a Jo i Josh schylili się, żeby podnieść nową książkę telefoniczną sprzed frontowych drzwi, Jo oznajmiła cicho, lecz stanowczo:

— Zdaje mi się, że Cassandra miała okropny dzień.

Spojrzeli na siebie. Kiedy przelotnie dotknęli się kolanami, oboje zachowali się, jakby poraził ich prąd.

— A czemu tak twierdzisz? — zapytał.

Jo wzruszyła ramionami.

— Nie wiem. — Spojrzała na Cassandrę, która już była w korytarzu. — Po prostu... Postępuj z nią delikatnie.

— Dziękuję. Zanim się tu zjawiłaś, nie zbliżałem się do Cassandry bez kija — powiedział i wszedł do domu.

Wstając, zacisnęła zęby i ruszyła za Joshem.

To był długi wieczór. Jo i Josh podzielili się obowiązkami bez uzgadniania, Josh bawiąc się z Zakiem w ogrodzie, Jo z Cassie i Tallulah w oranżerii. Jo z trudem mogła uwierzyć, że zaledwie w ubiegłym tygodniu bardziej cieszyłaby ją obecność Josha w domu. Miała nadzieję, że Zak daje mu w kość w ogrodzie. W tym samym czasie w ogrodzie Zak dawał Joshowi w kość, wygrywając z nim w krykieta z całą gracją i pogodą sześciolatka.

— WYGRYWAM! — wrzasnął do Jo, wbiegając do środka. — WYKAŃCZAM GO!

— Grzeczny chłopiec. — Uśmiechnęła się. — Jestem z ciebie dumna.

Zak z chichotem popędził na dwór dołożyć przyrodniemu bratu. Miał nadzieję, że Josh nigdy się nie wyprowadzi.

— Chyba już mi się nie chce rzucać — oznajmił Josh, wyciągając koszulę ze spodni i machając połami, żeby się ochłodzić.

— Ale ja odbijam — powiedział Zak zdumiony.

— Och.

— Możesz wziąć bramkę — zaproponował Zak wspaniałomyślnie.

— Rany! — wykrzyknął Josh. — Masz na myśli, że mogę ją sobie zatrzymać? Na zawsze?

Josh cieszył ucho rozkosznym dźwiękiem podobnym do odgłosu kropli wody ściekających po kamieniach, śmiechem chłopca, który nie może powstrzymać chichotu.

— Nie! — powiedział Zak, kiedy był w stanie mówić. — To są moje bramki!

— To doprawdy znakomicie — ciągnął Josh. — To oznacza, że ty nie musisz ich brać.

Zak usiłował się opanować.

— Nie — wydyszał. — Wziąć bramkę znaczy co innego!

— Czy to znaczy, że potem muszę ją oddać?

Znów woda ściekająca po kamieniach, a potem trochę poważnego krykieta i pół godziny później, gdy Josh został należycie pokonany, udał, że pada, co potrwało dłużej, niż miał nadzieję — z powodu siniaków. Leżał na trawie, mrużąc oczy i patrząc w niebo.

— Nie żyję — stwierdził grobowo. — To szok z powodu przegranej z czterolatkiem.

Zak znów dostał histerii ze śmiechu, przeskakując z nogi na nogę.

— Mam SZEŚĆ lat! Nie CZTERY!

— Przepraszam. Pięciolatkiem.

— SZEŚĆ! — zdołał wydusić Zak.

— Idę teraz do nieba — stwierdził Josh, powoli wstając. — W kuchni. Zaopiekuj się moimi roślinkami.

Zak wszedł za Joshem do środka, krzycząc:

— WYGRAŁEM! POBIŁEM GO!

Wyprzedził brata, ledwie zauważając, że Josh znieruchomiał w drzwiach.

Jo ze skrzyżowanymi nogami siedziała bez ruchu na podłodze pod oknem oranżerii, plecy miała elegancko wyprostowane. Jej gęste ciemne włosy były starannie zaplatane przez dwie milczące dziewczynki, które rozłożyły się dookoła. Tallulah siedziała u Jo na kolanach, Cassie przyklękła za nią. Sześć kończyn splatało się ze sobą, a szeptane od czasu do czasu przez Jo słowa zachęty wywoływały przelotne półuśmiechy. Czasami Jo gładziła Tallulah po głowie, a Cassandra ściskała Jo. Słońce wpadało przez drzwi oranżerii, a kosmyki włosów Jo, które wciąż wysuwały się z paluszków Tallulah, wydawały się lśnić głębokim połyskiem błękitu.

Josh wszedł do środka powoli, jak pływak wychodzący z wody.

— POBIŁEM GO! — powtórzył Zak.

Jo odezwała się, nie zmieniając pozycji.

— Dobra robota, Zak, w samą porę na kolację.

Zak nie znalazł zajęcia w towarzystwie dziewczynek i ponownie przyłączył się do Josha w drzwiach do ogrodu.

— Stary — rzekł Josh z pełnym zrozumienia mrugnięciem — damy nie lubią, żeby trzymać się za siusiaka.

Zak tymczasowo zaniemówił ze śmiechu.

— Damy! Siusiak! — zachichotał, a potem nagle zamilkł. — Co jest na kolację? — zapytał.

Jo wskazała na piekarnik i kuchenkę, gdzie parowały jakieś warzywa i grillowały się paluszki rybne oraz frytki.

— Paluszki rybne, frytki, brokuły i groszek — powiedziała, podając Cassie gumkę do włosów. — Będziesz grzecznym chłopcem i nakryjesz do stołu?

— Dobrze — odparł Josh — ale tylko dlatego, że nazwałaś mnie grzecznym chłopcem.

Dzieci zaniosły się śmiechem. Jo wręczyła Tallulah kolejną gumkę. Dziewczynki skończyły czesanie. Jo wstała i energicznie odwróciła się do nich, żeby mogły ocenić swoje dzieło.

— Tallulah zrobiła warkocz niżej niż ja — powiedziała Cassandra. — Jo wygląda okropnie.

— Nieprawda — zaprzeczyła Tallulah. — Prawda, Josh?

Josh skrzyżował ramiona na piersi i urządził wielkie przedstawienie z oglądania Jo. Miała na sobie spodnie trzy czwarte i T-shirt z różowym serduszkiem na piersi. Cassandra i Tallulah skopiowały jej strój w każdym szczególe, aż do koloru i rodzaju gumek do włosów. Jedyna zauważalna różnica polegała na tym, że obie miały pomalowane paznokcie i brakowało im biustu. Cała trójka wpatrywała się w niego wyzywająco.

— Hm — myślał głośno Josh — czy Jo wygląda okropnie? Niech. Się. Zastanowię.

Po chwili Jo podeszła do piekarnika, żeby przypilnować kolacji.

— Wygląda, jakby miała dziesięć lat — stwierdził ostatecznie Josh, dołączając do niej przy kuchence.

— No, cóż — zamruczała Jo z głową do połowy ukrytą w piekarniku. — Lepiej wyglądać jak dziesięciolatek, niż tak się zachowywać. — Wyjęła głowę z piecyka i zastała Josha wpatrującego się w nią z nieodgadnionym wyrazem twarzy. Czy posunęła się za daleko? Zarumieniona przypomniała sobie, co Shaun powiedział o Joshu, który szpieguje dla swojej matki. Czy mógł jej narobić kłopotów?

— Gdzie są widelce? — zapytał Zak, który nagle znalazł się za nimi.

Gdy zadzwoniła komórka i okazało się, że to mama, Jo uparła się poprosić o dokończenie kolacji Cassandrę, a nie Josha.

— Ja to zrobię — powiedział cicho.

— Nie, nie trzeba — odrzekła Jo.

— Ja mogę — zaproponowała Cassandra.

— Żaden problem — oznajmił z naciskiem. — Nie jestem dzieckiem, potrafię zająć się własną rodziną.

Jo wpatrzyła się w niego. Potem powiedziała do telefonu:

— Mamo, czy mogę do ciebie...

— Nie bądź śmieszna — przerwał Josh, podnosząc głos. — Porozmawiaj z matką, ja dokończę przygotowania do kolacji. — Kiedy poszła do swojej sypialni, usłyszała jego mamrotanie: — Nie ma ludzi niezastąpionych.

Zamknęła za sobą drzwi.

— Jak tata? — zagadnęła.

— Ma w przyszłym tygodniu wizytę kontrolną — odparła Hilda. — Jestem przerażona. Ostatnio nie wygląda za dobrze.

— Nie wygląda za dobrze od jakichś pięćdziesięciu lat — zauważyła Jo — ale i tak go kochamy.

Nastąpiła pauza.

— Jak ci tam jest, kochanie? — zapytała Hilda.

— W porządku, mamo. A jak...

— Karmią cię jak należy?

— No, tak, karmią, ale większość tego jedzenia jest naprawdę dziwaczna.

— To nie są Azjaci, prawda?

— Mamo! Nie, po prostu inaczej jadają.

— Ale dostajesz mięso i dwa rodzaje warzyw?

— Tak, mamo. Ja... chciałabyś, żebym przyjechała do domu?

— Oczywiście, że nie! — wykrzyknęła Hilda. — Czemu miałabyś tu przyjeżdżać?

— Żeby się z tobą zobaczyć, głuptasie.

— A po co masz przyjeżdżać do domu i się ze mną widzieć?

— Bo za tobą tęsknię.

— Nie bądź śmieszna. Jesteś za bardzo zajęta. Nie możesz cały czas tak biegać — co ci ludzie sobie myślą? Weź tylko pod uwagę, że twój tata chyba trochę za tobą tęskni.

— Przyjadę w najbliższy weekend.

— Ooch, cudownie!

— O nie! Nie mogę. W następny.

— Bomba.

— Muszę kończyć.

— Oczywiście.

— Muszę dać dzieciom kolację. Jest z nami ich przyrodni brat i myślę, że może mnie sprawdzać.

— O rany.

Gdy Jo wróciła, zastała dzieci siedzące grzecznie przy stole i jedzące w ciszy. Zaczęła kręcić się i porządkować kuchnię.

— Wiem, co chcę na urodziny — oznajmił Zak z wąsami od mleka nad górną wargą.

— Naprawdę? — zapytał Josh. — Co?

— Potrzebny mi elektroniczny zegarek.

— Czy mamusia i tatuś nie kupili ci zegarka w zeszłym roku? — zapytała Cassandra. — Wciąż je psujesz.

— Masz rację — przyznał Zak poważnie. — Może powinienem dostać dwa.

— Ile dzieci chcesz mieć, kiedy będziesz starsza? — Cassandra ponuro zapytała Tallulah, nabijając groszek na widelec.

— Czworo — odpowiedziała Tallulah. — A ile ty chcesz?

— Dwoje.

— Chcesz chłopca i dziewczynkę, dziewczynkę i dziewczynkę czy chłopca i chłopca? — dociekała Tallulah pomiędzy małymi melancholijnymi kęsami brokułów.

— Chłopca i dziewczynkę — nastąpiła szybka odpowiedź. Jo się uśmiechnęła.

— To chyba tak nie działa. Nie ma się wyboru.

Dziewczynki przemyślały sprawę.

— Możesz mieć chłopca i chłopca — wyszeptała Tallulah. Nastąpiła długa, długa pauza.

— Tallulah ma szczęście — poskarżył się nagle Zak. — Dostała więcej frytek ode mnie. To nie w porządku.

— Lula, kochanie — przymiliła się Jo, używając specjalnego, miękkiego tonu. — Myślisz, że dasz radę zjeść wszystkie te frytki?

Tallulah spojrzała na swój talerz i rozważyła pytanie.

— Pewnie nie.

— Dałabyś trochę Zakowi?

Tallulah oddała Zakowi trochę swoich frytek.

— Dziękuję — powiedział zdziwiony.

— Cała przyjemność po mojej stronie — grobowo stwierdziła Tallulah.

Josh i Jo zerknęli na siebie, a potem szybko odwrócili wzrok, zanim jeszcze Tallulah, kupka rozpaczliwego żalu, rzuciła się w ramiona Jo.

Kiedy Dick wrócił do domu, dzieci były wykąpane i przygotowane do snu. Bez względu na to, jak bardzo były zmęczone, kiedy tatuś wracał do domu, znajdowały nową energię i krążyły wokół niego jak jednodniowe motylki, cieszące się ostatnimi chwilami świadomości. Jo obserwowała, jak Dick odżywa w towarzystwie dzieci. Uśmiechnęła się, a potem podniosła wzrok i zobaczyła, że Josh też się przygląda. Przyglądał się, ale na pewno nie uśmiechał. Może Shaun miał co do niego rację.

Tego wieczoru dokonała zaplanowanego — i niemałego — wysiłku, żeby zadzwonić do Sheili.

— Shaun mówi, że dobrze się bawił — powiedziała Sheila.

— O! Czyli się z nim widziałaś?

— Tak — odparła Sheila. — Zjadł dziś lunch ze mną i Jamesem.

— Jak James?

— W porządku.

Pauza. Jo nie wiedziała, co jeszcze powiedzieć. Nie mogła opisać jej skomplikowanych uczuć do Shauna i z pewnością nie mogła opowiedzieć niczego o swoich skomplikowanych uczuciach wobec Josha. Rozmowa znalazła się w ślepym zaułku.

— Jak wszyscy? — zapytała.

— Co? Wszyscy na świecie?

— Nie. Twoi rodzice.

— Jak zwykle.

— James?

— Nadal w porządku.

Kolejna pauza.

— Straszna tu harówka — powiedziała Jo. — I ten głupi brat zmienia mi życie w koszmar.

— A, tak — odparła Sheila. — Shaun nam o nim opowiadał. Ten, co to słucha, jak wy dwoje uprawiacie seks.

— Tak — odrzekła Jo, której zaschło w ustach. — Właśnie ten.

— Wygląda na prawdziwego dupka.

— Uhm.

Po rozmowie Jo wzięła szybki prysznic i położyła się do łóżka, aby poczytać. Wiedziała, że nie uśnie wcześniej, nim Josh przyjdzie, wykąpie się i przejdzie przez jej pokój, żeby się położyć.

Trzy bajki, trzy ostatnie uściski, trzy wielkie soczyste całusy i troje śpiących dzieci później, Dick zszedł na dół zmęczony, ale zadowolony. Nie miało to trwać długo.

Podszedł do szafki z alkoholem i nalał sobie czystej whisky, usiadł w oranżerii, włączył, a potem wyłączył telewizor. Wstał, znowu usiadł, a potem, bardzo powoli, ukrył twarz w dłoniach.

Vanessa wróciła do domu o dziesiątej i poszła prosto do kuchni po mocnego drinka. Dick wkładał do magnetowidu taśmę z „Top Gear". Obrzucił ją nieuważnym spojrzeniem.

— Cześć, kochanie, postanowiłaś jednak wrócić do domu?

Przyjrzała mu się, gdy przysiadł na skraju sofy z lekko odchyloną głową, skrzyżowanymi stopami i szeroko otwartymi oczyma. Wpatrywał się w ekran. Poczuła ucisk w żołądku. Podeszła do niego powoli. Miała wysokie obcasy i wiedziała, że on uważa to za seksowne.

Dick wskazał na ekran.

— Popatrz! Ma wsteczny, który tak lekko wchodzi.

Vanessa się zatrzymała.

— Jak miło. Dobranoc, kochanie — powiedziała, sama delikatnie wrzucając wsteczny. — Nie zapomnij wyłączyć świateł.

— Uhm — zawołał za nią Dick z oczyma wciąż utkwionymi w ekranie.

Pół godziny później pukanie do drzwi wyrwało Jo z zamyślenia. Chwyciła książkę.

— Wejdź! — zawołała i natychmiast poczuła się głupio. Josh nie chciał wejść, tylko przejść. Powoli otworzył drzwi i Jo zerknęła znad książki w jego stronę. Poczuła, jak oblewa ją gorąco. Miał na sobie tylko dżinsy, mokre włosy były potargane. Stał w drzwiach, wycierając głowę przed odwieszeniem ręcznika. Oczy Jo stoczyły bitwę z rozumem i wygrały. Gapiła się na niego, dopóki na nią nie spojrzał.

— Siniaki ładnie schodzą — powiedziała szybko, wracając do książki.

Josh wolnym krokiem przeszedł przez pokój.

— Tak myślisz? — zapytał, rozkładając ramiona.

Spojrzała w górę.

Odwracał się powoli, aż w końcu znów stał twarzą do niej. Leżała na boku z głową wspartą na dłoni, nogami zwisającymi z łóżka i włosami, które kaskadą spływały na uśmiechniętego szeroko Wile'a. Josh uniósł brwi, jakby ośmielając ją do wygłoszenia odpowiedzi.

Jo gwałtownie zmarszczyła brwi, zmieszana widokiem jego posiniaczonych pleców.

— Przypuszczam, że to już niedługo — powiedziała nieco bardziej miękkim tonem.

Josh skinął głowa.

— Ależ dziękuję, doktor Nianiu. Mogę teraz odejść?

Żałośnie pokiwała głową.

— Dobranoc — powiedział Josh.

— Dobranoc.

Jo wpatrywała się w stronę, na której otworzyła książkę, dopóki Josh nie wyszedł z pokoju. A potem, przy wtórze dalekich wibracji związanych z tym, że kładł się do łóżka jakąś stopę od niej, zatrzasnęła książkę, położyła się i zamknęła oczy.

17

W sobotni poranek Vanessę obudziło delikatnie skubanie w ucho. Przysunęła się bliżej. Powoli otworzyła oczy i zobaczyła Tallulah, która z kciukiem w ustach wpatrywała się w nią uważnie. Vanessa przygarnęła swoje maleństwo z całej siły.

— Halo, kochanie — wyszeptała. — Co tu robisz?

— Przyglądam się — odparła Tallulah.

Vanessa uśmiechnęła się, wdychając zapach córeczki.

— Mamusiu?

— Hm?

— Kto to jest Anthony?

Vanessa otworzyła oczy i lekko się odsunęła. Mrugnęła parę razy oczami, żeby oczyścić umysł z resztek snu.

— Och, taka okropna osoba, z którą mamusia musi teraz pracować.

Znów zamknęła oczy.

— Czy miałaś koszmar? — zapytała Tallulah.

— Uhm — odparła Vanessa. — Najprawdopodobniej.

— To dlatego jęczałaś?

Vanessa obudziła się jak za dotknięciem czarodziejskiej różdżki.

— Czy tatuś szykuje śniadanie? — zapytała córkę.

Dick zawsze brał na siebie sobotnią poranną zmianę. Nie miał nic przeciw temu, ponieważ stacje telewizyjne dostrzegły fakt, że także tatusiowie byli teraz zaangażowani w opiekę nad dziećmi i zaczęły nadawać programy sportowe, a po nich programy dziecięce, prowadzone przez blond laseczki w wieku odpowiednim do małżeństwa. Zabawne, zastanowiła się Vanessa, przytulając Tallulah. W tygodniu nie ma żadnego „Statku miłości" ani prezenterów-przystojniaków dla mam. O Boże, pomyślała, przerywając sobie duchowe pojękiwanie. Miała powyżej uszu tego, że cały czas była zła. Czemu te destrukcyjne myśli stale krążyły jej po głowie jak sępy? Dlaczego nie mogły po prostu zostawić jej w spokoju? Nie chciała nienawidzić Dicka. Nie chciała, żeby ich małżeństwo zmieniło się w jeden ciąg wzajemnych oskarżeń. Przygarnęła Tallulah i ucałowała w szyjkę.

— Czy Toby wstał? — zapytała, burząc małej włosy.

— Tak — powiedziała Tallulah. — Poszedł z Joshem zobaczyć lorda.

— Co? Jakiego lorda?

— Tak powiedział. Tam, gdzie wszyscy noszą wszystko białe.

— O mój Boże. Poszli do szpitala? — Vanessa była teraz kompletnie rozbudzona, nieodwracalnie.

W drzwiach sypialni pojawił się Dick z tacą zawierającą dzbanek z kawą, połówkę grejpfruta, miskę ekologicznego muesli z mlekiem sojowym, miskę chrupek czekoladowo--orzechowych z pełnym mlekiem i egzemplarz sobotniej gazety.

— Śniadanie do łóżka dla moich dwóch ulubionych kobiet — powiedział, stawiając tacę na krześle w nogach. — I z pewnością dwóch najgroźniejszych.

— Dzięki, Dick — zachrypniętym głosem odezwała się Vanessa. — Byłoby absolutnie cudownie, gdybyś mógł przejść jeszcze dodatkowe dwie stopy, żebyśmy nie musiały wychodzić z łóżka po nasze śniadanie do łóżka.

— Oczywiście, kochanie. — Dick cofnął się i podniósł tacę. Umieścił ją na łóżku. — Czy chciałabyś, żebym skropił ci poduszki wonnym olejkiem, skoro już tu jestem?

— Czy Josh odwiedza z Tobym kogoś w szpitalu?

Dick zmarszczył brwi.

— Nie, moja droga. Poszli na stadion Lords pooglądać krykieta. Ale rozumiem, skąd ta pomyłka.

Vanessa zmierzyła męża ciężkim spojrzeniem.

— Dziękuję za śniadanie i dostarczenie pożywki dla wrzodów żołądka, kochanie. Naprawdę jesteś pomocny.

— Cała przyjemność po mojej stronie, kochanie. Wychodzę do codziennej ciężkiej pracy. O mnie się nie martw.

— Nie miałabym czasu, będę zbyt zajęta opieką nad wszystkimi twoimi dziećmi, także tymi, które nie są moje.

— A więc na razie.

— Na razie.

Dick zatrzasnął za sobą drzwi, a Vanessa z całej siły zacisnęła powieki.

Tego popołudnia Toby i Josh siedzieli razem w Regent's Park. Toby był już tak wysoki, że prawie sięgał Joshowi do ramienia. Jeszcze jeden rzut hormonów i bez trudu wystrzeli ponad starszego brata. Bez szans na ten pochmurny urok, którym emanował Josh, bo odziedziczył urodę po matce, miał jednak takie same, regularne rysy jak brat i ojciec i czasami przelotny wyraz twarzy — zwykle zdziwienie — zdradzał jego genetyczne powiązanie z tymi, którzy stanowili dla niego wzorce męskości.

Josh wciąż rzucał na brata ukradkowe spojrzenia, próbując sobie przypomnieć, jak sam się czuł w tym wieku. Ale wciąż wracał myślą do tego samego. Kiedy był w wieku Toby'ego, zaczął podsłuchiwać, jak ojciec przez telefon grucha ze swoją sekretarką, i cierpieć na bezsenność.

Zmierzwił Toby'emu włosy.

— Zostaw! — Toby wyszczerzył się, zwijając swoją długą, chudą sylwetkę w kabłąk. Gdyby mógł, wyhodowałby na plecach kolce.

— Czemu? — zapytał Josh. — Za dorosły już jesteś?

— Niee. To padaka, człowieku.

— Co takiego?

— No, wiesz, sofciarstwo.

— Sofciarstwo?

— Głupota.

— A! Głupota. Słusznie.

Josh przyglądał się, jak Toby układa sobie włosy we właściwej pozycji. Gdy znów się położył i wystawił twarz do słońca, Josh zauważył wokół jego ust elegancką ławicę wyprysków. Nie wiedział, kiedy i jak poruszyć temat tego telefonu ze szkoły w tygodniu. I czy w ogóle. Dzisiaj Toby wydawał się w porządku. Siedzieli razem, oglądając krykieta, przez jakieś cztery godziny i żaden z nich nawet nie wspomniał o tamtym ani słowem.

— No, więc — odezwał się wreszcie Josh z jak największą obojętnością — jak tam sprawy?

Toby znieruchomiał, jakby mu odcięto zasilanie. Odwrócił głowę.

— Jest taka dziewczyna — wydusił wreszcie.

Josh o mało nie klepnął się w czoło. Oczywiście! Dziewczyny! Toby miał trzynaście lat — czego miał się spodziewać? On tu sobie wyobrażał, że będzie chodziło o coś między mamą a tatą, coś, w czym mógłby może pomóc, podzielić się swoim doświadczeniem, ale nie. Chodziło o dziewczyny. Jak miał powiedzieć braciszkowi, że trafił do ostatniego człowieka na ziemi, który mógłby mu pomóc?

— Dobra — rzekł poważnie.

— Wypasiona.

Josh zmarszczył brwi. Wypasiona? Czy to było coś dobrego? Czy coś złego? Błyskawicznie przeszukał mózg, zastanawiając się, co to słowo mogłoby znaczyć. Czy Toby miał na myśli, że była gruba? Jednak opisywanie w ten sposób trzynastoletniej dziewczynki wydawało się nieco okrutne.

— Wypasiona — powtórzył z namysłem.

— Taa — stwierdził Toby. — No, wiesz. Wypasiona. Wylaszczona.

— A, jasne.

— Debeściara.

Nic z tego. Znów stracił kontakt.

— O, debeściara — powtórzył z nadzieją.

Toby ciężko westchnął.

— Jest właściwie sławna w szkole, bo podoba się każdemu chłopakowi.

— A, słusznie.

— Zaprosiła mnie do kina.

— Ha! — Josh klepnął brata w plecy. — A niech mnie! Mój młodszy brat, tak? Może mi podrzucisz jakieś dobre rady na temat randkowania? Ja zawsze wybieram niewłaściwy typ i boję się, że skończę samotnie. Co sugerujesz?

— I teraz Todd Carter mówi, że mi rozwali czachę.

Josh zamarł. Wbił wzrok w trawę. Miał ochotę zabić Todda Cartera, ale wiedział, że ten mały gówniarz pewnie potraktowałby go jak wycieraczkę. Myślał długo i intensywnie.

— O rany — powiedział słabo.

Vanessa i dzieci jedli na deser lody. Wszyscy rozkoszowali się lunchem, który w całości składał się z dodatków. Jeden Zak zjadł cztery pełnoziarniste herbatniki (oblane jednak syropem i posypane czekoladowymi kuleczkami). Och, cóż, pomyślała Vanessa. To tylko dwa dni w tygodniu.

Siedziała na podłodze z dziećmi, oglądając z kasety „Buffy", kiedy trzasnęły wejściowe drzwi. Do pokoju przywędrowali Toby i Josh, zajrzeli i powiedzieli cześć. Kiedy Josh wyszedł zaparzyć dzbanek herbaty, Toby stanął za nimi, rzucając cień na szczęśliwą scenę.

Tallulah podniosła na niego wzrok.

— Co masz dookoła buzi? — zapytała, wskazując.

— Wypryski — mruknął Toby z oczyma utkwionymi w telewizorze. — Ma się je, jak człowiek jest gotowy.

— Mamusiu — jęknęła Tallulah — ja chcę mieć wypryski.

— Niedługo się pojawią, kochanie.

— Ale ja chcę je mieć teraz.

— A potem dostaniesz dziewczyńską miesiączkę — ciągnął Toby — i całkiem zbrzydniesz.

— Dziękuję, Toby — powiedziała Vanessa.

— Nieprawda — poprawiła go Cassandra. — Niektóre kobiety promienieją. Czytałam w książce.

— Jaka to była książka? — zapytała Vanessa.

— Taa, te ładne promienieją! — ryknął Toby. — Wy dwie zrobicie się po prostu jeszcze brzydsze.

— Bardzo ci dziękuję, Toby — stwierdziła Vanessa. — Nie masz czegoś do załatwienia? Męczenie chomika? Coś w tym rodzaju?

Wypełniwszy z powodzeniem zadanie na dany dzień, Toby dołączył do Josha przy czajniku.

Josh nie był pewien, czy powinien wyjaśnić Toby'emu, że wstrętne zachowanie nie jest niczym miłym i że to przecież nie wina Tallulah i Cassandry, że jego rodzice się rozeszli. Często łapał się na myśli, czy powinien odgrywać wobec Toby'ego rolę ojca, czy przyjaciela. Czy to się daje połączyć? Czy gdyby zaczął mówić Toby'emu, że czasami zachowuje się jak gówniarz, ten nie miałby komu zaufać? Uznał, że połączy te dwie role.

— Proszę — powiedział, wręczając Toby'emu kubek herbaty — ty małe gówno.

— Zdrówko. — Toby uśmiechnął się szeroko.

Ponownie trzasnęły wejściowe drzwi i parę chwil później weszły Jo i Pippa, śmiejąc się i plotkując, obie w strojach do ćwiczeń. Były na zajęciach z aerobiku w klubie. Pippa zapewniała Jo, że uda im się trzymać z tyłu i trochę leserować, ale instruktorka uparła się, żeby Pippa stanęła z przodu. Były zmuszone zachowywać się jak należy i teraz obie były ledwie żywe ze zmęczenia.

A potem nastąpił najdziwniejszy pod słońcem zbieg okoliczności. Gdy wyszły z sali, natknęły się na stojącego przed drzwiami Gerry'ego, który czytał rozkład zajęć przyczepiony do frontowej szyby. Gerry wyglądał na równie zaskoczonego jak one i po paru minutach rozmowy każdy poszedł w swoją stronę. A jednak Jo został po tym niesmak.

— Mówiłaś Nickowi, że idziemy dzisiaj do klubu? — zapytała Pippę.

— Nie mam pojęcia. A czemu?

— Tak pytam. — Jo powstrzymała się przed popadaniem w paranoję. Może nawet w Londynie zdarzały się takie przypadki.

Zaplanowały, że przebiorą się u Fitzgeraldów przed wyruszeniem na wspólne zakupy w Crouch End. Pippa chciała kupić coś nowego na dzisiejszą wieczorną randkę w kinie z Nickiem i Gerrym, a Jo cieszyła się, że jej potowarzyszy. Tęskniła za wyprawami na zakupy, na jakie dawniej chodziła z Sheilą.

Toby i Josh, siedzący przy kuchennym stole z kubkami herbaty, gapili się na nie bez skrępowania. Jo miała włosy zwinięte wysoko w niedbały kok i ciemne plamy potu w kluczowych miejscach. Policzki zarumienione, oczy lśniące, a usta rubinowe. Kiedy Pippa złapała spojrzenie Josha, ten uciekł wzrokiem i wpatrzył się w kubek.

Pippa uśmiechnęła się szeroko.

— No, witam! — zawołała z rękoma na biodrach. — Uwielbiam zapach testosteronu o poranku!

Toby o mało nie umarł na miejscu, ale na szczęście pojawiła się Vanessa, rozkosznie nieświadoma istnienia innego poza rodzinnym typu napięcia.

— Cześć — powiedziała. — Pozwoliłam im oglądać „Przyjaciół".

— O, no tak — odparła Jo.

— I jeść czekoladę! — zawołała Tallulah. — Któregoś dnia będę miała dziewczyńską miesiączkę i wypryski!

— I lody — dodała Cassandra. — A ja będę promieniała.

— Wspaniale. — Jo się uśmiechnęła.

Ze smutkiem rozejrzała się po kuchni.

— Posкładam wszystko, obiecuję — odezwała się Vanessa. — Wiem, jakie wy, nianie, jesteście zasadnicze w kwestii miejsca pracy.

Jo westchnęła.

— Chcemy tylko wziąć prysznic — odparła.

— Co? Razem? — pisnął Toby.

Josh głośno się roześmiał. Nagle dostrzegł wszystkie korzyści z posiadania młodszego brata. Miał na końcu języka to samo pytanie, ale za bardzo się bał wyjść na głupiego dupka, żeby je zadać. Teraz z upodobaniem przyglądał się, jak Toby zajmuje jego miejsce w wyścigu o tytuł głupiego dupka, i zaczął się zastanawiać, czy nie zabierać go na randki.

Pippa przyłączyła się do ogólnej wesołości i podeszła do stołu.

— Nie, oczywiście, że nie będziemy się razem kąpać —

odrzekła, opierając się o kuchenny stół. — Nie byłybyśmy w stanie zrobić tyle piany, prawda?

Toby przełknął ślinę.

— Ile masz lat, przystojniaku? — zapytała Pippa.

— Trzynaście — wymamrotał Toby w swój kubek, marząc, żeby Pippa została tam, gdzie stoi.

— A ile lat ma twój rozkoszny starszy brat?

Toby wciągnął powietrze ze świstem obejmującym ze trzy oktawy.

— Cześć! — odezwał się Josh, wyciągając rękę nad Tobym, którego wzrok nagle przykuł piekarnik. — Josh Fitzgerald.

— O, wiem, kim jesteś. — Pippa się uśmiechnęła. — Wszystko o tobie słyszałam.

Jo stanęła przy barku i przeszła do czajnika, gdzie zajęła się szykowaniem herbaty dla siebie i Pippy, marząc o tym, żeby znaleźć się gdzie indziej, ale i słuchając z żywym zainteresowaniem.

— No, więc! — Pippa jednym spojrzeniem oceniła ponure miny Toby'ego i Josha. — Co tak smuci obu braci?

Toby znów gwałtownie wciągnął powietrze.

— Toby ma dylemat, bo idzie dziś na randkę z najlepszą laską ze swojej klasy — wyjawił Josh.

— Jo-oosh! — jęknął Toby.

— A co w tym złego? To prawda. Masz za duże wzięcie, żeby wyjść z tego cało.

Toby próbował się nie uśmiechnąć, ale mu się to nie powiodło.

— To prawda? — zapytała Pippa.

Toby przytaknął.

— Więc w czym problem?

— Mogę? — Josh zwrócił się do brata. Toby mruknął, esperanto podrostków.

— Taki jeden koleżka z jego klasy jest zazdrosny i grozi, że pójdzie za nimi i dołoży Toby'emu.

— O mój Boże — powiedziała Pippa. — A dokąd idziecie na randkę?

— Jeszcze nie wiem — odparł Toby. — Później do niej zadzwonię. Jej starszy brat kumpluje się ze starszym bratem tego gościa, który grozi, że mi dołoży, więc musi to przed nim ukrywać. Może się nie udać, bo jej mama chce wiedzieć, dokąd idzie.

— Chcesz powiedzieć — z namysłem rzekła Pippa — że możesz zostać pobity na dzisiejszej wymarzonej randce?

— Właśnie usiłowaliśmy wymyślić, dokąd można by bezpiecznie pójść — wyjaśnił Josh. — Mógłbym ich pilnować.

— NIE! — zaprotestował Toby.

— Z bezpiecznej odległości — upierał się Josh. — Uwierz mi, nie chcę podglądać. Nie chcę też, żebyś wpakował się w kłopoty.

— Nic mi NIE BĘDZIE.

— Mam pewien pomysł — oznajmiła Pippa. — Dajcie mi tylko zadzwonić.

Gdy poszła do torby po komórkę, Jo skończyła szykowanie herbaty.

— W porządku! — zawołała. — To ja wezmę prysznic.

Zauważyła, że nikt jej nie odpowiedział.

Gdy Jo wróciła do kuchni czysta, sucha i ubrana, zastała Pippę rozmawiającą przez komórkę, a Toby'ego i Josha szczerzących do niej zęby w identycznych uśmiechach małych chłopców.

— Fantastycznie! — mówiła Pippa do telefonu. — Jesteśmy twoimi dłużnikami. — Zachichotała i mrugnęła do Toby'ego, a potem wyłączyła aparat i włożyła go do torby.

— Dobra — oznajmiła. — Umowa stoi. Pójdziemy na ten sam film co wy i w razie kłopotów Nick i Gerry skopią tyłek każdemu, kto cię tknie. Oczywiście nie licząc twojej dziewczyny, bo co do niej, to chcemy, żeby cię dotykała.

— Super! — stwierdził Toby.

— A Josh dotrzyma nam towarzystwa, żeby miał spokojną głowę i mógł doprowadzić mojego chłopaka do szaleństwa z zazdrości — zakończyła Pippa, unosząc kubek herbaty jak do toastu. — Plan jest idealny!

Josh też uniósł kubek.

— Chociaż nie cierpię myśli, że będę na dostawkę na trzech

różnych randkach... szczególnie z dwoma facetami, którzy stłukli mnie na kwaśne jabłko. Jednak warto będzie zobaczyć, jak te dupki, które szykują się na mojego młodszego brata, zesrają się z przerażenia.

— Moja to właściwie nie randka — powiedziała Jo, ale wyglądało na to, że nikt jej nie słucha.

— Dzięki, Pippa! — zakończył Josh.

— Taa, dzięki! — zdołał wydusić Toby, rzucając na nią szybkie spojrzenie, zanim znów wbił wzrok w bezpieczną podłogę.

— Ależ cała przyjemność po mojej stronie! — Pippa się uśmiechnęła. — A teraz muszę ściągnąć z siebie te wilgotne ciuchy i wziąć prysznic — orzekła, wychodząc z kuchni.

Jo poszła za Pippą do sypialni i zamknęła drzwi.

— Czy on naprawdę ma zamiar iść z nami? — spytała.

— Oczywiście — odparła Pippa, szczotkując włosy. — Nie spodziewasz się chyba, że zostanie w domu i straci całą zabawę, co? Szczególnie że to chodzący seks.

— Ma też paskudne strony — mruknęła Jo.

— Wszyscy mają, ale założę się, że szukanie jego paskudnych stron będzie zabawne.

— Uruchamia swój wdzięk — powiedziała Jo. — Słynny wdzięk Josha Fitzgeralda. Jak go wkurzysz, potrafi go błyskawicznie wyłączyć. A wtedy to chodząca toksyna.

— Dlaczego? Co zrobił?

— Za bardzo się wstydziłam, żeby powiedzieć — wyznała Jo, ciężko opadając na łóżko. — To było makabryczne, Pip.

Pippa też usiadła.

— Mów.

Jo westchnęła.

— Tej nocy przed przyjazdem Shauna wróciłam do domu zalana po naszym wieczorze na mieście. No i myślałam, że Josh zamierza mnie pocałować i...

— Rany! — wykrzyknęła nagle Pippa. — Cofnij!

— Josh pomógł mi wyjść z kuchennego zlewu. — Kolejne westchnienie. — I wtedy...

— Stara poczciwa zagrywka z kuchennym zlewem, co? — Pippa zmarszczyła brwi. — Chyba musisz cofnąć nieco bardziej.

— Przewróciłam się, kiedy usiłowałam umyć kolano w kuchennym zlewie, i Josh pomógł mi wstać z podłogi, bardzo powoli, bo wciąż ma masę siniaków...

— Rany, to brzmi jak scena z bajki...

— Pip.

— Przepraszam.

— I wtedy pomyślałam, że się zaraz pocałujemy. Naprawdę. I dlatego...

— Co?

— Wystrzeliłam ze wszystkim na temat Shauna.

Pippa westchnęła.

— O mój Boże. Cały czas czekałaś, żeby znaleźć odpowiedni moment, a potem powiedziałaś mu, kiedy szykował się do pocałunku?

— Tak.

— A ja myślałam, że potrzebujesz pomocnych rad w związku z pracą niani. — Pippa westchnęła.

Jo się nachyliła.

— Wydawało mi się to właściwe. Nigdy nie oszukiwałam Shauna i naprawdę nie chciałam zranić Josha.

— Więc?

— On po prostu... — Pokręciła głową. — To było takie dziwne. Mimo że byłam pijana, zdołałam wyczuć całkowitą zmianę atmosfery. Jakby kuchnia nagle pokryła się szronem. Po prostu stał się innym człowiekiem.

Pippa patrzyła na nią szeroko otwartymi oczyma.

— Do licha.

— Zrobił się kompletnie zimny, a ja wciąż powtarzałam, że przepraszam, on, że w porządku.

— E tam.

— Przez cały weekend był po prostu okropny dla Shauna i dla mnie i robił uwagi, że jestem zdzirą...

— Drań!

— ...co raczej nie pomogło mi ułożyć spraw z Shaunem. Potem jeszcze raz próbowałam go przeprosić. — Jo zamknęła oczy.

Pippa wyszeptała:

— Co powiedział?

Jo znała to na pamięć. Zacytowała monotonnie: „Myślisz, że startowałbym do niani mojego ojca? Jak coś się trafia, to oczywiście z tego korzystam. Który facet by się oparł? A tamtej nocy zdecydowanie się trafiałaś. Ale jeżeli widzisz w tym coś więcej, to żyjesz w świecie dziewczęcych fantazji. Naoglądałaś się za dużo hollywoodzkich filmów. Przykro mi, że cię rozczarowuję".

Pippa miała oczy jak spodki.

Jo nagle wstała.

— I od tamtej pory zachowuje się jak świnia — ciągnęła. — Tak czy owak, jest kompletnie niedojrzały. Dwadzieścia pięć lat i nie płaci ani pensa czynszu, mimo że jako księgowy zarabia mnóstwo forsy. I wciąż wraca do tego, że jego tata zostawił mamę, co zdarzyło się wieki temu. Pierwsze wrażenie było słuszne, kiedy rozmawiał ze mną przez głośnik, a całe biuro słuchało, jak się nabija; to był prawdziwy Josh Fitzgerald.

Pippa gwizdnęła cicho i przeciągle.

Przez chwilę trwała cisza, bo Jo zaczęła się malować.

Pierwsza odezwała się Pippa.

— Po prostu łatwo o tym zapomnieć, kiedy facet tak wygląda.

— Mnie niełatwo, bo wobec mnie zachowuje się jak świnia.

— Nie płaci czynszu? — zapytała Pippa.

Jo pokręciła głową.

— Nie. Vanessa mi powiedziała.

Obie pogrążyły się w myślach.

— Zauważ tylko — odezwała się Pippa — że teraz nie musimy się czuć winne, chociaż go wykorzystujemy, żeby chłopcy byli dziś wieczorem zazdrośni.

— Nie chcę, żeby Gerry był o niego zazdrosny. W ogóle nie chcę, żeby Gerry był zazdrosny. Nie chcę Gerry'ego. Kropka. Mam Shauna.

— No, dobrze, przepraszam. Popracujemy tylko nad tym, żeby Nick był o niego zazdrosny.

— Nie chcę, żeby z nami szedł — marudziła Jo, padając na plecy. — Jestem przez niego kłębkiem nerwów.

— Naprawdę? — zapytała Pippa. — Dlaczego?

— Bo mnie cały czas obserwuje jak jastrząb.

— A kto powiedział, że będzie obserwował ciebie? — Pippa uśmiechnęła się szeroko, wolnym krokiem oddalając się do łazienki.

Kiedy Pippa brała prysznic, Jo zadzwoniła do Shauna. Wyszedł, więc zostawiła mu wiadomość w poczcie głosowej i spróbowała zatelefonować do Sheili. Ona też wyszła, więc także zostawiła wiadomość w poczcie głosowej. Potem zadzwoniła do rodziców. Wyszli, ale nie mieli poczty głosowej. Zanim Pippa zjawiła się w pokoju w małym ręczniku i z wielkim uśmiechem, Jo zdołała przestać się zastanawiać, gdzie, do licha, wszyscy się podziali.

Pippa kąpała się w tak gorącej wodzie, że z łazienki wpłynęły za nią do pokoju kłęby pary. Niechętna otwieraniu okna na plac budowy obok, Jo poprosiła Pippę, żeby uchyliła drzwi między sypialnią a kuchnią. Pippa spełniła prośbę, ale zamiast odejść od drzwi, stała tam jak zahipnotyzowana. Przyglądając się jej, Jo też popadła w stan hipnotyczny. A potem Pippa przywołała ją do drzwi gorączkowym gestem.

Z początku Jo potrząsnęła głową, ale kiedy uznała, że jeszcze chwila i Pippa się udusi, popędziła do niej i usiłowała zajrzeć do kuchni. Pippa stała jej na drodze, więc troszkę ją popchnęła i obie zaczęły nasłuchiwać z natężeniem. Wszystkie dzieci zniknęły, podobnie Vanessa. Przez szparę w drzwiach widziały Josha i Dicka szepczących gorączkowo w kuchni.

— To dlatego tak wcześnie wróciłeś? — usłyszały szept Josha.

— Oczywiście. — Dick odpowiedział takim samym szeptem. — Myślisz, że inaczej bym się tu zjawił? Po prostu się nie pokazała.

— Czemu?

— Skąd mam, do cholery, wiedzieć? Dzwoniłem, ale nikt nie odebrał.

— Nie uważasz, że Vanessa może uznać za trochę podejrzane, że tak wcześnie wracasz w sobotnie popołudnie? Myśli, że co tydzień zasuwasz w pełnym sklepie.

Usłyszały, jak Dick się roześmiał, krótko i ostro.

— Jezu, tato — doleciał do nich głos Josha — nie możesz już dłużej prowadzić podwójnego życia.

— Myślisz, że nie zdaję sobie z tego sprawy? — Dick podniósł głos.

— Ćśśś! Usłyszy cię! — Zapadła cisza. A potem: — Tato, musisz coś zrobić.

— Zawsze mógłbym odejść — rozległ się głos Dicka.

— Jak poprzednim razem? Tato, czemu, do cholery, mnie nie słuchałeś? Mówiłem ci, żebyś się z nią nie zadawał...

— Daj mi spokój, Josh. Teraz nie pora na to.

Zeszli im z oczu, oddalając się w stronę oranżerii, i zaczęli mówić głośniej, pewni, że są sami.

— Może po prostu nie jestem stworzony do małżeństwa — usłyszały słowa Dicka.

— Tato — stanowczo powiedział Josh — powiedz Vanessie, zanim będzie za późno.

— Oszalałeś? — W głosie Dicka zabrzmiało prawdziwe przerażenie. — Mam zaryzykować, że wszystko stracę?

— Ona zrozumie. Nie jest taka zła. Nie jest... Nie jest taka jak mama.

— Musisz się jeszcze wiele nauczyć o kobietach. — Dick się roześmiał. Towarzyszył temu dźwięk whisky nalewanej do szklanki.

Jo niepostrzeżenie pchnęła drzwi. Dość już usłyszała. Zagapiły się na siebie z Pippą, usta miały uchylone, mózgi aż wibrowały. Potem na palcach przeszły do łazienki i zamknęły za sobą drzwi.

— O mój Boże! — wyszeptała Pippa. — Dick ma romans!

Jo złapała się za głowę.

— Biedna Vanessa! Podejrzewała coś takiego. A tak ciężko pracuje! — Odetchnęła spazmatycznie. — Josh, facet, który nienawidzi niewierności, pomaga swojemu ojcu w romansowaniu! Hipokryta!

— Może należy do tych, co to nienawidzą niewierności tylko u kobiet — zasugerowała Pippa — a uważają, że przystoi mężczyźnie.

Jo zmarszczyła brwi.

— Romans Dicka wykończył jego małżeństwo z Jane.

Pippa skinęła głową.

— Dokładnie! I on ci powiedział, że zaufanie to podstawa. Wini kobietę, a nie swojego tatę. Absolutnie typowe!

— Ale czemu Josh mówi Dickowi, żeby powiedział Vanessie o swojej kochance? — zastanowiła się Jo.

Pippa zmrużyła oczy. Potem sapnęła.

— Chce zniszczyć drugie małżeństwo ojca. Oczywiście! Nie chce widzieć tatusia szczęśliwego z inną rodziną, prawda?

— O mój Boże. — Jo pokręciła głową. — Tej nocy, kiedy się wprowadził, powiedział mi że jeśli jego tata miał zostawić rodzinę, to równie dobrze mógł odejść z kimś miłym. Gdy się nad tym zastanowić, to chore, żeby mieszkać z rodziną, którą twój ojciec wybrał zamiast własnej. Wiesz, Shaun zobaczył prawdziwego Josha — bo dla niego Josh nie starał się być czarujący — i Shaun uznał, że on coś kombinuje. Myślał, że Josh szpieguje dla swojej mamy — ale to jeszcze gorsze, on naprawdę stara się zniszczyć drugie małżeństwo ojca. — Usiadła na zamkniętej klapie sedesowej, lądując z łomotem. — Boże — westchnęła — a ja prawie się w nim zakochałam.

— Zastanawiam się, czy matka Josha nie dowiedziała się o romansie Dicka i nie upchnęła tu synka, chcąc mieć pewność, że tym razem Dickowi się nie upiecze — zauważyła Pippa. — Może razem w tym siedzą!

Jo złapała się za głowę.

Pippa stała przy umywalce ze skrzyżowanymi ramionami.

— Jaką historyjkę opowiedział Josh, żeby się tu wprowadzić?

— Jego współlokatorzy wyjechali, a on nie mógł znaleźć nikogo na ich miejsce w tak krótkim czasie.

Wymieniły spojrzenia.

— Gdzie było to mieszkanie? — zapytała Pippa.

— W Crouch End.

Pippa uniosła brwi.

— Mieszkał w Crouch End, dzielnicy z własnym studiem nagrań, prywatnym klubem, salonem masażu, większą liczbą kawiarni niż w Soho i ze sławną wieżą zegarową Trumpton i nie mógł znaleźć współlokatorów?

Jo pochyliła głowę.

— Byłam głupia.

— Do licha — stwierdziła Pippa. — Powalające. Już rozumiem, czemu Sherlock Holmes potrzebował narkotyków.

— Przynajmniej już się połapałam — powiedziała Jo, myśląc na głos. — Jasna cholera. Nawet rozważałam, czy nie zerwać z Shaunem.

— No, cóż — odparła Pippa. — To jednak Hornblower.

— Chodzący — dodała Jo.

— No, to coś ci powiem — stwierdziła Pippa. — Teraz nie musisz się przejmować, co o tobie myśli.

— Dlaczego?

— Bo to gówniarz. I jest za bardzo zajęty spieprzeniem życia Vanessie, żebyś go naprawdę obchodziła.

Rozległo się pukanie do drzwi.

— Idę! — odpowiedziała Pippa. Jo wstała z toalety i w przebłysku natchnienia spuściła wodę. Pippa obdarzyła ją oszołomionym spojrzeniem, później zaczęła chichotać. Potem otworzyła drzwi Joshowi.

— Jasna cholera — powiedział, kiedy zobaczył je obie i usłyszał spływającą wodę. — Naprawdę załatwiacie sprawy razem.

Później tego wieczoru bar aż buzował. Pippa miała na sobie nowe dżinsy i szła ramię w ramię z Joshem. Tworzyli niezłą parę i ludzie śledzili ich wzrokiem, kiedy przechodzili. Jo poczuła dziwną solidarność z Nickiem.

— Myślałem, że ten brat miał być trzynastolatkiem — przywitał ich Nick.

— Ooch — powiedziała Pippa — nie na darmo jesteś w wydziale dochodzeniowym, co?

— Wszystko w porządku — stwierdził Josh, z trudem wyplątując się z uścisku Pippy. — Dla potrzeb tego wieczoru jestem pryszczatym nastolatkiem. Prawdziwy pryszczaty nastolatek już tam jest.

Nick zmarszczył brwi.

— Szczerze — upierał się Josh — nie chciałem uczestniczyć w tej randce tak samo, jak wy nie chcecie mnie tu widzieć, ale skoro chodzi o mojego młodszego brata, zrobię to. Po prostu udawajcie, że mnie tu nie ma.

Nick i Gerry obdarzyli go identycznym uśmiechem.

— Przykro mi z powodu tamtej nocy — powiedział Nick. — No, wiesz, kiedy próbowaliśmy ci dołożyć.

— Próbowaliście? — Josh się roześmiał. — Nie chciałbym być na miejscu, kiedy się wam uda.

Gerry wykonał ruch, żeby pocałować Jo na powitanie, a ona instynktownie się cofnęła, na Josha. Odskoczyli od siebie gwałtownie.

— Świetnie! — zawołała. — Kto chce drinka?

— Pójdę z tobą — oznajmił Gerry. — Pomogę ci.

Przy barze Jo pilnowała, żeby zachować bezpieczny dystans wobec Gerry'ego, i skupiła się na tym, by zwrócić na siebie uwagę obsługi. Kiedy drinki zostały zamówione, gładko i pewnie ruszyła z powrotem. Pozostali znaleźli miejsca — sofę i krzesła. Usiadła na krześle z oparciem, nie pozostawiając Gerry'emu innego wyboru, jak tylko zająć drugie krzesło, tak że oddzielała ich sofa. Josh zajmował kolejne krzesło, a Nick i Pippa swobodnie rozsiedli się na sofie.

— No, więc — Gerry uśmiechnął się do Jo — jak ci minął dzień?

— Dobrze, dzięki — odparła.

— Przyzwyczajasz się do Londynu? — zapytał.

Przez chwilę się nad tym zastanawiała.

— Uhm — zgodziła się.

— Nie brzmi to zbyt zachęcająco — stwierdził Gerry.

— Wciąż jest ciężko.

— Ciężko? Czemu?

Wzruszyła ramionami i poczuła, że ściska ją w gardle.

— Pewnie tęsknię za wszystkimi w domu.

— A, słusznie — skinął głową Gerry. — Ten chłopak.

Jo wbiła spojrzenie w podłogę, siedząc nieruchomo i czekając, żeby słony smak w gardle ustąpił.

— Tak — powiedziała w końcu spokojnym tonem. — Wciąż jest trochę ciężko.

— Ale nie może być aż tak ciężko — droczył się Gerry — inaczej byś go nie zostawiła.

Jo spojrzała mu prosto w twarz, świadoma, że ma wilgotne oczy.

— Nie. — Jej głos wydawał się rozbrzmiewać echem. — Po prostu niektóre wybory są trudne.

Nie zdołała się powstrzymać przed zerknięciem na Josha, kiedy powoli przenosiła spojrzenie na swojego drinka. Pomyślała, że to chyba ich pierwszy kontakt wzrokowy, odkąd przestał udawać, że jest czarujący. I, rany, ależ zmienił się wyraz jego twarzy. Koniec z tym ciepłym zrozumieniem, które pomagało uporać się z tęsknotą za domem, została zimna maska. Pociągnęła wina.

— Sam nie byłbym w stanie tego zrozumieć. — Gerry uśmiechnął się do Nicka. — Gdyby moja dziewczyna wyjeżdżała z miasta, uznałbym to za kiepski sygnał.

— Cóż — słodko zauważyła Pippa — może dlatego nie masz dziewczyny.

— W tej chwili — zauważył spokojnie, z oczyma utkwionymi w Jo. W ciszy, która teraz nastąpiła, skończył kufel piwa. — No, dobra! Komu powtórkę?

Jo pokręciła głową, nie podnosząc wzroku. Kiedy Gerry i Nick odeszli do baru, zwróciła się do Pippy, tak rozzłoszczona, że chwilowo zapomniała o obecności Josha.

— Myślałam, że wyraziłam się jasno... — zaczęła

— Owszem — z naciskiem stwierdziła Pippa. — To nie twoja wina, że postanowił nie odbierać przesłania. — Nagle odwróciła się do Josha. — Prawda? — zapytała.

— Co?

— Jesteś bezstronnym facetem, jaki jest męski punkt widzenia?

— Uhm...

— Jo nie może nic poradzić, jeżeli Gerry postanowił nie odbierać bardzo wyraźnych sygnałów, zgadza się? Chyba niewiele może zrobić poza przypominaniem mu, że ma chłopaka, prawda? Przecież nic nie poradzi na to, że jej chłopak nie mieszka w Londynie, tak?

Jo starała się nie słuchać rozmowy, wpatrując się we własnego drinka. Usłyszała, że Josh wziął głęboki wdech.

— Myślę, że po dzisiejszym wieczorze Gerry zdecydowanie powinien odebrać wiadomość.

— I dobrze — uznała Pippa. — Nasza Jo nie może wciąż

czuć się winna, prawda? Daj spokój, Jo, uszy do góry. Jest sobotni wieczór.

Jo zdołała się zmusić do nieuważnego uśmiechu, świadoma, że Josh wciąż otwarcie się jej przygląda.

W kinie Josh kupił wszystkim popcorn, co wkurzyło Nicka i Gerry'ego, którzy uważali, że to ich męska powinność, oraz zezłościło Jo, która uznała, że łatwo jest być hojnym, kiedy się jest księgowym w City i nie płaci się czynszu.

Pippa poprowadziła wszystkich na miejsca, Nick nie odstępował jej na krok. Jo poszła za nim i świadoma, że Josh znajduje się bliżej niej niż Gerry, zostawiła sprawy własnemu biegowi. Gerry pojawił się nagle, idąc wzdłuż rzędu obok, wyprzedził ją szybko i przeskoczył nad siedzeniami, tak że znajdował się teraz przy Jo, a nie na końcu, za Joshem. Stanęła jak wryta, póki nie poczuła, że Josh się zbliża. Wtedy zmusiła się, żeby ruszyć.

Nick i Pippa usiedli, Gerry zawrócił w kierunku Jo i też usiadł. Zajęła miejsce, krzyżując nogi i odsuwając je jak najdalej, wzrok wbiła przed siebie i znieruchomiała. Gerry zaproponował jej popcorn, potrząsnęła głową i odwróciła się. Była zaskoczona, kiedy przy uchu zabrzmiał głos Josha.

— Wszystko w porządku?

Zdobyła się na kiwnięcie głową.

— Wyglądasz — ciągnął — jakbyś czekała na tortury, a nie miała obejrzeć film. Chyba nie czytałaś recenzji, co?

Rozluźniła ramiona.

— Wszystko w porządku. Dzięki.

Nagle Josh głośno zaklął.

— Co jest? — zapytała.

— Tam jest Toby — powiedział,

— Gdzie? — Jo przebiegła wzrokiem po sali.

— Tam. — Wskazał ruchem głowy. — Dokładnie jak w pysk strzelił na środku.

Przyjrzeli mu się w ciemności.

— Co on, do cholery, robi na środku? — syknął Josh.

— Może chce obejrzeć film — podpowiedziała Jo.

— Nie bądź śmieszna, jest na randce i ma trzynaście lat. Po prostu popisuje się przed Toddem Carterem.

— Odważne — wypaliła Jo.

— Wydaje się taki mały.

— Nic mu nie będzie. — W ciemności prawie mogła udawać, że znów są przyjaciółmi.

— Skąd wiesz?

— Faceci, którzy są tu, żeby nastraszyć Todda Cartera, ciebie przerazili, a jesteś dwa razy starszy.

— Mnie łatwo nastraszyć.

Uśmiechnęła się w ciemności i uśmiech nie schodził jej z ust przez czas trwania reklam.

— Rozejrzyj się, czy zdołasz wypatrzyć typa, który wygląda na Todda Cartera. — Z zamyślenia wyrwał Jo głos Josha.

— Jedyny typek w tym rodzaju, którego widzę, to Toby — odparła cicho.

— O mój Boże, trzyma ją za rękę — wyszeptał Josh. — Czy on oszalał? Todd Carter go zabije.

— Nieustraszony młody człowiek. Powinieneś być z niego dumny.

— Napalony dupek, któremu przefasonują gębę. Jeżeli ona złamie mu serce — powiedział Josh — to ja zniszczę jej hulajnogę.

— Chyba nie mówisz poważnie.

— Nie. Masz rację. Są bardzo trwałe.

Jo zdusiła prychnięcie. Sławny urok Josha Fitzgeralda, powtórzyła sobie w myślach, kiedy zaczął się film. Miała nadzieję, że będzie dobry. Musiała się na czymś skupić.

Film był gówniany. Toby kompletnie zapomniał o obecności Todda Cartera, a to dzięki bliskości trzynastoletniej „wypasionej" Anastasii Smith, obrazu dziewiczego uroku w T-shircie, który ciasno przylegał do pączkujących piersi, z upiornym kolczykiem w nosie. Toby był pod takim wrażeniem tej niewinnej piękności, że połknął gumę do żucia, zaliczył trzy długie pocałunki i szybką macankę, a wszystko nie rozsypując popcornu.

Było to o wiele więcej niż wszystko, co wydarzyło się w grupie siedzącej z tyłu. Podczas każdego z namiętnych pocałunków młodszego brata Josh wił się, wzdychał i przeklinał z takim natężeniem, że ludzie zaczęli się odwracać i go uciszać. Za każdym razem, kiedy w filmie pojawiała się scena walki, Josh wyobrażał sobie, że Todd Carter robi notatki na później, i zakłócał spokój, narzekając na cenzorów, którzy podsuwają młodocianym kiepskie pomysły. Kiedy wreszcie wyszli z kina, był kłębkiem nerwów.

— O wiele za dużo seksu i przemocy — powiedział. — Nic dziwnego, że dzisiejsza młodzież to sami chuligani.

— No, dobra — odezwał się Nick z ręką wokół talii uśmiechniętej Pippy. — Którędy będą szły nasze ptaszyny?

— Zamierzali pójść drogą na tyłach do klubu — wyjaśnił Josh. — Długa droga, bo zależy im, żebym naprawdę cierpiał.

— Dobra, w takim razie chodźmy za nimi — zdecydował Gerry. Mrugnął do Jo. — Czas na prawdziwą rozrywkę tego wieczoru.

Jo zdała sobie sprawę, że się skrzywiła, dopiero wówczas, gdy usłyszała za sobą Josha parskającego śmiechem.

Zachowywali bezpieczny dystans. Josh wolałby widzieć ten dystans znacząco mniej bezpiecznym, ale chłopcy z wydziału dochodzeniowego stwierdzili, że w takim wypadku Todd Carter by nie zaatakował. Josh zapytał, czy naprawdę muszą czekać, żeby do tego doszło, czy nie mogą zadziałać przed atakiem. Chłopcy z wydziału uparli się, że nie; Todd Carter musi faktycznie zaatakować, żeby mogli cokolwiek zrobić. Josh zapytał, czy mogliby przynajmniej używać innego słowa, bo „atak" zaczyna go przyprawiać o mdłości.

W tym momencie podeszła Pippa i szepnęła do Jo, że Josh jest fantastycznym aktorem i że gdyby nie podsłuchała rozmowy, którą wcześniej odbył w kuchni z Dickiem, i gdyby nie był tak przykry dla Jo, uznałaby, że to jeden z najsłodszych, najwrażliwszych facetów, jakich w życiu spotkała. Wówczas Jo zdała sobie sprawę, że kompletnie zapomniała, jak bardzo go nienawidzi, i poczuła się gównianie.

— Spójrz tylko! — syknął nagle Josh, wskazując w przód. — On ją obejmuje!

— No, cóż, to randka, prawda? — zapytał Gerry, patrząc na Jo.

Gdy dotarli do końca szerokiej, lecz ciemnej Princes Avenue, która doprowadziła ich do zatłoczonej Muswell Hill Broadway, Toby i jego młoda przyjaciółka się zatrzymali. Nick, Pippa i Gerry też się zatrzymali. Potem stanęli Josh i Jo. Następnie zdali sobie sprawę, że Toby rozmawia z kimś, kto kręcił się za pubem w alejce.

— Och, patrzcie! — nagle krzyknęła Pippa. — Ktoś zaraz dołoży Toby'emu.

Faktycznie, do Toby'ego zbliżało się trzech wysokich typków. Anastasia Smith, najwyraźniej dziewczyna przewidująca, a nie tylko z umięśnionym brzuszkiem, powoli oddalała się w stronę Broadway.

— Dobra — stwierdził Nick. — Zaczekaj, aż zaatakuje.

Jo usłyszała od strony Josha słabe piśnięcie.

A potem Todd Carter zaatakował, Josh jęknął, a Jo chwyciła go za rękę.

— Dobra — powiedział Nick. — Ruszamy!

Nick i Gerry pognali w stronę grupy chłopców, którzy tak mocno koncentrowali się na stworzeniu realnego zagrożenia dla Toby'ego — a był tego wieczoru nieulękły — że niczego nie słyszeli, dopóki nie było za późno. Zanim Pippa, Josh i Jo dotarli do całej grupy, Nick przyduszał jednego typka do ściany, a Gerry miał dwóch w parterze. Zaskoczeni chłopcy płakali.

— Jezu — wyszeptał Josh i na wpół zasłonił Jo własnym ciałem. Wyjrzała zza jego ramienia.

— Niepokoicie naszego przyjaciela? — wyszeptał Gerry do ucha największemu z napastników.

Największy gwałtownie pokręcił głową.

— Troszczymy się o naszego Toby'ego.

Chłopcy szlochali przerażeni, a Toby pobiegł szukać swojej przyjaciółki.

Josh pospiesznie odwrócił się do Jo.

— Nie mogę na to patrzeć — szepnął. — Powiedz mi, kiedy skończą.

— Teraz — zachichotała Jo, bo Nick i Gerry puścili młodzieniaszków.

Josh obrócił się na pięcie, żeby na nich spojrzeć, i widząc, że sytuacja jest wyjaśniona, rzucił Jo skromny uśmieszek.

— Próbowałem cię tylko rozbawić — wyznał — żebyś się nie denerwowała.

— Dzięki. — Uśmiechnęła się.

— I żebyśmy was więcej nie widzieli w pobliżu Toby'ego, jasne? — mówił do chłopaków Nick. — Albo będziemy musieli znów was poszukać.

— Taa — przyznał Gerry. — Nie lubimy rozrabiaków. Jasne?

Trzech szkolnych łobuzów, którzy wyglądali teraz na trzech małych trzynastolatków, stanowczo pokiwało głowami, wstrzymując łzy.

— No, więc? Na co czekacie? Na kabaret? Spieprzać — podsumował Nick i tamci spłynęli.

Nick i Gerry spojrzeli na Pippę, Jo i Josha. Pippa była jedyną osobą, która nie zastanawiała się, dokąd by mogła zwiać.

— Sami jesteście straszne rozrabiaki, co? — wyszeptała Jo zza Josha.

— Bosko było. — Pippa westchnęła.

— Nie wiem, jak mam wam dziękować — powiedział Josh. — Może zacząłbym od zaproponowania wam mojej tygodniówki.

W tym momencie ulicą nadbiegł Toby.

— Nie mogę znaleźć Any! — zawołał. — Zniknęła!

— Zrobiłabym to samo, gdybym myślała, że te typki to twoi kumple — odparła Jo. — Skąd ci przyszło do głowy, że będzie odważniejsza niż Todd Carter?

— O nie! — Toby pierwszy raz tego wieczoru spanikował. — A jeżeli powie swojej mamie?

— Chodź, stary. — Josh pospiesznie podszedł do brata. — Poszukajmy jej. Pewnie poszła prosto do klubu.

Odwrócił się do Nicka i Gerry'ego.

— Dzięki, chłopaki. Byliście niesamowici. Dla czegoś takiego warto było, żebyście mi nakopali. — Obdarzył Jo szerokim, ciepłym uśmiechem. — Miłego wieczoru. Dzięki, że mnie uspokoiłaś — dodał, po czym objął brata ramieniem i zostawił ją w chłodniej ciemności z pozostałymi.

Zanim Jo dotarła do domu, była północ. Poszli do pubu. Nick i Pippa po dwudziestu minutach niedyskretnie ulotnili się do mieszkania Nicka. Wtedy Jo pracowicie opowiedziała Gerry'emu wszystko na temat Shauna, przy czym miała nieodparte wrażenie, że tworzy fikcyjną postać. Gerry przez cały czas ze zrozumieniem kiwał głową.

— Bez obaw — rzekł, sącząc piwo. — Możemy przecież zostać przyjaciółmi, prawda?

— Oczywiście!

— A jeśli to kiedyś rozwinie się w coś innego, niech tak zostanie.

— Nie sądzę. Z powodu Shauna. Mojego chłopaka. Zrozum, nie mogę.

— Bez obaw. — Gerry wzruszył ramionami. — Jeżeli tak wyjdzie, to trudno.

Gdy wróciła do domu, wszystkie światła od frontu były wyłączone. I bardzo dobrze. Była wykończona. Gdy otworzyła kuchenne drzwi, zastała Josha i Toby'ego chichoczących nad piwem. Powitali ją jak dawno niewidzianego przyjaciela.

— Przyszła! — zawołał Josh wstawiony. — Nasza wybawicielka!

Jo się roześmiała.

— Jesteś pijany.

— Ta jest — odparł Josh, szczypiąc Toby'ego w policzek. — A Toby ma następną randkę.

— Jo-osh. — Toby starał się nie uśmiechać.

— A co w tym złego, że powiemy Jo? Ona nikomu nie wygada, prawda? To kumpela.

Obaj na nią spojrzeli, trochę zawstydzeni. Jo powiedziała sobie, że to alkohol nadaje oczom Josha całe to utracone ciepło. Może powinien częściej pić.

— Dzięki, Jo — powiedział Toby.

— Cała przyjemność po mojej stronie. Jakbyś jeszcze kiedyś potrzebował bandziorów, wiesz, do kogo się zwrócić.

Josh wysunął dla niej krzesło, żeby się do nich przysiadła. Zawahała się i zobaczyła, że Josh pospiesznie odwraca wzrok. Usiadła i wzięła sobie piwo. Josh i Toby wymienili szerokie uśmiechy, unieśli piwa, stuknęli się z nią butelkami i wznieśli toast za „bandziorów Jo". Nagle Jo przestała się czuć jak intruz. Jak na ironię, stało się to w towarzystwie dwóch intruzów w rodzinie, ale w końcu przecież i ona zajmowała dokładnie taką samą pozycję, prawda? Była dodatkowym elementem uprzywilejowanego wewnętrznego kręgu Fitzgeraldów. Niespodziewanie poczuła, że nie ma znaczenia to, co wcześniej zaszło między nią a Joshem — było i minęło. Znów byli kumplami.

— Powiedz nam, Joanno... Joanna? Do licha — rzekł Josh — właśnie zdałem sobie sprawę, że nie wiem, jak masz na imię.

— Josephine. Na cześć Jo z „Małych kobietek".

Josh uniósł brwi.

— Rany! Josephine. Ładne imię. Josie. Jose. Josefina.

— Jo.

— Słusznie. Powiedz nam, Jo, jak ci minęła reszta wieczoru? Wykrzywiła się.

— Jeśli mam być szczera, nie jestem pewna, czy do niego dotarło.

— O rany. Byłaś zbyt subtelna?

— Powiedziałam mu, że nie chcę z nim chodzić.

Josh powoli skinął głową, nie spuszczając z niej wzroku.

— Nie — przyznał — nie byłaś zbyt subtelna.

— Zniósł to świetnie i wciąż powtarzał coś w rodzaju „ale jeśli tak wyjdzie, to trudno".

— Och.

— Mam pomysł! — nagle zawołał Toby. — Dlaczego wy nie możecie ze sobą chodzić?

Zapadła obezwładniająca cisza.

— Niezła próba, panie swacie — powiedział Josh. — Josephine z „Małych kobietek" ma w domu strasznie przystojnego chłopaka.

Jo uśmiechnęła się.

— Takiego przystojnego jak ty? — zapytał brata Toby.

— Nie wiem — wesoło odparł Josh, zwracając się do Jo. — Nigdy jej nie pytałem.

Patrzyli na siebie, a Jo zabrakło słów.

266

Dokładnie wtedy zadzwoniła jej komórka.

— Uratowana — mruknął Josh.

Jo spojrzała na numer na wyświetlaczu.

— O rany — westchnęła — to z domu. Mama chce mi powiedzieć, że tata je za mało warzyw.

Przyglądali się, jak odbiera.

— Halo?

— Czy mogę mówić z Josephine Green? — rozległ się męski głos.

— Tata! — wykrzyknęła Jo. — To ja. Co jest?

— Chodzi o mamę.

— Co z mamą?

— Miała wylew. Czy możesz przyjechać do domu?

18

Jo obudziła się przed szóstą. Zagapiła się na Mikiego i zaczęła się zastanawiać, czemu, do licha, musi oglądać jego ramiona w takiej pozycji. Po pierwsze wyglądał, jakby pokazywał coś niezrozumiałego, po drugie powinna zasnąć na tyle szybko, że mniejsza o to. Zdała sobie sprawę, że wciąż jest kompletnie ubrana, po czym przypomniała sobie telefon ojca. A potem usłyszała, że ktoś jest w łóżku. Zapatrzyła się na Josha, który leżał obok i się wiercił. Otworzył oczy i przyglądali się sobie w poalkoholowym zamroczeniu.

— W porządku? — zachrypiał.

— Uhm — odparła i wyskoczyła z łóżka do łazienki. Tam próbowała przećwiczyć przemowę do Vanessy, którą Josh pomógł jej opracować poprzedniej nocy, ale jakoś nie mogła się na tym skupić.

Josh był niesamowity. Kiedy zaczęła płakać, pocieszał ją, uspokajał, objął ramieniem. Toby poszedł spać i Josh nalał jej czystej brandy, a potem siedział z nią, kiedy szlochała i się obwiniała. Na samo wspomnienie skurczyła się pod prysznicem. Później siedział na jej łóżku, dodając jej otuchy, dopóki nie zasnęła.

Gdy wróciła do pokoju, Josh był całkiem obudzony i kompletnie ubrany leżał na pościeli. Wyglądał nieświeżo. Było mu z tym do twarzy.

— Prysznic jest wolny — wyszeptała. — Chcesz kawy?

— Ja zaparzę. Ty powiedz Vanessie.

— Na pewno?

— Jasne. Powodzenia.

— Boże, dzięki, Josh.

Vanessa była już w łazience — rano nigdy nie korzystała z prysznica, bo rujnował jej fryzurę — gdy Jo zapukała. Vanessa uchyliła drzwi. Myła zęby, chcąc spędzić niedzielę w biurze, na ostatnich przygotowaniach do jutrzejszej prezentacji.

— O, hehć — powiedziała. — Hoś he htało?

— Moja mama miała wylew. Muszę jechać do domu.

Vanessa przerwała szczotkowanie zębów. Pasta zaczęła jej kapać po brodzie.

— Hahekaj — oznajmiła i poszła wypłukać usta.

Jo oparła się o drzwi łazienki.

— No, dobrze. Twoja mama źle się czuje...

Jo potrząsnęła głową i zaczęła płakać. Vanessa otoczyła ją ramionami.

— No, już — zamruczała. — Nic jej nie będzie.

— Muszę się zająć tatą — pisnęła Jo.

— Oczywiście, że musisz.

— Ma w sercu tylko dwie działające arterie.

— O rany.

Jo pociągnęła nosem.

— Wrócę jak najszybciej.

— Nawet o tym nie myśl. Weźmiemy tymczasową nianię. To nie problem — powiedziała Vanessa, z miejsca podejmując decyzję, które telefony będzie musiała zlecić Dickowi.

— Kiedy planujesz wyjechać?

— Jutro...

— Cholera!

Jo skinęła głową.

— Przepraszam. Tata mnie potrzebuje — powiedziała cienkim głosem.

— Oczywiście, że tak. — Vanessa pędziła do sypialni, żeby się ubrać. W drzwiach odwróciła się do Jo. — Powodzenia. — Zatrzasnęła za sobą drzwi

Na dźwięk trzaśnięcia Dick się obudził.

— Obudź się! — rozkazała Vanessa. — Jo wyjeżdża.

— Co? Co tym razem zrobiłaś?

— Nic. Jej matka zachorowała, więc jedzie do domu, ponieważ jej ojciec jest mężczyzną.

— Hę?

— Musi mu pomóc żyć czy coś tam. OBUDŹ SIĘ. — Vanessa miała jedną nogę w rajstopach i skakała wokół pokoju.

Dick przetarł oczy.

— Jak to możliwe, że matka Jo miała wylew, Jo wyjeżdża, a jednak wszystkiemu winny jest ojciec?

— Na litość boską, Dick — ucięła Vanessa, padając na łóżko. — Nie mam czasu na kłótnie.

— Jak wygodnie.

— Że też musiało się to stać akurat dzisiaj. Niczego nie załatwię, a jutro mam prezentację dla VC.

— O rany. — Dick opuścił nogi z łóżka. — Boże broń, żeby rodzinny kryzys kolidował ze wspinaczką do kariery.

Vanessa naciągnęła rajstopy powyżej krocza i chwyciła bluzkę z garderoby.

— Odpieprz się, Dick. Jeżeli dostaniemy to zlecenie, otrzymam premię, która sfinansuje nam żarcie na cały następny rok. Nie możesz w przyszłym tygodniu zamknąć sklepu? — Zaciągnęła suwak w spódnicy. — Czy twój klient miałby coś przeciw temu?

— A w czym by to pomogło?

— Mógłbyś się zająć dziećmi.

— Nie, nie mógłbym! — wypalił Dick. — Nie wiedziałbym, od czego zacząć.

— Cóż, nie ma możliwości, żebyś poradził sobie gorzej niż przy prowadzeniu sklepu — orzekła, szczotkując włosy przed lustrem.

— Dziękuję. Niezwykle doceniam, że wspierasz mnie jako żona.

Vanessa odwróciła się twarzą do niego.

— Na litość boską, Dick! — krzyknęła. — Nie stój tak! Ubieraj się! Masz telefony do załatwienia!

Na dole Josh przyniósł Jo kawę, podczas gdy ona wpatrywała się w plecak.

Josh rozejrzał się po pokoju.

— Mogę ci pomóc w pakowaniu. Na ile jedziesz?

— Jak długo będą mnie potrzebować. Może na zawsze.

Josh usiadł na jej łóżku.

— Mogę coś zrobić, żeby ci pomóc? — zapytał. — Potrzebujesz podwózki?

Jo odwróciła się w jego stronę.

— Nie, dzięki.

— Nie mam nic przeciwko — stwierdził. — Mógłbym wziąć rano wolne z pracy. Nienawidzę pracować.

— Nie, dzięki. Tata wychodzi po mnie na dworzec i zabiera prosto do szpitala.

— Jak długo twoja mama tam zostanie?

— Jest nadzieja, że lada dzień wróci do domu. To był dość niegroźny wylew. — Jo zapanowała nad oddechem. — Dwa razy dziennie będzie przychodzić opiekunka, ale większość spadnie na tatę.

— I ciebie.

Jo otworzyła plecak i na niego spojrzała.

— Taa.

— Daj to. — Josh wstał i wyjął jej plecak z rąk. — Ty tylko siedź i mów mi, co mam pakować.

Jo ciężko usiadła na łóżku.

— Wszystko — powiedziała.

Zapadła cisza.

— Dobra — potwierdził Josh. — Wszystko.

— MAJTKI, Zak! — wrzeszczała Vanessa wcześnie rano w poniedziałek.

— Nie chcę ich nosić!

— Ale bez nich nie możesz pójść do szkoły.

— I DOBRZE! — Rodzice byli czasem tacy głupi.

— Zak, kochanie — przypochlebiła się Vanessa. — Mój ty Supermanie. Supermamusia musi dotrzeć na bardzo ważne spotkanie. Chcesz, żeby miała załamanie nerwowe?

Zak wzruszył ramionami.

— Dziękuję, kochanie. — Vanessa westchnęła. — Jak to miło, że jesteś po mojej stronie.

— Czemu nie możesz z nami zostać?

— Zostanę — obiecała Vanessa. — Od jutra. Będę z wami cały dzień.

Dick spędził niedzielę, wydzwaniając do każdej agencji pośrednictwa zatrudniającej nianie, jaką znali. Nie byli zaskoczeni, że żadna nie miała wolnej niani, która potrzebowałaby bliżej niesprecyzowanej, tymczasowej pracy od poniedziałku rano. Mogli się tylko modlić, żeby matka Jo szybko i gładko wróciła do pełni sił. Do tej pory Vanessa miała wziąć wolne z pracy.

— Ale dzisiaj — wyjaśniła znów Zakowi — będziesz się świetnie bawił z przyjaciółką Jo, Pippą, i przyjaciółką Tallulah, Georgianą.

— Chcę Jo. Georgiana to nadęta krowa.

— Wiem — zgodziła się Vanessa, zbyt zestresowana (i głęboko w duchu pod zbyt wielkim wrażeniem), żeby się kłócić. — Ale Pippa nie i jeśli włożysz majtki jak grzeczny chłopiec, pokaże ci swój tatuaż.

Po przedłużających się, złożonych negocjacjach Zak włożył granatowe majtki (zamiast tych głupich jaskrawoniebieskich) z czerwoną czaszką i piszczelami (zamiast tych głupich czerwonych kotwic), a Vanessa zdołała opuścić jego pokój przed wieczorem.

Dziesięć minut później Tallulah płakała.

— Popatrz! — wołała Vanessa. — Ta jest różowa!

Tallulah wyła tak głośno, że Vanessa obawiała się, czy coś jej nie pęknie. Pognała do szafy i wyciągnęła inną, bardziej różową bluzę.

— Ooch, popatrz — zachęciła. — Ta jest jeszcze bardziej różowa. Mmmm.

Tallulah zastygła. Vanessa też zastygła. Przez moment Vanessa nie wiedziała, w którą stronę się to rozwinie. A potem chwila się skończyła i Tallulah histeryzowała, pełna żalu i rozpaczy.

Spokojnym krokiem weszła Cassandra, niosąc należącą do Tallulah bluzę Barbie.

— Tego szukasz? — zapytała, przekrzykując hałas. — Zostawiła to wczoraj wieczorem u mnie w pokoju.

Tallulah pognała do swojej bluzy jak matka do niemowlęcia, a potem, trzymając ją bezpieczną w ramionach, zaczęła powoli przechodzić do stanu pourazowego szoku.

— Dzięki, Cassie — powiedziała Vanessa. — Mądra z ciebie dziewczynka.

— W porządku. — Cassie usiadła na łóżku Tallulah. — Nie chcę dzisiaj iść do szkoły, mamo.

— Nie zaczynaj. — Na litość boską, byli gorsi niż jej klienci.

— Wszyscy są przeciwko mnie — pożaliła się Cassandra głucho.

— Kochanie, popadasz w paranoję.

— Milkną za każdym razem, kiedy wchodzę do klasy.

— Cóż, chyba powinnaś porozmawiać o tym z nauczycielami.

— Ja mówię o nauczycielach — wyjaśniła Cassandra. — Klasa nie odzywa się do mnie już od tygodnia. — Zaczęła płakać i Vanessa przestała się zajmować tym, co robiła.

— Kochanie, porozmawiajmy o tym dzisiaj wieczorem — poprosiła. — Odbędziemy długą dyskusję. Chcę wiedzieć o wszystkim. Może ja powinnam porozmawiać z nauczycielami.

— Nie — stwierdziła Cassandra, wstając. — W porządku. Nic mi nie jest. Pójdę.

— Dobrze — westchnęła Vanessa. To ją nauczy nie wyolbrzymiać problemów.

Dziesięć przed dziewiątą Jo była na stacji Paddington, wpatrując się w rozkład jazdy pociągów, trzymając dużą czarną kawę i dźwigając plecak. W końcu Josh spakował tylko najważniejsze rzeczy i teraz była mu bardzo wdzięczna. Miała wrażenie, że coś u Fitzgeraldów zostawiła. Zegarek z Myszką Miki? Nie, zdecydowała, gdy tablice z furkotem obwieszczały przyjazd jej pociągu. Czuła, że wreszcie z niego wyrosła. Patrząc na własne stopy, podrzuciła wyżej plecak i ruszyła na peron. Może nadszedł czas na zegarek odpowiedni dla osoby dorosłej, zegarek, który pokaże jej w pełni rozwiniętą osobowość. Może z Lisą Simpson?

Znalazła miejsce, odstawiła plecak i usiadła. Przygotowała

walkmana i dopasowała słuchawki, sprawdzając, jaka taśma została w środku. Od wieków nie słuchała Travisa — odkąd wyjechała z domu. Pamiętała, że słuchała tego albumu w swoje urodziny, tego wieczoru, gdy spotkała się z Shaunem i resztą w pubie.

Kiedy pociąg ruszył ze stacji i do jej uszu dotarły znajome molowe akordy, znikąd pojawiły się łzy i Jo sobie na nie pozwoliła.

Gdy pociąg z Jo gładko sunął na północ, ekipa Vanessy gładko sunęła przez prezentację. Obserwowała, jak Anthony i Tom odśpiewali *jingle'a*, odegrali scenę z Alicją i Białym Królikiem i zaprezentowali najbardziej spektakularny *storyboard*, jaki kiedykolwiek widziała. Tom był zaskakująco udaną Alicją.

Wypadli tak znakomicie, że w taksówce podczas drogi powrotnej do biura nawet Tom był optymistą.

— Jeżeli tego nie dostaniemy, przelecę własną matkę — orzekł radośnie.

Było to popołudnie pełne napięcia.

O piątej Vanessa stała ze swoją asystentką Tricią, Maksem, Tomem i Anthonym przy faksie, w myślach zachęcając go do działania.

— Pchaj, maleńki, pchaj — kusił Max, ale faks nie dał się skusić.

Niezadowolony poszedł po szkocką. I wtedy nagle trel, kliknięcie, bzyczenie i jakby za dotknięciem czarodziejskiej różdżki papier zaczął wysuwać się w ich stronę.

— Idzie! — ryknął Max, gnając na poprzednią pozycję. Oddarł kartkę i bez tchu przeczytał.

— Mamy to! — wrzasnął, purpurowiejąc na twarzy. — Mamy to, kurwa mać!

Wszyscy wszystkich ściskali i otwarto szampana. Udało się! Vanessie nawet nie przeszkadzało, że Max nieustannie nazywał Toma i Anthony'ego „pieprzonymi geniuszami", całkowicie zapominając jej pogratulować. Postanowiła coś z tym zrobić.

— Gratulacje! — powiedziała głośno do Tricii. — Bez ciebie nie dałabym rady. — Tricia spojrzała na nią, jakby mówiła w suahili.

— No, dobra — oznajmił nagle Anthony, odstawiając szampana. — Muszę się odlać. — Zniknął, rzucając szybkie spojrzenie na Vanessę.

Vanessa przez chwilę stała nieruchomo wśród rozradowanych współpracowników, zdecydowana cieszyć się ze swoich pięciu minut. A potem podjęła decyzję.

— Ooch — odstawiła szampana obok kieliszka Anthony'ego — ja też. To pewnie te emocje.

Co ciekawe, przez całą drogę nikt nie chciał się przysiąść do Jo — poniedziałkowe poranki okazały się dobrą porą na wyjazd z Londynu — więc nie miała powodu, żeby przestać płakać. Jedyny moment, kiedy przestała, to gdy pociąg z szumem wjechał w tunel i zorientowała się, że wpatruje się we wszechogarniającą czerń, rozjaśnioną tylko jej żałosnym odbiciem. Zamknęła oczy i skoncentrowała się na tunelu, który ją otaczał, chronił, jakby sama — we wnętrzu pociągu — nadała mu cechy żywej istoty. Przez chwilę wszystko było w porządku. A potem pociąg wyjechał z tunelu równie nagle, jak się w nim pogrążył, wystrzelił prosto w białe, zimne światło dnia i Jo poczuła, że wróciły łzy.

Vanessa, plecami wsparta o drzwi magazynka z batonami Silly Nibble, a piersią o Anthony'ego, wzięła głęboki wdech, oparła głowę na jego ramieniu i wolno przejechała językiem po trzonowcach, zlizując resztki batonika. Kiedy Anthony się odsunął, zaczęła wkładać bluzkę.

— Przepraszam — powiedziała.

— Nic nie szkodzi...

— Nie powinnam... Ja...

— Ćśś.

— Myślisz, że zauważyli? — wyszeptała, podczas gdy jej ciało powoli zaczynało znów do niej należeć.

— Nie wiem — odparł Anthony. — Jak długo cię nie będzie? — zapytał, ponownie wiążąc krawat.

— Najwyżej dwa tygodnie. — Zapięła bluzkę. — Matka niani zachorowała.

— To suka — mruknął, prostując krawat.

— Łatwo ci żartować — Vanessa cmoknęła, wpychając bluzkę w spódnicę — bo nie z twoim życiem to koliduje.

— Nie żartowałem — odparł Anthony, przygładzając włosy. — I tak, z moim.

Są ludzie przekonani, że w każdym biurze ktoś gdzieś tkwi z kimś innym w komórce na przybory biurowe, dzieląc niedozwolony moment niepoświęcony szukaniu przyborów biurowych. Zaledwie miesiąc wcześniej Josh był znany jako bywalec pewnego magazynka z przyborami biurowymi, który odwiedzał z pewną osobą, i tam kompletnie zapominali o materiałach biurowych. A teraz ta pewna osoba właśnie nadchodziła.

Josh wiedział, że na horyzoncie pojawiła się Sally, bo bez ostrzeżenia stężały mu wnętrzności. Podniósł wzrok, żeby zobaczyć, jak się zbliża, majestatyczna niby dziób statku.

Gdy dotarła do jego biurka i przysiadła na brzegu, próbował wykrzesać z siebie wystarczająco dużo energii, żeby się uśmiechnąć.

— Co się dzieje, kochasiu? Ktoś umarł w rodzinie? — spytała.

Wzmógł wysiłek i spróbował się roześmiać.

— Jestem trochę klapnięty — odparł.

— Ojoj. Może mogłabym spróbować i — pochyliła się — pomóc ci się podnieść.

Przyjrzał się jej, usiłując przypomnieć sobie, jakie miała zalety.

— Niee, jesteś w porządku, dzięki.

— Wiem, że jestem w porządku — wypaliła. — Mnie nic nie jest. To nie o siebie się martwię.

— O mnie się nie martw.

— Świetnie. — Sally wzruszyła ramionami.

— Jestem tylko trochę klapnięty.

276

— To już ustaliliśmy.

— Przykro mi.

— Nie obchodzi mnie twoje współczucie, Josh.

— Żałuję.

— Nawet w połowie nie tak, jak ja żałuję ciebie.

Josh kiwnął głową.

— Taa. To ma sens. Jestem kompletnie pokręcony.

— Cóż, ja jestem uporządkowaną dziewczyną...

— Wiem...

— Nie mam miejsca na żadne komplikacje...

— Wiem...

— Ponieważ widzę cię jako niedojrzałego, pokręconego śmiecia, który nie potrafi pozbyć się czegoś, czego już nie potrzebuje, i ponieważ to ja jestem dorosła w tym łóżkowym układzie, wygląda na to, że to ja pozbędę się ciebie.

Josh znów próbował się uśmiechnąć.

— Możesz uważać się za porzuconego, Josh.

— Dziękuję. Jesteś prawdziwie dobrą osobą.

— Nie traktuj mnie protekcjonalnie, ty cipo.

— Przepraszam.

— A ja kupiłam gorset — mruknęła.

— Przepraszam.

Wstała z biurka.

— Nic nie szkodzi. To, że nie będziesz go oglądał, nie znaczy, że nikt nie będzie.

— Jestem głęboko przekonany...

— Nie traktuj mnie protekcjonalnie, ty cipo.

— Przepraszam.

Sally odeszła z wysoko uniesioną głową, ignorując ból żeber wywołany uciskiem gorsetu.

Josh zagapił się na swój telefon, zastanawiając się, ile trwa podróż z Londynu do Niblet-upon-Avon.

Jo dotarła na stację. Całe dwie minuty wcześniej przestała płakać. Gdy zobaczyła ojca stojącego na peronie, zaczęła na nowo. Objęli się niezręcznie i w milczeniu pojechali do szpitala. Był maleńki. To w nim urodziła się Jo i kiedy dotarli na miejsce,

Bill przypomniał sobie, jak się czuł, wchodząc tam dwadzieścia trzy lata temu. Przelotnie wspomniał wcześniejsze poronienia, które przeżyła Hilda, ponure prognozy lekarzy i radość, gdy urodziła się Jo. Im bardziej się zbliżali, tym Jo miała silniejsze wrażenie, że wciąż dźwiga plecak.

— Jest tam — powiedział ojciec, gdy dotarli do oddziału po prawej. Jo patrzyła przed siebie i poszła za nim, gdy skręcił w stronę łóżka na końcu.

Zastali Hildę przytomną. Mniejszą niż Jo zapamiętała i z nieco bardziej sfilcowanymi włosami, ale poza tym zaskakująco podobną do dawniejszej siebie. W jej oczach mignął błysk rozpoznania i nawet zdobyła się na półuśmiech na widok córki.

Wydawała już z siebie czyste dźwięki i właśnie zaczynała poruszać lewą połową ciała. Pielęgniarka wyjaśniła, że jeśli fizjoterapia i terapia mowy pójdą zgodnie z planem, w sześć miesięcy powinna być jak nowa. Podczas gdy Bill zmienił Hildzie wodę do picia i umył dla niej winogrona, matka i córka trzymały się za ręce i wpatrywały w siebie takim samym intensywnym spojrzeniem.

Gdy później tego wieczoru Jo i Bill wrócili do domu, byli za bardzo zmęczeni, żeby jeść. Bill zasiadł w salonie, przed telewizorem, przeskakując z kanału na kanał, a Jo zamknęła drzwi i w ciszy usiadła w holu przy telefonie. Spojrzała na pajęcze pismo matki w notatniku. „Numery telefoniczne do Jo" — głosił napis. „Najlepsza pora na rozmowę: dni robocze — między 9 a 11 rano i weekendy — nie rano!". Jo oparła głowę na dłoni.

— Herbaty? — Bill pojawił się w holu.

— Uhm, z rozkoszą — powiedziała i podniosła słuchawkę. Zostawiła wiadomość na automatycznej sekretarce Shauna. Wybrała numer do Sheili i zrobiła to samo. Powiedziała im, że jest w domu i bardzo by się chciała spotkać. Nie zadzwoniła do Pippy.

Vanessa wciąż była w trakcie wieczornych biurowych czynności, gdy odezwał się jej telefon. Dick.

— No i jak poszło? — zagadnął.

— Jak co poszło? — zapytała ostrożnie Vanessa, chowając do szuflady biurka czekoladowy batonik Silly Nibble.

— Prezentacja. Dostaliście zlecenie?

— O tak! — odparła Vanessa. — Mamy to.

Dick powoli pokiwał głową. Mógł się domyślić.

— Dobra robota, pani superwoman — powiedział. — Nawet gdy życie domowe się wali, nie przegapisz ani szczebelka w tej drabinie.

— Czy zadzwoniłeś z jakiegoś konkretnego powodu, Dick?

— Chciałem tylko pogratulować.

— To były gratulacje, tak?

— Tak. Mam powtórzyć?

— Z pewnością nie. Coś jeszcze?

— No, jeszcze to, że po takiej ciężkiej pracy naprawdę zasługujesz na dwa tygodnie z dziećmi.

— Pamiętaj tylko, jaki jest układ. Jeżeli Jo nie będzie ponad dwa tygodnie, twoja kolej.

— Świetnie — oznajmił Dick wspaniałomyślnie. — Zdecydowanie przyda mi się przerwa.

— Czy to już wszystko? — zapytała.

— Nie. Pomyślałem, że może chciałabyś wiedzieć, że dzieci już się kładą i przesyłają swojej mądrej mamusi buziaczki.

— Dziękuję. Powiedz im, że mamusia nie może się doczekać, kiedy wykorzysta dwa tygodnie cennego urlopu na opiekę nad nimi, podczas gdy tatuś siedzi w pustym sklepie, drapiąc się po jajach.

— Och, muszę kończyć, kochanie — pospiesznie stwierdził Dick. — Jedno z dzieci chce pójść do toalety.

— Mam nadzieję, że to Tallulah — odparła Vanessa. — Pozostała dwójka już od jakiegoś czasu radzi sobie z tym sama.

Rzuciła słuchawkę.

Dick odsunął telefon od ucha, a potem bardzo powoli go odłożył. Zaczął kiwać się w tył i w przód, obejmując głowę rękoma.

19

Jo była tak zajęta podczas pierwszego tygodnia w domu, że nie miała za dużo czasu, żeby się zastanawiać, czemu Shaun się nie odezwał w odpowiedzi na wiadomość, którą zostawiła mu pierwszego dnia na sekretarce. Opieka nad matką była znacznie trudniejsza niż opieka nad dziećmi, ponieważ Jo czuła się wyczerpana emocjonalnie. Teraz w domu Hilda potrzebowała pomocy przez całą dobę, a mogła poruszać się w bardzo nieznacznym stopniu. Przypominało to pielęgnowanie niemowlęcia połączone z żałobą po stracie rodzica.

Jo nie była jednak tak zaślepiona, by nie wyczuć, że z Shaunem coś jest nie w porządku. Zaczęła odtwarzać w myślach ostatnie rozmowy i zdała sobie sprawę, że ostatnio kontaktowali się najwyżej dwa razy w tygodniu, a nawet wówczas rozmowy były krótkie i pełne niewypowiedzianych pretensji. Analizowała w myślach jego wizytę w Highgate. Z pozoru sprawy między nimi ułożyły się dobrze — właściwie lepiej niż dawniej. Ale potem pomyślała o tym, jak to wyglądało pod powierzchnią. A jeszcze później upchnęła wszystkie myśli o Joshu głęboko w zakamarkach umysłu. Aż do pory udania się na odpoczynek, kiedy w bezpiecznym łóżku, pod osłoną ciemności, mocno zaciskała powieki, odwracała się do ściany, na którą patrzyła przez całe dzieciństwo, i pozwalała myślom o nim swobodnie dryfować, wystrzelać pod niebo i lądować w piekle.

Kiedy miała moment wolny od zamartwiania się o mamę, rozmyślania o Shaunie i marzeń o Joshu, myślała o Sheili. Także Sheila nie zadzwoniła do niej od powrotu. Jo olśniło, że właściwie nie rozmawiała z Sheilą od czasu tego telefonu, kiedy Sheila zapytała o Pippę, a Jo musiała się rozłączyć w połowie rozmowy. Dopiero teraz, w chłodnym świetle dnia, zdała sobie sprawę, jak niedelikatnie postąpiła. I to całe tygodnie temu — a może miesiące? Od tamtej pory Sheila nie odpowiedziała na żadną z wiadomości zostawianych w poczcie głosowej.

Kiedy Shaun wreszcie zadzwonił, półtora tygodnia po jej powrocie do domu, z trudem rozpoznała jego głos.

— O, cześć — powiedziała ostrożnie. — Jak się masz?

— Dobrze, dzięki — odparł Shaun. — A ty?

— Uhm. W porządku.

Już miała zagadnąć, czy dostał tamtą wiadomość, gdy zapytał, jak się czuje jej matka. Wykonała szybki przeskok od troski do złości.

— W porządku.

— To dobrze.

— Jest już w domu.

— Miło i to słyszeć.

— Dziękuję.

Ustalili, że zobaczą się w piątkowy wieczór — za dwa dni, prawie dwa tygodnie po jej powrocie do domu. Żadne z nich nie wydawało się szczególnie tym zachwycone.

W domu Fitzgeraldów sprawy wyglądały równie paskudnie. Vanessa stała bez ruchu na środku kuchni, cisza wnikała w nią każdym porem, nieumalowane oczy utkwiła w zegarze. Jedenasta piętnaście. Czyżby w zegarze siadały baterie? Rozważyła, czy nie wrócić do łóżka do czasu, gdy trzeba będzie odebrać Tallulah. Jak na ironię, wzięcie tych dwóch tygodni wolnego, żeby zostać z dziećmi, z początku wydawało się korzystnym rozwiązaniem — nie musiała stawiać czoła Anthony'emu po tym, jak razem zabałaganili w magazynku Silly Nibble. W miarę upływu czasu zdała sobie sprawę, że to najgorsze, co mogła zrobić. Sprowadzało się do tego, że nie mogła z miejsca mu powiedzieć, jaki okropny błąd popełniła. Musiała pielęgnować poczucie winy przez całe dwa tygodnie, za jedyne towarzystwo mając tych kochanych, których zdradziła. Graniczyło to z torturą.

Myślała, żeby zadzwonić do Anthony'ego do biura, ale to by sugerowało, że ich flirt — flirt? Czy można było to uznać choćby za flirt? — miał dla niej jakieś znaczenie. No i ktoś z domowników mógłby się dowiedzieć. O Boże, czy już do tego doszło? W połączeniu z tym stresem izolacja związana z pobytem w domu sprawiała, że kręciło się jej w głowie. Co rano odbywała informacyjne rozmowy telefoniczne z Tricią i Maksem, ale ich kompetentna zdawkowość na tle biurowych hałasów cięła jak nóż. Za każdym razem, kiedy już mieli się pożegnać, musiała się powstrzymywać, żeby nie poprosić ich o chwilę pogawędki. Czy tak brzmiała przez telefon podczas rozmów z Dickiem siedzącym w pustym sklepie? Czy sprawiała, że czuł się taki wykluczony, taki nie na miejscu? A potem rozmowa się kończyła i Tricia albo Max nagle odkładali słuchawkę, zostawiając ją na pastwę godzin nieubłaganej, otępiającej umysł ciszy.

Miała wrażenie, że jej dusza powoli się kurczy. W kilka dni stała się inną osobą, z trudem mogła się poznać. Zrobiła się niebezpiecznie introspektywna i zaczęła mówić do siebie. Piękny dom zmienił się w więzienie i przepełniało ją pragnienie, żeby z niego uciec. Niestety, im silniejsza była ta chęć, tym trudniej było się wyzwolić. A kiedy już się to udawało, zmieniała się w wariatkę. Wszczynała bezsensowne rozmowy z personelem sklepowym, usiłowała nawiązać kontakt wzrokowy z przechodniami, gawędziła nawet z bezdomnym sprzedającym gazety, którego zwykle ignorowała, do momentu, gdy jego oczy przybrały nieobecny wyraz.

Na liście najgorszych chwil umieściła poranek, kiedy udało się jej znaleźć racjonalne argumenty, by zaprosić na kawę śmieciarzy. Nie gustowała w poetyckich metaforach, ale po niemal dwóch tygodniach spędzonych w domu jako pełnoetatowa matka czuła się jak kwiat posadzony w cieniu, więdnący przy zimnej ceglanej ścianie. W środku nocy zaczęła ją dręczyć myśl, że może nigdy nie znaleźć takiej niani jak Jo, która zostałaby z nimi wystarczająco długo, by zapewnić dzieciom poczucie stabilności, i że jedynym możliwym rozwiązaniem mogłaby być rezygnacja z pracy.

Nie chodzi o to, że nie miała zajęcia. Utrzymanie domu na poziomie, do którego przywykła przy mieszkającej z nimi Jo, było niewdzięczną, niewidzialną i nieustanną pracą. W porównaniu z nią praca w biurze była niczym czysta rozkosz. W biurze mogli cię traktować jak przedstawiciela gorszego gatunku, ale świat zewnętrzny obdarzał cię pewnym szacunkiem. W domu nawet własne dzieci nie darzyły cię szacunkiem. Podczas tych wydających się trwać bez końca godzin między popołudniem a wieczorem, kiedy dzieci najbardziej potrzebowały jej uwagi, a ona miała najmniejsze rezerwy energii czy emocji, myślała o Jo i chciało jej się płakać.

Gdy tak stała w cichej kuchni, wciąż i wciąż obracając w głowie te myśli, telefon sprawił, że podskoczyła. Dzwonił Max? A może Anthony? Wzięła się w garść i odebrała.

— Vanessa Fitzgerald, słucham — oznajmiła.

— Taką też miałem nadzieję — pogodnie odparł Dick. — Bo inaczej musiałbym zacząć ci płacić.

— Ha, ha.

— Jak tam?

— Dzieci są w szkole, a ja właśnie zamierzam zrobić sobie kawę, żeby nabrać dość energii do samobójstwa.

— Och. Nie rób tego, kochanie.

— Podaj mi chociaż jeden powód.

— Kto by odebrał dzieci?

Rzuciła słuchawkę i płakała do czasu, gdy trzeba było odebrać Tallulah.

Mniej więcej w tym samym czasie dzielny żołnierzyk Vanessy żałował, że nie mógł dziś zostać z mamusią w domu. Natomiast Cassandra odważnie stała na polu bitwy, tuż przy drabinkach. O tej porze zbroja złożona z pocałunków mamusi i uścisków tatusia była już nieco przetarta, czyniąc ją podatną na klasową tyranię.

Przy polu do gry w klasy Maisy wystawiła pudełko do dzisiejszego losowania o miejsce obok Arabelli podczas lekcji malarstwa, żeby chętne wrzucały karteczki ze swoimi imionami. Oczywiście ona miała siedzieć po prawej ręce Arabelli, ale miejsce po lewej jak zwykle było do wzięcia.

Cassandra i Asha spojrzały na siebie, wzięły głęboki oddech i rozpoczęły wojnę. Kiedy podeszły, żeby zmierzyć się z tłumem twarzą w twarz, odezwała się mała Mandy Summers.

— Za wysoko zadzieracie nosy, żeby wziąć udział w losowaniu? — spytała i uśmiechnęła się szeroko. Wszyscy się roześmiali.

Asha stanęła nieruchomo, sparaliżowana Cassandra poczuła, że nie ma nic do stracenia.

— Nie chcemy siedzieć z tyłu z nudziarami — powiedziała. — Mamy własną zabawę.

Gdy klasa przetrawiała tę informację, odeszła, a za nią Asha.

— Jaką zabawę? — zapytała Asha, kiedy znalazły się poza zasięgiem głosu.

Cassandra wzruszyła ramionami.

— Nie wiem. Będziemy musiały coś wymyślić.

Asha zaczęła płytko oddychać.

Mając w perspektywie tylko jeden dzień do weekendu, Vanessa nałożyła tusz do rzęs, żeby to uczcić. Trzy warstwy. Po południu spędziła dwadzieścia minut na robieniu makijażu. Prawdopodobnie ważyła z tego powodu ze dwa funty więcej, ale było warto. Tallulah przyglądała się temu z podziwem i po uzyskaniu pozwolenia w ekstazie zabawiała się najbardziej różowymi szminkami mamusi. Zdołały też zapełnić niemal godzinę porządkowaniem szuflady z przyborami do makijażu.

Przez całe dwa tygodnie nie zawracały sobie głowy zajęciami Tumble Tots czy baletem — Vanessa uznała, że mogą wykorzystać do maksimum fakt bycia razem. Poza tym nie była do końca pewna, gdzie zajęcia się odbywają, a nie chciała przeszkadzać Jo, kiedy ta miała wolne. Wolała nie ryzykować, że zrobi Tallulah nadzieję, a potem nie uda się jej trafić na miejsce.

W ostatni czwartek, gotowe do spaceru w porze podwieczorku, obie były zadowolone z przebiegu popołudnia. Tallulah miała paznokcie pomalowane emalią „Letni Blask Słońca", a Vanessa uporządkowaną szufladę z przyborami do makijażu. Tallulah z miejsca nauczyła się robić pizzę i Vanessa nie musiała szykować kolacji. Nie wprawiło jej to w nastrój równie miłej ekscytacji, jak praca, ale przynajmniej uznała, że nie jest całkiem do niczego jako matka.

Następnego ranka, w ostatni piątek przed pójściem do pracy, Vanessa obudziła się z przestrachem ze snu, w którym wpadła w dziurę w ziemi i nie mogła dotrzeć do dna. Wyskoczyła z łóżka jednym susem.

Podczas gdy Vanessa tłukła się po kuchni, Josh leżał obudzony, nasłuchując. Znów miał problemy ze snem, jak za dawnych czasów. Gdy budził się rano po nocy rozmyślań o tym, że poranek nigdy nie nadejdzie, pierwsze co czuł, to przerażenie. Nienawidził przechodzenia przez pokój Jo. Za każdym razem te same myśli, te same uczucia. Próbował tego nie robić, ale w końcu spoglądał na łóżko i przypominał sobie, jak leżał, patrząc na Jo śpiącą tej nocy, gdy odebrała telefon od taty; potem przypominał sobie hałasy, które słyszał przez ścianę z płyty gipsowej, kiedy Shaun został na noc; wreszcie myślał o tym, że oni teraz też są razem. A po prysznicu szedł przez jej pokój z powrotem do własnego, żeby się ubrać, i przeżywał dokładnie te same wspomnienia, te same myśli, te same uczucia. A potem musiał przejść przez jej pokój jeszcze raz, do kuchni, i mieć dokładnie te same wspomnienia, te same myśli, te same uczucia. Trzy małe wyprawy do piekła co rano, przed śniadaniem.

Co wieczór musiał słuchać, jak Vanessa i Dick się kłócą, czy zrezygnować z Jo i znaleźć nową nianię. Vanessa upierała się, że Jo wraca, Dick się martwił, że nie i że nigdy nie znajdą takiej dobrej niani, która chciałaby zostać. Pewnego wieczoru, gdy Dick zasugerował, że być może dzieci potrzebują po prostu obecności matki, odbyli największą kłótnię, jaką słyszał.

Po pracy powoli, lecz pewnie Josh wspiął się na stopnie stacji Highgate i pokonał drogę do sklepu taty. Mimo lekkiej mżawki wiosenny wieczór pachniał kwiatami, które usiłowały zakwitnąć. W powietrzu unosił się niemal namacalny optymizm, coś jak boska wersja zapachu świeżego chleba i sklepowej muzyczki w supermarkecie. Lato nadejdzie, zanim się obejrzy. A jednak miał depresję. Idąc przez Highgate, obserwował ruch uliczny. Dziwne, pomyślał, zbliżając się do sklepu. Nigdy wcześniej nie zauważył, jakie powszechne były białe clio.

Jo delikatnie otarła serwetką usta mamy i odłożyła łyżkę z powrotem do miseczki.

— No — powiedziała — dobra robota. Uwierzysz, że tata zrobił to bez przepisu?

Hilda uśmiechnęła się powolnym, drżącym uśmiechem, który sprawił, że Jo ścisnęło się serce.

— Dopóki nie zaczął, nawet nie wiedział, że jest coś takiego jak pietruszka — energicznie stwierdziła Jo. — Mało brakowało, żebyś dostała zupę pietruszkową bez pietruszki.

Hilda roześmiała się, a Jo odstawiła miseczkę na stolik przy łóżku.

— Chcesz trochę odczekać, zanim przejdziemy do sera i krakersów?

Hilda skinęła głową.

— Sheila wciąż nie oddzwoniła — powiedziała Jo cicho. — Myślę, że ją zdenerwowałam, kiedy byłam w Londynie — wyjaśniła. — Za rzadko dzwoniłam. Mogła się poczuć wykorzystana. — Spojrzała na mamę. — Chyba do wszystkich za rzadko dzwoniłam — wyszeptała. Bardzo powoli Hilda uniosła rękę i umieściła na dłoni Jo. Wymieniły słabe uśmiechy.

Jo wzięła talerz z serem i krakersami.

— W porządku. Powiedz mi, kiedy będziesz miała dosyć.

Zadzwonili! O trzeciej po południu w piątek przed powrotem Vanessy do pracy zadzwonili! Dwa tygodnie trwało, zanim uznali, że jest im potrzebna, ale faktycznie uznali! Vanessa kipiała podnieceniem. Miała nieprzekraczalny termin, Max potrzebował jakichś faktów i liczb, których tylko ona mogła dostarczyć, i chciał je dostać szybko. Właściwie to „cholernie szybko". Parę telefonów z prośbą o interwencję i znów była w siodle. Tallulah siedziała z mamusią przy kuchennym stole i udawała, że jest menedżerem działu kontaktów z klientami, podczas gdy Vanessa rozdzieliła najbardziej podstawowe obowiązki i dokonała najskuteczniejszej analizy w życiu. Co więcej, powstrzymało ją to od zbyt intensywnego rozmyślania o Anthonym, jej małżeństwie, odpowiedzialności i bagnie, w jakie się pakuje.

Miło było mieć mamusię w domu przez te dwa tygodnie, ale jednak to nie to samo, co Jo, która zjawiała się codziennie po szkole, pomyślała Cassandra. Tego popołudnia mama miała do wykonania jakąś pilną pracę w domu, więc Cassandra oraz Mandy zostały wywołane z klasy i poinformowane, że Cassandra ma wrócić do domu z mamą Mandy, ponieważ tak blisko mieszkają. Zaraz po skończeniu lekcji Mandy pognała na dół na parking, tak że kiedy dotarła tam Cassandra, mama Mandy była już na nią zła za spóźnienie.

Cassandra wiedziała, czemu Mandy chce ją ukarać. Złamała zasady. Nikomu nie wolno było odwiedzać nikogo w domu, jeżeli nie została zaproszona także Arabella. Wszyscy stosowali się do tej zasady z religijną gorliwością. Ponieważ Vanessa musiała poprosić mamę Mandy o przysługę bez uprzedzenia, Mandy nie miała szansy zachować się zgodnie z regułą. Przestraszona, że dotknie ją ostracyzm ze strony Arabelli, Mandy musiała wyraźnie pokazać chęć ukarania Cassandry. Cassandra wiedziała, że Mandy będzie układać listę paskudnych zagrań, które wobec niej zastosuje, żeby w poniedziałek opowiedzieć o tym Arabelli.

Nie zdawała sobie jednak sprawy, że także mama Mandy zostanie w to zaangażowana. Okropna mama Mandy wciąż zadawała córce pytania o to, jak jej minął dzień, i ani razu nie zagadnęła o to samo Cassandrę. Poczęstowała też Mandy czekoladą i chociaż kazała jej podzielić się z Cassandrą, udała, że nie zauważyła, kiedy Mandy tego nie zrobiła. Pół mili od domu, jadąc do Mandy, która mieszkała tylko ulicę dalej, Cassandra jeszcze nigdy w życiu tak bardzo nie tęskniła za domem.

Kiedy wreszcie mamusia odebrała ją z domu Mandy (który dziwnie pachniał) trzy długie godziny później, Cassandra nie była w stanie wydusić z siebie ani słowa.

— Miło spędziłaś czas? — zapytała Vanessa.

Cassandra skinęła głową, nie mogła się jednak odezwać przez gulę w gardle. Vanessa przyjrzała się córce uważnie.

— W ogóle mi nie przeszkadzały. — Mama Mandy uśmiechnęła się. — Bawiły się cichutko całymi godzinami.

— Och, cudownie — powiedziała Vanessa. — Musimy kiedyś zaprosić Mandy do nas.

Gdy w tym momencie Mandy roześmiała się szyderczo, Vanessa przyjrzała się jej, a potem ponownie zerknęła na Cassandrę, która stała z opuszczoną głową. Zwróciła się do Mandy.

— Lubisz nadmuchiwane zamki?

Oczy małej zabłysły.

— Tak — sapnęła.

— W takim razie — stwierdziła Vanessa — jeżeli ty i Cassie naprawdę dobrze się dziś bawiłyście, może będziesz mogła poskakać w zamku Cassandry.

Wyraz zgrozy na twarzy Mandy był wystarczającym usprawiedliwieniem dla tego kłamstwa.

Vanessa nie mogła wydobyć z Cassandry ani słowa aż do momentu po kolacji, kiedy to Spiderman kopnął Dzwoneczek, a Dzwoneczek dźgnął go różdżką w oko.

Sama w kuchni z Cassie, podczas gdy Dzwoneczek i Spiderman poważnie rozmyślali na górze o tym, co zrobili źle, Vanessa poruszyła temat.

— Czy Mandy jest jedną z psiapsiółek Arabelli?

— Wszystkie są psiapsiółkami Arabelli — wymamrotała Cassandra.

Vanessa usiadła przy kuchennym stole z ołówkiem i kartką.

— W porządku — oznajmiła stanowczo. — Czas na ustalenie strategii.

— Dzięki, że przyszedłeś prosto z pracy — powiedział Dick do Josha. — Naprawdę to doceniam.

— Jestem do usług, tato. Przecież chyba wiesz.

— No, tak, ale wiem, że w piątek — ciągnął Dick — typki z City zwykle idą na dobrze zasłużonego drinka...

— Tak, i szczerze tego nienawidzę. Wolę być tutaj.

Josh nigdy nie przestał się dziwić, że jego ojciec nie zdawał sobie sprawy, iż pewnie skoczyłby za nim w ogień. Tak wygląda rodzicielstwo. Dzieci potrafią wyczuć miłość rodziców, tak jak psy wyczuwają strach. Kochaj dziecko bezwarunkowo, a któregoś dnia rzuci się i gwałtownie cię zaatakuje. Zachowuj się, jakby ci nie zależało, a będą cię niewolniczo czcić.

— Jakie wieści, tato? — zapytał.

Dick westchnął.

— Kończę z Jackie.

Josh zagapił się na ojca, a potem zaczął powoli kiwać głową.

— Nie mogę dłużej na niej polegać — powiedział Dick — i mogę nie mieć czasu. Potrzebuję kogoś, na kim mogę polegać. Kogoś, komu mogę zaufać.

— Uhm?

Dick szeroko uśmiechnął się do syna.

— Chcesz mnie zmusić, żebym poprosił, prawda?

Josh uśmiechnął się identycznie jak ojciec.

— Tak.

— Josh.

— Tato.

— Wywalam swoją księgową. Proszę, czy zajmiesz się moimi rachunkami?

Josh ze świstem wciągnął powietrze i pokiwał głową, udając, że to rozważa.

— Oczywiście ci zapłacę! — pospieszył z zapewnieniem Dick.

— Nie bądź śmieszny...

— Nie jestem — odparł Dick. — Mam, choć to zdumiewające, mam wciąż dumę. Bóg jeden wie jakim cudem, ale...

— Tato, dla mnie to byłoby jak hobby, to znaczy z przyjemnością zajmę się księgowaniem dla firmy, na której mi zależy, zamiast jakiejś potężnej, anonimowej korporacji...

— Cóż, my z pewnością nie jesteśmy potężni.

— Nie chcę pieniędzy.

— Przestań, Josh. I tak już robisz więcej niż wystarczająco dużo.

— E, takie tam. Jak obaj wiemy, gdyby nie ta cholerna głupia n...

— To nie była wina Jo...

— Wiem! — przerwał Josh, zdumiony. — Zamierzałem powiedzieć ta głupia noc, nie ta głupia niania. Gdyby nie ta głupia noc i gdybym nie okazał się konkursowym kretynem, bylibyśmy w lepszej sytuacji... ty byłbyś w lepszej sytuacji. To moja wina, więc przynajmniej przyjmij moją pomoc.

— Jestem ci bardzo wdzięczny. Proszę, zajrzyj w moje księgi i daj mi znać, czy warto to ciągnąć. Nie mogę tak dłużej żyć.

— Przyjmiesz moją poradę? Zawodową? — zapytał Josh.

— Oczywiście.

— Ale... nie zrobiłeś tego, kiedy ci powiedziałem, żebyś się nie nabrał na handlowe koncepcje Jackie. Pamiętasz?

Dick się uśmiechnął.

— Wtedy jeszcze studiowałeś. Odpuść mi.

— Chciałem się tylko upewnić.

— Ufam twojej profesjonalnej opinii i ją uszanuję.

— Rany. A co zrobisz, jeżeli zasugeruję najgorsze?

Dick wziął głęboki wdech.

— Sprzedam.

— A co potem?

— Skoczę z mostu, kiedy przyjdzie na to czas — odparł Dick. — Wszystko po kolei, okej?

Josh ponownie kiwnął głową. Dick podszedł i potrząsnął ręką swojego nowego księgowego.

Był piątkowy wieczór i Jo denerwowała się spotkaniem z Shaunem bardziej, niż kiedy odwiedził ją w Londynie. W domu zniosła na dół tacę po kolacji i umieściła ją na kuchennym stole. Tata, w fartuchu, wstawił naczynia wprost do zlewu.

— O, dobrze — powiedział, patrząc na resztki posiłku Hildy. — Znacznie więcej je, prawda?

— Bo to takie pyszne. — Jo uśmiechnęła się, podnosząc wzrok na kuchenny zegar.

— Według przepisu Nigelli *.

— Ach.

— Pomożesz mi wnieść telewizor na górę, zanim wyjdziesz, kochanie? — zapytał tata. — Hilda chce obejrzeć „Morderstwa w Midsomer".

— Jasne.

— Nie chcę, żeby Shaun musiał przez to czekać — dodał.

— Bez obaw. Trochę trwało, zanim do mnie oddzwonił.

Bill poszedł za córką do salonu.

— Nie bawisz się z nim, prawda? Mężczyźni tego nie lubią.

— Tato — sapnęła Jo, podnosząc telewizor. — Ile ja mam lat?

— Wystarczająco dużo, żebyś była mądrzejsza. Gotów.

— Nie, to ty. Ja mam wystarczająco dużo, żeby samodzielnie podejmować decyzje. Już trzymam, przestań pchać.

— Dobra, dobra. Trochę na lewo. Po prostu nie lubię, żeby źle traktować porządnego faceta.

Jo postanowiła skoncentrować się na manewrowaniu telewizorem w ciasnym narożniku schodów, zamiast na oprowadzaniu ojca po skomplikowanych zakamarkach własnego umysłu. Pół godziny później leniwie weszła na górę, do mamy oglądającej w łóżku telewizję, podczas gdy tata na dole gawędził z Shaunem.

— Idź... już — półgłosem powiedziała Hilda.

— Chyba lepiej pójdę — zgodziła się z nią Jo. — Zanim tata zanudzi go na śmierć. Miłego wieczoru. Miłego oglądania.

Gdy dotarła do drzwi, odwróciła się i spojrzała na matkę. Hilda szeroko otworzyła oczy.

— Powo... dzenia — wyszeptała. Jo uśmiechnęła się i zeszła na dół.

Przez sekundę stała za drzwiami salonu, zanim je otworzyła. Była przerażona, że Shaun mógłby być wobec niej obojętny, zimny czy obcy.

---

* Nigella Lawson prowadzi program kulinarny w brytyjskim Channel 4.

Niepotrzebnie się martwiła. Też wyglądał na przerażonego.

— W porządku? — spytał.

— W porządku.

Nastąpiła pauza.

— No, dobrze — powiedział Bill, wychodząc. — Zostawię was samych.

Wszyscy poszli do holu, Bill wchodził na górę, kiedy oni otwierali drzwi wyjściowe.

— Nie spiesz się, Jo! — zawołał ze schodów.

Jo zastanawiała się, czy uśmiechnąć się do Shauna, ale tego nie zrobiła.

— Dziś wieczorem oglądają w telewizji to, co wybiera mama — rzuciła w chłodne wieczorne powietrze.

— Och.

— Przełomowy wieczór, rozumiesz.

Shaun zdobył się na coś między uśmiechem a śmiechem.

Gdy dotarli do restauracji, Jo zaczęła się obawiać, że Shaun znów planuje się oświadczyć. Zgadzały się wszystkie symptomy — stał się milczący i blady jak przy poprzednich okazjach i ogarnęło ją złe przeczucie.

Usiedli przy swoim stoliku twarzą w twarz.

— Jo — zaczął Shaun.

— Nie, proszę...

— Co nie?

Nastąpiła pauza.

— Nie wiem — powiedziała Jo. — Przepraszam. Co chciałeś powiedzieć?

— Czego mam nie robić? — powtórzył.

— Nie wiem...

— No, więc co to za „nie"?

Zjawił się kelner.

— Czy podać coś do picia? — zapytał.

— Tak — odpowiedzieli.

Kelner przyjął ich zamówienia i zaczęli od początku.

— Jo — powiedział Shaun.

Jo wzięła głęboki wdech.

— Tak — odparła z pogodnym uśmiechem.

— Nie zamierzam więcej się oświadczać.

Westchnęła głęboko i z ulgą.

— Po tym ostatnim razie — dokończył.

Wstrzymała oddech.

— Nie rozumiem, co się dzieje w twoim świecie — powiedział, przelotnym gestem wskazując na jej głowę. — Nie wiem, co czujesz, nie wiem, czemu pojechałaś do Londynu, nawet już nie wiem, co o mnie myślisz.

— Ja....

— Daj mi skończyć, proszę cię, Jo.

— Przepraszam.

— Jedno, co wiem, to że nie mogę dłużej tak żyć.

— Boże, przepraszam...

— Proszę, pozwól mi skończyć.

— Przepraszam.

— To naprawdę bardzo proste, Jo.

Mrugnęła i czekała.

— Albo chcesz ze mną być, albo nie.

Znów mrugnęła.

— Albo chcesz za mnie wyjść, albo nie.

Skinęła głową.

— Po prostu musisz mi powiedzieć, żebym mógł coś zrobić ze swoim życiem.

Mrugnęła i skinęła głową.

— Więc — ciągnął — musisz podjąć decyzję.

Wpatrywała się w niego.

— Jak będzie, Jo?

Zjawił się kelner.

— Czy już się państwo zdecydowali?

— Tak — powiedział Shaun.

— Nie — powiedziała Jo.

— Wrócę, kiedy oboje państwo będziecie gotowi — stwierdził kelner.

Jo spojrzała na Shauna.

— Kocham cię, Shaun — wyszeptała.

Zobaczyła, że bierze głęboki wdech.

— Ale nie mogę za ciebie wyjść.

Przyglądała się, jak ciężko wypuszcza powietrze.

Kiedy tak siedzieli, zdała sobie sprawę, że Shaun miał rację.

W sumie to było bardzo proste. Teraz musiała tylko dojść do tego, kto w przyszłości pomoże jej podejmować tego rodzaju poważne decyzje.

Tego samego wieczoru w kuchni w Highgate niezwykle udane spotkanie strategiczne zmierzało do spodziewanego zakończenia. Vanessa po raz ostatni zaostrzyła ołówek.

— No, dobrze — uznała, patrząc na listę, którą sporządziły z Cassie. — Myślę, że ujęłyśmy tu wszystko.

Cassie sprawdziła to jeszcze raz. Powoli skinęła głową.

— Całe szczęście, że umiem grać, mamusiu — powiedziała.

Vanessa się uśmiechnęła.

— Grę masz we krwi, kochanie. Twój ojciec był najlepszą Tytanią, jaką kiedykolwiek widziała jego podstawówka. Dziadek nigdy mu tego nie wybaczył.

Cassie radośnie zachichotała i Vanessa uszczypnęła córkę w policzek.

— No, tak lepiej. Jak w każdym projekcie z zakresu zarządzania chodzi o to, żeby dokładnie wiedzieć, z kim się ma do czynienia. O odwołanie się do cech, których istnienia ludzie nawet u siebie nie podejrzewają. Wystarczy tylko wyeksponować najlepsze — albo najgorsze — w odpowiednim kontekście. Potem, jeżeli dobrze wykonasz zadanie — a jesteś córką swojej matki, więc wykonasz — załatwisz wszystko niepostrzeżenie i inni zbiorą wszystkie zaszczyty albo, jak w tym wypadku, zostaną obarczeni całą winą.

Cassie skinieniem głowy potwierdziła słowa matki.

— Przejrzyjmy listę — powiedziała Vanessa. — Wystarczająco ufasz Ashy?

Cassie skinęła głową.

— Jest przestraszona, ale lojalna.

— Grzeczna dziewczynka. Znasz ograniczenia swojej nauczycielki?

Cassie potwierdziła.

— Bardzo łatwo da się nabrać.

Vanessa się roześmiała.

— I dlatego, kochanie, nigdy nie będzie zarabiała tyle co ty.

Jeśli, oczywiście, nie zostaniesz nauczycielką w podstawówce, w którym to przypadku mamusia się zabije.

Cassie zachichotała.

— I — Vanessa spojrzała córce prosto w oczy — jesteś całkowicie pewna, że Arabella jest intrygantką, manipulatorką, żądną władzy zazdrośnicą i egoistką dość ambitną, żeby przeoczyć celowe wprowadzenie w błąd?

Cassie stanowczo skinęła głową.

— Jestem.

— Cóż, w takim razie — uśmiechnęła się Vanessa — myślę, że mamy nasz Plan.

Ponad stołem wymieniły uścisk dłoni.

Po ostatnim posiłku, który zjedli razem, Jo przyszło na myśl, że nigdy nie kochała Shauna bardziej niż w tej chwili. Kiedy poprosił o rachunek, kochała go za tę spokojną umiejętność sprawowania kontroli, kiedy pomógł jej włożyć płaszcz, kochała go za te drobne dżentelmeńskie gesty. Gdy odwiózł ją do domu, kochała go za tę uprzejmość. Kiedy ostatni raz delikatnie pocałował ją w usta, kochała go za to, że dzieliła z nim cały ten intymny świat. Siedząc w fotelu pasażera w jego samochodzie, zaczęła cierpieć z powodu samotności.

— Na razie, Shaun. — Pociągnęła nosem.

— Na razie, Jo. Zawsze pamiętaj, że cię kocham.

Wysiadła z samochodu i poszła w stronę domu rodziców.

Zamknęła drzwi i oparła się o nie. Widziała pasek światła z góry, który oznaczał, że rodzice wciąż jeszcze nie śpią. Wiedziała, że nie spodziewali się jej tego wieczoru w domu, a jednocześnie liczyli, że wróci. Wspięła się po schodach. Gdy dotarła na szczyt, usłyszała, że ojciec woła ją z sypialni. Zapukała do drzwi.

— Wejdź — odezwał się.

Rodzice siedzieli razem w łóżku. Ten widok sprawił, że poczuła jednocześnie zazdrość i otuchę.

— Twoja matka chce wiedzieć, czy miałaś udany wieczór — zaczął ojciec. — Mówiłem jej, żeby się nie wtrącała, ale...

Jo westchnęła i skinęła głową, jej łzy mówiły same za siebie.

— Nic mi nie będzie — powiedziała w końcu. — Dobranoc.

— Twoja matka mówi, żebym ci powiedział, że jesteśmy tu, gdybyś nas potrzebowała — chrapliwie oświadczył ojciec.

— Dzięki, tato.

Mama zrobiła ruch prawą dłonią. Jo zaczekała.

— Choćby... nie wiem... co — wyszeptała Hilda.

Jo uśmiechnęła się do obojga i posłała im po pocałunku. Zamknęła za sobą drzwi ich sypialni i poszła do łóżka.

20

Poniedziałkowy poranek wstał jasny i wietrzny. Hilda po raz pierwszy od wylewu zeszła na dół. Jo była w domu od dwóch tygodni i miała wrażenie, że nigdy nie wyjeżdżała; wyjrzało słońce i wyglądało na to, że lato nadejdzie wcześnie. Co oczywiście oznaczało, że jutro spadnie deszcz.

Poprzedniego wieczoru Jo zadzwoniła do Vanessy, by wyjaśnić, że jeszcze nie może wrócić, ale wróci, kiedy tylko jej matka będzie w stanie samodzielnie wejść na górę. Błagała, żeby zachować dla niej miejsce, i powiedziała, jak bardzo za wszystkimi tęskni. Poczuła wielką ulgę, gdy Vanessa zdecydowanie oświadczyła, że czeka na jej powrót, kiedy tylko będzie gotowa. A nawet aluzyjnie wspomniała o podwyżce. Mimo wszystko Jo czuła się, jakby dzwoniła do innego świata. Zastanawiała się, kto z rodziny był w pokoju, kiedy Vanessa z nią rozmawiała, i tak bardzo chciała tam być.

Ponieważ na dole w domu nie było ubikacji, Hilda musiała tkwić na górze przez całą dobę albo zacząć korzystać z przenośnej toalety. Zdecydowała się na tę drugą opcję i Jo zaoferowała swoje usługi jako toaletowa — „jak w dawnych czasach", mrugnęła do mamy — kiedy Bill okazał się zbyt wrażliwy. Jo mogła się tym spokojnie zajmować pod warunkiem, że ojciec weźmie na siebie gotowanie. Była przekonana, że mama szybko

297

wróci do formy — czuła, że Hildę aż świerzbią palce, żeby znów zająć się karmieniem ojca, szczególnie po wieczorze, kiedy przyrządził sobie stek i frytki.

Gdy Bill usadził Hildę w swoim fotelu, Jo wstawiła czajnik i włączyła telefon komórkowy. Nalewała wody do imbryka dla rodziców i do nowej kawiarki, którą kupiła dla siebie, kiedy komórka zadzwoniła.

W pierwszej chwili nie poznała głosu Pippy, ale kiedy już się zorientowała, że to ona, z wielką radością doświadczyła fali ciepłych uczuć dla nowej przyjaciółki. Po całych dwóch tygodniach poza Londynem Jo postanowiła polegać na intuicji, by ocenić, czy jej życie tam było naprawdę dobre, czy tylko robiła dobrą minę do złej gry. Wiele razy miała ochotę zadzwonić do Pippy, ale czuła się za bardzo winna, żeby rozmawiać z nią przed spotkaniem z Sheilą. Najchętniej uściskałaby Pippę.

— Cześć, nieznajoma! — zawołała Pippa.

— Cześć! — Jo niemal się roześmiała, mówiąc to. — Co u ciebie?

— Świetnie! Uprawiam seks! Z policjantem!

— Którym?

— Z Nickiem, oczywiście. Jestem pod policyjnym nadzorem!

— Chodzisz z nim?

— Uhm. Prawdę mówiąc, częściej z nim leżę, niż chodzę. Jeśli rozumiesz, co mam na myśli.

— Tak się cieszę, Pip.

— Cóż, to wszystko dzięki tobie.

— Nie wygłupiaj się. Tylko was sobie przedstawiłam. Resztą zajęliście się na własny rachunek.

— Wiem. Jestem twoją dłużniczką. Naprawdę nam ciebie brakuje — powiedziała Pippa. — Kiedy wracasz?

— Boże, ja też za wami tęsknię — odparła Jo. I nagle, w sposób kompletnie niewyjaśniony, jej radość przeszła w żałość. Jak dziecko, które usiłuje ukryć, że dojrzało do pójścia spać, Jo nagle złapała się na tym, że płacze. Uznała, że to odpowiedni moment, by powiedzieć Pippie o zerwaniu z Shaunem.

— Co mam przekazać Nickowi? — zapytała Pippa, kiedy już odpowiednio wyraziła współczucie i miała miejsce stosowna pauza.

— A czemu? — Jo pociągnęła nosem.

— Ponieważ, kochanie, Gerry wciąż jest zainteresowany — wyjaśniła Pippa. — A to glina, który przywykł, że dostaje to, czego chce.

— Boże — pociągnęła nosem Jo. — Przerażające.

— Ja cię tylko zawiadamiam, jak to wygląda od męskiej strony.

— Czy to, czego ja chcę, ma jakieś znaczenie?

— Ty najwyraźniej sama nie wiesz, czego chcesz.

Jo sapnęła.

— Oburzające!

— Założyli się, że ty i Shaun zerwiecie przed latem, a Gerry wskoczy na wolne miejsce do jesieni.

— O Boże. — Jo zamknęła oczy. — Odechciało mi się śniadania.

— Powiedziałam Nickowi, że nie jesteś zainteresowana — ciągnęła Pippa — ale stwierdził, że możesz udawać i nie mówić mi prawdy.

— Nie jestem zainteresowana — oznajmiła Jo powoli i wyraźnie — nie udaję i mówię ci prawdę.

— To właśnie mu powiedziałam. A także to, że dziewczyny nie myślą jak faceci.

— Dzięki Bogu.

— Na co odparł, że wszyscy myślą jak faceci, tylko dziewczyny lepiej się z tym kryją.

Jo wykrzywiła się do telefonu.

— Masz tam doprawdy wyjątkowego mężczyznę, Philippo.

— Wiem — odparła Pippa. — I jest dobry w łóżku.

— Lepiej, żeby był.

— Powiem mu, by powiedział Gerry'emu, że nie jesteś zainteresowana.

— Jak chcesz.

— No, więc — ciągnęła Pippa — jak zostawiłaś sprawy z Joshem?

— O Boże. Masz wolną godzinę?

— Tak źle, co? W kinie oboje wyglądaliście na całkiem zaprzyjaźnionych.

— Wiem. Znowu zrobił się dla mnie miły. I był taki cudowny, kiedy odebrałam ten telefon od taty. Całą niedzielę pomagał mi się pakować, pomógł mi też wymyślić, jak powinnam to powiedzieć Vanessie, i nawet ze mną został, dopóki tamtej nocy nie zasnęłam. Następnego dnia rano się obudziłam i leżał obok mnie.

— Rany.

— Ale...

— Ale?

— Nie wiem.

— Co tu trzeba wiedzieć? Ty jesteś wolna, on jest wolny.

— To nie zmienia tego, co mi powiedział, że tylko chciał się ze mną przespać, bo trafiała się okazja. Jest hipokrytą, bo nienawidzi niewierności, a pomaga swojemu tacie ukryć romans. Mieszka, nie płacąc czynszu, a jest przed trzydziestką. I...

— I wygląda jak Hornblower...

— On... — Jo zamilkła. — Zapomniałam, co chciałam powiedzieć po czwarte.

— A co do niego czujesz?

Jo stęknęła.

— Nie wprawiaj mnie w zmieszanie.

— Jak myślisz, co będzie, kiedy wrócisz?

— Nie mam pojęcia. Coraz bardziej mi się zdaje, że to wszystko był sen i nigdy nie wrócę. Jak Dorotka — no wiesz, wyruszyłam szukać odpowiedzi, wszystko było w technikolorze, ale tak naprawdę odpowiedzi nie udało się znaleźć i teraz jestem z powrotem w domu. Gdzie wszystko jest czarno--białe.

— O mój Boże. Głębokie.

— Chyba mam za dużo czasu na rozmyślanie.

— Słuchaj — powiedziała Pippa — jak powtarza moja mama, wszystko wyjdzie w praniu. Musisz w to wierzyć, bo inaczej zwariujesz. Jak twoja mama?

Po rozmowie telefonicznej Jo przez chwilę stała przy kuchennym zlewie. Kiedy herbata i kawa się zaparzyły, zaniosła je do salonu na tacy. Poczuła się nieco lepiej. Zdała sobie sprawę, że to dla niej całkiem nowe doświadczenie — otwarcie i szczerze rozmawiać z przyjaciółką, która aktywnie uczestniczyła w dyskusji i chciała podnieść ją na duchu. Tak, Sheila była zabawna i pod ręką, ale Jo wiedziała, że nigdy nie opowiedziałaby jej tego, co właśnie omówiła z Pippą.

Przez głowę przemykało jej zbyt wiele nowych myśli i czuła się, jakby groziło jej krótkie spięcie. Wiedziała, że przydałby się jej długi spacer nad rzeką. Nalała rodzicom herbaty, a sobie kawy i uznała, że na spacerze zajmie się tym, co nazywała „wyborem z karty": podejmowaniem drobnych, lecz ważnych decyzji, które zajmowały jej całe wieki. Bardzo długo nie była nad rzeką, prawdopodobnie świetnie jej to zrobi.

W tym czasie Vanessa czuła się jak ptak wypuszczony na wolność. Przerażony, że skrzydła nie zadziałają, i zaszokowany własną kruchością w świecie, który nagle stał się przepastny. Wsadziła głowę do pokoju Cassandry. Cassie ubierała się w milczeniu.

— Jak idzie? — zapytała Vanessa.

Cassandra się uśmiechnęła.

— W porządku.

— Pamiętasz motto?

— „Zemsta jest słodka".

— I tajną mantrę?

— „Pewnego dnia wszystko to się skończy i nie wpuszczę cię do mojego klubu".

— Lepiej w to uwierz. Spotkanie kontrolne dziś wieczorem, osiemnasta zero zero.

Cassandra uśmiechnęła się szeroko. Vanessa poczuła ucisk w sercu.

— Uściśnij starą matkę, zanim pójdzie do swojego okropnego biura.

Cassandra uściskała ją z całej siły, gdy usiadły razem na jej łóżku.

— Czemu musisz chodzić do pracy? — zapytała cicho.

Vanessa ucałowała nierówny przedziałek córki.

— Bo dzięki temu dobrze się czuję. — Poprawiła Cassie kitki. — Dzięki temu czuję się na miejscu. I to mi pomaga być milszą osobą.

Zapadła cisza.

— Kiedy ja będę tak się czuła, mamusiu? — wyszeptała Cassandra.

Vanessa przyciągnęła córkę do siebie.

— Och, kochanie. Dojście do tego stanu może ci zająć całe życie.

Pięć minut później pędziła na dół, żeby dać Joshowi ostatnie wskazówki. Zaskoczył ich wszystkich, oznajmiając, że z przyjemnością weźmie trochę urlopu, żeby zająć się dziećmi.

Nie mogła się zdecydować, czy się cieszy, że Dick tak się angażuje w sprawy sklepu, a Josh jest tak nietypowo hojny, czy wścieka, że Dickowi znów się udało. Dla dobra własnego małżeństwa postanowiła poprzestać na tym pierwszym.

Kiedy znalazła się na dole, Josh stał w kuchni, wpatrując się ze zmarszczonymi brwiami w plan dnia, przyczepiony do drzwi lodówki. Spojrzał na nią jak zaszczuty królik.

— Gdzie jest pizza? — zapytał.

— W zamrażalniku.

— Gdzie jest przedszkole?

— Adres w notesie.

— Gdzie jest notes?

— Obok telefonu w jadalni.

— Czy muszę od razu umieć robić frytki?

— Tylko wtedy, gdy chcesz podpalić dom. Najbardziej lubią takie z mikrofalówki.

— Gdzie są...

— W zamrażalniku.

— Kiedy daję im zapakowane drugie śniadania?

— Teraz.

— Superman dla Zaka, Tweenie dla Tallulah, Buffy dla Cassandry.

— Zgadza się. Dobra robota. — Vanessa się uśmiechnęła. — Dzięki, Josh. Jesteś wielki.

— Ależ to przyjemność. Dziękuję, że obdarzasz mnie takim zaufaniem.

— Jeżeli będziesz przy nich przeklinał, uderzysz którąś albo pozwolisz im umrzeć, dopadnę cię i zabiję.

— Tobie też życzę miłego dnia.

Vanessa po raz ostatni obrzuciła wzrokiem kuchnię.

— Życz mi szczęścia — powiedziała.

— I nawzajem.

Gdy trzasnęły frontowe drzwi, Josh wziął długi, powolny wdech. Uważnie obejrzał drzwi lodówki, na moment zatrzymując spojrzenie na rysunku Zaka, przedstawiającym Jo jako Kobietę-kota, zanim znalazł jej numer telefonu. Palce aż go świerzbiały, żeby zadzwonić, ale żołądek skręcał się na samą myśl o tym. Nie. Da sobie radę. Był człowiekiem, który wspiął się po śliskim zboczu księgowości korporacyjnej, więc poradzi sobie na tym wyboistym gruncie. Szansę na przeżycie mieli tylko najsilniejsi, a on zamierzał wygrać w tej grze. To było Prawdziwe Życie — najtwardsza gra ze wszystkich. Podwinął rękawy, naprężył mięśnie, wziął głęboki męski wdech i otworzył zmywarkę.

— Josh — rozległ się głos Tallulah — wytrzesz mi pupę?

W kuchni powiało chłodem.

Gdy Josh jechał wreszcie w stronę szkoły Cassie, był już o dwadzieścia minut spóźniony i cztery razy zaklął przy dzieciach. Były zachwycone.

— Co do... nędzy robi ten kierowca, do... licha? — zapytał. Okazało się że przeklina więcej, niż przypuszczał. — Czy on nie wie, że są na tym świecie dzieci, które muszą się dostać do szkoły?

— Jo zwykle jeździ inną drogą — zauważyła Tallulah.

— Co?! — wrzasnął Josh, patrząc w tylne lusterko. — Czemu mi nie powiedziałaś?

— Nie pytałeś.

— Nie bądź taka mądra! — zawołał. — Jak się mamy wydostać z tego korka?

— Mogę się przejść — zaproponowała Cassie.

— Czy tak będzie szybciej?

— Nie, tylko przyjemniej.

— Dobra. — Josh nagle skręcił. — Parkuję. Tallulah, wchodzisz mi na plecy, Cassie, wchodzisz na plecy Tallulah.

Zanim dotarli do szkoły z Joshem biegnącym i śpiewającym zabawne piosenki, Cassandra prawie zapomniała o tym, jak się bała tego dnia. Potem Josh i Tallulah ją zostawili. Machała i patrzyła, jak robią się coraz mniejsi i mniejsi, są dalej i dalej, aż w końcu przestała ich widzieć. Wtedy odwróciła się w stronę szkoły, dumnie uniosła podbródek i ruszyła do walki.

Vanessa z kawą w jednej ręce, a teczką w drugiej, spieszyła się do pracy. Słońce prawie wyszło zza szarych chmur i w duchu szybko przewinęła czas do przodu o miesiąc, wyobrażając sobie witaminę D i promienie ultrafioletowe, które przedostają się przez pory w jej skórze. A potem na horyzoncie pojawiło się biuro.

Aż do tej chwili Vanessa wierzyła, że jej świat kręci się wokół pracy, bo tak wynikało z prostego wyliczenia, życie domowe zaś było czymś w rodzaju fantastycznego wątku pobocznego i w sumie czuła się zawstydzona, że w nie wierzyła. Olśniło ją, że mogła się mylić. Postukując obcasami, przemierzyła marmurową posadzkę do windy, czekała na nią ze spuszczonymi oczyma. Weszła do swojego gabinetu i zamknęła drzwi.

Zanim zdążyła przesunąć się choćby o cal, zamarła. Ktoś korzystał z jej biurka. Jeden wielki bałagan. Notes był otwarty, a podstawka na drobiazgi wyglądała jak popielniczka. Jak, do licha, ma zacząć dzień z bałaganem? Potem dokonała szybkiej retrospekcji, w jakim stanie zostawiła Joshowi kuchnię, po której pojawiło się mdlące wspomnienie zmęczonej rezygnacji na twarzy Jo, gdy rano widziała kuchnię. Musi dać, da tej dziewczynie podwyżkę. Jeżeli wróci.

Gdy tylko usiadła i rzuciła okiem na ramkę z roześmianymi twarzami dzieci, rozległo się pukanie.

— Zapraszam do środka! — zawołała.

Anthony otworzył drzwi.

— Chętnie. — Mrugnął. — Czekam na to od dwóch tygodni.

Ciało Vanessy zaczęło wibrować w znajomym rytmie.

— O Boże — wymamrotała.

— Opowiedz mi o wszystkim — szepnął Anthony, zamykając za sobą drzwi.

— Nie. Anthony, jestem zamężną kobietą, która właśnie spędziła dwa tygodnie z dziećmi.

— Słucham cię, maleńka...

— Nie, to znaczy.... Anthony, nie.

Odepchnęła go.

— Co?

Nagle drzwi gabinetu otworzyły się gwałtownie i w ich obramowaniu pojawił się rozpromieniony Max. Stał tam na szeroko rozstawionych nogach, z rozłożonymi ramionami i wystającym brzuchem.

— Vanessa, dziecino! Witaj z powrotem!

Vanessa-dziecina o mało nie padła do stóp swojego szefa. Zamiast tego grzecznie zwróciła się do Anthony'ego.

— Dasz nam chwilkę?

— Oczywiście. — Uśmiechnął się czarująco i wyszedł.

Pippa i Nick tkwili w korku na Highgate Hill; fotelik Sebastiana Jamesa był przypięty pasami do tylnego siedzenia.

— Jeżeli któryś z kumpli z posterunku zobaczy w moim wozie dziecięcy fotelik — odezwał się Nick — to nie przeżyję.

— Nie bądź śmieszny — odparła Pippa. — Tę fryzurę przeżyłeś.

Nick spojrzał na nią badawczo.

— A co jest nie tak z tą fryzurą?

— Tylko podaję przykład. — Sebastian James beknął. — A Sebastian James się ze mną zgadza.

— Przysiągłbym, że go karmisz środkiem do dezynfekcji.

— Rozmawiałam dziś rano z Jo.

— Ach tak? Skończyła już ze swoim kochasiem?

— Żebyś wiedział, że tak.

— Niech mnie! Miał rację! A niech to jasna cholera! — Potem coś mu przyszło do głowy. — Cholera. Twoja przyjaciółka kosztowała mnie poważną kwotę...

— Wcale nie, jeśli mówisz o Gerrym.

— Dlaczego?

— Ponieważ ona na niego nie leci, dlatego.

— Oczywiście, że leci.

— Nie.

— Cóż, jeśli nawet teraz nie, to zacznie.

— Co chcesz przez to powiedzieć?

— Gerry zawsze dostaje to, czego chce. Kiedyś trwało rok, zanim namówił dziewczynę, żeby z nim chodziła.

— Czy to nie zakrawa na molestowanie?

Nick wzruszył ramionami.

— Wydawała się zadowolona. W końcu to on ją rzucił.

— Dlaczego?

— Okazała się trochę czepliwa.

— Wcale mnie to nie dziwi! — wykrzyknęła Pippa. — Przywykła, że ma go pod ręką.

— Nie, po prostu Gerry taki jest.

— Mówię ci — powtórzyła Pippa. — Jo na niego nie leci.

— Może sama jeszcze nie wie, że jest inaczej — ustąpił Nick. — Jak to możliwe, że zrywa z chłopakiem, z którym jest od sześciu lat, zaledwie parę miesięcy po poznaniu Gerry'ego?

— To nie ma nic wspólnego z Gerrym. Ostatnio w jej życiu zmieniły się całkiem inne rzeczy.

— To czemu zerwała z chłopakiem?

— Bo już go nie kocha.

— Sześć lat trwało, zanim do tego doszła?

— Tak. Nie leci na Gerry'ego.

— Uwierz mi. Zdecydowanie zaszło coś, co spowodowało, że z nim zerwała. Za duży zbieg okoliczności. Wspomnisz moje słowa.

Pippa spojrzała na Nicka i zburzyła mu włosy z tyłu głowy.

— Och, jesteś taki sprytny — powiedziała. — Uwielbiam to w mężczyźnie.

— Ależ oczywiście. — Nick uśmiechnął się szeroko. — Jestem w wydziale dochodzeniowym.

Dokładnie godzinę później Josh gnał sprintem do przedszkola, z pośpiechu o mało nie przewracając się o własne długie nogi.

Jak to się stało, że przez cały dzień był spóźniony? Kompletnie tego nie rozumiał, niczego nie zrobił, a był ze wszystkim spóźniony i dom wyglądał tak fatalnie, że gdyby Zak wrócił teraz ze szkoły, byłby załamany, że przegapił wizytę włamywaczy. W tym momencie Josh zdał sobie sprawę, że jeszcze nic nie miał w ustach. Olśniło go, że nigdy nie widział, żeby Jo jadła lunch, a co dopiero robiła sobie w tym celu godzinę wolnego. Na dokładkę miał wrażenie, że już pora iść spać, chociaż wszystko wskazywało na to, że jest wręcz przeciwnie, na przykład jego zegarek i światło dnia.

Gdy wreszcie dotarł do przedszkola, czując kłucie w boku i ze zbyt niskim poziomem cukru, zastał tam długą kolejkę oczekujących kobiet. Wszystkie się odwróciły, żeby na niego popatrzeć. Spróbował się uśmiechnąć, ale kłucie było tak bolesne, że wyszedł z tego grymas. Kobiety się odwróciły.

Chciał zadać im kilka pytań. Jak mieściły posiłki w planie dnia? Jak to się działo, że zdążały tu na czas? Codziennie? Jakim sposobem ich ubrania były takie czyste? Czy zechciałyby — czy mogłyby — go tego nauczyć?

Kiedy wolnym krokiem podeszła do niego Pippa, która wyglądała jak modelka z reklamy szamponu Timotei, o mało nie podskoczył z radości.

— Halo! — wykrzyknął. — Czy rozmawiałaś z... Czy widziałaś... Jak się masz?

— Cześć! — Uśmiechnęła się. — Co tu robisz, u licha?

— Ach, po prostu zajmuję się dziećmi. Wziąłem trochę wolnego, bo inaczej Vanessa mogłaby przyjąć inną nianię.

— Och! — zawołała Pippa. — Rozumiem.

— A wiem, jak dzieci kochają Jo — paplał nieskładnie.

Pippa skinęła głową.

— Wyglądasz beznadziejnie.

— Dzięki! — powiedział. — Czuję się beznadziejnie.

Czterolatek z wielkim impetem spadł z rowerka i wylądował na płocie obok nich.

— Miałaś jakieś wieści od Jo? — zapytał Josh, odsuwając się od płotu.

Matka przed nimi w końcu dostała szału.

— JEŻELI JESZCZE RAZ MI POWIESZ, ŻE IDZIESZ

JUTRO NA BASEN — oznajmiła swojemu sześciolatkowi — TO CIĘ NIE PUSZCZĘ. — Jej sześciolatek zrobił w tył zwrot i powiedział to komuś innemu.

— Tak — odparła Pippa. — Rozmawiałam z nią dzisiaj rano.

— Tak? Co u niej?

— Jej mama już schodzi na dół i lepiej mówi, więc czekają tylko, żeby mogła wchodzić na górę i korzystać z toalety.

— A jak... A co u Jo? Kiedy wyjeżdżała, wydawała się trochę zestresowana. To znaczy...

— Cóż, jest trochę zdenerwowana.

— Dlaczego?

— No cóż, z powodu Shauna.

— Dlaczego? Co się stało z Shaunem?

Pippa popchnęła go w przód i Josh nagle znalazł się na początku kolejki, tuż przed przedszkolanką Montessori, która miała wyraz twarzy oznajmiający, że rozmowy nie będę tolerowane. Uśmiechnął się do niej ostrożnie.

— Imię?

— Josh.

— Nie mamy żadnego Josha.

Pippa podeszła bliżej.

— Tallulah — pomogła — i Georgiana.

— O, rozumiem! — Josh wyszczerzył zęby. — Przepraszam, to ja jestem Josh.

— Zaraz sprawdzę — powiedziała niewzruszona nauczycielka.

Josh odwrócił się do Pippy.

— Ale na pewno jestem Josh.

— Wiem, kotku. Poszła przyprowadzić Tallulah.

Dziewczynka wyszła z uśmieszkiem na ustach.

— Cześć, Josh.

— Cześć, Tallulah.

Georgiana wyszła za nią i podeszła do Pippy.

— Cześć, groszku.

— Cześć, Pippa, namalowałam rybę — oznajmiła Georgiana, prezentując obrazek czegoś pomiędzy rekinem a słoniem.

— Ależ cudownie, kochanie — ucieszyła się Pippa. Spojrzała na Josha. — No, tak, to pewnie się zobaczymy...

— Masz czas na kawę?

Uśmiechnęła się szeroko.

— Tak! Czemu nie?

Josh odwrócił się do siostrzyczki.

— Miałabyś ochotę?

Tallulah z namysłem zwróciła się do Georgiany.

— Czy mogę tym razem być dziewczynką?

— Nie — odparła Georgiana. — Musisz być chłopcem, bo jesteś ode mnie wyższa i masz ciemniejsze włosy.

Tallulah podniosła oczy na Josha.

— Nie, dziękuję, Josh — odparła cicho. — Jeśli nie masz nic przeciw temu, wolałabym raczej pójść do domu.

Zwrócił się do Georgiany:

— Daj spokój — próbował ją namówić — pozwól Tallulah być dziewczynką.

Georgiana go zignorowała.

— Gdzie jest mój braciszek? — zapytała nagle.

— O rany. W samochodzie Nicka — wyszeptała Pippa. Spojrzała na Josha. — Czy możemy wypić kawę następnym razem?

— Tak, tak, oczywiście.

Pippa chwyciła Georgianę za rękę i popędziła, nie oglądając się za siebie. Josh odprowadził ją wzrokiem. Po chwili poczuł, że w jego dłoń wślizguje się mała rączka i mocno go chwyta. Spojrzał w dół i zobaczył Tallulah. Ukląkł, żeby dopasować się do niej wzrostem.

— Ona mówi, że jestem jak chłopiec — cicho wyjaśniła Tallulah — bo nie mam takich włosów jak ona.

— Cóż, ja nie uważam, żebyś wyglądała jak chłopiec, moja śliczna.

Tallulah uśmiechnęła się do niego powoli, a potem, nagle zawstydzona, pochyliła głowę i zerknęła na Josha spod grzywki.

— Tak — powiedział, ściskając mocno jej rączkę i całując w czubek głowy. — Jesteś stuprocentową kobietą.

W tym czasie Nick i Gerry siedzieli w samochodzie, czekając na wezwanie przez radio.

— No, więc — zagaił Gerry — Jo jest teraz wolna jak ptaszek, tak?

Nick skinął głową znad hamburgera.

— Chyba jesteś mi winien forsę, przyjacielu. — Gerry się uśmiechnął.

Nick przełknął to, co miał w ustach.

— Najwyraźniej nie jest wolna z przyczyny, którą obstawialiśmy.

— Ach tak? Mów, Nicholasie. Zamieniam się w słuch.

— Po prostu — wyjaśnił Nick, kończąc lunch — jak się okazuje, zdała sobie sprawę, że nie kocha już swojego chłopaka.

Gerry prychnął.

— Taa, jasne.

Nick odwrócił się w jego stronę.

— Twoja pewność siebie zasługuje na podziw, jeśli wolno mi tak powiedzieć.

— Cóż, przyjacielu, jestem całkowicie przekonany, że stosuje to, co politycy nazywają zasłoną dymną.

— Gerrardzie — odezwał się Nick — kocham cię jak brata, ale nie chcę widzieć, jak robisz z siebie durnia. Choć może ciężko nam przyjdzie w to wierzyć, nie sądzę, żeby na ciebie leciała.

— Przekonaj mnie.

— Powiedziała swojej najbliższej przyjaciółce, że tak jest. A dziewczyny mówią swoim przyjaciółkom wszystko.

Gerry popatrzył na Nicka z troską.

— I ty się uważasz za policjanta?! — wykrzyknął. — Rozczarowujesz mnie, Nicholasie.

— Dlaczego?

Gerry usadowił się wygodnie, zwracając się twarzą do Nicka.

— Przecież nie powie swojej najlepszej przyjaciółce, że na mnie leci, prawda?

— Nie, bo nie leci.

Gerry westchnął teatralnie i potrząsnął głową.

— Nie, ponieważ wie, że jej najlepsza przyjaciółka powiedziałaby to tobie, a ty powiedziałbyś mnie. W tym momencie ona wyszłaby na przesadnie chętną. A w łowach chodzi o to, że kobieta nie ma być chętna. W przeciwnym wypadku nie byłoby łowów. — Gerry cmoknął. — Szczerze, Nicholasie, podobno jesteś w dochodzeniówce?

Nick pokręcił głową.

— W tej sprawie wierzę Pippie.

— Zasada numer jeden. Nie wierz kobiecie, która zawarła intymną znajomość z Panem Wiertaczkiem. Zasada numer dwa. Bierz pod uwagę dowody, a nie to, co wychodzi z ust podejrzanego.

— Panem Wiertaczkiem?

— Dowód: skończyła z chłopakiem, z którym była sześć lat, po tym jak mnie poznała.

Nick milczał.

— I poszła ze mną na randkę.

— Na której nawet jej nie tknąłeś.

— Wtedy była jeszcze czyjąś dziewczyną — wyjaśnił Gerry. — Jest lojalna, lubię to u dziewczyn.

Nick milczał.

— Mówię ci — ciągnął Gerry — tu działa chemia. To ona wystartowała z „Och, jestem samotna w nieznanym mieście" — naśladował damski głos. — „Zaopiekuj się mną, wielki, muskularny glino".

Nick się uśmiechnął.

— To było niesamowite, Gerrardzie. Brzmiałeś jak Julie Andrews.

— Nicholasie. Siedzę jej na ogonie. I to jakim ogonie, jeśli wolno mi tak powiedzieć.

— Wolno.

— Nie zapominajmy, mój dobry przyjacielu, że gdyby nie jej „Ooch, twoi przyjaciele mogą poznać moje przyjaciółki, ple, ple, ple", nawet nie spotkałbyś Pippy. Pomijając fakt, że jesteś moim dłużnikiem, mógłbyś przynajmniej mnie wspierać.

Przez chwilę siedzieli w milczeniu.

Gerry pierwszy poczuł potworną woń, ale nie chciał o tym wspominać. Kiedy stała się nie do zniesienia, odwrócił się, żeby zobaczyć, skąd dochodzi.

— Jezus — wyszeptał.

Nick podążył za jego spojrzeniem do miejsca, z którego wydobywał się zapach.

— Niezupełnie — wymamrotał. — Cześć, Sebastianie Jamesie.

Później tego dnia Pippa zadzwoniła do Jo.

— Nigdy nie zgadniesz, kogo dzisiaj spotkałam w przedszkolu — powiedziała.

— Josha?

— Jasna cholera! Skąd wiedziałaś?

— Po prostu powiedziałam pierwsze, co przyszło mi do głowy.

— Przerażające.

— Co on tam, do licha, robił?

— Zajmuje się dziećmi, kiedy ciebie nie ma. I posłuchaj tego! Wziął wolne z pracy. I posłuchaj tego! Zrobił to, żeby Vanessa nie przyjęła innej niani!

— Żartujesz? — Jo zatkało.

— Zaprosił mnie na kawę, ale nie miałam czasu, więc nie zdążyłam dowiedzieć się niczego więcej, ale spróbuję jutro. Musiałam nagle wracać, bo Georgiana zauważyła, że zgubiłam Sebastiana Jamesa.

— Zaprosił cię na kawę? Może na ciebie leci. O mój Boże, oczywiście...

— Zamknij się! Biorąc pod uwagę, że zdążył mnie zapytać, co u ciebie, i powiedziałam mu, że jesteś zdenerwowana z powodu Shauna, bardziej prawdopodobne jest, że chciał się dowiedzieć, co u ciebie słychać.

— Pytał o mnie?

— Z miejsca. W chwili gdy mnie zobaczył.

Jo z podniecenia zakręciło się w głowie.

— Niestety — ciągnęła Pippa — także Gerry jest zainteresowany ostatnimi wydarzeniami. I wygląda na to, że nie zamierza przyjąć odpowiedzi odmownej.

— Cóż, będzie musiał.

— Nick mi powiedział, że kiedyś starał się przez cały rok, żeby dziewczyna z nim chodziła.

Jo zaklęła pod nosem.

— Po prostu mu powiedz, że mam obsesję na punkcie Josha — wymamrotała.

— Jasne, powiedz wyszkolonemu zabijace, kim dokładnie jest jego rywal, kiedy wie, gdzie ten mieszka. Chcesz, żeby Josh znowu oberwał? Myślę, że jak na twoje sumienie to raz wystarczy, prawda?

— Jasna cholera. Ten Gerry to koszmar. To mnie oduczy flirtować.

— Aha! — wykrzyknęła Pippa. — Przyznajesz, że flirtowałaś z Gerrym?

— Cóż — uświadomiła sobie Jo — może podświadomie próbowałam sprawić, żeby Josh był trochę zazdrosny. Żeby go popchnąć do wykonania ruchu. Skąd mogłam wiedzieć, że Gerry to świr?

— Hm.

— Dlaczego to Josh nie może być taki zdeterminowany, żeby mnie zdobyć? I czemu nie może chcieć ode mnie czegoś więcej niż szybkiego numerku? I z jakiego powodu Josh nie może być miłym facetem bez wad? I czemu nie potrafię myśleć o niczym innym?

— Bo to by było o wiele za proste.

— No, cóż, ty masz to, czego chciałaś.

— Nazywasz mojego chłopaka prostym?

— Nie, mówię, że jestem zazdrosna. Polubiliście się, coś z tym zrobiliście. Koniec, kropka.

— Ale po latach komplikacji. A tobie przez ostatnie sześć za dobrze się układało. Teraz twoja kolej na zabawę i podchody. Takie są zasady.

Jo westchnęła.

— Tak czy owak — odezwała się Pippa — zauważyłam, że instynkt niani cię nie opuszcza, co?

— Hę?

— Nie chcesz wiedzieć, gdzie zgubiłam Sebastiana Jamesa? I dlaczego musiałam pojechać na miejscowy posterunek policji, żeby go odebrać? I co musiałam powiedzieć mojej szefowej?

Jo chciała. Słuchała z uwagą, a tej nocy śniła o Joshu wypytującym o nią przy okazji odbierania z przedszkola Tallulah.

21

W połowie trzeciego tygodnia pobytu Jo w domu Sheila w końcu oddzwoniła. Ustaliły, że spotkają się tego dnia na lunchu w tej kafejce co zwykle.

Gdy siedziały, patrząc w obrus, Jo zdała sobie sprawę, że nie wie, jak wskoczyć w ich normalne konwersacyjne tory. Zwykłe tematy dotyczące Shauna i jej rodziców były dla niej zbyt bolesne, żeby je podejmować. Jedynym neutralnym tematem rozmowy, jaki potrafiła wymyślić, była Pippa. Zanim cisza stała się nieznośna, opowiedziała Sheili wszystko o Pippie i o tym, że na dobrą sprawę to ona trzyma Jo w Londynie, i jak bardzo Sheila byłaby nią zachwycona. Gdy Sheila nie zareagowała, do Jo dotarło, że może nie było to najbardziej taktowne. Dlaczego nie umiała rozmawiać ze swoją najlepszą przyjaciółką? Kiedy zjawiło się jedzenie, była wdzięczna za to, że mogła się nim zająć.

— Jak w pracy? — zapytała w końcu.

Sheila spojrzała na nią przelotnie znad talerza.

— Jak to w pracy — powiedziała. — Nie ma o czym mówić.

— A jak James? Stęskniłam się za nim.

Sheila uniosła brwi.

— Ja nie.

Jo zmarszczyła brwi.

— Dokąd wyjechał?

— Zerwaliśmy dwa tygodnie temu.

Jo zagapiła się na nią.

— Co? Co się stało?

— Zerwaliśmy — powtórzyła Sheila — dwa tygodnie temu.

— Myślałam, że chcecie się pobrać.

— Widzisz, jak można się pomylić.

— Co się stało, Shee? — Jo użyła łagodniejszego tonu.

— Okazuje się, że tylko czekałam, żeby trafiło się coś lepszego. No i się trafiło.

— A kto, do licha, się trafił? — Jo mówiła teraz swoim plotkarskim tonem. — Muszę wiedzieć!

— „Musisz" wiedzieć, tak? Nagle „musisz" wiedzieć? Jo westchnęła.

— Boże, Shee, przepraszam, jeżeli się poczułaś...

— Nijak się nie poczułam — ucięła Sheila.

— Więc czemu jesteś taka... no taka?

Sheila wbiła wzrok w jedzenie.

— Przepraszam — powiedziała w końcu.

— Przecież ja się tam nie bawię — zauważyła Jo.

— Kiedy wracasz?

— Gdy tylko będę mogła zostawić mamę.

— Hm.

— Mniejsza z tym. — Jo znów przybrała plotkarski ton. — Kim jest ten tajemniczy mężczyzna?

Sheila uśmiechnęła się zagadkowo.

— Znam go?

Sheila znów się uśmiechnęła.

Jo aż się zatchnęła.

— To nie John Saunders, prawda? Wioskowy głupek? Z twarzą królika albinosa?

Sheila się roześmiała.

— Odwal się!

Jo też się zaśmiała i odczekała chwilę.

— A jak się ma James? — zapytała.

— Och, zupełnie dobrze — odrzekła Sheila. Jo spojrzała na nią zdumiona. — Okazuje się, że tylko czekał, żebym go rzuciła — wyjaśniła Sheila.

— Mężczyźni.

— Uhm.

— Ja... właściwie zerwałam z Shaunem.

Sheila uniosła brwi.

— Nie wyglądasz na zaskoczoną — stwierdziła Jo żałośnie.

— Jeśli mam być szczera, to nie jestem.

— Och — odezwała się Jo. — Ja byłam.

Sheila na nią spojrzała.

— Właściwie trochę mi w tym pomógł.

Skończyły lunch. Wyjrzały przez okno. Rozejrzały się po kawiarni. Postanowiły nie pić kawy.

— Co chcesz powiedzieć przez to, że ci pomógł? — zapytała Sheila, gdy płaciły rachunek.

Jo zwierzyła się swojej najlepszej od dziesięciu lat przyjaciółce z uczuć dotyczących zerwania sześcioletniego związku, kiedy wychodziły z kafejki. Po czym uznała, że potrzebuje długiego spaceru nad rzeką, żeby zrozumieć, co jest nie tak z jej życiem, i to szybko.

Cassandra dokładnie widziała, co jest nie tak z jej życiem. Nie potrzebowała spaceru, żeby to do niej dotarło.

Mandy Summers robiła się coraz bardziej bezczelna. Arabella śmiała się teraz z każdego jej żartu i Maisy stopniowo traciła swoją pozycję „najlepszej przyjaciółki" na rzecz miejsca w tłumie. Im bardziej Maisy się denerwowała, tym bardziej Arabella ośmielała Mandy. Im bardziej zaś Arabella ją ośmielała, tym Mandy stawała się odważniejsza. A im bardziej była odważna, tym łatwiej przychodziło jej dręczenie Cassandry. Mandy nie rozumiała, w co gra Arabella, ale wiedziała, że to się jej podoba. Nigdy wcześniej nie cieszyła się popularnością.

Aby sprawiedliwości stało się zadość, należy przyznać, że Arabella też nie wiedziała, w co gra. Jedyne, co wiedziała, to że wyraz bólu na twarzy Maisy przyprawiał ją o dreszcz podniecenia, którego już nie dawała jej ich przyjaźń. Maisy przestała być tą fascynującą dziewczynką, która dzieliła sekrety z enigmatyczną Cassandrą Fitzgerald. Była po prostu kolejną wielbicielką. Gorzej, Cassandra zdawała się woleć nudną małą Ashę niż Maisy — co przesuwało Maisy na pozycję najmniej popularniej dziewczynki w klasie.

Cassandra była zaskoczona, delikatnie mówiąc, kiedy w tym tygodniu Mandy zaprosiła ją do siebie do domu. Ale teraz, gdy miały z mamusią Plan, wiedziała, jak to rozegrać.

— Bardzo chętnie. — Uśmiechnęła się. — Dzięki.

— Świetnie! — stwierdziła Mandy. — Przychodzi też Arabella, więc wszystkie razem się pobawimy.

Na ustach Cassandry pojawił się szeroki, szczery uśmiech, który, jak zauważyła, zdenerwował Mandy.

— Wspaniale — powiedziała. — Nie mogę się doczekać.

Tym lepiej, pomyślała, ignorując fakt, że jej ciało przestawiło się na tryb bojowy.

Po wspólnym lunchu Jo i Sheila poszły każda w swoją stronę i Jo ruszyła w kierunku rzeki. Wiedziała, że będzie potrzebna ojcu za godzinę, więc nie miała za dużo czasu, ale liczyła, że tyle wystarczy.

Gdy oddaliła się od High Street w stronę mostu, poczuła się, jakby połknęła czarną dziurę, która teraz wsysała jej wnętrzności. Ledwie mogła ustać prosto. Ostrożnie weszła na most, na którym przed laty po raz pierwszy się z Shaunem pocałowali. Obserwowała wodę przepływającą dołem i zastanawiała się, jak to możliwe, że tak wyjątkowe wspomnienie tak bardzo ją zasmuca. Potem pomyślała o Sheili i ich przyjaźni, która stanowiła tak znaczną część jej osobowości. A wreszcie sięgnęła myślą ku rodzicom. Czy swoim wyjazdem wpędziła matkę w chorobę?

Wpatrywała się w wodę, a myśli przemykały jej przez głowę z zawrotną szybkością. Czyżby nie doceniała ważnych spraw w swoim życiu? Czy zniszczyła wszystkie wspomnienia? Albo, co jeszcze bardziej przerażające, budowała wspomnienia na tak niepewnym gruncie, że nie mogły przetrwać zmiany? Czy popełniła błąd, jadąc do Londynu, czy to jej pokazało, że czas ruszyć naprzód? Czy została z pustymi rękoma? A może dowiodła sobie, że zaczynała z niczym?

Wydawało się, że minęły wieki, gdy przeszła przez most i skręciła w prawo, idąc z biegiem rzeki. Odgłos żwiru chrzęszczącego pod stopami sprawił, że niemal rozpłakała się z nostalgii. A potem dotarła do kościelnego cmentarza. Zmusiła się, żeby stanąć i na niego spojrzeć. Pojawiły się dwa duchy. Dwie piętnastolatki, które miały przed sobą całe życie, dzieliły się pierwszym dobrowolnym kancerogenem za nagrobkiem innej piętnastolatki, która zginęła w okropnym wypadku w fabryce. Czy wtedy kochała Sheilę? Czy kochałaby Sheilę, gdyby spotkała ją w Londynie prawie dziesięć lat później? Czy przynajmniej by ją lubiła, gdyby się teraz poznały? Własne myśli wpędziły Jo w melancholię.

Skręciła za róg i zatrzymała się, żeby wchłonąć ulubiony widok. Na tle jaskrawoniebieskiego horyzontu nabrzmiałe pączkami drzewa delikatnie kiwały do niej, poruszane wietrzykiem. Pola ciężarne przyszłymi plonami pomknęły w jej stronę, a ona wpatrywała się w nie i wpatrywała, chłonąc to wszystko jak lek przepisany przez lekarza. Powoli, lecz mocno zaczęła czuć nadzieję i coś w rodzaju iskierek ognia w brzuchu. Z trudem pojmowała odczuwane emocje. Jak to możliwe — czuć coś, czego się nie rozumie? Wróciła więc myślą do chwili, kiedy ostatni raz miała podobne wrażenie, i doznała takiego wstrząsu, że musiała usiąść. Po dłuższym badaniu własnej duszy Jo zrozumiała, co było nie w porządku z jej życiem. Dorotka odkryła, że czarnoksiężnik nie miał dla niej żadnej odpowiedzi — cały czas niosła ją w sobie.

Oddalony o wiele mil Josh Fitzgerald doznał epifanii zupełnie innego rodzaju.

Tallulah szła dzisiaj po przedszkolu do koleżanki, więc skoro był w domu w środku tygodnia, skorzystał z okazji, żeby spotkać się z matką na lunchu u Fortnuma. Przyszła prosto z najnowszej wystawy w Royal Academy.

Dostał więcej, niż oczekiwał. Przy deserze siedział z półotwartymi ustami, wpatrując się w matkę.

— Nie patrz tak na mnie, Joshua — powiedziała Jane. — Kucharz weźmie cię za rybę.

— Nie mogę uwierzyć w to, co mi właśnie powiedziałaś — wyszeptał Josh.

— W co? Że nie winię Dicka za odejście?

— Tak. I to drugie.

— Co? Że zmontowałam jego romans z tą głupią sekretarką?

Josh ukrył twarz w dłoniach.

— Nie rozumiem — wyszeptał — czemu teraz mi to mówisz?

Jane rozsiadła się na krześle.

— To część mojej terapii. Martin jest naprawdę cudowny. Zmusił mnie, bym zajrzała w głąb siebie, i zorientowałam się, że panowałam nad tym wszystkim. Twój ojciec nie potrafiłby zapanować nawet nad pilotem do telewizora. Jak myślisz, dlaczego ożenił się z Vanessą?

— Ale dlaczego miałabyś kontrolować rozpad własnego małżeństwa?

— Ponieważ chciałam się wyzwolić. I — Jane nachyliła się z ożywieniem — okazuje się, że miałam wobec naszego małżeństwa klasycznie pasywno-agresywne nastawienie, więc jedyny sposób, w jaki mogłam się z tym uporać, to włoczyć ojca w rolę porzucającego, bo to ja chciałam być zła. To naprawdę bardzo sprytne, kiedy sobie uświadomisz, że nawet nie wiedziałam, iż to robię.

— Zaczekaj — odezwał się Josh — pozwól, że to właściwie poukładam, bym tym razem wszystko dobrze zrozumiał, kiedy będę dokonywał przewartościowania przeszłości, którą zafałszowałaś.

— Och, kochanie, nie...

— Mówisz mi, że zmusiłaś tatę, aby czuł się winny przez ostatnie jedenaście lat, bo nie byłaś dość asertywna, by powiedzieć, że chcesz zakończyć małżeństwo?

— Podświadomie, kochanie — przyznała Jane. — Mężczyźni nie lubili wtedy asertywnych kobiet.

— Och, więc to wina wszystkich mężczyzn, nie tylko taty?

— Nie, ja tyko...

— Jak, do licha, „zmusiłaś go", żeby miał romans ze swoją sekretarką?

— Och, to było łatwe — odparła Jane. — Po prostu powtarzałam mu, jaka ona jest piękna, jaka seksowna, kap, kap, kap, a potem przestałam uprawiać z nim seks.

— Aha! — Josh plasnął dłonią w stół. — To nie oznacza pozwolenia na romans. To on był tym winnym.

— A potem mu powiedziałam, że moim zdaniem powinniśmy mieć związek otwarty, i chyba przespałam się ze sklepikarzem. Z tego, co pamiętam, miał wyjątkowo duże dłonie.

Josh zrobił rybkę.

— Josh, proszę, nie patrz tak na mnie. Nawet sobie nie wyobrażasz, jak nieatrakcyjnie to wygląda.

— Chcesz powiedzieć, że dałaś tacie pozwolenie na romans — praktycznie kazałaś mu mieć romans — a potem go za to wykastrowałaś? Jak... jak śmiałaś?

— Wiem... — bez tchu przyznała Jane. — Jestem zdruzgotana.

— Czuł się winny przez ostatnie jedenaście lat, ja czułem się opuszczony przez niemal połowę swojego życia, Toby schował się w skorupie, przez którą niemal nie można się przebić, i obaj dorastaliśmy w poczuciu winy, że jesteśmy mężczyznami — z powodu tego, co spotkało naszą biedną matkę!

— Och, nie przesadzaj, Josh, zawsze przesadzałeś.

— Nie przesadzam! — wybuchnął Josh. — Kiedy miałem czternaście lat i byłem chyba najbardziej wrażliwy, przekonałaś mnie, że ojciec opuścił mnie dla swojej pieprzonej sekretarki. Wybrał ją zamiast mnie...

— Nie opuścił ciebie....

— Opuścił mnie! — wrzasnął Josh. — Oczywiście, że to mnie opuścił. Myślisz, że zaglądał co wieczór do mnie do pokoju, żeby sprawdzić, jak mi idzie nauka? Sądzisz, że wpadał co rano, żeby przy śniadaniu życzyć mi szczęścia na klasówce? Myślisz, że był pod ręką, kiedy moje ciało zaczęło żyć własnym życiem? Opuścił mnie. Mój ojciec mnie opuścił. Dla jakiejś zdziry w swoim biurze.

Jane odwróciła się do dwóch kobiet przy stoliku obok, które przestały rozmawiać i otwarcie im się przyglądały. Obdarzyła je czarującym uśmiechem i powiedziała scenicznym szeptem:

— Właśnie odstawia antydepresanty.

Kobiety pokiwały głowami ze współczuciem i wróciły do jedzenia.

— Mamo!

— Co? — Jane była chodzącą niewinnością. — W dzisiejszych czasach wszyscy to biorą.

Josh ciężko opadł na stół.

Jane wpatrzyła się w syna.

— Martin by powiedział, że czas, abyś zaczął kontrolować własne emocje, zamiast winić innych.

— Pieprzyć Martina.

— Cóż, zamierzałam do tego...

— Mamo. Proszę. — Josh wyciągnął uniesioną dłoń, zasłaniając twarz. — Po jednej traumatycznej rewelacji naraz, bardzo ci dziękuję.

— Chociaż być może nie ma to znaczenia — westchnęła Jane — twój ojciec nie chciał was opuszczać. Ja... No, cóż, trochę go do tego zmusiłam.

— O Boże.

— Chciał, żebyśmy prowadzili oddzielne życie, ale w jednym domu, by nie przegapić waszego dorastania.

Kolejna rybka. Jane pominęła to milczeniem.

— Obawiam się, że nie mogłam się na to zgodzić. — Pociągnęła nieco wina.

Josh ukrył twarz w dłoniach. Po jakimś czasie zaczął coś mamrotać przez palce i Jane miała trudności, żeby wszystko usłyszeć.

— Przez ostatnie lata obawiałem się kobiet — usłyszała. — Każdą niezależną kobietę traktowałem jako zagrożenie dla życia rodzinnego.

Jane mocno zmarszczyła brwi.

— Myślisz, że dlatego masz taki problem? Z kobietami? — zapytała z wahaniem.

— Przepraszam? — Josh podniósł na nią wzrok.

— Cóż, wiążesz się z bardzo łatwymi kobietami, kochanie, a potem nimi pogardzasz za to, że są łatwe.

— To trochę niesprawiedliwe.

— Ile trwał twój najdłuższy związek?

— Dwa bardzo długie miesiące.

— Ten, który się skończył, bo myślałeś, że ona ma romans?

— Tak.

— Więc ją zdradziłeś?

— Tak.

— Dwa razy?

— Tak.

— Zawsze się zastanawiałam, skąd się wzięła twoja mizoginia — stwierdziła Jane. — Teraz wiem. — Pociągnęła następny łyk wina. — Myślałeś kiedyś o terapii? Martin jest cudowny. Uratował mi życie.

Josh pochylił głowę.

— Nie mogę... Nie wiem... Ja...

— Nie wiedziałam, co robię — przekonywała Jane.

Josh spojrzał na matkę.

— Do tej pory myślałem, że tylko ty jedna byłaś niewinna w całym tym popierdoleniu, którym jest moje życie — powiedział.

— Twoje życie nie jest popierdolone. — Pierwszy raz usłyszał w jej głosie emocje.

— Mamo — próbował wyjaśnić — dla mnie byłaś praktycznie jak Maryja Matka wiecznie dziewica.

— Cóż, może przyszedł czas, żebyś zdał sobie sprawę, że to niemożliwe.

Zamilkł.

— Mówiłem metaforycznie.

— Tak, kochanie, ale naprawdę sądzę, że masz tendencje do tego, by widzieć kobiety metaforycznie. Rozumiesz? Zamiast jako niedoskonałe istoty ludzkie, jak mężczyzn.

Josh gwałtownie mrugnął.

— Może to dlatego, że matka przekonała mnie, że jest idealna, a ojciec to zło wcielone.

— No, tak — przyznała Jane z pewnymi oporami. — Kiedy w grę wchodzą dwie osoby, zwykle to nie jest takie proste.

— Chcesz powiedzieć, że ty też popełniłaś błędy?

Jane zaczęła się wiercić na krześle.

— Jestem w stanie wyznać, że... do rozwodu doszło nie tylko z winy twojego ojca.

Pochyliła głowę, po czym nalała sobie nieco wina.

— Wybacz na chwilę — powiedział Josh niskim głosem. — Przekomponuję mapę całego mojego życia.

— Nie zrobiłam tego celowo, kochanie — upierała się Jane. — Byłam rozpaczliwie nieszczęśliwa. — Ujęła go za rękę ponad stołem. — Nasze małżeństwo było skazane na zagładę. Oboje jesteśmy znacznie szczęśliwsi bez siebie. Jedyna dobra rzecz, która z tego wynikła, to ty i Toby. I nadal tak jest. Jak myślisz, czemu w ogóle wciąż jesteśmy w kontakcie? Bo mamy razem absolutnie fenomenalne dzieci.

— Muszę się napić — wyszeptał Josh, ocierając twarz.

— Oczywiście, kochanie. — Jane podała mu serwetkę. — Naprawdę ogromnie mi przykro.

Po dwóch wódkach Josh był w stanie zobaczyć wszystko nieco wyraźniej.

— No, więc — zaczął wolno — tata nie chciał zostawiać mnie i Toby'ego, przyznajesz, że nie był wyłącznie odpowiedzialny za wasz rozwód, a ja jestem mizoginem.

— Tak — stwierdziła Jane z namysłem. — Wiesz, może powinieneś spróbować antydepresantów.

— Dziękuję, mamo — powiedział Josh — ale nie w sytuacji, gdy dopiero co je odstawiłem.

Kiedy Jo dotarła do domu po spacerze, zamknęła za sobą drzwi domu rodziców i zawołała:

— Wróciłam!

— Tu jesteśmy! — Głos ojca dobiegł z salonu. — Właśnie zaparzyłem herbatę.

Jo zdjęła buty i zostawiła je przy drzwiach wejściowych.

Rodzice ramię w ramię siedzieli na sofie, widok niewidziany od czasu, gdy dziesięć lat wcześniej kupiony został nowy fotel dla ojca.

— Jak tam Sheila, koteczku? — zapytał Bill.

Jo usiadła w jego fotelu i odwróciła go, żeby siedzieć przodem do nich.

— Nie za dobrze — odparła. — Zerwała z Jamesem.

— Co?! — zawołał Bill. — Ona? Ze swoją nadwagą? Nigdy nie znajdzie innego faceta. Dziewczyna oszalała.

— Najwyraźniej już znalazła.

— Kogo?

— Nie powiedziała.

— O rany — sapnęła miękko Hilda i wszyscy się roześmiali.

— A ja zerwałam z Shaunem.

— Co?! — ponownie wrzasnął Bill.

— Zerwałam z Shaunem.

Bill wiedział, że należy to załatwić subtelnie. Zanim podjął temat, wziął głęboki wdech.

— Czyś ty kompletnie oszalała?! — zawołał. — On miał wszystko! Tacy mężczyźni nie rosną na drzewach, powinnaś wiedzieć!

— To sam się z nim ożeń! — wrzasnęła Jo.

Zapadła ogłuszająca cisza.

— Mamo, tato — odezwała się Jo — mam wam coś do powiedzenia.

— O mój Boże — odezwał się Bill. — Jesteś w ciąży.

— Nie!

— Dzięki ci, Boże — powiedział Bill.

— Cicho — odezwała się Hilda.

Zrobiło się cicho.

— Zamierzam pójść do college'u — oznajmiła Jo.

Nastąpiła pauza.

— Po moim trupie — wyszeptał ojciec.

— Bill — powiedziała Hilda.

— No, cóż. Mówię również w twoim imieniu, przecież wiem. — Zwrócił się do Jo. — Jesteś rozsądną dziewczynką, Josephine...

— Zbyt rozsądną...

— Nic podobnego. To wyjazd do Londynu sprawił, że przyszły ci do głowy głupie pomysły.

— Nie — stwierdziła Jo stanowczo. — Zawsze chciałam pójść do college'u.

— Cóż. Wszyscy mamy swoje głupie marzenia. Ja zawsze chciałem grać w drużynie narodowej.

— To nie jest głupie marzenie! Jak może być głupie, skoro tylu ludzi to robi, tato?

— Nie wszyscy są tacy rozsądni jak ty!

Jo uważała, żeby nie dać się zbić z pantałyku.

— Tato — powiedziała w końcu — kocham cię, szanuję, ale ja cię nie pytam, ja cię zawiadamiam. Mam dwadzieścia trzy lata i nie proszę o pozwolenie. Po prostu wam to mówię. I proszę, nie każ mi uważać, że jeśli wiem, czego chcę, to akt zdrady. Nie będę potrzebowała od was pieniędzy, nie brałam od was pieniędzy od lat...

— Zapewnialiśmy ci dach nad głową.

— To też nie będzie mi potrzebne, ponieważ spróbuję studiować w Londynie, zarabiając na utrzymanie.

— Akurat, jasna anielka! — ryknął Bill, wstając. Hilda zaczęła jęczeć. — Spójrz tylko! Zdenerwowałaś teraz matkę.

— Nie, tato — odparła Jo. — Myślę, że twoja złość denerwuje ją bardziej niż ja.

— Nie wymądrzaj mi się tutaj, panno studentko! — Zwrócił się do Hildy: — Spójrz tylko, już mi się odszczekuje, a jeszcze nawet tam nie pojechała.

— Więc o to chodzi, tato?

— O co?

— Boisz się, że będę wiedziała więcej od ciebie?

— Nie waż się mówić do mnie takim tonem.

— Nie mówię żadnym tonem, próbuję tylko zrozumieć, dlaczego chcesz powstrzymać swoje jedyne dziecko przed zrobieniem tego, co chce zrobić ze swoim życiem.

— Nie rozumiesz? Właśnie dlatego, że to moje jedyne dziecko, chcę je powstrzymać przed popełnieniem błędu.

— Dlaczego? — zapytała Jo. — Błędy są częścią życia. Czemu ja ich nie mogę popełniać?

Hilda cicho się zaśmiała.

— A ty nie bierz jej strony — nakazał żonie Bill.

— Zostaw mamę w spokoju, ty tyranie — powiedziała Jo. — Może myśleć, co tylko chce.

— Myśli to, co ja myślę — odparł Bill.

— Ach tak? Może ją zapytamy?

Spojrzeli na nią oboje.

— Hill?

— Mamo?

Hilda zamknęła oczy i głęboko odetchnęła.

— Bogdon-over-Bray — mruknęła.

Nastąpiła długa pauza. Potem Bill ciężko westchnął.

— Tani chwyt, Hill — bąknął.

— Co to było? — zapytała Jo.

Bill znów usiadł na sofie.

— Tato? Powiedz mi.

— To przystanek autobusowy, na którym poznałem twoją matkę. Słodki Jezu! — Roześmiał się. — Kompletnie o tym zapomniałem.

— I? — zapytała Jo.

Bill zmusił się do mówienia.

— Znalazłem się tam tylko dlatego, że wsiadłem do złego autobusu i musiałem wysiąść, żeby poczekać na dwadzieścia cztery B, który miał mnie zabrać z powrotem.

— I?

Bill westchnął.

— Jak na kogoś, kto jest dość inteligentny, żeby pójść do college'u, dosyć wolno kojarzysz. — Obdarzył Hildę długim spojrzeniem, zanim znów zwrócił się do Jo. — Zawsze powtarzałem twojej matce, że gdybym nie popełnił tego błędu, nigdy nie znalazłbym najlepszego, co w życiu znalazłem.

Zapadło długie milczenie. Potem Jo podeszła, uściskała matkę i wyszła z pokoju.

Hilda spojrzała na męża i przekonała się, że się w nią wpatruje.

— Hm?

Było widać, że Bill nieswojo się czuje.

— Nie jestem tyranem, prawda, Hill?

Roześmiała się i uniosła prawe ramię, żeby pogładzić go po policzku.

Diane, matka Vanessy, bawiła się z wnukami w ogrodzie. Jo była już ze swoją własną rodziną od niemal miesiąca. A oni wciąż jeszcze nie zatrudnili nowej niani. Diane nie miała zaufania do Josha — dlaczego, u licha, dorosły mężczyzna miałby spędzać czas z dziećmi, zastanawiała się, słysząc, że szykuje im kolację.

— Możemy się pobawić w domku do zabawy, babciu? — zapytała Tallulah.

— Nie sądzę, żeby babcia się tam zmieściła, kochanie — odparła Diane. — Zostanę na zewnątrz na wypadek, gdyby drzwi się zacięły. Wiesz, jak to bywa po deszczu. Coś c powiem! Będę cię stąd pilnować. Nie zamykaj za mocno tych drzwi. — Usiadła w niewielkim hamaku i zaczęła przerzucać strony lśniącego czasopisma.

— Zapytam Cassie — oświadczyła Tallulah.

Cassandra odrabiała lekcje przy ogrodowym stole.

— Cassie?

— Hm.

— Przyjdziesz pobawić się z mną w domku?

Cassie podniosła wzrok znad matematycznych problemów.

— A w co się bawimy?

— Mamy i tatusiów.

— Okej.

Gdy poszły w stronę domku, przez trawnik nadbiegł Zak, niosąc w ramionach cyberpsa.

— Mój cyberpies się zepsuł! — zawołał.

— Jak to się stało? — chciała wiedzieć Cassandra.

— Z pupy wyleciały mu iskry, a potem po prostu przestał działać!

— Puścił bąka?

— NIE PUŚCIŁ BĄKA! — wybuchnął Zak.

— Właśnie idziemy do domku — powiedziała Cassandra. — Chcesz się z nami pobawić?

Zak pociągnął nosem.

— A w co się będziecie bawić?

— W mamy i tatusiów.

— NIE!

— Możesz być tatusiem — oświadczyła Tallulah.

— A mogę zabrać cyberpsa?

Całe lata nie byli razem w domku do zabawy. Zapomnieli, jakie to emocjonujące.

— Idę do łóżka — powiedziała Tallulah do Cassie. — Musisz mi powiedzieć dobranoc.

— A czemu muszę być mamą? — zapytała Cassie.

— Bo jesteś najstarsza.

— Nie chcę być mamusią.

— Zak! — rozkazała Tallulah. — Ty będziesz mamą.

— Dobra.

— A kto będzie tatą? — zapytała Cassie.

— Ty.

— Nie chcę być tatą.

— Czemu nie?

— Bo tatusiowie są nudni.

— Moglibyśmy mieć dwie mamy — powiedziała Tallulah.

— Ohyda — stwierdził Zak.

— Wcale nie — zaprzeczyła Cassandra. — Dziewczynka w mojej klasie ma dwie mamusie.

— Założę się, że jest ohydna.

— Zak, jeżeli nie będziesz się bawił jak należy — stwierdziła Tallulah — będziesz musiał wyjść.

— Wiem! — zawołał Zak. — Lula i ja jesteśmy identycznymi bliźniakami rozdzielonymi po urodzeniu, Cassie naszą młodszą siostrzyczką, a mamusia i tatuś wyjechali bez nas na wakacje — zaczął szeptać — a babcia to Hannibal-Kanibal, który poluje na zdobycz.

Nastąpiła pauza.

— Wszystko w porządku? — zawołała Diane.

Kiedy wszyscy wrzasnęli w rozkosznym przerażeniu, Diane zacmokała i wróciła do swojego czasopisma.

Zmierzch zgęstniał w wieczór, w powietrzu rozbrzmiewały piśnięcia uruchamianych alarmów samochodowych, a Dick wolno wracał do domu.

Szedł ulicami pełnymi domów takich jak jego dom: z wiktoriańskiej cegły, oddzielających go od matek, które tkwiąc dobrowolnie w swoich luksusowych więzieniach, zagłuszały jednostajny szum w głowach, słuchając płaczu dzieci i narzekania niemowlaków. Gdy potrzebna im była społeczność, mogły włączyć radio i doświadczyć traumy przy słuchaniu dramatycznych nowych historii o śmierci i destrukcji. Kiedy potrzebowały towarzystwa, mogły włączyć telewizor i stanąć oko w oko z perfekcyjnymi wyobrażeniami oraz reklamami stworzonymi po to, by czuły się za grube, brzydkie, śmierdzące i smutne. A kiedy robiło się tego za dużo, mogły zacząć łykać prozac i siedzieć cicho.

Dick zatrzasnął za sobą drzwi i przeszedł między zabawkami

rozrzuconymi w korytarzu. Stawiając teczkę w rogu kuchni, przerzucił pocztę, wzdychając nad każdą brązową kopertą. Nie podnosząc wzroku, dotarł do barku, otworzył drzwiczki i sięgnął po whisky.

— No, no — powiedziała Diane. — Whisky przed kolacją?

Dick zrobił w tył zwrot.

— Cześć, Diane.

— Cześć, Dick.

Uśmiechnął się słabo.

— Alkohol?

— Tak, Dick, wiem, co to jest.

— Miałem na myśli, czy masz ochotę na jednego?

— Nie, dziękuję. Dzieci są w domku do zabawy. Z jakiegoś dziwacznego powodu Josh uznał, że zamiast nalegać, by robiły to, co im każe, i zjadły kolację w kuchni, nauczy je, że jeśli będą wystarczająco długo nalegać, doczekają się za to nagrody i dostaną, co będą chciały.

— Przepraszam?

— Zjadły kolację w domku i teraz bawią się, że idą tam spać.

— Dobrze.

— A Josh się położył. Mówi, że jest wyczerpany. Nie jestem zaskoczona. Jadł dzisiaj lunch ze swoją matką. To wystarczy, żeby każdego zwalić z nóg. — Przeszła obok Dicka do holu, aby zabrać swoje rzeczy. — Naprawdę nie rozumiem tego pokolenia.

— Dziękuję, Diane.

— Przegapiłam w tym tygodniu brydża.

— Przepraszam.

— Nie przepraszaj, Dick. To nie przystoi mężczyźnie.

— Przepraszam.

— Do widzenia. Przekaż Vanessie ucałowania.

— Przekażę.

Dick obserwował drzwi zamykające się za jego teściową. Był to, jak odkrył przez lata, jego ulubiony moment obserwacji drzwi. Postał tak przez parę chwil, a potem ponownie znalazł drogę do barku.

Gdy Vanessa dotarła do domu, siedział w ciemności, oglądając telewizję. Pusta butelka po whisky stała na stoliku do kawy.

— O, cześć — powiedziała Vanessa, zaniepokojona, że Dick jeszcze nie śpi.

— Nie powinnaś być taka zaskoczona — stwierdził. — Ja też tu mieszkam, rozumiesz.

Vanessa westchnęła.

— Jak poszło Cassie? — zapytała.

— Świetnie. Została zaproszona do Mandy. Arabella też przyjdzie.

— Rany.

— Hm.

— Dick, tak sobie myślałam — zaczęła. — Może miło by było kupić dzieciom nowy komputer.

Dick zapatrzył się na żonę zdumiony.

— Dlaczego?

— Tak tylko pomyślałam, że byłoby miło. Są bardzo grzeczne mimo wyjazdu Jo i mamy pieniądze...

— Nie mamy pieniędzy i czemu miałyby dostać kosztowny prezent tylko za to, że nie są potworami?

— Mamy pieniądze i nie są...

— NIE MAMY! — wrzasnął Dick.

— DOBRZE, JA MAM! — Vanessa też krzyczała.

Dick odczekał chwilę.

— Bardzo słusznie — wymamrotał. — Wykłuwaj mi tym oczy.

— Czym ci mam wykłuwać oczy?

— Faktem, że odniosłaś sukces, a ja klęskę.

Vanessa była zaskoczona.

— O czym ty mówisz? Stanowimy zespół.

Dick wybuchnął.

— Zespół! A to dobre! Ciągle powtarzasz, jaki gówniany jest mój sklep. Cóż, masz rację. Jest gówniany. JA jestem gówniany. Jestem gównianym biznesmenem. Jestem gównianym mężem.

Ku jej przerażeniu, zaczął płakać. Vanessa podeszła bliżej.

— O czym ty mówisz? — wyszeptała. — Nie jesteś gówniany.

— Jestem — wydyszał. — Zawiodłem w jednym małżeństwie i zawodzę znowu.

Vanessa poczuła, że staje jej serce.

— A czemu sądzisz, że zawodzisz?

— Och, daj mi spokój — jęknął. — Po prostu daj mi spokój.

Vanessa usiadła obok niego na sofie.

— Nie rozumiesz, prawda? — powiedziała. — Mnie to wszystko nie obchodzi.

— Więc czemu wciąż o tym mówisz? Ciągłe żarciki, jaki to gówniany jest mój sklep.

— Bo...

— Bo nie masz dla mnie szacunku.

— Nie! — podniosła głos. — Jestem zazdrosna. Jestem tak cholernie zazdrosna, że mogłabym wrzeszczeć.

— Zazdrosna? — Dick był sceptyczny. — O co?

— O to, że zawsze trafiają ci się najlepsze kąski.

— O czym ty mówisz?

Vanessa opadła na sofę. Wydawało się, że każde słowo kosztuje ją masę wysiłku i energii.

— Nie chcę zawsze być mamą. Nie umiem być matką na pełen etat, Dick. Jestem w tym beznadziejna. Kiepsko mi robi nawet taka próba — to mnie niszczy. A jednak, chociaż pracuję w Londynie, a ty na miejscu, chociaż mam paskudnego szefa w morderczej branży, a ty sam jesteś własnym szefem, to ja muszę się uporać z całą bieganiną, która wiąże się z posiadaniem dzieci oraz ze swoją pracą. Jakby moja praca nigdy nie miała być tak... realna jak twoja. Wciąż muszę się usprawiedliwiać i bronić swojego prawa do tego, żeby ją mieć, jakby to były kradzione chwile. To nie fair.

Dick zdobył się na półuśmiech.

— Gdyby jedno z dzieci to powiedziało, wyjaśnilibyśmy im, że życie nie jest fair.

— To prawda — przyznała Vanessa cicho — ale w przeciwieństwie do dzieci ja mogę odejść z domu.

Zanim podjęła rozmowę, nastąpiła długa pauza.

— Im więcej o tym myślę, tym mocniej czuję, że macierzyństwo to... pojęcie relatywne.

— Co to, do cholery, znaczy?

Vanessa westchnęła.

— Gdybyśmy żyli sto pięćdziesiąt lat temu i byli bogaci,

nikt by nawet nie oczekiwał, że będę karmiła swoje dzieci piersią, a ja czułam się taka winna, że nie mogłam tego robić. Gdybyśmy byli biedni, rodziłabym w przerwie na herbatę i wracała do pracy. — Zaczęła mówić szybko. — Gdybym żyła w biblijnym plemieniu, wspierałyby mnie, pomagały, karmiły i opiekowały się mną wszystkie kobiety. Zaledwie jedno pokolenie wstecz moja rodzina mieszkałaby pewnie po sąsiedzku, znałabym sąsiadów i pierwsze dwa tygodnie macierzyństwa spędziłabym pod opieką w szpitalu, odsypiając traumę porodu. Ja nie mam żadnego wsparcia ze strony rodziny, nie licząc okazjonalnych wizyt mojej mamy — twoja mama widuje dzieci raz w roku — nie znam sąsiadów, więc nie mogę poprosić ich o pomoc, a dzień po porodzie wróciłam ze szpitala do domu i szykowałam kolację dla rodziny. W pracy najwyraźniej myślą, że moja cudowna umiejętność posiadania dzieci stanowi dowód, iż jestem niedoskonała, a nie dowód, iż pomagam ocalić ludzkość jako gatunek. Czy możesz sobie wyobrazić, żeby jakikolwiek inny gatunek w królestwie zwierząt tak traktował swoje matki?

Wstała i teraz niespokojnie przemierzała oranżerię.

— I jeszcze oczekuje się, że będę miała poczucie winy, ponieważ mogę sobie pozwolić na pomoc ze strony jednej kobiety. Cóż, odmawiam, nie będę się czuła winna, Dick. Ani zła. Ani samolubna. Przyznaję — uniosła dłoń — potrzebuję pomocy w byciu matką. Wszyscy potrzebują. A jeśli mówią co innego, to kłamią.

Dick nieznacznie skinął głową. Vanessa uspokoiła się, zanim podjęła wywód.

— Kocham swoją pracę. Kocham. Potrzebuję jej. Tak jak istnieją kobiety, które czują się spełnione, będąc matkami, ja czuję się spełniona, mając pracę. Nie przeszkadza mi, że prowadzisz sklep, natomiast przeszkadza mi, że nie szanujesz mojej pracy i tego, jaka w niej jestem cholernie dobra. I że sugerujesz, iż brak mi czegoś jako kobiecie, ponieważ od towarzystwa dzieci wolę dorosłych. Z tego, co wiem, sprawdzę się jako matka, kiedy dzieci będą nastolatkami... albo dorosną. Kto wie? I nie podoba mi się także to, że ciebie oburza, że zarabiam na utrzymanie rodziny! Nie podoba mi się, że muszę walczyć o poczucie spełnienia. Nie podoba mi się też, że miałeś być moim największym wsparciem, a okazałeś się największą przeszkodą na drodze do szczęścia. Nie podoba mi się także i to, że jestem na ciebie taka zła, iż nie mogę sobie przypomnieć, jak mam cię kochać. — Płakała.

Dick siedział sztywno, gdy Vanessa wzięła głęboki wdech przed dalszym ciągiem.

— Gdybyś chciał zrezygnować ze sklepu i zostać... no... cieślą, z radością bym cię wspierała. Wspierałabym cię we wszystkim, co chciałbyś robić. Jestem stworzona do robienia kariery. To nie znaczy, że nie kocham moich dzieci, nie jestem jakimś wybrykiem natury. Po prostu kocham swoją pracę. Czemu nie wolno mi być kobietą z dziećmi, która kocha swoją pracę?

Dick był blady.

— Ty potrafisz wszystko — wyszeptał — a ja nic.

— To nieprawda! — zawołała Vanessa. — Ostatnie dwa tygodnie rozpaczliwie tęskniłam za powrotem Jo. I dzieci też! Byłam beznadziejna. One były znudzone, ja byłam znudzona... było okropnie. Nie potrafię, Dick. Nie jestem do tego stworzona. Dlaczego każda kobieta ma być w stanie wykonywać tę samą pracę tylko dlatego, że jest kobietą? Czy możesz sobie wyobrazić, że ktoś oczekuje, by każdy mężczyzna potrafił... — rozpaczliwie szukała w myślach odpowiedniego przykładu — nie wiem... zajmować się ogrodem? Tylko dlatego, że jest mężczyzną?

Dick zdobył się na uśmiech.

— Jestem całkiem niezłym ogrodnikiem — wymamrotał.

Przez łzy Vanessy przebił się śmiech.

— I cudownym ojcem. Dzieci cię uwielbiają. Masz do nich znacznie więcej cierpliwości niż ja.

— Ale nie potrzebują dwóch ojców.

— Ja nie chcę być ojcem, Dick, chcę tylko być sobą. I czego by dzieci nie potrzebowały, potrzebują dwojga szczęśliwych rodziców.

— I dobrej niani.

— I dobrej niani.

Dick spojrzał na żonę.

— Nie możesz sobie przypomnieć, jak masz mnie kochać? — wyszeptał.

Posłała mu półuśmiech.

— Zaczynam sobie przypominać — odszepnęła.

Kiedy wznoszące się rytmicznie głosy Dicka i Vanessy stały się cichsze i Josh usłyszał, że jego ojciec płacze, poczuł dławienie w gardle. Pierwszy raz w życiu litował się nad swoim ojcem, a nie nad sobą.

Na dworze, w domku do zabawy, Zak, Tallulah i Cassie tulili się pod kocem.

— Czy tatuś nas opuści? — szepnęła Tallulah. — Jak opuścił Josha i Toby'ego?

— Nie — odszepnęła Cassie.

— Skąd wiesz? — Zak pociągnął nosem.

— Bo nie pozwolimy, żeby to się stało — odparła Cassie.

— Jak? — chcieli wiedzieć Tallulah i Zak.

Wszyscy próbowali wymyślić odpowiedź.

— Kiedy zaczęły się wszystkie kłótnie? — zapytała w końcu Cassie.

— Kiedy Jo wyjechała. — Tallulah westchnęła.

— Dokładnie — potwierdziła Cassandra. — Musimy sprowadzić ją z powrotem.

— Jak? — wyszeptali z cichym podziwem.

— To proste — powiedziała Cassandra. — Widzicie, chodzi tylko o to, żeby wiedzieć, z kim się ma do czynienia. O odwołanie się do cech, których istnienia ludzie nawet u siebie nie podejrzewają.

Trwała cisza.

— Nie będziemy musieli sami jechać po Jo — wyjaśniła Cassandra — bo Josh ją dla nas odzyska.

22

W poniedziałek w piątym tygodniu swojego pobytu w domu Jo była w kuchni o idiotycznie wczesnej godzinie. Spojrzała na schludny ogródek matki, odtwarzając w myślach rozmowę, którą poprzedniego wieczoru odbyła z Vanessą. Vanessa miała zmęczony i zrezygnowany głos. Tak, wszyscy chcieli, żeby wróciła, ale mogli jej dać kolejne dwa tygodnie, po czym zacząć szukać nowej niani na stałe. Jo dostrzegła szansę, by powiedzieć, że bardzo chce wrócić, ale z perspektywą pracy jako niania na część etatu; chciała jednocześnie studiować i opiekować się dziećmi, mieszkać w Londynie i pójść do college'u, tęskniła za dziećmi, tęskniła za chaosem i napięciem, ale potrzebowała czegoś więcej. Zamiast tę szansę wykorzystać, wyczuła moment w rozmowie, kiedy to wszystko powinno było zostać powiedziane, i pozwoliła mu minąć, nawet nie otwierając ust.

Ptaki były takie głośne, że słyszała je mimo gotującej się wody. Zwykle uwielbiała ten ulotny moment między nocą a dniem — jakby Bóg dawał się przyłapać na drzemce dla nabrania sił. I zwykle najbardziej kochała tę chwilę dokładnie o tej porze roku, bo tak była napęczniała możliwościami. Kochała przeżywać tę chwilę w domu rodziców, zanim się obudzili, bo czuła się tu ukojona, poza tym czasami myśl o rodzicach była mniej wyczerpująca niż doświadczanie ich obecności. Teoretycznie rzecz biorąc, powinien to być jeden z jej ulubionych momentów.

Nie tego ranka. Coś się zmieniło — ona się zmieniła. Wszystko się zmieniło.

Tego ranka oznaki zbliżającego się lata sprawiły, że niezadowolenie z własnego życia aż ją uwierało. A dom rodziców przestał być kojący od kłótni z ojcem. Tata wciąż się na nią boczył i uznała, że może mu to nie minąć. Nie spała dobrze z powodu pewnych niepokojących obrazów Josha Fitzgeralda, które ustawicznie wybijały ją ze snu.

Usłyszała, że ojciec schodzi na dół. Wcześnie wstał. Odwróciła się i patrzyła, jak wchodzi do kuchni, nalewa sobie filiżankę herbaty, zamiast zaparzyć cały dzbanek, a potem idzie na górę wziąć kąpiel, nawet na nią nie patrząc.

Napełniła kawiarkę, zrobiła sobie kawę i postawiła ją na tacce, otworzyła tylne drzwi i zabrała kubek do ogrodu. Usiadła na ławce przy krasnoludkach i myślami będąc gdzieś w połowie drogi między Niblet-upon-Avon a Highgate, patrzyła na budzący się ogród.

Pół godziny później w Highgate Josh czuł się rozdarty. Kiedy Vanessa odebrała telefon od Jo, która powiedziała, że nie może przyjechać w tym tygodniu, niechętnie oświadczył, że musi wracać do biura. Jego praca była głupstwem bez znaczenia, ale pokrywała rachunki.

Josh widział teraz matki w nieco innym świetle. Zamiast patrzeć przez nie na wylot — jak to miał w zwyczaju — zorientował się, że ma ochotę kłaniać się im w pas, gdy mijały go na ulicy. I z pewnością widział też w innym świetle nianie. Jego zdaniem nianie i matki przyjęły na siebie rolę biblijnych akuszerek — milczących, niewidzialnych, ratujących życie, dających mężczyznom czas na zabijanie się nawzajem i snucie niestworzonych opowieści. Aż do tej pory uważał swoje argumenty na rzecz wyższości własnej płci za bezdyskusyjne. Jak to możliwe, że nie było kobiety Szekspira, kobiety Einsteina, kobiety Shackletona, wyliczał w barach całego Londynu na użytek dziewczyn, które wydymały wargi w udawanym gniewie. Ale teraz znał odpowiedź. Były, ale zajęte wycieraniem dziecięcych pup i malowaniem palcami. Co za tragiczne marnotrawstwo, pomyślał.

Ostatnio zauważył u siebie niepokojący zwyczaj budzenia się, jakby z transu, w sypialni Jo. Orientował się, że siedzi na jej łóżku albo patrzy na jej zdjęcia, trzyma w ręku ten głupi zegarek z Myszką Miki, czyta tytuły na grzbietach jej książek. Naprawdę powinien wrócić do pracy.

Kiedy powiedział Vanessie i Dickowi, że nie ma wyboru i wraca do biura, Vanessa rzuciła mężowi spojrzenie, jakiego Josh nigdy wcześniej u niej nie widział. Była w nim czułość i oczekiwanie na wielkie wydarzenie. Dick oznajmił wtedy, że to jego kolej zostać w domu, więc w domu zostanie. W sumie wpadł w ton wręcz ewangeliczny.

— Teraz moja kolej zająć się dziećmi — rzekł zdecydowanie. — Otworzę sklep na kilka godzin w ciągu dnia, kiedy dzieci są poza domem. Świetnie sobie poradzę. — Nastąpiła pauza. — Jestem nowoczesnym ojcem, a to jest nowoczesna rodzina. — Kolejna pauza. — A teraz powiedzcie, jak działa suszarka?

Gdy Josh wędrował przez kuchnię w drodze w szeroki świat, Dick wpatrywał się w plan zajęć na drzwiach lodówki. Spojrzał na syna przerażonym wzrokiem.

— Gdzie jest spaghetti po bolońsku? — zapytał Dick.

— Mielone w lodówce.

— I co z nim robię?

— Robisz spaghetti po bolońsku dla dzieci, żeby wysmarowały sobie nim buzie.

— Gdzie jest książka kucharska?

— Tato, to mielone mięso i sos pomidorowy. Poradzisz sobie.

— Gdzie, do cholery, są zajęcia Tumble Tots?

— Adres w notesie.

— Gdzie jest notes?

— W jadalni przy telefonie.

— A Bobry?

— To klub dla małych chłopców, gdzie uczą ich przestrzegania bezsensownych zasad, żeby wyrośli na bezmyślnych członków społeczeństwa. Zak to uwielbia, nie zapomnij jego pierścienia do chusty.

— Jakiego, do cholery, pierścienia?

— Sam ci powie. Muszę iść. Zadzwoń do mnie, gdybyś potrzebował pomocy.

— Po co? Przyjedziesz do domu i mi pomożesz?

— Nie, ale śmiech mi dobrze zrobi.

Do dziesiątej Dick uporządkował kuchnię, drugi raz nastawił zmywarkę, zmienił całą pościel i włączył trzecie pranie. Dom wibrował aktywnością i to wszystko dzięki niemu. Był mistrzem we wszystkim, do czego się zabrał, królem własnego zamku, i świat kręcił się jak należy. Stał przy desce do prasowania, słuchając Radia 4 i układając na kupkę ubranka swoich dzieci. Czemu nikt mu nie powiedział, że akt prasowania maleńkich ubranek ma bezpośrednie przełożenie na natężenie miłości odczuwanej do tych, którzy je noszą? Świadomość, że dzieci jedzą to, co włożył do ich pudełek śniadaniowych, napełniła go satysfakcją. Myśl, że przed wejściem w świat zewnętrzny ostatni kontakt ze światem domowym miały poprzez swojego tatę, sprawiła, że już za nimi tęsknił. Jak to możliwe, że nikt mu o tym wszystkim nie powiedział? To był jakiś spisek! Przez całe stulecia kobiety wmawiały mężczyznom, że te zajęcia są niesatysfakcjonujące, ale jednocześnie cały czas ich dusze czerpały miłość.

Do wpół do dwunastej skończył się program dla kobiet, prasowanie było zrobione, prześcieradła wydymały się na wietrze (postanowił nie używać suszarki), a Dick wiedział, że nigdy więcej nie chce pracować poza domem.

Po malowaniu palcami z Tallulah i nakłonieniu jej do szybszego niż kiedykolwiek sprzątania (udawali, że to wyścigi), po odebraniu ze szkoły Zaka, który wymienił z nauczycielem uścisk dłoni, co sprawiło, że Dick poczuł kulę w gardle, po odebraniu Cassandry, której buzia rozpromieniła się na rzadko spotykany widok taty, i po jeździe do domu, kiedy śpiewał Listonosza Pata głośniej niż wszystkie jego dzieci razem wzięte, Dick był zdecydowany.

O to chodziło w życiu. Nie o niepokój o pieniądze, nie o usiłowanie sprzedania płyt ludziom, którzy tak naprawdę

chcieli mieć DVD, nie o pocenie się nad liczbami, które nigdy
się nie sumowały i nie o życie w strachu, że jutro się wyda, jakim
jest nieudacznikiem. W życiu chodziło o wychowanie następnego pokolenia, dostarczenie poczucia wartości, które nada ich
światu znaczenie, nauczenie ich, żeby wierzyli w siebie i kochali
innych. Może i był zmuszony zawieść Josha i Toby'ego, ale tych
maluchów nie zawiedzie. To one stanowiły jego przyszłość
i musiał się nauczyć od nich równie wiele, jak one od niego.

— Tato? — zapytał Zak.

— Tak, synu. — Dick uśmiechnął się do swojego najmłod-
szego chłopca i poczuł podobny do krwotoku zalew miłości.

— Co to znaczy „jaja"?

Następnego popołudnia Cassandra została zaproszona do
domu Mandy. Nie dziwiło jej, że Mandy ani razu się do niej nie
odezwała. Cały dzień spędziła bowiem, chichocząc z Arabellą.

Nie przejmowała się. Znała Plan, opracowany przez mamusię.
Tatuś powiedział, że tego wieczoru zamierza smażyć naleśniki
i jeśli chcą, mogą nawet jeść je na suficie.

Popołudnie u Mandy nie będzie łatwe, wiedziała o tym, ale
była pewna, że sobie poradzi, ponieważ razem z Ashą wprowa-
dzały w życie pierwszy punkt strategii zemsty: Książkę. Poza
tym mogła cieszyć się perspektywą zbliżającej się pory lunchu.

Zdjęcia do Alicji w Krainie Czarów powinny już być mocno
zaawansowane. I dlaczego nie miałaby tam zajrzeć, po raz
kolejny zastanawiała się Vanessa, gdy taksówka wiozła ją na
miejsce. Była menedżerem działu kontaktów z klientami, musiała zobaczyć, jak idzie praca nad najważniejszą reklamą dla
firmy. I musiała zamienić słówko z Anthonym.

Zapłaciła za taksówkę, wygładziła kostium od Nicole Farhi,
wyprostowała plecy i z ważną miną weszła do studia. Ostry
zapach świeżej farby gryzł się z aromatem mocnego cappuccino,
które, jak wiedziała, pili od świtu.

Przez jakiś czas stała spokojnie z tyłu, przyglądając się. Na
wprost miała Herbatkę u Szalonego Kapelusznika. Casting

przeprowadzono idealnie i wszyscy byli stuprocentowo piękni mimo ciężkiego makijażu i kostiumów. Scena była jedną z trzech, które umiejscowiono w Krainie Czarów. Alicję grała prezenterka telewizyjna, kobieta o ciele dziecka z biustem napompowanym jak balon z helem. Gdy tylko włączano światła i ruszała kamera, szeroko otwierała oczy, wyginała plecy, błyskała zębami i wypinała biust w pozie zarezerwowanej kiedyś dla pewnych szczególnych okoliczności, która obecnie, przebojem wdarłszy się w codzienne życie, sprawiała, że wszyscy czuli się mniej z siebie zadowoleni. Gdy gasły reflektory, gasło też światło w jej oczach, zaczynała wyglądać na znudzoną i z lekkim kacem, jakby nużył ją sam wysiłek związany z oddychaniem.

Vanessa już dawno miała za sobą podniecenie na widok gwiazdy ze słabnącą finezją i cierpliwością odgrywającej przez cały dzień ten sam trzylinijkowy tekst i ta część procesu byłaby znacznie przyjemniejsza, gdyby wszyscy pozostali zaangażowani w przedsięwzięcie, również sama gwiazda, czuli podobnie.

Na palcach podeszła bliżej do sceny. Anthony stał obok Toma, który zaglądał w kamerę i poruszał prawą ręką, wskazując, by Suseł przesunął się o ułamek cala.

Reżyser z napięciem śledził akcję, autorytatywnie głaszcząc się po brodzie. Przy jego boku osobista asystentka, mająca na sobie większą liczbę kolczyków niż sztuk ubrania, z takim samym napięciem śledziła ruchy swojego szefa, autorytatywnie głaszcząc reżyserskie ego. Anthony odwrócił się, zobaczył Vanessę i podszedł do niej z uśmiechem. Z miejsca zatęskniła za batonikiem Silly Nibble. Spotkali się na środku studia.

— Jak idzie? — chłodno zapytała Vanessa.

— Boże, wyglądasz niesamowicie.

— Nie tutaj, Anthony. Jak idzie?

— Kogo to obchodzi? W Studiu Trzy jest idealny magazynek.

Tom odwrócił się i mruknął coś na powitanie. Vanessa pokiwała do niego z przesadnym entuzjazmem i stanęła przy nim obok kamery.

— Jak idzie? — zapytała z głęboką powagą.

— Klasyczny koszmar — odparł Tom. — Jestem zmuszony iść na kompromis w każdym możliwym znaczeniu tego słowa. — Odsunął się, pozwalając jej spojrzeć.

Przez chwilę przyglądała się kompozycji, chłonąc każdy szczegół.

— Czy Alicja ma fioletowy cień do oczu? — zapytała w końcu.

— A czemu? — wypalił Tom. — Nie mów mi, że nienawidzą fioletu.

Vanessa mówiła bardzo spokojnie, lecz stanowczo.

— Na przedprzedprodukcyjnym zebraniu powiedziałam ci, że nie chcieli żadnego fioletu z powodu nowego logo Emiscar.

— Myślałem, że mówiłaś, że fiolet nie jest ich ulubionym kolorem.

— To było na zebraniu przedprzedprzedprodukcyjnym. — Czemu nikt wokół niej nie potrafił się skoncentrować?

— Cóż, teraz jest za późno — stwierdził Tom. — Zajęło nam cały ranek, zanim ją zmusiliśmy, żeby otworzyła oczy. Prośba, aby je teraz zamknęła, żeby ktoś zmienił kolor cienia, jest zbyt ryzykowna. Zmienimy to w postprodukcji.

Vanessa wyczuła czyjąś obecność. Zignorowała ją, dopóki nie rozległ się głos.

— Może moccacino? — zapytała osobista asystentka. — Cynamonowego tosta? Butelkę wody?

Wpatrywała się w dziewczynę pełną sekundę, zanim zdała sobie sprawę, że ma ochotę na wszystkie trzy rzeczy.

— W produkcji kolor zostanie ożywiony, prawda? — upewniła się Vanessa, wracając do rozpoczętego tematu.

Tom się do niej uśmiechnął.

— Dzięki za komentarze — uciął. — Szczerze doceniam każdy pozytywny wkład.

— Cóż, ja tylko mówię. — Vanessa westchnęła. — Musi być żywszy niż żywy. W przeciwieństwie do prawdziwego życia.

Tom gapił się na nią, kiedy pojawił się jej pośniadaniowo-przedobiedni posiłek.

— Czy ja kiedykolwiek wyprodukowałem reklamę, która była zbyt realistyczna? — zapytał dość głośno, żeby Alicja podniosła wzrok i poćwiczyła jego ogniskowanie. — Mam świadomość, że żaden ze mnie Ken Loach, rozumiesz. — Zaczął przedstawienie pod tytułem „prawdziwy artystyczny temperament przy pracy". — Doprawdy wiem, co robię — sprzedaję obietnice; pozwalam światu wrócić do błogich dni ssania kciuka, kiedy Szczęśliwe Zakończenia naprawdę się zdarzały. Za to są te wszystkie nagrody stojące w moim biurze...

— Ja tylko mówiłam... — przerwała Vanessa z ustami pełnymi cynamonowego tostu.

— NO CÓŻ! — wrzasnął nagle Tom. — Swoje „tylkomówienie" możesz sobie wsadzić tam, gdzie słońce nie dosięga.

W studiu zapadła cisza. Vanessa dokończyła tost i umieściła kawę na podstawce do kamery.

— Dla twojej informacji — oznajmiła z naciskiem i głośno — mam niewiarygodnie giętkie członki i prywatny taras do opalania, więc ten banał jest kompletnie nietrafiony. Ale rozumiem, co chciałeś mi przekazać, Tom. Dziękuję.

Jezu, musiała się uwolnić od tych idiotów. Innym razem zajmie się konfrontacją z Anthonym. Wyszła w milczeniu. Gdy dotarła do drzwi, u jej boku jakby znikąd pojawił się Anthony.

— Jeśli chodzi o te giętkie członki — wyszeptał.

— NIE TERAZ, ANTHONY.

Zagapił się na nią.

Ostatnia myśl, jaka przyszła jej do głowy, zanim wyszła ze studia, to że Anthony wyglądał, jakby lada chwila miał eksplodować.

Cassandra wiedziała, że trzeba to rozegrać z wyczuciem albo całość wybuchnie jej w rękach. Ona i Asha zabrały książkę na plac zabaw i całą przerwę na lunch spędziły, uśmiechając się i zapisując w niej bardzo ważne rzeczy. Przerywały im tylko dziewczynki, które chciały wiedzieć, czy Cassandra naprawdę ma nadmuchiwany zamek do skakania. Uśmiechała się enigmatycznie albo odwracała do Ashy, żeby dzielić z nią prywatne chichotki. A potem wracała do pisania.

Zza książki obserwowały z Ashą rozgrywkę, która odbywała się na dworze Arabelli. Maisy na drabinkach pokazywała Arabelli najnowszą figurę, jaką opanowała. Kiedy Mandy zaczęła odprowadzać Arabellę na bok, Maisy zeskoczyła tak szybko, że niemal skręciła sobie kostkę, po czym za nimi popędziła. Arabella, jak zauważyła Cassandra, traktowała swoją „prawą rękę" zdecydowanie chłodno.

Kiedy szalona panna Abergale uruchomiła dzwonek i szkoła musiała się ustawić klasami, Cassie i Asha postarały się stanąć raczej z przodu — ale nie za blisko. Cassandra upuściła książkę, a potem ją podniosła z odpowiednim przejęciem i poczuciem powagi, żeby zauważyła to większość klasy, a jednocześnie dość szybko, by panna Abergale niczego nie dostrzegła. Następnie, kiedy wszyscy mieli już szansę się przyjrzeć, Cassandra ukryła książkę pod kamizelką i trzymała głowę opuszczoną. Asha, niech jej to Bóg wynagrodzi, zaczęła zaraźliwie chichotać z podniecenia, co okazało się bardzo pomocne.

Zwykle w tym momencie dnia najciekawszym zajęciem było oglądanie butów dziewczynek z innych klas i przyglądanie się tym nielicznym szczęściarom, które zdołały zachować do tej pory jakieś herbatniki i teraz powoli i ostrożnie zjadały je w ostatnich chwilach wolności. W tej sytuacji niepowodzenie z książką wywołało w trzeciej B spore poruszenie.

— No, dobrze, trzecia B! — wrzasnęła panna Abergale, przy tym wysiłku jej dolna szczęka wysuwała się jak u żółwia. — Do środka. ŻADNYCH ROZMÓW.

Weszły za nią do środka na popołudniowe zajęcia, z Książką zajmującą zaszczytne miejsce numer dwa wśród tematów konwersacji. Numerem jeden pozostawał nadmuchiwany zamek Cassandry.

Dwie godziny później także Josh miał za sobą przerwę na lunch, ale nie umiał się oderwać od księgowości ojca. Poranek minął błyskawicznie. Nigdy nie przypuszczał, że z przyjemnością zajmie się księgowaniem, ale praca dla firmy, na której mu zależało, zmieniła to zajęcie w dzieło miłości.

O trzeciej po południu, kiedy po raz pierwszy od lunchu podniósł wzrok, zobaczył swoje biuro w innym świetle.

Zapytał sam siebie, czemu został księgowym, i natychmiast znalazł odpowiedź. Pamiętał, jakby to było wczoraj, że pytał ojca, co powinien robić, kiedy będzie starszy.

— Nie rób tego co ja, synu — oznajmił Dick z uroczystą powagą wynikającą z żalu. — Zdobądź jakiś zawód. Jakikolwiek, tu się nie można pomylić.

I piętnastoletni Josh dał się opętać myśli, że tata będzie taki z niego dumny, że na dobre wróci do domu. Zastanawiał się teraz, czy Dick w ogóle przypomniałby sobie tę rozmowę.

Kiedy niewidzącymi oczyma wpatrywał się w biurowe pomieszczenie, które miał przed sobą, myśli obijały mu się po głowie jak kulki w elektrycznym bilardzie. Siedzenie w biurze przez cały dzień sprawiało, że jego dusza się kurczyła. Musiał znaleźć coś, w co by wierzył, coś, przy czym mógłby wykorzystać swoje umiejętności i pasje. I właśnie to znalazł.

Teraz musiał jeszcze tylko powiedzieć o tym ojcu.

W połowie popołudnia, po powrocie z planu, Vanessa znalazła okienko, żeby zadzwonić do domu. Na dźwięk głosu Dicka poczuła przypływ emocji.

— Jak się masz? — zapytała niepewnie.

— Świetnie! — W jego głosie słyszała więcej ciepła niż kiedykolwiek.

— A jak nasze dzieci?

— Świetnie! — odparł Dick jeszcze cieplejszym tonem. Jednym okiem zerkał na zegar, drugim na kanapkę, którą dla siebie szykował. — Tallulah po drodze do domu zerwała dla ciebie trochę kwiatków ze wszystkich okolicznych ogrodów. Ostatnie pięćdziesiąt jardów biegliśmy.

— Aach, moje słoneczko. Przekaż jej ode mnie wielkiego całusa.

— Przekażę. Zaraz ruszam odebrać Zaka.

— Nie zapomnij jego hulajnogi. Spacery są dla dziewczyn.

— Dobra. Dzięki. Potem zrobię im *lasagne*. A po powrocie do domu Cassie przyszykuję naleśniki.

— Rany. Powodzenia.

— Dzięki.

— Wyjdę o takiej porze, żeby odebrać Cassie od Mandy — oznajmiła Vanessa.

— Okej. Będę tu z otwartą butelką wina. Pustą, ale otwartą.

— Znakomicie — roześmiała się Vanessa. — No, to pa.

— Pa, kochanie.

Dick odłożył słuchawkę, owinął kanapki folią, żeby je zjeść po drodze do szkoły, zgarnął Tallulah, hulajnogę oraz klucze i wyszedł z domu.

W tym czasie Vanessa siedziała, wpatrując się w telefon. Coś się zmieniło. Co takiego? Ach tak, zdała sobie sprawę z pewnym zaskoczeniem. Nie pokłócili się. A Dick zamierzał zrobić *lasagne*.

Lasagne było obrzydliwe. Nawet Dick nie mógł go przełknąć i umierał z głodu. Kiedy Zak zaproponował pełnoziarniste herbatniki z syropem i czekoladowymi kuleczkami, a Tallulah zaczęła się tym tak ekscytować, że uściskała swojego tatę, Dick stwierdził, że jedzenie ma być dobrą zabawą i jeden posiłek naprawdę nikomu nie zaszkodzi.

W porze powrotu do domu Josha Dick, Zak i Tallulah byli tak naładowani różnymi „E", że mogliby dokonać inwazji na jakąś nieoużą, niespodziewającą się ataku wyspę. Josh przywołał ich do porządku, posprzątał w kuchni, uspokoił wszystkich i zrobił dla rodziny tosty z serem i sosem Tabasco, a potem sałatkę owocową a la Josh. Później on i Dick szykowali ciasto na naleśniki, a dzieci sprzątały.

W Niblet-upon-Avon sytuacja była patowa. Jo zaczęła ignorować ojca i każda okazja, jaką można by wykorzystać na zawarcie zgody, stawała się okazją do bycia tym, kto pierwszy zlekceważy drugiego. Nową egzystencję Jo cyklicznie przerywało opróżnianie przenośnej toalety matki i zażywanie tabletek od bólu głowy.

Była właśnie w kuchni, łykając tabletki podwieczorkowe i ignorując ojca, który szykował herbatę dla Hildy, kiedy ciszę przerwał dzwonek jej komórki. Ojciec zignorował hałas. Jo zignorowała ojca ignorującego hałas. Kiedy zobaczyła, że dzwoni Gerry, tylko wpatrywała się w telefon i wyłącznie chrząknięcie ojca sprawiło, że odebrała.

— Halo! — odezwała się ostrożnie.

— Cześć — przywitał się Gerry. — Chciałem tylko sprawdzić, co u ciebie.

— Wszystko w zupełnym porządku, dzięki — odparła, zaskoczona ciepłem i przyjacielskimi uczuciami, jakich doświadczyła na dźwięk jego głosu zamiast wrażenia klaustrofobii i zagrożenia. — Dzięki za troskę. — Jej ojciec ponownie chrząknął.

— Nie bądź niemądra — stwierdził Gerry. — Tęsknimy za tobą.

— O, dziękuję! — Mówiąc do telefonu, stanęła twarzą do ojca. — Wiesz, miło wiedzieć, że kogoś to obchodzi.

Bill spojrzał na zegarek, porównał go z kuchennym zegarem i popukał w niego przed oczyma Jo.

— Będę już kończyć, Gerry — powiedziała Jo. — Jestem potrzebna.

— Okej. Zadzwonię jeszcze.

— Dobra. Dzięki. — Odłożyła telefon i powiedziała sobie, że to nie był człowiek, który nie przyjąłby odmownej odpowiedzi. Niepotrzebnie się bała.

Nie tylko Jo rozgrywała w porze podwieczorku wojnę nerwów. Podwieczorek w domu mamy Mandy okazał się trudniejszy, niż Cassandra sobie wyobrażała. Z ledwością coś zjadła. Gdy siedziała przy obcym kuchennym stole, Książka straciła na znaczeniu i odeszła w niepamięć.

Arabella i Mandy pałaszowały paluszki rybne, frytki i keczup. Obie przebrały się w stroje identyczne co do koloru, fasonu i marki. Nawet gumki do włosów i lakier na paznokciach miały takie same. Wymieniały się sekretami, konspiracyjnymi spojrzeniami i porozumiewały półsłówkami — „przyszła ze mną, wiesz...", „w końcu tego nie przyniosłam...", „miałaś rację z tamtym, co wiesz...", trzymając Cassandrę w konwersacyjnym odosobnieniu, i to za solidnie zamkniętymi drzwiami.

Po chwili spokoju Mandy zwróciła się do ich skromnej publiczności.

— Co to była za książka, w której pisałyście dzisiaj na przerwie? — zażądała odpowiedzi.

Cassandra wzruszyła ramionami. Nie była w stanie dłużej ciągnąć gry. Ich plan się powiódł. Poczuła się kompletnie wyalienowana. Była pariasem przy kuchennym stole.

— Zwykła książka.

— Zwykła książka — szyderczo zaśmiała się Mandy, dość cicho, by nie usłyszała jej matka. Pochichotały z tego z Arabellą. Cassandra miała czas, żeby zastanowić się nad przyszłością. Jak się będzie czuła jutro? Będzie żałować, że czegoś nie powiedziała?

— Co w niej jest? — zapytała Arabella.

Cassandra zmusiła się do uśmiechu.

— Och... tylko sprawy.

— Jakie sprawy?

— Takie, które ja i Asha uważamy za... zabawne.

— Na przykład?

Wzruszyła ramionami i udawała, że nie ćwiczyła tej kwestii.

— Rzeczy, które wszyscy robią. W klasie. — Uśmiechnęła się tajemniczo.

— Co w niej jest?

— Nie mogę wam powiedzieć. To sekret. Na razie. Ale nie na długo.

Arabella i Mandy przyglądały się Cassandrze, kiedy wpychała sobie jedzenie do gardła.

— Czy ja w niej jestem? — dopytywała się Arabella.

Cassandra uśmiechnęła się szeroko.

— No? — zapytała Arabella niecierpliwie. — Jestem?

Cassandra spojrzała na nią bez obawy.

— Możesz być, po dzisiejszym.

— Kto jeszcze jest w tej książce? — chciała wiedzieć Arabella.

— Nie mogę powiedzieć. Zawarłam pakt z Ashą.

Arabella prychnęła, ale Cassandra widziała, że z niezbyt wielkim przekonaniem.

— Jeżeli coś wam powiem — zaszeptała nagle — obiecacie, że nie wygadacie?

Zadziałało jak czary. Oczy Arabelli i Mandy o mało nie wyskoczyły z orbit.

— Obiecujemy.

— To wielka tajemnica, Asha mnie zabije, jeżeli się dowie, że wam powiedziałam, ale...

— No, mów — popędziła ją Mandy.

— Teraz musisz — oznajmiła Arabella. — Nie możesz zacząć i potem nam nie powiedzieć.

— Dobra — zgodziła się Cassandra. — Powiem jej, że mnie zmusiłyście. Obiecujecie, że nikomu nie powiecie?

— TAK!

— No, dobra — wyszeptała Cassandra. — W ostatnim dniu półrocza, kiedy odbywają się różne zabawy, ja i Asha chcemy ją wszystkim przeczytać. To będzie takie przedstawienie.

— Pani Holloway wam nie pozwoli.

— Już się zgodziła — skłamała Cassandra z niewinnym wyrazem twarzy.

Arabella milczała.

— Oczywiście musimy opisać wszystkich, bo inaczej to by było niesprawiedliwe. To będzie taka klasowa kronika. A potem będziemy to robić co roku.

Wepchnęła do buzi więcej jedzenia, świadoma, że się w nią wpatrują. Potem spojrzała na nie, jakby ta myśl właśnie przyszła jej do głowy.

— Nie możemy uwierzyć, że nikt przed nami o tym nie pomyślał — wyznała, z zadowoleniem wzruszając ramionami. — Ale nie.

Przez następne pół godziny, zanim rozległ się dzwonek przy drzwiach wejściowych, musiała tylko udawać, że nie widzi nagłego zainteresowania Arabelli i Mandy Książką, co było trudne, bo ich małe główki pracowały tak intensywnie, że niemal dało się to słyszeć.

— Och, zachowywały się idealnie — zapewniła Vanessę mama Mandy, gdy wszystkie razem stały w korytarzu. — Przez całe popołudnie nie słyszałam ani piśnięcia.

— Cześć, Mandy — ciepło przywitała się Vanessa. — Nie zapomniałam o zamku do skakania.

Mandy za to zapomniała o wszystkich zasadach i radośnie

348

uśmiechnęła się do Vanessy. W tym momencie Vanessa zwróciła się w stronę, gdzie stała Arabella, i obejrzała ją z góry na dół, nie nawiązując kontaktu wzrokowego, jakby trafiła na kogoś niewidzialnego, ciało pozbawione duszy. No, no. To małe zero było klasowym tyranem. To nieistnionko nawiedzało każdą świadomą myśl jej Cassie i czasami nawet zakradało się do jej snów. Patrząc poprzez nią, Vanessa zmarszczyła brwi, jakby chciała wyrazić zdziwienie: była pewna, że ktoś tam stoi, ale najwyraźniej się pomyliła. No, cóż. Odwróciła się ponownie do mamy Mandy i stanęła plecami do Arabelli, blokując jej możliwość udziału w rozmowie. Kiedy poczuła, że Arabella przesuwa się za nią, też się poruszyła, jakby przypadkowo, ponownie ją blokując. To było aż za proste. Wielkim wysiłkiem woli zmusiła się, by nie obrócić się na pięcie, nie przycisnąć małej intrygantki do ściany i nie syknąć jej w twarz: „Teraz masz do czynienia z dużymi dziewczynkami".

Zamiast tego obdarzyła Mandy i jej mamę pięknym uśmiechem.

— Musimy kiedyś zaprosić Mandy — stwierdziła uprzejmie. — Czy lubi poskakać na batucie? — Potem, nie robiąc pauzy na oddech, dodała: — Bardzo dziękuję za zaproszenie Cassandry.

Gdy wsiadły do samochodu, Vanessa szybko odjechała, ponieważ nie chciała, żeby widziały, jak się śmieje. Kiedy się oddaliły, odwróciła się do Cassandry.

— Ogłaszam otwarcie tego zebrania. Czy mogę poprosić o przedstawienie protokołu z wydarzeń dnia, pani przewodnicząca?

Cassandra odchrząknęła.

— Protokół mówi: ZADZIAŁAŁO!

Obie wrzasnęły i przejeżdżając obok sklepu za rogiem, Vanessa kupiła na później lody miętowe z kawałkami czekolady. Potem przez resztę drogi ekscytowały się dzisiejszymi naleśnikami.

Naleśniki były obrzydliwe. Nawet Dick nie mógł ich prze-łknąć i umierał z głodu. Ale było to bez znaczenia. Lody okazały się wielkim sukcesem i sprzątanie kuchni po wszystkim zajęło zaledwie godzinę. Nikt nie był zaskoczony, że na ten czas dzieci zniknęły. Podczas gdy dorośli zajmowali się porządkami, miały do omówienia ważne sprawy.

— No, dobrze — oznajmiła Cassandra na górze. — Ogłaszam otwarcie tego zebrania.

Zak i Tallulah popatrzyli na nią z podnieceniem.

Zebranie wcale nie trwało specjalnie długo. Cassandra przewodniczyła mu z pewnością siebie i zdecydowanie. Zak i Tallulah byli zachwyceni swoimi rolami i szalenie ją podziwiali. Nie mieli czasu do stracenia. Operacja Jo musiała rozpocząć się natychmiast.

Na dole sprawy nie układały się równie ekscytująco. Podczas gdy Vanessa brała prysznic, Josh i Dick cicho rozmawiali w kuchni.

— I co? — zapytał w końcu Dick. — Czy sprawy wyglądają tak kiepsko, jak myślałem?

— Chcesz najpierw wiadomość złą czy złą wiadomość? — ostrożnie zagadnął Josh.

Dick westchnął.

— Wiadomość zła jest taka — oznajmił Josh — że wedle mojej oceny jakieś sześć miesięcy dzieli cię od bankructwa.

— Jezu. — Dick pociągnął łyk whisky. — A zła wiadomość?

— A zła wiadomość jest taka, że chciałbym to od ciebie kupić.

Dick zagapił się na syna.

— Możesz powtórzyć?

Josh wziął głęboki wdech.

— Myśl o tym, że przez resztę życia będę księgowym, przygnębia mnie bardziej, niż możesz sobie wyobrazić. Rozmawiałem dzisiaj z moim bankiem i dadzą mi pożyczkę. Chcę przejąć sklep, tato.

Dick pokręcił głową.

— Synu, synu, synu.

— Posłuchaj mnie! Nikt inny go nie kupi. To twoja jedyna szansa. Podobnie jak moja.

— Proszę, nie popełniaj tych samych błędów co ja.

— Otóż nie. Mam zawód, potrafię prowadzić księgowość znacznie skuteczniej, niż ty kiedykolwiek byłeś w stanie.

— Auć! — wykrzywił się Dick.

— Wszystko dzięki tobie. Dzięki twojej światłej radzie, kiedy byłem dzieckiem. Mam podstawy, żeby wspierać na nich swoje marzenia. Mogę się nauczyć prowadzić własny biznes, ponieważ widziałem, jak firmy odnoszą sukcesy i padają. Nie będę tego robił na ślepo, jak ty musiałeś. A jeśli mi się nie uda, przynajmniej będę wiedział, że spróbowałem, i po prostu wrócę do bycia księgowym. Zawsze będę w stanie znaleźć pracę, tato. Dopilnowałeś tego.

— Coś mi się udało — uśmiechnął się Dick.

— Tak. A teraz zamierzam zrobić to, co mi odradzałeś, i pójść za twoim przykładem. Chcę sprzedawać muzykę.

— Muzykę? Nie płyty?

Josh wzruszył ramionami.

— Trochę płyt, ale także kompakty i DVD.

— Chcesz kupić mój sklep, a potem zająć się komercją?

— Nie, mam zamiar puścić interes w ruch. I to nie będzie komercja, bo nie otworzę sklepu z muzyką pop. To będzie eklektyzm. Coś wyjątkowego. Bardzo stylowego. Myślałem też, żeby zrobić barek kawowy, wiesz, tam z tyłu, gdzie masz tę starą szafę grającą.

— Naprawdę wszystko przemyślałeś.

— Tato, nie czułem się taki podniecony od... nigdy wcześniej nie czułem się taki podniecony.

Dick wzruszył ramionami.

— No, cóż — stwierdził w końcu. — Kim jestem, żeby cię powstrzymywać?

— Ale czy mam twoje... błogosławieństwo?

— A potrzebujesz?

— Wiesz, że tak.

— Masz moje błogosławieństwo na wszystko, co robisz.

Josh się uśmiechnął.

W tym momencie do kuchni przyczłapała Tallulah w piżamie.

— Halo, słodyczku — powiedział Dick. — Jak tam moje słoneczko?

— Zmęczone — odparła Tallulah.

— Chcesz, żebym przyszedł na górę i cię otulił?

Tallulah pokręciła głową i wskazała na Josha.

— Chcę Josha.

Dick i Josh wyszczerzyli do siebie zęby i Josh próbował nie czuć się przesadnie usatysfakcjonowany.

Gdy ogromnie z siebie zadowolony Josh przeskakiwał po dwa stopnie naraz, Dick nalał Vanessie baileysa i wszedł na górę stopień po stopniu. Obaj mężczyźni zawahali się na moment przed wejściem do poszczególnych sypialni.

Dick wahał się nieco dłużej niż Josh. Gdy zamknął za sobą drzwi, usłyszał, że Vanessa nadal jest pod prysznicem. Rozebrał się i włożył rzeczy do pustego kosza na pranie. Zauważył na łóżku bluzkę Vanessy. Prysznic zamilkł. Chwycił baileysa i powoli wszedł.

— Pomyślałem, że może będziesz miała ochotę — powiedział, gdy Vanessa owijała się ręcznikiem.

— O! — uśmiechnęła się. — Cudownie.

— Chcesz, żeby wyprać tę bluzkę?

— Och, czyści się ją chemicznie, załatwię to w weekend.

— Zrobię to jutro.

Spojrzała na niego.

— Na pewno?

— Jasne. I tak wybieram się po zakupy.

— Świetnie.

— Idziesz do łóżka?

— Tak. Tylko rozczeszę włosy.

Vanessa posłała mężowi uśmiech i przyglądała się, jak wychodzi, a potem powoli się odwróciła i zapatrzyła na siebie w lustrze.

Josh pchnął drzwi sypialni Tallulah i z zaskoczeniem zobaczył, że światło jest zgaszone, a Tallulah zwinięta w łóżku obok Cassie.

— Hej — wyszeptał. — Co jest? Macie zebranie?

— Lula ma złe sny — wyszeptała Cassie. — Prawda, Tal?

Tallulah kiwnęła głową.

— No, dobra, posuń się — powiedział, siadając na łóżku. — Nie mogę pozwolić, żeby moje ulubione dziewczyny miały problemy ze snem. Co jest?

Dziewczynka włożyła do buzi kciuk, a Cassandra westchnęła.

— No — uspokajał Josh — mnie możesz powiedzieć.

Tallulah potrząsnęła głową.

— Kochanie! — Josh był przerażony. — Czego nie możesz mi powiedzieć?

Tallulah westchnęła.

— Możesz powiedzieć mamusi albo tatusiowi? — spróbował Josh.

— Nie! — szybko odparła Cassie.

— Dlaczego? — zapytał, zaczynając się martwić. — Co się dzieje, Cass?

Cassie odwróciła się do Tallulah.

— Mogę mu powiedzieć, Tally?

Dziewczynka ledwie zauważalnie skinęła głową.

— Ona ma koszmary — wyszeptała Cassie.

— Jakie koszmary? — odszepnął Josh.

Cassie w ciemności szeroko otworzyła oczy.

— Paskudne — powiedziała przyciszonym głosem.

— Jak paskudne?

— Są... są...

— No, mów...

— Wszystkie są o...

— Cassie, musisz mi powiedzieć.

— Są o Jo.

Josh usiadł prosto. Tego się nie spodziewał. A potem, ku jego przerażeniu, Tallulah zwinęła się w jeszcze ciaśniejszy kłębek i zaczęła popłakiwać. Objął ją ramieniem i zaczął koić i uciszać.

— W tych snach Jo ciągle umiera — wyjaśniła Cass.

— Żartujesz! To okropne.

— I Lula próbuje ją złapać...

— Złapać? To ona spada?

— Tak. Zawsze spada. Z klifu.

Josh wstrzymał oddech.

— Boimy się, że dzieje się z nią coś okropnego. — Tallulah

wysunęła łokieć i trąciła siostrę. — I za nią tęsknimy — dodała Cassie ze spuszczoną głową.

— Tak — powiedział Josh. — Wiem. Wszyscy.

— Mama i tata nie kłócili się tyle, kiedy Jo tu była — wyszeptała Tallulah z kciukiem w buzi. — A teraz cały czas się kłócą. — Znów zaczęła płakać z buzią w dłoniach.

Mają rację, pomyślał Josh. Była ta niedawna paskudna kłótnia, tak głośna, że go obudziła, a potem słyszał płaczącego Dicka. I Bóg jeden wie, co się dzieje z poczuciem własnej wartości ojca, który zamyka sklep na większą część dnia i siedzi w domu z dziećmi. Robił dobrą minę, ale to nie mogło mu służyć. Ale co tu poradzić?

— Co możemy zrobić? — zapytała Cassie.

— Nie wiem, kochanie — odparł Josh. — Mieć nadzieję i modlić się do Boga, żeby Jo niedługo wróciła do domu.

— Mamusia powiedziała, że Bóg to stworzona przez człowieka koncepcja, żeby powstrzymać ludzi przed byciem ambitnymi.

— Och.

— Mam zadzwonić do Jo? — zapytała.

— To chyba nie jest dobry pomysł.

— Och — powiedziała Cassie, a potem znów zaczęła szeptać. — Myśleliśmy, że moglibyśmy po nią pojechać.

W ciemności Josh z ukosa zerknął na przyrodnie siostry.

— Naprawdę? — zapytał.

— Tak, ale Zak powiedział, że musiałbyś korzystać razem z nami z toalety dla dziewczyn, więc nie mogliśmy.

Cała trójka siedziała jakiś czas na łóżku.

— Dobranoc, Josh — rozległ się głos Tallulah w ciemności.

— Dobranoc, ptysiu — odparł Josh i ucałował ją w miękki suchy policzek. Wyszli z Cassie z pokoju, delikatnie zamykając za sobą drzwi. Na podeście Cassie popatrzyła na Josha.

— Dzięki za pomoc.

— Nic nie zrobiłem.

— No, tak — powiedziała Cassie z rozczarowaniem w głosie — ale dzięki, że chociaż próbowałeś. — Z ciężkim westchnieniem poszła do swojego pokoju.

Kiedy Josh stał na schodach, usłyszał z góry hałas, który

przypominał dźwięk prychającego odkurzacza. Po chwili zdał sobie sprawę, że to szlocha Zak. Popędził na górę i zapukał do jego drzwi. Łkanie umilkło.

— Zak? — wyszeptał Josh. — Mogę wejść?

Po jakimś czasie rozległo się stłumione „tak".

Josh powoli pchnął drzwi, łapiąc lecącego w jego stronę cyberpsa i przeskakując nad rozciągniętym przy podłodze drutem. Usiadł na łóżku Zaka.

— Co jest, mały człowieku?

Zak otarł buzię.

— Miałem paskudny sen.

— Czy Jo spadała z klifu?

W ciemności zapadła cisza.

— Nie — wyszeptał Zak.

— Mów.

Zak usiał na łóżku.

— Mamusia nas zostawiła... — pociągnął nosem — bo... bo musiała pojechać i być nianią u Jo... gdzieś na północy. A potem tatuś nas zostawił, bo nie mógł żyć bez mamusi.

Josh go utulił.

— Stary — uspokajał — nikt nigdy cię nie zostawi.

Zak oparł się o Josha i pociągnął nosem.

— Jo zostawiła — wyszeptał.

— Ale wróci. Wiem, że tak.

Siedzieli tak, dopóki Josha nie obudził rozlegający się w uchu dźwięk kosiarki. Zak chrapał.

Kiedy już otulił go kołdrą, zszedł na dół i powoli przeszedł przez pusty pokój Jo do własnej sypialni. Siedząc na łóżku, podjął decyzję. Dla dobra dzieci, dla dobra rodziny mógł zrobić tylko jedno. Zamierzał przywieźć Jo.

23

Następnego ranka Josh obudził się wcześnie i zastał dzieci oglądające telewizję w piżamach. Miękkie dźwięki ablucji dorosłych na górze wypełniały przerwy pozostawione przez Teletubisie.

— No, dobra, dzieciaki! — zaczął.

— Ćśś! — powiedziała Tallulah.

— To nudne — oznajmił Zak. — Dla maluchów.

— Więc powinno ci się podobać — stwierdziła Cassandra.

— No, dobra, dzieciaki — powtórzył Josh. — Zamierzam przywieźć Jo.

Dzieci oderwały wzrok od sceny pokazującej dziewczynkę, która trzeci raz znalazła pod drzewem ślimaka.

— Wiem — powiedział Josh. — Dla mnie też było to pewnym zaskoczeniem, ale cóż. Proszę bardzo.

I kiedy cała trójka się na niego rzuciła, wiedział, że podjął właściwą decyzję. Wyjaśnił, że muszą zachować to w tajemnicy przed dorosłymi, i spytał, czy sądzą, że dadzą radę, a oni stwierdzili, że tak, a potem znów go wyściskali, i tego ranka poszedł do pracy sprężystym krokiem i z lekkim sercem, przepełnionym uczuciem szczęścia.

W sobotę rano dzieci, wliczając Toby'ego, obudziły się wcześnie. Vanessa i Dick z wielkim zadowoleniem przyjęli fakt, że chcieli pomóc Joshowi umyć samochód Jo — nawet

Toby — a kiedy Josh zaproponował, że może się przejechać, żeby podładować akumulator, usłyszał, że może korzystać z auta, dopóki Jo nie wróci.

Po godzinie Toby i Josh skończyli mycie samochodu, a Cassie, Zak i Tallulah siedzieli w domu, kończąc czekoladowe herbatniki i rozcieńczony sok pomarańczowy.

— A skąd wiesz, że zamierza wrócić? — zapytał Toby, polerując maskę.

— Nie wiem — odparł Josh, nadając ostatni szlif dachowi — ale warto spróbować. Dzieci sobie bez niej nie radzą. Niedawno słyszałem, jak tata i Vanessa okropnie się kłócili.

Toby nie wydawał się poruszony.

— Toby, tata płakał.

— Cholera.

— Tak. Potrzebujemy Jo.

Toby kiwnął głową.

— Jak tam Anastasia? — Mrugnął do niego Josh.

— Superowo. — Toby wyszczerzył zęby.

— A przerażający Todd Carter?

— Bardzo miły. Ostatnio zaproponował, że zrobi za mnie zadanie z matmy.

— I co powiedziałeś?

— Powiedziałem „Spieprzaj, chcę zdać".

— Cholera — wyszeptał Josh. — Uważaj, Toby.

— Żartuję. Powiedziałem, że dzięki, ale nie.

— To dobrze.

Toby otworzył drzwiczki, żeby sprzątnąć w środku.

— Ale wpadka! — Zaśmiał się ostro.

— Co?

— Zobacz!

Toby nachylił się i wyjął z samochodu przytulanki Jo.

— Odłóż je.

Toby wydobył z siebie dźwięk, który przypominał zdychającą krowę.

— Przestań się śmiać — powiedział Josh. — Czasami naprawdę bywasz nieznośny. Ta kobieta kumpluje się z dwoma policjantami z dochodzeniówki, a ty nabijasz się z jej przytulanek.

Toby przyglądał się trzymanym w dłoniach zabawkom.

— Właściwie — stwierdził — są całkiem milutkie.

— Odstaw je i pomóż mi dokończyć.

— Dlaczego nie mówisz tacie i Vanessie, że jedziesz po Jo? — zapytał.

— Bo mogliby nie zrozumieć — odparł Josh.

— Co tu jest do rozumienia? Tęsknisz za Jo, więc...

— Dzieciaki za nią tęsknią — przerwał mu Josh. — Dwa koszmary jednej nocy. Tallulah wciąż je ma. A tata i Vanessa paskudnie się kłócą. Robię to dla rodziny.

— Dlaczego? — zapytał Toby.

— Bo jestem miły, dlatego.

— A co ta rodzina zrobiła dla ciebie?

Bracia spojrzeli sobie w oczy nad dachem samochodu.

— Toby?

— Uhm?

— Przejedźmy się szybko. Może dam ci poprowadzić, jeżeli znajdziemy pusty parking.

Toby wskoczył na miejsce pasażera.

Josh pozwolił mu poprowadzić i opowiedział też o rozmowie, którą odbył z ich mamą. Wyjaśnił, że czy mu się to podoba, czy nie, Cassie, Tallulah i Zak nie mają nic wspólnego z tym, że tata zostawił mamę, i tak jak on musiał dorastać, dzieląc z nimi swojego tatę, tak oni musieli rosnąć, wiedząc, że muszą dzielić swojego tatę z chłopakiem, który ich nienawidzi. I że będą jego rodzeństwem przez całe życie i nigdy nie zapomną, jak ich teraz traktuje.

W drodze do domu Toby milczał. Kiedy zatrzymali się na stacji benzynowej, Josh kupił mu czekoladę na pociechę.

Kiedy wrócili, Toby pognał do środka.

— Ej! Lulu! — wrzasnął do Tallulah, która rysowała przy kuchennym stole.

— Mam na imię TALLULAH! — zawołała.

— Co mam w ręce, Tallulah? — Toby wyciągnął przed siebie zaciśniętą pięść. Tallulah cofnęła się lekko, wstała od stołu i szybko wyszła do ogrodu.

— Co ci mówiłem?! — krzyknął Josh.

Toby otworzył pięść. W środku była zgnieciona czekolada.

— Chciałem jej to dać — powiedział zduszonym głosem, po czym popędził na górę. Josh poszedłby za nim, ale musiał się dostać do Niblet-upon-Avon.

Później tego dnia dzieci odbyły spotkanie w pokoju Tallulah. Zak zachwycony, bo Toby całe popołudnie traktował go okropnie.

— Chyba możemy powiedzieć, że plan się powiódł — zaczęła Cassie. Popatrzyła na zegarek. — Josh powinien lada chwila dojechać do Jo.

Zachichotali.

— Zak — ciągnęła Cassie — zgrałeś się w czasie znakomicie. Myślę, że Josh był poruszony występem Tallulah, ale to ty przypieczętowałeś sprawę.

Zak zmarszczył brwi.

— Jakim występem? — zapytał.

Cassie spojrzała na braciszka.

— Nieważne — stwierdziła. — Udało się. To się liczy.

Kiedy rozległ się dzwonek przy drzwiach wejściowych, Jo odkurzała salon, a jej ojciec pomagał mamie wejść na górę.

— Otwórz, dobrze? — zawołał.

Jo poszła do drzwi i po drodze mimochodem zerknęła w lustro w korytarzu. Niesamowite, co z człowiekiem robi odrobina czystego wiejskiego powietrza, pomyślała. Jej skóra promieniała.

Otworzyła i znalazła na progu Sheilę z zakłopotanym, smutnym uśmiechem na twarzy, trzymającą ogromny pęk czerwonych goździków.

— Shee! — zawołała Jo. — Jak miło! Nie spodziewałam się ciebie, wejdź...

— Nie mogę długo zostać — cicho powiedziała Sheila.

— Czy coś się stało?

Sheila pokręciła głową, a potem wbiła wzrok w podłogę. Nie wiedząc, co myśleć, Jo zrobiła krok w tył i szerzej otworzyła drzwi, żeby ją wpuścić.

— Lepiej wejdź.

Pełna skruchy Sheila przestąpiła próg domu Greenów, jakby nie spędziła tu każdego weekendu w okresie dorastania, po czym wręczyła Jo kwiaty.

— Jej. Dziękuję, Shee. Wspaniałe.

Sheila wstydliwie stała w holu, wciąż ze spuszczonymi oczyma.

— Wejdź — powiedziała Jo.

— Dziękuję.

Jo zaprowadziła przyjaciółkę do kuchni.

— Herbaty? Kawy?

— Nie rób sobie kłopotu — powiedziała Sheila.

— Nie pytałam o kłopot, tylko o herbatę — automatycznie odparła Jo. Sheila się nie roześmiała. Nawet się nie uśmiechnęła. Jo wyłączyła czajnik, zostawiła kwiaty w zlewie i usiadła z nią przy kuchennym stole.

— Mam nowiny — oznajmiła w końcu Sheila.

— Co się stało?

— Zaręczyłam się.

Jo szeroko otworzyła oczy z pełną zaskoczenia ulgą.

— Wspaniale! — wykrzyknęła.

— To będzie czerwcowy ślub — stwierdziła Sheila.

— Rany! Szybka decyzja.

— Właściwie nie — odparła Sheila. — Kiedy się wie, że to ten właściwy, to się po prostu wie.

— Naprawdę? — Jo westchnęła. — Szczęściara.

— W każdym razie — ciągnęła Sheila — znamy się od wieków. Przez lata byliśmy tylko przyjaciółmi, ale — wzięła głęboki wdech — mieliśmy parę przygód, chociaż nic poważnego. Każde z nas było wtedy z kim innym.

Jo skinęła głową.

— Ale ostatnio sprawa nabrała powagi.

— Świetnie.

— Kiedy wyjechałaś.

— O.

— Ponieważ wyjechałaś.

Jo popatrzyła na Sheilę, marszcząc brwi.

— O rany — powiedziała. — Czy ja cię jakoś powstrzymywałam? — Potem nie wiedziała już, co dalej mówić.

360

Sheila podniosła w końcu wzrok i Jo miała przed sobą wcieloną żałość.

— Nie denerwuj się, Jo — wyszeptała Sheila.

— A czemu miałabym się denerwować? Jestem zachwycona, że ci się poszczęściło.

— Nie chcieliśmy cię zranić.

— Ależ nie! Kompletnie nie mam pojęcia, o czym mówisz.

Sheila westchnęła i odrzuciła do tyłu włosy.

— Shaun... Casey... i ja pobieramy się w czerwcu — powiedziała bardzo powoli i wyraźnie. — Shaun. Twój Shaun. Cóż. Właściwie, mój Shaun. Shaunie. Poprosił mnie, kiedy tylko z tobą skończył.

Jo zrobiło się zimno.

— Nie skończył ze mną — zauważyła bez nacisku.

— Owszem, skończył. — Głos Sheili był coraz słabszy i każde słowo akcentowała ruchem głowy. — Tylko tego nie spostrzegłaś.

— Znowu mi się oświadczył, Shee. — Jo usłyszała własny głos.

— Bo wiedział, że odmówisz. — Przepraszający ton Sheili stawał się mocniejszy. — Pomogłam mu opracować tę przemowę: „Nie zamierzam więcej się oświadczać. Po tym ostatnim razie, bla, bla, bla". Brzmi znajomo?

Jo straciła czucie w twarzy.

— To ja zdecydowałam, do której restauracji powinien cię zabrać — ciągnęła miękko Sheila.

— Ale tam byliśmy na pierwszej randce — wyszeptała Jo.

Sheila skinęła głową.

— Wiem. Uznałam, że tak może być bardziej romantycznie.

Jo słyszała szum krwi w uszach.

— Co to miało znaczyć, że mieliście parę przygód? — zdołała wydusić.

— Och, nic poważnego. No, wiesz, pod jemiołą, jakaś impreza tu i tam...

Jo przyłożyła dłoń do ust.

— O Boże, przepraszam, Jo. Nie myślałam, że tak cię to obejdzie. Szczerze mówiąc, myślałam, że poczujesz ulgę, że jest taki szczęśliwy. Byłoby okropnie, gdyby miał złamane serce, prawda? Nasz Shaunie?

Jo próbowała kiwnąć głową. Jej umysł nie mógł się wpasować w zmienioną rzeczywistość, którą jej zaoferowano. To było takie surrealistyczne.

— Shaunie nie był przekonany — ciągnęła Sheila. — Twierdził, że przez jakiś czas nie powinniśmy ci mówić, ale uznałam, że nie mamy wyboru. W przyszłym tygodniu wysyłamy zaproszenia. Uważam, że nie byłoby w porządku, gdybyś dowiedziała się ostatnia.

— Oświadczał mi się cztery razy, Shee — wyszeptała Jo, ocierając łzy z podbródka.

— Wiem — stwierdziła Sheila. — Byłam wściekła.

Jo nie zadała pytania, tylko zmarszczyła brwi.

— No, pewnie! — stwierdziła Sheila. — Bzyka się ze mną przy każdej okazji i udaje, że traktuje cię serio. Szokujące zachowanie. — Roześmiała się niepewnie. — Naprawdę byłam na niego zła.

— Myślałam, że powiedziałaś, że to była jakaś impreza?

— No, cóż. — Sheila wzruszyła ramionami. — Było sporo imprez. I masa jemioły. To jednak sześć lat.

— Ale dlaczego? Czemu po prostu ze mną nie zerwał?

— Myślę, że naprawdę się do ciebie przywiązał. To znaczy jesteś bardzo miła. I oczywiście jego męskie ego czuło się świetnie. Pamiętam, że kiedyś mu powiedziałam, że z tego, co wiemy, ty i James powinniście nas razem zdradzać w tym samym czasie. — Uśmiechnęła się. — Pośmialiśmy się z tego.

— Zdradzać? Myślałam, że powiedziałaś, że to było parę przygód?

— Och, mniejsza z tym. Rzecz w tym...

— Czy James o tym wie?

— Tak — lekko stwierdziła Sheila. — Zawsze wiedział. W sumie byłam z Shaunem przed nim. Jak myślisz, gdzie poznałam Jamesa? Właściwie sądziłam, że mogłabyś się tego domyślić, uznać, że to za duży zbieg okoliczności. W każdym razie James był zadowolony z całego układu. Chciał mieć dziewczynę, ale bez zobowiązań. Właściwie to będzie naszym drużbą. — Westchnęła. — Wiesz co? Chyba jednak napiłabym się tej herbaty.

— Ale nienawidziłaś Shauna!

— Och, to był jego pomysł. — Sheila ziewnęła. Zamknęła usta. — Przepraszam. Wczoraj był długi wieczór. Tak, musieliśmy udawać, że się nie znosimy, żebyś się nie domyśliła.

— Ale on naprawdę cię nie znosił!

— Cóż — Sheila się spięła — właściwie... chyba mogę ci powiedzieć. Nie zamierzałam, ale może to coś wyjaśni: spał ze mną na imprezie u Melanie Blacksmith, u Philippy Fuller i na balandze u Matta Wrighta tego lata, kiedy pojechałaś do Norfolk ze swoimi rodzicami — rany, prawie siedem lat temu. Zanim w ogóle cię poznał.

— Poznał mnie w przedszkolu.

— Wiesz, co chcę powiedzieć. A kiedy się dowiedział, że byłyśmy przyjaciółkami...

— Najlepszymi przyjaciółkami...

— Tak, bardzo o ciebie wypytywał. Powiedział, że byłaś jego pierwszą szkolną miłością i że każdy mężczyzna marzy, żeby naprawdę... no wiesz... chyba użył słowa „przelecieć" pierwszą dziewczynę, która mu się w życiu podobała. No i wtedy się zorientowałam, że zamierza z tobą spróbować. A potem, bo jesteś taka... no, bo jesteś taka... — Zatrzymała się na moment. — Hm... jak by to wyrazić?

Sheila zrobiła pauzę.

— Nietaktownie? — zaproponowała Jo.

Sheila zająknęła się nieco przed podjęciem wypowiedzi.

— Chyba pruderyjna jest miłym określeniem. Musiał się z tobą umawiać — i to dość długo, o ile sobie przypominam — żeby cię przelecieć, i zanim się zorientował, chodził z córką jednego ze swoich najbardziej wybuchowych pracowników, wszyscy sąsiedzi wiedzieli, bla, bla, bla. I tak — bezradnie wzruszyła ramionami — musieliśmy udawać od samego początku. To taka ulga być szczerym po całym tym czasie, że nawet sobie nie wyobrażasz.

Jo próbowała coś powiedzieć, ale tylko bezwładnie opadła na kuchenny stół. Sheila wstała, podeszła i położyła jej rękę na ramieniu, ale Jo się wyszarpnęła. Sheila postała tam chwilę.

— Rozumiem — powiedziała uspokajającym głosem — naprawdę.

— Ręcznik papierowy. — Jo smarknęła w rękaw.

Sheila popędziła do kuchennego ręcznika na rolce i oddarła trochę. Jo wydmuchała nos i z zaskoczeniem stwierdziła, że poczuła się nieco lepiej.

— Pójdę już.

Jo ponownie wydmuchała nos.

— Tak myślisz?

— Przepraszam, Jo.

— Jasne.

Sheila odwróciła się, żeby wyjść. Dotarła do kuchennych drzwi, kiedy Jo zawołała ją po imieniu. Powoli się odwróciła.

— Tak?

Przez chwilę na siebie patrzyły.

— Kiedy przestałaś mnie lubić? — zapytała Jo.

Sheila wyglądała na zirytowaną.

— Tu nie chodzi o ciebie — oświadczyła. — Nawet nie o ciebie i o mnie. Chodzi o mnie i Shauniego. Tak się złożyło, że trafiłaś pod ostrzał. Nikt nie chciał cię skrzywdzić.

Jo spojrzała na kuchenny ręcznik trzymany w dłoniach.

— Kiedy przestałaś mnie lubić? — powtórzyła.

Po pauzie Sheila tylko wzruszyła ramionami.

Jo kiwnęła głową, wyczerpana.

— Siostrzenice Shauniego będą druhnami — cicho odezwała się Sheila. — Wiem, że zawsze mówiłyśmy, że będziemy...

— Po prostu wyjdź.

Jo zdobyła się na ironiczny śmiech, żeby skwitować bezczelność Sheili, który po trzaśnięciu drzwi wyjściowych zmienił się w zduszony szloch.

W tym czasie Josh stanął na światłach na High Street w Niblet-upon-Avon i oszołomiony wpatrywał się w mapę. Niestety, mapa był ułożona do góry nogami, a światło zielone. Odwrócił mapę we właściwą stronę. Nic z tego. Ani trochę jaśniej. Najwyraźniej została narysowana przez ludzi, którzy chcieli, by Niblet-upon-Avon pozostało nieskażone przez turystów. Podniósł wzrok i zorientował się, że patrzy na zielone światło. Z nerwowym wzdrygnięciem zerknął we wsteczne lusterko i zobaczył za sobą mężczyznę w kapeluszu za kierownicą auta. Mężczyzna do niego pomachał. Zdumiony Josh ruszył. Jakby się znalazł w innym kraju. Potem zjechał w boczną drogę i wyciągnął komórkę.

Jo siedziała skurczona przy kuchennym stole, z głową ukrytą w ramionach. Za każdym razem, kiedy myślała, że czuje się lepiej, dźgnięcie wściekłości, upokorzenia i bólu znów ją dopadało i słyszała zduszone dźwięki, które wydawały się wychodzić gdzieś głęboko z jej wnętrza.

Kiedy zadzwoniła komórka, osłoniła głowę rękoma. Przyszło jej na myśl, że to może być Shaun, i odebrała.

— Halo? — powiedziała głosem nabrzmiałym łzami.

— Jasna cholera — stwierdziła Pippa. — Masz okropny głos.

— To nic. — Jo znów zaczęła szlochać. — Powinnaś zobaczyć, jak wyglądam.

— Co się, do cholery, stało?

— Shaun mnie zdradzał! — chlipnęła Jo.

— Co?

— Z Sheilą.

— O mój Boże — wydyszała Pippa przez płacz Jo. — Chcesz, żebym przyjechała się z tobą zobaczyć?

Jo twierdząco skinęła głową do telefonu.

— Nie, dzięki. — Pociągnęła nosem. — Chyba nie zniosłabym teraz niczyjego widoku. Ja... ja... nie mogę tego pojąć.

— Chciałabyś, żeby Nick przyjechał i stłukł Shauna na miazgę?

— Nie. — Jo zdobyła się na uśmiech. — Może mógłby za to trochę przefasonować twarz Sheili.

— Jasne.

Jo pochlipała jeszcze trochę.

— Zrobili ze mnie taką idiotkę.

— Nie, nie zrobili — stwierdziła Pippa. — Z siebie zrobili głupców.

— Pobierają się!

— Ha! Tym gorzej dla nich! Czy możesz sobie wyobrazić, że wychodzisz za kogoś, kto przez cały czas waszych zalotów umawiał się z twoją najlepszą przyjaciółką? Za twoją zgodą? Możesz sobie wyobrazić, jakiego rodzaju to będzie małżeństwo?

Jo przestała płakać pierwszy raz, odkąd Sheila wystąpiła ze swoją rewelacją.

— Wierz mi — ciągnęła Pippa. — Dobrze, że się z tego wyplątałaś. To nie był dobry układ.

— Myślałam, że on mnie kochał — pożaliła się Jo.

— Wiem, kochanie. Będą inni. Znacznie od niego lepsi. Już masz dwóch w kolejce.

Chociaż nie do końca była to prawda, ponieważ jeden z tej kolejki okazał się stuknięty i ją nachodził, a drugi był hipokrytą i gnojkiem, którego interesował tylko szybki numerek, ta myśl sprawiła jednak, że Jo poczuła się lepiej.

Żałowała, że nie może zobaczyć się z Pippą, ale żadna z nich nie mogła wziąć wolnego, więc Jo zadowoliła się telefonem. Po rozmowie umyła twarz w kuchennym zlewie i postanowiła pójść na spacer.

Josh wyłączył komórkę. Lokalne biuro okazało się bardzo pożyteczne. Był praktycznie przy domu Jo. Włączył silnik, zawrócił, przejechał przez jakieś czerwone światła i zmierzał prosto do niej.

Kiedy po raz drugi tego dnia rozległ się dzwonek, skóra Jo nie promieniała już w takim stopniu jak wcześniej. Prawdę mówiąc, każda kosmetyczka, która jest coś warta, przyzna, że jeśli skóra ma dobrze wyglądać na specjalną okazję, raczej nie należy spędzać godziny przed tą okazją na szlochach.

Na dźwięk dzwonka aż się wzdrygnęła. To musi być Shaun, pomyślała.

Cicho i szybko podeszła do drzwi z kuchennym ręcznikiem pod pachą i zmiętym kawałkiem zużytego papieru w ręce, klapiąc kapciami o dywan.

Szeroko otworzyła drzwi. Podniosła wzrok na wysokiego ciemnego nieznajomego, na którego widok ścisnęło się jej serce. Zamarła. Jej oczy zebrały masę informacji, które mózg następnie zwymiotował niestrawione. Mrugnęła i spróbowała jeszcze raz.

Przy drzwiach stał świadek Jehowy — jeden z tych niesamowicie uprzejmych, przystojnych facetów, którzy mieli w oczach dziwne światło, któremu na imię było Jezus. Nie, głuptasie. Zasnęła i to był Bóg.

Kiedy Bóg powiedział „Jezu Chryste, wyglądasz gównianie" — zdała sobie sprawę, że to nie Bóg. I wtedy dotarło do niej, że to Josh.

Josh z pewnością nie zmierzał zamykać Jo w przedłużającym się niedźwiedzim uścisku. Miał dość czasu po drodze, żeby starannie zaplanować powitanie i nigdzie w jego planach nie mieścił się przedłużający się niedźwiedzi uścisk. Właściwie to nie wiedział, skąd coś takiego się wzięło. Ale się wzięło i teraz szlochała mu w sweter, a on gładził ją po włosach i czuł, że niewiele więcej mu w życiu potrzeba, więc chyba wszystko dobrze wypadło. Może jej matce się pogorszyło. Biedne jagniątko. Boże, życie bywa okrutne. Niektórym zawsze dostaje się krótsza zapałka, pomyślał, patrząc na wystrój holu.

Kiedy zauważył mężczyznę o szerokiej piersi stojącego na schodach i wpatrującego się w niego z całą życzliwością szarżującego byka, o mało nie wyskoczył ze skóry. Puścił Jo i stanął w bezpiecznej odległości od niej.

— H-halo — powiedział do mężczyzny na schodach.

Tamtemu zwęziły się oczy.

— Kim pan, do cholery, jesteś? — wyszeptał — i coś pan zrobił mojej córce?

— Tato, to Josh. — Jo pociągnęła nosem.

— Josh? — Mężczyzna zadał pytanie z tak pełnym zakłopotania niesmakiem w głosie, że Josh nagle zdał sobie sprawę, jakie ma dziwne imię. — CO TO MA BYĆ ZA IMIĘ? I KIM W OGÓLE JEST TEN CAŁY JOSH? I CZEMU PŁACZESZ?

Josh stał sztywno wyprostowany.

— To nie przeze mnie, zastałem...

— CZY DO CIEBIE MÓWIĘ?

Josh pokręcił głową.

Bill spojrzał na córkę.

Jo zaczęła próbować coś powiedzieć, gdy zdała sobie sprawę, że nie wie, od czego zacząć. Potem uświadomiła sobie, że i tak nie rozmawia z ojcem. Następnie dotarło do niej, że Josh przyjechał cały kawał drogi z Londynu, żeby się z nią zobaczyć. Potem zdała sobie sprawę, że musi wyglądać jak ryba rozdymka.

Na oślep pobiegła do kuchni.

Kuchenne drzwi zamknęły się z trzaskiem i ojciec Jo powoli odwrócił się, żeby stanąć twarzą do Josha. Usta Josha ułożyły się w coś zbliżonego do uśmiechu, natomiast jego żołądek zdecydowanie się skurczył.

— Jestem Joshua Fitzgerald — powiedział cicho, wyciągając rękę. — To zaszczyt pana poznać.

Mężczyzna chrząknął i dalej się w niego wpatrywał. Josh poczuł, że ściska go w gardle. Opuścił rękę.

— Ładny hol — zachrypiał, czując suchość w ustach.

Obaj mężczyźni stali, patrząc na siebie w milczeniu przez czas, który Joshowi wydał się większą częścią roku. Kiepskiego roku. Susze, epidemie, głód, tego rodzaju rzeczy. Josha ogarnęło niezwykle silne wrażenie, że gdyby ojciec Jo miał rogi, zdążyłby do tej pory przebić mu nimi krocze. Już miał powiedzieć, że wpadnie kiedy indziej, ponieważ najwyraźniej nie jest to dobry moment, ale jest zachwycony, że poznał rodzinę Jo i cóż za uroczy hol, kiedy pojawiła się Jo. Wyraźnie nadal była czymś zdenerwowana, ale zaprosiła Josha do salonu, poinstruowała ojca, żeby był miły, jeśli nie chce, by tego samego wieczoru się wyprowadziła, a potem sztywno poszła na górę, gdzie, jak im wyjaśniła, miała zamiar spróbować poprawić sobie twarz.

Josh czekał w salonie i gapił się na wszystko, z całych sił usiłując nie patrzeć na przenośną toaletę. Na szczycie schodów słyszał przytłumione głosy, które, jak przypuszczał, musiały należeć do rodziców Jo, ponieważ ten, kto mówił wyższym głosem, robił to znacznie wolniej niż mówiący głosem niższym. Kiedy drzwi się otworzyły, wstał. Ojciec Jo ponownie coś mruknął i Josh uśmiechnął się z wdzięcznością.

— Ładne konie — powiedział, ruchem głowy wskazując

figurki. — I lisy. I koty. Pozostałe też są słodkie. I ten pamiąt-
kowy talerz. Co za tragiczna strata, prawda?

— Żona je lubi — powiedział Bill. — Przyciągają kurz.

— O, założę się. — Josh skinął głową, jakby odkurzanie
zawsze odgrywało w jego życiu ważną rolę.

Po mężu w drzwiach pojawiła się Hilda, trzymając się
framugi. Josh zrobił krok do przodu i bardzo delikatnie uścisnął
jej rękę.

— O, pani Green — powiedział. — Joshua Fitzgerald. Miło
mi panią poznać.

Uśmiechnęła się do niego i zobaczył te same co u Jo oczy,
chociaż u Hildy miały bledszy kolor, jakby wyblakły z wyczerpania. Poczuł chęć, żeby także ją obdarzyć niedźwiedzim
uściskiem, ale się powstrzymał.

— Jo już idzie — powiedziała wolno Hilda.

— Dziękuję.

— Proszę... — mruknęła — ...siadać. — Posłusznie usiadł.
W następnej chwili zjawiła się Jo i znów się zerwał.

— No, dobrze — oznajmiła, wkładając żakiet i jednocześnie
związując włosy w koński ogon. — Idziemy nad rzekę.

— Młoda damo — zaczął jej ojciec — przypominam...

— BOGDON-OVER-BRAY — powiedziała do niego Jo
tonem, który sugerował, że nie zniesie żadnych bzdur. Jej ojciec
się zamknął.

Josh, zdumiony i nie bez obaw, na pożegnanie skinął głową
rodzicom Jo i wyszedł za nią.

— Bogdon-over-Bray, tak? — spróbował, kiedy tylko od-
dalili się na bezpieczną odległość.

— To długa historia.

— O, założę się — potwierdził, jakby długie historie zawsze
odgrywały w jego życiu ważną rolę.

Szedł obok Jo w milczeniu, dopóki nie dotarli do miejsca,
z którego otwierał się oszałamiający widok na most nad rzeką.
Zatrzymał się.

— Mój Boże — westchnął. — Jest piękny.

— Uhm.

Jo też zwolniła i razem weszli na most. Kiedy Josh stanął na środku i pochylił się, żeby spojrzeć na rzekę, też się pochyliła.

— Dziękuję, że przyjechałeś, Josh — powiedziała cicho.

Odwrócił się i uśmiechnął do niej. Ich ramiona prawie się stykały.

— Cała przyjemność po mojej stronie.

— Miło mieć cię tutaj.

— Dziękuję.

— Na tym moście.

— O. Na tym moście. Cóż, to ładny most.

— Nowe wspomnienia i takie tam — oznajmiła Jo.

Josh rozważył te słowa.

— O, założę się. — Kiwnął głową, zaczynając nudzić samego siebie.

— To tutaj pierwszy raz całowałam się z Shaunem — powiedziała Jo.

Josh lekko się odsunął.

— Nie tu dokładnie. — Roześmiała się, wskazując miejsce oddalone o stopę. — Tam.

— A — stwierdził Josh, śledząc wzrokiem jej rękę.

Po czym, ku jego zaskoczeniu, dotknęła ramieniem do jego ramienia i jeszcze raz podziękowała, że przyjechał. Włożył ręce do kieszeni, usiłując nie wyglądać na przesadnie uszczęśliwionego i jeszcze raz powtórzył, że to dla niego przyjemność.

Leniwym krokiem zeszli z mostu i minęli kościół. Ponownie stanął, żeby chłonąć widok.

— Boże — wyszeptał. — Oszałamiający.

— Uhm.

Posłuchał bulgotania strumienia, tak czystego w ciszy nieprzerwanej niczym poza szmerem wietrzyka.

— Jak mogłaś wyjechać? — wyszeptał.

I wtedy usłyszał wyraźny, czysty dźwięk szlochu Jo.

Znaleźli ławkę w pobliżu pubu i kiedy usiedli, Josh objął Jo ramieniem. Po kilku falstartach poinformowała go, jak zmieniło się jej życie, odkąd się ostatnio widzieli. Opowiedziała mu o ponownych oświadczynach Shauna. O tym, że spojrzała prawdzie w oczy i ich związek wreszcie dobiegł końca. O bólu, jaki czuła, zamykając tak dużą część przeszłości, chociaż wiedziała, że postępuje słusznie. O poczuciu winy, że rani Shauna i rozczarowuje swoich rodziców. O Sheili, swojej najlepszej przyjaciółce, która wpadła do niej pół godziny temu na spóźnione babskie pogaduszki. O odkryciu, jaką fikcją był jej związek z Shaunem. O odkryciu, jaką fikcją była jej przyjaźń z Sheilą. O upokorzeniu. Złości. Zażenowaniu i bólu.

Podczas tego przyprawiającego o zawrót głowy opowiadania Josh wpatrywał się w pola, które miał przed sobą, a jego kontakt z rzeczywistością stawał się coraz słabszy, w miarę jak zacieśniał uścisk na ramieniu Jo. Nie mógł w to uwierzyć. To po prostu nie mogła być prawda. To na pewno jakaś pomyłka. Ale nie. Jednak nie. Jo naprawdę była wolna.

Nie umiał wymyślić niczego, co mógłby powiedzieć, więc tylko siedział i oparł głowę o jej głowę.

— Tak mi przykro — szepnął.

A potem zdał sobie sprawę, że może powiedzieć coś więcej. Wyjaśnił jej, że z męskiego punktu widzenia nie ma mowy, żeby Shaun chodził z nią tak długo, gdyby nie chciał. I z pewnością nie ryzykowałby oświadczyn, gdyby nie zamierzał się żenić.

Jo rozważyła to, co usłyszała.

— Czy to znaczy, że nigdy nie chodziłeś z kimś tylko dlatego, że zerwanie byłoby za dużym kłopotem? — zapytała.

— Nie tak długo — wyznał. — I z pewnością bym się nie oświadczał. Cztery razy. Słyszałaś tylko wersję Sheili, pamiętaj.

Jo odsunęła się nieco, żeby to przemyśleć.

— Więc co to znaczy? Ona to wszystko wymyśla? Tak bardzo mnie nienawidzi?

— Nie — odparł. — Wygląda na to, że opowiedziała ci to, co chciałaby widzieć jako prawdę, a nie to, co naprawdę się wydarzyło. Przyglądałem się... widziałem Shauna z tobą i to nie był facet ogarnięty obsesją na punkcie innej.

Zapadła cisza.

— Wygląda mi na to, że Sheila po prostu bardzo cierpi — podsumował Josh.

— Cierpi?

— Tak. Ona, ze swojej strony, czekała na Shauna przez długi czas. Dłużej nawet, niż on czekał na ciebie. I może musiała się uciec do starej zasady, że w miłości i na wojnie wszystkie chwyty są dozwolone. Do której, spójrzmy prawdzie w oczy, każdy z nas w tym czy innym momencie się odwołał.

— Ja nie.

Josh się uśmiechnął i powiedział łagodnie:

— Może nigdy nie musiałaś.

Jo odsunęła się jeszcze nieco dalej, żeby zebrać myśli.

— Chyba myślałam, że Sheila kocha mnie, nie jego.

— Tak. — Josh westchnął. — To musi boleć.

— Boli. Nie wiem, kto bardziej mnie zranił.

— Tak.

— A wiesz, co naprawdę mnie boli? — ciągnęła Jo. — Tak naprawdę naprawdę?

— Nie.

— Że James wiedział. Traktowali mnie przez ostatnie sześć lat jak dziecko.

— Nieprawda. — Josh pokręcił głową. — To oni zachowywali się przez te sześć lat jak dzieci. Byłaś jedyną dorosłą w tym równaniu.

Spojrzała na niego.

— Jakim sposobem nagle tak zmądrzałeś? — zapytała z czułością w głosie.

Josh odwrócił się do niej, a w oczach miał ciepło ognia zimą.

— Rzeczywiście za tobą tęsknimy, Jo — wyszeptał. — Wszyscy. Okazuje się, że rodzina Fitzgeraldów potrzebuje ciebie, żeby funkcjonować.

Trzy warstwy podkładu ukryły rumieniec Jo.

— Och. — Tylko na tyle się zdobyła.

— Dzieci mają koszmary. To okropne. — Westchnął. — A Straszna Żona doprowadza mojego tatę do stanu niemal permanentnego paraliżu z przerażenia.

— Vanessa nie jest straszna — powiedziała miękko Jo.

Josh prychnął i przesunął ramię z barków Jo na oparcie ławki.

— Wierz mi, ta kobieta mogłaby zostać mistrzem świata w tej dziedzinie.

Jo przywołała szepty Josha i Dicka i doświadczyła nagłego, płynącego z trzewi przypływu lojalności wobec wszystkich zdradzonych kobiet.

— Uważam, że to bardzo nie w porządku — powiedziała.

— Zaufaj mi. — Josh uśmiechnął się. — Ja wiem. Wiem wszystko o małżeństwie Vanessy i Dicka...

— Święta prawda... — mruknęła.

— I Vanessa jest straszną kobietą.

Jo się spięła.

— Cóż. Może musi.

Josh nieco się zawahał.

— Dlaczego? — zapytał.

— Czasami mężczyznę trzeba trochę postraszyć — stwierdziła Jo. — Szczególnie gdy należy do tych, co to lubią się zabawić poza domem.

Josh zagapił się na Jo. Opuściła głowę.

— Przepraszam, ale tak uważam.

— Czasami — powiedział — kobieta popycha mężczyznę do tego, żeby bawił się poza domem. — Zignorował fakt, że Jo zabrakło tchu, i mówił dalej: — A potem, kiedy był zmuszony gdzie indziej szukać miłości, obarcza się go winą i rujnuje mu życie.

— To, co mówisz, jest okropne! — oznajmiła Jo. Wstała i poszła w kierunku rzeki. Josh ruszył za nią.

— Wcale nie. Kobieta może uciec się do manipulacji, no, wiesz, podświadomie. A mężczyzna nic na to nie poradzi, jeśli wpadnie w ramiona kogoś innego. Wierz mi, wiem, jak to jest.

— Jak możesz mówić takie rzeczy? Po tym, co twój tata zrobił twojej mamie? Jak możesz mu darować jego romanse? Jak możesz mu w tym pomagać?

— Ja nie darowuję...

— Owszem! Właśnie powiedziałeś...

— Miał tylko jeden...

— Och, nie wstawiaj mi tej gadki. Wiem wszystko o tobie, Dicku i waszym brudnym sekreciku przed Vanessą.

— Co?

— Wiesz co? Wszyscy jesteście tacy sami. Brzydzę się tobą. Mężczyźni mnie brzydzą.

— To dlatego korzystasz jednocześnie z tylu okazji? Jo zatkało.

— Co?

— Podpuszczalska z ciebie.

Wymierzyła mu mocny policzek i łzy napłynęły do oczu jemu, nie jej. Josh przygryzł wargę, trzymając dłoń na policzku.

— W każdym razie — rzekł lekko stłumionym głosem — chcą, żebyś wróciła.

— Odwal się. — Odwróciła się i odeszła w stronę mostu. Josh poszedł za nią.

— Daj spokój — odezwał się, kiedy ją dogonił. — To świetne pieniądze dzięki tej małej podwyżce.

— O tak. — Odwróciła się gwałtownie. —— A ty wiesz wszystko o pieniądzach.

— Rzeczywiście, wiem — odparł Josh, wciąż z dłonią na policzku. — Wiem, co się dzieje, kiedy jest ich za mało. To potrafi rozdzielić ludzi tak samo jak romanse.

— Powiedz mi — Jo oparła rękę na biodrze — czy to dlatego tak sępisz?

— Co?

— Słyszałeś.

— Nie sępię. Nie muszę.

— Och nie, rzeczywiście. Zarabiasz majątek i mieszkasz za darmo u tatusia jak rozpuszczone dziecko, podczas gdy cała reszta ciuła i oszczędza, żeby zarobić na życie.

— Skąd wiesz, ile zarabiam? I kto ci powiedział...

— Vanessa powiedziała mi całe wieki temu, że mieszkasz za darmo. W twoim wieku! To obrzydliwe.

— Cóż! — Josh zaczął teraz krzyczeć. — To tylko dowodzi, że Vanessa nie wie wszystkiego!

— Z pewnością! — wrzasnęła Jo. — Ty i Podły Dick tego dopilnowaliście.

Stali twarzami do siebie, a pod nimi mknęła rzeka.

— No, tak — stwierdził. — Lepiej sobie pójdę.

— Chyba lepiej tak.

374

— Miło wiedzieć, co o mnie myślisz.

— Taa, dziwna rzecz. Dwulicowe sępy i gnojki hipokryci z kompleksem Piotrusia Pana są zwykle w moim typie.

Josh zrobił się biały. A potem odszedł.

W tym czasie w Highgate Straszna Żona cieszyła się rzadką chwilą samotności. Podły Dick poszedł do sklepu, dzieci bawiły się razem w domku (ostatnio jakoś spędzały razem dużo czasu, nawet z Tobym), a ona czytała sobotnie gazety z radiowymi reklamami w tle. Nie wiedziała, gdzie się podział Josh, i szczerze mówiąc, nic jej to nie obchodziło, ponieważ cudownie było zostać samej we własnym domu. Po tamtej pogawędce sprawy między nią a Dickiem wyglądały o wiele lepiej. Tak dobrze było powiedzieć mu to wszystko wprost — od tamtej pory ani razu nie pojawił się ten znajomy gniew. A on też wydawał się traktować ją w odmienny sposób. Zaczęła nawet dostrzegać w nim podobieństwo do mężczyzny, za którego wyszła.

Frontowe drzwi otworzyły się i zamknęły. Zerknęła na kuchenny zegar i westchnęła. Cóż, zawsze to dwadzieścia minut, czegóż więcej można oczekiwać? Nie podniosła oczu znad gazety, kiedy do pokoju wszedł Josh. Ale zrobiła to, kiedy udał się prosto do barku. Przeżyła spore zaskoczenie, gdy odkryła, że ten Josh był w rzeczywistości Dickiem.

— Cześć! — odezwała się zaskoczona.

Dick nie odwrócił się i pociągnął porządny łyk whisky.

Powstrzymała się przed odruchowym zadaniem pytania, czy tak świętuje sprzedaż płyty.

— Cześć — powtórzyła.

Kiedy Dick w końcu się odwrócił, był tak blady, że niemal przezroczysty, poza tym, że na brzegach nabrał barwy jakby zielonkawej. Vanessa zerwała się na nogi.

— Co się stało? Zostałeś obrabowany? Zaatakowany?

Dick potrząsnął głową, gdy prowadziła go do kuchennego stołu, sadzała i nalewała następnego drinka. Potem uklękła obok i pogładziła go po plecach, jakby był chory.

— Nic mi nie jest — powiedział słabo.

Usiadła przy Dicku na krześle, nie spuszczając z niego oka.

Czekała, gdy pociągał kolejny łyk, a potem zwiesił głowę między rękami.

— Właśnie się dowiedziałem — rzekł niemal niesłyszalnie — o czymś, co dotyczy ciebie. I wpłynie także na dzieci.

Vanessa wstrzymała oddech. Krew napłynęła jej do serca.

Kiedy Dick pił kolejną porcję whisky, wstała, żeby nalać także sobie. Odstawił szklankę. Wzięła ją i nalała im obojgu.

— Co takiego? — wyszeptała nagląco. — Czego się dowiedziałeś? Dick?

A wtedy, ku jej przerażeniu, zaczął szlochać nad swoją whisky. Wielkie, potężne, bolesne fale wstrząsały całym jego ciałem. Siedziała pogrążona w bezdennej żałości, troskliwie trzymając drinka, z uczuciem, że straciła prawo, by go pocieszać. W końcu umilkł i wyczerpany podniósł na nią wzrok. Szybko spojrzała na dno swojej szklanki.

Dick żałośnie wpatrywał się w żonę. Jak do tego doszło? Jak mógł doprowadzić swoje małżeństwo do takiego stanu, że kiedy najbardziej potrzebował swojej żony, jedyne, co mogła zrobić, to siedzieć w grobowym milczeniu?

— I? — zapytała.

Dick nie miał wyboru, musiał to wyjaśnić.

— Wstąpiłem dzisiaj do mieszkania — wyszeptał. — Nie ma ich. Zniknęli. Żadnego czynszu, nic. Zabrali ze sobą większość mebli i zostawili mieszkanie w rozsypce. Nigdy nie znajdę nowych najemców, a nie mogę sobie pozwolić, żeby znów je wyszykować.

Vanessa zmarszczyła brwi.

— I to wszystko?

Dick zaśmiał się krótko i gorzko.

— Niezupełnie. Brakujący fragment informacji jest taki, że pokrywali wszystko oprócz pensji Jo, ponieważ sklep przynosił stałe straty.

Vanessa mocniej ściągnęła brwi.

— A w jaki sposób to mnie dotyczy?

— No, cóż, oszukiwałem cię i dłużej nie utrzymam tego w tajemnicy.

Vanessa ukryła twarz w dłoniach i robiła długie, powolne wdechy. Po chwili usiadła prosto.

— Więc jak płaciłeś Jo? — zapytała zakłopotana.

Znów zaczął płakać.

— Dick?

Pociągnął kolejny łyk.

— Cóż, ponieważ moja żona spłacała kredyt hipoteczny i ubierała dzieci, mój syn płacił za nianię.

— Co?! — zawołała. Myślała gorączkowo, jakim cudem Zak mógł płacić za Jo. Może Dick przeżywał załamanie i gadał głupstwa. Zaczęła się bać.

— Dick! — zawołała. — Na litość boską, spróbuj mi to wyjaśnić!

Wziął głęboki wdech.

— Kiedy zdałem sobie sprawę, że nie mogę utrzymać cię na poziomie, do którego przywykłaś, jedyne, co umiałem wymyślić, to zwrócić się po pomoc do Josha. Bank nie dałby mi kolejnej pożyczki i nie wiedziałem, do kogo jeszcze się udać. Żeby ratować moją dumę, Josh udawał, że chce z nami pomieszkać — żeby się trochę „zżyć" — chociaż nie wiem, czemu miałby podtrzymywać więź ze swoim ojcem nieudacznikiem. — Wypił sporą porcję, zanim podjął. — W każdym razie udawałem, że mu wierzę, bo tylko tak mogłem zachować twarz. Płacił mi „czynsz" i wyglądało na to, że bez trudu mogę sobie pozwolić na Jo. Nawiasem mówiąc, podwyżka po tym, jak wezwała policję, niezbyt pomogła, bo Josha nie było stać na tę różnicę. — Wzruszył ramionami. — Co oznacza, że wszystko się rypnęło jakieś dwa miesiące wcześniej, niż się spodziewałem.

Vanessa zamrugała. Niemal słyszała, jak tryby w jej mózgu brzęczą z powodu wysiłku, żeby przyjąć te informacje.

— Josh? — powtórzyła.

Dick kiwnął głową, ocierając oczy i nos rękawem koszuli.

— A co z jego współlokatorami? — zapytała szeptem.

Dick wydał z siebie coś między śmiechem a szlochem.

— Nie wyjechali w podróż, prawda? — powoli odezwała się Vanessa.

— Wszyscy nadal mieszkają na Crouch End. — Dick mówił niskim, monotonnym głosem. — Josh wciąż płaci tam czynsz, chociaż teraz najwyraźniej urządzili w jego pokoju świetlicę.

To dlatego rzadko wychodzi. Nie ma za wiele pieniędzy do wydania.

Vanessa opadła na krzesło.

— No, więc — ciągnął Dick — teraz wiesz wszystko. — Vanessa wpatrywała się w niego. Gdy mówił, nie był w stanie na nią spojrzeć. — Wyszłaś za człowieka, który potrzebuje pomocy swojego syna z pierwszego małżeństwa, które spieprzył, żeby utrzymać drugie małżeństwo, które pieprzy.

Vanessa odwróciła wzrok.

— Tak — stwierdziła wreszcie. — Wiem wszystko. Wiem, że nie mogłeś ze mną porozmawiać, kiedy najbardziej mnie potrzebowałeś; nie wierzyłeś, że kocham cię bezwarunkowo, ale jednak kochałeś mnie dość mocno, żeby spróbować wszystkiego dla ratowania naszego małżeństwa.

Dick odwrócił się do niej zaskoczony i teraz on przeraził się widokiem Vanessy płaczącej nad swoją whisky.

24

Josh był taki wściekły, że ledwie był w stanie wyjechać z Niblet. Kiedy minął pub sprzedający też kartki i książki, stanął, zaparkował i wpadł do środka jak burza.

— Nie otwieramy przed siódmą — powiedziała zdumiona właścicielka.

— Dam pani sto funtów — oznajmił Josh.

— Co podać? — uśmiechnęła się.

— Wódkę. Podwójną.

Usiadł przy barze i wychylił podwójną wódkę w dokładnie taki sposób, w jaki, przypuszczał, zrobiłby to dwulicowy sęp i gnojek hipokryta z kompleksem Piotrusia Pana.

Vanessa przysunęła się do męża pod kołdrą. Westchnął z zadowoleniem.

— Jak to możliwe, że Josh chce kupić sklep?

— Twierdzi, że ma dość bycia księgowym — wyjaśnił Dick. — Zamierza rozruszać firmę. Chce też kupić to mieszkanie nad sklepem, albo na wynajem, albo żeby samemu tam mieszkać, gdyby było go na to stać.

Vanessa westchnęła.

— To by mi ratowało życie — stwierdził Dick. — Nikomu innemu nie dałbym rady sprzedać tego nawet za połowę tej ceny. Ale oczywiście on udaje, że to ja robię mu wielką przysługę, jak zwykle.

— Rany. Zaczynam widzieć go w innym świetle.

— I dobrze.

— Teraz musimy jeszcze tylko popracować nad Tobym.

Dick westchnął.

— Biedak. Odszedłem, zanim zdążył dojść do wieku Tallulah.

Nastąpiła długa pauza.

— Boże. — Vanessa złapała powietrze. — Nigdy nie myślałam o tym w ten sposób.

— Dzięki Bogu, że nie powtarzamy tego schematu — wyszeptał Dick.

— Oczywiście, że nie! — Vanessa ucałowała go w policzek.

— Myślałem, że zmierzamy w tę stronę. — Dick mówił szeptem, kryjąc twarz w jej włosach.

— Nie mogę uwierzyć, jak mogłeś myśleć, że kocham cię dla twoich pieniędzy — stwierdziła.

— Niedokładnie tak. Myślałem tylko, że będziesz mnie kochać mniej, kiedy będę miał ich mniej.

Ujęła jego głowę w dłonie i zmusiła, żeby na nią spojrzał. Strumień popołudniowego słońca wpadł przez szparę w zasłonach.

— Gdybyś powiedział, że chcesz jutro rzucić pracę i zajmować się domem, byłabym najszczęśliwszą kobietą na świecie.

Dick wpatrywał się w żonę.

— Chcę od jutra rzucić pracę i zajmować się domem.

Vanessa też na niego patrzyła. Wpatrywali się w siebie w mroku.

— Naprawdę? — zapytała chrapliwie.

— Nie mówiłaś poważnie, tak? — Dick się odwrócił.

— Mówiłam.

— Oczywiście musielibyśmy sobie poradzić bez Jo.

— Dlaczego?

— Cóż, mielibyśmy tylko jedną pensję.

— Chcę mieć lepszą pensję i zmienić pracę. Zamierzałam powiedzieć ci to dzisiaj wieczorem.

380

— Chcesz odejść z pracy? — zapytał.

— Tak.

— Dlaczego?

Wzruszyła ramionami i odwróciła wzrok.

— Większe pieniądze. Lepsza praca. Chcę być doceniana. Poznać nowych ludzi. Przestać spotykać tych kretynów.

— Bo potrzebujemy więcej pieniędzy?

— Właściwie nie. Pomyślałam tylko, że byłoby miło, wiesz? Ale tak czy owak miałabym dość pieniędzy, żeby płacić Jo, gdybyś tylko z tym do mnie przyszedł.

Dick się uśmiechnął.

— Dobrze się ożeniłem, prawda?

Vanessa też się uśmiechnęła.

— Nie tak dobrze jak ja.

Dick cmoknął.

— Typowe. Nawet w tym nie mogę ci sprostać.

Roześmiała się i pocałowała męża. Leżeli na plecach, razem patrząc w sufit.

— Czy będziesz chciał mieć tu Jo na pełen etat? — zapytała. — Nie wprowadzi ci zamieszania w sposób postępowania z dziećmi?

Dick przez chwilę to rozważał.

— Właściwie to nie wypracowałem jeszcze sposobu, któremu coś by miało przeszkodzić.

— Chodzi mi o to, że nie będziesz chciał, żeby ktoś ci się wtrącał.

— Ale dzieci będą za nią tęsknić — stwierdził Dick.

— Uhm.

— Ja też. Jest profesjonalistką, a ja muszę się wiele nauczyć.

— Tak. Mogłaby cię wyszkolić, jak w każdej pracy. I miło jest mieć ją w pobliżu.

— Hm — powiedział Dick. — Wspaniale byłoby zatrzymać ją jako kogoś w rodzaju niani na część etatu.

— Boże. To by było idealnie, prawda?

— Zbyt idealnie, żeby się udało.

— Ale chyba warto zapytać — zamyśliła się Vanessa. — Zawsze mogłaby opiekować się kimś jeszcze, żeby zapełnić czas.

— Kto wie? Może nie będzie musiała, jeżeli za bardzo nie obniżymy jej pensji. Wtedy mogłaby być „na wezwanie", gdybym jej potrzebował.

— A może zaproponujemy po prostu odjęcie tej podwyżki, którą jej daliśmy? — zasugerowała Vanessa. — Miałaby w ten sposób pracę o połowę krótszą, mieszkanie i wciąż tę samą pensję, dla której przeprowadziła się aż do Londynu.

— A stać nas na to? — zapytał Dick.

— Oczywiście! Może zrezygnujemy z jednego wyjazdu, ale kogo to obchodzi? Oboje będziemy zajęci zmianami w zawodowych sprawach. Możemy urządzić dwa wyjazdy w przyszłym roku, kiedy będę więcej zarabiać.

— Na pewno? Byłbym w domu cały dzień, z pomocą domową, a ty utrzymywałabyś nas wszystkich oraz nianię na część etatu? To potężna odpowiedzialność, Ness.

— Nareszcie! — Vanessa uśmiechnęła się szeroko. — Doceniona!

Dick przyjrzał się jej uważnie.

— Zawsze doceniałem, jaka jesteś błyskotliwa w pracy, Ness. — Vanessa odnalazła jego twarz. — Tylko czułem się gównianie, bo byłem kiepski w swojej — wyjaśnił — więc nie umiałem być z ciebie dumny. Żałosne. I przepraszam.

— Przeprosiny przyjęte.

— Z pewnością myślę o tobie jako o prawdziwej kobiecie. — Przysunął się bliżej do jej ciepłego ciała.

— To dobrze.

Nagle usiadł.

— Zadzwońmy do Jo!

Vanessa przysunęła się do niego.

— Za chwilkę — wyszeptała, przekładając nogę przez jego uda.

— Och, skoro nalegasz. — Westchnął, znów się kładąc. — Chyba możemy z tym zaczekać.

Stojąc na moście, Jo była taka zła na Josha, że nie wiedziała, co ze sobą zrobić. Kopnęła parę kamyków, potem parę razy przebiegła po moście i trochę pokrzyczała na rzekę. Rozważyła, czy nie pobiec do Sheili, żeby jej o wszystkim opowiedzieć, a kiedy sobie przypomniała, że nie może, zezłościła się jeszcze bardziej. Pokrzyczała nad rzeką jeszcze trochę, pozaciskała pieści i znowu pokrzyczała. Potem w sklepie za rogiem kupiła donata i zjadła go na dwa kęsy, co naprawdę nieźle pomogło. Wreszcie poszła na długi, gniewny spacer przez pola, bez żalu kompletnie przemaczając buty.

Wracała do domu koło kościoła, gdzie zaklęła — nie za głośno, w razie gdyby wikary był w pobliżu — i ponownie przez most, gdzie też zaklęła, tym razem głośniej.

Gdy zobaczyła swój dom, poczuła kolejny przypływ złości. Stanęła i dokładnie mu się przyjrzała. Naprawdę przyjrzała. I pojęła, że na pewne sprawy patrzy z innej perspektywy. Postała tak przez chwilę, tylko patrząc i myśląc, zanim ruszyła w jego stronę. Trzasnęła frontowymi drzwiami i weszła na schody.

Usiadła na własnym łóżku. Wstała i usiadła przy toaletce. Spojrzała w lustro i drgnęła, zaszokowana. Wyglądała na szaloną, co naprawdę ją rozzłościło. Rozległo się pukanie do drzwi.

— Co takiego?!

Drzwi otworzył ojciec i Jo usiadła sztywno, czekając, żeby jej nagadał.

— Twoja matka chce wiedzieć, co się dzieje — powiedział Bill.

— Och, teraz ze mną rozmawiasz, tak?

Chrząknął.

— Jeżeli masz zamiar tak się... — Zaczął zamykać drzwi.

— Jak? — zapytała Jo, odwracając się gwałtownie, żeby na niego spojrzeć. — Jakby nagle wolno mi było mieć uczucia? Zamiast być tą, która musi wiecznie zważać na uczucia innych? Na przykład twoje? Albo Shauna?

— Hę?

— Słyszałeś.

— Nie podoba mi się twój ton, młoda damo.

— To wyluzuj. — Odwróciła się z powrotem do lustra.

— Jak śmiesz...

— Mnie twoje tony nie podobały się przez całe lata, tato —

oświadczyła jego odbiciu w lustrze — ale musiałam z tym żyć. A teraz tobie nie podoba się mój ton. Okej. Wyświadczę ci grzeczność i się wyprowadzę.

Bill przyglądał się, jak z wściekłością robi makijaż.

— Nie ma potrzeby...

— Och, ja myślę, że jest — powiedziała Jo. Skrzywiła się i zamknęła oczy, jakby się koncentrowała. — Zamierzam załatwić sobie pracę na część etatu zaraz od poniedziałku. W Londynie. I zapisuję się do college'u. — Otworzyła oczy.

— A co z twoją matką? Opuszczasz matkę?

— Mama ma się świetnie. Jest już w stanie wejść na schody, kiedy tylko przy niej stoisz. Może znacznie więcej, niż się spodziewasz. W końcu opiekowała się tobą przez te wszystkie lata, prawda? I nie opuszczam jej — ani ciebie — po prostu żyję własnym życiem.

— Mnie to wygląda na egoizm.

— Ależ oczywiście! — wykrzyknęła Jo, obracając się, żeby spojrzeć mu w twarz. — To, co w twoim wypadku jest instynktem samozachowawczym, jest egoizmem ze strony mojej albo mamy. Nie trzeba daleko szukać, wystarczy, że popatrzę na ciebie z pilotem w ręku. Mama musiała mieć wylew, żeby wolno jej było oglądać, co chce w cholernej telewizji. Trzydzieści lat z mężczyzną, który nie pozwala jej oglądać w telewizji tego, co chce. Czy możesz chociaż spróbować sobie wyobrazić, jakie to uczucie, tato?

Skóra wokół oczu Billa stała się cieńsza.

— Mężczyzna musi być panem we własnym domu.

— A kim musi być kobieta? We własnym domu? Główną służącą? Myślisz, że to w porządku?

— Twoja matka nie jest moją służącą.

— Nie jest, masz rację — wypaliła Jo — bo to by oznaczało wypłacanie jej pensji.

Za plecami Billa pojawiła się Hilda. Jo spojrzała na rodziców i poczuła, jak gniew wycieka z jej ciała.

— Co się stało? — zapytała Hilda. Wciąż mówiła cicho, ale słychać było poprawę.

— Och. — Jo westchnęła. — Miałam okropną kłótnię z Joshem. A teraz odbijam to sobie na tacie.

— Czy on cię doprowadził do płaczu? — chciał wiedzieć Bill, z łatwością przenosząc swoją wściekłość poza obręb rodziny. — Wyglądał mi na takiego typka. Za bardzo wygolony. Za gładki. Nigdy nie musiał walczyć o to, czego chciał.

— Nie, nie doprowadził mnie do płaczu — odparła Jo. — To Sheila. Okazuje się, że Shaun — idealny Shaun, na małżeństwie z którym tak strasznie wam zależało — zdradzał mnie z moją najlepszą przyjaciółką, i to przez cały nasz związek. Tak jest, z Sheilą. Od naszej pierwszej randki, prawie siedem lat temu. Dobrze, że cię nie posłuchałam i odmawiałam mu za każdym razem, kiedy się oświadczał, co, tato?

Hildzie zabrakło tchu.

— Josie!

— Nic mi nie będzie — stwierdziła Jo ze zmęczeniem. — Chciałam się go pozbyć od lat, tylko nie wiedziałam jak. — Roześmiała się gorzko. — Nie chciałam go zranić. Nie chciałam wprowadzać zamieszania. Ha! Typowe!

— Jak się... dowiedziałaś? — z wysiłkiem zapytała Hilda.

— Zerwałam z nim tamtego wieczoru. Albo on zerwał ze mną. Nie jestem pewna, jak to było, musicie zapytać Sheilę. Zresztą to bez znaczenia.

Bill ciężko usiadł na łóżku.

— Nie mogę w to uwierzyć — powiedział.

— Wiem, tato. Wierz lub nie, ale to był kolejny powód, dla którego nie zakończyłam tego wcześniej. Wiedziałam, jak bardzo chciałeś go mieć za zięcia. Próbowałam chcieć tego samego, czego ty chciałeś dla mnie. Wzorcowa komplikacja, jak się okazuje.

Bill przyjrzał się córce ze zdumieniem.

— Spotykałaś się z nim ze względu na mnie?

— Nie — odparła wolno Jo. — Z początku ja też tego chciałam. Ale po jakimś czasie... Przypuszczam, że to było wyparcie. — Kolejny ostry śmiech. — Nie chciałam rozczarować mężczyzn mojego życia. I nawet nie zauważyłam, jak to rozczarowywało mnie samą.

Nastąpiła pauza.

— Cóż — stwierdził Bill cicho. — Cóż.

Hilda wolno weszła do pokoju i usiadła obok męża na łóżku.

— Oboje zdaje się... przeoczyliście... coś ważnego — powiedziała zadyszana.

Spojrzeli na nią.

— Sama weszłam po schodach — stwierdziła.

Walnięcie wejściowymi drzwiami obudziło Vanessę i Dicka z drzemki. Usłyszeli, jak Josh tłucze się po kuchni i robi więcej hałasu niż dzieci, kiedy same brały sobie śniadanie.

— Jasna cholera — powiedział Dick. — Co mu się stało?

— Może pójdziemy i sprawdzimy? — zapytała Vanessa. — I tak jestem mu winna przeprosiny.

— Dobrze. I możemy mu powiedzieć o Jo.

Wskoczyli w ubrania i zeszli na dół, gdzie znaleźli Josha stojącego przy czajniku.

— Josh! — powitała go Vanessa. — Jak miło cię widzieć!

— Pojechałem zobaczyć się z Jo — oświadczył czajnikowi. — A ona jest pieprzoną suką.

Vanessa i Dick znieruchomieli.

— Nn-no tak — z namysłem zaczęła Vanessa — chciałam tylko powiedzieć, że...

— Lepiej wam będzie bez niej. — Josh odwrócił się do Vanessy z twarzą białą ze złości. — Pojechałem cały ten pieprzony kawał drogi na pustkowie, gdzie musiałem być uprzejmy dla jej ojca — przy którym Ojciec Chrzestny wygląda jak Mahatma pierdolony Gandhi — powiedzieć jej, jak bardzo dzieciaki za nią tęsknią i jak wy potrzebujecie jej, żeby ratowała wasze skazane na niepowodzenie małżeństwo, bo tata tak się ciebie boi, że....

— Synu — spróbował się włączyć Dick.

— Przepraszam. — Josh zaczerpnął powietrza. — Przepraszam. I jak myślicie? Podziękowała mi za moje męki? Gówno. Nazwała mnie dwulicowym sępem i gnojkiem hipokrytą z kompleksem Piotrusia Pana. — Zamilkł i się roześmiał. — Dwulicowym sępem i gnojkiem hipokrytą — powtórzył.

— Dlaczego? — jednocześnie zapytali Vanessa i Dick.

— Z kompleksem Piotrusia Pana! — dokończył.

— Dlaczego? — powtórzyli.

— Skąd, do cholery, mam wiedzieć?

— O rany. Coś ty jej nagadał, Josh? — spytała Vanessa.

— Och, więc to moja wina?! — wybuchnął Josh. — Oczywiście! Powinienem był wiedzieć: zawsze Josh jest winny. Nawet kiedy to ja próbuję ratować sytuację, szczególnie wtedy, gdy to ja próbuję ratować sytuację. Josh prowokujący wypadki. Josh winny, dopóki nie udowodni swojej niewinności...

— Nie o to mi chodziło — przerwała Vanessa. — Pomyślałam tylko, że mogłeś Jo sprowokować, i może udałoby się nam dojść do tego, czemu coś takiego powiedziała.

— Cóż — odparł Josh. — Najwyraźniej powiedziałem coś, co powiedziałby dwulicowy sęp i gnojek hipokryta z kompleksem Piotrusia Pana.

Spojrzał na ich zmartwione twarze.

— Oskarżyła mnie, że mieszkam tu za darmo, zarabiając majątek, co nawet w przybliżeniu nie jest prawdą...

— O rany! — zawołała Vanessa.

— I żałuję! — ciągnął Josh. — Chciałbym zarabiać pieprzony majątek — pomogłoby mi to znieść fakt, że nienawidzę swojej pracy, i fakt, że mój tata żyje w strachu przed swoją żoną.

— Jeśli o to chodzi, synu...

— I powiedziała, że pomagałem tacie w romansach. Pomagałem mu! Powiedziała, że mieliśmy jakiś brudny sekrecik przed Vanessą.

— Cóż, mieliśmy — wtrącił Dick — kiedy się nad tym zastanowić.

Josh zamilkł.

— Co? — rzucił ostro.

— Spiskowaliśmy, żeby zachować w tajemnicy przed Vanessą moje problemy finansowe.

Josh gapił się na ojca.

— Co oznaczało masę szeptanych rozmów — ciągnął Dick — i masę porozumiewawczych spojrzeń...

— Tato!

— Może Jo po prostu nas podsłuchała albo coś zauważyła. Jest raczej spostrzegawcza.

Josh gapił się na Vanessę.

— W porządku, Josh — powiedziała. — Wiem o wszystkim.

— Cholera — stwierdził Josh. — Nie było mnie tylko jeden dzień. Co jeszcze przegapiłem? Nie sprawiliście sobie kolejnego dziecka czy coś? — Nagle zwrócił się do ojca. — Jak to się stało, że w sobotę jesteś w domu?

Dick wyjaśnił mu wszystko i po raz trzeci w ciągu trzech tygodni świat Josha został wyrwany z posad, potrząśnięty i ustawiony w odmienny sposób, oferujący lepsze widoki, a także różne przyjemności, które z pewnością będzie mógł docenić, kiedy tylko minie mu atak choroby morskiej wywołanej kołysaniem.

Po wszystkim Vanessa podeszła i położyła mu rękę na ramieniu.

— Josh. Jestem ci winna wielkie przeprosiny. Miałeś rację; zawsze zakładałam, że jesteś winny. Byłam wobec ciebie bardzo niesprawiedliwa i przepraszam. Jestem ci także głęboko wdzięczna, że poświęciłeś własną wygodę dla ratowania małżeństwa swojego ojca z kobietą, której nienawidzisz. Chociaż o wiele bardziej wolałabym, żeby Dick przyszedł z tym do mnie, mam świadomość, że to, co zrobiłeś, było niewiarygodnie wielkoduszne i myślę, że jesteś... cóż, niesamowity...

— Nie nienawidziłem cię — powiedział cicho Josh. — Myślałem tylko, że ty mnie nienawidzisz.

— O rany. — Westchnęła. — Myślałeś, że cię nienawidziłam, a Dick myślał, że kochałam go z powodu pieniędzy. I obaj spiskowaliście, żeby przypadkiem nie zmienić o mnie zdania. Zagubieni głupcy, ale z dobrymi intencjami.

Przez chwilę w kuchni panowała cisza.

— I to nie koniec! — nagle wybuchnął Josh. — Powiedziała, że się mną brzydzi. Brzydzi.

Vanessa i Dick patrzyli oniemiali, jak Josh chwyta kluczyki do samochodu Jo, mruczy coś o długiej przejażdżce po krótkim klifie i wychodzi z domu.

— I co mamy teraz zrobić? — zapytała Vanessa, gdy ucichło echo wywołane łupnięciem drzwiami. — Jak sądzisz, kiedy będzie najlepszy moment, by go zawiadomić, że postanowiliśmy złożyć Jo propozycję nie do odrzucenia?

Dick zastanawiał się długo i intensywnie.

— Filiżankę herbaty? — zasugerował w końcu.

— Czy nadal powinniśmy dzwonić do Jo?

— Nie wiem.

— To może herbata, ja chętnie.

— Hm. — Dick włączył czajnik.

Stali, obserwując gotowanie się wody, co, biorąc pod uwagę, że chodziło o najnowszy model Alessi, nie trwało długo.

— Myślę, że powinniśmy do niej zadzwonić i dowiedzieć się po prostu, co się stało — powiedział Dick.

— Ale czy uważasz, że to w porządku sprowadzać ją do domu, kiedy Josh się tak czuje? Nie chcę, żeby czuł się odtrącony jeszcze bardziej. Chcę, żeby się tu czuł mile widziany.

— Może da się to jakoś poukładać. — Dick wyjmował mleko z lodówki. — Zresztą, wyprowadza się do mieszkania nad sklepem, kiedy tylko będzie mógł. A ja potrzebuję Jo. Wcale nie muszą się widywać.

— Zastanawiam się, co między nimi zaszło? — Vanessa wyjęła jedyne dwa niepasujące do siebie kubki, które nie stały w zmywarce. — Czy powinnam powiedzieć Jo, że pomyliłam się w sprawie czynszu Josha?

Dick się skrzywił.

— Mogłabyś nie? Chciałbym uniknąć szczegółowego analizowania naszej — mojej — osobistej sytuacji finansowej.

— Oczywiście — powiedziała Vanessa, wyjmując herbatę. — Głupia propozycja. I na pewno bez związku, nie mogło o to chodzić.

Dick łyżką wsypał herbatę do dzbanka.

— Bardzo to było miłe ze strony Josha, że pojechał taki kawał, żeby ją do nas sprowadzić — zauważyła Vanessa, obserwując Dicka nalewającego wodę do dzbanka. — Naprawdę go nie doceniałam.

Dick się uśmiechnął.

— Dobry z niego chłopak.

Vanessa poklepała męża po policzku.

— Zupełnie jak jego tata.

Pocałowali się.

Z ogrodu doleciał odgłos, jakby komuś zbierało się na wymioty. Odwrócili się i zobaczyli Toby'ego stojącego w obramowaniu drzwi balkonowych.

— Moglibyście przestać? — zapytał. — Tu są dzieci.

— Zadzwonię do Jo — wyszeptała Vanessa.

— Przyniosę ci herbaty — powiedział Dick i obserwował ją, gdy wychodziła.

Jo wraz z rodzicami siedziała przy kuchennym stole. Uczcili pierwsze solowe wejście Hildy na schody miłą herbatką i teraz wszyscy czuli się znacznie spokojniejsi i gotowi na przyjęcie nowin. Jo i ojciec właściwie się nie przeprosili, ale kiedy zrobił herbatę i podał jej filiżankę, powiedziała: „Dziękuję".

Gdy zadzwonił telefon, zamarli. Nikt nie oczekiwał, że Hilda odbierze. Bill by to zrobił, ale dopiero co przyszykował herbatę, Jo z kolei, obolała emocjonalnie, właśnie wytknęła ojcu, że był egoistą przez ostatnie trzydzieści lat. Telefon dalej dzwonił.

— Odbiorę — oznajmiła w końcu Jo.

— Dzięki — powiedział Bill.

Hilda i Jo wymieniły spojrzenia, po czym Jo wyszła.

Bill i Hilda sączyli herbatę i nadstawiali ucha, żeby usłyszeć rozmowę w holu.

Jo była nieco zaskoczona, słysząc głos Vanessy, i doświadczyła przypływu siostrzanych uczuć. Gdy Vanessa wyjaśniła, że Dick sprzedaje sklep i zamierza zajmować się domem i że chcą ją z powrotem jako nianię na niepełny etat z niewielką obniżką pensji, ledwie mogła uwierzyć własnym uszom. Z jednej strony, coś zbyt pięknego, by okazało się prawdą — wiadomość jak z nieba, odpowiedź na wszystkie jej modlitwy. Z drugiej, właśnie powiedziała Joshowi, żeby spadał. Nie tylko to, musiałaby spędzać większość dnia pracy z niewiernym mężem co, szczególnie po tym, czego dowiedziała się na temat własnego niewiernego faceta, nie byłoby łatwe. I czy dałaby radę mieszkać w tak bezpośredniej bliskości Josha? Myśl o tym wywołała na jej twarzy rumieniec gniewu.

390

— Wiemy o twojej kłótni z Joshem — powiedziała szybko Vanessa.

— Och.

— I może chciałabyś wiedzieć, że niedługo będzie się wyprowadzał.

— Och — powtórzyła Jo.

— Tak — przyznała Vanessa. — Kupuje sklep Dicka i wyprowadza się do mieszkania nad nim. Więc z tej strony nie masz się czego obawiać.

— Och.

— Tak naprawdę to dobry chłopak — stwierdziła Vanessa.

Jo milczała.

— Okazuje się, że myliłam się co do niego w przeszłości — ciągnęła Vanessa. — Oczerniłam go.

— Hm.

— Więc po prostu zapomnijmy o wszystkim, co kiedykolwiek mówiłam na jego temat.

— Hm.

— Zacznijmy wszyscy z czystym kontem.

Jo zaczęła grać na zwłokę.

— Nie wiem, co powiedzieć.

— Będziesz miała masę wolnego czasu za praktycznie te same pieniądze — namawiała Vanessa. — Mogłabyś znaleźć sobie drugą pracę, gdybyś chciała, albo zrobić jakiś kurs czy coś w tym rodzaju.

Jo zamknęła oczy.

— Zawsze chciałam studiować — wyznała cicho.

— Wspaniale! — zawołała Vanessa. — Idealnie!

— Uhm.

— Musisz powiedzieć tak — błagała Vanessa. — Dzieci tak za tobą tęsknią. My też. Dick bez ciebie sobie nie poradzi. To dla niego wielka zmiana, naprawdę chce być jak najlepszym ojcem. Odbyliśmy długą rozmowę i chcemy zacząć od nowa.

Aha, pomyślała Jo. Wygląda na to, że Dick zakończył romans i wyznał wszystko Vanessie i takie znaleźli rozwiązanie. Z pewnością wyglądało na to, że coś się zmieniło.

— Okej. — Uśmiechnęła się szeroko. — Zrobię to. Wrócę.

Roześmiała się, słysząc radosne okrzyki Vanessy na drugim końcu linii.

— Kiedy? — zapytała Vanessa.

— A kiedy chcecie?

— Jutro?

Jo parsknęła śmiechem. Potem stwierdziła, że to bardzo dobry pomysł. Mama mogła już wchodzić na schody bez pomocy.

— Do zobaczenia jutro — powiedziała. — Jak tylko dotrę.

Kiedy tego wieczoru Josh wrócił do domu z przejażdżki, dzieciaki rzuciły się na niego z uściskami i pocałunkami i wszystkie usiłowały przekrzyczeć się nawzajem. Dick i Vanessa przyglądali się temu z uśmiechem pełnym nadziei z sofy w oranżerii.

— Zaraz! — zawołał Josh z Tallulah w ramionach, Zakiem uwieszonym jednej ręki i Cassie drugiej. — Po kolei!

Znów wszyscy zaczęli krzyczeć.

— Cassie! — wrzasnął Josh. — Co się, do cholery, dzieje? Cassie podskoczyła.

— Udało ci się! Jo wraca! Jutro! Udało ci się, Josh! Spojrzał na Vanessę i Dicka.

— Czy to prawda? — zapytał.

— Tak, ale możemy to wyjaśnić — odparł Dick. — Z początku na pełen etat, potem tylko na część. Tylko żeby mi pomóc wgryźć się w temat. Nie zamierzaliśmy tego robić, ale ledwie zauważysz, że tu jest.

— Świetnie — odrzekł Josh, strząsając z siebie dzieci jak krople deszczu z peleryny. — Po prostu świetnie.

— Powiedziałam jej, że źle cię oceniałam — szybko dorzuciła Vanessa.

— Gówno mnie obchodzi, co o mnie myśli — cicho powiedział Josh.

Dick i Vanessa kiwnęli głowami.

— Po prostu uważam, że prawdziwa z niej... — Spojrzał na trzy szczęśliwe buzie i pozwolił, by zdanie zawisło w powietrzu.

— Dżaga? — wyszczerzył zęby Toby.

— Och, zamknij się, Toby! — Spiekł raka Josh. — Czemu zawsze musisz coś powiedzieć, chociaż wiesz, że ludzie nie chcą tego słyszeć? Chcesz, żeby nikt cię nie lubił, o to chodzi?

Toby zamilkł.

— Ja uważam, że Jo jest prawie taka ładna jak mamusia — oświadczyła Tallulah.

— Mniejsza z tym — powiedział Josh. — Wyprowadzam się, kiedy tylko mieszkanie zostanie wysprzątane. Wyniósłbym się z powrotem na Crouch End, ale mój pokój zajęły piłkarzyki.

— Wiedzieliśmy, że nie będziesz miał nic przeciwko — stwierdził Dick.

— Inaczej byśmy tego nie zrobili — dodała Vanessa.

— Och, mną się nie przejmujcie — oświadczył Josh. — Kompletnie mnie nie obchodzi, kogo zatrudniacie.

— Świetnie — ucieszyła się Vanessa. — Przyjeżdża jutro.

Josh przelotnie skinął głową.

— Będę u siebie — powiedział i zostawił ich, żeby cieszyli się swoim wieczorem.

Jo stała przez chwilę w holu, zanim wróciła do kuchni.

— To była Vanessa — przekazała rodzicom, siadając przy stole.

— Ach tak? — powiedział Bill.

— Chcą, żebym wróciła z początku jako niania na pełen etat, a potem na część za te same pieniądze. Co oznacza, że będę w stanie utrzymać się w college'u.

Rodzice umilkli.

— Kiedy? — zapytała w końcu Hilda.

— Wyjadę jutro — odparła Jo — o ile to wam pasuje.

Hilda i Bill spojrzeli na siebie.

— A po co nas pytasz? — odezwał się Bill.

Jo dramatycznie westchnęła.

— Jesteś już dużą dziewczynką — ciągnął, biorąc kolejnego pełnoziarnistego herbatnika. — Wiesz, czego chcesz.

Hilda się uśmiechnęła.

— Lepiej się pakuj — powiedziała cicho.

— Coś wam powiem! — oświadczył Bill. — Kiedy się spakujesz, a my pozmywamy po herbacie, chodźmy do Witch's Arms, żeby to uczcić.

Zagapiły się na niego.

— Co?! — zawołał. — Jeszcze by kto pomyślał, że mam dwie głowy czy coś.

Dalej się w niego wpatrywały.

— W porządku. No to nie idźmy, mnie tam wszystko jedno.

Hilda wstała, żeby pozmywać naczynia po herbacie, a Jo popędziła na górę się pakować.

25

Następnego ranka Jo stała w swojej sypialni, czwarty raz sprawdzając, co spakowała. Tym razem nie miało być żadnej pożegnalnej imprezy rodzinnej na stacji. Nie było możliwości, żeby Shaun albo Sheila wpadli ją odprowadzić — co zabawne, wydawało się to po prostu uczciwsze niż ostatnim razem, a nie smutniejsze — i powiedziała rodzicom, że da radę pojechać na stację autobusem, ponieważ miała o tyle mniej do noszenia. Nie zaproponowali, że ją podwiozą. Chyba w ramach tego, że pozwalali jej być dorosłą, uznała. Z namysłem wpatrywała się w plecak, jakby mógł dodać coś użytecznego do konwersacji odbywającej się w jej głowie. Przypomniała sobie, kiedy poprzednio się pakowała, z pomocą Josha, i pomyślała, jak odmienne było wtedy jej życie.

— Wszystko spakowane? — rozległ się głos matki.

— Chyba tak — odparła cicho.

Odwróciła się, gdy usłyszała, że za matką pojawił się ojciec. Ładnie wyglądali tak razem, w obramowaniu drzwi. Przyjrzała się im.

— Kocham was — powiedziała.

Zaskoczeni, poruszeni, ale przede wszystkim zakłopotani, rodzice zostawili ją w spokoju. Jo uśmiechnęła się z pewnym zdziwieniem. Tyle lat, a w dniu, kiedy opuszcza dom, wreszcie odkryła, jak tego dokonać.

Podróż do Londynu okazała się niezwykle frustrująca. Nie pamiętała, że trwa tak długo. Siedziała w pociągu, poganiając go, żeby jechał szybciej, chociaż nie była całkiem pewna dlaczego. Za każdym razem, gdy myślała o Fitzgeraldach, czuła skurcz żołądka. Próbowała sobie wyobrazić reakcję Josha, kiedy odkrył, że ona wraca. Usiłowała przypomnieć sobie, co dokładnie powiedziała mu wczoraj w złości, ale precyzyjne odtworzenie słów okazało się niewykonalne. Zaczęła rozważać możliwość, że przebywanie w jego obecności mogłoby się okazać trudne. Kiedy był miły, cudownie, ale gdy stawał się tym innym Joshem, bycie obok niego stawało się bolesne. A potem surowo się obsztorcowała. To było spełnienie marzeń, praca życia, i nie pozwoli, żeby on to zepsuł. Będzie musiała sobie poradzić z obecnością Josha Fitzgeralda w pokoju obok. Zresztą nie będzie to trwało długo.

Musiała zaczekać cztery minuty na metro w High Barnet i niespokojnie przemierzała peron. Gdy przyjechał pociąg, wskoczyła do środka i znów chodziła tam i z powrotem. Kiedy wysiadła na stacji Highgate, zorientowała się, że szeroko się uśmiecha, idąc wzdłuż Southwood Lane i podziwiając miejskie w charakterze, lecz przytulne domy. Po wejściu w High Street przelotnie pomyślała do Shaunie i Sheili i zaczekała na ukłucie bólu. Czekając, wstąpiła do Costa Coffee i kupiła espresso. Gdy dotarła do Ascot Drive, właściwie biegła i nacisnęła dzwonek trzy razy. Słysząc znajomy odgłos galopującego stada bizonów, zaczęła przestępować z nogi na nogę.

Drzwi otworzyły się na oścież. Stał w nich Dick, otoczony przez dzieci. Nawet koty przyszły zobaczyć, co to za zamieszanie.

— Halo! — zawołał.

— TO JO! — wrzasnął Zak. — Mamusiu! Lula nie chce mi oddać mojego... TO JO!

Tallulah popędziła do Jo i z całej siły uścisnęła jej nogi, wtulając twarz w uda. Cassandra stała w korytarzu, opierając się o poręcz, z uśmiechem rozjaśniającym całą buzię.

— Zapuszczam włosy, żeby były jak twoje — powiedziała, robiąc nieznaczny kroczek w przód.

— Uściskaj mnie, ślicznotko — poprosiła Jo. Cassie spełniła

prośbę. Tallulah zachichotała i wszystkie przytuliły się jeszcze mocniej.

Zak wziął Jo za rękę.

— Mam nowego dinozaura — oznajmił, zachwycony, że jest ktoś, kto jeszcze tego nie słyszał. — Ma zielone oczy, ryczy i rusza głową jak prawdziwy. Dinozaury wyginęły, fajną masz koszulkę.

— Jak twoja mamusia? — zapytała Tallulah, puszczając nogi Jo.

— Znacznie lepiej, dziękuję, kochanie — odparła Jo.

Do holu weszła Vanessa. Jo zebrała się w sobie i rozejrzała. Ani śladu Josha.

— Przestańcie męczyć tę biedną dziewczynę — poleciła Vanessa dzieciom. — Jo, witamy z powrotem. Wejdź, proszę. Pozwól, że wezmę twój płaszcz. Pokój czeka. Wejdź i napij się herbaty. Jest też niespodzianka.

— MAMY TORT! — wypaliła Tallulah.

— Proszę, oto i niespodzianka — roześmiała się Vanessa. Wszyscy weszli za Jo do kuchni. Ani śladu Josha.

— Zostaw swoje rzeczy, odśwież się, jeśli chcesz. Josh wyszedł! — zawołała Vanessa, nakrywając do stołu.

Jo weszła do swojego pokoju, czując jednocześnie podniecenie i rozczarowanie. Był mniejszy, niż pamiętała. Zerknęła na drzwi oddzielające ją od pokoju Josha. Cóż, pomyślała. Wyszedł. Nie wiedziała, czy czuje ulgę, czy jest obrażona. Wiedziała tylko, że całą podróż spędziła, nastawiając się, że go zobaczy, i teraz jej ciało przepełniała energia, która nie miała gdzie się podziać, więc zasilała zakończenia nerwów tuż pod skórą. Potem usłyszała otwierane z hukiem drzwi wejściowe i energia została ukierunkowana. Pognała do łazienki.

Kiedy już się w niej znalazła, przejrzała się w lustrze, cmoknęła i wyszła. W tym momencie Josh wszedł do jej sypialni. Stanęła jak wryta. On stanął jak wryty. Pokój stanął jak wryty.

— Ja... — wyjaśniła.

— Nie zwracaj na mnie uwagi — powiedział, przechodząc do swojej sypialni. — Po prostu czegoś zapomniałem. — Zdążył pojawić się ponownie, a ona nawet nie drgnęła.

— Cóż, wróciłam — powiedziała, kiedy dotarł do jej drzwi. — W końcu.

Stanął i uniósł brwi.

— Uhm?

— Mam tylko... nadzieję, że to nie będzie trudne. Dla nas, dla ciebie. To znaczy...

— Trudne? — roześmiał się. — A czemu, do licha, miałoby to być trudne?

— No, bo my... no wiesz. Powiedziałam...

Wzruszył ramionami.

— I ty też — dodała.

Kolejne wzruszenie ramion.

— I co takiego? Już o tym zapomniałem.

— Och. Świetnie! Więc to, że tu jestem, to dla ciebie nie problem?

Uśmiechnął się do niej z wyższością.

— Wyluzuj. — Potrząsnął głową.

Jo uśmiechnęła się z przymusem.

— Nie wiedziałam, że coś spięłam.

Josh zmierzył ją palącym spojrzeniem.

— Posłuchaj — polecił. Słuchała. — Chcieli, żebyś wróciła, wróciłaś. Świetnie. To nie ma nic wspólnego ze mną. Gówno mnie obchodzi, co robisz.

Z mocno zaciśniętymi zębami patrzyła, jak odwraca się i wychodzi.

— Idiota — wymamrotała bez przekonania, a potem wzięła udział w podwieczorkowej imprezie.

Po godzinie od przyjazdu Jo czuła się całkowicie zadomowiona. Vanessa i Dick dogryzali sobie z napięciem seksualnym w podtekście, dzieciaki się kłóciły, koty ją denerwowały, a Josh był mroczną, przytłaczającą siłą, która wtargnęła w jej życie. Dom, słodki dom.

Następnego dnia w szkole Cassandra była naprawdę szczęśliwa. Jo wróciła do domu, mama i tatuś zabiorą ich w następny weekend do restauracji i wyglądało na to, że Plan rzeczywiście działa.

Zaczęły krążyć plotki o specjalnej książce pisanej przez Arabellę, Maisy i Mandy. Koleżanki z klasy przechwalały się, że staną się jej głównymi bohaterkami, a Cassandra i Asha wiedziały, że niedługo już zdołają utrzymać się w rolach. Asha coraz bardziej się denerwowała partią, którą miała do odegrania, Cassandra natomiast nie mogła się już doczekać. Co rano pędziła do szkoły, wyczekując, kiedy nadejdzie właściwy moment.

W środku dnia w poniedziałek Vanessa zawiesiła rękę nad telefonem. Po chwili zmieniła zdanie i zadzwoniła do Toma. Odebrał po zaledwie pięćdziesięciu sygnałach.

— Tom? Vanessa.

— Vanessa! Co za urocza niespodzianka! Domyślam się, że widziałaś wstępny montaż?

— Widziałam, Tom.

— Widziałam, Tom. O tak, widziałam, mówi, tym twardym, a jednak kobiecym głosem.

— Czy chciałbyś wiedzieć, co o nim sądzę?

— O niczym innym nie marzę, Vanesso. Moje dotychczasowe życie było preludium dla tej chwili.

— Wygląda na grubiej ciosany niż dupa drwala, Tom.

Zapadła długa cisza.

— Ach — powiedział w końcu Tom. — Nie mów. Na popoprzedprzedprodukcyjnym zebraniu specjalnie podkreślili, że nie chcą nic w stylu dupy drwala, a to z powodu obsypanej nagrodami reklamy Dupy Drwala.

Vanessa wzniosła oczy w niebo.

— Owszem, coś w tym rodzaju, Tom.

— Tak między nami, Vanesso, cholernie trudno jest stworzyć coś, co wygląda jak dupa drwala.

— Cóż, tobie się udało.

— Ależ dziękuję. Wyrazy uznania, tam gdzie się należą. Czy coś jeszcze?

— Tak, Tom, chciałabym zamienić słówko z Anthonym.

— Założę się. Zaraz cię przełączę.

Vanessa czekała, wpatrując się w biurko.

— Twarda z ciebie kobieta — rozległ się łagodny głos Anthony'ego — ale mnie się to podoba.

— Tak, przepraszam.

— Jak rozumiem, wstępny montaż nie był zbyt dobry?

— Nie, jeśli chcemy dostać w tym roku porządne premie.

— Cholera. Weźmiemy się do tego. Może powinniśmy się spotkać.

— Uhm.

— W jakimś magazynku.

— Myślałam o dzisiejszym wieczorze. W Nachos.

— Och! Świetnie.

— Powiedzmy o siódmej?

— Jest siódma.

Vanessa odłożyła słuchawkę i policzyła godziny, które pozostały do chwili, gdy przestanie być niewierną żoną. Zaledwie siedem.

Trzy minuty po siódmej przyglądała się, jak Anthony przepycha się w jej kierunku przez zatłoczony bar.

— Wiem, co chcesz powiedzieć — wyszeptał jej do ucha, kiedy tylko znalazł się obok.

— Tak? — zapytała.

— Tak. I to, co mam w kieszeni, to nie batonik Silly Nibble, po prostu miło mi cię widzieć.

Vanessa się odwróciła.

— Właśnie zamawiam — stwierdziła. — Co dla ciebie?

— Vanessę Fitzgerald, proszę. Z lodem.

Musiała odsunąć go ruchem ręki.

— Anthony. — Coś w jej głosie sprawiło, że się spiął. Czekał. — Naprawdę trudno mi to powiedzieć.

Wyraz twarzy Anthony'ego zmienił się minimalnie.

— Dlaczego? To po grecku? — zapytał.

Vanessa spojrzała na niego wymownie. Po pauzie zaczął kiwać głową i wbił wzrok w podłogę. Wyglądał, jakby z trudem opierał się chęci wetknięcia palców w uszy, zamknięcia oczu i pogwizdywania, podczas gdy Vanessa wyjaśniała mu sytuację.

— Tak będzie najlepiej — podsumowała.

Ponownie skinął głową.

— Daj spokój — powiedziała. — Przecież praktycznie rzecz biorąc, to był raz. Nic poważnego.

Kolejne kiwniecie.

— Doszliśmy tylko do zaawansowanego pettingu — podkreśliła. — Proszę, nie każ mi się czuć, jakbym kończyła romans.

Anthony rozejrzał się po barze.

— Doszliśmy tylko do zaawansowanego pettingu, ponieważ jestem dżentelmenem i dopiero zaczęliśmy.

Vanessa pokręciła głową.

— Nie — powiedziała. — Jestem szczęśliwą mężatką. Mam troje dzieci. Kocham mojego męża.

Anthony prychnął.

— Nie myślałaś o nich w szafie z Silly Nibble, prawda?

— Prawdę mówiąc, myślałam — odparła Vanessa. — Chodziło bardziej o złość niż pożądanie.

— Hura.

Vanessa westchnęła.

— Nie ułatwiasz mi.

— Ty też nie. Nie mogłabyś się przynajmniej postarać brzydko wyglądać, kiedy to robisz?... beknąć czy coś?

— Nie umiem bekać na zamówienie.

— Typowe.

— Słuchaj, bywają rzeczy, których byśmy chcieli, ale nie możemy ich mieć — skłamała. — To całkiem proste.

— Dlaczego?

— Bo musimy zachowywać się jak dorośli.

— Dlaczego?

— Ponieważ tacy jesteśmy. Dorośli.

— I to przede wszystkim nas pogrążyło. Wierz mi, gdybyś była dzieckiem, nie znaleźlibyśmy się w tej sytuacji.

Vanessa sięgnęła po płaszcz i torbę.

— Zamierzam wyjść — oznajmiła. — Czy mogę... coś zrobić? Żeby to nieco ułatwić?

— Tak, mogłabyś nosić dłuższe spódnice.

Uśmiechnęła się.

— I nie zdejmować żakietu — dodał Anthony. — I się nie uśmiechać.

— Myślałam raczej o nieprzychodzeniu na spotkania poza tymi absolutnie niezbędnymi.

— I żeby chociaż raz na jakiś czas poleciało ci oczko w rajstopach. Wszystkim poza tobą to się udaje.

— Powinnam już iść.

Anthony skinął głową.

Vanessa wstała. Gdy wychodziła, Anthony wbił wzrok w podłogę. Kiedy dotarła do stacji metra, nadal patrzył w podłogę.

Jo zaczęła drugi wieczór w Londynie, siedząc na łóżku w swoim pokoju, poważnie i dojrzale rozważając kwestię rozpakowania. Ku jej zaskoczeniu na kołdrze pojawił się jeden z kotów, wyciągnął się i łaskawie pozwolił się pogłaskać. Potem położyła się na plecach i zasnęła. Obudził ją dźwięk komórki wygrywającej sambę. Dzwoniła Pippa. Poczuła miłe podniecenie na myśl, że Pippa nie jest już przyjaciółką na odległość, i umówiły się na spotkanie następnego dnia.

Potem Jo wprowadziła ją w rozwój wydarzeń.

— Kiedy tylko Dick sprzeda sklep, zajmie się domem, a ja za praktycznie tę samą pensję będę pracować tylko na część etatu.

— Wyrosłaś na prymuskę! — wykrzyknęła Pippa. — Część etatu za pełną pensję! Powinnaś wygłaszać wykłady.

— Nic nie zrobiłam — powiedziała Jo. — To wszystko z powodu Dicka.

— Hm. Wyrzuty sumienia?

— Zdaje mi się, że chyba zakończył ten romans — wyznała Jo. — Nie sądzę, żebym mogła z nim współpracować, gdyby tego nie zrobił. No i z pewnością nie zamierzam mieć z nim sekretów jak jego syn.

Potem wyjaśniła, że Josh przyjechał do Niblet-upon-Avon, i przeprowadziła drobiazgową analizę kłótni, którą odbyli.

— Nie wierzę! — zawołała Pippa.

— Wiem. Gnojek.

— Przejechał taki kawał drogi, żeby się z tobą zobaczyć!

— Nazwał mnie podpuszczalską.

— Jechał taki kawał błagać cię, żebyś wróciła?

— Nazwał mnie podpuszczalską.

— Ile to mil?

— Chyba coś ci umknęło.

— Cóż, jednej z nas z pewnością.

— Nazwał mnie podpuszczalską.

— Hm. Ciekawe, skąd wie?

— Pippa!

— Słuchaj, będziesz musiała coś powiedzieć Gerry'emu.

— O Boże, czemu?

— Bo zaplanował już imiona waszych dzieci. Wiedziałaś, że będziecie mieli czwórkę?

W tym momencie Jo usłyszała w słuchawce, że do pokoju Pippy wchodzi Nick, i musiała wysłuchać, jak Pippa opowiada mu, że Jo wróciła. Nick kazał Pippie powiedzieć jej cześć i zaprosić, żeby przyłączyła się do nich wieczorem. Podsłuchała też, jak Nick mówi „Możemy zaprosić Gerry'ego. Byłyby dwie pary".

— O nie! — zawołała do telefonu. Nie zamierzała znów przez to przechodzić. — Przez jakiś czas nie ma potrzeby mówić Gerry'emu, że wróciłam, prawda?

Głos Pippy był trochę zduszony.

— Za późno. Nick już dzwoni.

— O Boże! — krzyknęła Jo. — Dajcie mi moment na zebranie myśli.

— Moim zdaniem Gerry raczej nie chce, żebyś zbierała myśli. Łatwiej cię zbić z tropu, kiedy nie wiesz, co się dzieje.

— Myślę, że mogłyśmy trochę przesadzić co do Gerry'ego. Dzwonił, kiedy byłam w domu, i był taki przyjacielski, naprawdę miły. A gdy nie mogłam rozmawiać, w ogóle się nie przejął. To lepsze niż Josh, który zjawił się osobiście, a potem zmieszał mnie z błotem. Mówiłam ci, że wymierzyłam mu policzek?

— O mój Boże! — zawołała Pippa. — Ależ podniecające!

— Właściwie nie — odparła Jo. — To było okropne, dostałam szału. W filmach to wygląda zupełnie inaczej. Było paskudnie i krępująco.

— Jak myślisz, co będziesz czuła, kiedy się z nim zobaczysz?

— Już się widziałam.

— Jak było?

— Koszmarnie. Znowu zachowuje się paskudnie, kompletnie nieczuły i zimny.

— O rany. Z Gerrym przynajmniej wiadomo, na czym stoisz.

— Taa — westchnęła Jo. — Tylko że mnie nie bierze.

Potem wyjaśniła, że musi zadzwonić do rodziców z wiadomością, że bezpiecznie dotarła, i skończyła rozmowę. Położyła się i zamknęła oczy, dając sobie chwilę przed tym telefonem. Kiedy znów odezwała się samba, nie musiała zgadywać kto to.

— Cześć, Gerry — powiedziała ciepło, zastanawiając się, czy Josh ją słyszy.

— Hej! Wiedziałaś, że to ja! — Roześmiał się.

— Taa.

— No, więc — powiedział po ledwie wyczuwalnej pauzie — słyszę, że wróciłaś.

— Owszem. — Zaśmiała się. — Plotka szybko się rozchodzi.

— I że skończyłaś z Shaunem.

— Właściwie okazało się, że to on skończył ze mną.

— Świetnie!

— Dziękuję.

— To znaczy...

— Słuchaj, Ger...

— Zastanawiałem się, czy chciałabyś się czasem gdzieś wybrać.

— Dzięki, ale nie teraz — odparła.

— Och. Okej. Dam ci trochę czasu, żebyś ochłonęła.

— Zdaje mi się, że będę potrzebowała sporo czasu, żeby się w tym odnaleźć.

— W razie gdybyś zmieniła zdanie, będziemy od ósmej we Flask.

— W porządku — wolno powiedziała Jo, myśląc o tym, jak miło byłoby zobaczyć Pippę i Nicka, chociaż niekoniecznie Gerry'ego. — Dzięki.

— Mam nadzieję, że wszystko u ciebie w porządku.

— Dzięki. Nic mi nie będzie.

— To znakomicie. Jakbyś kiedyś chciała pogadać, po prostu zadzwoń.

— Dzięki. — Jo zastanowiła się, że Gerry może się okazać przydatny.

— No, to na razie.

Wyłączył się. Przez chwilę masowała sobie skronie, a potem zadzwoniła do rodziców.

— Jestem tu — oznajmiła ojcu.

— Gdzie?

— W sypialni.

— A — powiedział łagodnie — to miło, spodziewałem się czegoś większego, ale to miło.

Zamknęła oczy i uśmiechnęła się szerzej, koncentrując się na głosie ojca.

— Jak mama?

— Świetnie. Właśnie ogląda „Objazdowe antyki" *.

Ponad połączeniem telefonicznym połączyło ich ciepłe zrozumienie.

— Dałem jej pozwolenie — dorzucił.

W końcu Jo się rozłączyła, powoli się podniosła i po chwili, siedząc po turecku na łóżku i nucąc, zaczęła się rozpakowywać.

---

* *The Antiques Roadshow*, program dla kolekcjonerów w sieci PBS.

26

Nadszedł czas. Cassandra wiedziała, kiedy tylko obudziła się tego ranka, że prawdopodobnie zdarzy się to dzisiaj. Nie miała pojęcia, skąd wie, może z powodu słońca, które strumieniami wlewało się przez zasłony, i niedającego się stłumić uczucia, że teraz już nic nie powstrzyma lata. Czuła się niezwyciężona. Życie było dobre, ona była dobra, a niekończące się wakacje właściwie stały na progu.

Stało się to podczas przerwy na lunch. Siedziały cicho z Ashą przy ścianie auli i hałas sprawił, że obie podniosły wzrok. Okazało się, że są otoczone. Arabella i Maisy stały po obu stronach nieustraszonej Mandy, ramiona skrzyżowane, nogi rozstawione. Za nimi zgromadziła się prawie cała klasa. Cassandra i Asha nie wstały.

— Cześć — powiedziała Cassandra uprzejmie. — Szukałyście nas?

Po niemal niezauważalnym ruchu głowy dowódcy piechurzy przypuścili atak.

— Przyszłyśmy wam tylko coś powiedzieć — rozpoczęła Mandy.

Cassandra patrzyła i czekała. Z całą pewnością ze strony centrum dowodzenia na linię frontu poszło kolejne nieznacznie kiwnięcie.

— Nie tylko wy piszecie książkę — oznajmiła Maisy.

Cassandra czuła, że Asha na nią patrzy.

— Co to znaczy? — zapytała nieco mniej uprzejmie.

— To znaczy — wyjaśniła Mandy — że my też piszemy książkę i zamierzamy przeczytać ją na koniec półrocza.

— Nie możecie. — Ashy zabrakło tchu. Cassandra spojrzała na przyjaciółkę z zaskoczeniem.

— A niby czemu? — fuknęła Mandy.

— To był nasz pomysł! — zawołała Asha.

— To był nasz pomysł! — naśladowała ją Mandy, a gapie się roześmiali.

— W waszej na pewno nie ma opisanych wszystkich w klasie — powiedziała. Część gapiów zaśmiała się szyderczo.

— Ale nie możecie... — zaczęła Cassandra.

— Oczywiście, że możemy! — zawołała Mandy. — Myślisz, że jesteś taka ważna, panno Cassandro Fitzgerald.

— Zresztą — włączyła się Arabella, szeroko otwierając niewinne oczy — teraz już jest za późno. Pani Holloway powiedziała, że możemy ją przeczytać tydzień przed końcem szkoły.

— Ale zmałpowałyście po nas! — Asha krzyknęła tak głośno, że Cassandra aż podskoczyła.

— Ale zmałpowałyście po nas! — jak echo powtórzyła Mandy wśród wybuchów śmiechu.

Nagle Cassandra skoczyła na równe nogi, za nią Asha, i razem przepchnęły się przez tłum, po czym uciekły, zanim straciły kontrolę nad emocjami.

Po szkole Cassandra nie mogła się doczekać, aż mamusia wróci do domu, żeby przekazać jej nowiny. Ale były też inne nowiny. Josh i tatuś podpisali umowy w sprawie sklepu i mieszkania nad nim i rodzina zamierzała świętować to dziś wieczorem przy kolacji. Mieli jej pozwolić nie kłaść się i zostać z nimi. Nawet Jo była zaproszona, bo mamusia powiedziała, że dla niej to też dobre wieści, ponieważ to oznaczało, że tatuś będzie mógł spędzać więcej czasu w domu i Jo może zacząć studia. Tego wieczoru w domu czuło się wielkie podniecenie.

— Czemu to takie dobre wieści, Jo? — zapytał Zak, kiedy Jo wpadła sprawdzić, czy szykuje się do łóżka. Vanessa była w drodze do domu, więc to ona układała maluchy do łóżek, podczas gdy Dick kończył przygotowywać kolację.

— No, cóż. To znaczy, że będziecie spędzać znacznie więcej czasu z tatą, a Josh może zrezygnować ze swojej pracy.

— Czy to znaczy, że ciebie już tu nie będzie?

— Nie, oczywiście, że nie — odparła. — To znaczy, że oboje będziemy w tym samym czasie w szkole. Tylko tyle. — Sama myśl o tym wprawiła ją w podniecenie.

— Czemu idziesz do szkoły, skoro jesteś dorosła?

— Bo nie zrobiłam tego, kiedy byłam młodsza.

— Byłaś za mało mądra?

Jo się uśmiechnęła.

— Nie. Po prostu tego nie zrobiłam. A teraz naprawdę chcę.

— Och. — Przyglądał się jej podejrzliwie.

Gdy zeszła na dół, zastała Josha kartkującego w milczeniu należące do niej prospekty z college'ów. Przy jej nagłym pojawieniu się drgnął, ale nie oderwał oczu od tego, co czytał. Krążyła wokół niego jak tornado, zajęta sprzątaniem.

— Wybierasz się na studia? — skomentował.

— Uhm.

Podniósł wzrok.

— Jaki kierunek zamierzasz wybrać?

Zatrzymała się, zaskoczona.

— Nie jestem pewna. Chciałabym antropologię, ale nie wiem, czy miałabym potem wystarczające kwalifikacje.

Josh prychnął. Jo przestała robić to, co robiła.

— Co to znaczy? — zapytała lodowatym tonem.

Miał twarz bez wyrazu.

— Kwalifikacje są przeceniane — odparł — a to kompletnie bez znaczenia.

— Wcale nie.

— Owszem, tak.

Zaczęła zapełniać zmywarkę.

— Zupełnie jakby ktoś mający pieniądze mówił, że pieniądze to nie wszystko. Bez kwalifikacji nie można dostać dobrej pracy.

Kolejne prychnięcie.

— Zdefiniuj, co to jest dobra praca.

Przerwała układanie naczyń.

— Dobrze: księgowość.

Uśmiechnął się sucho.

— Dałaś się nabrać — powiedział. — Księgowość jest przeceniana.

— Ale pensję daje dobrą, prawda?

— Nie. Niespecjalnie. Nie za godziny, które musisz odpracować.

— Och, a nianie nie odpracowują długich godzin? — Zerknęła na kuchenny zegar. — Które z nas wciąż jeszcze pracuje?

Zmarszczył brwi.

— A kto mówi o nianiach? Myślałem, że mówiliśmy o księgowych.

— Ja tylko udowadniam, że mając kwalifikacje, prawdopodobnie nie musiałabym pracować tak późno wieczorem i pewnie zarabiałabym więcej.

Czekała na kontrargument Josha i kiedy żaden się nie pojawił, podjęła wypowiedź..

— I nie mów mi, że tak jest, bo nianie nie używają w pracy mózgu, ponieważ właśnie spędziłam dziesięć minut na zabawie w pytania i odpowiedzi, która będzie miała znaczące implikacje dla inteligentnego, wrażliwego sześciolatka.

Josh skinął głową.

— Każdy może dodawać — podsumowała.

Zabrzmiało to dość ostro, pomyślała, i przyszło jej na myśl, że teraz mógłby być odpowiedni moment, by przeprosić za ten policzek. Spojrzała na Josha. Przypomniała sobie, że nazwał ją podpuszczalską i że powiedział, iż tamtej nocy zdecydowanie była do wzięcia. I szepty z ojcem o oszukiwaniu Vanessy. Następnie przypomniała sobie, jak Vanessa przewidująco ostrzegła ją przed urokiem Joshui Fitzgeralda. Po czym przywołała z pamięci obraz Josha w samych dżinsach. Czuła zbliżający się ból głowy.

— Ja... — zaczął Josh — chyba nie powinienem był nazywać cię podpuszczalską.

Była tak zaszokowana i jednocześnie tak obrażona słówkiem „chyba", że nie wiedziała, co powiedzieć. W tym momencie zadzwoniła jej komórka. Poszła do torby i odebrała, nie patrząc,

kto dzwoni. Podczas rozmowy wpatrywała się w Josha. Prze-
czesywał włosy palcami, przeglądając prospekty.

— Cześć, Gerry. — Westchnęła słabo, czując się jak tonący.

Przegapiła pierwszą połowę wypowiedzi Gerry'ego, bo zbyt
ją zajmowało obserwowanie Josha. Podniósł wzrok znad bro-
szur, spojrzał na nią z takim wyrazem twarzy, jakby przypadkowo powąchał zepsute mleko i wyszedł do salonu, spokojnie
mówiąc „Przepraszam", gdy ją mijał.

Bezmyślnie zawędrowała do własnego pokoju, zamykając
za sobą drzwi. Gerry nie chciał być natrętny, powiedział, ale
tak się złożyło, że Nick, Pippa i on znów się dziś spotykali
i Pippa zastanawiała się, czy Jo miałaby chęć przyłączyć się do
nich w pubie. Sama by zadzwoniła, ale wyskoczyli z Nickiem
po jakieś jedzenie na wynos, więc poleciła Gerry'emu, żeby
zdzwonił w jej imieniu.

Jo wyobraziła sobie Pippę spacerującą wieczorem z Nickiem.
Powiedziała, że byłoby milutko, ale dziś nie może, świętuje
z Fitzgeraldami. Mówiła chłodno i bez entuzjazmu w głosie,
lecz nie miała pewności, czy Gerry to zauważył.

Gdy rozległo się pukanie do drzwi sypialni, zebrała się
w sobie i, przerywając Gerry'emu w pół słowa, krzyknęła do
Josha, żeby wszedł. Zapukał ponownie.

— Zaczekaj, Gerry — powiedziała i podeszła do drzwi
z telefonem przy uchu.

Gdy zobaczyła stojącego tam Shauna, a za nim Josha, poczuła
na karku gęsią skórę.

— Muszę już kończyć — oznajmiła Gerry'emu, przez Shauna patrząc na Josha, który najwyraźniej właśnie wpuścił gościa.

Gerry mówił coś wprost do jej ucha.

— Gerry — ucięła niecierpliwie — muszę już kończyć. —
Wyłączyła komórkę.

Josh odwrócił się i wyszedł z pokoju.

Wpatrywała się w Shauna. Był poważny i blady. Zastanawiała
się, czemu nie zadzwonił, że przyjeżdża, dlaczego wybrał
dzisiejszy wieczór. Zastanawiała się, gdzie jest Sheila. Zastanawiała się też, co się wydarzyło, kiedy Josh otworzył mu drzwi.

— Cześć — powiedział Shaun.

Skinęła głową.

— Możemy pomówić?

— To nie jest dobry moment, Shaun. Powinieneś był zadzwonić.

— Przepraszam.

— Nie tutaj — stwierdziła, zatrzaskując drzwi sypialni. — Wyjdziemy do parku.

Gdy mijali salon, Jo zajrzała do środka. Josh gapił się w telewizor.

— Hm — zaczęła — wyjdziemy tylko do parku Waterlow.

Wzrok miał wbity w telewizor.

— Mnie nie musisz się tłumaczyć. — Wzruszył ramionami.

Zacisnęła zęby.

— Jeżeli Vanessa wróci przede mną, proszę, powiedz jej, że to nie potrwa długo.

— Jasne.

— Oczywiście zaczynajcie kolację beze mnie.

— Oczywiście.

Zrobiła pauzę.

— No, dobra.

Brak odpowiedzi.

— Do zobaczenia — powiedziała do niego.

Cisza.

Potem, gdy wychodziła z pokoju, usłyszała nieśmiałe „Baw się dobrze".

Przeleciała w myśli przez wszystkie możliwe odpowiedzi, na jakie to zasługiwało.

— O, bez obaw — oznajmiła miękko. — Będę.

Gdy pędziła pod górę, a Shaun szedł szybko za nią, miała nadzieję, że Joshowi w pięty poszło.

W tym czasie Josh siedział, gapiąc się w telewizor i czując, że mu w pięty poszło.

Shaun i Jo dotarli do parku w dziesięć minut i usiedli na pierwszej napotkanej ławce.

— Dobrze — powiedziała. — Masz pół godziny.

Shaun westchnął.

— Wiem, że wszystko ci powiedziała.

— Owszem, zgadza się. Przypomniała mi nawet, ile czasu ci zajęło, żebyś mnie „przeleciał".

— To nie było tak, Jo.

Jo wzruszyła ramionami.

— Kogo to obchodzi?

— Mnie.

Shaun pochylił się w przód, splótł ręce i szybko, równym głosem, przedstawił jej swoją wersję całej historii. Wyjaśnił, że od samego początku nie myślał poważnie o Sheili i zakładał, że ona też nie myśli o nim serio. Kiedy wspomniała, że jest przyjaciółką Jo, nie mógł uwierzyć w swoje szczęście. Od przedszkola kochał się w Jo — postanowił, że musi ją znowu spotkać. Tak, mógł powiedzieć Sheili, że każdy chłopak marzy, żeby przespać się z pierwszą miłością, ale to było, zanim ją ponownie spotkał, a poza tym to prawda. Oczywiście teraz nie przypomina sobie, żeby to mówił, ale jeśli nawet, to prawdopodobnie chciał w ten sposób pozbyć się Sheili. Skąd miał wiedzieć, że się jej nie pozbędzie, i w dodatku, że będzie robić notatki? Czasami mówimy różne rzeczy o ludziach, zanim ich naprawdę poznamy.

W każdym razie, gdy ponownie spotkał Jo, okazała się spełnieniem jego marzeń. Chciał z nią chodzić i oczywiście, tak, chciał się z nią kochać, nie widzi w tym nic złego, w sumie gdyby nie chciał, to by znaczyło, że coś jest z nim nie tak. Kiedy Sheila się dowiedziała, że zaczęli się spotykać, dostała szału i powiedziała, że wszystko wygada Jo, łącznie z tym, co mówił, zanim ją ponownie spotkał. Był przerażony, że mógłby stracić Jo. I tak zaczęła się władza Sheili nad nim, władza, którą sprawowała przez kolejne sześć lat. Prawda była taka, że do tego przywykł. W jakimś sensie stanowiło to antidotum na miły charakter ich relacji — a okazjonalne randki z Sheilą były zawsze niesamowicie namiętne, chociaż nieodmiennie napełniały go poczuciem winy.

Tak, ciągnął, chciał się ożenić z Jo. Ale kiedy wyjechała do Londynu, on i Sheila nagle nie musieli się ukrywać. I okazało się, że się jej zwierza. Odkrył, że pożądanie, które czuł wobec

Sheili z początku, wciąż istniało, ale do tego doszło coś jeszcze, jakaś uczciwość, fakt, że miała świadomość istnienia jego ciemniejszej strony, której nigdy nie chciał pokazać Jo. Do tego i on, i Shee wiedzieli, jak to jest kochać kogoś za bardzo, i okazało się, że są w stanie zrozumieć siebie nawzajem. Zanim się zorientował, zaczęli ze sobą chodzić. Ale znajdowali się w patowej sytuacji. Ona chciała, żeby skończył z Jo, natomiast on po części wciąż chciał się z Jo ożenić. Przekonał Sheilę, że jeśli znów się oświadczy, Jo zdecydowanie znów mu odmówi i będzie miał idealną okazję do zerwania. Czego nigdy Sheili nie powiedział, to tego, że może tym razem Jo powie „tak".

Jo słuchała z chłodną obojętnością.

— Żenisz się z Sheilą, chociaż po części chcesz ożenić się ze mną? — upewniła się.

— Cóż, jeżeli mam być całkiem szczery — westchnął głęboko — nie sądzę, żebym nawet po ślubie z tobą zrezygnował z Shee.

Jo zaczęła się śmiać.

— Ja i Shee należymy do tego samego gatunku — powiedział. — Znacznie sensowniej jest, żebym ożenił się z nią niż z tobą. — Podniósł wzrok na Jo, mrużąc oczy w wieczornym słońcu. — Zresztą — dodał cicho — ciebie nie mogłem mieć, prawda?

Potrząsnęła głową. Po paru chwilach zerknęła na zegarek.

— Muszę wracać — powiedziała.

— Jasne.

Doszli do domu w milczeniu, Jo całą drogę niespokojnie wyprzedzała go o krok. Nie było ich bitą godzinę. Gdy dotarli do frontowych drzwi, Shaun ujął dłonie Jo w swoje.

— Co myślisz? — zapytał.

Odprowadziła go trochę na bok, z dala od okna salonu, zebrała się w sobie i poszła na całość.

— Czy ja cię uwiodłam, Shaun? — zapytała. — Podpuszczałam cię?

Na chwilę odwrócił wzrok.

— Nie — westchnął w końcu. — Nie musiałaś. Sam się tym zająłem.

Spojrzeli na siebie ze smutkiem i wreszcie oboje na wpół uśmiechnęli się z rezygnacją.

— Mam nadzieję, że będziecie z Shee szczęśliwi — powiedziała Jo.

— Naprawdę?

— Tak. I myślę, że będziecie.

— Właściwie ja też — odezwał się szybko. — To jakby rzucić jakiś niszczący narkotyk — kiedy wyjechałaś do Londynu, nagle byłem wyleczony, a teraz przeszedłem przez najgorsze i znów żyję normalnym życiem.

Jo się w niego wpatrywała.

— Dziękuję, Shaun — powiedziała.

— Nie chciałem, żebyś...

— To bez znaczenia...

— Owszem...

— Nie — oświadczyła stanowczo. — Naprawdę. Muszę już wracać.

Pozwoliła, żeby ją objął. Nie czuła się poruszona jego uściskiem, patrzyła, jak wsiada do samochodu i odjeżdża.

Po chwili odwróciła się i weszła do domu.

Vanessa już była, a Dick i Cassie stawiali kolację na stole. Jo policzyła do trzech, potem do dziesięciu i na piętnaście weszła do salonu. Pusto. Wróciła do kuchni i trochę pochodziła tam i z powrotem.

— Gdzie Josh? — rzuciła lekko w powietrze. — Myślałam, że oglądał telewizję.

Vanessa podniosła wzrok znad *lasagne* według nowego, ulepszonego przepisu Dicka, które właśnie podjadała.

— O, zadzwonił jakiś przyjaciel — stwierdziła nieuważnie. — Wyszedł do pubu.

— Szkoda — powiedział do niej Dick. — Naprawdę chciałem to z nim uczcić.

— Możesz to zrobić w weekend, kochanie. — Vanessa niosła *lasagne* do stołu. — Dzisiaj wieczorem świętujesz z kobietą swojego życia.

Jo usiadła z nimi i spróbowała się dopasować do pogodnego nastroju. Jednak czuła taki ciężar spowodowany nagłym zniknięciem Josha, że bez śladu wątpliwości zorientowała się, w jak poważne wpakowała się kłopoty. Przeżywała piekło, kiedy był obok, ale coś jeszcze gorszego, gdy go nie było.

Patrzyła w przestrzeń, podczas gdy Vanessa nakładała sałatę. Dzięki Bogu, że Josh się wyprowadza, bo już niezbyt długo będzie miała siłę na znoszenie tych emocjonalnych wzlotów i upadków. Nie mogła ryzykować utraty pracy z powodu niestabilności emocjonalnej. Zdołała zmusić się do uśmiechu, kiedy Cassandra zrobiła minę na widok ilości zieleniny, która została nałożona na jej talerz.

— Dziś wieczorem zajrzeliśmy z Joshem do mieszkania — powiedział Dick z *lasagne* w ustach.

— Tak? — zapytała Vanessa.

— Nie zdawał sobie sprawy, w jak kiepskim jest stanie, chociaż mu mówiłem. Twierdzi, że może równie dobrze przebudować parę rzeczy — nie da rady wprowadzić się tam przez parę miesięcy.

— W porządku. Świetnie jest mieć go w domu. I dzieci go uwielbiają. — Vanessa zwróciła się do Jo. — Macie już za sobą waszą małą kłótnię, prawda?

Jo skinęła głową.

Dick i Vanessa się uśmiechnęli, a Cassie biła brawo.

Jo natomiast podjęła decyzję, że czas się wyprowadzić.

27

Tydzień później atmosfera w szkole była napięta. Na ustach wszystkich była książka Arabelli i przeprowadzano skomplikowane losowanie miejsc na jutrzejsze przedstawienie. Książka Cassandry i Ashy została zapomniana. W czasie przerwy Arabella, Maisy i Mandy zajmowały pierwszoplanową pozycję na placu zabaw, szepcząc, przepisując i chichocząc. Młodzieńcze zabawy dnia wczorajszego — skakanka, klasy i kocia kołyska — wydawały się należeć do innej, dawno minionej niewinnej epoki. Zamiast tego grono pochlebców gromadziło się wokół rodziny królewskiej, od czasu do czasu podbiegając pod pretekstem zadania pytania albo przekazania jakiejś wspaniałej plotki. Gdy się to zdarzało, Arabella i jej przyjaciółki chowały swoje obfite notatki, jakby ukrywały skarb. Po wszystkim szczęśliwa wielbicielka twierdziła, że widziała swoje imię i że będzie miała główną rolę w całej opowieści.

Przez cały ten czas Asha i Cassandra siedziały na szczycie drabinek i obserwowały, czekając na rozwój sytuacji.

Pół mili dalej, także w porze lunchu, Sebastian James siedział niezgrabnie na kolanach Pippy, niemal rosnąc w oczach, podczas gdy Pippa pochłaniała kanapkę. Jo pokazała Pippie swoje zgłoszenie na kurs w college'u i kiedy Pippa skończyła czytać,

Jo spokojnie poinformowała ją, że musi się wyprowadzić od Fitzgeraldów.

Pippa odłożyła *pannini*.

— Gdzie będziesz mieszkać?

— No, wiesz — odezwała się Jo. — Zastanawiałam się...

— Wprowadź się do mnie! — wykrzyknęła Pippa. — Mam wolny pokój wielkości ogromnej szafy!

Jo uśmiechnęła się z ulgą.

— Twoja rodzina nie będzie miała nic przeciw?

Pippa się roześmiała.

— Przecież tam byłaś! To poddasze! Nie ma nic wspólnego z ich domem — oddzielne wejście i cała reszta.

— Ile wynosi czynsz?

— Nic! Nic nie płacę, a fakt, że ty tam będziesz, niczego nie zmieni. Po prostu miło będzie mieć cię u siebie. Wiesz, mieszkanie jest małe, ale w każdy weekend jestem u Nicka, więc będziesz je miała do wyłącznej dyspozycji.

Jo kiwnęła głową, a Pippa wróciła do swojego *pannini*, zanim Sebastian James miał szansę rozsmarować go sobie na twarzy.

Po chwili Pippa podniosła wzrok.

— Nie jesteś głodna? — zapytała.

Jo potrząsnęła głową.

— Co jest?

Jo spojrzała w inną stronę.

— Chodzi o Shauna, tak? — wyszeptała Pippa.

— Nienawidzę Josha — wydusiła Jo.

— Och.

— Nie mogę tego znieść. — Jo otarła łzy. — Mam wrażenie, że wszystko źle rozegrałam.

— Przestań się obwiniać, kochanie — powiedziała Pippa, ściskając rękę Jo nad stołem i wgniatając buzię Sebastiana Jamesa w swoją klatkę piersiową. — Do tanga trzeba dwojga.

— Z początku był taki cudowny. Naprawdę cudowny. Poważnie się zastanawiałam, czy nie spławić Shauna.

— Wiem.

— A potem zrobił się taki zimny. — Wydmuchała nos. — I powiedział wszystkie te okropne rzeczy. A potem w kinie wyglądało na to, że znów jesteśmy przyjaciółmi, i wszystko

było fantastycznie. Następnie przyjechał się ze mną zobaczyć
i — potrząsnęła głową — po prostu nie rozumiem. Wszystko
znów się popsuło. Po prostu nie rozumiem.

— Wiesz, w czym jest kłopot, prawda?

— Nie. W czym? — Jo skoncentrowała się z całej siły.

— W podobnych sytuacjach zwykle tak bywa, że nie można
się pogodzić, bo nie można powiedzieć jedynej rzeczy, która
by wszystko wyjaśniła.

— To znaczy jakiej?

— Że podobał ci się jak diabli, ale nie zamierzałaś rzucać
swojego chłopaka, bo dawał ci poczucie bezpieczeństwa. To
nie znaczy, że jesteś podpuszczalska, tylko że za nim szalejesz.

Jo się roześmiała.

— Słusznie. Nie ma mowy, żebym to powiedziała. Zjadłby
mnie na śniadanie.

— Dokładnie — stwierdziła Pippa. Wzięła Jo za rękę. —
Wszystko lepiej się ułoży, kiedy zamieszkasz ze mną. Będziesz
w stanie o nim zapomnieć.

Jo mocno ścisnęła dłoń przyjaciółki i kiwnęła głową.

Dokładnie w tym samym momencie Josh Fitzgerald odkrywał
skuteczność biurowej gorącej linii. Pół godziny wcześniej złożył
wymówienie. A teraz przy fontannie z wodą do picia gratulował
mu facet, z którym do tej pory wymieniał tylko kiwnięcie
głową w windzie.

Resztę popołudnia spędził, odpowiadając na pytania o swoje
plany na przyszłość, które zadawali wszyscy od chłopca przy-
noszącego kanapki do jego największych rywali. Większość
ludzi w biurze była zachwycona tak samo ze względu na niego,
jak na siebie: nie odchodził do lepszej pracy w jednej z pięciu
największych firm, postanowił wycofać się z wyścigu, a oni
wszyscy znaleźli w sobie dość klasy, by pogratulować mu
podjęcia ryzyka, na podjęcie którego sami byli za mądrzy.

Josh rozszyfrował ich uśmiechy i był zadowolony, bo to mu
przypomniało, czemu odchodzi. I był wdzięczny, że tyle osób
zajmuje mu czas — odrywało go to od innych rzeczy.

Tego wieczoru poszedł na drinka z kumplami, żeby to uczcić.

Gdy porządnie wstawiony wrócił do domu, Dick i Vanessa siedzieli sami w kuchni.

— Miałeś udany wieczór? — zapytała Vanessa.

— Uchlałem się jak prosię — odparł Josh. — Więc jak dla mnie, może być.

— Nie obudź Jo, kiedy będziesz szedł do łóżka — powiedział Dick. — Dopiero co zgasiła światło.

Josh powoli kiwnął głową, lekko odwracając się w kierunku drzwi.

— Masz ochotę się przyłączyć na jednego przed snem? — zaproponowała Vanessa.

— Czemu nie? Dam Jo czas, żeby porządnie zasnęła, wtedy jej nie obudzę.

— O, jak to miło z twojej strony — stwierdziła Vanessa.

Josh wzruszył ramionami.

— Miała spotkanie kwalifikacyjne przed przyjęciem na studia — powiedział Dick, nalewając mu wina.

— Tak? — zapytał Josh, biorąc kieliszek i wychylając większą część jego zawartości. — Świetnie. — Stanowczo pokiwał głową.

— I się wyprowadza — dodała Vanessa.

Josh ponownie pokiwał głową i wychylił resztę zawartości kieliszka. Wyciągnął go, prosząc o więcej.

— Jak to się stało, że się wyprowadza? — zapytał.

— Zamierza się przenieść do Pippy — wyjaśniła Vanessa.

— Kiedy?

— W przyszłym tygodniu. Powiedziała, że potrzebuje odmiany. Szkoda.

— Może wykorzystywaliśmy ją wieczorami — stwierdził Dick.

— O, raczej nie — zaprzeczyła Vanessa. — Zresztą skoro tu jest, równie dobrze może być częścią rodziny.

— Dokładnie — potwierdził Dick. — Teraz będzie miała wszystkie wieczory dla siebie. Pewnie znów zacznie chodzić na randki. Nie za bardzo jej się to udawało, kiedy tkwiła tu i nam pomagała.

Kontynuowali dyskusję, ledwie zauważając Josha.

— Dobra — stwierdził nagle. — Dobranoc wszystkim.

— Dobranoc — wyszeptali Dick i Vanessa, gdy otworzy
drzwi do sypialni Jo.

Zamknął je za sobą i na palcach przeszedł przez smolistą
czerń jej pokoju. Dźwięk oddechu Jo powiedział mu, że śpi jak
kamień. W swoim pokoju padł bez tchu i zaczął rozważać za
i przeciw przejścia obok uśpionej Jo, żeby umyć zęby.

— Moim zdaniem to wielka szkoda. — Vanessa wstawiała
swój kieliszek do zlewu. — Zdawało mi się, że właśnie zaczęliśmy się do siebie przyzwyczajać.

Dick wyłączył światła i wyszli z kuchni.

— Cóż, nie będzie aż tak potrzebna, kiedy skończę porządkować sklep dla Josha. — Ziewnął.

— Tak, ale to potrwa jeszcze parę miesięcy — Vanessa szła
za nim po schodach. — Nadal będziesz mu tam potrzebny
w ciągu dnia.

— Wiem, ale wieczorami będę w domu. Kompletnie nie
mam do niej żalu.

Wyłączył światło na półpiętrze i za Vanessą wszedł do ich
pokoju.

— A ja poczułam się zraniona — przyznała Vanessa.

Dick objął żonę ramieniem.

— Nie czuj się tak.

— Dobrze.

Pocałowali się, a potem rozdzielili, dotykając się tylko
czubkami palców, gdy wędrowali do łazienki.

— Miałaś jakieś wieści od łowców głów? — zapytał Dick.

Vanessa zaprzeczyła.

— To może okazać się trudniejsze, niż przypuszczałam. Od
czasu gdy ostatnio szukałam pracy, firmy zrobiły się znacznie
mniejsze.

Stanęli przy swoich umywalkach i spojrzeli na siebie w lustrze.

— Jesteś tam nieszczęśliwa? — zapytał Dick.

— Nie — przyznała Vanessa — ale wolałabym pracować
gdzie indziej.

— Nie żałujesz, że wzięłaś na siebie tę odpowiedzialność?
Zawsze mogę...

— Nie — przerwała mu. — Teraz moja kolej, żeby się tym zająć, bo tak muszę. Robiłeś to wystarczająco długo.

Dick przyglądał się, jak próbuje ubrać swoje myśli w słowa.

— Chyba teraz lepiej rozumiem twoje uczucia dla własnej pracy — powiedziała. — Nie mam już wyboru. Moja praca nie jest prawem, jest odpowiedzialnością. Tak samo było wcześniej — potrzebowaliśmy obu naszych pensji — ale nie czułam, że muszę pracować codziennie, czułam, że chcę to robić, bo... — uśmiechnęła się i potrząsnęła głową — bo miałam męża. Takie ekonomiczne wyjście bezpieczeństwa. Nie zdawałam sobie sprawy, jaka to dla mnie różnica. Psychologicznie. Oznaczało to, że miałam luksus widzenia swojej kariery jako czegoś, w czym się spełniam, a nie czegoś, co wyżywi moją rodzinę.

Dick skinął głową.

— Jeżeli chcesz, żebym znalazł coś na część etatu...

— Nie — stwierdziła Vanessa. — Musisz być z dziećmi, one cię potrzebują i chcę, żebyś był szczęśliwy. Po prostu jest... teraz jest inaczej.

— A co, jeżeli nie uda ci się znaleźć innej pracy?

Vanessa wzruszyła ramionami.

— Zostanę tam, gdzie jestem. Kiedy wyczerpię wszystkie możliwości, zamienię słówko z Maksem, poproszę o podwyżkę, zobaczę, co z tego wyjdzie.

— Od strony finansowej nie ma presji, prawda?

Potrząsnęła głową.

— Nie, nie.

— I twoje życie osobiste powinno się poprawić. Nie będziesz wciskać zakupów w czas przeznaczony na lunch. Ani szykować rano dzieci. Możesz się skupić na pracy, efektywniejszym spędzaniu czasu z nami i odpoczynku.

Wymienili uśmiechy.

— Uda nam się — stwierdził Dick.

— Wiem — stwierdziła jego żona.

To była długa noc. Gdy Josh zapadł wreszcie w niespokojny sen, Jo, kompletnie obudzona, rozważała za i przeciw przeprowadzki do Pippy. Kiedy wreszcie ponownie zasnęła, Josh, kompletnie obudzony, rozważał za i przeciw przejścia na palcach obok śpiącej Jo, wzięcia sobie kolejnego drinka i przejścia na palcach z powrotem obok śpiącej Jo. Kiedy wreszcie ponownie zasnął, Jo, kompletnie obudzona, rozważała za i przeciw zapukania do drzwi Josha i przeproszenia go za policzek. Gdy wreszcie zasnęła, Josh, znów kompletnie obudzony, rozważał za i przeciw przejścia na palcach obok śpiącej Jo, wzięcia szybkiego zimnego prysznica i przejścia na palcach z powrotem obok śpiącej Jo. Kiedy wreszcie ponownie zasnął, Jo, kompletnie obudzona, rozważała za i przeciw zapukania do drzwi Josha, otwarcia ich na tyle szeroko, żeby go wyraźnie widzieć, i wyjaśnienia mu, że wcale się jej nie podoba, że zawsze myśli o niej to, co najgorsze. Dostatecznie trudno było wyprowadzić się z domu — nie by coś o tym wiedział, bo sam wciąż mieszkał w domu — i nie potrzebowała, żeby jej to utrudniał, traktując ją z takim chłodem. Gdy wreszcie ponownie zasnęła, Josh, znów kompletnie obudzony, rozważał za i przeciw przejścia na palcach obok śpiącej Jo i zaczekania na to, co się wydarzy. Kiedy wreszcie ponownie zasnął, Jo, znów kompletnie obudzona, rozważała za i przeciw zapukania do drzwi Josha i zaczekania na to, co się wydarzy.

Parę chwil przed tym, gdy obleczona w rękawiczkę dłoń Miki dotarła do szóstki, oboje zasnęli kamiennym snem.

Cassie obudziła się wcześnie. Wyskoczyła z łóżka i na dole pomogła bratu i siostrze zrobić śniadanie. Nie mogła się doczekać, żeby pójść od szkoły. Wreszcie nadszedł ten ważny moment. Na szczęście, kiedy już dotarła na miejsce, nie musiała długo czekać, żeby wszystko się zaczęło.

— A teraz, dziewczynki — zaszczebiotała pani Holloway — jako specjalna atrakcja na koniec półrocza odbędzie się przedstawienie przygotowane przez Arabellę, Maisy i Mandy.

Klasa zaczęła bić brawo i wznosić okrzyki, gdy trzy małe dziewczynki przeszły na swoje miejsce przed frontem klasy; Arabella, z wysoko uniesioną głową, w środku. Poza trzema, stoliki zostały przesunięte na bok, żeby wszyscy mogli siedzieć na środku, w równych rzędach. Szczęściary wylosowały miejsca z przodu, te, którym gorzej się powiodło, w środku, a pechowcy siedzieli na końcu z Cassandrą i Ashą. Z przodu klasy Arabella, Maisy i Mandy wspięły się każda na swój stolik, patrząc z góry na całe stadko, które ledwie mogło wytrzymać z podniecenia.

Gdy klasa usiadła, żeby posłuchać, pani Holloway przeniosła się do tyłu, by gorączkowo wykańczać sprawozdania, z nadzieją, że koszmarny kac pomoże jej w zadaniu skrócenia osiągnięć dziecka do trzech zdań. Nigdy jeszcze nie pisała sprawozdań tak późno — teraz miała ostatnią szansę, żeby zdążyć. Była wdzięczna, że dzieci zajęły się dzisiejszym dniem, szczególnie Arabelli, która samą mocą swojej popularności potrafiła utrzymać porządek znacznie skuteczniej niż którykolwiek nauczyciel. Pani Holloway pozwoliła, by włosy opadły jej na twarz, tworząc zasłonę oddzielającą ją od klasy, i całą uwagę skupiła na sprawozdaniach na półrocze.

— „Życie w trzeciej B" — przeczytała Arabella, nie umiejąc ukryć uśmiechu. Drżenie jej głosu wywołało w klasie fale rozkosznych chichotów. Potem zapadła cisza i wszystkie oczy spoczęły na niej, klasowej maskotce, bohaterce, królowej roju.

Maisy wzięła książkę od Arabelli i udając, że z niej czyta, dała wstrząsająco wyrazistą parodię zachowania najcichszej, najbardziej nieśmiałej dziewczynki w klasie. Klasa jęknęła w rozkosznym szoku, zagapiła się na ofiarę, a potem, z wolna, przez wszystkie rzędy przetoczyły się fale śmiechu. Niektóre dziewczynki próbowały nawet naśladować przedrzeźnianie, inne chciały usłyszeć to jeszcze raz, ale wszystkie były zachwycone, oprócz, być może, najcichszej, najbardziej nieśmiałej dziewczynki w klasie.

Potem Mandy, nie mogąc się doczekać, kiedy i ona skupi na sobie powszechną uwagę, wzięła książkę z rąk Maisy i sparodiowała jedną z najbardziej niegrzecznych dziewczynek w klasie. Prawdziwość i humor przedstawienia dodały zabawie ostrości. Tym razem klasa wybuchnęła niemal histerycznym śmiechem, przejęta podnieceniem, co jeszcze usłyszą.

Teraz była kolej Arabelli. Z całkowitą pewnością siebie, dumna i wyprostowana, wzięła książkę i rozłożyła ją jak Biblię. Odczytała dokładną listę wszystkich niezliczonych wymówek, które Jemima James wymyślała przez cały rok, żeby uniknąć pływania. Niektóre okazały się tak absurdalnie zabawne, że część klasy popłakała się ze śmiechu. Te, które znały prawdziwy powód — chorobę Jemimy — wstydziły się swojego śmiechu, ale i tak się śmiały (nie można się było powstrzymać), a Jemima próbowała się uśmiechać razem z przyjaciółkami.

I tak to się ciągnęło, w klasie rozbrzmiewały wybuchy śmiechu, aż w końcu stopniowo liczba uczennic wymienionych w książce zaczęła przeważać nad tymi, którym się jeszcze nie dostało. Siła śmiechu zmalała tak nieznacznie, że trwało dłuższą chwilę, zanim stało się to słyszalne dla ludzkiego ucha. Szczególnie dla ludzkiego ucha znajdującego się tak wysoko ponad resztą klasy i nienawykłego do odgłosów dezaprobaty.

Popełniając błąd w ocenie powodu, dla którego śmiech publiczności przycichł, trzy małe dziewczynki zaczęły się prześcigać w coraz lepszych przedstawieniach, zabawniejszych wydarzeniach, głośniejszej deklamacji. I naprawdę były bardzo dokładne i bardzo zabawne.

Zanim przyszła kolej na Cassandrę i Ashę, ich początkowe rozradowanie, że plan się powiódł, zmieniło się w poczucie winy. Nie spodziewały się, że Arabella posunie się tak daleko, i nie oczekiwały się, że zobaczą na twarzach koleżanek tyle udręki. Chociaż żadna z dziewczynek nigdy nie stanęła w ich obronie, sprzeciwiając się woli Arabelli, nie zasługiwały na tak głębokie i publiczne upokorzenie — szczególnie ze strony kogoś, komu tak wiernie służyły. Spojrzały na panią Holloway, ale głowę miała spuszczoną, a twarz zakrytą firanką włosów. Cassandra zastanawiała się, czy pani mogła zasnąć.

W końcu Arabella zabrała się do nich, w ramach Wielkiego Finału. Cassandra ścisnęła rękę Ashy. Mimo że w przeciwieństwie do reszty klasy były przygotowane, że wiedziały o okrucieństwie Arabelli i że to był ich własny pomysł, wrażenie było piorunujące. W obecności całej klasy Maisy i Arabella odegrały moment, kiedy Cassandra i Asha zostały odrzucone i zmuszone usiąść razem. Było to bardzo sprytne. W oczach ich obu i całej klasy stawiało pod znakiem zapytania ich przyjaźń i przywołało gorzkie wspomnienia. Nikt jednak nie umiał przewidzieć, że scena pozbawiona kontekstu podkreśliła, ile wycierpiały przez Arabellę i Maisy.

I tak książka dobiegła do dramatycznego zakończenia. Klasa siedziała w oszołomionym milczeniu, a potem jedna czy druga dziewczynka zaczęła płakać. Żadna nie mogła udać, że cudza lub własna słabość nie została okrutnie podkreślona i ubarwiona, bez względu na to, czy chodziło o ubóstwo, rozbitą rodzinę, krótkowzroczność, niemiły zapach czy donośny głos. I nic z tego, co dzisiaj usłyszały, nie mogło nigdy zostać zapomniane. Dumnie stanęła przed nimi Pandora, otworzyła swoją inkrustowaną puszkę i wylała jej zawartość na młode głowy. Żadna z dziewczynek nie mogła już być taka jak przedtem, ani w klasie, ani jako poszczególne istnienie, ani jako przyszły dorosły.

Tego popołudnia Cassie wręcz buzowała radością. Asha miała przyjść do niej na podwieczorek i w samochodzie, gdy Jo wiozła swoją załogę z powrotem do domu, dziewczynki paplały jak nakręcone. Ich poczucie winy złagodził nieco fakt, że żal koleżanek ustąpił pod wpływem gniewu. A nie ma niczego równie gwałtownego, jak wspólny gniew grupy dziewczynek. Okazało się, że *en masse* są w stanie przearabellić Arabellę. Ona sama i jej poplecznicżki zostały nie tyle skazane na ostracyzm, co na nieistnienie. Złośliwe plotki na temat ich prawdziwej natury — i w rzeczy samej, także pochodzenia — zaczęły krążyć po klasie jeszcze przed przerwą. Szepty po kątach, długie niechętne spojrzenia, ciągnięcie za włosy i nawet nieoczekiwany kuksaniec stały się niespodziewaną nagrodą za ciężką pracę i znakomite przedstawienie Arabelli, Maisy i Mandy. A Cassie i Asha dostały tyle słodyczy, że prawie się pochorowały.

Z początku Arabella, Maisy i Mandy po prostu nie mogły

zrozumieć, co się dzieje. W porze lunchu doszły do wniosku, że to wszystko wina Cassandry i Ashy. Napadły na nie na placu zabaw, gdzie doświadczyły traumatycznego przeżycia bycia zakrzyczanym przez tłum. A potem na ich oczach Cassie i Asha zostały zaproszone do wzięcia udziału w zabawie ze skakanką. Śliczna buzia Arabelli wykrzywiła się paskudnie i ku przerażeniu wszystkich zaczęła krzyczeć, a łzy płynęły jej po twarzy. Maisy nie umiała nic zrobić, patrzyła tylko ze zgrozą, ale Mandy wykazała się prawdziwym bohaterstwem, wyrywając skakankę z rąk jednej z dziewczynek. Podczas bójki klasowy odłam popędził po posiłki w osobie nauczycielki. Mandy kazano wejść do szkoły i zostać tam do końca przerwy na lunch.

Podczas gdy nauczycielka pocieszała Arabellę, klasa odwróciła się do niej plecami i podjęła przerwaną zabawę ze skakanką z masą śmiechu i brawami — szczególnie dla Cassandry i Ashy. Cassie jako jedyna z całej klasy zauważyła, jak Maisy cicho odchodzi. Nie mogła powstrzymać uczucia litości dla swojej dawnej najlepszej przyjaciółki. Wiedziała, jak to jest być niekochaną przez osoby, które coś dla ciebie znaczą.

Jednak współczucie Cassie nie trwało długo. Kiedy Jo odebrała je ze szkoły, Asha i Cassie były takie podniecone odniesionym zwycięstwem, że ledwie mogły mówić, nie wybuchając co chwila niekontrolowanym śmiechem. Ich nastrój udzielił się Jo i po chwili poczuła się pozytywnie naładowana i odważniejsza niż kiedykolwiek. I bardziej pobudzona niż w jakimkolwiek innym momencie dnia.

Przygotowywała dzieciom podwieczorek, kiedy zadzwoniła komórka. Odczytała imię Gerry'ego i wydała dźwięk pomiędzy okrzykiem a pomrukiem. Czy ten facet nigdy nie zrozumie? Nie ma wstydu? No, dobrze, pomyślała, mieszając sos do makaronu z nagle odzyskaną energią. Musiała to wyjaśnić. Jeżeli dwie ośmioletnie dziewczynki potrafiły przejąć kontrolę nad swoim życiem, potrafiła to także ona. Zamknęła oczy i przywołała na myśl reakcję Josha, kiedy Gerry zadzwonił ostatnim razem.

— Gerry! — zawołała z większą złością, niż zamierzała. — Znowu!

— Cześć — odpowiedział powoli. — Mam zadzwonić później?

— Nie! Myślę, że musimy pogadać.

— Właściwie to nie jestem pewien, czy mam czas.

— Ale do mnie zadzwoniłeś.

— Tak, ale właśnie coś mi wypadło.

— Gerry — zaczęła.

— Może innym razem...

— Powiem to tylko raz — ciągnęła. — Lubię cię. Jesteś miły, ale nie lubię cię w ten sposób. Byłam samotna i przygnębiona i usiłowałam udowodnić, że...

— Zadzwonię w lepszym momencie...

— Nie chcę, powtarzam NIE CHCĘ z tobą chodzić.

— Chyba połączenie jest trochę...

— NIE PODOBASZ MI SIĘ, GERRY.

Po drugiej stronie zapadła cisza. Zamknęła oczy.

— Oczywiście, że nie — kojącym głosem odezwał się Gerry.

— Dziękuję.

— Nie teraz. To kiepski moment.

— Nie!

— Mogę zaczekać.

— Gerry!

— Kobiecy przywilej i cała reszta.

— Co?

— Wszyscy wiemy, że kobiety często zmieniają zdanie — stwierdził pogodnie. — Dlatego są takie czyste!

— Gerry... — przebiła się przez jego śmiech.

— Słuchaj, moja mama odmówiła tacie dziesięć razy, zanim powiedziała tak.

— GERRY! Ty nie słuchasz.

— Natomiast przy rozwodzie była bardzo zdecydowana.

— Gerry. — Jo westchnęła. — Posłuchaj mnie uważnie. Macica nie zajmuje miejsca przeznaczonego na mózg. Są w zupełnie innych miejscach.

— E?

— Znam swoje zdanie.

Nastąpiła pauza.

— Jasne.

— I naprawdę cię lubię, ale mi się nie podobasz, ani teraz, ani nigdy.

Kolejna pauza, podczas której Jo aż się skuliła z powodu okrucieństwa swoich słów.

— Jasne.

— Przykro mi, jeśli odniosłeś inne wrażenie.

— Prawdę mówiąc, tak.

— Cóż, naprawdę mi z tego powodu przykro. Może po prostu lubię flirtować jak każda pełnokrwista dorosła kobieta. Byłam bardzo, bardzo wdzięczna, gdy byłeś dla mnie taki miły, ale...

— O cholera! — jęknął. — Nie „miły". Nie mów, że jestem „miły".

— Ale taki jesteś. — Oboje się uśmiechali.

Zapadła cisza.

— Nie wyraziście przystojny i zniewalający?

— Nie. — Uśmiechnęła się. — Nie dla mnie. Może dla kogoś innego. Dla mnie jesteś miły, Gerry.

— Cholera.

— Przykro mi.

Pauza.

— Nie chcesz się widywać na przyjacielskiej stopie? — spróbował Gerry.

— Nie, dzięki.

— Bezwarunkowo?

— Nie, dzięki.

— Z Nickiem i Pippą?

— Nie, dzięki.

Kolejna pauza. Jo wiedziała, że musi szybko zakończyć rozmowę, zanim zmięknie z czystej litości.

— Muszę kończyć — powiedziała, mieszając sos.

— Nie można faceta winić za to, że próbował.

— Nie. A ty z pewnością próbowałeś.

— Cóż — westchnął — jeżeli naprawdę się czegoś chce, trzeba o to walczyć.

Jo przerwała mieszanie i zacisnęła oczy oraz zamknęła usta, żeby powstrzymać się przed ustąpieniem.

— W takim razie się pożegnam — stwierdził Gerry.

— Pa.

Rozłączyła się, wrzasnęła z radości, podrzuciła telefon do góry i złapała, zanim wylądował w sosie.

Godzinę później Vanessa wróciła do domu i pobiegła prosto do ogrodu, gdzie bawiły się Cassie i Asha.

— I co? — zapytała.

— Zadziałało! — wrzasnęła Cassie.

Chwyciły się w objęcia przy domku do zabawy. Vanessa uściskała nawet Ashę. Przyniosła ciasteczka z kawałkami czekolady i zjadły je w ogrodzie na papierowych talerzach.

Kiedy mama Ashy zjawiła się, żeby odebrać córkę, dziewczynki były zachwycone, bo ich mamy rozmawiały przez niemal godzinę, dając im więcej czasu na zabawę. Okazało się, że matka Ashy martwiła się sytuacją tak samo jak Vanessa. Vanessa żałowała, że nie porozmawiały wcześniej.

— Dziękuję. — Mama Ashy promieniała. — Zdjęła pani kamień z serca całej naszej rodzinie.

— Cała przyjemność po mojej stronie. — Vanessa też rozjaśniła się w uśmiechu. — Gdybym wiedziała, że czuje pani to samo, zaprosiłabym was na wszystkie nasze zebrania taktyczne.

— Niewiarygodne, że jedna mała dziewczynka może wyrządzić tyle szkody.

— Uhm — zgodziła się Vanessa, obserwując Cassie. — Niestety, z początku rzeczywiście wyglądało to niewiarygodnie. Wie pani, jak lubią się bawić w wymyślanie.

W tym czasie Cassie odkrywała, że poza szkołą, w przyjaznym otoczeniu, Asha była całkiem inną osobą. Za grubymi szkłami i pospolitymi rysami krył się umysł przyszłej pisarki i Cassie spędziła wieczór na najlepszej w życiu zabawie w udawanie.

Vanessa pozwoliła Cassie pójść do łóżka o dowolnej porze, ale dziewczynka była tak wyczerpana, że położyła się zaledwie pół godziny później niż zwykle.

Gdy Josh wrócił do domu, spała już od paru godzin, a Vanessa i Dick sprzątali po kolacji.

— Jest Mary Poppins? — zapytał, zanim poszedł do siebie.

— Nie — odparła Vanessa. — Wyszła z dziewczynami. W tym tempie będzie musiała załatwić całe pakowanie w sobotę.

— A kiedy dokładnie się wyprowadza? — zapytał Dick, podnosząc wzrok znad gazety.

— Pojutrze — odparła Vanessa.

Wszyscy rozważali to przez moment.

— Bez niej nie będzie tak samo — stwierdził Dick.

— Nie — przyznała Vanessa, gdy Josh wychodził z pokoju.

28

W piątek pani Holloway była jedyną osobą zaskoczoną nieobecnością w szkole Arabelli. Jej matka zadzwoniła rano z wyjaśnieniem, że to jednodniowa grypa. Klasa odczuła taką ulgę, że miało się wrażenie, jakby już zaczęły się wakacje. Dziewczynki mogły rozmawiać, z kim chciały, ich postępowanie było akceptowane przez wszystkich z samego założenia; mogły wychodzić do toalety bez obawy o to, co zostanie powiedziane podczas ich nieobecności. Pani Holloway jako jedyna sądziła, że ta atmosfera ogólnego odprężenia związana jest z końcem semestru. Po prostu czuła ulgę, że nikt nie zauważył, jak zasnęła podczas wczorajszego przedstawienia na koniec półrocza.

Tego popołudnia Cassie i Asha siedziały na drabinkach, grzejąc się w słońcu. Kiedy Asha musiała pójść do toalety, Cassie cieszyła się, że może pobyć sama, wiedząc, że nie znajduje się pod wrogą obserwacją. Gdy przyglądała się Ashy, zdała sobie sprawę, że, co zabawne, jakoś nie widziała już jej szpary między zębami. Ciekawe, zniknęła czy po prostu przestała ją zauważać?

Zobaczyła włóczącą się samotnie Maisy — tego dnia Mandy wszystko robiła samotnie — i poczuła nagłe zdenerwowanie. Maisy obdarzyła Cassie szerokim przyjacielskim uśmiechem.

— Cześć! — zawołała.

Cassie uśmiechnęła się i spojrzała w dół.

Maisy podeszła i usiadła obok, a potem zrobiła zwis jak szympans, prezentując swój niewątpliwy talent gimnastyczny. Wbrew sobie Cassie patrzyła; była pod wrażeniem. Maisy wróciła na miejsce i usiadła, patrząc na starą przyjaciółkę.

— Pamiętasz Tajny Kod?

Cassie kiwnęła głową.

— To było zabawne, prawda?

Cassie potwierdziła.

— A pamiętasz, jak byłyśmy u mnie w domu w spiżarni i moja mama nas przyłapała, gdy zwędziłyśmy te herbatniki, a ja się zakrztusiłam?

Cassie uśmiechnęła się szeroko.

— Z Arabellą nigdy nie zdarzyło się nic takiego śmieszne-go — powiedziała Maisy. — Nie mów nikomu — wyznała, pochylając się ku Cassie, tak że było widać pojedyncze piegi na jej nosie — ale już nie lubię Arabelli. Ona myśli, że tak, ale nie.

Cassie wstrzymała oddech. Zapomniała, jakie wielkie były z bliska oczy Maisy.

— Będziemy znowu przyjaciółkami? — wyszeptała Maisy.

Cassie poczuła przypływ radości.

A potem usłyszała hałas z tyłu i odwróciła się, żeby spojrzeć. Asha stała przy klasach i się im przyglądała. Spojrzała na nią i usłyszała obok siebie chichot Maisy.

Powoli zeszła z drabinek. Odwróciła się od Maisy.

— Nie, chyba nie — powiedziała. — Teraz Asha jest moją najlepszą przyjaciółką. Ale dzięki, że zapytałaś.

I pobiegła do Ashy, klasnęła w ręce, po czym opowiedziała jej, co się właśnie wydarzyło.

Tego popołudnia Cassie razem z Zakiem i Tallulah zrobili laurkę na pożegnanie i zaprezentowali ją Jo w porze kolacji. Kiedy się rozpłakała, poczuli się okropnie.

Tego wieczoru w porze układania do snu Cassie przeprosiła Jo, że doprowadziła ją do płaczu.

— Nie bądź niemądra, kochanie — uspokoiła ją Jo. — Płaczę, bo jestem zdenerwowana, że was opuszczam.

— To dlaczego sobie idziesz? — zapytała Cassie.

— To długa historia — westchnęła Jo.

— To z powodu Josha?

Jo zagapiła się na Cassie.

— A czemu tak myślisz?

Cassie wzruszyła ramionami.

— Ja też go nienawidziłam. Bo był chłopcem. Ale naprawdę jest miły.

Jo się uśmiechnęła.

— Jest bardzo miły.

— Więc czemu się wyprowadzasz?

Jo westchnęła.

— To długa historia.

— To już powiedziałaś.

Jo nachyliła się nad łóżkiem Cassie i odgarnęła jej włosy z oczu.

— Jesteś bardzo mądrą dziewczynką, prawda?

— Jeżeli on cię lubi i ty go lubisz, czemu się wyprowadzasz?

— Właśnie o to chodzi — powiedziała Jo, zaskoczona, jak dobrze się czuje, mówiąc o tym. — Nie wydaje mi się, żeby mnie lubił. Chyba zrobiłam coś, co go zraniło. A spędzanie czasu z kimś, kto cię nie lubi, jest okropne.

Cassie skinęła głową.

— Wiem — powiedziała.

Spojrzały na siebie, a potem Jo nachyliła się i delikatnie ucałowała Cassie w policzek.

— Dobranoc, kochanie. Tacy jesteśmy z ciebie dumni. Będę bardzo za tobą tęsknić.

Cassie ją uściskała, a potem się umościła i zamknęła oczy.

Później tego wieczoru Jo leżała na łóżku, gapiąc się w sufit. Nie mogła się zmusić do pakowania. Ani do łażenia wieczorem po klubach. Po prostu nie miała do tego serca. Ale nie mogła zostać, czekając, aż Josh wróci do domu i zacznie ją ignorować. Wyglądało na to, że wyszedł na wieczór. Jej ostatni wieczór w domu. Nie mógł dobitniej określić swojej postawy.

Dziesięć minut przed przyjściem Pippy jakoś się zebrała. Pippa weszła do pokoju i obrzuciła go wzrokiem.

— Jutro cię odbieram, tak?

— Tak jest.

— Kiedy pomyślisz o pakowaniu?

— Jutro? — zaproponowała Jo.

— Potrzebna ci pomoc?

— Och tak, proszę. Nie mogę znieść myśli o tym, że mam to zrobić sama. Nie, kiedy on tam jest. — Wskazała głową w stronę pokoju Josha.

— Teraz tam jest? — wyszeptała Pippa.

— Oczywiście nie — ponuro stwierdziła Jo. — Bo to by mogło stworzyć wrażenie, że lubi mnie choć na tyle, żeby zostać w domu podczas mojej ostatniej nocy tutaj. Wyszedł.

— To tak jak ty, panienko — oznajmiła Pippa. — I będziesz się dobrze bawić, czy tego chcesz, czy nie.

Jo się skrzywiła.

— A z rana wpadnę z kawą — oznajmiła Pippa. — Z podwójnym espresso dla wszystkich.

— Dlaczego?

— Po dzisiejszej nocy będziesz tego potrzebować.

— Nie upijam się — stwierdziła Jo. — Będę grzeczna.

— Jasna sprawa.

— Będę. — Jo chwyciła torebkę i zatrzasnęła za sobą drzwi sypialni. — Jutro muszę być w formie, a poza tym nie mam na to energii.

29

Następnego ranka umysł Jo przypominał gotowany makaron. Pierwsze, co dotarło do jej świadomości, to ból głowy wywołany faktem, że Pippa stoi nad jej łóżkiem, głośno wyrażając dezaprobatę.

— Ćśśś — jęknęła. — Głowa mnie boli.

Pippa podsunęła jej pod nos kawę w kubku na wynos.

— Jest południe! — zawołała. — Musimy zaczynać.

— Zmora — wyszeptała Jo spękanymi wargami.

Pippa rozsunęła zasłony, odsłaniając budowę domu obok i otworzyła okno.

— Aa! — powiedziała. — Wdychaj ten zapach świeżego betonu. Wczorajszy deszcz podkreślił jego pikantny aromat. To mi coś przypomina: pamiętasz, jak wpadłaś do kałuży i myślałaś, że toniesz?

Jo odwróciła głowę i spróbowała się nie rozpłakać. Usłyszała, że Pippa odkręca wodę, wraca do pokoju i ściąga z niej kołdrę.

— Nie! — pisnęła, naciągając kołdrę z powrotem. — Może wejść. Już nie puka.

— Josh ogląda telewizję w salonie — powiedziała Pippa. — To on mnie wpuścił.

Jo podniosła wzrok.

— Jak wyglądał?

— Hm — zastanowiła się Pippa. — Wysoki, ciemny i przystojny?

— To znaczy jakie robił wrażenie?

— Cichego.

— Cichego na smutno czy cichego na wesoło?

— Na litość boską, Jo, po prostu mu powiedz, co czujesz.

Jo usiadła i wyliczyła na palcach.

— Czuję się raz: wściekła; dwa: przedstawiona w fałszywym świetle; trzy: źle zrozumiana; cztery: wykończona i... — Jo z natężeniem wpatrzyła się w piąty palec — trochę mi niedobrze.

— Właź pod prysznic — rozkazała Pippa.

Jo potykając się, poszła do łazienki.

Josh w tym czasie siedział w salonie, oglądając telewizję i przeglądając ostatni wyciąg z konta. Vanessa i Dick pojechali sami na wycieczkę do Brighton, a on stwierdził, że z przyjemnością przypilnuje dzieci. Korzystał ze sposobności, żeby uporządkować rachunki, zajęcie, któremu oddawał się w religijnym skupieniu, odkąd tylko pamiętał. Po księgowym można by się spodziewać większego ładu w osobistych papierach.

Minęła godzina, kiedy się zorientował, że niektóre pokwitowania zostawił w swoim pokoju. Wiedział, że przyszła Pippa, i słyszał prysznic oraz gotowanie wody, więc był raczej pewien, że Jo wstała. Przemknął przez jej sypialnię, przelotnie kiwając głową do Pippy i zerkając na plecak i pudła Jo, które zawędrowały do jego pokoju.

— Przepraszam — sztywno powiedziała Jo. — Zabierzemy wszystko, jeśli to kłopot. Po prostu tak było łatwiej.

— Żaden kłopot — powiedział do Pippy, zanim energicznie wyszedł.

Jo spojrzała na Pippę.

— Widzisz?

Josh zamknął za sobą drzwi salonu i wrócił do rachunków. Przewidywalność sum zawsze działała na niego uspokajająco. W momencie, gdy doszedł do wniosku, że jest głodny, do pokoju zajrzał Toby. Kaszlnął lekko i Josh odwrócił się w jego stronę.

— W porządku, stary?

— Taa. — Toby wszedł i usiadł.

Josh wyłączył telewizor i kalkulator.

— Co cię dręczy?

— Co się daje dziewczynie na rocznicę? — Toby starał się wyglądać na twardziela.

Josh zmarszczył brwi.

— A jak długo się z nią widujesz?

— Dwa miesiące.

— Rany, stary, jak na nastolatka to już jesteście małżeństwem.

Przez twarz Toby'ego przemknął wyraz paniki.

— Żartuję. A co chcesz, żeby ten prezent wyraził?

Toby wzruszył ramionami.

— Jakie ma hobby?

Toby wzruszył ramionami.

— Co lubi kupować?

Toby wzruszył ramionami.

— A co ty chciałbyś jej kupić?

Toby wzruszył ramionami.

Josh powoli skinął głową.

— Widzę, że wszystko przemyślałeś.

— Ciuchy? — odważył się Toby.

— Zbyt ryzykowne.

— Coś do makijażu?

— Za bardzo obraźliwe.

— Prezerwatywy?

— Co?!

— Żartuję.

Myśleli przez chwilę, po czym jednocześnie stwierdzili:

— Kwiaty.

— Uniwersalny język, stary — wyjaśnił Josh.

— Taa. — Ze zrozumieniem wyszczerzył zęby Toby.

— Oznacza „poddaję się".

Toby parsknął śmiechem, który beztrosko przeskakiwał pomiędzy oktawami, i Josh uznał, że to idealny moment, by powiedzieć coś, co męczyło go tak długo, że miał już odcisk na mózgu.

— Toby, czy jesteś zadowolony ze szkoły?

Kolejne prychnięcie.

— Pamiętasz, kiedy byłem w szkole? — ciągnął.

— Jasne, musiałeś nosić syfiasty mundurek, w którym wyglądałeś jak cipa.

— A wiesz, czemu miałem taki mundurek?

— Z powodu szkoły, do której cię posłali. Głupota.

— Taa. A wiesz, czym moja szkoła różni się od twojej?

— Jasne. Mama i tata musieli za twoją płacić.

— Zgadza się.

Toby czekał.

— Czy masz o to żal? — zapytał Josh. — Że mama i tata posłali mnie do prywatnej szkoły, gdzie ostro pilnowano, bym osiągał dobre wyniki? A ciebie posłali do państwowej?

Przyglądał się, jak Toby rozważa tę kwestię.

— Lubiłeś szkołę? — zapytał w końcu Toby.

— Nie.

— Lubisz swoją pracę?

— Nie. Nienawidzę.

Toby wzruszył ramionami.

— Niee. Nie przeszkadza mi, że ciebie inaczej potraktowali. Poza tym nie poznałbym Anastasii, gdybym poszedł do sofciarskiej prywatnej szkoły z gównianymi mundurkami.

Josh poczuł, jak ciężar spada mu z serca.

— Josh — wymamrotał Toby.

— Uhm?

Toby wziął głęboki wdech i zaczął mówić urywanymi frazami.

— Przepraszam... że powiedziałem... że myślisz... że Jo to dżaga. Nie chciałem... cię wkurzyć.

— W porządku.

— Nie wiedziałem, że nie chciałeś, bym to powiedział.

— W porządku.

Toby zmarszczył brwi.

— Myślałem tylko... że to zabawne.

— Stary. W porządku. Ale czasami musisz pomyśleć, jak

się poczują inni, zanim otworzysz usta. To się nazywa empatia. Po okresie dojrzewania... — Zamilkł w połowie zdania.

— W porządku? — zapytał Toby.

— Uhm — powiedział cicho Josh, siedząc bez ruchu.

— Dobra — stwierdził Toby. — To będę spadał.

Josh podniósł wzrok, jakby wyrwany z transu.

— Odpowiedz mi na jedno pytanie — powiedział.

— Uhm.

— Jesteś już za stary na przytulanie?

— Ta, spadaj — odciął się Toby. — To znacz... przepraszam...

— Przestań przepraszać. To dziwaczne.

— Jasne. — Po chwili Toby powolnym krokiem wyszedł z pokoju, pogwizdując.

Josh pstryknął telewizor i zaczął się w niego gapić.

Kiedy drzwi znów się otworzyły, odezwał się, nie odwracając głowy.

— Teraz za późno na przytulanki. Trzeba było korzystać, kiedy proponowałem.

— I dzięki Bogu — odparła Pippa.

Josh odwrócił się jak podkręcony.

— O cholera — powiedział. — Myślałem, że to Toby.

— Bez obawy. — Pippa usiadła obok. Przez chwilę w milczeniu oglądali telewizję, Josh na pozór kompletnie tym pochłonięty. Wreszcie odezwała się Pippa.

— Lubisz bule, co? — zapytała.

Josh wpatrywał się w ekran.

— Jak idzie pakowanie?

— W porządku.

— To dobrze.

— Właściwie nie idzie tak dobrze, jak by mogło.

Josh kiwnął głową z oczyma nadal utkwionymi w ekran.

— Tak między nami — ciągnęła — myślę, że Jo jest bardzo zdenerwowana tą wyprowadzką.

Josh lekko wzruszył ramionami i przemówił do własnego brzucha.

— W takim razie nie musi się wyprowadzać, prawda?

— Myślę, że jest zdenerwowana tak ogólnie.

— Serio? — Odwrócił się. — Martwi się, którego faceta ma dziś prowadzić na najdłuższej smyczy?

— Nie — stwierdziła Pippa. — Po prostu martwi się z powodu pewnego faceta.

Josh wrócił do oglądania gry.

— Biedny gnojek — mruknął.

— Właściwie — mruknęła Pippa — to trochę dupek.

Josh skrzyżował ręce.

— Zabawne, ale to nie zawęża kręgu wyłącznie do mnie. Pasuje do każdego z nich.

— To znaczy do kogo?

Z ciężkim westchnieniem Josh wyłączył dźwięk w telewizorze.

— Cóż, najwyraźniej nie umie dokonać wyboru między wdziękami Pana Policjanta a kłamliwymi wymówkami Pana Byłego.

Pippa roześmiała się krótko.

— Próbuje się pozbyć Pana Policjanta, odkąd go poznała. Po prostu on nie chciał tego zauważyć.

— Nie tak to wyglądało z mojej strony.

— Cóż, może coś ci zasłaniało widok — odcięła się, patrząc na ekran.

Josh milczał.

— Zresztą wczoraj wieczorem wreszcie wbiła mu to w ten zakuty łeb. Oblewałyśmy to większą część wieczoru. Ha! — zawołała, obserwując ekran. — Niezły rzut. Można się wciągnąć w bule, co?

— A w takim razie co z Shaunem? — zapytał Josh przyciszonym głosem.

— Och, kiedy przyjechał się z nią zobaczyć, życzyła jemu i Sheili wszystkiego najlepszego — odparła Pippa z oczyma utkwionymi w telewizor. — Wygląda na to, że jej kompletnie przeszło. Właściwie lata temu i chyba dlatego przyjechała do Londynu. Po prostu tego nie wiedziała. Bała się, że mogłaby go zranić. Ale taka już jest nasza Jo! Zbyt miła, żeby to jej wyszło na dobre!

Josh się nie poruszył.

— No, dobra. Lepiej będę wracać. Biednej Jo przyda się jakaś pociecha. Mówiła poprzednio, jakie to nieznośne być źle zrozumianym i zawsze widzianym z jak najgorszej strony. Pojęcia nie mam, o co jej chodziło, ale wiem, że wciąż doprowadza ją to do płaczu. To na razie.

I wyszła.

W tym czasie Toby, pełen optymizmu, chciał się nim podzielić ze swoim przyrodnim rodzeństwem. Wbiegł po schodach, przeskakując po trzy stopnie, i zapukał do drzwi pokoju, gdzie mieli spotkanie. Krzyknęli do niego, żeby sobie poszedł. Otworzył drzwi.

— Wszystko w porządku! — powiedział, włażąc i kładąc się na podłodze. — To tylko ja. Starszy brat.

Zdał sobie sprawę z napiętej ciszy.

— Co? — zapytał. — Co się stało?

— Toby — odezwała się Cassie, ostrożnie, ale ze stanowczością, której nigdy wcześniej nie słyszał — nie chcemy, żebyś był tu z nami.

Toby spojrzał na nią z dołu.

— W porządku, Katastrofo — oznajmił spokojnie. — Ja też nie chcę, żebyście tu ze mną byli.

Nikt się nie roześmiał. Nawet Zak.

— Nie. Mówimy poważnie — stwierdziła Cassie. — To prywatna sprawa.

Toby spojrzał na Tallulah.

— No, Lu...

— MAM NA IMIĘ TALLULAH!

— Dobra, nie wrzeszcz, bo ci majtki spadną.

— MOJE MAJTKI SĄ NA MIEJSCU! PRZESTAŃ BYĆ OKROPNY I PO PROSTU IDŹ SOBIE!

Toby zagapił się na nią. Potem przeniósł spojrzenie na Zaka.

— Stary — powiedział — daj spokój. Ja i ty przeciw dziewczynom.

Zak opuścił oczy.

— Nie chcę być przeciw dziewczynom — powiedział.

Toby gwałtownie przełknął ślinę.

— Wybacz, Toby — włączyła się Cassie. — W tej chwili wszyscy jesteśmy dość zajęci.

— Dobra — powiedział nonszalancko. Powoli wstał i podszedł do drzwi. — Wasza strata — oświadczył i zamknął za sobą drzwi.

Przez parę minut postał na ciemnym podeście schodów i nagle biegiem rzucił się na dół. Przemknął przez salon i wpadł prosto do ogrodu. Nie zauważył Jo siedzącej na patiu, patrzącej tępo na drzewa.

Odwróciła się, kiedy go usłyszała.

— Co się stało? — zapytała bez tchu.

Toby ze złością otarł twarz. Wstała, odwracając się do niego, i ku jej zdumieniu popędził do niej i rozpaczliwie się przytulił. Nie potrafiła sobie wyobrazić, co się takiego mogło stać. Szybko się odsunął i wrócił do pełnego złości ocierania twarzy.

— Nie mów nikomu, że płakałem — polecił jej ochryple.

— Oczywiście, że nie — odparła. — Szczególnie jeżeli powiesz „proszę".

— Nie mów Joshowi — skrzeknął. — Proszę.

— Chodź — wyszeptała. — Przejdźmy się do płotu. Opowiedz mi wszystko.

Gdy doszli do końca ogrodu, Toby gwałtownie pociągał nosem i wpychał ręce w kieszenie dżinsów, najgłębiej jak się dało. Ten widok przypomniał Jo jego starszego brata.

— Co jest? — zapytała.

Toby znów otarł oczy.

— Nienawidzą mnie — skrzeknął, rzucając się na trawnik.

— Kto cię nienawidzi? — zapytała Jo, siadając obok.

— Reszta. Lula, Cassie, Zak.

— Oczywiście, że nie.

— TAK! — krzyknął. — Mają spotkanie w pokoju Tallulah i mnie nie wpuszczają.

— Toby, wszyscy bracia i siostry się kłócą.

Toby potrząsnął głową.

— Kochanie — odezwała się Jo. — Skąd się wziął ten problem? Nie sądziłam, że ci na nich zależy.

Kiedy znów udało mu się przestać płakać, Toby opowiedział Jo, że próbuje być dla nich milszy.

— Dlaczego? — zapytała Jo najdelikatniej, jak potrafiła.

442

Z wielkim trudem Toby wyznał, że już ich nie nienawidzi. Po prostu nie. Po odrobinie delikatnego namawiania opowiedział Jo, że się dowiedział, iż to nie była ich wina, że jego tata odszedł. Opowiedział jej to, co Josh mu wyjaśnił o rozwodzie mamy i taty. Wyjaśnił, że mama się przyznała, że celowo pozbyła się Dicka, skłaniając go do romansu, a potem oskarżając o zdradę. Jo zaniemówiła.

— Zawsze ich winiłem o odejście taty — wyjaśnił Toby. — To dlatego traktowałem ich jak gówno... przepraszam... jak śmieci. Josh mi powiedział, że to nie ich wina i że wcale się nie prosili, by się ze mną użerać. — Znów zaczął płakać. — Próbuję być miły, ale oni mnie nienawidzą.

Jo objęła go ramieniem.

— Kochanie, czemu nie powiesz tego wszystkiego Joshowi?

— Bo mi mówił, że tak się stanie, jeżeli nie będę dla nich milszy, a ja nie słuchałem. — Znów płakał. — Nie chcę mu mówić. Proszę, nie mów mu o tym.

— Och, nie martw się — odparła. — On się do mnie nie odzywa.

— Tak. — Toby westchnął w trawę. — To wszystko też moja wina.

— Nie bądź niemądry.

— Tak. Powiedziałem, że myśli, że jesteś dżaga.

— Przepraszam?

Toby potrząsnął głową.

— Wszyscy mnie nienawidzą.

— Zaczekaj trochę. Kiedy zrozumieją, że chcesz być ich przyjacielem, będą cię uwielbiać, bo jesteś starszym bratem.

— Ale próbowałem.

— Czego próbowałeś?

— Być miły.

— A próbowałeś przeprosić?

Nastąpiła pauza.

— Nie mogę — pisnął.

— Czemu nie? Byłbyś zaskoczony, jakie to bywa skuteczne.

Toby wbił wzrok w trawę.

— Możesz sobie wyobrazić, jak świetnie byście się bawili, gdyby oni chcieli? — zapytała Jo.

Toby zdobył się na półuśmiech.

— Chodź. — Jo wstała. — W zamrażalniku są czekoladowe lody. Możesz dać każdemu po jednym, a potem powiedzieć, jak się czujesz. — Toby nie ruszył się z trawnika. Po prostu bądź szczery. Znacznie lepiej się po tym poczujesz.

Wykrzywił się.

— Chodź — popędziła go.

Potrząsnął głową.

— Boję się — wyszeptał.

— Oczywiście, że tak. — Jo uklękła obok. — Inaczej przeprosiny nie miałyby znaczenia.

Toby rozważał to przez chwilę, a potem powoli wstał i zamyśleni poszli z powrotem do domu.

Kiedy Jo wróciła do pokoju, ciężko klapnęła na łóżko. Pippa podniosła wzrok znad pudła, które porządkowała, jednego z tych, które trafiły do pokoju Josha.

— Trochę ci lepiej? — zapytała. Zobaczyła wyraz twarzy Jo. — O rany, co jest? Wyglądasz, jakbyś zobaczyła ducha.

Jo szczegółowo zrelacjonowała siedzącej obok pudła i opartej o łóżko Josha Pippie rozmowę z Tobym.

Kiedy skończyła, wyglądała, jakby zabrakło jej energii.

— To wyjaśnia te rzeczy, które mi powiedział Josh — powiedziała martwym głosem. — O tym, jak czasami kobieta może popchnąć mężczyznę do zdrady.

— Tak, ale to wciąż nie powód, żeby winić wszystkie kobiety za męskie romanse — zaznaczyła Pippa, rozglądając się po pokoju Josha. — Bałaganiarz z niego, co?

Jo zmarszczyła brwi.

— Nie sądzę, żeby winił wszystkie kobiety. Myślę, że odwoływał się do sytuacji jednego mężczyzny i jednej kobiety. Mówił o Dicku i Jane i wiedział, że to prawda. A ja właśnie wtedy powiedziałam, że się nim brzydzę.

— Byłaś zbrzydzona, bo pomagał swojemu tacie w małżeńskiej zdradzie — przypomniała Pippa z oczyma utkwionymi w kawałkach różowego papieru, leżących u jej stóp.

— Wiem, ale...

— Żadne ale — stwierdziła Pippa, nieuważnie podnosząc papierki. — Tak sądziłaś i miałaś do tych uczuć prawo. To z jego strony podwójna moralność. Facet nienawidzi kobiet i bez znaczenia dlaczego.

— Ale to wyjaśnia, czemu tak szybko się na mnie zezłościł. Musiałam go naprawdę zranić.

Pippa zamilkła. Po chwili Jo na nią spojrzała. Pippa z twarzą barwy popiołu wpatrywała się w dwa kawałki różowego papieru.

— Na co tak patrzysz? — zapytała Jo.

— Jo-o — wolno odezwała się Pippa. — Mówiłaś, że Josh mieszka tu i nie płaci czynszu?

— Taa. Kolejny powód, żeby go nienawidzić. Dziękuję, już zaczynałam zapominać.

— A ile wynosi twoja miesięczna pensja?

— A co?

— Po prostu mi powiedz. Co do pensa.

— Z powodu podwyżki to naprawdę dziwaczna kwota — wyjaśniła, zanim podała dokładną wysokość pensji.

Pippa przyłożyła dłoń do ust.

— O rany — wyszeptała.

— Co? — Jo podeszła i spojrzała na te kawałki papieru. Pippa pozwoliła wyjąć je sobie z ręki.

Były to pokwitowania wypisane odręcznie przez Dicka. Jo zerknęła na jeden zatytułowany „czynsz Josha — maj". Obok kwoty widniało słowo „zapłacono". A kwota była dokładnie — co do pensa — taka sama jak jej wynagrodzenie.

Kiedy się tak wpatrywały, zauważyły poniżej odcisk, który powstał, gdy mocno napisano coś na kartce najwyraźniej położonej na tej. Powoli, jak przy zabawie dziecięcym niewidzialnym atramentem, słowa stawały się coraz bardziej i bardziej czytelne. I im bardziej stawały się czytelne, tym Jo robiło się zimniej. Dick nabazgrał słowa „dla Jo — czerwiec".

— Czemu myślałaś, że nie płacił czynszu? — zapytała w końcu Pippa.

Jo usiadła obok, ciężko opierając się o łóżko Josha.

— Vanessa mi powiedziała.

Gapiły się na pokwitowania.

— A myślisz — zapytała Pippa bardzo łagodnym głosem — że jest choć w najmniejszym stopniu możliwe, że Dick i Josh... — słowa zawisły w powietrzu — trzymali to w tajemnicy przed Vanessą? Fakt, że Josh... — Słowa ponownie zawisły w powietrzu.

Jo zmusiła się do dokończenia zdania:

— ...płaci moją pensję?

Dalej wpatrywały się w kwitki.

— Co właściwie słyszałyśmy, kiedy rozmawiali wtedy w kuchni? — zapytała Pippa.

Jo ściągnęła brwi.

— Nie pamiętam.

— Czy faktycznie rozmawiali o romansie?

— Cóż, wspomnieli coś o kobiecie.

— Kochance? Czy powiedzieli „kochanka"? Bo to mógł być każdy, prawda? Ktoś ze sklepu. Klientka? Albo ktoś, kto ma do czynienia z pieniędzmi? Osoba pobierająca czynsz, księgowa czy ktoś taki?

— Pewnie tak — mruknęła Jo.

— Czy Josh nie powiedział w pewnym momencie, że ojciec powinien był najpierw przyjść do niego, zanim zwrócił się do niej?

— O mój Boże — wyszeptała Jo. — Może mówili o księgowej.

— Zdarzają się takie.

— Ale po co takie tajemnice na temat księgowej?

Pippa wzruszyła ramionami.

— Może Dick ukrywa swoje rachunki przed Vanessą.

— Powtarzał, że zostawiłaby go, gdyby znała prawdę.

— Cóż, to pasuje. Pewnie myślał, że odeszłaby, gdyby się dowiedziała, jak źle wygląda sytuacja.

— Och, daj spokój, na pewno nie. Nie jest taka zła.

Pippa potrząsnęła głową.

— Nie w tym rzecz. Rzecz w tym, że Dick myślał, że mogłaby tak postąpić.

446

— Może dlatego Josh nazwał ją Straszną Żoną — cicho odezwała się Jo.

Pippa się roześmiała.

— Genialne!

Jo spojrzała na nią wymownie.

— Przepraszam — stwierdziła Pippa. — Może to drań, ale zabawny.

Jo westchnęła.

— O nie. — Chwyciła się za głowę.

— Chyba spokojnie możemy uznać, że nie było żadnego romansu — podsumowała Pippa, chwytając kwity. — I że prawdziwym sekretem Josha i Dicka było, że Josh jest w gruncie rzeczy hojnym, godnym zaufania facetem, który wziął na siebie odpowiedzialność za postępowanie swojego ojca, opłacając twoją pensję.

Wykorzystały chwilę, żeby zrewidować osąd sytuacji.

— Tak więc — podsumowała Pippa — spieprzyłaś wszystko w wielkim stylu.

Jo jęknęła.

— Masz coś na swoją obronę? — zapytała Pippa.

— Bardzo dobrze ukrył ten sekret — wyszeptała Jo.

— Tak — zgodziła się Pippa. — W takim razie do listy jego zalet możemy dodać inteligencję.

Jo oparła głowę o łóżko Josha.

— Ale to świetnie, kotku — uspokoiła ją Pippa. — To znaczy, że jest o wiele milszy, niż sądziłaś. Masz obsesję na punkcie naprawdę niezłej partii, a nie jakiegoś paskudnego typa.

— Uhm — zgodziła się Jo.

— Mam tylko jedno pytanie.

— Hm?

— Co ty tu jeszcze robisz?

Jo odchyliła głowę.

— Czekam, żeby się zapaść pod ziemię.

— Po prostu go przeproś.

— Od czego mam zacząć?

— Może od absolutnie wszystkiego, co kiedykolwiek mu powiedziałaś? — zaproponowała Pippa. — Na początek byłoby niezłe.

— Nie mogę. — Jo objęła głowę rękoma.

— Oczywiście, że możesz.

— Nie mogę.

Po chwili milczenia Pippa odezwała się ponownie.

— Oczywiście, że możesz.

— Nie mogę.

W tym momencie Pippa się poddała.

30

Toby zaniósł cztery czekoladowe lody na górę, a potem stanął przed drzwiami sypialni Tallulah, wymyślając strategię postępowania. Niestety, czekoladowe lody topiły mu się w rękach zdecydowanie szybciej, niż pojawiała się strategia. Kiedy zaczęły kapać, nie miał wyboru, jak tylko zapukać do drzwi.

Cassie, Tallulah i Zak krzyknęli do niego, żeby zostawił ich w spokoju. Popatrzył na gałkę w drzwiach, popatrzył na pokryte kremową pianą kostki palców i zastukał ponownie. Kolejne krzyki. Wetknął głowę. Znów zaczęli na niego wrzeszczeć. Pokazał im lody. Zakowi wyrwał się przedwczesny okrzyk radości, po którym nastąpiła pełna namysłu cisza.

Toby wykorzystał ten moment, żeby wydusić urywane wyjaśnienie swojego poprzedniego zachowania i przeprosiny, które rozmiękczyłyby każde serce.

Przyjrzeli się jego czerwonym oczom, popatrzyli na czekoladowe lody. Kiedy Tallulah przeszła przez pokój, wzięła lody i stanęła na palcach, żeby pocałować go w policzek, wszyscy wiedzieli, że mu wybaczono.

I dobrze się stało. Wkład Toby'ego w zebranie okazał się kluczowy.

Podczas gdy bardzo zadowolone dzieci podjęły decyzję co do rozwoju sytuacji, Jo i Pippa kręciły się w kółko.

— Okej. Muszę pójść przeprosić — powtórzyła Jo.

— Taa.

— Ale nie mogę.

— Czemu nie?

— Bo on mnie nienawidzi.

— Bo nie przeprosiłaś.

— Okej. Muszę pójść przeprosić.

— Taa.

— Ale nie mogę.

Pippa spojrzała na zegarek.

— Słuchaj, za dwa miesiące mam samolot.

— No, dobra! — oznajmiła Jo. — Idę przeprosić.— Wstała i wyszła.

Gdy pewnym krokiem podążyła przez kuchnię w kierunku salonu, w korytarzu przy drzwiach zobaczyła Toby'ego, za którym pędziła Tallulah. Jednym płynnym ruchem wykonała w tył zwrot i pewnym krokiem weszła z powrotem do kuchni, gdzie zajęła się marszczeniem brwi i nuceniem.

Gdy wpadli Cassie i Zak, obdarzyła ich nieobecnym uśmiechem.

— Dzięki, Jo! — zawołała Cassie. — Toby właśnie dał nam czekoladowe lody!

Podeszli i ją uściskali.

— Chcemy ci coś pokazać — powiedziała Cassie — ale nie tutaj, Toby mógłby zobaczyć. To sekret.

— Dokąd pójdziemy? — zapytał Zak.

— Nie wiem — rozważała Cassie. — Toby nie może nas usłyszeć. Gdzie on jest?

— W salonie z Joshem — odparła Jo.

— Dokąd możemy pójść, gdzie nas nie usłyszy?

— Nie wiem — stwierdził Zak, wyglądając do ogrodu.

— Może pójdziemy do ogrodu? — zaproponowała Jo, podążając za leniwym spojrzeniem Zaka.

— Tak! — wrzasnęli oboje.

Wyszli do ogrodu i Zak tak się nakręcił, że z miejsca zaczął biec.

— Wiem! — zawołał. — Chodźmy do domku do zabawy! Wtedy nikt nas nie zobaczy!

Cassie zmarszczyła brwi.

— Jo się nie zmieści.

— Ale chcę to zrobić w domku! — upierał się Zak.

— Oczywiście, że się zmieszczę — zapewniła Jo. — Chodźmy do domku. Uważam, że to świetny pomysł.

— No, dobrze — westchnęła Cassie.

Pochylili się i po kolei weszli do środka. Tam usiedli w miłym, przyjacielskim kręgu.

— No, dobra — powiedziała Cassie do Zaka. — Daj jej to.

— Ale ja go nie mam — oznajmił Zak.

— Dałam ci go!

— Nie dałaś!

— Dałam! Położyłam na twojej szafce przy łóżku!

— No, to mi nie dałaś, prawda, mądralo?

— Moi państwo! — zawołała Jo. — Czemu po prostu po to nie pójdziecie?

Nastąpiła pauza.

— Ty idź — rozkazała Zakowi Cassie.

— Nie! — odparł Zak. — Ty idź!

— Nie!

— Hej! — ponownie włączyła się Jo. — Może ja pójdę i to przyniosę?

— NIE! — wrzasnęli.

— No, dobrze, to czemu oboje po to nie pójdziecie?

— Ale wtedy możesz sobie pójść — powiedziała Cassie.

— Obiecuję, że się stąd nie ruszę, dopóki nie wrócicie.

— Trzy palce na sercu?

— Trzy palce na sercu — zgodziła się Jo i wyraz całkowitego zaufania na ich twarzach sprawił, że poczuła się, jakby własną krwią podpisała cyrograf.

Zniknęli za maleńkimi drzwiami i usłyszała, jak razem chichoczą, zanim jeszcze na dobre wyszli. Zawsze ją zdumiewało, jak łatwo dzieci sobie wybaczają. Czemu dorośli tracą tę umiejętność?

Oparła się plecami o ścianę i zaczęła wdychać zapach drewna ostrzejszy niż zwykle po nocnym deszczu. Okazał się zaskakująco kojący. Przez okienko widziała akurat kota siedzącego w połowie wysokości drzewa i śledzącego rozwój sytuacji.

Uśmiechnęła się. Może nie powinna już stąd wychodzić? Zamknęła oczy i czekała na powrót dzieci. Musiało to trochę trwać, bo następne, co zarejestrowała, budząc się nagle, to odgłos dość gwałtownego zatrzaskiwania małych drzwi.

Odwróciła się i spojrzała. Zabrakło jej tchu. Josh tyłem wcisnął swoją wysoką postać do domku — musiał cofnąć się, szurając, zanim usiadł na Jo — a Toby właśnie energicznie zatrzasnął za nim drzwi.

— Okej! — zawołał Toby z zewnątrz. — Teraz możesz się odwrócić i otworzyć oczy. — Następnie Jo usłyszała, jak dzieci, pękając ze śmiechu, znikają w domu, podczas gdy Josh z pewną trudnością odwrócił się, żeby spojrzeć wprost na nią.

Powiedzieć, że Josh był zaskoczony na widok Jo, byłoby niedomówieniem. Był tak wstrząśnięty, że zapomniał, gdzie się znajduje, i podskoczył, chcąc wyjść, waląc głową w dach, zanim nawet zdążył się należycie wyprostować. Ponownie się skulił, trzymając głowę w dłoniach. Potem oboje jednym ruchem rzucili się do drzwi i naparli na nie z całej siły. Nic. Nie miały zamiaru ustąpić. Jo wiedziała. W swoim czasie spędziła w domku całe godziny, głównie z Tallulah, na oczekiwaniu, aż drewno powoli skurczy się i wróci do zwykłych rozmiarów. Zastanawiała się, czy zaproponować Joshowi zabawę w podwieczorek na niby, co zwykle tak cieszyło Tallulah, że Jo cierpiała na uszkodzenie powysiłkowe od nalewania na niby herbaty. Ale ponieważ z bólu trzymał się rękoma za głowę, uznała, że chyba nie jest to dobry pomysł.

— Zawsze uważałam, że przydałby się tu komin — wyszeptała w końcu. — Dodawałby autentyczności.

Josh się wykrzywił.

— Ależ nic mi nie jest, dziękuję — powiedział, wyciągając nogi jak najdalej się dało — jedną przed siebie, drugą wygiętą na bok, obie zajmowały cenną przestrzeń wokół Jo.

— Hej — odezwała się, usiłując się odsunąć — tym razem to nie moja wina, że jesteś poszkodowany.

— Owszem, twoja. — Usiłował wyprostować zgiętą nogę.

— A jakim sposobem? Przepraszam cię, ale to moja pupa.

— Przeraziłaś mnie. Czy mogę... — Wskazał, że chciałby umieścić nogę za nią.

— Siedziałam tu, zajęta własnymi sprawami, bardzo przepraszam — nie zgodziła się z jego oceną, przesuwając się o cal w przód.

— Taa — zamruczał, wpasowując nogę za nią — czekając, żebym przeżył najgorszy moment w życiu.

— Nie miałam pojęcia, że się tu zjawisz. — Wykonała gwałtowny ruch w przód. — Gdybym wiedziała, zrobiłabym podkop, żeby się wydostać.

— Więc co tu robisz?

— Czekam na Cassie i Zaka.

— Cóż, w takim razie trochę sobie poczekasz.

— Czemu?

— Bo siedzą w domu i oglądają telewizję.

— Co? Niemożliwe. Powiedzieli mi, żebym tu zaczekała. Kazali mi przysiąc na trzy palce na sercu.

Josh oparł się o ścianę, głową sięgając okapu; nagle uszła z niego cała para.

— Małe gnojki — sarknął. — Zostaliśmy wrobieni.

— Josh — powiedziała Jo — czy mógłbyś, proszę, zabrać udo z mojej pupy?

— Nie — wypalił Josh z oburzeniem. — To ty zabierz pupę z mojego uda.

Pochyliła się w przód i skończyła praktycznie z jego nosem w ustach. Ponownie usiadła.

— Co masz na myśli, mówiąc „wrobieni"?

— Toby, mój braciszek Judasz, przekonał mnie z pewnym trudem, żebym wszedł tu tyłem, z zamkniętymi oczami, bo ma dla mnie niespodziankę.

Jo zagapiła się na Josha.

— Małe gnojki — zgodziła się. — A ja myślałam, że są moimi przyjaciółmi.

Josh skinął głową.

— Cóż, najwyraźniej nienawidzą nas obojga. Więc — ciągnął — gdy tylko zdołasz unieść swoją pupę z mojego uda, głosuję, żebyśmy wrócili do domu i skopali ich małe tyłki.

Odwrócił się w stronę drzwi, oplątując Jo nogami.

— Ostrożnie! — krzyknęła.

— O, postanowiłaś pomóc? — zapytał. — Jakaś ty dobra.

— Teraz w życiu tego nie otworzysz. Zacinają się po deszczu. A wczoraj w nocy była taka ulewa, że o mało nie utonęłam.

— Cholera — mruknął Josh, z rozpaczą waląc w drzwi. — Te nieznośne dzieciaki.

Wbrew sobie Jo zaczęła chichotać.

— Nie wiem, co cię tak bawi — stwierdził Josh. — Mam klaustrofobię.

— O rany.

Odwrócił się, żeby na nią spojrzeć. Był tak blisko, że instynkt nakazał jej gwałtownie odsunąć głowę. Łupnęła w ścianę.

— Sytuacji nie poprawia fakt — wyszeptał — że cały ciężar czyjegoś ciała zgniata mi kolana.

Jo szarpnęła się tak szybko, że skończył wpółleżąc na niej.

— Tak lepiej — stwierdził z zadowoleniem. — Na czym skończyliśmy?

— Au — jęknęła.

Z pewnym wysiłkiem Josh przekręcił się w taki sposób, że oboje mieli dość miejsca na pozycję półleżącą z głowami opartymi o drzwi. Potem uniósł się, na ile się dało, przeniósł ciężar ciała na prawą kość biodrową i górną częścią ciała zaczął pchać drzwi.

Jo nie miała specjalnego wyboru, jak się temu przyglądać, ponieważ nie mogła odwrócić głowy, nie trącając Josha nosem. Z takim napięciem usiłował otworzyć drzwi, że zaczęły mu pulsować żyły na szyi. Po chwili przestał.

— Jakbyś miała taki kaprys — wysapał — bardziej niż szczerze zapraszam, żebyś się przyłączyła. Oczywiście nie naciskam.

Jo próbowała się odezwać. Josh spojrzał na nią i nie mógł uwierzyć własnym oczom.

— Czemu płaczesz? — zapytał. — To ja mam klaustrofobię. To ja powinienem szlochać.

Jo pociągnęła nosem.

— Wyjąłbym chusteczkę z kieszeni dżinsów — powiedział — ale przy takim braku miejsca mogłabyś od tego zajść w ciążę.

Roześmiała się, a potem ponownie zaczęła płakać. Zrezygnował z prób otwarcia drzwi.

— Hej — odezwał się nieco łagodniejszym tonem — daj spokój. Fakt, że tu ze mną utknęłaś, nie może być aż taki okropny.

Potrząsnęła głową.

— Jak możesz być jednocześnie taki nienawistny i taki miły?

— Nie wiem. To wrodzony talent.

— Przepraszam.

— Wszystko w porządku. Płacz, ile chcesz. Lepiej na zewnątrz niż do środka. Właściwie to trochę jak z nami tutaj.

Znów zaczęła płakać.

— Przestań — pocieszył ją. — Co jest? Chodzi o... Shauna?

Płacz urwał się na brzydkim bezdechu.

— Tak strasznie chcesz wyjść — powiedziała płaczliwie.

— Ależ oczywiście — powiedział. — Potrzebuję tlenu.

Roześmiała się, a potem zamilkła.

— No, więc, co jest? — zapytał.

— Właśnie ci powiedziałam: tak strasznie chcesz wyjść.

Wyglądał na zdumionego.

— I dlatego płaczesz? Bo chcę wyjść?

Kiwnęła głową z mocno zamkniętymi oczami.

— A ty nie chcesz wyjść? — zapytał łagodnie.

Odwróciła się.

— Przepraszam — wyrzuciła z siebie.

— Wszystko w porządku. Zaczynam się przyzwyczajać do tego, że płaczesz. Właściwie to nawet dość urocze.

— Chcę powiedzieć, że przepraszam za... no wiesz — zachrypiała i zamilkła.

— Właściwie nie — odparł. — Może mogłabyś zawęzić temat?

— Dowiedziałam się — wyszeptała, nagle odwracając się w jego stronę i wpatrując w niego z natężeniem.

— Czego się dowiedziałaś? — odszepnął, wciskając biodra w ścianę, żeby się odsunąć.

— Że płacisz moją pensję.

Zatkało go.

— Jasna cholera.

Jo chwyciła go za ramię.

— Czemu mi nie powiedziałeś?

— Ja... ja tylko płaciłem za mieszkanie.

— Kwotę dokładnie równą mojej pensji.

Przeniósł spojrzenie z jej oczu na usta, a potem z powrotem na oczy. Zamrugał gwałtownie.

— Ja... pomagałem swojemu tacie — wykrztusił.

— A ja byłam dla ciebie taka potworna — jęknęła Jo, ściskając go mocniej.

— Nie byłaś — zaprzeczył, starając się utrzymać wszystkie części ciała w całkowitym bezruchu.

— Byłam! Ale stałeś się taki zimny. Nie tak jak z początku. Z początku byłeś uroczy. A ja tak się bałam spotkania z tobą po tych wszystkich makabrycznych telefonach...

— Jakich telefonach?

— Za każdym razem, kiedy rozmawialiśmy przez telefon, szydziłeś ze mnie. A potem dałeś posłuchać całej firmie. Myślałam, że będziesz okropny.

— A. Tak. Tamto.

— Ale nie byłeś okropny. Zupełnie nie byłeś taki, jak się spodziewałam.

— Nie, ty też nie.

Nastąpiła pauza.

— Myślałam, że będziesz złośliwy i tłusty. — Jo pociągnęła nosem.

— A ja myślałem, że będziesz nudna i brzydka.

— Naprawdę? — zapytała Jo przez nos.

Josh zmusił się, żeby spojrzeć w inną stronę.

— A co do tych telefonów — powiedział. — Kiedy zgodziłem się tu zamieszkać, naprawdę chciałem pomóc mojemu tacie. Myślałem, że mam za sobą zazdrość o dzieci. Ale za każdym razem, kiedy rozmawiałem z tobą przez telefon, byłaś taka... pełna dezaprobaty, więc...

— Byłam przerażona.

— Przerażona?

— Tak! Za pierwszym razem obserwowała mnie cała rodzina i byłam przekonana, że to jakiś test. Następnym razem Diane krytycznie przysłuchiwała się każdemu mojemu słowu, żeby sprawdzić, czy jestem odpowiednią nianią dla jej bezcennych wnuków.

— Rozumiem. Ona jest szczególna.

— A ty pozwoliłeś, żeby słuchało mnie całe biuro, jakby to był świetny żart.

— Przepraszam. Masz rację, to było okropne. Ale mam wytłumaczenie.

Jo czekała.

— To raczej długa historia.

— No, cóż. Wygląda na to, że mam masę czasu. — Nie zaryzykowała kolejnego pchnięcia drzwi, podobnie Josh. Zamiast tego zaczął mówić.

— Kiedy byłem w szkole i college'u, mama nie miała żadnej pomocy w wychowaniu mnie i Toby'ego — powiedział i te słowa były dla niego równie zaskakujące, jak dla Jo. — Musiała pracować na część etatu, więc po drodze do domu odbierałem Toby'ego od kolegi, otwierałem drzwi, robiłem nam kolację, zajmowałem się nim, dopóki nie wróciła do domu. Nic wielkiego — są na świecie gorsze układy i nie narzekam. Nie poniosłem żadnych emocjonalnych ran czy coś w tym stylu. W każdym razie tak myślałem. Ale za każdym razem, kiedy rozmawiałem z tobą przez telefon — i wydawałaś się tak bardzo odmienna od tego, jaka jesteś... w rzeczywistości — w rzeczywistości Jo zrobiło się gorąco — przypominało mi się, że dla nowych, lepszych dzieci tatusia sprawy mają się zupełnie inaczej. Naprawdę cię za to nienawidziłem.

— Rozumiem — wyszeptała Jo.

— Już tak nie myślę — pospiesznie dodał Josh.

— Nie?

— Nie.

— A jak?

— No, cóż, dokładnie odwrotnie.

— Naprawdę?

— Tak. Wręcz przeciwnie.

— Naprawdę?

— Boże, tak — potwierdził Josh. — Teraz uwielbiam dzieciaki.

— Och. Rozumiem.

— Byłem kompletnie skołowany tym nieporozumieniem związanym z odejściem taty.

— O. Jasne.

— Dopiero teraz widzę, że hodowałem wielką, niezdrową urazę. I oczywiście bardzo łatwo było przelać ją na ciebie.

— Och.

— Ale nie chodziło tylko o to.

— Nie?

— Nie. Kiedy cię spotkałem, starałem się ze wszystkich sił, żeby cię znienawidzić. — Spojrzał na Jo. — Czekałem, żeby ta nienawiść zakiełkowała. — Wzruszył ramionami. — Ale nie zakiełkowała. A potem, zanim się zorientowałem, zacząłem cię lubić.

Josh nagle opuścił wzrok i Jo wykorzystała tę okazję, żeby wypuścić powietrze.

— I dowiedziałem się o mojej mamie i ojcu pewnych rzeczy, które zmieniły... — zastanowił się chwilę — które wszystko dla mnie zmieniły.

Jo wyszeptała:

— Toby mi powiedział.

Josh przerwał i spojrzał na nią pytająco.

— Mam nadzieję, że nie masz mu za złe. Dzisiaj, wcześniej — wyjaśniła — był czymś bardzo przejęty i przy okazji to wyszło.

— A teraz wszystko z nim w porządku?

— Jasne. — Skinęła głową Jo. — Myślę, że się z tym uporaliśmy.

— Sprytna niania, co? — Josh uśmiechnął się, lekko przesuwając głowę.

— Oczywiście — odparła Jo. Odwróciła się, jej włosy spadły mu na ramię. — Prawdziwa ze mnie Mary Poppins.

— Moja kolej na przeprosiny. Okropne przezwisko.

— Zrozumiałe.

— Właściwie — wyznał ze spuszczoną głową — to była moja pierwsza miłość. Miałem plakat i wszystko.

Jo wstrzymała oddech. Josh był trochę zawstydzony, więc zaczęła paplać.

— Tak cię przepraszam za oskarżenie o pomoc Dickowi w romansowaniu.

— No, właśnie, skąd, do cholery, wyszło coś takiego?

— Pippa i ja podsłuchałyśmy rozmowę, którą prowadziłeś z Dickiem na temat jego spotkania z jakąś kobietą — ciągnęła Jo, nachylając się do niego w zapale wywołanym potrzebą usprawiedliwienia. — Usiłowałeś go przekonać, żeby powiedział o niej Vanessie, a on powtarzał, że to by zrujnowało jego małżeństwo.

Josh zamrugał powoli, usiłując jakoś pozbierać do kupy to, co mówiła.

— Nie przejmuj się — oświadczyła Jo, nachylając się jeszcze bardziej. — Doszłyśmy do tego, że nie chodziło o kochankę. To musiał być ktoś związany z pracą Dicka — klientka albo księgowa.

— A! — westchnął Josh. — Ta stuprocentowa suka. Jego księgowa. Po prostu przestała odpowiadać na telefony. Był taki zestresowany, coś potwornego. Im dłużej ta sprawa leżała odłogiem, tym gorzej to wyglądało. Ta kobieta dosłownie go rujnowała. Lata temu powiedziałem mu, żeby z niej nie korzystał, i błagałem, żeby pozwolił mi zająć się swoją księgowością, ale — westchnął głęboko — chyba byłem wtedy dopiero stażystą. Trochę trwa, zanim rodzice wezmą człowieka poważnie.

Jo skinęła głową.

— Dick rzeczywiście na tobie polega.

— Tak myślisz?

— Uwielbia cię.

Josh rozpromienił się i wzruszył ramionami.

Jo się uśmiechnęła.

— Jasna cholera — zawołał nagle. — Więc ty i Pippa dodałyście dwa i dwa i wyszło wam dwadzieścia dwa.

Spojrzeli na siebie uważnie. Jo już miała przeprosić po raz kolejny, kiedy odezwał się Josh.

— Musiałaś mieć mnie za kompletne zero — wyszeptał. — Pomagać ojcu w romansie...

— Cóż — Jo klepnęła w to, co miała najbliżej, a tak się złożyło, że było to udo Josha — to dlatego powiedziałam ci te wszystkie rzeczy, kiedy przyjechałeś się... ze mną zobaczyć.

Josh skinął głową.

— Uhm.

Zapadła cisza.

— Wcale się tobą... nie brzydzę — wyszeptała. — Ani trochę. Tak naprawdę.

— Dziękuję — powiedział Josh. — Też się tobą nie brzydzę. Ani trochę.

— I przepraszam, że nazwałam cię sępem.

— Dwulicowym sępem i gnojkiem hipokrytą z kompleksem Piotrusia Pana, jak sądzę. Ale ledwie to pamiętam.

— Myślałam, że mieszkasz tu za darmo, co oczywiście nie było moją sprawą, wiem — przerwała sama sobie. — Ale uznałam to za dowód niedojrzałości, a prawda była taka — oparła się o ścianę i wymamrotała — że zaczęło mnie to obchodzić.

Przez chwilę trwała cisza. Josh odchrząknął.

— Przepraszam, że nazwałem cię podpuszczalską — powiedział cicho. — Faktycznie miałem wrażenie, że...

— Tak było.

— Przepraszam?

— Flirtowałam. Z tobą.

— Och.

— Nie podpuszczałam. Flirtowałam — upierała się Jo. — Nie myślałam o tym, powtarzałam sobie, że jesteśmy tylko przyjaciółmi...

— Ja też...

— I wiem, że powinnam była powiedzieć ci o Shaunie, ale nie chciałam...

— Nie...

— Bo się bałam, że kiedy powiem... — Zwolniła, z oczyma wbitymi w podłogę. Nie mogła się zdobyć na dokończenie zdania.

Cisza była ogłuszająca. Dałaby wszystko, żeby zobaczyć

wyraz twarzy Josha, ale to by oznaczało konieczność spojrzenia na niego.

— A potem zrobiłeś się taki okropny — wyszeptała.

— Wiem — odszepnął. — Przepraszam.

— Dlaczego?

Nieznośna pauza.

— Czy to nie było oczywiste? — szepnął.

Jo nie mogła odpowiedzieć. Usłyszała, że Josh ciężko wzdycha.

— Więc ty i Shaun, hm? — zaczął.

— Kto? — Jo uśmiechnęła się nieznacznie.

— Tamtego dnia wydawałaś się tym bardzo poruszona.

— Ależ oczywiście, że tak — przyznała. — Zjawiłeś się nie w porę. To wszystko dopiero co się stało. Byłam w szoku. Zupełnie jakby Sheila właśnie przekopała całą moją przeszłość. Jeśli nie brzmi to po wariacku.

— Nie. Dokładnie wiem, co masz na myśli.

— Musiałam po prostu przemyśleć różne sprawy.

— Jasne.

— Nagiąć się do nowych faktów.

Joshowi stanął przed oczyma obraz naginającej się Jo i szybko skoncentrował się na słojach drewna w ścianie domu.

— Teraz mam to za sobą — oświadczyła Jo. — Dopasowałam się do nowych faktów.

— Rany — odezwał się Josh, gapiąc się na drewno. — Szybko poszło.

— Właściwie nie — przyznała. — Powinnam była zerwać z Shaunem lata temu.

Podniosła wzrok, zdała sobie sprawę z tego, jak blisko znajduje się Josh, zakręciło się jej w głowie i ponownie opuściła wzrok.

— Mam nadzieję, że będą z Sheilą bardzo szczęśliwi — powiedziała. — Myślę, że tak. W każdym razie nic mnie to już nie obchodzi. Mam na głowie inne rzeczy.

Nastąpiła długa pauza.

— Z wiarygodnego źródła uzyskałem informację, że kazałaś Gerry'emu spadać — powiedział Josh, opierając się na łokciu, wyciągając się na podłodze i patrząc na Jo z dołu.

— Tak — odparła, układając się w pozycji stanowiącej odbicie jego ułożenia. — Wreszcie. Trochę to trwało.

— Cóż, czasem to przychodzi z trudem — przyznał miękko. Pozwolił, żeby wyżej położona noga zsunęła się w stronę Jo.

— Czasami bardzo trudno jest powiedzieć, co się czuje — wymamrotała Jo.

Pozwoliła, żeby jej noga wykonała ruch będący lustrzanym odbiciem jego ruchu.

— Boże, tak.

— Szczególnie, kiedy czujesz — nie odsunęła uda, kiedy przypadkowo otarło się o jego udo — tak wiele.

— Wiele — powtórzył.

— Może po prostu chciałam, żebyś był zazdrosny — wyszeptała.

Domek nagle się skurczył.

— I byłem.

— Byłeś zazdrosny.

— Tak. Bardzo.

— O kogo?

— O wszystkich — sapnął. — Nawet o dzieci. Gnojki.

— Dzieci? Masz na myśli te, które nas tu razem zamknęły? Josh się roześmiał.

— Wygląda na to, że są całkiem dorosłe, kiedy się przyłożą.

— Tak — zaszeptała Jo. — To tylko my musimy dorosnąć.

— W tej chwili czuję się kompletnie dorosły — powiedział. Leżeli teraz twarzami do siebie, nos w nos, uśmiech w uśmiech.

— Ooo — zachichotała.

Josh jęknął żartobliwie.

— Jesteś taka cudowna — wyszeptał.

Zamknęła oczy i czuła jego oddech na policzkach i szyi.

— Wtedy, kiedy spadłaś ze zlewu — mruknął. Znów zachichotała. — Do tamtej chwili udało mi się przekonywać samego siebie, że po prostu cię lubię, ale, o Boże.

— Myślałam, że chcesz mnie pocałować — wymamrotała mu w szyję.

— Pocałować? — Odwrócił głowę w jej stronę. — Chciałem cię zjeść.

462

Gwałtownie nabrała powietrza, wszystkie zakończenia nerwowe miała w stanie pełnej gotowości.

— I wtedy mi powiedziałaś, że masz chłopaka — jęknął Josh. — Boże, to było okropne.

— Wiem — powiedziała bez tchu. — Po prostu czułam się taka winna i zagubiona i.... napalona.

Josh przysunął się bliżej, tak że ich biodra delikatnie się dotykały.

— I — wyszeptała Jo — nie chciałam czuć się winna podczas naszego pierwszego pocałunku.

Usta Josha delikatnie odnalazły jej usta.

— A potem potrzebowałaś pomocy, żeby dojść do łóżka — szeptał — i musiałem słuchać, jak płaczesz, a nie mogłem cię pocieszyć tak, jak bym chciał. I musiałem ci pomóc ubrać się w nocną koszulę — dodał ochryple.

— Widziałeś coś? — zapytała nagle Jo.

— Nie. Nawet w stanie upojenia zdołałaś mnie poprosić, żebym się odwrócił w pewnych kluczowych momentach.

— Naprawdę? — zamruczała, jej ręka zawędrowała na tył jego dżinsów. — W takim razie niezbyt wiele w tym było podpuszczania, co?

— Nie, wtedy nie.

Zaczął gładzić jej włosy i przesuwał się w dół pleców. Poczuła mrowienie w kręgosłupie.

— A co czułaś do Shauna tamtej nocy? — zapytał Josh.

— Powiedzieć prawdę?

— Tak.

— Kiedy byłam z tobą, z trudem mogłam sobie przypomnieć, jak ma na imię.

Delikatnie wsunął udo między jej nogi.

— Tamtej nocy, kiedy został — wyszeptał Josh — to było piekło.

— Wiem.

— Byłem w pokoju obok, na litość boską.

— Wiem. Ja...

— Tak?

— ...myślałam o tobie.

Josh przesunął głowę bliżej Jo.

— Nie musisz już więcej tylko o mnie myśleć.

— Och! Panie Fitzgerald! — zakpiła. — Co pan ma na myśli?

— Jak uważasz — uniósł się, tak że teraz nachylał się nad nią, jedną ręką lekko dotykając jej ud od tyłu — czy powinniśmy się pocałować i pogodzić? — Jego wargi dotknęły jej warg.

— Nie wiem — mruknęła, a jej ramiona jakimś sposobem otoczyły jego szyję. — W tej chwili nie myślę zbyt jasno.

— Och.

— A ty jak uważasz? — Zamknęła oczy i zobaczyła pod powiekami tęcze, gdy Josh wyjaśnił jej, najlepiej jak umiał, że uważa to za dobry pomysł.